COLLECTION FOLIO

Richard Millet

Ma vie parmi les ombres

Édition revue par l'auteur

Gallimard

Richard Millet est né à Viam, en Corrèze, en 1953. Il vit et travaille à Paris. Son ouvrage *Le sentiment de la langue* a obtenu le prix de l'Essai de l'Académie française en 1994.

À Pauline et à Marie

Pierre BUGEAUD - Eugénie ALLAGNAC
1860 - 1936 1868 - 1948

Marie 1887 - 1959	François 1888 - 1946	Louise 1895 - 1968	Jean 1900 - 1936	Léonce 1903 - 1975	Jeanne 1910 - 1993
Ép. Antoine FOLY	*Ép.* Germaine TAILLEUR	*Ép.* Albert SARROUX	*Ép.* Renée SÉRANDOUR	*Ép.* Alice GODART	*Ép.* Étienne BERTHE-DIEU
	Deux fils	Solange	Thérèse	Monique	
		Le narrateur			

Interrogez les races passées ; consultez avec soin les histoires de nos pères.

(Car nous ne sommes que d'hier au monde, et nous ignorons que nos jours s'écoulent sur la terre comme l'ombre.)

Et nos ancêtres vous enseigneront ce que je vous dis ; ils vous parleront, et vous découvriront les sentiments de leur cœur.

JOB, VIII, 8-10

C'est seulement dans la littérature que les épisodes paradoxaux de l'histoire d'un cœur humain, qui parfois même vont à l'encontre les uns des autres, peuvent, grâce aux prestiges de l'art, se fondre ensemble et se recomposer de façon plausible et vraisemblable.

FAULKNER

PREMIÈRE PARTIE

SIOM

Cet enfant est déjà crucifié au monde, cet enfant est déjà mort au monde, auquel il n'a jamais commencé de vivre.

BOSSUET

1

Après moi la langue ne sera plus tout à fait la même. Elle entrera dans une nuit remuante. Elle se confondra avec le bruit d'une terre désormais sans légendes. Les langues s'oublient plus vite que les morts. Elles tombent, comme le jour, le vent, ou le silence sur le monde où je suis né et qui était peuplé de gens rudes, peu loquaces, au visage tourné vers le couchant, et qui auraient souri de me voir, moi, le dernier des Bugeaud, seul de ma race à écrire aujourd'hui le français à peu près comme ils ont rêvé de le parler ou, pour quelques-uns, l'ont parlé, quand ils ne s'exprimaient pas en patois, dans ce parler limousin où s'entendaient encore, entre les souffles des animaux et ceux des grands bois, tous les temps du subjonctif, tandis que le français y renonçait et qu'ils parlaient, eux, avec ce respect de la syntaxe française qui était la véritable armature de l'homme, pour les Bugeaud comme pour les autres Siomois, y compris ceux qui parlaient mal mais qui considéraient que s'exprimer correctement était ici-bas la vraie, la seule gloire.

« La langue nous empêche d'être nus comme des sauvages, comme des amants criminels, comme les bêtes », disait la mère de ma mère, cette Louise Bugeaud à qui, pas plus qu'à aucun de ceux qui avaient vu le jour sur les hautes terres limousines alors que le XIXe siècle n'en finissait pas de mourir dans le XXe comme un trop long soir d'été, il ne serait venu à l'idée que, telle la langue française, le corps humain puisse ne pas être parfait, m'assurant très tôt que la dissymétrie est signe de malheur, et qu'il n'est pas de partie de notre corps qui n'ait exactement son double, la main gauche la droite, un œil l'autre, de même pour les oreilles, les bras et les jambes, en signe de bonne santé et de valeur morale, et me laissant deviner que la bouche et le nez ont en quelque sorte leur réplique plus bas : non, ça ne serait venu à l'esprit de personne, pas même à l'esprit de celles qui se fussent contemplées ailleurs que dans les yeux d'un amant, d'un mari ou d'un frère devant qui elles se seraient trouvées nues, ou qui auraient simplement soupesé leurs seins comme Marina le fait lorsqu'elle se déshabille dans la semi-obscurité de ma chambre avant de se tourner vers moi, les mains sur une poitrine qu'elle trouve trop grosse et fait mine de cacher alors que ses seins sont d'une si rare symétrie qu'on se défendrait presque de les caresser ou d'en goûter les pointes pour seulement les contempler, de loin, comme si j'avais sous les yeux la vérité et que celle-ci me renvoyât à mon incertaine, mon imparfaite condition de mâle.

Ils ne se regardaient guère dans la glace, ces anciens Siomois. Et pas plus qu'ils n'auraient laissé la nuit monter le long de vitres nues et de fenêtres sans volets, ils répugnaient à se montrer dévêtus : rarement au médecin, encore moins à une infirmière, certains aimant mieux se laisser mourir plutôt que de se dénuder devant une inconnue. Pas de nudité. Des corps le plus souvent reclus dans des vêtements, des odeurs, des gestes, des craintes. Pas cette nudité qui est la tienne, Marina, si loin de notre

Limousin natal, dans cette haute chambre qui te fait dire que tu n'as jamais dormi si près du ciel, au cœur d'une solitude où nous sommes tous les deux nus dans un ordre de temps qui n'est plus celui de Siom, où je suis né, il y a cinquante ans, et dont je garde, outre l'accent et maintes expressions, quelques préjugés avec la peur, par-dessus tout, de paraître nu. Car, contrairement à toi, je n'aime pas la lumière, celle, par exemple, que tu suscites en relevant le store de ma chambre pour livrer au jour nos visages pétris des odeurs ténébreuses de l'amour qu'aucun Siomois n'a connues comme nous les goûtons, toi et moi, lorsque nous roulons dans ce temps élargi qu'on appelle le plaisir et puis dans ce plaisir non moins considérable qu'est, pour les amants épuisés, alanguis, apaisés, la conversation d'après l'amour : ce clair-obscur de la voix, cette parole qui porte encore sur l'amour, ces mots dans lesquels nous cherchons la vérité de ce à quoi nous venons de nous livrer, plus nus que nous ne le serons sur notre lit de mort, aurait pu dire le curé des Buiges, et doutant encore et toujours que le plaisir rapproche les êtres autrement que pour les renvoyer à leur solitude, la parole étant dès lors le ciel de l'amour, rappelant les amants à eux-mêmes, la bouche humide de sécrétions auxquelles nul Siomois n'aurait pu imaginer qu'on puisse porter ses lèvres ou y aller voir d'aussi près, considérant que seules les bêtes se reniflent le cul ou se lèchent les fesses, comme disait Jean, le dernier des Pythre, lequel s'était, il est vrai, toujours méfié des femmes et estimait, lui qui devait mourir vierge et plus seul qu'une bête malade, que les hommes n'ont pas à se comporter tels des chiens, même si la compagnie des bêtes lui paraissait, comme à tous ceux qui sont revenus de tout et qui n'en sont pas à une contradiction près, bien préférable à celle des hommes; du moins nullement pire et en tout cas depuis des siècles si bien accordée à la vie quotidienne des gens de Siom que c'eût été une injure lancée à l'espèce humaine autant qu'au règne animal que d'évoquer ces pratiques amoureuses.

« Pythre ? Ce nom me revient, maintenant ; je l'ai entendu dans mon enfance ; dire qu'il y a eu des gens pour s'appeler comme ça ! » a murmuré Marina avec un sourire qui l'éloigna de moi, la rendant à sa jeunesse, où elle me mettait au défi de la rejoindre, moi, le mâle vidé de lui-même, et ainsi condamné à retrouver l'ordre de la langue et de la mémoire en attendant un nouveau corps à corps amoureux.

Je lui ai répondu qu'il y a des noms bien pis, que celui-ci avait été sauvé du ridicule par la sombre gloire de ceux qui l'avaient porté, et aussi par son étrange orthographe qui lui donnait quelque chose de plus digne, encore, que le destin de cette pitoyable famille.

Pourrait-elle, Marina Faurie, trop jeune fille d'aujourd'hui et par conséquent peu sensible, sinon sourde, à ce qui se déploie dans les vieux noms français qui m'ont tant donné à rêver, lorsque je vivais sur les hautes terres limousines, et dont l'énumération constitue à elle seule une sorte de poème, Julie d'Étange, Béatrix de Castéran, Madeleine de Nièvres, Clara d'Ellébeuse, Yvonne de Galais, Oriane de Guermantes, Sygne de Coûfontaine, oui, pourrait-elle, ma jeune maîtresse, se montrer sensible, autant que je l'ai été, à seize ans, vouant même une sorte d'amour à cette femme dont je n'avais jamais vu le portrait, au nom de Marie de La Morvonnais, sur la mort de qui le doux Maurice de Guérin a écrit en 1835 une belle *Méditation* ? Peux-tu l'entendre, Marina, ce beau nom, en faisant abstraction du sens abject qu'il ne manquera pas de prendre dans une oreille habituée à l'argot, pour le restituer à sa seule musique, à ces syllabes qui font se lever sur une campagne marine, à l'automne, une figure de jeune morte devant qui tu sembles fermer les yeux, jalouse sans doute de ce qui vient du passé et porte nom de femme, fût-ce une femme morte il y a plus d'un siècle et demi, alors que tu devrais l'accueillir avec ferveur, la laisser revivre, sentir ce nom se rouvrir comme un lis des champs, Marie de La Morvonnais pour une fois évoquée non plus dans la prose un peu fanée de Maurice de Guérin mais ici, au dernier étage d'une haute tour parisienne, au commencement d'un millénaire dont Marie de La Morvonnais n'aurait pas plus imaginé à quoi il pouvait ressembler que tu ne te représentes le siècle où elle a vécu et qui appartient, comme tout ce qui est loin ou dont nous sommes dépossédés, à cette incertaine mais en fin de compte lumineuse version de l'Histoire qu'est la littérature ? Restituons à Marie de La Morvonnais la grâce d'un nom qui a l'éclat d'un vitrail d'église de campagne au crépuscule, dans une lande d'ajoncs et de bruyère bordée de pins tordus par le vent d'ouest ; un nom accordé à la beauté d'un fin et pâle visage aux yeux clairs sous des cheveux bruns lissés en sages bandeaux : Marie soudain debout sur le fond or et vermeil de son patronyme, par-delà tout autre sens, un peu comme un amoureux finit par ne plus voir les disgrâces physiques de la femme qu'il aime et la rapporte à l'Ève éternelle, le nom et le corps ayant des liens plus intimes qu'on ne croit dans la définition de la beauté, le nom étant le corps et le corps la nudité à la fois ostentatoire et discrète du nom, celui de La Morvonnais devenant la gloire paradoxale de cette jeune morte d'autrefois, comme il y en a tant eu sur les hautes terres limousines, mortes d'amour ou de phtisie, ou de n'avoir pas connu l'amour…

« Mais on ne meurt plus d'amour, ni de tuberculose, on ne rêve plus sur les noms, et Faurie n'a jamais fait rêver à rien », a murmuré Marina, à qui j'ai rétorqué que Faurie, loin de représenter pour moi la forge étymologique, évoque plutôt, par contamination sonore et géographique, les forêts de sapins et les hêtraies entourant la petite ville de Meymac, en haute Corrèze, d'où est originaire cette très jeune femme dont le prénom m'avait d'abord agacé comme tant de prénoms contemporains terminés par la lettre *a*, qui viennent pour la plupart d'autres langues ou sont la forme anglaise de prénoms français, et dont j'aurais tort d'être irrité comme d'une perte de l'esprit français, m'a dit un jour ma mère en me rappelant qu'on les donnait souvent, au XIXe siècle et même au début du XXe, où abondaient les Julia, Léa, Maria, Emma, Anna, et tous les prénoms venus de la Bible ou de l'Antiquité gréco-latine.

Ma mère a toujours su mettre le doigt sur les innombrables contradictions en dépit desquelles je tente de ne pas faire trop mauvaise figure dans l'époque où je vis mais à laquelle je suis en vérité étranger, puisque j'appartiens, que je le veuille ou non, même s'il m'est arrivé de le passer sous silence, et de le renier, comme tout jeune homme ayant quitté la maison natale et croyant voir s'ouvrir le vaste monde, j'appartiens à ce Siom que Marina n'a pas connu mais qu'elle aime m'entendre évoquer, sans doute pour se rapprocher de moi, devinant quel chemin un être doit parcourir pour aller jusqu'à un autre, quelles irritations surmonter, quels fossés franchir, sur quelles terres vaines faire l'épreuve de la faim et de la soif, sur quelles beautés trop évidentes fermer les yeux, à quels défauts de langage être sourd et moi, s'agissant de Marina, accueillir ce prénom dont j'ai longtemps refusé le pouvoir d'enchantement sans me rendre compte que ma résistance dissimulait ou préparait une allégeance au principe de transfiguration du corps par le nom et à son mouvement inverse, quelques heures, un instant d'éblouissement suscitant l'illumination du prénom par le visage, auquel l'amour doit tant.

Dans le cas de Marina, il y avait cet hiatus entre un patronyme limousin suscitant de sombres forêts dans lesquelles on s'enfonce avant de déboucher dans la lumière d'une lande où affleurent des blocs de granit, des genêts, des sources, et un prénom ostensiblement exotique qui aurait pu être Marine et eût dès lors rapproché les rivages bretons des hauteurs venteuses du Massif central, et qui m'aurait ainsi plu sans réserves (même si les réserves sont souvent le signe d'un intérêt plus durable que l'immédiate séduction, et les femmes destinées à nous placer sous leur loi celles qui nous déplaisent d'abord) ; il se serait mieux accordé aux yeux clairs de la jeune femme plutôt que ce Marina qui me semble en outre ne pouvoir appartenir qu'à la poétesse russe Marina Tsvetaïeva, dont l'ingrat visage est en lutte avec la beauté de son nom et de son regard qui nous somme de regarder ce qu'on rechigne à voir, l'amour, la vie, leur nécessaire et impitoyable alliance qu'il faut tâcher de maintenir jusqu'au bout pour admettre enfin comme une vérité que la vie n'est ni une sœur patiente ni un cavalier de la Garde blanche, mais l'inconciliable même, ce qu'il y a de désespéré dans tout amour et qu'il faut cependant maintenir très haut, même au moment de se pendre à une poutre, dans une misérable maison en bois le 31 août 1941, à Ielabouga, dans la République soviétique de Tatarie.

Je regarde Marina se déplier dans le crépuscule d'hiver, plus nue qu'elle l'a jamais été, même quand elle approchait tout à l'heure son pubis de ma bouche, la tête renversée en arrière, les yeux clos, lente et lourde, possessive, triomphante.

« Tu chauffes trop... », avait-elle murmuré en souriant comme si elle parlait d'autre chose que de la température de la pièce : une haute chambre, au dernier étage d'une de ces tours qui dessinent au sud et à l'est de la place d'Italie une forteresse gigantesque, et qui, par cette commodité de langage qui tend à réduire jusqu'à l'ambiguïté certains noms, certaines expressions, me fait dire que j'habite dans une tour d'Italie, à une hauteur où la rumeur de Paris est presque aussi lointaine que celle du rivage où Marie de La Morvonnais croyait entrevoir les signes d'un bonheur proche, ou que le vent dans les hauts sapins bordant les tourbières de Longeyroux, sur le plateau de Millevaches, tout en me donnant à penser que je vis au plus haut d'une tour italienne, dans la forteresse sentimentale de Fabrice del Dongo ou le palais romain du compositeur Giacinto Scelsi, ailleurs encore, mais pas à Paris, en plein ciel, n'ayant jamais pensé qu'un jour je vivrais si haut, moi qui suis né près de la terre et, d'une certaine façon, plus bas que terre, quoique à sept cents mètres d'altitude, sur des hauteurs où une langue a cessé de bruire tandis que les rivières qui prennent là leur source, Corrèze, Vézère, Creuse, Vienne, Diège, Luzège, continuent à couler, pour qui sait les entendre et rapporter ce chant au bruissement du paysage français, dans leurs propres noms autant que dans leurs lits.

Marina est debout. Je crois entendre ses seins frémir dans la semi-obscurité — autant dire dans le ciel, puisque son corps ne se découpe sur rien d'autre que sur la nuit montante, d'un pur bleu de Prusse, et que c'est là, entre ciel et terre, qu'elle vient me rejoindre, en fin d'après-midi, après ses cours, sans révéler où elle va, en cachette de ses camarades d'université, peut-être même d'un de ces jeunes hommes dont la chair et la compagnie semblent à tant de femmes plus fades que celles des hommes de mon âge. Et sans doute était-elle encore trop jeune pour que le monde masculin ne se divisât pas en garçons et en hommes — les années qui nous séparent l'un de l'autre la faisant me considérer non pas, bien sûr, comme un « garçon », ni même un *vieux garçon* (l'expression n'ayant plus cours, remplacée par le mot « célibataire », et définitivement tombée, pour Marina, dans l'orbite du roman balzacien), mais un peu comme si, à cause de ma vie solitaire, je ne participais pas de la même temporalité qu'elle, tandis que je la considère avec une perpétuelle reconnaissance, pour sa jeunesse et sa façon de se donner et d'être là, elle qui a aussi vu le jour sur les hautes terres limousines mais à une autre époque ; si bien que nous ne sommes pas tout à fait du même pays, malgré ce qu'il nous reste d'accent et tous les noms de lieux et de personnes qui roulent dans nos bouches, sa jeune, sa souveraine beauté me donnant à croire que je suis indigne d'elle, que nous n'appartenons pas à la même espèce : ses seins, par-dessus tout, des seins tels qu'il ne m'avait encore jamais été donné d'en toucher et dont la meilleure définition serait celle de fruit défendu — de beaux fruits d'automne, avec leurs larges aréoles plus brunes que leurs pointes, épaisses et longues, celles-là, comme les queues de ces fruits dont on enduit l'extrémité de cire rouge pour les empêcher de se gâter et que les marchands saisissent et disposent sur le plateau de la balance avec une délicatesse qu'ils ont aussi pour les belles grappes de muscat ou de chasselas mais pas pour les pommes, les abricots ou les cerises, encore moins les agrumes.

Le corps de Marina a l'entêtant goût de sous-bois des contreforts du haut plateau limousin, du côté de Meymac ou de Siom, ce goût d'or pâle, de vermeil, et de vert profond, que lui donne son origine, et que semblent résumer, comment le dire autrement, le poids de ses seins, leur grain, leur saveur, les variations de couleur et de forme auxquelles les soumettent mes caresses et leur exposition à des lumières diverses comme à la température des pièces qu'elle traverse nue ; des seins qui, mieux que tout, la vouent à mon désir sans que, pour le moment (ignorance d'amant comblé ou sentiment que tout cela relève du songe), je puisse rien dire d'autre de ce qui nous lie, elle et moi, ni de cette femme qui vient de quitter mon lit et se dresse devant moi comme si elle s'apprêtait à me dire de ces choses qui ne se profèrent que debout, reproches, objurgations, adieux, mais qui, cet après-midi-là, ne franchissent pas ses lèvres, se muent en ce sourire presque résigné par lequel Marina m'autorise à la contempler nue, debout, immobile, plus exposée qu'elle ne l'était entre mes bras, et frissonnant malgré la chaleur de la chambre, ai-je pensé, alors que c'était une des dernières ondes du plaisir qui la saisissait par courtes vagues.

« Comme si tout restait à venir », m'avait-elle dit un jour pour expliquer ces soubresauts espacés, inattendus, venus du plus loin d'elle-même après avoir traversé ses plus secrètes forêts, ses landes nues, ses gorges obscures, pour affleurer à cette peau encore humide pour laquelle j'avais un goût plus impérieux qu'une manie, et qui entre pour une part considérable dans l'amour. L'amour est exigeant, sourcilleux et indulgent, incapable de tolérer chez autrui la plus petite faute, la moindre mauvaise odeur, un sourire destiné à un autre, et néanmoins apte à l'oublier sur-le-champ, cette forme de pardon n'étant d'ailleurs qu'une mise en réserve des griefs à venir, leur thésaurisation à la fois plaisante et destructrice ; et il n'est peut-être rien d'autre que cette rare, cette singulière alchimie de formes et de ce qui sourd de la peau ; de là que je ne puis aimer une femme dont je ne goûterais pas les odeurs — celle de son sexe, par exemple, puisque les rites contemporains nous obligent à puiser à toutes lèvres : des odeurs de bruyère, de résine et d'eau vive que je sens au pubis de Marina; laquelle, comme toutes les amoureuses d'aujourd'hui, penserait déchoir si elle ne portait la bouche à mon membre dressé pour en faire jaillir cette semence que plusieurs femmes m'ont dit pouvoir classer en deux catégories recoupant à peu près l'opposition du sucré et du salé, sans qu'il soit cependant possible, comme pour la répartition des seins en poires et en pommes, d'en tirer quelque chose quant au caractère de l'homme ni à son plaisir. Et ce goût qu'on peut avoir d'un autre corps que le sien jusqu'en ses plus intimes sécrétions continue à m'étonner, bien que je vienne d'un monde d'odeurs puissantes, riches, contradictoires, mais dont les contrastes s'atténuaient ou coexistaient heureusement dans une dimension naturelle et supérieure de l'odeur.

Avec mes propres odeurs, ou plus exactement avec la propreté de mon corps, j'ai longtemps entretenu un rapport qui me laisse aujourd'hui pantois, comme on disait dans l'ancienne langue (et, s'agissant d'odeurs, je songe combien la langue contemporaine en est, si l'on peut dire, dépourvue, appauvrie, dépouillée des innombrables tournures, expressions, simples mots appartenant à la terre, à la religion, aux corps de métiers, aux plantes, aux bêtes, et qui faisaient la richesse du langage parlé par ceux qui m'ont enveloppé, dès ma naissance, dans les linges de deux langues : les femmes surtout, puisque le rapport des femmes et de la langue ne saurait être purement instrumental mais affectif, sanguin, rêveur, guetté par le silence autant que par les chants immémoriaux). Des odeurs que j'arborais sans vergogne, comme un veau à l'étable, comme un domestique de ferme. Des odeurs inadmissibles pour une aussi jeune personne que Marina, à qui n'échappe nul défaut d'hygiène, prompte là-dessus à bien moins d'indulgence que moi parce que née, elle, dans une Corrèze d'où ces odeurs avaient déjà disparu avec le patois, la tuberculose, les grandes familles, le sens de la syntaxe, et les mystères du christianisme.

Car je ne crois pas m'être lavé, jusqu'à l'âge de onze ou douze ans (jusqu'à ce que mon corps se soit manifesté à moi d'une façon toute nouvelle avec ce membre que je voyais se dresser au bas de mon ventre et dont si longtemps je ne saurais que faire), du moins m'être jamais nettoyé entièrement comme je le fais aujourd'hui, ou comme j'ai été baigné, le jour où je suis sorti du ventre de ma mère, ni même quand je nageais, l'été, dans le lac de Siom dont je sortais sans pouvoir ôter l'odeur de vase qui me ferait toute la nuit croire que je roulais au fond d'eaux mortes, malgré les remontrances de mes grands-tantes qui craignaient que je prenne du mal dans l'eau comme le fils Henrion, dont on me disait qu'il avait attrapé en se baignant dans la cascade de la Virole, en aval du barrage, la polio qui le faisait hurler, dans la rue Haute, plus fort qu'un cochon qu'on met à mal, et moi aussi fort que lui, comme un chien qui entend les cloches de l'église. Et si je me souviens du plaisir que j'avais à me laver les mains au lavabo de chez Jeanne, dans le couloir de l'Hôtel du Lac (et encore était-ce moins parce qu'il y avait un robinet d'eau chaude que pour imiter les ouvriers agricoles qui venaient déjeuner là, le dimanche, et se lavaient longuement les mains avec le gros savon de Marseille, tandis que j'attendais mon tour, si petit qu'il y en avait toujours un pour dire, très fort, avec emphase : « Laisse donc passer le gamin : il est maigre comme un clou, il a plus faim que nous ! » et me faire rougir tout en me donnant le dégoût de cette dénomination de gamin vulgaire et humiliante, pour moi qui ne me considérais pas comme un gamin mais comme un garçon), je ne me rappelle pas avoir porté ailleurs qu'à ma figure, dans le cou et derrière les oreilles, le mince gant de toilette et la serviette usée qui m'étaient attribués, au début de chaque mois, par mes grands-tantes de Siom et, plus tard, par ma grand-mère, à Villevaleix, lesquelles se débrouillaient pour sentir bon, quoiqu'elles ne se fussent jamais dénudées dans nulle baignoire, sous aucune douche, choses inconnues sur ces hautes terres, vivant à grand renfort de savons parfumés et d'eau de Cologne parmi des odeurs puissantes qui semblaient l'apanage des hommes, et aussi des enfants, j'imagine, puisque j'entends encore Jeanne, la plus jeune de mes grands-tantes, me lancer, en patois, avec une verdeur dont elle n'était pas coutumière en français, que si je ne me torchais pas correctement le cul elle demanderait à Berthe-Dieu, son mari, de me passer la brosse de fer avec laquelle on nettoyait le cul des vaches, pour leur ôter des pattes de derrière ces cuissardes de bouse et de paille séchées qui « présentaient mal » et nous auraient fait « mal juger », soutenait-elle en me regardant moins comme l'héritier des Bugeaud que tel un veau échappé de l'étable. Elle faisait allusion à l'état de mes fonds de culotte bien plus qu'à ce que je sentais : la vache, le lait aigre, le foin, le bois, la terre, le feu humide, et, bien sûr, ce qu'Yvonne Piale, l'ancienne institutrice, appelait la « saine sueur » avec dans les yeux un éclat qui lui donnait l'air d'évoquer la sueur de sang des mystiques. Et sans doute était-ce ça que je sentais, comme tous les Siomois, petits ou grands, avec tant d'autres odeurs qui nous tissaient un vêtement impalpable, une tunique dont je ne rougissais pas et dont j'ai quelquefois la nostalgie au point de m'enfermer chez moi sans me laver pendant plusieurs jours pour me croire, même s'il me manque ici, à Paris, bien des essences qui constituaient mon odeur d'autrefois, revenu au sein d'un monde dont on ne savait pas qu'il vivait ses derniers moments.

Un monde qui ne sentait donc pas rien et qui eût fait horreur à une Marina habituée à sa douche quotidienne et qui ne porte jamais deux jours de suite le même linge de corps alors qu'à Siom un tricot de peau ou une chemise durait toute une semaine, sentait mauvais le deuxième jour, quand la sueur était encore fraîche et insistante, puis, à partir du troisième jour, acquérait une patine par laquelle les odeurs semblaient renoncer à leurs principes délétères pour devenir une forte mais point désagréable et en fin de compte subtile odeur de peau, certains poussant l'audace jusqu'à porter leur linge une dizaine de jours, ou davantage : extraordinaire mélange ou tuilage d'odeurs qui variait avec les individus (et chez les femmes plus que chez les hommes, ces derniers transpirant davantage et produisant cette odeur plus commune de transpiration mêlée de soupe, de vin, de bière, de tabac gris particulière aux travailleurs des champs), mais composait, avec celles, plus fortes, de l'eau de Cologne, de la maladie, de la vieillesse ou de la mort, un chant général de senteurs qui contribuait à notre identité aussi sûrement que la couleur des yeux, le grain de la voix, la force claire et haute de l'accent.

Il y avait bien sûr des exceptions, de fols engouements, ou des répugnances extrêmes — celle que je nourrissais par exemple pour l'ail, l'oignon, l'échalote et autres condiments qui affectent durablement l'haleine et me répugnaient d'abord par la vue, dans les greniers où on les mettait à sécher et où ils pendaient comme des chauves-souris ou de petites bêtes écorchées ou momifiées, offertes en sacrifice à ce que j'appelais le dieu du grenier, sans bien savoir ce qu'il en était d'une telle divinité, et qui se manifestait par une odeur douceâtre que j'ai très tôt assimilée à celle que j'imaginais aux morts ; condiments qui se révélaient, à la cuisine ou sur ma langue, aussi répugnants qu'une manducation cannibalesque, et, plus tard, sans que j'aie réussi à me défaire de l'idée qu'ils sont associés à l'impureté, au sacrilège et à la mort.

Et pourtant je ne me souviens pas d'avoir jamais porté un gant entre mes cuisses, à mes aisselles ou sous mes pieds. Il est probable que je l'ai fait, ou que Marie, Jeanne ou Louise l'ont fait pour moi, surtout quand ma mère revenait en Corrèze en ayant prévenu par lettre sa mère et ses tantes qu'elle n'embrasserait pour rien au monde un garçon qui sentirait la bousade et eût aux pieds ces galoches dans lesquelles je me sentais si bien à cause de leur épais dessus de cuir brillant, quelquefois orné d'un motif en creux de feuilles ou de fleurs entrelacées, mais le plus souvent percé de deux œillets, comme sur les chapeaux de toile rapportés de la guerre d'Algérie par les frères Râlé ou Amédée Pythre ; galoches qu'on ne passait pas sans avoir enfilé ces minces chaussons de basane noire qu'on appelait des kroumirs, mot d'origine inconnue et que je n'ai d'ailleurs entendu que dans l'expression « vieux kroumir », pour désigner un vieillard hors d'âge, mais qui, pour moi, sonnait russe, et convoquait sur la scène de mon langage personnel un de ces vieux bouffons qu'on voit dans les romans de Gogol et de Dostoïevski, et non ces chaussons qui nous donnaient l'impression, une fois quittés galoches et sabots, de marcher pieds nus, sans bruit, avec une légèreté de chat, et faisaient à certains un fin pied de danseur.

Ma mère ne parlait pas en l'air : elle s'avançait avec méfiance, regardant ses tantes ou sa mère, et enfin moi, qu'elle reniflait de loin, puis en retenant sa respiration, comme on le fait quand on embrasse un mort. Elle sortait de son sac à main un petit vaporisateur dont elle pressait deux fois le bouton de fausse nacre en tournant le flacon non pas vers son visage mais autour d'elle, en un geste devenu un rite dont ni sa mère ni ses tantes ne songeaient à sourire, ne lui posant nulle question, la laissant « finir d'arriver » et continuer à se taire, à respirer par à-coups, prudemment, peu à peu convaincue qu'elle pouvait s'approcher davantage. Une dernière inspiration la décidait non pas à poser ses lèvres sur mes joues mais à me permettre de lui baiser le visage, que j'effleurais, craignant par mes baisers de déranger l'ordre sévère et beau de cette figure qui me semblait avec son maquillage, ses parfums, son haut chignon, sa blondeur, celle d'une étrangère, et redoutant plus que tout que mes baisers ne fussent désagréables à cette femme que je ne voyais que quatre ou cinq fois par an et jamais longtemps.

« Il n'y a que la joue d'un être humain qu'on puisse embrasser sans frémir ; pour le reste on sent trop le crâne sous ses lèvres », lui avais-je entendue dire à Marie, qui avait haussé les épaules, tandis que Jeanne, mon autre grand-tante, toujours en admiration devant sa nièce, approuvait sans la comprendre cette phrase qu'elles auraient aussi bien pu entendre dans la bouche de leur sœur de Villevaleix, ma grand-mère Louise, laquelle était, sur le chapitre de la propreté, aussi pointilleuse que sa fille, ou faisait mine de l'être pour ne pas lui déplaire, s'appliquant en tout cas à ce que je ne sentisse rien devant elle de qui, après ce furtif baiser, je subissais un examen en vue de quoi je me déshabillais entièrement dans la cuisine, les yeux baissés, ma mère s'approchant de moi après avoir placé sur son nez ses lunettes à monture dorée qu'elle avait la coquetterie de porter le moins possible tout en se reprochant l'effort qui lui faisait fermer à demi les paupières et accentuait les petites rides au coin de ses yeux.

Elle me touchait rarement ; et, si elle le faisait, c'était toujours avec un gant — un de ces gants de suède gris qu'elle affectionnait et dont tante Marie se demandait comment elle pouvait s'en offrir autant avec un salaire de professeur. Un gant qu'elle enlevait quelquefois et dont elle me donnait de petits coups pour que je lève les bras ou écarte les jambes, et qui me semblaient autant de caresses, de baisers, de mots gentils — tout ce que précisément elle répugnait à me donner. Elle me faisait alors tourner sur moi-même et demandait à l'une de ses tantes ou à sa mère d'y regarder de plus près avant de conclure l'examen par un ultime coup de gant sur mes fesses ou sur mon pubis, invariablement accompagné de ces mots : « Au bain ! », ce qui était une manière de parler, vu qu'il n'y avait chez nous pas de quoi se baigner, et que le plus simple eût été d'aller se laver dans le lac si on n'avait craint de passer pour un barraquin ou pour plus sale qu'on n'était, et jugeant donc préférable pour un Bugeaud de sentir ce que sentait à peu près tout le monde, à Siom, plutôt que de donner un spectacle dégradant.

Je me retrouvais sur-le-champ entre les mains de Marie et de Jeanne, plus tard entre celles de Louise, à Villevaleix, pour être installé non pas dans quelque tub descendu du grenier (mot qui me donnait à rêver depuis que j'en avais aperçu un dans la buanderie de M. Queyroix, comme on continuait à dire alors qu'il était mort depuis longtemps et que sa fille Blanche oubliait qu'elle était maintenant plus vieille que son père et — nous le savions par la fille Clauzel qui faisait le ménage chez elle — prenait ses bains avec des poses de naïade qui faisaient dire à tante Marie que cette pauvre mademoiselle Queyroix finissait de « venir fadarde » avec ce corps et cette immense chevelure plus blancs que de la caillade, et ce nom qu'elle prétendait noble, malgré l'absence de particule, alors qu'il ne signifiait, selon ma mère, que « carrefour », de l'ancien limousin « carroi », lui-même venu du bas latin *quadruvium*, lieu où se rencontrent quatre chemins), encore moins dans une baignoire (il me faudrait attendre bien des années avant d'en voir une, et plus encore avant d'en faire usage), mais dans la grande bassine d'émail blanc où on laissait tremper le linge de table avant de le faire bouillir dans la lessiveuse, et où, lorsque ma mère annonçait sa venue, autrement dit rarement, j'étais lavé de la tête aux pieds, le plus souvent à l'eau froide, avec un gant presque aussi râpeux qu'une brosse de chiendent et du savon de Marseille.

Je frissonnais, serrais les dents, fermais les yeux, grelottant, frotté dans une serviette plus rêche encore que les doigts de ma grand-mère, et puis sommé d'ouvrir les yeux dans ce fond de cuisine toujours sombre, quels que fussent le temps et l'heure, surtout le soir, car c'était là, une fois ma mère arrivée par le dernier train, qu'avait lieu cet examen, si bien que l'eau reste associée pour moi à la pénombre, à la nuit, au froid, et que je rechigne non pas à me laver mais à le faire dans des conditions qui me rappellent celles de mon enfance, n'ayant pas ce courage-là, même en plein été, et même si ces bains prirent fin le jour où ma verge se dressa dans la main gantée de ma mère, dès lors renvoyé à une solitude dont rien (nulle autre main gantée ou nue) ne me tirerait, moi rougissant de ne pas comprendre ce qui m'arrivait, ma mère de le savoir trop bien, mes grands-tantes haussant les épaules de constater qu'on s'émouvait pour si peu, elles qui avaient, enfants, vu leur père saisir le membre du taureau pour le guider dans la vache.

« Ce garçon grandit ; il ne me sera plus possible de veiller à sa propreté... », dit ma mère sur un ton léger, presque lointain, avant de se tourner vers Marie et Jeanne, l'air exaspéré, comme si elles étaient responsables de ce qui durcissait entre mes cuisses, ce morceau de chair dont la vue les faisait sourire, comme tout signe de bonne santé, mais qui devait, sous sa forme triomphale, rappeler tout autre chose à ma mère puisqu'elle cessa de m'approcher, se contentant de me laisser venir à elle en mes vêtements de nuit, dans la chambre qu'on lui réservait, à Siom comme à Villevaleix, dès que j'étais sorti des mains des femmes qui m'élevaient et demandant (à moi, à elles — ou à la lune, disait Marie, car ma mère ne regardait alors personne et arborait la mine sombre qui était généralement la sienne pendant ses séjours parmi nous) si j'étais bien propre, désignant, à mon bas-ventre, d'un vague geste du gant, ce qui ne cesserait désormais plus de se dresser dès que je serais entre les mains des femmes et, surtout, devant ma mère gantée de suède, maquillée, parfumée, sombre et irritable (mélancolique, aurais-je pu dire si j'avais connu le vrai sens de ce mot qui pour le moment désignait pour moi un état douloureux des intestins dont je n'imaginais pas que les femmes — particulièrement une aussi belle personne que ma mère — pussent être affectées). Dès lors, elle détournerait les yeux pour savoir si je m'étais bien lavé, ajoutant qu'un garçon n'est jamais tout à fait propre s'il lui reste de la saleté sous le prépuce, mot qui nous paraissait aussi inconvenant que ceux de pénis, de verge, de testicules, à la place desquels on employait le ridicule mot patoisant de barricounette, ou celui de besogne — lesquels me semblaient moins propres que ceux de bitte, de queue et de couilles employés par les hommes de Siom et par mes condisciples, quoiqu'ils ne figurassent pas dans la vieille édition du *Petit Larousse* à couverture couleur terre de Sienne que Marie gardait dans le buffet de sa cuisine, rangé à côté d'almanachs du *Petit Parisien* publiés pendant la Grande Guerre, et de trois ou quatre de ces briques de tuile vernissées dont on se servait, de préférence aux lourdes bouillottes de grès qui fuyaient toujours, pour se chauffer les pieds dans les lits et qui avaient l'aspect de ces tablettes d'argile qu'on exhume entre le Tigre et l'Euphrate et qui contiennent la première mémoire du monde, m'avait dit un jour ma mère en me montrant avec une allumette taillée en biseau et de la cire fondue comment s'y prenaient les scribes sumériens que j'ai tenté d'imiter en pétrissant des morceaux d'argile ou de glaise, inscrivant là-dessus mon nom, des chiffres, et les premiers mots que j'ai su écrire avant de les laisser sécher au soleil, faute de réussir à les faire cuire dans le four à pain désaffecté de la vieille maison, les enfouissant ensuite dans le sable de la cour, où j'imaginais que les archéologues des siècles futurs les trouveraient un jour, alors que Siom aurait disparu sous des forêts plus profondes que celles de Veix et de Lestards, comme la cité de Vilcabamba dans la jungle péruvienne.

Des mots orduriers donc, et qu'elles n'ont sans doute jamais prononcés, étant d'une génération qui savait qu'un langage pur fait partie de ce qu'on se doit à soi-même autant qu'à autrui ; certains vocables leur auraient même écorché la bouche, particulièrement Marie que j'ai vue cracher dans le feu plutôt que de proférer ceux que la colère lui faisait venir aux lèvres ; des mots néanmoins familiers à ma mère qui avait fait une année de médecine avant d'opter pour les

Lettres et qui, à partir du moment où elle a vu se dresser au bas de mon ventre ce qu'elle ne pouvait plus nommer d'un diminutif, s'est mise à parler de verge pour me demander si le gland était bien débarrassé de cet anneau de sécrétions blanchâtres qu'on appelle le smegma, tout en me trouvant trop sale pour rester une minute de plus dans la cuisine. Mes grands-tantes, qui en avaient vu d'autres, se mettaient néanmoins à rougir, elles qui ne s'étaient peut-être jamais entièrement dénudées devant leurs maris, même pendant leur nuit de noces, et dont elles n'avaient sans doute jamais contemplé la nudité, les yeux toujours baissés dans la pénombre, sous l'effet de cette pudeur qui seule donne de la grâce aux femmes sans beauté, et comme je les baissais, debout dans la bassine, au fond de la cuisine embuée, sous le regard de ma mère, ou comme Marina quand elle s'approche de moi avec ce sourire d'ange résigné, presque niais, ou prompt à basculer dans la fadeur, qu'ont les femmes sur le point de s'abandonner, même aujourd'hui, chez une Marina qui affiche, une fois nue, une impudeur de ménade avec je ne sais quoi de presque triste, désabusé ou sérieux, propre aux amoureuses des nouvelles générations qui, tout en espérant le contraire, semblent douter que l'amour permette de retrouver l'enchantement du monde.

Le corps de Marina : autre monde d'odeurs offertes de telle façon que je suis amené à croire, à cinquante ans, que l'amour n'est rien d'autre qu'un ensemble de senteurs qui dessinent les corps autant que ce que les yeux ou les mains nous proposent : la vérité des corps, c'est-à-dire le goût que nous pouvons avoir de certains êtres, selon cette alchimie de sueurs, de voix et d'humeurs dont la rareté peut expliquer pourquoi il existe si peu de vrais couples et d'amours véritables. Je suis comme bien des

Siomois : plus confiant dans ce que je sens ou entends que dans ce que je vois. La vue est aussi trompeuse que la nuit. C'est pourquoi, je le redis, il ne nous serait jamais venu à l'idée, à Siom, de laisser la nuit s'établir devant une fenêtre nue ; il n'y a que les habitants des grandes villes et les peuples du Nord pour s'endormir devant ce dont on n'est séparé que par quelques millimètres de verre, autant dire par rien, comme si on pouvait vivre aux yeux et au su de tout le monde, le front contre les ténèbres, avec l'assurance que la nuit est bonne, qu'elle nous protège, que rien de ce qui murmure dans l'obscurité ne nous épierait à travers cette transparence trompeuse et fragile, plus froide que la joue d'un mort. Et si ce ne sont pas eux, les morts, qui nous regardent vivre depuis l'obscurité du dehors, aux regards de quels vivants pourrions-nous nous offrir, la nuit, derrière nos pauvres vitres sans redouter d'être aussi vulnérables que Suzanne au bain sous le regard des trois vieillards, me disait le curé des Buiges, ou bien, pensé-je, aujourd'hui que je me suis fait du visible une idée moins favorable, aussi nus que Marina en ses plus secrètes odeurs, lorsque nous aurons traversé, cet après-midi-là, ce qui nous reste de jour et qu'elle ira appliquer sa poitrine et son ventre sur la baie vitrée qui donne sur Paris et où il n'y a, à cette hauteur, nul vis-à-vis, mes fenêtres ne donnant, quand on est dans mon lit, sur rien : sur la nuit dont Marina n'est séparée que par une vitre qui ne reflète rien, de sorte que ce n'est pas dans son propre reflet que je redoute de la voir tomber mais dans le vide.

J'irai, lorsqu'elle sera partie, retournée à ses études ou dans quelque studio du quartier Latin, reprise par la nuit où je l'aurai laissée descendre sans inquiétude, me croyant encore, moi, bien plus qu'elle, aux commencements de l'amour, dans cette période qu'est le vrai temps de l'amour et où on ignore trop de choses de la personne aimée pour que la nuit solitaire ne soit pas ce beau moment de calme au sein duquel on tient l'autre à distance, dans l'obscurité d'où il surgit pour notre plus grand bonheur, avant qu'elle ne devienne, cette nuit, le lieu d'élection de la jalousie et de la souffrance, j'irai appliquer ma peau sur la vitre, à l'endroit où Marina aura laissé son spectre de sueur et de parfums, sa trace presque glaciale et cependant extraordinairement douce qui réveillera la chaleur de mon corps dans une buée que je laisserai envahir ma figure, contre la nuit, sans rien voir de l'horizon orangé des banlieues, avec l'impression de pénétrer non pas dans le mystère de Marina (car on ne connaît jamais vraiment une femme, n'eût-elle, comme celle-là, que vingt-deux ans, et ce qu'on croit savoir d'elle n'étant rien d'autre que le signe d'un désir las ou éteint, ou de cette sorte de peur qui nous fait refuser d'emblée, à notre insu, l'amour que nous porte autrui et programmer, ensemble ou séparément, et d'une façon aussi ingénue que perverse la fin de toute liaison) mais en elle, ou plutôt de me mettre en mesure de la mériter, tout en sachant que l'amour est le plus souvent un pacte de gestes que nous tentons de travestir en morale et que la langue familière résume par l'expression « être à la hauteur », tel que je me croyais, à ce moment, le sexe dressé contre la vitre dans le fantôme de Marina retournée à la nuit, me disais-je en songeant combien il serait bon de me répandre là, encore une fois, non seulement sur la vitre mais dans Marina ouverte aux dimensions de la nuit où je tomberais, du haut des vingt étages au bas desquels la jeune femme n'était peut-être pas encore parvenue, elle qui déteste les ascenseurs comme les escaliers roulants et monte ou descend toujours à pied, de sorte qu'elle arrivait à ma porte essoufflée, en nage, se jetant contre moi sans parler, en me livrant déjà un peu de ses plus secrets parfums.

2

Dévoration d'autrui par la parole, par les regards et par la bouche. L'amour est une sauvagerie en quête de rites, d'habitudes, de monotonie ; le règne du faux-semblant et de la demi-nuit ; une tentative d'épuisement ; une lutte pour contenir l'absence de l'autre ou se défaire du surcroît de présence que, même absent, il nous impose. La parole dresse contre la nuit une vitre plus sûre que le verre et derrière laquelle il arrive à Marina de s'endormir en toute candeur, comme seules les très jeunes femmes — celles qui croient encore possible de se délivrer de soi par l'amour, ou qui n'aiment pas encore à la façon des hommes : en sachant que le plaisir nous renvoie à notre solitude et que tout élan vers autrui entraîne la destruction plus ou moins rapide d'un songe.

Et pourtant rien ne m'émeut plus que Marina croie encore à autrui, à la nudité, à la vérité amoureuse. J'aime contempler son sommeil, épreuve pourtant si redoutable aux amants qui ne se connaissent guère comme à ceux qui sont las l'un de l'autre et trouvent dans le sommeil d'autrui de quoi alimenter les dégoûts en train de naître, ou latents et qui, se faisant jour, nous amèneront peu à peu à cette forme de retour à la raison, voire de guérison, qu'est le désamour. J'aime qu'elle commence à s'attarder chez moi, qu'elle ne redescende pas tout de suite dans la nuit de Paris pour m'appeler quelques minutes plus tard, sur son téléphone mobile, depuis la rue de Tolbiac, avec ces mots : « Tu me manques », toujours les mêmes, par lesquels elle tente d'exorciser ce qu'elle appelle le manque, l'absence, et qui n'est peut-être qu'une ultime onde de plaisir, sans s'apercevoir que la langue dit aussi bien autre chose : que je la manque, elle, Marina, que je la perds, que je l'ai sans doute perdue dès le moment où je l'ai rencontrée.

« Oui, tu me manques déjà », répète-t-elle.avant de descendre dans le métro, à la station Tolbiac ou Place-d'Italie, et de se perdre dans l'étrange géographie que dessinent en nous les noms de quartiers, de rues et de stations de métro des villes où nous aimons une femme, l'amour obéissant plus à la logique d'un temps imaginaire qu'à celle, plus onirique, qui nous permettrait de rapprocher la place d'Italie et la ville où Clovis défit les Alamans, pensais-je en lui répondant qu'elle aussi me manque, conscient de l'ambiguïté de cette formule qui se retourne comme un gant, la phrase de Marina m'interdisant toute autre parole qu'un acquiescement mimétique à sa formule — laquelle, heureusement, se suffit à elle-même, n'admettant après elle qu'un non moins banal « Je t'embrasse », ou « Je t'aime », qui accompagne sa descente dans les souterrains de la ville comme dans ceux de l'esprit —, chacun dès lors renvoyé non seulement à sa nuit, à celle qu'il lui reste à traverser à la façon, le plus souvent, d'une pierre qu'on lâche dans un puits, mais encore à ces eaux dont nous sortons chaque matin, en nous réveillant, et dont notre mort — l'idée familière, insidieuse, révoltante ou consolatrice que nous mourrons un jour — n'est probablement que la réminiscence anticipée.

Je n'entrerai pas comme ça dans cette nuit de mars douceâtre et venteuse. Je songe à Marina, à ce prénom auquel je n'arrive toujours pas à me faire (du moins pas à la vitesse avec laquelle je me fais à ses odeurs, à ses gémissements, à son plaisir, à ses silences, à ses dégoûts), comme si je ne croyais pas vraiment à son existence, ou que ce fût là un nom d'emprunt ou de guerre, et que je fusse le jouet d'une illusion due à son jeune âge et à la méfiance que j'éprouve, comme tout Bugeaud, devant le bonheur, lui préférant somme toute son contraire : l'ombre, l'échec, la solitude, l'étrange désir d'en finir.

J'ignore où elle va, dans quelle chambre, café, cinéma — nulle part, peut-être —, Marina conjurant l'espèce de peur que suscite en elle notre liaison (ce mot faute de mieux, et de préférence au très contemporain « relation » qui dit assez bien la fadeur, l'éphémère, l'impossibilité de l'amour au sein d'un monde obsédé par la bonne santé sexuelle et par le souci de transformer les perversions et les tares en particularismes respectables) par un silence obstiné sur son plus récent passé, ne me donnant jamais de rendez-vous, me laissant espérer chaque jour sa venue et m'obligeant à rester chez moi l'après-midi, puisque j'ignore où elle vit et que je suis dans l'impossibilité de lui écrire, n'ayant d'elle qu'un numéro de téléphone mobile auquel elle ne répond presque jamais, filtrant les appels, de sorte que je tombe toujours sur les mots du répondeur par lequel elle m'invite à lui parler (moi seul, oui, car je n'imagine pas, à cause de l'exclusive et fallacieuse intimité créée par le téléphone, que cette claire et lente voix, ombrée d'inflexions de haute Corrèze, puisse s'adresser à un autre que moi), cet accent me l'a fait d'emblée reconnaître pour une fille des hautes terres limousines :

née, en effet, à l'hôpital d'Ussel, dans une famille de Meymac, plus haut que Siom, et pas au bord des mêmes eaux, avait-elle ajouté en s'étonnant que je sois venu au monde dans un village et non en clinique, près de trente ans plus tôt qu'elle, mais dans le lit où ma mère a elle aussi vu le jour, et sa mère avant elle, au premier étage de la vieille maison Bugeaud, dans une des trois chambres de l'étage, petites et sombres comme tous les anciens intérieurs limousins dont les ouvertures étaient généralement étroites et peu nombreuses en raison de l'impôt sur les portes et fenêtres introduit sous le Directoire et aboli en 1917 seulement, et aussi parce que dans mon enfance on se méfiait encore de la lumière, du soleil, de l'air. Des pièces où on n'imaginerait pas aujourd'hui que des gens qui n'étaient plus tout à fait des paysans, encore moins des gourles, aient pu naître, vivre et mourir — des existences entières dans le même lieu où rien n'avait changé pendant cent ans, du papier peint à petites fleurs pâles rongé d'humidité jusqu'à la patère, derrière la porte, à laquelle ont pendu, bien des années après que les Bugeaud furent passés de vie à trépas et ces pièces laissées à l'abandon, les manteaux et les pèlerines qui, lorsqu'on ouvrait la porte, donnaient l'impression, à cause du mouvement et du poids des vêtements remuant contre le bois, qu'on repoussait à l'intérieur de la chambre quelqu'un avec qui on s'attendait à se retrouver face à face avant de découvrir le peu de mobilier de la pièce : le lit à montants de cuivre, le fauteuil dit, je ne sais pourquoi, arménien, en bois jaune et toile forte rayée qui ne servait qu'à ceux qui venaient visiter les malades ou veiller les morts, le lavabo surmonté d'un minuscule miroir à coins coupés, dans lequel on eût été bien en peine de contempler son visage tout entier et que je n'ai connu que piqueté, comme le morceau de linoléum cloué au plancher par une baguette de fer-blanc, sous le lavabo où étaient rangés, à peine dissimulés derrière un mauvais paravent en rotin damassé, un bidet mobile et un seau hygiénique en émail bleu ciel ; enfin, dans le coin opposé, une grande armoire de bois brillant et sombre, pareil à de l'acajou, semblait accroître la pénombre de cette pièce qui prenait le jour par une étroite fenêtre devant laquelle j'avais l'impression — laquelle m'était donnée par l'odeur de l'arbre bien plus que par la distance qui m'en séparait et qui était sensiblement plus grande que je croyais — qu'il me suffirait d'étendre le bras pour en cueillir, l'été, les fleurs d'or terne.

« Né là-bas, en effet, sous l'ampoule de faible intensité dont l'abat-jour d'émail blanc ceint d'une collerette en dentelle jaunie par la chaleur de l'ampoule faisait tomber du plafond une lumière presque sale sur le ventre de ma mère. »

Marina m'a regardé comme si je venais de bien plus loin que ce qu'elle pouvait imaginer et que j'appartinsse non seulement à un ordre de choses révolu dont, enfant, elle aurait pu avoir une idée en s'aventurant hors de Meymac, jusqu'à ces hameaux perdus entre Ambrugeat, Saint-Setiers et Les Buiges, mais à la littérature — à cette forme de temporalité à la fois précise et utopique, hallucinatoire et pourtant unique forme d'accès à la vérité : à ce qui me donnait une figure à la fois plus humaine et sombre, le jour de notre rencontre, celui où elle s'était fait connaître de moi, ou plutôt, on le verra, reconnaître, me dirait-elle plus tard, lorsqu'on en serait venu au récit émerveillé et toujours recommencé par lequel les amants cherchent à entrer plus avant dans le leurre amoureux, instaurant un ordre de temps où elle acceptait d'entrer avec moi comme en un livre, murmurait-elle avec l'air de quelqu'un qui n'a pas l'intention de se laisser rouler dans la farine des mots, même si c'était grâce aux mots qu'elle était venue à moi, quelques mois plus tôt, au cœur d'un automne assez doux, me proposant, après la causerie que j'avais donnée à la Sorbonne où on m'avait invité à parler de mon travail, non pas la page de garde d'un livre où apposer une dédicace maladroite ou trop engageante mais la légère raucité de sa voix où l'accent du haut Limousin se faisait entendre comme l'eau qui sourd des collines, au printemps, sous la dernière neige.

« Je voudrais éclaircir un mystère, avait-elle murmuré, si bas que je lui avais fait répéter une phrase qui m'agaçait autant qu'elle me troublait (et me suggérait que nous aurions, dès que je lui aurais répondu, accompli quelque chose d'irréversible), ce qu'elle avait fait sans élever la voix mais en me regardant plus fixement, de manière que je pusse l'écouter sans qu'elle fût entendue des autres étudiants.

— Ce n'est pas un lieu pour parler de ces choses-là, ai-je dit sans savoir de quoi elle souhaitait me parler, mais en remarquant ses seins sous son chandail noir, et agacé de me sentir dans la position banale et pathétique de l'homme mûr convoitant une jeune fille ; irrité aussi de prononcer de ces phrases toutes faites dont ma mère m'avait souvent dit qu'elles sont indignes de ceux qui voient dans la langue autre chose qu'un crachoir.

— Où pourrai-je vous appeler ? » a dit Marina, sans se démonter, étant d'une génération pour laquelle le téléphone n'a plus rien de l'extraordinaire qui était le sien lorsqu'il retentissait à Siom ou à Villevaleix en faisant craindre une mauvaise nouvelle, et que mes grands-tantes ou ma grand-mère décrochaient l'écouteur comme si elles tendaient l'oreille à une bouche d'ombre, et répondant si fort que même les bonnes nouvelles, pourtant rares dans ces vies lentes et monotones, semblaient avoir quelque chose d'inacceptable.

Peut-être ne savait-elle pas très bien ce qu'elle me voulait, ai-je pensé, quelques jours plus tard, dans ce café de la place des Vosges, petit et, en plein jour, aussi sombre que les appartements bordant l'ancienne place Royale, lui ai-je fait remarquer pour mettre fin au silence dans lequel nous nous jaugions, nous efforçant de confirmer ou d'infirmer ce que le souvenir de notre récente rencontre avait déjà proposé au désir, et dont elle l'avait nourri ou leurré : exercice aussi délicieux que cruel, auquel n'échappe nul amant en puissance et qui, chez moi, peut aller jusqu'à l'extrême répugnance, même devant une jolie femme, pour peu que mon désir ait allumé un contre-feu à partir de quelque défaut physique ou intellectuel qu'il ne parviendra pas à surmonter.

Silence dont Marina est sortie en relevant la tête vers les vitres embuées du café pour me faire observer que ces appartements n'étaient pas aussi sombres que les vieilles maisons de « chez nous », en haute Corrèze — expression qui avait dans sa bouche quelque chose de presque déplacé et nous faisait advenir à une réalité que la différence d'âge avait jusque-là occultée, malgré une origine géographique commune, et que semblait rendre encore plus douteuse le trouble suscité par la moue moqueuse de Marina : elle paraissait plus jeune qu'elle n'était avec ses cheveux mi-courts qui retombaient en courtes boucles de chaque côté d'une tête au bel ovale, couronnée plus que couverte d'un béret marron, lui donnant l'air d'une Vierge limousine du Moyen Âge tenant l'Enfant-Dieu sur ses genoux ou contre sa hanche avec un émerveillement mêlé d'une compassion qui nous fait douter si elle n'entrevoit pas l'ombre future de la croix sur le corps de l'enfant, comme celle de Notre-Dame-du-Pont-du-Salut, à Corrèze, sauf qu'elle ne tenait rien sur ses genoux, cette Marina qui semblait plutôt une vierge en attente de l'Ange, ai-je encore pensé non seulement dans ce café de la place des Vosges mais dans tous ceux où nous nous sommes retrouvés, deux fois par semaine, puis trois, pendant un mois, étant convenus qu'ils ne seraient, ces cafés, jamais les mêmes, et qu'ils devaient donner sur une place, en hommage à notre rencontre dont je croirais longtemps qu'elle datait du jour de ma conférence à la Sorbonne, lorsque, parmi tant de jeunes et beaux visages, celui de Marina avait fini par se détacher, par l'emporter sur les autres à la façon d'un motif musical discret, presque occulte, voire décevant, contradictoire, joué par l'alto au sein d'un quatuor à cordes et qui peu à peu s'impose, non parce que le plus beau, mais parce qu'il en appelle en nous à quelque chose de secret qui nous y attache infiniment plus qu'à l'éloquence du violoncelle ou au chant triomphal du violon.

J'aime les rites amoureux, les après-midi dans des lits inconnus, les temporalités secrètes que nos amours établissent dans nos vies comme autant de motifs musicaux. Il y a longtemps que j'ai renoncé à nouer avec les hommes ces liens illusoires qu'on appelle amitié et qui n'ont de sens que lorsque nous sommes jeunes et pleins d'un enthousiasme toujours prompt à basculer dans l'illusion, avant de nous résoudre, plus tard, à considérer que nos amitiés ne sont que des alliances intéressées ou des amours dépitées. J'ai séparé l'amour de sa dimension sentimentale, que je réserve à la compagnie d'anciennes maîtresses. Quant au goût que je porte aux très jeunes femmes, quoi de plus banal chez un homme de mon âge ! C'est aussi une façon de me confronter au temps et non, comme on pourrait le croire, une tentative pour l'oublier. Je ne suis pas de ceux qui veulent à tout prix se distraire. Seul le mystère des corps, des esprits et des voix peut encore m'émouvoir. Je tiens à en savoir le moins possible sur les femmes que j'étreins, et presque tout d'elles lorsque le désir s'éteint; et Marina Faurie me semblait, cet hiver-là, le plus beau des mystères, parce qu'elle ne disait pas grand-chose, et qu'elle paraissait avant tout désireuse d'écouter — étant peut-être de ces personnes qui ne supportent pas d'entrer seules dans la nuit, me disais-je en pensant à l'énigme qu'avec tant d'aplomb elle m'avait dit vouloir résoudre avec mon aide, et sans imaginer (sinon sur la scène décevante du songe) qu'à la fin du mois de novembre, lorsqu'il fut devenu évident que l'éclaircissement ne serait peut-être rien d'autre que la nudité amoureuse, elle me dirait qu'elle serait à moi, un jour, avant Noël, plus tard que je ne l'aurais voulu mais plus tôt que je ne pensais ou l'espérais, et sans me prévenir autrement que par un signe qu'il m'appartiendrait de reconnaître, quand elle serait rentrée de vacances; des vacances de la Toussaint que, par ce manque d'imagination propre aux amants que la jalousie n'a pas encore touchés mais qui déjà redoutent d'en savoir davantage sur celle qu'ils ont rencontrée et se rabattent sur les hypothèses les plus avantageuses pour leur inquiétude, j'imaginais qu'elle passerait chez ses parents, à Meymac, dans la lenteur de l'hiver corrézien.

Un signe que je craignais d'être incapable de voir, et qu'en effet je ne vis pas sur-le-champ, lorsqu'elle fut de nouveau devant moi, début décembre, bien plus tard que d'habitude, dans un café de la place Jeanne-d'Arc où elle m'avait donné rendez-vous, pas très loin de chez moi, donc, et qu'elle releva sa tête aux cheveux à présent très courts, l'air inquiet, se mordillant les lèvres.

« De quoi avez-vous peur ? Vous n'êtes pourtant pas comme eux », ai-je dit en souriant.

Elle semblait vexée, persuadée que je me moquais, et sur le point de se lever pour partir, bombant la poitrine, secouant doucement la tête, les mains nues, à la recherche peut-être de la chevelure désormais absente où elle avait coutume de se cacher la figure, lorsqu'elle se sentait menacée par le regard des hommes. Il me fallait parler, l'empêcher de s'en aller, la convaincre que j'étais sérieux, que j'étais même — cela dût-il l'éloigner d'une autre façon, plus tard, mais toujours trop tôt, hélas !, lorsqu'elle chercherait des motifs de me quitter — trop sérieux. Je n'éviterais ni la lourdeur ni l'emphase, peut-être même pas le ridicule, mais je parlerais, je la retiendrais là, j'évoquerais ce qui me tenait à cœur.

« Qui a peur ? De quoi parlez-vous ? a-t-elle fini par répondre.

— Je parle d'eux, là-bas, dans la nuit siomoise, où ils reposent, où ils m'attendent, souriants et inquiets. Je les entends ; ils m'appellent, les morts comme les vivants, car il est parfois difficile de distinguer ceux qui restent de ceux qui ne sont plus et qui continuent cependant à murmurer, séparés les uns des autres par un bruit infime, des mots chuchotés, presque rien, un peu de buée sur une petite cuillère qu'on porte à sa bouche, l'hiver.

— Ils vous parlent ?

— En tout cas je les entends, en moi, là où s'entendent les choses les plus secrètes, où Dieu se fait parole, où les compositeurs écoutent ce qui devient musique, des hauteurs, des timbres, un rythme...

— Là où les écrivains entendent leurs phrases...

— Question d'oreille, oui, cette oreille interne qui est plus que la mémoire et moins que la faculté médiumnique...

— Et vous les entendez...

— Je les entends parce que je pense à eux ; les morts ne supporteraient pas qu'on ne pense pas à eux, et je n'ai jamais imaginé qu'on puisse penser à quelqu'un sans qu'il y ait une forme de réciprocité, une dimension morale, quoique involontaire, de la télépathie, ce qui aura été ma seule, ma vraie façon d'être généreux. Et peu importe si ça se passe entre les vivants et les morts : je suis né dans un royaume où les morts vivaient aussi intensément que les vivants, où ils avaient leur place, où ils pesaient sur notre vie quotidienne.

— Mais vous êtes vivant, vous ! Pourquoi vous occuper de ceux qui ne sont plus...

— Comment être insensible à leur sort, à leurs plaintes, à la nuit où ils attendent ? Comment ne pas les laisser venir en moi, là, tout de suite ? Écoutez-les, écoutez-les, puisque vous êtes venue pour ça, n'est-ce pas, pour m'entendre évoquer des morts d'un autre siècle, écoutez-la, ma grand-tante Marie, par exemple, la figure la plus lointaine, la mieux dévorée par le temps et dont je me souviens avec une fraîcheur qui ne peut être seulement celle de l'enfance ou du souvenir réinventé, et que j'appelais tante Marie, tant qu'elle vivait, de la même façon que je donnerais du tante à Jeanne, de l'oncle à Léonce, et du grand-mère à Louise (jamais de ces ridicules diminutifs de tatie, tata, tonton ou mémé, par quoi les Bugeaud eussent pensé déchoir, même entre eux), avec non pas l'idée de les rapprocher de moi, mais de me conformer à un usage général qui me faisait sauter une ou plusieurs générations et, je le comprends aujourd'hui, donnait à l'existence corporelle quelque chose d'aléatoire, même avant que ces corps se mettent à flotter dans le temps — c'est-à-dire en nous, puisque le temps, qui est la conscience la moins imparfaite que nous ayons de l'éternité, ne saurait s'incarner autrement. »

3

Marie. Je la revois devant le feu de la vieille maison, dans ce coin de la vaste cheminée de granit qu'on appelle « cantou », mot patois qui m'a toujours agacé, sans doute parce que je ne lui trouve pas la noblesse du mot français « âtre », et qui devait aussi agacer les Bugeaud : je ne les ai jamais entendus l'employer, alors qu'ils n'hésitaient pas, les femmes surtout, à recourir au patois quand le français leur faisait défaut. Elle est assise sur un banc, de l'autre côté des flammes, face à moi qui peine à rester en place sur le petit banc de bois. Je brandis la hachette qu'a fabriquée pour moi, avec deux morceaux de fer ramassés dans les scories de la forge, Firmin Heurtebise, le forgeron, dans le nom de qui les vents qui assiègent Siom semblent s'être rassemblés pour se laisser maîtriser avec le grand soufflet dont il actionne la poignée en rougissant d'un air terrible, ses cheveux coupés en brosse toujours sur le point de s'embraser sur sa tête, tant il fait chaud devant la fournaise, me regardant comme si c'était son propre visage qu'il portait à incandescence et s'apprêtait à marteler. Marie me tient en respect, comme pour me dissuader, avec ses yeux noirs, brillants, plus chauds que le feu, d'entrer dans les flammes pour la rejoindre, et aussi pour cesser d'avoir peur du puits qui s'ouvrait au-dessus de ma tête et par lequel on pouvait voir la nuit s'enflammer. Elle m'empêche d'entrer dans le feu, d'être aspiré vers le ciel, de retourner à la nuit d'où Heurtebise m'a dit que nous venons tous, tant que nous sommes. Elle me dit qu'il n'est pas encore temps de mourir. Elle n'a pas peur des mots, ne redoutant que le feu, l'obscurité, les hommes surgis de nulle part, les faillites commerciales, le déshonneur.

Je la revois plus souvent là-haut, dans la cuisine de ce qu'on appelait la maison de Marie, même en sa présence, comme si la Marie qui avait fait bâtir sa demeure n'était pas tout à fait celle qu'on avait devant soi, en bas, dans la vieille maison, cette mince femme devant qui je serais toujours petit, qu'elle se tienne debout ou assise sur une chaise de paille vernie, sous une ampoule si faible qu'elle donnait une clarté de bougie à cette pièce qui semblait appartenir à la nuit, non seulement à celle dont elle me protégeait chaque soir en sortant apposer aux fenêtres de l'épicerie et de la cuisine les lourds volets de bois brun qu'elle portait à bout de bras comme un bouclier de légionnaire romain, disait ma mère, et qu'elle accrochait sans se retourner, fermant sur nous la porte à clef — laquelle était en réalité, aussi sûre qu'une vraie clef, une petite pointe qu'on glissait dans un trou du pêne destiné à la recevoir et accrochée à la poignée par un bout de ficelle à rôti, cette pointe dont je m'émerveillais (découvrant ainsi le rôle singulier d'objets apparemment anodins auxquels j'attribuais des pouvoirs quasi magiques, comme la hachette d'Heurtebise que je plaçais chaque soir sur ma table de nuit et, bien sûr, dans un autre registre qui recoupait cependant le premier, le crucifix accroché au-dessus de ma tête et devant lequel je m'agenouillais avant de grimper au lit et de garder le plus longtemps possible la poire d'ébonite dont j'étais persuadé qu'il fallait lui donner un peu de ma chaleur pour qu'elle consentît à déclencher ou à éteindre la lumière) qu'elle suffît à nous défendre contre les puissances nocturnes au nombre desquelles il y avait ces romanichels dont Marie, lorsque je m'élevais contre une de ses décisions, savait susciter l'imminente venue en tapant sur le plancher d'un pied que me cachaient ses longues jupes, tandis que je m'attendais à les voir surgir du plancher, sinon de ses jupes, de sorte que j'ai longtemps éprouvé une sorte d'effroi mêlé de dégoût pour les jupes longues ou pour ce qu'elles cachaient, et que je n'ai employé ce mot qu'au pluriel jusqu'à ce que j'aie quitté Siom, tant il est vrai que, même l'été, aucune de ces veuves éternelles n'aurait consenti à sortir de chez elle sans plusieurs épaisseurs de tissu autour des jambes. Ces romanichels, je ne les confondais pas tout à fait avec les barraquins qui s'arrêtaient quelquefois pour la nuit, devant l'église, et qui étaient des objets de mépris beaucoup plus que de crainte : des chapardeurs, des voleurs de poules et non des jeteurs de sorts ou des envoyés des ténèbres. Marie me toisait sans cesser de taper du pied sur le plancher, dont j'avais conscience qu'il donnait, au-delà de la cave, sur un monde souterrain dont personne, pas même Marie, ne pouvait mesurer la profondeur et dont la nature me semblait à peu près celle, ténébreuse et froide, du lac dans les eaux duquel on avait repêché, cet été-là, un noyé que j'ai redouté longtemps de rencontrer en nageant, remonté du lit invisible de la Vézère et du cimetière englouti, la bouche et les yeux grands ouverts, plus gonflé que le cochon qu'on a plongé dans l'eau bouillante, et cherchant à me parler tandis que je me mettais à hurler sans qu'aucun son passât mes lèvres. Marie tapait du pied jusqu'à ce que j'aie accepté d'aller me coucher, seul, sans me plaindre, la lampe électrique à la main, fuyant les romanichels, les voleurs d'enfants, le noyé, autant que son visage déformé par la colère : une feinte colère, une déformation qui était un masque qu'elle abandonnait dans le couloir avant de venir m'embrasser dans mon lit, mais dont il m'est resté assez de crainte pour que je n'aie pas continué à contempler sans inquiétude le visage des vieillards.

Une inquiétude que les années ont muée en répugnance, car ce ne sont plus les romanichels que je redoute de retrouver dans certains vieillards mais l'œuvre du temps, la métamorphose qu'il fait subir à tout visage et qui rapproche peu à peu le mien non de celui de ma mère mais de Marie, sautant là encore une génération, et inversant les sexes tout en me montrant que les liens qui unissent un enfant à ses parents ressortissent autant à l'abstraction sentimentale, ou à des vœux pieux, qu'à ces ressemblances ou résurgences inattendues où ils trouvent à s'incarner, en l'occurrence dans cette vieille femme que je ne revois qu'entourée de crépuscule ou de nuit, ce qui me laisse penser que, pendant le jour, j'étais confié à sa sœur Jeanne, en bas, dans la vieille maison.

Elle n'a pas toujours eu, il s'en faut, ce visage flétri au regard à la fois triste et compréhensif, ces cheveux gris ramenés sur la tête en un petit chignon qui lui donnait un peu plus de hauteur, physique et morale, surtout quand elle toisait l'enfant qui refusait de regagner son lit de ténèbres, comme je serais tenté de dire, tant il faisait sombre dans ces maisons, particulièrement dans les chambres où il n'y avait nulle lampe de chevet, et d'ailleurs pas de livres qui m'auraient aidé à entrer avec plus de calme dans la nuit ; des chambres également froides, humides, tristes, sinistres même, celles de Marie, chez qui je dormais, la plupart du temps, comme celles de la vieille maison où je descendrais coucher, bien des années plus tard, lorsque toutes les chambres de l'Hôtel du Lac seraient occupées par des voyageurs, comme on appelait les clients de Jeanne ; laquelle, pas plus que ses sœurs ou que Berthe-Dieu, son mari, n'aurait employé les mots « vacancier » ou « estivant » vu que, pour eux, on ne pouvait voyager pour son plaisir, encore moins ne rien faire, l'idée de vacances et de retraite étant incompréhensible à ces gens dès l'enfance habitués à travailler sans relâche et dont j'ai hérité, je puis le dire, pour ma tâche d'écrivain, une opiniâtreté parfois excessive. Et non seulement les chambres de l'hôtel mais aussi celles de Marie, lorsque à la mort de sa sœur, en 1959, Jeanne eut fait ouvrir des portes entre les deux maisons, celle de l'aînée (bâtie dans les années 20) et la sienne, construite en 1946, jouxtant celle de Marie et identique à elle ; ce qui fait qu'on a pu dire, à Siom, puisque Louise avait fait de même au lendemain de la Grande Guerre, à Villevaleix, que chaque sœur faisait construire une maison à la fin d'une guerre, de la même façon que leurs grands-parents avaient élevé la leur après celle de 1870, sur les ruines d'une maison plus petite, bâtie en 1832, comme en témoigne le linteau réemployé pour la porte des Bugeaud. On continuait d'ailleurs d'appeler « chez Bugeaud », plutôt qu'Hôtel du Lac, sa dénomination officielle, cet ensemble de bâtiments constitué, au bas de la place de Siom, de deux maisons bâties parallèlement, la plus ancienne en contrebas, sur un replat de la pente, en face de la maison de M. Queyroix, sur la route qui mène au lac et, autrefois — bien après le tournant où les sœurs Piale feraient, dans les années 1970, construire leur villa —, jusqu'à l'ancien cimetière et au moulin de Jouclas, sur la Vézère qu'on franchissait par un pont de pierre toujours debout sous les eaux du lac, pour remonter de l'autre côté de la vallée, vers la ferme de Couignoux ou, à gauche, vers ce qui avait été le domaine des Pythre : la colline de Veix. En haut, près de l'église, sur le côté opposé de la place, surplombant la vallée, il y avait le long bâtiment des étables et de la grange. Et pour ne rien négliger de la topologie de ces lieux qui ont eu pour moi tant d'importance, il faut mentionner, en bas, à l'autre extrémité de la cour, bordé sur un côté par un grand potager, un vaste hangar en planches goudronnées provenant du chantier du barrage de Siom — Berthe-Dieu s'en servait pour entreposer et réparer ses véhicules — et dont la pente du toit se prolongeait sur la droite en guise de bûcher. Si les greniers et les caves, lieux privilégiés de mes premières découvertes, je vais y venir, avaient je ne sais quoi d'inquiétant à cause de leur entrée unique, le garage, lui, était un lieu moins sinistre mais non dépourvu de mystère, avec sa grande porte coulissante accrochée à un rail, un plancher dont le centre était occupé par une trappe qui permettait réparations et vidanges (orifice par lequel on pouvait se glisser sous les poutres au risque de se retrouver nez à nez avec des gourles venues là cuver leur vin), et surtout, à l'autre extrémité, une petite porte ouvrant sur le vide, puisque les marches de bois par lesquelles on descendait dans l'ombre de l'immense thuya marquant la limite de nos terres avaient été rongées par l'humidité, me donnant à croire qu'on débouchait sur un monde qui n'était pas tout à fait le même que celui où on se fût retrouvé en passant par le jardin ou la route du lac ; de sorte que traverser le garage et déboucher par cette porte dérobée dans l'ombre frémissante et forte du thuya, c'était accomplir un trajet initiatique dont la fin me demeurerait à jamais obscure mais si extraordinairement émouvante que je n'ai jamais pu respirer l'odeur de cet arbre sans que s'associent en moi l'odeur de demi-dieu de l'arbre et son ombre bleu sombre.

Ce n'était pas l'ensemble de bâtiments le plus beau de Siom, mais c'était le plus considérable, bien plus que la maison de M. Queyroix ou la ferme de Chadiéras. On murmurait que Jeanne Bugeaud avait voulu dépasser les proportions du bâtiment abritant la mairie et l'école, à l'entrée du bourg, et celles du magasin de sa sœur Louise, à Villevaleix. Des bâtisses sans caractère, comme il s'en construisait dans toute la région et dans l'Auvergne voisine, entre les deux guerres, avec leurs fenêtres à chaînage de pierres apparentes, leur crépi gris ou ocre, leurs toits d'ardoise à pans coupés, massives, malcommodes, sans confort, froides en hiver, humides le reste du temps, reflétant bien le caractère des gens des hautes terres, disait ma mère qui aura passé sa vie à les fuir, mais aura hérité de leurs habitants le goût du silence, du secret, des nuits sans songes, de la destruction lente.

Jusqu'en 1959, tandis que Marie veillait sur moi comme elle avait autrefois veillé sur ses frères et élevé Jeanne, la benjamine, et puis en partie ma mère pour qui elle avait sans doute aussi tapé du pied sur le plancher d'une façon qui me fit bientôt craindre, autant que le surgissement des romanichels, qu'elle ne disparût sous terre comme ce Rumpelstilzschen dont ma mère m'avait lu l'histoire, un soir d'été où je ne pouvais m'endormir, se tenant non pas à mon chevet, mais dans l'entrebâillement de la porte, pour bénéficier de la lumière du couloir, de sorte que sa voix, que je n'avais jamais entendue aussi longtemps, que j'écoutais même pour la première fois, au lieu de me contenter de plier la tête sous elle, avec un ravissement que je ne retrouverais que dans l'état amoureux, me semblait venir de bien plus loin, du lointain pays où se déroulaient les exploits de ce lutin maléfique ; en 1959 c'était à ces bâtiments que pour moi se résumait le monde, et avant tout à ces escaliers, passages et couloirs qui, des caves de la vieille maison aux greniers de Marie et de Jeanne, constituaient un labyrinthe dans lequel je me suis longtemps égaré et où je propose à Marina de se perdre aujourd'hui avec moi — tout récit qui n'inviterait à se perdre, à un moment ou à un autre, dans l'obscurité des êtres et des choses et dans l'épaisseur de l'écriture où il semble se chercher, reprendre souffle pour mieux plonger dans les abîmes où il trouve son origine, étant voué d'une certaine façon à l'échec. C'est pourquoi, sans aller jusqu'à la mordante mise en garde par laquelle Balzac, au début de *La Recherche de l'absolu*, entend en remontrer aux voraces lecteurs peu soucieux des « principes générateurs » du roman, il importe qu'ici j'en appelle non pas à l'indulgence de qui me lit (car, dans une affaire amoureuse telle que la lecture, solliciter l'indulgence c'est courir au naufrage), mais à cette faculté d'abandon, d'oubli, de perte de soi, qui est le propre des grands lecteurs autant que la trace du tacite contrat passé avec l'écrivain, quand celui-ci se tient au seuil des souterrains de son enfance.

Un labyrinthe où je ne pénétrais pas sans frémir ; l'ombre y était aussi épaisse que le silence, et je n'étais renseigné sur ma position que par la rampe de bois humide, par les yeux des chats brillant dans le noir, par les souffles plus froids venus de chambres dont pour rien au monde je n'aurais entrebâillé la porte, seul, la plupart du temps, pas assez grand pour atteindre les commutateurs, et privé de la compagnie du chien de Berthe-Dieu, un animal assez fou pour me faire choir dans les marches, me disait-on, mais dont je redoutais surtout le bruit des griffes sur le plancher.

Le grenier de la vieille maison s'ouvrait devant la chambre où je suis né; on y accédait par un petit escalier tournant dont une grossière porte défendait l'accès, à la hauteur du troisième degré : un simple battant de bois noir retenu par un taquet fixé au chambranle et auquel il suffisait de donner un demi-tour à gauche ou à droite pour sentir tomber sur son visage, ses mains et ses épaules la pénombre du grenier, glaciale en hiver, étouffante en été. Une porte qu'on laissait parfois entrouverte, la nuit, pour que les chats aillent chasser les rats dont la sarabande (comme disait ma mère, de sorte qu'il m'a fallu bien des années pour rendre à ce mot son acception musicale, et voir s'exécuter devant moi les mouvements de cette lente et grave danse qui n'avait rien à voir avec le vacarme des rats et leur agonie entre les griffes des chats) m'empêchait, lorsqu'il m'arrivait de coucher là, l'été, de m'endormir parce que j'étais seul dans la vieille maison (seul, oui, même si on faisait coucher à l'autre extrémité de la bâtisse une bonne ou un domestique engagé pour la saison, et dont le sommeil me semblait plus profond que celui qu'on prête aux défunts, et de toute façon séparé d'eux par l'ancienne salle à manger dont le plancher branlant, dès qu'on y posait le pied, faisait remuer avec un vrai bruit de danse, macabre cette fois, le mobilier hors d'usage remisé là en attendant des jours qui ne seraient jamais meilleurs), et parce que je redoutais le moment où la sarabande cesserait et où, entendant miauler à ma porte, je devrais me lever, poser le pied nu sur un plancher plus sombre que l'eau du lac, et ouvrir la porte pour trouver, assis dans un faisceau de lumière, la tête inclinée à gauche ou à droite, les yeux constellés de paillettes d'or, un chat serrant entre ses dents un rat au cou brisé ou, pis, agonisant et qu'il me faudrait achever d'un coup de mon talon nu si je voulais retrouver le sommeil.

Ces chats veillaient sur moi dans le haut et raide escalier menant de la cuisine de la vieille maison à la salle à manger de l'Hôtel du Lac, et aussi dans le passage conduisant aux chambres et raccordé à l'escalier principal par une volée de sombres degrés qui partaient, en sens inverse, d'un palier où, face au grand réfrigérateur à portes de bois clair, dont le moteur m'inquiétait moins quand il fonctionnait que lorsqu'il se taisait, s'ouvrait une petite salle à manger généralement réservée aux repas de famille ou aux mariages modestes : celui d'Yvonne Piale, par exemple, avec un type de Chamberet dont nul ne semble avoir retenu le nom et qui n'avait pas fait de vieux os, si bien que l'institutrice resterait connue sous le nom de Piale et passerait pour une vieille fille, malgré les amours nombreuses qu'on lui prêtait. Une salle dans laquelle, à cause de sa fraîcheur, de son isolement, de la couleur vert eau des murs et de la pauvre lumière venue de l'unique fenêtre encombrée de branches de troènes, on se serait cru dans une grotte marine, mangeant serrés les uns contre les autres, en frissonnant, se mouchant, se raclant la gorge, mais avec l'impression d'être l'objet d'une faveur que donnaient non seulement le prix modique du repas mais l'effort qu'il coûtait manifestement à Jeanne (rougeur accentuée des joues, souffle court, yeux inquiets et plus brillants que d'ordinaire), vu la raideur des escaliers, que la cuisine se préparât en bas, dans la salle aux larges dalles de granit ou, à partir de 1959, en haut, lorsque l'épicerie de Marie eut été transférée à l'extrémité de la maison pour laisser place aux fourneaux de l'Hôtel du Lac.

La salle du bas, comme on l'appelait, même quand elle eut cessé de servir et qu'elle fut devenue, derrière ses volets toujours clos, une troisième cave où Berthe-Dieu entreposait les casiers à bouteilles et les bombonnes de gaz dont il faisait également commerce, cette salle ressemblait à toutes les salles de fermes des hautes terres, avec sa grande cheminée qui me mettait en rapport avec les étoiles plus directement que si j'étais allé m'allonger par une nuit claire sur la rive du lac, avec cette longue table, au centre, et ces bancs sur lesquels on pouvait tenir à six ou sept — et où on entasserait, lorsqu'on aurait cessé de récupérer les bouteilles consignées et que les emballages de plastique auraient fait leur apparition, des cartons d'eau minérale —, et puis, dans un coin, sous un fenestrou en forme de meurtrière, un évier jouxtant une souillarde à la place de laquelle, bien des années plus tard, Berthe-Dieu ferait installer une douche dont ni les plâtres ni la porte ne furent posés et qui ne servit jamais, ni lui ni Jeanne ne consentant à descendre ces escaliers qui leur avaient tant coûté pour risquer d'attraper du mal en se déshabillant dans les profondeurs de la vieille maison, et n'imaginant sans doute pas plus d'être lavés par une eau tombant au-dessus de leur tête que par les grandes pluies de novembre.

Des trois portes donnant accès, outre la porte d'entrée, à cette pièce, celle de gauche s'ouvrait sur l'ancienne salle à manger de l'auberge autrefois tenue par Pierre et Eugénie Bugeaud, et qui, après 1946, servirait à Berthe-Dieu de remise pour le matériel agricole, assez grande pour avoir fait office de salle de bal, comme en témoigne le petit carton bleu pâle que j'ai sous les yeux, festonné de guirlandes, sorti des presses de l'imprimerie Eyboulet, à Ussel, et priant une certaine Léa Fontanier, du Mont-Gradis, d'assister au bal de la jeunesse qui aurait lieu le 16 mai 1932, à l'Hôtel Bugeaud, et qui me fait voir une jolie brunette en bibi, manteau noir et effluves de patchouli, descendant à pied la côte de la Croix des Rameaux en compagnie d'autres jeunes filles des fermes des environs retrouvées en chemin du côté de Lestang ou de La Gouttaille, pour arriver à Siom au crépuscule, poussant de petits cris et chassant de leurs cheveux d'invisibles insectes mais en réalité pour faire mine de ne pas voir les garçons qui les attendaient assis sur le mur de l'école ou celui du lavoir.

Cette salle débouchait, à son extrémité, sur une petite cuisine qui avait d'abord été le four à pain dont la bouche noire et l'odeur de très vieux feu me terrifiaient mais où je ne résistais pas au désir d'inventorier ce qui s'entassait là, comme à l'étage, avec d'autres objets de rebut provenant de l'épicerie de Marie tels que des boîtes de produits pharmaceutiques depuis longtemps périmés : la Dermophiline aux cyclamens des monts du Jura servant à éradiquer taches de rousseur, boutons, rides, hâle, la Phosphatose destinée à suralimenter le bétail, les pilules Foster dont une dame Gausseran, de Montauban, témoignait qu'elles l'avaient soulagée de ses palpitations, brûlures d'estomac et maux de reins — produits merveilleux, incomparables orviétans auxquels je n'osais goûter ni toucher, quoiqu'ils me tentassent fort, surtout l'Urométine des frères Lambiotte, censée guérir les coliques néphrétiques, la gravelle, l'artériosclérose, le lumbago, la phlébite, la goutte, l'eczéma et les rhumatismes, et dont la boîte montrait une infirmière sous les traits d'une imposante Marianne républicaine ôtant d'un saint Sébastien au corps superbe les flèches dont il était percé. On y trouvait aussi quelques membres artificiels pour amputés, des crucifix de marbre noir et des couronnes de perles de verre dont le commerce, après la Grande Guerre, avait été un temps lucratif avant de s'effondrer d'un coup, les morts, les pauvres morts, comme Marie les appelait, entrant dans cette seconde et véritable mort qu'est l'oubli, la mémoire dès lors aussi vide et nette que le grenier de la vieille maison et dont je n'ai jamais osé demander pourquoi on n'y trouvait rien et, surtout, pourquoi il arrivait à Jeanne de le balayer : songeait-on à y entreposer du grain, lorsque les affaires commencèrent à aller mal et qu'on se mit, pendant la dernière guerre, à cultiver un peu de blé ? Pensait-on y aménager des chambres ? Y avait-il une raison plus secrète, quelque chose qui eût un rapport avec les hommes à la mémoire de qui on avait élevé au milieu de la place un monument de granit et dont j'ai su, à une époque, la liste par cœur, exhaustivement, comme le plus étrange des poèmes et en tout point digne de figurer à côté des généalogies bibliques ? Jeanne, Marie, Louise venaient-elles prier, la nuit, dans cette étrange pièce qu'on ne pouvait plus appeler grenier alors que celle du dessous en était devenue un, contrairement aux lois de la gravitation des objets domestiques qui fait que le rebut se déplace vers le haut ou vers les profondeurs, ou encore vers le dehors, mais jamais à l'étage noble, si on peut l'appeler ainsi, à la campagne ?

Un grenier vide et extraordinairement propre dans cette maison qu'on avait cessé d'entretenir, à l'exception de la salle dallée du bas, des trois chambres de l'étage, et, à l'autre extrémité de la maison, la chambre où, au-dessus de l'ancien four à pain, Pierre et Eugénie Bugeaud avaient fini leurs jours, et qu'on destinait, l'été, aux domestiques. J'y montais en silence, de préférence les jours de beau temps, pour le plaisir de plonger les mains et le visage dans les colonnes de lumière oblique et frémissante, chargée d'innombrables particules d'or tombant de la faîtière et des interstices des ardoises disjointes, qui faisaient de ce lieu un palais analogue à ceux des contes qu'on me lisait. J'étais hors de portée des bruits de la maison comme de ceux du dehors ou je les percevais de bien plus loin qu'il n'était vraisemblable, de sorte que c'est par le terme d'« arrière-monde » que je pourrais désigner leur origine, lequel faisait de moi une sorte de fantôme pareil à ceux que je guettais tout en les redoutant, entré dans la grande paix de ce lieu qui paraissait attendre une cérémonie secrète, une assemblée de religieuses que j'allais, si je demeurais aussi immobile et silencieux que les poutres, voir non pas surgir du plancher, comme les romanichels, mais descendre en silence du toit, dans les colonnes de poussière dorée. Finalement c'était toujours Marie qui arrivait à pas de loup et qui posait sur mon épaule ou sur ma tête une main qu'elle avait su garder si douce, malgré les souffrances et l'âge, qu'il me semblait qu'elle avait traversé le temps ; et non seulement celui qui s'était écoulé depuis son enfance mais, plus encore, ce temps abstrait que toute femme sait rendre sensible en mettant au monde un enfant, le temps n'étant lui-même qu'un enfant ignorant de sa propre existence, et par conséquent immortel.

À peine si je tressaillais ; je souriais, puis je me levais pour la suivre dès qu'elle avait murmuré, si bas que je doutais même qu'elle eût ouvert la bouche : « Allons, les anges aussi ont besoin de dormir. »

Oui, quelque chose de cet ordre, qui me donnait à croire que je redescendais de bien plus haut que le grenier avec, dans le cœur, un secret plus léger et plus précieux que la plume des anges évoqués par Marie dans le grenier, le premier auquel j'aie eu accès et où on ne m'interdisait pas d'aller en raison des larges marches par lesquelles on y montait, et parce qu'il ne s'y trouvait rien à quoi je pusse me blesser.

Las d'attendre ce qui ne se manifeste que dans le for intérieur, comme l'avait dit l'abbé Guerle, aux Buiges, pendant un cours de catéchisme, j'ai bientôt délaissé ce grenier pour les caves de la vieille maison et de l'Hôtel du Lac, auxquelles on accédait depuis la salle du bas par une porte d'une largeur et d'une épaisseur bien différentes des autres portes et qui, par sa couleur ocre, les grosses têtes de clous qui l'ornaient, et le haut loquet qu'il me semblait que je n'atteindrais jamais, défendait l'entrée d'un domaine souterrain, d'un monde aussi mystérieux que celui des livres que je m'apprenais à lire, ainsi qu'on disait à Siom, et dont la puissance de suggestion entrait en concurrence avec la réalité, me faisant pressentir, déjà, que celle-ci est douteuse, comme toute évidence, et qu'elle avait besoin, pour être acceptée, de l'épreuve du langage — de ce langage si particulier dont j'apprendrais plus tard qu'on le dit littéraire parce que le plus éloigné possible de l'humaine parole.

La première cave — la plus petite — était d'un niveau plus bas que celui de la salle ; et seule aujourd'hui l'écriture me permet de descendre sûrement la marche trompeuse dont ma mémoire avait perdu la mesure, malgré plusieurs chutes qui m'avaient littéralement fait mordre la poussière, puisque le sol était de terre presque meuble. C'est donc dans ces sombres séjours que je propose qu'on s'attarde, ou s'égare, avec moi. On y trouvait des garde-manger grillagés dans lesquels on tenait au frais le fromage acheté chaque mois à un bougnat de Riom-ès-Montagnes qui faisait sa tournée dans une camionnette Citroën à l'intérieur de laquelle les tommes de montagne, le saint-nectaire entier, et les meules de cantal me semblaient destinés aux repas de géants habitant les caves, renforçant ainsi l'idée de ce souterrain dont j'avais entendu dire qu'il reliait la vieille maison au château du Montheix, à quatre kilomètres de là, et dont témoignaient, dans notre cour, et çà et là dans les champs, des pierres sculptées de fleurs de lys, de croix, de salamandres, de blasons effacés qu'on disait être des sortes de regards, mais qui étaient en réalité des pierres tombales provenant du premier cimetière de Siom, jadis situé sur la place, devant l'église, et qui servaient à présent de bornes. L'entrée de ce souterrain, je l'ai longtemps cherchée, dans cette cave comme dans celle du Montheix, bien des années plus tard, lorsque les Barbatte et les Piale en furent partis, sans jamais la trouver, mais sans que cette première cave perde son statut de passage secret, ou d'antichambre mystérieuse, à cause du peu de jour qu'elle recevait d'un minuscule soupirail rectangulaire protégé par deux courts barreaux et un carreau de verre dépoli que j'imaginais destiné à passer de la nourriture à quelque prisonnier, et non moins étrange pour moi que le petit losange serti de mica par lequel, plus bas dans le bourg, dans la rue qui descend vers la terrasse aux acacias, la cuisine de Philippeau recevait un peu de lumière : semi-obscurité qui a caractérisé si longtemps les intérieurs de la montagne limousine et où on peut voir l'ultime relief de la grande pénombre médiévale, dans laquelle la nuit ne s'opposait qu'en apparence au jour, pour ces petits hommes courbés vers la terre, mais qui savaient élever des églises, dresser des croix dans la campagne, et, comme à Bonnefond et à Féniers, rendre gloire, en sculptant sur des menhirs des symboles chrétiens, à Celui qui est la lumière du monde.

Ce peu de jour, lorsque j'avais tiré derrière moi la porte de la cave (nul n'y entrant sans avoir refermé sur soi cette lourde porte qui marquait la frontière entre le monde habitable et celui des ténèbres, tradition inaugurée par Pierre Bugeaud et que ses filles ont tenu à conserver, sans doute par superstition plus que par nécessité, même quand le rez-de-chaussée tout entier de la vieille maison fut devenu une sorte de cave), me permettait de m'habituer à l'obscurité comme à ma propre inquiétude avant de renverser un casier vide sur lequel je grimpais pour atteindre en tâtonnant (tout en redoutant de poser les doigts sur l'araignée établie là et dont Marie prétendait qu'elle était non seulement la gardienne du lieu mais qu'elle filait la lumière) le bouton d'émail blanc déclenchant l'arachnéenne clarté, l'ampoule étant depuis longtemps prisonnière de la poussière et de vieilles toiles d'araignée.

Je ne m'attardais pas : derrière une porte aux contours grossièrement jointifs se devinait — le même commutateur y déclenchant une lumière un peu plus vive — une autre cave, dans laquelle on pénétrait en prenant à pleine main un loquet aussi lourd et aussi froid que celui de la première porte et qui, là encore, paraissait ouvrir sur une crypte en grande partie creusée dans le roc, bien plus vaste et plus haute que la première, dont le sol était occupé par des pommes de terre reposant sur du sable de la Vézère et des bouteilles si vénérables, spiritueux ou vins, que l'étiquette en était le plus souvent devenue illisible, à la différence d'autres bouteilles, plus nombreuses, plus communes, couchées sur des étagères dressées le long des murs, et couvertes d'une poussière blanchâtre.

Je me tenais là, debout dans ce qui me semblait,

été comme hiver, une tiédeur d'hypogée, depuis que ma mère m'avait — en me faisant jurer, je ne sais pourquoi, de n'en parler à personne — raconté son récent voyage en Égypte, dans la Vallée des Rois, me révélant ce mot d'« hypogée » qui me parut dès lors (sans doute à cause de son apparence féminine) bien moins funèbre que la sonore extension du mot « cave » en celui de « caveau » ou de « tombe » en « tombeau » (le mot de « charrette » me paraissant même préférable à celui de « tombereau », lourde voiture avec laquelle on allait épandre le fumier et, pensais-je, porter les morts au cimetière, la nuit), et j'imaginais qu'en m'aventurant dans ces lieux souterrains je marchais sur les pas de ma mère pour me retrouver non pas dans une cave de haute Corrèze mais en un tombeau royal, chantant doucement pour vaincre l'espèce de peur donnée par le sentiment de violer sinon une sépulture du moins l'intimité maternelle, mais finissant par l'appeler, cette mère qui n'était jamais là mais ailleurs, très loin, dans un tombeau de la Vallée des Rois où elle finirait bien, si je me tenais coi, par se retourner vers moi comme une reine d'Égypte, cernée d'or et de nuit, proche et lointaine, belle comme jamais on ne l'avait été à Siom et dans tout le canton des Buiges.

Je demeurais immobile, souriant, veillant à ne pas indisposer les morts qui reposaient là, imaginais-je en évitant de porter mes regards vers les hautes claies et les niches creusées dans la roche, retenant ma respiration comme je le ferais toujours en pénétrant dans un lieu inconnu et clos, l'odeur étant, avec le son, je le redis, ma vraie façon d'accéder au monde selon un profond mouvement de plaisir ou de refus, quand ce n'est pas, comme dans ces caves ou ces greniers, les deux types de sensations mêlées dont je crois avoir, dès l'âge de cinq ans, deviné qu'elles n'étaient pas forcément contradictoires mais qu'elles pouvaient m'amener à un ordre de sensations supérieur (et inavouable, pressentais-je, du moins inaccessible aux gens qui m'entouraient) et dans lesquelles la répulsion — l'irrépressible, l'intolérante répulsion — allait jouer le rôle d'une morale quasi élémentaire. Car ce qui m'inquiétait, dans ces caves, tout en maintenant à un haut degré ma curiosité (curiosité bientôt déçue si je m'en tenais, une fois passée la deuxième porte, à l'espoir de voir ma mère se retourner dans le noir pour m'ouvrir une porte invisible en me souriant comme elle ne l'avait encore jamais fait), c'était bien sûr le contenu des casiers, les étagères creusées dans le roc, les recoins que n'atteignait pas la lumière tombant du plafond correspondant au plancher de l'Hôtel du Lac (une mince épaisseur de chêne sonore séparant deux mondes aussi incompatibles que la vie et la mort, de sorte que ce que mon oreille percevait, là-haut : bruits de pas, chaises remuées, coups sourds, rires, éclats de voix, me semblait n'appartenir à nulle langue, ne pouvoir être rapporté à aucun buveur diurne mais bien aux morts que j'imaginais allongés contre la muraille du fond, tels que sur les étagères des caveaux, là-haut, au *cimitière*, comme je disais alors, conformément à la siomoise déformation de certains mots qui nous faisait également dire *mécredi* au lieu de mercredi, *pomme terre* pour pomme de terre, *agreïable* pour agréable, *pichiatre* pour psychiatre ou *plancarte* pour pancarte). Une inquiétude vite muée en dégoût puis en une terreur qui m'obligeait à quitter les lieux le plus doucement possible, pour ne pas réveiller ce qui sommeillait là, sous le sol : surface meuble et tiède, apparemment (car pour rien au monde je n'y aurais porté les mains), qui avait tout d'une terre sablonneuse où s'enliser, comme Jean Pythre soutenait qu'il en existait dans la lande de Lestang, non loin du bois de bouleaux où les frères Lontrade avaient tourmenté sa sœur Suzon, événement auquel j'étais trop jeune pour avoir assisté, trop jeune aussi pour avoir jamais vu la belle Suzanne Pythre, alors retirée à Féniers avec sa mère mais qui m'avait fait associer définitivement la beauté à ce qui la menace et la rend dangereuse à qui la possède, comme ces sables mouvants cachés au milieu des ajoncs dans lesquels Jean Pythre me racontait que s'était autrefois laissé engloutir une jeune bergère des Places abandonnée par l'amant qui devait la retrouver pour s'enfuir avec elle et où elle l'avait attendu toute une nuit, guettant le pas de celui qui ne viendrait pas, et puis tournant le dos au soleil qui se levait du côté de Siom tandis qu'elle se laissait enterrer vive dans la lande.

Un sol (celui de la cave) pour lequel on éprouvait une répugnance instinctive : quelque chose qui jurait avec l'idée d'habitation, à cause de sa consistance et de l'odeur sournoise qui en montait, plus révoltante encore que celle des tombes fraîches, l'été, par fortes chaleurs. Il était impie, me disais-je, de songer à la mort en présence des pommes de terre, du vin et des liqueurs ; incompatibilité qui continue de m'indigner lorsque je vois par exemple des gens manger ou boire n'importe où, dans la rue, le train ou le métro ; elle m'empêche de laisser entrer dans la pièce où je travaille le moindre élément vivant, animal, fleur ou plante, encore moins les parfums, encens, tabac se consumant, rien de corruptible, surtout la nourriture, pas même une tasse de thé ou un verre d'eau ; et c'est assez qu'on trouve sur mon bureau une bouteille d'encre, laquelle, dès qu'elle est ouverte, par son odeur comme par le danger que présente ce liquide pour les objets alentour, menace l'ordre dont j'ai besoin pour travailler et qui me fait en écarter avec un soin quasi religieux tout ce qui peut me rappeler à quel point nous sommes périssables.

Disons-le de façon plus abrupte (n'ayant jamais pu l'avouer aux femmes Bugeaud, encore moins à Berthe-Dieu, parce que c'était un homme et que les individus du sexe masculin avaient, dès cette époque, commencé à me répugner par leur aspect et leur brutalité, même si quelquefois, par un singulier paradoxe, Berthe-Dieu pouvait paraître plus doux que les femmes de la famille, à cause de sa nonchalance et de son étrange patronyme alliant un prénom féminin et le nom du Créateur) : le sol de cette cave avait fini par m'empêcher d'avaler les pommes de terre qui en provenaient. À qui aurais-je pu, moi qui étais élevé dans un univers de femmes et sans personne à qui confier que je n'étais pas malade — comme on le pensait et comme je le laissais volontiers croire — à cause des friandises que je chipais dans l'épicerie de Marie, mais de l'idée que les morts de la famille Bugeaud reposaient là, dans cette cave, et non au cimetière, imaginais-je, les Bugeaud étant des gens à part, qui ne faisaient rien comme les autres, qui « se croyaient », disait-on, à Siom, en faisant un emploi absolu de cette forme pronominale. Ils gisaient là, dans la cave, en attendant la résurrection de la chair, m'étais-je persuadé, grâce à quelque parole surprise dans la bouche de Mélanie Nuzejoux qui soutenait qu'il n'était rien de mieux que d'être enterré chez soi. Dès lors, je ne suis plus retourné dans la cave du fond sans un sentiment d'extrême répulsion, bien plus fort que la peur de ce que je pourrais voir se lever à cause de ces pommes de terre dont les *yeux* qu'on en ôtait au couteau avec un petit crissement presque désagréable (et qui étaient loin d'avoir la douceur des yeux qu'on trouvait dans le potage au tapioca) ne pouvaient pas ne pas être ceux, terribles, des anciens morts reposant sous le sol meuble et plein d'odeurs sourdes de la cave. Ainsi me regardaient-ils, ces morts, par les yeux multiples des pommes de terre; ils vivaient en moi non seulement par le sang qu'ils m'avaient transmis mais par ce légume ingéré sous diverses formes; ils ont joué un rôle considérable dans l'élaboration de mon goût, et de mon jugement, grâce à cette échelle d'odeurs qu'ils m'ont contraint à me forger, au fond de cette cave, le plus souvent en proie à la peur, mais quelquefois avec ravissement, lorsque je croyais voir, au fond de l'hypogée, dans cette partie où la solidité du roc semblait le disputer à l'étoffe du cauchemar, ma mère étendre en souriant sur eux une main comminatoire, en un geste qui me faisait comprendre que je n'avais rien à craindre d'eux, que nous pourrions un jour être ensemble, elle et moi, n'imaginant pas que je puisse mourir seul, ni elle sans moi, et que nous serions heureux, enfin, bien plus qu'en ce bas monde.

4

Et si, pourtant, j'avais fini, après un long temps de répugnance confinant parfois à la terreur (comme le jour où Jeanne avait accepté des clients supplémentaires et que, tout le monde étant occupé à la cuisine ou dans la salle, on m'avait envoyé chercher des pommes de terre non pas au jardin, mais à la cave où la lumière s'était éteinte ; je m'étais mis à appeler, à crier sans qu'on me prêtât attention, et bien que je les entendisse parler, remuer, brailler au-dessus de ma tête, moi, immobile, la bouche bientôt ouverte sur un hurlement silencieux, les pieds sur le ventre des morts, incapable de lâcher les pommes de terre que j'avais saisies au moment où s'éteignait la lumière, comme si j'avais dans chaque main une tête de mort, cloué sur place, tel qu'on m'avait trouvé lorsqu'on se fut enfin inquiété de ne pas me voir remonter, et que Marie m'eut ouvert ses bras entre lesquels je retrouvai la parole pour souffler, et lui dire que j'avais été retenu par les morts, ce qu'elle ne jugea pas bon de répéter, étant elle-même persuadée non que les morts pouvaient gésir sous le sol de la cave, mais qu'ils nous parlaient, qu'ils s'adressaient aux âmes simples ou douces, comme l'étaient la sienne et la mienne : « C'est qu'ils ne parlent pas vraiment, pas comme toi ou moi », murmura-t-elle en expliquant qu'ils chantaient, oui, on pouvait dire ça, comme des enfants, et se mettant à chantonner, elle, en me berçant autant par le mouvement qu'elle donnait à nos corps enlacés que par ce fredon sans paroles dont j'avais pourtant l'impression de saisir le sens : un sens qui avait quelque chose d'un grand manteau de soie rouge, songeais-je en la regardant sans la prendre tout à fait pour une morte, elle qui allait pourtant bientôt rejoindre le chœur des chanteurs invisibles), si j'avais donc fini par redescendre sans trop de crainte dans les caves de la vieille maison et si, avec le temps — et, il faut le dire, le talent de Jeanne pour accommoder les pommes de terre avec du lard et des fines herbes dont elle m'envoyait couper un bouquet avec un vieux couteau à la lame devenue si mince, si courbe qu'elle avait acquis la couleur de la corne du manche et ressemblait à un outil du néolithique dont je n'étais pas peu fier qu'on me le laissât manier —, j'étais de nouveau capable d'avaler ce légume dont Marie m'avait fait comprendre qu'il n'est pas plus le légume des morts que n'était leur arbre ce thuya qui avait poussé, plus vite et plus épais que les autres, et né d'une graine hasardeuse, sur la tombe du père Vinatier, là-haut, au cimetière, il ne m'était en revanche pas possible d'entrer dans la cave de Marie.

On y accédait soit par le jardin, soit par une porte au fond de sa cuisine, puis en descendant trois hauts degrés de granit qui s'affaissaient légèrement sur la gauche, tout comme, de l'autre côté de l'étroite et sombre courette séparant la vieille maison de celle de Marie et ouverte sur le jardin, trois autres degrés de pierre par lesquels on montait à ce qui avait été, au-dessus de l'ancien fournil, le dernier logement de Pierre et d'Eugénie Bugeaud, lorsque Jeanne s'était mariée (et où je ne pénétrais qu'avec répugnance, confondant les expressions de « dernier logement » et de « dernière demeure » et de ce fait persuadé, à cause aussi des crucifix de marbre entreposés là par Marie, que mes arrière-grands-parents y gisaient, sous une dalle du rez-de-chaussée ou dans le four à pain dans lequel, lorsque je n'étais pas sage, Berthe-Dieu menaçait de m'enfourner, m'approchant même la tête de la bouche ténébreuse qui me donnait la sensation de hurler dans un tombeau) ; des marches de pierre non moins inclinées, quoique dans l'autre sens, et semblables, elles aussi, aux trois marches qui, du jardin, permettaient de descendre dans la petite cour et à celles par lesquelles, également au nombre de trois (ce qui faisait quatre volées de trois marches, avais-je très tôt remarqué sans être capable de penser qu'il y avait là, comme je le ferais toute ma vie, malgré moi, luttant mollement contre ce genre de superstition héritée de Marie et de Jeanne et, par leur truchement, de toute une lignée de pauvres gens qui entendaient se garder ainsi du mauvais sort, une symbolique néfaste ou propitiatoire selon que le nombre était pair ou impair), on descendait, plus bas, à la cave de Marie, défendue par une porte de bois gris, piquée de clous de toutes tailles, rongée par l'humidité, et si basse que, même enfant, je baissais la tête pour la franchir.

Étroite, profonde, probablement malsaine et d'accès malaisé, cette cave ne servait plus depuis longtemps, la vieille clé rouillée demeurant dans la serrure, comme pour attendre un hôte qui n'y viendrait que de nuit, une fois par an ou par siècle ; quelqu'un de bien plus mystérieux et inquiétant que ces chemineaux auxquels Berthe-Dieu donnait parfois asile, sur leur bonne mine, dans la grange, près de l'église, ou en bas, dans le hangar à bois, à condition qu'ils laissent chez nous briquets et allumettes, selon une très ancienne tradition d'hospitalité qui ne s'était pas encore tout à fait éteinte mais qui n'était pas dépourvue de paradoxe : les mêmes gens capables d'offrir le gîte et le couvert à un vagabond méprisaient les romanichels non point par racisme, comme on aurait aujourd'hui tôt fait de le clamer, mais parce que les romanichels, quoique chrétiens, constituaient une communauté qui se tenait elle-même à part, physiquement différente, hostile aux autres, et vivant le plus souvent de rapines ; alors que le chemineau gardait quelque chose, dans sa solitude, du pèlerin de Compostelle, ou de l'errant chérubinique des mystiques médiévaux.

Tout au plus le même Berthe-Dieu, lorsqu'il faisait le jardin, déposait-il dans cette cave la tranche et le bigot, ainsi qu'une chopine de vin à fraîchir. Jamais je n'y suis entré seul ; et encore demeurais-je près de la porte. Pas d'autre lumière que celle, toujours pâle, qui venait de la cour ; il y avait bien une ampoule, au plafond, mais nul n'avait songé à la remplacer quand elle avait grillé, et elle pendait là, grisâtre, comme une chauve-souris sur quoi on répugnait à poser la main. Une humidité froide tombait sur les épaules telle une cape de deuil, dans une obscurité d'autant plus inquiétante que, si on devinait, dans le fond, je ne sais quels casiers ou étagères chargés de bouteilles et de boîtes propres à rassurer le visiteur, le sol — tout autre que dans les caves de la vieille maison — était meuble, noir, gras, avec de la mousse près de l'entrée, gluant, même, à mesure qu'on s'avançait, donnant l'impression de marcher, à l'aveuglette, sur quelque chose de nauséabond. Je ne bougeais pas de la pierre du seuil ; je retenais mon souffle ; je gardais la bouche close pour ne rien recevoir de cet air que j'imaginais délétère. La cour elle-même me déplaisait, surtout le soir, à cause des crapauds qui s'y rassemblaient, venus du jardin ou de la cave, et sur lesquels je redoutais de marcher, quand ce n'était pas sur un serpent descendu avaler un mulot ou une musaraigne.

Des caves aux greniers, tout un ensemble obscur de pièces closes, de chambres connues ou inconnues, de passages, d'escaliers, d'entresols, de paliers branlants, de couloirs qui semblaient ne déboucher sur rien, et que Marie parcourait, le 4 décembre, jour de sainte Barbe, un cierge bénit à la main, pour protéger la maison de la foudre et de l'incendie. Beaucoup de portes, aussi, que je n'avais pas toujours le cœur de pousser, quand elles n'étaient pas fermées à clef, presque aussi inquiétantes que les caves, quoique d'une autre façon, le froid qui y régnait n'évoquant plus les morts ensevelis mais des corps d'une espèce plus sèche, proche de celle que j'imaginais aux morts peuplant les greniers et qui rendaient l'air irrespirable, suscitant le renfermé, ce remugle à quoi les chapelets d'échalotes et d'aulx pendus aux poutres ajoutaient une note si éminemment funéraire que j'ai vite conçu pour ces condiments (les seuls dont pourtant on usât sur ces hautes terres où la moutarde, les cornichons et même le poivre étaient réservés à des gens raffinés) un dégoût qui ne s'est jamais dissipé, comme pour tout ce qui affecte l'haleine, et qui n'aura pas peu contribué à m'éloigner de ceux qui en consomment, y compris de femmes, pourtant très belles, dont je n'ai pu supporter l'haleine, en de certaines circonstances, et qui m'ont reproché comme une sorte de crime ce manque de générosité envers autrui alors que ce n'était là que la résurgence d'une des terreurs enfantines qui persistent dans l'homme mûr.

Et pourtant ces greniers, même s'il y faisait toujours plus froid ou plus chaud que dans les caves et que leur mystère parût bien profane à cause des innombrables objets entassés là — « montés » là, devrais-je dire pour m'accorder au langage de ceux qui présidaient à leur relégation au plus haut de la maison, ou au plus profond des caves, ou encore dans un coin reculé de la cour, sur un flanc du hangar à bois —, en vertu d'un des maîtres mots de la gens Bugeaud selon qui rien ne saurait se perdre définitivement, car « ça pourrait bien resservir », ou quelque expression de ce genre qui ressortissait à la vieille avarice paysanne dont nul Siomois n'était tout à fait exempt et dans laquelle entraient la peur de manquer, le souvenir de misères immémoriales, des famines, des maladies, des guerres, la crainte de ce que réservait l'avenir ; car pour le reste (pour ce dont on voulait vraiment se défaire — ce qui à cette époque encore était peu de choses en regard de ce dont nous avons aujourd'hui à nous débarrasser quotidiennement), c'étaient les chiens et la basse-cour qui s'en chargeaient ; c'était le feu pour ce qui était combustible et, pour les choses imputrescibles, bouteilles, vaisselle brisée, boîtes de conserve qui ne serviraient pas d'embout aux piquets des clôtures, et — quand il eut fait son apparition et qu'on eut constaté combien sa combustion puait — le plastique, pour tout ça, on faisait comme le père Lauve, avant qu'on eût ouvert la décharge de Lornon, sur la route de Villevaleix : on allait l'enfouir dans un coin de ses terres où les bêtes n'allaient pas paître et où j'imagine que ça mettra des siècles à s'éliminer entre les racines des pins qu'on y a plantés depuis que les derniers paysans ont renoncé à disputer la terre à la nuit et à l'éternel hiver ; et pourtant, donc, l'espèce de répugnance que m'inspiraient les greniers prit une autre tournure lorsque je découvris, dans l'une des deux armoires dressées au fond du grenier de Marie (celle dont la porte fermait si mal qu'elle s'ouvrait au moindre pas, à cause du plancher branlant, d'abord sans qu'on l'entendît, puis avec un grincement grandissant qui me clouait sur place quoique je m'y attendisse dès que j'avais quitté le grenier de Jeanne pour entrer dans celui de sa sœur, puisque c'était, depuis qu'on avait condamné la trappe qui débouchait dans le couloir de Marie, le seul moyen d'y accéder), lorsque je découvris des vêtements qui n'avaient été donnés à personne (nul parent pauvre, nul misérable de la commune ou d'ailleurs, comme ces petits Chinois dont l'abbé Guerle des Buiges nous faisait croire qu'ils seraient bien heureux des miettes de ce dont nous ne voulions plus), ainsi que cela se faisait à la mort de quelqu'un et qui, ces vêtements, vu la petite taille de Marie et sa minceur, n'avaient pu être repris par aucune de ses sœurs, plus grandes, plus fortes, et soucieuses d'être à la mode en dépit des sarraus et des tabliers qu'elles portaient la plupart du temps.

Ils pendaient là, dans l'armoire, ou reposaient sur les étagères, ces manteaux, blouses, robes, gilets, bottines, linge, toutes choses à quoi je n'aurais touché pour rien au monde, à cause de leur texture que j'imaginais semblable à celle de ces momies au sujet desquelles Blanche Queyroix, chez qui on m'avait amené à la mort de son père pour présenter mes condoléances, m'avait expliqué qu'elle avait fait embaumer son pauvre père, ce qui passait à Siom pour la plus grande de ses lubies ; et à l'appui de ses dires elle m'avait montré des photographies en noir et blanc dans un livre relatant la découverte de la tombe de Toutankhamon par lord Carnarvon, et m'avait prouvé, cette pauvre demoiselle rendue folle par l'amour qu'elle avait si longtemps nourri pour le grand Pythre — m'avait dit Marie qui avait de la sympathie pour ce « destin brisé » (expression qu'elle avait dû trouver dans un de ces romans de quatre sous que réussissaient à lui fourguer des voyageurs de commerce et qu'elle mettait ensuite au feu comme si elle en avait honte ou qu'elle eût entre les mains *Le Grand Albert* ou quelque autre ouvrage de sorcellerie) —, que ces morts-là ne sentent rien, qu'au contraire, même, ils sentent les plus rares parfums de l'Orient, comme l'encens, le benjoin et la myrrhe. Blanche Queyroix m'avait rendu à mes grands-tantes en proie à une inquiétude qui leur avait fait hausser les épaules et qui m'avait incité à monter au grenier, jusqu'aux armoires de Marie, celle qui s'ouvrait toute seule, du moins (car jamais je n'aurais cherché à ouvrir celle qui était fermée à clef), et où je m'étais forcé à toucher et à respirer les vêtements d'autrefois, surtout les dentelles et les claires étoffes jaunies par le temps, afin de m'habituer à ce qu'on appelle la dépouille mortelle : impression qui se confirmerait après la mort de Marie, comme si cette dernière était là, dans ces vêtements qui étaient la part visible, ou présentable, de ce qui se trouvait enfermé dans l'autre armoire et qui me faisait penser tout à la fois que c'était le corps de Marie et que celle-ci n'était pas vraiment morte, mais enfermée là pour une raison que je ne parvenais pas à comprendre (et pour laquelle l'idée de purgatoire, appliquée à une aussi bonne personne, ne m'était d'aucun secours), qu'elle ne pouvait être morte, non, je ne m'y résolvais pas, moi qui ne l'avais pas vue mise en bière et n'étais pas certain que ce fût elle qu'on avait emmenée, là-haut, non pas dans le caveau des Bugeaud, près de son père, de sa mère et de son frère Jean, mais dans celui où gisait l'homme qui avait été, si peu de temps, son époux, sous la dalle de granit rosé qu'on avait à l'époque coutume de protéger des hivers interminables par un auvent fermé rappelant une serre et qui servait aussi à abriter les ex-voto, les crucifix de marbre ou d'albâtre, les couronnes de fleurs artificielles dont la puanteur, en été, ne manquait d'évoquer pour moi celle des corps reposant sous la lame, et ces photographies sur émail dont l'une, sur le caveau de Marie, montrait une femme entre deux âges, encore jolie, aux yeux vifs et bons, au regard lointain.

5

Une femme qui n'a pas toujours été l'éternelle veuve qu'on a connue à Siom pendant plus d'un demi-siècle. Une femme dont un autre photographe a saisi la beauté de ses vingt-quatre ans, en 1911, le jour de ses noces : une figure harmonieuse, étroite et pleine tout à la fois, un menton volontaire, des pommettes hautes, des lèvres boudeuses, heureusement dépourvue (tout comme sa sœur Louise) du nez bourbonien des Bugeaud. Elle se tient droite, légèrement cambrée, un bras passé à celui de son époux, l'autre pendant le long du corps, et les quatre doigts de cette main (la gauche) repliés sur la paume, les cheveux ramenés sur la tête et surmontés d'une aigrette de fleurs blanches semblables à celles que l'époux porte à la boutonnière, les hanches parfaitement mises en valeur par cette robe de mariée que je suis incapable de décrire avec la précision qu'il faudrait, vivant dans le deuil non pas d'un monde disparu mais d'une langue dans laquelle on savait nommer les objets, les métiers, les rites qui le constituaient, le roman ayant cessé d'être le grand réservoir de langage que nous avons aimé en lui au profit de la seule pertinence psychologique et de l'expression de soi, ce qui ne m'est d'aucun secours pour susciter ici la figure de Marie. Je veux malgré tout évoquer la belle simplicité donnée par le liséré de fleurs bleues qui part de la cheville pour remonter transversalement jusqu'à la taille, et la dentelle bouillonnante du jabot, et le col haut fermé d'une broche horizontale, façon Tolède, sertie de pierres fantaisie. Avec ses lèvres étirées sur un mince et doux sourire, Marie a l'air heureuse ; davantage : fière, sûre d'elle, de sa beauté, du couple qu'elle forme avec l'homme en costume gris à haut col blanc, son chapeau mou à la main, et souriant plus timidement, l'un et l'autre debout sur fond de clôture à larges piquets pointus, au bas d'un pré en pente bordé à son extrémité par de hauts sapins sombres entre lesquels se devinent les bâtiments de la mairie où les nouveaux époux viennent de signer le registre de mariage. Ces arbres, par leur situation, peuvent laisser penser que la photo a été prise dans la cour de l'hôtel Bugeaud, ou un peu plus bas, sur la route qui descendait à la Vézère, près de l'ancien abreuvoir : une photo qui, à cause des sapins, du beau visage de Marie et bien sûr des traits d'époque, a toujours évoqué pour moi les noces solognotes d'Yvonne de Galais et d'Augustin Meaulnes ; une photo insignifiante pour tout autre que moi qui suis aujourd'hui le seul à me souvenir d'eux, à tenter de me représenter ce bonheur qu'ils n'imaginaient pas si court, en cette journée où le ciel était gris et la haute Corrèze plus sombre que jamais.

J'écarte ce mauvais présage. Je veux laisser Marie à sa joie, à sa fierté de former un beau couple avec Antoine Foly, un homme que, sans le connaître, elle avait si longtemps attendu qu'on avait pu douter si elle se marierait jamais : un Normand rencontré je ne sais où, à Siom, pourquoi pas, lors d'un de ces bals de la jeunesse organisés par son père dans ce qui était encore une auberge de campagne, ou alors au chef-lieu du canton, Les Buiges, quatre kilomètres plus loin, dans quelque bal du 14 Juillet où elle s'était rendue avec son frère François et sa sœur Louise, respectivement nés en 1888 et en 1895 ; accompagnée aussi, au moins jusqu'à l'entrée du bal, par Jean et Léonce, ses deux autres frères qui, bien qu'ils n'eussent, en 1911, que onze et huit ans, et qu'ils eussent été élevés en grande partie par Marie et même par Louise (lesquelles avaient très tôt pris le relais de leur mère, occupée du matin au soir à la bonne marche de l'auberge, et que la naissance inattendue de Jeanne, en 1910, avait laissée sur le flanc, malgré sa robustesse), tenaient à jouer ce qu'ils pensaient être leur rôle en surveillant leurs sœurs de près, faisant les coqs autant pour se conformer à l'attitude générale que pour affirmer la grandeur des Bugeaud, croyaient-ils, alors que la guerre allait bientôt donner un autre aspect, un autre sens non seulement à cette grandeur mais à l'ordre d'un monde dans lequel les hommes régnaient de façon absolue, où ils pouvaient se permettre, encore enfants mais avec en eux déjà cette arrogance de futurs mâles en quête de légitimité, de poser sur des jeunes filles — leurs propres sœurs —, comme sur ceux qui s'approchaient d'elles, des regards soupçonneux, terribles, ou faussement bonasses.

Ils n'avaient cependant pas empêché, ces frères si bien dressés sur leurs ergots, que s'instaurât pour les Bugeaud ce qu'ils étaient bien les seuls à ne pas voir : que c'étaient déjà elles, les « Bugelles », comme on les appellerait bientôt, sans rien de péjoratif, avec même le souci de reconnaître, d'honorer ce qui allait devenir un matriarcat, se pliant ainsi à cette loi linguistique qui tend à mettre au féminin ce qui peut acoustiquement et raisonnablement l'être, au contraire de la féminisation idéologique et malséante de tant de noms de métiers et de titres d'aujourd'hui, c'étaient elles qui faisaient la loi, qui

« commandaient », comme on disait ici, et qui, bien que Pierre Bugeaud fût à peine âgé de cinquante-deux ans en 1912, avaient déjà en main une partie des affaires.

Ils n'avaient pas non plus empêché l'ouvrier carrier de fréquenter Marie. Comment l'avait-il abordée — ou si c'est elle qui l'avait remarqué, faisant en sorte qu'il vienne à elle ? Les avait-on présentés l'un à l'autre, comme c'est plus probable ? Plus personne n'est là pour le dire, si tant est qu'on s'en soit souvenu (et je n'interrogerai pas là-dessus ma mère, à peu près certain qu'elle inventerait, étant parvenue à cet âge où le souci de vérité et le bonheur de la remémoration involontaire s'abolissent l'un l'autre dans une fade idéalisation du passé ou, ce qui revient au même, dans le refus d'en parler). Non : plus personne ou, pour m'exprimer comme à Siom : *personne plus* ne me parlera du jeune Normand à l'agréable visage, aux yeux bons, aux moustaches aux bouts légèrement relevés, tel que sur cette photographie qui restera plus de soixante ans sur la table de chevet de Jeanne, sa belle-sœur. Personne, non plus, en Normandie pour songer encore à celui qui était venu dans le Limousin, alors qu'il aurait pu aller en Bretagne, moins éloignée de chez lui, pour se perfectionner dans l'art de tailler le granit, mais attiré, à en croire une légende familiale entendue dans la bouche de Louise, par la réputation de la pierre d'Auphelle, dans la région de Royères, par celle de la Brause et d'Orladeix, près de Gentioux, et surtout par le beau granit rose de Pérols-sur-Vézère.

Il faut l'imaginer un dimanche de septembre ou d'octobre, en 1911, le matin, assez tôt, afin de ne pas déranger pendant ce qu'Eugénie Bugeaud, comme Jeanne plus tard, appelait le « coup de feu », venu à pied de Pérols, et s'arrêtant après le tournant de La Chapelle, dans la pente qui mène à Siom, afin d'essuyer dans l'herbe la poussière de ses souliers, puis, passé l'espèce de pont sans arche qui surplombe l'étang du curé, au pied du village, remontant la rue qu'on appelait rue Derrière (et non de Derrière, comme s'il ne s'y trouvait que des gens de condition inférieure, assez d'ennemis des Bugeaud, en tout cas, pour mériter ce surnom dû à une simple élision grammaticale, et qui ne désignait sans doute que les maisons bâties derrière l'église, avant que cette même rue devienne, à la construction du barrage, la rue Basse, puis la rue des Acacias, à cause des trois ou quatre acacias ou robiniers plantés là pour donner de l'ombre aux bancs qu'on plaça sur le terre-plein aménagé en haute terrasse au-dessus de l'eau, et où les Siomois viendraient tenir leurs conciliabules). Il découvrit, bordant un côté de la place, la partie de la vieille maison aujourd'hui remplacée par l'Hôtel du Lac mais qui, en ce temps-là, abritait, sous un toit de tuiles romaines — les seules qu'il y eût à Siom où les maisons étaient couvertes de chaume ou d'ardoises —, une remise à chevaux, un poulailler, et, accessible par trois hautes marches, l'entrée de ce qui est aujourd'hui la petite salle de l'entresol, surmontée de cette inscription, en lettres noires sur fond beige : Café-Restaurant Bugeaud, le cœur lui battant peut-être plus fort de lire en si grandes lettres le patronyme de celle qu'il aimait. Il a aussi dû lire, fixés au-dessus du poulailler et sur le pignon, des panneaux publicitaires pour le goudron Monéger, pour *Le Petit Parisien* qui se vantait d'avoir le plus fort tirage des journaux du monde entier, pour le chocolat Menier, pour les machines à coudre Singer (panneau qu'on retrouvait au pignon de la ferme de Chadiéras) et pour l'apéritif Byrrh dont le nom, pendant la centaine d'années que ce quinquina aura été prisé, a hanté les enfants curieux non seulement de cartes et d'estampes mais de mots, de langues, et de ce qui, dans les langues et les patronymes, désigne le rare, l'étrange, l'abscons, le ridicule, l'inquiétant, et dans quoi on peut voir une des sources les plus secrètes du roman, tant il est vrai que les images séminales qui donnent vie à ce genre résident autant dans l'énigme même du langage que dans une couleur, un visage, une odeur, un son. Dans le cas de Byrrh, consonnes et voyelles s'assemblaient pour désigner non seulement une de ces fabuleuses boissons avalées chaque jour avec euphorie par les hommes de Siom et auxquelles il m'était interdit de goûter, mais quelque chose associant la myrrhe à la ville de Beyrouth, ces deux noms compressés, réduits à l'essentiel de leurs lettres pour constituer un pentagramme magique qui aurait pour moi la valeur musicale du nom de Bach inscrit dans l'*Art de la Fugue*, et aussi une opération alchimique dont je guettais en vain le résultat sur le visage des buveurs (mais point des soûlots, chez qui je devinais, malgré le verbe magnifique de certains, que l'opération avait échoué et qui, d'ailleurs, s'adonnaient à des alcools plus puissants). Berthe-Dieu, quoïqu'il n'eût, comme bien des patrons de bistrot, que peu de goût pour l'alcool et n'en bût que pour accompagner, par politesse, certains clients (se servant alors un de ces apéritifs à base de gentiane qu'il allongeait d'eau pour le faire durer et dont les noms : Suze, Salers, Avèze, avaient eux aussi leur mystère et qui, distillés non loin de Siom, me paraissaient la transmutation en un or pâle et liquide du paysage dans lequel je vivais, sa quintessence tout à la fois évidente et mystérieuse), Berthe-Dieu me révéla le secret du Byrrh, en me faisant tremper les lèvres dans ce liquide sombre et amer dont l'aspect me fascinait moins que les métamorphoses opérées par les buveurs de pastis ajoutant à leur breuvage de la grenadine, de la fraise ou de la menthe, ou que ces liqueurs aux noms singuliers et sonores qui sont parmi les premiers mots que j'aie su déchiffrer : Clacquesin, Arquebuse, Chartreuse, Saint-Raphaël, Dubonnet, Cinzano, Ambassadeur, Vabé, Picon, Guignolet, Lillet, l'Izarra verte ou jaune, et cette transparente Marie Brizard dont l'étiquette portait un visage de vieille femme assez semblable à tante Marie pour que j'aie longtemps cru que celle-ci la distillait dans une des chambres toujours closes de sa maison. Breuvage qui ne me donna d'abord que du dégoût, étonné, indigné même qu'on pût s'enthousiasmer pour cette chose amère et qu'un nom si extraordinaire que celui de Byrrh ne désignât que cet apéritif à base de quinquina dont l'époque était fervente, et non une réalité supérieure enclose dans des lettres presque aussi étrangement assemblées que le tétragramme désignant Dieu dans la Bible, apparemment imprononçable et qui cependant occupe toute la bouche, et non seulement la bouche mais l'être tout entier, m'avait dit l'abbé Guerle, un jour que je m'étonnais de certains noms bibliques et qu'il avait pris pour exemple le nom de Byrrh, n'osant se servir de patronymes ou de noms tout aussi singuliers des hautes terres, comme Pythre, Soleilhavoups, Zirphile, Continsouzas ou Taphaleschas, qui ne me semblaient pas moins étranges que Zébédée, Zabulon, Mathusalem, Capharnaüm, ou que ce Nabuchodonosor Ier dont un des domestiques de ferme embauchés par Jeanne était capable, à la manière des pétomanes dont il perpétuait en quelque sorte le souvenir, de prononcer le nom en l'éructant gravement, dans un bruit de tonnerre qui m'effrayait et qui lui donnait l'air sinon du roi de Babylone, au moins d'un de ses grands prêtres. Et je veux croire que sans le sentiment d'étrangeté suscité par ce que, évident ou crypté, tout nom propre contient de fatal ou de favorable, sans cette relation rêveuse que j'ai très tôt entretenue avec eux, je n'aurais sans doute pas noué avec les deux langues dans lesquelles j'ai vu le jour, le français et ce dialecte qu'on appelait patois et qui était un des ultimes rameaux de la langue limousine, le rapport de consanguinité à la fois impossible et heureux par quoi, dépassant tout conflit linguistique, je sortirais de ma condition et du drame dans lequel je ne voyais pas que je m'enfonçais, pour devenir un jour écrivain et tenter, à ma façon, d'empêcher tout un monde de sombrer dans l'oubli ou d'en accompagner la fin, aujourd'hui que le patois est mort et le français à l'agonie — du moins le français savoureux, truffé de régionalismes alertes, arc-bouté sur une syntaxe forte et parfois non dénuée d'élégance, que parlaient les gens des hautes terres et qui leur venait autant des instituteurs et des prêtres que de leur mère et de leur père et du sentiment qu'une langue possède un corps et que ce corps, comme celui des humains, est un objet d'amour et de souffrance, de respect et de haine, la condition du salut et aussi de la perte.

On attachait alors, puisque la photographie était dispendieuse, eût dit Louise Bugeaud, et qu'on répugnait à se laisser photographier autrement que pour les baptêmes, les communions et les noces (c'est pourquoi je suis si ému par les photos qu'a faites d'événements de ce genre le photographe ambulant Antoine Coudert dont je regrette que, mort en 1910, il n'ait pu venir en sautillant sur son pied bot photographier les six enfants Bugeaud sur le seuil de la vieille maison, et que ce ne soit pas lui qui ait pris les vues de Siom et de Villevaleix qu'ont fait éditer, chacune de son côté, juste après la Grande Guerre,

Marie et Louise, et plus tard leur sœur Jeanne), on attachait aux noms une importance qui s'est à peu près perdue aujourd'hui que le nom renvoie, plus qu'à l'appartenance nationale et au creuset où il se franciserait, à l'origine ethnique ou raciale, alors qu'un Espagnol du nom d'Iturias, qui s'était, vers 1937, fixé aux Buiges où il avait fait souche, se trouvait heureux que son nom se mêlât — jusqu'à faire oublier son origine en le prononçant sans faire sonner le *s* final, comme on doit le faire sur les hautes terres — à ceux, si corréziens, de Varriéras, de Mournetas ou de Mouriéras.

La belle mine et le sérieux d'Antoine Foly, le carrier normand, furent-ils mis en balance avec le nom qu'il portait ? Craignait-on pour Marie Bugeaud ce patronyme qui sonnait comme le mot « folie », de la même façon que bien des mères trembleraient de voir leurs filles porter celui de Pythre ? On demanda à réfléchir. Ce n'était pas le premier prétendant ; et puis c'était un Normand, une sorte d'étranger nullement disposé à s'établir dans le Limousin, d'où les carriers, les maçons, les plâtriers, les charpentiers, les couvreurs émigraient en hiver vers les villes, à Paris pour les gars de la Marche et de la Combraille, vers le Rhône, la Loire, ou la Vendée, pour ceux des plateaux ou de basse Corrèze, ni à changer de métier pour s'établir par exemple dans le commerce du bois (non seulement du bois de chauffage et de menuiserie, mais surtout celui qui donnait des traverses de chemins de fer et des poteaux de mine) que Pierre Bugeaud venait d'ajouter à la ferme et à l'auberge, encore moins dans l'hôtellerie, donc, où ses mains épaissies, durcies par le travail de la pierre, n'auraient pas fait bon effet.

Mais il y avait cinq enfants, dont Marie était l'aînée, et bientôt un sixième, cette petite Jeanne qu'on n'attendait pas et qui allait naître quelques semaines plus tard. Pierre et Eugénie Bugeaud avaient respectivement cinquante et quarante-deux ans. C'est dire s'ils avaient besoin de Marie pour s'occuper des plus jeunes. On l'accorda cependant au carrier, qui l'emmena en Normandie, je ne sais où, peut-être dans l'Eure, ma mère l'a oublié, même si les noms de Lisieux ou d'Évreux semblent éveiller sa mémoire.

J'en reviens au visage de Marie, à celui qu'elle avait sur la photographie nuptiale ; il y a, dans l'apparente fierté que lui donne sa beauté, je ne sais quoi d'inquiet, de trop calme, de presque triste dans le regard, qu'on retrouve dans celui du jeune Normand : sans doute le sentiment que le bonheur n'est pas éternel, qu'ils ont beau être pénétrés ce jour-là d'une joie qu'ils pensent incommensurable, ils n'échapperont pas à la règle ; non seulement à ce qu'on ne savait pas encore être (pour parler comme ma mère, sans doute avec excès, mais non sans vérité) la malédiction des Bugeaud, ni même à la lucidité des femmes des hautes terres qui apprenaient très tôt que le goût qu'on peut avoir l'un de l'autre résiste rarement au temps, ne saurait du moins durer toute une vie, mais encore à ce qui peut survenir dans toute vie, le contraire de la joie, une maladie, un revers de fortune, un accident, un éclat de pierre entrant dans un œil, une charge de dynamite explosant de façon accidentelle dans une carrière.

Elle ne pouvait deviner combien ce serait pire : la guerre, qui lui enlèverait Antoine, le 25 septembre 1915, à l'âge de trente-trois ans. Marie en avait vingt-huit et elle ne se contenterait ni de l'avis de décès (imprimé, comme les cartons bleu ciel des bals de la jeunesse, chez Eyboulet frères, à Ussel, et reçu par la poste après avoir été rempli par son propre père, alors maire de Siom) qui lui apprenait qu'Antoine Foly, fils de Léonard Foly et de feu Marie Duburg, était mort pour la France au combat du Labyrinthe, commune d'Écurie, dans le Pas-de-Calais, ni, quatre ans plus tard, du papier à en-tête du ministère de la Guerre, signé le 17 septembre 1919, à Tulle, par le chef de bataillon Lamartinie, et attribuant la médaille militaire à la mémoire du caporal Foly Antoine, matricule 013651, 300e régiment d'infanterie, 17e compagnie ; document dans lequel les circonstances de sa mort étaient évoquées en ces termes : « Gradé plein de bravoure et d'entrain a pris sous le feu le commandement d'une demi-section dont le chef venait de tomber a été tué glorieusement à sa tête en allant à l'assaut de la position ennemie » ; cette rhétorique militaire notée avec les pleins et les déliés d'une écriture de gratte-papier semblant, par son étrange ponctuation, traduire le feu de l'action au cours de laquelle le caporal Foly avait trouvé la mort, à moins que ce ne fût, plus simplement, l'ennui que le fonctionnaire éprouvait à remplir ce genre de bulletin.

Pendant quatre années, Marie croirait Antoine disparu, plutôt que mort, retrouvant dans sa douleur l'ancestrale méfiance envers le papier imprimé, les édiles, l'État, et ne pouvant admettre que son bonheur fût clos par la vertu d'une demi-feuille de papier arrivée par la poste. Un bonheur qui n'aurait donc duré que les longs mois de fiançailles et les trois années passées avec Antoine dans une maisonnette en brique et à colombages, à l'image peut-être de la maison de poupée qu'elle n'avait pas eue, enfant, et que j'imagine dans le Calvados, du côté d'Orbec, dans une rue calme, adossée à un étroit jardin tout en longueur, planté de quelques pommiers sous lesquels je vois Marie, au printemps, plus belle encore que le jour de ses noces, dans une claire robe en voile de coton à manches courtes et décolleté carré ouvert sur une poitrine que je veux croire pleine et ferme, comme l'étaient celles de Louise, de Jeanne, de toutes les femmes Bugeaud, et des sandales où elle ose être pieds nus, bien qu'on ne soit pas encore en été et qu'une récente averse ait laissé dans l'herbe une humidité qui n'a pas la même odeur qu'un champ des hautes terres après la pluie ; oui, je la vois ainsi et je rêve avec elle, près d'un siècle plus tard, à ces trois années qu'on peut bien appeler de bonheur, à cause de l'air qui était le sien sur la photo de mariage : celui d'une fille heureuse de devenir femme, sûre de sa beauté, de son port de tête, de son sourire, de l'exquise courbe de ses hanches sans doute accentuée, dans sa robe de mariée, par un de ces corsets dont il y avait une pleine malle chez ma grand-mère, en coutil broché ciel ou rose, tout comme je me représente la main d'Antoine Foly sur les hanches de sa femme, cette nuit-là, dans la chambre de la vieille maison, non pas celle où elle était née comme tous les enfants Bugeaud, et où ma mère me mettrait au monde, mais dans celle d'à côté, qu'on appelait la chambre de Marie, parce que c'était sa chambre de jeune fille et qu'on la nommerait ainsi non seulement jusqu'à sa mort, bien qu'elle n'y couchât plus depuis longtemps, mais pendant près de quarante ans encore, jusqu'à ce que la vieille maison fût devenue propriété de la municipalité de Siom qui n'en a gardé que les murs pour en faire une auberge de campagne, bouclant la boucle sans que nul se rappelle que ç'avait été la première destination de ces lieux ; de sorte qu'il n'y a que ma mère et moi pour nous souvenir de cette petite chambre dont la porte était pour moitié vitrée, avec des rideaux à carreaux bleus et blancs, et qui, pour tout mobilier, contenait un lit, une armoire de bambou, une chaise de paille, un méchant petit tableau représentant une route pavée après l'averse (et dont je trouverais un jour une vue semblable, peinte par Sisley à

Louveciennes, le grand peintre cédant cependant le pas sur la croûte, laquelle avait le privilège de m'avoir fait rêver en premier à un paysage bien différent de ceux du haut Limousin). Il y avait aussi une table de toilette à dessus de marbre clair sur lequel était posé un pot à eau en faïence blanche dont je peux penser qu'Antoine Foly a caressé la courbe fraîche et lisse avant de découvrir de tout autres courbes, non moins fraîches, plus lisses encore, dans cette partie de la maison où on s'était arrangé pour les laisser seuls, cette nuit-là, tandis que, peut-être, l'odeur du tilleul entrait par la fenêtre entrouverte.

Je vois la main du carrier, sans doute plus habile à tailler la pierre sous le soleil, la pluie ou la neige, qu'à suivre dans la nuit la courbe nue d'une hanche qui frissonne ou à recueillir dans ses paumes des seins plus doux que des pêches de vigne, et je suis aussi bouleversé que lui par cette incomparable douceur qui fait, Marina, que les hommes resteront à jamais les enfants des femmes qu'ils aiment, parce qu'elle étonne au point de nous faire pleurer, cette douceur, de la même façon que la douleur peut nous frapper de stupeur, comme Antoine Foly, quatre ans plus tard, par la balle qui lui déchirerait la poitrine, au Labyrinthe, un matin de septembre, songeant peut-être en tombant à cette hanche, à ces seins, à une bouche entrouverte, à l'odeur de tilleul entrée par la fenêtre où remuait doucement un store vert ; à moins que ce ne fût aux yeux que Marie levait vers lui, le chignon défait, comme je ne l'ai jamais vu à aucune fille Bugeaud, pas même à ma mère (sauf sur deux des cartes postales éditées par Marie et où elle figure, très belle, seule figure moderne au milieu de veuves, d'enfants et de gourles, à l'âge qu'avait sa tante lorsque celle-ci épousait le carrier normand, devant l'épicerie, ou près de l'église, ou encore à côté du lavoir, en tailleur gris et chaussures à boucle, les cheveux bouffant sur le front, ramenés sur les tempes par des peignes et laissés libres sur la nuque, tels qu'on les portait sous l'Occupation), le visage plus nu que tout ce qu'il pourrait voir d'elle, ai-je encore dit à Marina étonnée qu'on puisse être ému par quelque chose qui s'est passé il y a près de cent ans, et que je trouve belle, sinon désirable, une femme de 1900, avec l'air de croire non pas que Marie Bugeaud pouvait avoir été plus jolie qu'elle, Marina Faurie, mais qu'elle était prisonnière des canons d'une époque si lointaine qu'aucune photographie ne saurait rendre sa vraie beauté, laquelle appartenait donc aux mots bien plus qu'à l'image, aux songes et aux fantasmes plus qu'à la réalité, et me rappelant, à l'appui de ses dires (lesquels étaient peut-être dictés par une jalousie naissante), ces cartes postales érotiques de la Belle Époque que j'avais trouvées, à Paris, chez un bouquiniste des quais, et montrées à Marina en lui disant que dans ces corps aux hanches fortes ou trop graciles, ces visages étranges (presque des masques avec leurs lèvres trop minces ou soulignées de rouge en forme de cœur, et entrouvertes sur des sourires qui juraient avec des regards absents), rien ne trouvait grâce à mes yeux, sauf les poitrines dont la plupart étaient lourdes, et aussi belles que la sienne. Le désir traverse rarement le temps, est rarement anachronique, aucune relation amoureuse ne pouvant se porter sur un objet qui se fût détaché du temps, dans l'ordre du visible en tout cas, la beauté toujours lointaine qu'on peut trouver à Catherine Deneuve, à Ava Gardner, à Louise Brooks, à Mme Récamier, aux jeunes femmes de Botticelli ou de l'école de Fontainebleau, ou à un portrait funéraire du Fayoum, n'étant pas indépendante, en effet, de son époque, encore moins du support qui nous les propose, ces jeunes personnes n'étant donc pas désirables ; ce qui revient à dire que le désir relève avant tout de l'immédiat ou du songe; et pour peu qu'on rencontre dans la réalité une femme qui ait quelque ressemblance avec, par exemple, le beau portrait qu'Élisabeth Vigée-Lebrun a peint d'elle-même, au XVIIIe siècle, on est toujours étonné de constater combien la chair est vive au-delà ou en deçà de l'image qu'on a d'elle et que la beauté n'est que la somme des désirs, des espoirs ou des regrets qu'on place en elle; autant dire une forme d'aveuglement : toute ressemblance entre une femme réelle et une figure venue d'un autre temps ne peut que nous rappeler que ces images ne sont la vérité ni de notre désir ni de la beauté désirée mais sa préhistoire, l'époque ténébreuse où s'est forgée notre sexualité et que nous avons du mal, voire de la répugnance à étendre aux temps qui nous ont précédés, peinant à imaginer qu'on ait pu s'aimer avec autant de liberté et de bonheur qu'à notre époque, oubliant que le désir n'est, somme toute, contemporain que de lui-même, et que le regard qu'Antoine Foly posait sur Marie Bugeaud n'avait rien de commun avec celui que je porte sur ma grand-tante jeune; et l'imaginant nue devant lui, je me trompe sans doute, bien des femmes de la campagne ne s'étant jamais montrées telles à leurs époux, faut-il le redire, et ceux-ci les prenant la chemise de nuit retroussée sur le ventre, à la va-vite, souffles et cris retenus, pour ne pas se faire entendre des lits voisins, souvent dans la même pièce, ou bien, comme dans la vieille maison de Siom, derrière des cloisons si minces qu'elles semblaient de carton. Pourtant je ne crois pas me tromper tout à fait en affirmant qu'il y avait dans la bouche et les yeux, dans la fière beauté de Marie, le jour de ses noces, je ne sais quoi, sensualité ou orgueil amoureux, qui la vouait à se donner nue à son mari.

6

Je suis la main du carrier sur le corps nu de ma grand-tante ; je suis ce carrier à figure placide entrant dans la chair vierge d'une Siomoise et murmurant à sa jeune épouse des mots qu'elle n'avait encore jamais entendus ni cru qu'on pût ouïr, au milieu de la nuit, auprès d'un homme qui reprenait son souffle, qui s'apaisait comme la Vézère lorsqu'elle a passé le saut de la Virole, après les rochers du Montheix, et se disant, Marie, que c'était bien bon, cette paix qui retombait sur eux au cœur de la nuit, puis le redisant à voix haute, en français, non seulement parce que son mari ne parlait pas patois (du moins pas celui de Siom), mais parce qu'elle n'imaginait pas que ces choses-là puissent se dire autrement qu'en français, que c'était bien ainsi, chaque chose à sa place, l'homme et la femme l'un à côté de l'autre, ainsi que l'avait dit, le matin, à l'église, l'abbé Lauradour, et ajoutant pour elle-même qu'il ne fallait pas penser trop fort qu'on était heureux, que ça portait malheur comme de voir un rouge-gorge sautiller autour de vous, mais y revenant quand même, près de l'homme à présent endormi, y repensant avec un pincement au cœur, comme si elle s'inquiétait de savoir si ça pourrait durer ; oui, songeant à des choses comme celles-là maintenant que son homme, ainsi que l'avait appelé Louise, à table, quelques heures plus tôt, avait toutes les raisons d'être heureux, et qu'elle croyait entendre les battements de son cœur entre la sarabande des rats, au-dessus de leur tête, et la feuillée remuée du tilleul dans la cour inondée de lune.

Mais pouvait-elle deviner que ça viendrait si vite, dès août 1914, en pleines récoltes, avec ces cloches qui s'étaient mises à sonner dans tout le pays, provoquant d'abord la perplexité, car nul orage, nul incendie ne s'annonçait, puis la stupeur, l'enthousiasme ou la crainte, comme sur le plateau de Millevaches où certains songeaient à se cacher dans les bois ; et puis la mobilisation, le départ d'Antoine, l'attente, en Normandie, en compagnie de son beau-père ; enfin 1915, Antoine Foly dans le Pas-de-Calais, non loin d'Arras et de la colline de Notre-Dame-de-Lorette, dans ce lacis de tranchées et d'abris creusés par les Boches sur plus d'un kilomètre carré et si dense qu'on l'a vite appelé le Labyrinthe : l'héroïsme de celui qui avait pris la tête d'une demi-section, non pour sauver sa peau mais pour la France, ou peut-être pour elle, Marie, pouvait-elle songer, la France n'étant, vue de Siom ou d'Orbec, ni une mère ni une épouse, quoi qu'en dît la rhétorique de la République qui lui avait pris un mari pour lui rendre un héros posthume ; et encore ne croyait-elle pas tout à fait qu'il fût mort, un bout de papier ne valant pas un corps, même un cadavre mutilé, avait-elle dit à ce gars de Bonnefond, un village situé non loin des Buiges, qui appartenait à la même compagnie qu'Antoine et qui, en décembre 1915, était revenu chez lui en permission, faisant le détour par Siom pour remettre à Marie, chez ses parents, pour Noël, une vareuse ensanglantée, percée d'un petit trou, sur le pan gauche, près de la boutonnière, et, dans le dos, d'un autre trou, si large celui-ci qu'on aurait pu y passer la main.

« Une balle explosive », avait expliqué le camarade avec la simplicité brutale des combattants qui veulent en remontrer à ceux de l'arrière ou qui ne se rendent pas compte que les civils ne sont pas comme eux, surtout Marie qui se demandait, habituée à voir des bécasses, des lièvres, des faisans tués à la carabine ou au fusil de chasse, comment une balle avait pu faire un tel trou, debout devant la vareuse étalée sur la table de la vieille maison et autour de laquelle avaient fait cercle ses parents, ses sœurs et ses frères (à l'exception de François, lui aussi au front), et Léonard Foly, son beau-père, qui depuis qu'il avait lu l'avis de décès ne quittait plus sa bru, l'avait accompagnée à Siom, n'ayant plus de famille en Normandie, et qui, lorsque les Bugeaud s'étaient retirés, était resté dans la salle avec Marie et le gars de Bonnefond devant la vareuse grise, sale, malodorante, pour ne pas dire puante, pleine de ce mélange de boue, de sang et de chair qu'ils contemplaient en silence.

« Il est mort en héros, avait murmuré le gars de Bonnefond.

— Ce sont tous des héros ; il ne peut pas y avoir de lâches, là-bas », avait-elle répondu pour remercier le soldat à qui on avait payé le coup et le casse-croûte, offert une bouteille de Suze et trois paquets de gris, et qui était reparti comme il était venu : à pied, en songeant moins au compagnon mort qu'à la jeune et jolie veuve, devant qui il regrettait peut-être de ne pas s'être montré plus à son avantage, de n'avoir pas inventé qu'il avait vu tomber le héros, d'avoir recueilli, au lieu de la vareuse remise par un caporal qui s'était souvenu qu'il était lui aussi de la haute Corrèze, un peu de cette gloire qui jette, disait-on, les femmes dans vos bras, les veuves comme les autres, d'autant que celle-ci lui avait dit, sur le pas de la porte :

« La guerre finira bien un jour. Que Dieu vous garde ! »

Pour Marie, en tout cas, la guerre était finie, même si son frère François était encore sur le front de l'Est, et qu'elle voyait son père apporter régulièrement les avis de décès dans les maisons de Siom, les villages et les fermes de la commune. Elle voulait comprendre comment Antoine était mort, voire s'assurer qu'il était bien mort, malgré la vareuse, et non pas disparu, comme quelques autres, à Siom, dont on était sans nouvelles mais qu'on espérait voir réapparaître un jour, en chair et en os, et non sous la forme de ce fantôme qui se mit à hanter ses nuits, arborant sa vareuse trouée et ce qu'on fit parvenir à Marie, quelques mois plus tard : son alliance, son porte-monnaie, son ceinturon, et une boucle des cheveux de Marie, coupée la veille de son départ pour le front et enfermée dans le boîtier d'une montre qui ne fonctionnait plus. Objets qui ont rejoint la vareuse d'abord dans la boîte en chêne verni fabriquée par Chabrat, le menuisier, aux dimensions de la vareuse ; ensuite, quand elle eut fait, dès 1920, avec le concours de son beau-père, bâtir sa propre maison, dans une armoire d'acajou dressée au fond d'une des trois chambres, à l'étage, vouée celle-là à rester inoccupée, fermée à clef (une clef qu'elle était seule à avoir et qu'elle porterait jusqu'à la fin attachée au cou par un ruban de Bolduc violet), les volets toujours clos, avec pour tout autre meuble un prie-Dieu et une petite table recouverte d'une nappe blanche qu'elle avait elle-même brodée, dans cet hiver normand dont elle aimait la douceur et le vent qui lui apportait l'air de la mer, et sur laquelle il y aurait, jusqu'en 1959, renouvelé tous les deux jours, un bouquet de fleurs des champs et, en hiver, une belle branche de houx. Marie s'agenouillait sur le prie-Dieu, après avoir ouvert les portes de l'armoire sur les dépouilles du héros éclairées par deux cierges disposés de part et d'autre de la vareuse telle qu'on la lui avait rapportée, et qu'elle n'avait pu se résoudre à nettoyer ni à enterrer dans un coin du jardin, comme le lui avait suggéré son beau-père : elle pendait là, sur un cintre, dans la demi-nuit de l'armoire, avec les objets trouvés sur le défunt, deux photographies de lui se faisant face de chaque côté de l'avis de décès à présent sous verre, dans un cadre de bois sombre, et la médaille militaire qu'elle avait fait acheter à Paris, au Palais-Royal, par un représentant de commerce qui lui procurait ce crêpe noir qui ferait tant défaut dans les dernières années de la guerre et dont Marie tirerait grand bénéfice, car il était d'une qualité si supérieure au tulle teint en noir qu'on viendrait de tout le canton, parfois de plus loin, pour lui en acheter. Elle reposait, cette médaille, sur un carré de velours cramoisi au pied d'un crucifix d'ébène et d'ivoire acheté, un jour de foire, en compagnie de Louise, à un type de Treignac : brocanteur ? prêteur sur gages ? pilleur de châteaux ? peu importe ; elles comprenaient déjà, ces deux sœurs dont l'une était veuve et l'autre attendait un fiancé prisonnier au fin fond de la Silésie, que la vie n'était pas le chemin de roses qu'elles avaient imaginé, mais une vallée de larmes, et elles entendaient non pas profiter du temps peut-être considérable qui leur restait à vivre, mais, tout simplement, survivre. C'est à ce même brocanteur que Louise achèterait plus tard ce service en métal argenté aux manches ornés en leur dos d'une croix guillochée et du monogramme du curé à qui il avait appartenu : cuillères, fourchettes, couteaux épais, lourds, avec un goût de métal qui, se mêlant à celui des aliments, leur donnait je ne sais quoi de douceâtre, et à moi, qui ne pouvais en oublier le précédent propriétaire, le sentiment que j'étais, plus que jamais, redevable à Dieu de ce que je portais à ma bouche.

Une sorte d'autel, ou d'oratoire que nul n'avait vu, mais dont tous les Bugeaud connaissaient l'existence, y compris l'abbé Lauradour, l'avant-dernier curé de Siom, qui jugeait qu'un tel culte touchait à l'idolâtrie mais qui, pour le moment, n'osait en parler à Marie tant que celle-ci continuait de venir à la messe et de fleurir l'église, n'imitant pas ces femmes et ces hommes qui, ayant perdu quelqu'un au front, se révoltaient contre Dieu, entraînés par Célestin de La Voûte, blessé sur la Marne et amputé des deux jambes et du bras gauche, et qui promenait ses restes, comme disait la vieille Roche, sur les routes de la commune en actionnant le levier mécanique grâce auquel avançait son engin, qu'il ferait bien des années plus tard motoriser, ce qui donnerait à ses imprécations avinées contre l'Église, la République et le monde entier une puissance que je trouvais surnaturelle et bien plus effrayante que les romanichels dont me menaçait Marie, derrière qui, dès que j'entendais les pétarades de l'infirme, je courais me réfugier, tandis qu'elle lui criait : « Tirâ-te d'ati, paobré fadard ! »

Phrase par laquelle elle signifiait à ce pauvre fou de se tirer de là, ajoutant qu'il n'effrayait que les enfants et les pies, et qu'il ferait mieux de s'en aller faire l'épouvantail dans les chemins creux et par les champs. À quoi le cul-de-jatte répondait en maugréant, et en français, car, avait-il dit un jour, c'était la langue du Parti communiste auquel, comme beaucoup de Siomois, il appartenait : « On vous aura, les Bugeaud ! » Menace qu'il lançait aux nantis, ou prétendus tels, mais qui s'adressait en fin de compte à tous ceux qui se déplaçaient sur leurs deux jambes, particulièrement les femmes, et parmi elles Marie, qu'il avait demandée en mariage avant la guerre, avant le carrier normand, et que le père Bugeaud lui avait refusée parce qu'elle n'avait pas de goût pour lui, et à qui il disait, trente ans plus tard, en patois cette fois, l'affaire se résumant pour lui à la différence sociale et à sa haine du bourgeois : « E tu ouchi, Marie Buzaud, tu ouchi, bravae bourzeï... »

Marie Bugeaud, comme on continuait de l'appeler en français (ou, plus officiellement Mme Foly, mais jamais Marie Foly, puisqu'on n'avait pas réussi à se faire à ce nom d'épouse qui signerait désormais Veuve Foly, ou, plus exactement, comme on le trouve sur le copyright de ses cartes postales : Vve Foly), Marie Bugeaud n'avait, contrairement au dire de Célestin de La Voûte, rien d'une bourgeoise. C'était une femme simple, travailleuse, douce, pieuse. Elle savait, elle, que ses dévotions à son défunt époux n'avaient que les apparences d'un culte, malgré les cierges allumés dans l'armoire et les prières à genoux non plus sur le prie-Dieu jugé trop commode mais sur une carpette en natte du Japon à clairs dessins orientaux sur fond rouge achetée à la foire de Meymac, du vivant d'Antoine. Elle priait non seulement le jour anniversaire de sa mort, mais quotidiennement, on peut le croire, puisqu'il n'y aurait pas d'autre homme dans sa vie et que c'était bien peu de chose que de consacrer quelques instants, chaque soir, à la mémoire d'un disparu dont elle serait, bien plus tôt qu'elle ne le pensait, la seule à se souvenir. Manière également d'essayer de sortir du labyrinthe où elle était elle aussi descendue ; et non seulement le labyrinthe de sa douleur, mais celui dans lequel avaient eu lieu les combats où Antoine avait trouvé la mort ; car la jeune Marie (je la dis jeune alors qu'elle aurait bientôt trente ans et qu'une femme de cet âge, à Siom, en ce temps-là, ne pouvait plus être dite telle) aurait son héroïsme, son épisode romanesque, avant d'entrer dans l'éternel veuvage : elle disparut pendant près de trois semaines, pour une affaire qui ne pouvait se régler qu'à Paris, dirait-elle à Louise, sans s'expliquer davantage, mais en précisant qu'elle serait de retour avant la fin du mois, et lui demandant de prier pour elle, avec l'autorité qu'ont certaines femmes quand les circonstances exigent d'elles des choses extraordinaires.

« Je ne pourrais continuer à vivre si je ne le faisais pas », avait-elle dit à son beau-père qui se doutait bien qu'elle allait plus loin que Paris et qui redoutait de la perdre, elle aussi, ayant vu d'un mauvais œil le gars de Bonnefond revenir à Siom, lors d'une permission, à la demande de Marie, cette fois. Il avait fallu lui donner le couvert et le gîte, le faire dormir dans la chambre de François, toujours au front. Leur entretien avait eu lieu dans un coin de la salle d'auberge, tout bas, puisqu'il n'y avait nulle porte décente derrière laquelle abriter une conversation qui s'était déroulée en patois, afin de n'être compris que d'eux seuls, avait raconté le père Foly qui craignait qu'elle ne se laissât embobiner par ce Corrézien rustaud qui s'exprimait par ailleurs dans un français fautif. C'était mal connaître les femmes ; c'était oublier que ce sont elles qui, malgré les apparences, choisissent les hommes qu'elles vont aimer, épouser, rendre pères, surtout en un temps aussi difficile que celui de la guerre, à l'arrière — des femmes de la trempe de Marie, en tout cas, qui était en train de gagner à sa cause le gars de Bonnefond, sans rien lui donner à espérer.

« On ne peut pas plus empêcher un homme de rêver que la Vézère de couler vers Treignac », avait-elle répondu au père Foly, qui en arrivait à trouver injuste que le Corrézien fût vivant alors que son fils ne l'était plus, une injustice, oui, qu'un type pas beau, déjà bedonnant et un peu chauve, un rustre, un célibataire, ne fût pas tombé à la place de son camarade de tranchée. Marie, elle, ne pensait pas à mal ; grâce à son père et aux relations que celui-ci avait nouées, par son métier d'aubergiste et son mandat de maire, avec des hommes politiques, elle avait obtenu un laissez-passer et ne songeait qu'à convaincre le soldat de l'accompagner à Écurie, dans le Pas-de-Calais, sur les lieux où Antoine était mort, et à descendre elle aussi au Labyrinthe, maintenant que le front s'était déplacé un peu plus au nord.

Et Phèdre au labyrinthe avec vous descendue
Se serait avec vous retrouvée ou perdue,

a murmuré Marina, en souriant, sans se moquer, les yeux baissés, avec la mine un peu contrite des enfants qui chantent ou récitent un poème ; et dans sa bouche les vers de Racine avaient je ne sais quoi d'extraordinaire, parce que j'ai toujours été ému, moi qui ai vu mourir un monde et la petite langue qui nommait ce monde, et qui doute aujourd'hui si la grande langue qui a porté pendant mille ans la littérature française n'est pas entrée, elle aussi, dans un déclin dont nul écrit, nulle forme d'art nouvelle ne la sauvera probablement, je suis ému d'entendre de la belle langue dans la bouche de très jeunes gens, surtout une jeune femme aussi nue que l'était Marina, en cet après-midi d'hiver, dans la pénombre de ma chambre, m'écoutant parler de femmes nées et mortes il y a longtemps et dont la vie lui paraissait, à cause de ces distances qui se mesurent en légendes bien plus qu'en décennies ou en siècles, aussi mythique que celle de Phèdre.

« Oui, ai-je dit, c'est ce que Marie aurait pu penser, à ce moment, si elle était allée à l'école au-delà de ce certificat d'études primaires qui était pour la plupart de ces filles à la fois un couronnement et un arrêt, et qu'elle avait su ce que c'était qu'un labyrinthe, qu'elle eût été capable de comprendre que le Minotaure se trouvait non pas dans un coin de la tranchée, avec un visage de fantassin allemand, mais en elle-même, dans le dédale de sa douleur. »

Elle ne s'y perdit pourtant pas, guidée par le gars de Bonnefond à travers les boyaux boueux, pleins d'eau, d'immondices, de rats, de débris pour lesquels il n'y avait pas de nom et dont le soldat semblait lui demander de l'excuser comme s'il lui faisait visiter le taudis où il vivait, tout en s'étonnant d'y voir marcher une aussi frêle et jolie personne alors que le canon tonnait au loin, dans les Flandres, Marie avançant même sans défaillir, le regard vif, le buste droit, les joues à peine rosies par l'effort, avide de tout voir, de tout respirer, de comprendre ce qu'avait été la vie d'Antoine au Labyrinthe et de se recueillir à l'endroit où il était mort. On était en hiver et elle pressait le pas, non qu'elle craignît de voir tomber la neige sur le carré de terre où Antoine avait été enseveli, à la va-vite, avec les compagnons tués ce jour-là, mais parce que le gars de Bonnefond (que je continue d'appeler ainsi, n'ayant jamais su son nom ni pu retrouver sa trace, n'ayant de lui que cette carte postale, postée en 1919, à Carcassonne, représentant la porte d'Aude et le Château comtal avec, au dos, d'une écriture malhabile, ces mots : « Meilleurs souvenirs », sans signature, comme si la cause était perdue mais qu'il tînt malgré tout à être fidèle jusqu'à la fin à son propre amour et envoyant d'année en année ce même genre de message de Miers, dans le Lot, ou de Sainte-Sévère, dans l'Indre, mais le plus souvent du Limousin, Maussac, Uzerche, Ahun, Le Dorat, Rochechouart, partout où le conduisait son affaire d'apiculture) lui avait dit qu'ils étaient hors de portée des Boches mais qu'on ne savait jamais, avec cette guerre de positions, que de nouveaux bombardements pourraient remuer de nouveau les fosses et mélanger les corps à la terre de telle sorte qu'on ne les retrouverait jamais.

Il faut imaginer Marie dans son manteau noir en bure de laine mouflonne, le cou protégé par une cravate écossaise en renard de Patagonie, ultime cadeau d'Antoine, la tête couverte d'un chapeau de petite forme en tagal noir et muni d'une voilette qu'elle rabaissait lorsqu'ils croisaient des poilus harassés et hagards, les pieds chaussés de souliers à deux brides en chevrette glacée, vêtements que j'ai retrouvés dans l'armoire. Je les ai montrés à Jeanne, qui m'a dit que Marie les a portés, cet hiver-là seulement, les ayant commandés aux Dames françaises, grands magasins de Limoges, pour aller s'incliner sur la sépulture de son mari. Marie avait rencontré près d'Arras quelques-uns de ces brancardiers qui acceptaient, discrètement et moyennant finances, d'exhumer et de transporter des corps pour les rendre aux familles, et elle attendait le moment favorable, louant une chambre dans un hôtel de campagne à demi détruit où la patronne ne recevait plus de clients mais, veuve de guerre elle-même, avait été émue par cette femme venue de si loin et qu'elle remercierait de ses vœux, pendant quelques années, sur une carte postale, toujours la même, représentant l'Auberge du Soleil d'Or telle qu'elle était avant la guerre. C'est elle qui, on peut le supposer, suggéra à Marie de faire l'acquisition d'une concession provisoire, au cimetière de Cerisy-Gailly, dans la

Somme (et dont une carte postale envoyée par un inconnu signant « Votre ami » — qui n'était autre, peut-être, que l'apiculteur amoureux — montre un champ qui s'étend à perte de vue sous un ciel gris, des tombes sous dalle entourées de petites clôtures en bois, avec des croix ornées d'une cocarde tricolore comme on en voyait aux comices agricoles), avant de l'aider à se déguiser en soldat pour redescendre dans le boyau humide en compagnie du gars de Bonnefond et des brancardiers, manquer de se faire arrêter par une patrouille de gendarmes qu'il avait fallu convaincre qu'on était en service commandé pour enfin arriver à la butte au pied de laquelle Antoine Foly avait été enterré. La nuit tombait dans les vastes lueurs violacées si fréquentes au pays d'Arras. Il soufflait un vent chargé de cette pluie qui vient de la mer et dépose sur les lèvres quelque chose d'aussi salé que les larmes que Marie ne cherchait plus à retenir devant la fosse ouverte où elle ne consentit à porter le regard qu'après qu'un des brancardiers lui eut dit qu'on ne voyait plus rien, c'est-à-dire que la tête avait été mangée par la terre et que l'odeur de la fosse ne différait guère de celle de l'humus ou d'une cave malsaine.

Peut-être regretta-t-elle qu'Antoine n'ait pas été enseveli dans l'argile : celle-ci conserve bien les corps et, même s'il eût fallu transporter le corps avec sa gangue de terre et, cela pesant sensiblement plus lourd, donner aux brancardiers plus d'argent, Marie aurait pu contempler une dernière fois le visage d'Antoine au lieu de voir ce que nulle épouse, nulle mère ne devrait jamais voir : le crâne encore recouvert de cheveux d'un soldat qui avait été son mari et qui ne réussirait cependant pas à effacer le souriant visage d'Antoine Foly tel qu'il s'était tourné vers elle, un jour d'été, à la foire des Buiges, tant l'écart était grand entre la figure aimée et ce que la terre avait repris. Elle pouvait se dire que ce n'était peut-être pas la sienne, mais celle de n'importe qui, et que ça n'avait presque plus d'importance maintenant qu'elle avait fait ce qu'elle avait à faire : prier devant une tombe ouverte, au-dessus des restes d'un homme qu'on pouvait identifier comme Antoine Foly mais plus comme son mari, celui-ci se trouvant à présent en elle, gisant en son for intérieur, là où la terre ne pèse pas, ne dévore rien, là où on attend, conçoit et berce les enfants, celui qu'elle n'aura pas eu de cet époux qui serait désormais un peu cet enfant, le temps nous jouant de ces tours, bien plus ou d'une autre façon que ceux qu'elle élèverait, Jean, Léonce, Jeanne et Solange, ma mère, et enfin moi, pendant quelques années, avait-elle pu songer après avoir retraversé les tranchées avec les brancardiers et enfoui les restes d'Antoine au cimetière de Cerisy-Gailly, et rentrant à Siom sans dire un mot, sauf, peut-être, à son beau-père en compagnie de qui elle vivrait.

Elle s'était donné toute cette peine alors qu'elle aurait pu attendre la loi du 31 juillet 1920 autorisant les familles à demander le retour des corps enterrés près des champs de bataille, lequel n'eut lieu, il est vrai, qu'à partir de l'été 1922, suscitant le plus extraordinaire déplacement de cadavres qu'ait connu la France : deux cent quarante mille cercueils (sur sept cent mille corps identifiés) sillonnant le pays pendant des mois, et Antoine Foly de nouveau exhumé, la veuve et le père s'étant mis d'accord pour qu'il repose en terre siomoise, dans le petit cimetière au-dessus de la Vézère, et sans que personne se doutât qu'il serait exhumé une troisième fois, lorsqu'on construirait le barrage, au Montheix, pendant la Seconde Guerre mondiale, et qu'il faudrait le déplacer, ce cimetière, et transférer les restes sur la plus haute colline de Siom. Elle avait fait son devoir, répétait-elle avec la même détermination qu'elle mettrait à bâtir sa maison : non pas la plus belle (puisqu'elle ne prétendait pas rivaliser avec celle de M. Queyroix, d'ailleurs élevée bien des années avant l'arrivée des Queyroix à Siom par un certain B. Travers, comme l'indiquaient sur le linteau les lettres ainsi disposées : TRAVERƧ, avec ce S à l'envers qui me semblait non seulement une faute d'orthographe scandaleuse pour une inscription dans la pierre, mais aussi la marque du diable ou d'un homme qui avait usé de son patronyme pour tenter de renverser le sort que ce nom lui faisait) mais la plus moderne du bourg, et la seule à posséder un bout de trottoir, alors que les rues de Siom et les routes qui y menaient n'étaient pas asphaltées ; une maison aux murs crépis d'ocre, comme toute maison bourgeoise, accolée à la remise des Bugeaud, avec un beau toit d'ardoise à pans coupés, deux cheminées, des chaînages de granit, un étage comprenant trois chambres surmontées d'un grenier qui prenait jour par un chien-assis muni d'une poulie servant à monter des marchandises (et évoquant pour moi, depuis que j'avais vu un homme laisser échapper la corde par laquelle il hissait un sac de riz qui avait éclaté sur le trottoir, le supplice de l'estrapade dont une vignette du *Petit Larousse* montrait le fonctionnement), et un rez-de-chaussée assez vaste pour contenir une cuisine, un petit salon dans lequel se tenait presque toute la journée celui qu'on n'appellerait bientôt plus que le papa Foly, et bien sûr l'épicerie-mercerie dont Marie ne déposait jamais les volets, le matin, sans saluer le grand christ de fonte sur la haute croix de bois dressée dans le jardin de la mère Besse, en face, et qui a veillé sur des générations de Siomois avant de s'effondrer dans l'herbe et d'y gésir, pendant près de vingt ans, jusqu'à ce qu'on récupère le christ pour l'accrocher à l'intérieur de l'église.

Ils vivraient là ensemble, la jeune veuve et le vieux Normand serviable, actif, industrieux, et bon, à qui sa belle-fille, nul n'a jamais su pourquoi, parlait avec une dureté qu'on ne lui connaissait pas, elle qui était droite et douce, et humble, et qui portait sur elle, ramassé dans la fosse d'Écurie, un éclat d'obus qu'elle garderait toute sa vie, contre sa poitrine, disait-on, pendu à son cou avec la clef de la chambre, lui éraflant la poitrine comme un cilice et lui pesant bien plus que la solitude ou les années, lui donnant même l'impression de s'enfoncer dans le temps comme dans la Vézère, ainsi que le ferait la romancière anglaise au nom de loup, des années plus tard, pendant l'autre guerre, dans les eaux sombres de l'Ouse, dans le Sussex, les poches pleines de cailloux, et dont Marie ne savait pas qu'elle passerait par Treignac, à quinze kilomètres de Siom, en mai 1937, de sorte que je peux imaginer une rencontre, qui a peut-être eu lieu : ma mère et Virginia Woolf se croisant dans la rue principale de Treignac, la première, qui avait quinze ans, sortant du collège Lakanal où elle était élève, et la grande romancière âgée de cinquante-cinq ans, au visage fatigué, se détournant de la vallée de la Vézère qu'elle contemplait avec Leonard Woolf pour observer cette très jeune fille qui portait ses manuels scolaires noués dans une sangle, qui aimait les livres et qui la lirait plus tard sans savoir qu'elle avait croisé ce regard étrange et pénétrant, ou s'en souvenant, bien des années après, lorsqu'elle découvrirait son portrait dans un magazine, et se disant qu'elle aurait pu l'accompagner au sommet de la montagne, jusqu'à cet amoncellement de roches granitiques et couvertes de mousse qu'on appelle le rocher des Folles, et dont Virginia pensait que c'étaient des pierres druidiques, ne voulant sans doute pas entendre le nom donné à ce lieu, écoutant sous la pluie l'appel du coucou, admirant la vue noyée de brume, voilée ou éclairée d'une lumière verte, avant de se dire qu'il faudrait y revenir par un temps meilleur, même si elle savait qu'elle ne reviendrait pas, qu'on ne revient jamais à Treignac, à Villevaleix, à Siom — sinon pour s'enfoncer dans la Vézère, avait-elle peut-être songé, avec le sentiment qu'elle devenait folle, à cause des voix intérieures qui l'empêchaient de se concentrer sur son travail, c'est-à-dire de vivre.

Marie était donc descendue au Labyrinthe et en était remontée pour se vêtir de ténèbres, ayant vaillamment combattu le Minotaure qui était en elle, refusant tous les prétendants qui se présentaient, à commencer par le gars de Bonnefond qui, démobilisé, n'avait plus l'assurance que donne l'uniforme, ni même l'avantage d'avoir été blessé ou estropié, et à qui, comme à l'aîné des fils Rivière, au fils d'Arbiouloux ou à celui de Fargeas, il avait été répondu (par le père Bugeaud, ou le papa Foly, ou encore Jean ou Léonce, ses frères cadets, qui avaient respectivement vingt-deux et dix-neuf ans, en 1922) qu'elle était de santé délicate, qu'elle ne se consolait pas de la mort d'Antoine, qu'elle était devenue fragile au point de laisser entendre, quand on osait lui faire directement sa demande, qu'un enfant, s'il lui en venait un, la tuerait, qu'elle avait assez à faire avec l'épicerie-mercerie qu'elle venait d'ouvrir, et avec sa sœur Jeanne, qui n'avait, rappelons-le, que douze ans, et aussi cette petite Solange, ma mère, qui venait de naître au foyer de Louise, laquelle n'avait guère le temps de s'en occuper et la lui confiait souvent. Refus dont on ne lui tenait pas rigueur ; bien au contraire, on comprenait sa fidélité à son mort, comme on disait dans ces familles qui avaient presque toutes le leur ; ce qui donnait à ceux qui en étaient revenus, ou qui étaient trop jeunes pour avoir été mobilisés, l'impression d'être des oiseaux rares, partagés entre la honte et l'orgueil, surtout s'ils étaient en âge de se marier, même les plus moches ; ce qui explique en outre qu'un homme aussi diabolique qu'André Pythre, revenu du front avec une patte presque folle, n'ait pas manqué de regarder les filles de Siom comme un cavalier tafale, ou un guerrier sarrasin mettant pied à terre pour forcer un ventre de femme, après une interminable chevauchée dans les flammes du jour.

7

Tout est si loin, maintenant, et non seulement loin de toi, Marina, mais de moi qui pourtant y suis né, dans ce monde si ancien que s'accroît chaque jour le sentiment que nous ne vivons pas tout à fait dans le même temps, toi et moi, parce que plus de vingt-cinq années nous séparent l'un de l'autre et que nous ne nous sommes jamais vus, parlé, aimés là-bas, et que, tu as beau me dire que tu es de Meymac, tu appartiens à un autre univers, celui qui succède au monde de Siom et qui est pour moi un territoire privé de légendes, une morne province, la campagne pauvre, déserte, désenchantée.

« Mais si, nous l'avons respiré ensemble, l'air de Siom, une fois, mais tu ne m'as pas regardée, ou alors sans me voir, avec l'air de qui repère une proie et la délaisse aussitôt, la jugeant négligeable. J'avais treize ans, et ce trop bref regard, ce coup d'œil, je me suis juré de le faire un jour s'épanouir, de le voir se tourner vers moi, à Siom, dans ce qui était encore l'Hôtel du Lac, comme l'indiquait ce qui était peint sur le pignon de la maison de Marie, du côté de l'ancien lavoir, en lettres noires rehaussées de marron au sein d'un cartouche blanc couvrant presque toute la largeur du mur, tandis qu'à l'autre pignon, au-dessus de l'entrée du restaurant, c'était, plus ancienne, peut-être là dès l'origine à en juger par la forme vieillotte des lettres blanches, une pancarte de bois bleu clair à bordure rouge, de sorte qu'on ne pouvait entrer à Siom, venant de Treignac ou de Villevaleix par la Croix des Rameaux, ou bien des Buiges en passant par la route de la vallée, sans avoir l'œil attiré par ce cartouche ou cette pancarte. Tu vois, je ne le connais pas si mal, ce royaume dont tu avais, ce jour-là, à la Toussaint, l'air d'être le prince déchu, dans cette salle de bistrot qui n'avait pas encore été rénovée et rendue méconnaissable, si bien que moi aussi, malgré mon jeune âge, j'ai l'impression, pour y être souvent retournée y chercher ton ombre ou celle de tes personnages, ayant à cause de ça entrepris des études de lettres, au grand dam de mon père qui, ingénieur des Eaux et Forêts, rêvait pour moi d'autres études, oui, l'impression d'appartenir un peu au monde que tu évoques et qui était celui non pas de mes parents mais de mes grands-parents, des parents de mon père, du moins, qui avait de la famille à Siom, ou, plus exactement, dans un hameau de la commune, après la gare, à La Moratille, hameau d'où venait Eugénie Bugeaud, ton arrière-grand-mère, les Faurie étant même, quoique de loin, alliés aux Bugeaud, comme on disait à l'époque où les familles étaient des ensembles dignes de ce nom, pour parler comme toi, avec ce mélange de nostalgie et de fatalisme qui est moins une condamnation du monde contemporain que l'impossibilité de le croire perfectible et probablement d'y vivre... », a dit Marina en se renversant de l'autre côté du lit, vers la blancheur du mur pour y apaiser la chaleur de ses joues ou reprendre son souffle, elle qui parlait en général assez peu, du moins avec moi qu'elle préférait écouter, ajoutait-elle, quoique sujette à des accès de parole comme d'autres au fou rire.

Elle avait pour parler recouvert ses seins avec le drap froissé ; elle se serait même rhabillée si elle n'avait craint de paraître pudibonde, étant d'une génération pour laquelle la vraie nudité est avant tout celle de la parole. Sans doute sentait-elle que certaines choses ne se disent et ne s'écoutent qu'habillé, ou bien dans une pénombre plus profonde que celle qui régnait dans ma chambre, cet après-midi-là ; et la révélation qu'elle venait de me faire était assez considérable pour que je ne me sois pas un peu écarté, rabattant sur moi une partie du drap en un geste qui la confortait dans ses principes tout en l'encourageant à poursuivre ; peut-être s'était-elle tue aussi pour ménager ses effets, ou trouver le courage de continuer, ce qu'elle me disait lui paraissant plus risqué, plus difficile que les gémissements et les petits cris qu'elle m'avait laissé entendre pendant l'amour et qui m'ont toujours semblé le plus intime de la femme, de la même façon que, plus que tout ce qu'elle peut nous dire, le chant est la nudité suprême d'une femme et qu'on ne sera jamais assez reconnaissant à la technique par laquelle on peut restituer à volonté la voix des grandes cantatrices, de nous proposer nu, infiniment, et longtemps après leur mort, le corps de Lisa Della Casa, de Maria Callas ou d'Elisabeth Schwarzkopf.

Je retenais mon souffle ; j'étais un enfant devant la bouche d'or d'une inconnue, ce que Marina avait à me dire ne relevant plus du seul éblouissement automnal suscité par son patronyme et par son corps, mais d'une histoire qui s'enroulait à la mienne depuis bien plus longtemps que je le croyais. Je me trouvais devant un être autrement complexe que celui que les années qui nous séparent l'un de l'autre m'avaient fait imaginer, tant il est vrai qu'on a tendance à simplifier le caractère et l'existence de ceux qui sont beaucoup plus jeunes que soi, le temps instaurant un défaut de perspective qui, sur le plan moral, se situerait du côté de l'égoïsme ou d'une extrême assurance, et que la sexualité, par ses débordements sentimentaux, a tôt fait de nous faire prendre pour de l'altruisme ou de la générosité.

Marina me forçait à entrer dans son histoire, un peu comme j'avais fait irruption dans sa jeune existence, le jour où elle disait m'avoir vu, à Siom, une dizaine d'années plus tôt, en train de lire ou d'écrire, au fond de cette salle de bistrot qu'on apprêtait pour le déjeuner et que j'avais cessé d'appeler « chez Jeanne », puisque Jeanne Bugeaud, comme on continuait à dire bien qu'elle fût l'épouse d'Étienne Berthe-Dieu depuis plus de quarante ans (soit à peu près le temps que ses sœurs Marie et Louise seront restées veuves, selon une étrange comptabilité dont ma mère raffole et où elle voit les chiffres de destins qu'elle se fait fort d'interpréter, comme d'autres les tarots ou la position des astres), avait, en 1980, vendu la vieille maison et l'hôtel construit pendant la dernière guerre, de sorte qu'il ne lui restait plus que ce qui avait été la maison de tante Marie, la grange et l'étable, près de l'église, et un peu de terres qui ne valaient plus grand-chose et qu'elle vendait discrètement, parcelle après parcelle, bradant ce que les Bugeaud avaient mis près de cent ans à acquérir, parachevant l'inexorable déclin de cette famille, puisqu'elle n'avait, comme Marie, pas de descendant, la benjamine finissant ses jours dans la maison de l'aînée, après avoir fait murer le passage qu'elle avait ouvert entre les deux habitations, en 1959, à la mort de sa sœur.

« Tu étais là, mon amour, dans la lumière jaune de novembre, le jour des Morts, rappelle-toi, au fond de cette salle qui n'avait pas changé depuis que ta grand-tante avait vendu, la nouvelle propriétaire n'ayant touché à rien, s'étant contentée d'ajouter un percolateur et de hauts tabourets à ce bar dont la hauteur t'aura, avec les années, servi de mesure, atteignant à six ans le zinc avec ta main en te dressant sur tes pieds et puis posant tes coudes dessus à seize, oui, des tabourets pour faire moderne et attirer des clients plus jeunes, plus dépensiers que ces gourles en mal de gros rouge qui avaient fini par constituer l'ultime clientèle de Jeanne et que tu n'avais pas l'air d'entendre, ce matin-là, le regard tourné vers moi qui entrais en compagnie de mon père, dans cette lumière où nous étions à contre-jour et qui t'empêchait de bien voir cette gamine qui accompagnait son père, le jour des Morts, au cimetière de Siom, et que, même si nous n'avions pas été à contre-jour, tu n'aurais sans doute pas plus regardée que les gourles perchées sur les tabourets et aussi mal à l'aise que des paons sur une échelle de poulailler, braillant et bramant dans ce chantant mélange de patois et de français qui aura été la basse continue de ton enfance, comme tu dirais...

— C'était sans doute toi que j'ai vue, non pas la fillette que tu étais encore à treize ans, mais la femme que cette enfant serait un jour et que je tentais de distinguer dans la lumière éblouissante où tu semblais naître, je m'en souviens maintenant, je revois cette scène, je revois ton père, grand et mince, avec cet air un peu las et presque triste qu'on a souvent les jours fériés, loin de chez soi, sa moustache grisonnante, son regard un peu éteint aussi tourné vers moi après avoir cherché des yeux la jeune patronne qui avait abandonné ses habitués à leurs palabres pour aller s'occuper du repas. Il me regardait comme si j'étais la seule personne à pouvoir lui être utile ; ou bien s'étonnait-il de me voir là, dans cette salle, le jour des Morts, lisant un journal de Paris, prenant des notes, oui, ça me revient, maintenant, sur l'éblouissement que je venais d'avoir, là-haut, dans le cimetière, lorsque le soleil avait troué la brume et traversé les feuillages jaune et rouge des hêtres et le vert profond des sapins pour donner leur plein or aux chrysanthèmes que les femmes venaient depuis l'aube déposer sur les tombes. Je m'étais mis à penser non plus à mes morts mais à une femme, et non à une femme connue, regrettée ou espérée, mais à l'inconnue que nous sommes prêts à aimer, même quand nous en aimons une autre, l'amour étant non pas changeant, ni éphémère, ni versatile, mais, comme les livres d'un écrivain, toujours à peu près le même, inépuisable, ou infini, sous différents aspects, de femme en femme, notre façon d'aimer évoluant parfois comme la manière d'un écrivain ou d'un musicien, mais pas les femmes que nous recherchons, toujours les mêmes, ou du même genre, et qu'on reconnaît à telle partie du corps ou telle expression : ton sourire, par exemple, ce matin-là, éclairant ton visage comme une autre ouverture dans la brume...

— Mais non, tu ne te souviens pas, tu ne peux pas te souvenir, je n'étais qu'une enfant, trop maigre, les mains cachées dans les manches de mon blouson, la tête baissée, regardant le monde à la dérobée, sans sourire, une renarde craintive...

— Je me souviens de tes yeux, oui, de ça je suis sûr, ces yeux bleus, si rares sur les hautes terres, du moins quand j'étais enfant, qu'ils m'ont fait répartir les femmes en deux catégories : celles qui ont les yeux marron et les autres, aux yeux bleus, gris ou verts, longtemps crues interdites, inaccessibles, intouchables, même si Jeanne Bugeaud avait les yeux bleu pâle, l'œil de brebis, disait-on dans la famille, qui lui donnait quelque chose d'effacé, d'absent.

— J'avais treize ans et tu es en train de m'inventer dans la lumière d'un jour des Morts qui t'avait ébloui quand nous avons poussé la porte de la salle où tu ne songeais plus qu'à tes défunts, ou à Jeanne qui s'ennuyait à périr, de l'autre côté du mur à présent rétabli entre les deux maisons, et tu rêvais, prenais des notes, buvais je ne sais quel apéritif que tu ne bois que là-bas, gentiane ou pastis ; et moi, te voyant ébloui, je pouvais t'observer à mon aise, comme jamais je n'avais encore regardé un homme, en appelant à ma beauté, à mes forces à venir, déjà entrée dans ce futur qui faisait de cet instant vite perdu le noyau, la préhistoire de notre amour, la grotte redécouverte tant d'années plus tard, alors même que nous serions devenus amants, par le petit chien fureteur de la parole, chaque amour ayant son Lascaux et son sommeil millénaire, l'amour durant bien plus longtemps que ce qu'on croit qu'il dure, n'est-ce pas... »

Oui, Marina, il dure bien longtemps, il est même éternel puisqu'il se propose ainsi, ne cesse de s'inventer dans l'illusion de cette éternité sans laquelle il ne pourrait exister. Et c'est en effet à Jeanne que je pensais, ce matin-là, et à qui je pense encore aujourd'hui, car c'était la dernière fois que je la voyais : elle devait mourir quelques mois plus tard, à Pâques, mais je songeais déjà à elle comme si elle était morte, ayant toujours eu cette faculté de voir les gens morts, de deviner, même, qu'ils vont mourir, puisque je me mets à songer à eux fréquemment, sans raison apparente, ayant par exemple deviné, en février 2003, que Maurice Blanchot venait de mourir, alors que je ne lis nul journal, n'écoute nulle information radiophonique et que personne n'avait pu me mettre au courant de la mort d'un écrivain que je n'étais par ailleurs pas en train de relire et dont mon travail me tenait alors assez éloigné, même si on peut me rétorquer qu'il y a bien quelque chose dans mon inconscient qui, s'articulant à ce que j'écris et à mon obsession de la mort, voire une simple homonymie, l'écho d'une phrase, d'un nom, d'un titre, m'a mis en demeure de songer à lui, soudain, en me demandant s'il était toujours en vie, considérant son grand âge, pensant à ce qu'il pensait s'il était encore en vie, et, osons le dire, à ce qu'il voyait s'il était mort, lui qui aura conduit une des plus belles méditations agnostiques sur la mort.

En 1921, lorsque la maison de Marie fut bâtie, le monde n'était plus tout à fait le même. La Victoire n'en était pas vraiment une pour ces familles qui avaient laissé tant de pères et de fils sur les champs de bataille, dans des sépultures lointaines — certains, comme le fils Orluç, reposant dans l'ossuaire de Douaumont parmi les os de milliers de ses camarades. Les Bugeaud n'avaient perdu personne de leur sang, ce qui renforçait leur position dominante, laquelle venait aussi de la beauté des deux aînées, Marie et Louise, et des trois garçons, car il y avait plus riche qu'eux, à Siom, ou de condition presque aristocratique, comme les Queyroix dont la maison avait été longtemps la seule à être couverte d'ardoise, avec l'église, le presbytère et la mairie, au lieu de ce chaume qui avait fini par faire honte.

Ils n'avaient perdu personne mais, en 1921, Marie était veuve depuis six ans, Louise avait épousé un gars de Faux-la-Montagne, de l'autre côté du plateau de Millevaches, dans la Creuse, et s'était fixée avec lui à Villevaleix, à sept kilomètres de Siom, non loin de la Haute-Vienne, et François, l'aîné des garçons, une fois démobilisé, dans l'Est où il avait fait toute la guerre, s'était marié près de Belfort, à une veuve rencontrée lors d'une permission et dont il aurait deux fils. Ni cette Germaine Tailleur ni ses enfants ne mettraient jamais les pieds à Siom, malgré le désir qu'en témoigne la nouvelle bru, dans une lettre adressée le 6 avril 1920 à ses beaux-parents, avec une écriture carrée, d'un autre âge, sans fautes d'orthographe, et qui se termine sur ces mots qui m'émeuvent par ce qu'ils ont aujourd'hui d'obsolète, d'humble et de précis : « Je compte toujours aller vous voir, chers parents, quand exactement je l'ignore car François remet sans cesse. Jusqu'alors je n'ai pu vous envoyer ma photo ; mais aujourd'hui je me suis fait photographier et dans quelques jours, sans faute, je vous l'enverrai. Il fait un soleil radieux, aussi les semences d'avoine ont été faites dans de bonnes conditions. Nous avons pu obtenir un cheval de l'armée pour un temps indéterminé ; j'en suis bien aise. Dans nos pays, la végétation est très avancée, l'herbe a une belle apparence et, s'il n'arrive pas de gelée, on fera beaucoup de foin... »

François reviendrait quelquefois au pays, seul, aux premiers temps de leur mariage, pour y consacrer, au grand dam de ses sœurs, plus de temps à ses camarades d'enfance qu'à sa famille — lesquels camarades étaient d'ailleurs en nombre réduit et avaient changé, tout comme lui, François, qui finit par ne plus revenir, se contentant d'envoyer, une fois par an, à Noël, une carte postale, toujours la même, montrant le lion de Bartholdi, et à laquelle Marie se chargeait de répondre au nom de toute la famille sur une des cartes qu'elle avait fait éditer, jusqu'à ce qu'il mourût, en 1946, après l'autre guerre, qu'il n'avait pas faite mais où il perdit un de ses fils, tombé dans la Forêt-Noire avec l'armée de De Lattre. Il reste pour moi un mystère, ce François Bugeaud : nulle photo de lui, pas de légende, si bien que j'en suis réduit à l'imaginer d'après la brève description que m'en a donnée ma mère, qui ne garde de lui qu'une image imprécise, et d'après l'unique photo de son frère Jean, à qui il ressemblait un peu, paraît-il, en plus grand et en moins beau.

Aucun de ses frères et de ses sœurs n'assista à ses obsèques, comme si, s'étant de lui-même exclu de la gens Bugeaud, il avait été nécessaire d'entériner cette décision par un silence qui était autant de la réprobation, voire une répudiation, qu'un deuil anticipé. Cela n'avait pas peu contribué au devenir féminin de la famille, à l'instauration de ce qui, avec le temps, lorsque Jean et Léonce seraient mariés et le père Bugeaud décédé, à la fin des années 30, deviendrait une sorte de gynécée. Et puis Belfort était à l'autre bout de la France, trop loin pour qu'on abandonnât son commerce — au-delà même de l'Europe, pensais-je de ce Territoire de Belfort qui, à cause de son nom, se confondait pour moi avec nos possessions d'outre-mer et particulièrement avec les comptoirs de Mahé, de Chandernagor et de Pondichéry ou cette Côte française des Somalis dont m'avait un jour parlé, avant de s'enfuir pour retrouver son père, la petite Céline Soudeils, jusqu'à ce que Marie m'apprît qu'on l'appelait ainsi parce que cette partie du département du Haut-Rhin avait été conservée par la France après l'annexion de l'Alsace par l'Allemagne, en 1871. Et si, bien des années plus tard, il arrivait à Marie, à Louise ou à Jeanne d'évoquer ce frère qui avait quitté Siom pour devenir cabaretier dans un faubourg de Belfort, comme sa femme et comme ses parents et ses sœurs, ce n'était plus par son prénom mais par le seul nom de Belfort, qu'elles faisaient sonner tantôt avec ironie, le plus souvent de façon méprisante ou lointaine, comme on laisse échapper un juron.

8

Les deux autres garçons avaient, eux aussi, quitté Siom, très jeunes, fuyant ce village bâti en retrait de la route départementale qui relie Clermont-Ferrand à Limoges, à deux kilomètres de sa gare, et où ils ne pouvaient rien trouver, femme, emploi ou territoire, qui fût à la mesure de leurs ambitions. Et puis, comme leurs sœurs, ils n'avaient pas eu d'enfance : pas ce que nous appelons aujourd'hui une enfance dont se souvenir comme d'un paradis perdu ; nulle enfance commune, à Siom, frères et sœurs jouant ensemble dans l'herbe au bord de la Vézère, l'après-midi, le soir au coin du feu, avec des accointances, des alliances, des rivalités, des confidences, non, rien de tout ça à cause du grand nombre d'années les séparant les uns des autres ; et trop de travail à l'auberge, à la ferme, et bientôt dans les bois ; et aussi cet esprit de sérieux propre aux Bugeaud et à beaucoup de Siomois, indissociable du sens de la grandeur comme d'un certain goût du tragique et de la fatalité, quelquefois tempéré par un sens primitif, opiniâtre, de l'existence, et quelquefois par le sentimentalisme qui s'y attache et grâce à quoi certains ont pu combattre la mélancolie.

Finissons-en avec eux : les hommes sont, d'une manière générale, et particulièrement dans le clan

Bugeaud, où je n'ai connu que Léonce, moins intéressants que les femmes ; jugement à nuancer, certes, mais dont je ne démords pas, moi qui ai, jusqu'à l'âge de seize ans, observé ces femmes mieux qu'un mari ou un fils et bénéficié de leur pouvoir ; de leur gloire, aussi, avec la solitude qui lui est inhérente : celle de femmes courageuses, obstinées, pieuses, qui se débrouillaient seules dans un monde masculin et généralement socialiste, anticlérical, mesquin. Il m'en est resté la méfiance, le désintérêt, pour ne pas dire le dégoût que m'inspirent presque tous les individus du sexe masculin. Non que je veuille idéaliser les femmes ; mais j'ai trouvé auprès d'elles, depuis ma naissance, mille sujets de satisfaction, d'étonnement, de pensée et d'intérêt, outre l'amour et le goût de la conversation qu'elles seules, même les plus jeunes, ont su maintenir à une certaine hauteur, luttant contre le temps par la parole et l'amour, alors que les hommes pour la plupart s'abandonnent aux rapides où se brise l'esprit.

Jean Bugeaud suivit son frère aîné et ses sœurs dans la voie du mariage, épousant en 1924 une fille d'Ussel, d'excellente famille ainsi qu'on disait encore en ce temps où on pouvait juger des familles comme des individus, la notion même d'individu comptant moins que l'honneur familial, et le corps collectif étant aussi vivant que le corps personnel.

Où l'a-t-il rencontrée, cette fille Sérandour, le petit Siomois que la seule photographie qui subsiste de lui, prise en 1923 chez un photographe d'Eymoutiers, montre semblable à tous les beaux hommes de l'époque, tirant vanité non de sa taille (plutôt petite, comme celle de sa sœur Marie) mais de ses grands yeux sombres et de la finesse de sa figure qu'accroît une de ces minces moustaches qui disparaîtront après la Seconde Guerre mondiale, en même temps que les chapeaux, de la même façon qu'avec la

Grande Guerre avaient disparu les barbiches, les corsets et les cannes dont un des vieux clients de Jeanne m'expliquerait, bien des années plus tard, qu'il y avait la canne de jour et celle du soir, dite de théâtre, en bois d'amourette et à pommeau d'argent ? Tout était fin chez Jean : la taille, l'esprit, les vêtements, le feutre presque canaille, la cigarette négligemment tenue par le milieu, entre deux phalanges, comme on faisait alors, sans doute parce qu'il n'y avait pas de bout filtre et qu'on répugnait à laisser jaunir ses doigts par le tabac. « Il semble un gandin », disait Louise, à propos de cette photo où il fait le fier : ultime concession à la vie de garçon ou, plutôt, soumission à un rite de passage ; car il n'était pas vaniteux, mais actif, intelligent, infiniment serviable : de quoi séduire l'exigeante et capricieuse Renée, que ses belles-sœurs détestèrent autant qu'elles admiraient leur frère. Comment le jeune Siomois réussit-il à faire oublier à cette famille de charcutiers ussellois qu'il n'avait fait ni études ni guerre, et qu'il n'était le fils que d'un petit aubergiste de Siom qui venait tout juste d'ajouter à son commerce celui, plus noble, de négociant en bois ? Activité qui serait bientôt la sienne comme celle de Léonce, le premier à Meymac, l'autre à Saint-Andiau, non loin d'Ussel, tous deux ayant très tôt deviné le parti qu'on pourrait tirer du reboisement du plateau de Millevaches, qu'une carte postale de 1910, trouvée dans le grenier de ma grand-mère, à Villevaleix, montre couvert à l'infini d'une lande rase où paissent des troupeaux de brebis et pour moi aussi sombre et désolée que celle du Yorkshire où Catherine Earnshaw va retrouver Heathcliff ; car je n'ai jamais séparé ce qu'on appelait l'ancien temps et dont seuls les paysages, quelques coutumes et des tournures linguistiques nous apportent témoignage, de ce que m'a donné à voir la littérature, dès mon plus jeune âge, de sorte que le paysage siomois, si je peux le décrire tel qu'il est aujourd'hui ou tel qu'il était dans mon enfance, ou encore le reconstituer pour les époques qui m'ont précédé, ce paysage n'est, à la vérité, qu'un élément parmi d'autres d'une géographie imaginaire à laquelle les romans ont contribué de façon décisive : des territoires de songes, bien sûr, mais si souvent et passionnément parcourus qu'ils ont accédé au rang de lieux de mémoire, et dont une des caractéristiques serait d'être vivants au sein d' un monde sans cesse nouveau ; de sorte que l'histoire d'un homme serait, outre le tissu d'anecdotes constituant sa vie (ou plutôt cette succession d'existences qu'on appelle une vie), l'ensemble des couches laissées en lui par ses lectures dont l'accumulation finit par produire non pas des vies parallèles ou imaginaires mais le cœur même de sa véritable existence, l'histoire d'un tel homme n'étant que celle d'un lecteur, cet homme, comme lecteur, demandant pour finir justice non pas à la vraisemblance psychologique mais au Livre des Livres.

Jean et Léonce avaient choisi ce métier sans se consulter, comme si, entre ces deux frères que trois années séparaient et qui entretenaient, on peut le croire d'après le caractère de Jean, de bonnes relations, se révélait enfin l'inévitable rivalité, telle qu'elle s'était fait jour entre Marie et Louise, et, quelques années auparavant, entre François Bugeaud et son père, ce qui explique peut-être aussi pourquoi le frère aîné était resté dans l'Est.

Exploitant forestier : tel est le titre dont Jean tira orgueil, à Meymac où il s'était installé avec l'idée d'ajouter un jour une corde à son arc et de suivre le chemin de ceux qui étaient descendus à Bordeaux pour faire le négoce du vin et revenir finir leurs jours dans une de ces demeures de granit qui s'élèvent à la sortie de la ville, au Jassonneix, au pied du mont

Bessou, non loin de cette gentilhommière où Marie emmenait quelquefois ma mère, le premier jour de l'An, à la condition que celle-ci n'ouvrirait pas la bouche, retrouvant là des fillettes des Buiges, de Saint-Andiau, d'Ambrugeat, de Meymac, pour un silencieux goûter que donnait chaque année M. de Lavarde, sorte de châtelain fort pieux, sinistre et maniaque chez qui c'était un honneur d'être reçu, dût-on y périr d'ennui, les enfants comme les parents qui les accompagnaient mais qui, pour rien au monde, n'auraient manqué cette collation de petits pains au lait, de confiture de myrtilles et de chocolat chaud, dans cette vaste maison d'où la vue s'étendait jusqu'aux monts de l'Auvergne et que M. de Lavarde, sans héritiers, légua à une religieuse avec qui il était en correspondance et qui y fonda un couvent de cisterciennes qui fabriquent des confitures, du miel et du pain d'épices dont le goût me fait imaginer que j'ai dans la bouche cela même qu'a goûté ma mère, il y a tant d'années, lorsqu'elle était cette petite fille que je peine à me représenter.

Jean trouva demeure et notoriété à Meymac, mais pas le bonheur conjugal, malgré la joie d'être père d'une petite Thérèse, s'enfonçant peu à peu dans ce qu'on appelait alors une union malheureuse, celle-ci à peine compensée par la réussite sociale et l'espoir d'un avenir meilleur, briguant le Conseil général pour lequel il avait ses chances bien qu'il n'eût peut-être pas le cuir assez dur pour la politique, et trouvant une mort accidentelle en voiture, à trente-six ans, du côté de Davignac, où il allait estimer une coupe de sapins.

Une mort inexpliquée, disait-on à Siom, en se drapant dans une douleur d'autant plus digne qu'elle faisait de Jean, pour les Bugeaud, le mort qu'ils n'avaient pas eu pendant la Grande Guerre — le gendre comptant, au fond, pour peu de chose, puisque point de leur sang ni même du pays, et qu'on n'avait guère eu le temps de le connaître. Une mort injuste, ajoutait-on avec l'assurance de qui est pénétré de l'idée qu'il y a de justes, de bonnes morts, voire que la mort n'est pas un scandale, et dont les filles Bugeaud n'étaient pas loin de rendre Renée responsable, Marie prenant la direction du deuil, recevant les condoléances en lieu et place de ses parents, trop accablés, trop vieux pour le supporter, sachant, elle, accueillir les mots par lesquels on disait savoir ce que c'était que le rappel à Dieu d'un enfant, oui, Marie écoutant ces paroles en souriant, la seule femme capable de sourire en de telles circonstances sans que cela parût déplacé ni indigne. Marie qui avait, en 1936, près de cinquante ans et dont la beauté ne passait toujours pas, ni les demandes en mariage. Elle s'obstinait dans son veuvage, la mort de son frère relançant son statut de veuve au point de paraître, aux yeux de quelques-uns, la veuve de ce frère, la légitime ayant rompu toute relation avec sa belle-famille et poursuivant l'activité de son mari, non sans succès, chose méritoire pour une femme et pour l'époque. Elle ne regardait pas aux moyens, il est vrai, et Léonce, son beau-frère, qui exerçait le même métier, racontait que lors de la vente aux enchères d'une coupe de bois qu'il convoitait, à Pigerolles, dans la Creuse, en 1947, Renée, intéressée elle aussi, n'avait pas hésité à s'asseoir contre lui, bien qu'ils ne se fussent pas parlé depuis la mort de Jean, et, pour tenter de le neutraliser pendant les enchères, avait posé sa main sur la cuisse de son beau-frère, négligemment, avec une légèreté de fille, avait dit Léonce qui n'ignorait pas combien était agitée sa vie sentimentale de riche veuve pourvue d'un seul enfant qu'elle faisait élever à Ussel, par la famille Sérandour, et ne trouvant la paix qu'avec son dernier compagnon, un certain Duphly, comptable de son état et bien plus jeune qu'elle, qui se comporta comme l'aurait fait un bon et véritable mari.

Ce qu'on disait moins, c'est qu'il y avait eu, au nombre de ses amants (nombre qui me la rend sympathique parce que libre dans un monde d'hommes, archaïque et sévère, si différente des femmes qui m'ont élevé et qui avaient tenté de me faire partager leur aversion pour cette femme que je n'ai connue qu'âgée mais toujours soucieuse de plaire, surtout à un très jeune homme, le dernier des Bugeaud, qui plus est), un étalon nommé Rouault, personnage vraiment haïssable, au dire de tous ceux qui l'avaient approché. Ce Rouault, quoique marié, père de plusieurs enfants, parlant un mauvais français qui sentait sa basse extraction (et nullement le mérite de s'être élevé au rang d'agent voyer, comme il arrive souvent aux êtres vulgaires qui, ayant réussi, continuent à faire payer leur naissance aux individus qui se rencontrent sur leur chemin, femmes, enfants, êtres purs, et non à l'ordre social), subjugua non seulement Renée mais sa fille Thérèse, qui était, juste avant l'Occupation, âgée de vingt-quatre ans (soit le nombre d'années qui la séparait de sa mère), enlevant donc la fille de sa maîtresse pour vivre avec elle, à Brive, non sans force infidélités mais finissant, devenu veuf, par épouser cette pauvre Thérèse, comme on ne manquait de l'appeler dès qu'il était question d'elle, et qui, sans enfants ni métier, brouillée avec sa mère et le reste de la famille qui continuait à voir en elle une femme entretenue, s'adonnait discrètement à la boisson et n'avait plus nulle illusion sur son époux non plus que sur les hommes, ni même sur l'espèce humaine, me dirait ma mère, bien des années plus tard, en frémissant à l'évocation de Rouault, et me laissant penser qu'elle avait, elle aussi, eu affaire à lui — à se défendre contre lui, veux-je dire, seule ou avec le seul homme de la famille capable de la protéger : son oncle Léonce, qui s'était établi à Saint-Andiau, à dix kilomètres d'Ussel, et dont la taille, la corpulence, la fortune, l'influence politique avaient de quoi contrecarrer les vues d'un Rouault, allant trouver Renée, à Meymac où elle vivait encore, après la mort de Jean, pour qu'elle fît pression sur son ancien amant, sans se laisser émouvoir par son ex-belle-sœur, mélange extraordinaire de finesse, de douceur et de malice; de rouerie, de diablerie, ajoutait ma mère. Peu instruite mais intelligente et d'une conversation agréable, Renée savait enjôler ceux qui l'approchaient, et, pendant ses années de nomadisme sentimental, on ne la vit jamais qu'entourée d'une petite cour, de composition variable mais d'effectif constant, quoiqu'elle ne fût ni vraiment belle ni élégante.

« Et peut-être valait-il mieux qu'il en soit ainsi; car on ne peut penser sans épouvante à ses ravages, si elle avait été seulement jolie, comme sa fille... », disait encore ma mère qui avait plus que de la pitié pour sa cousine Thérèse : de l'affection, quoiqu'elles se fussent rarement vues, à cause de ces quatre ans qui les séparaient et qui empêchent, quand on est jeune, les vraies amitiés de naître; ou alors était-ce l'intérêt qu'on éprouve pour ceux auxquels on craint de ressembler et qu'on plaint pour ne pas s'apitoyer sur son propre sort; à moins qu'il ne s'agît pour ma mère, âgée de dix-huit ans en 1940, de cette curiosité qu'on porte à des gens dont la vie, disait-elle, ressemble à un roman — à ce qu'était le roman au temps de sa jeunesse, dans l'ennui de Siom et de Villevaleix, pendant les années noires : des textes où elle cherchait non pas le reflet du monde où elle vivait et qu'elle abhorrait, l'ayant assez vu, ouï, respiré, souffert, et n'ayant pas besoin que les livres le lui rappellent ou lui en proposent une version idéalisée, mais de quoi l'oublier, au contraire, n'admettant pas qu'on s'attache à peindre (ainsi qu'on disait en un temps où les écrivains et les lecteurs affichaient une pleine confiance dans le genre romanesque) un monde brutal et sinistre comme celui où elle était née et qui réservait un sort si rude et si injuste aux femmes ; et pour cela préférant aux romans de Giono, de Ramuz, de Jouhandeau, ceux de Giraudoux, de Colette, de Morand, de Montherlant, de Mauriac, et aussi des traductions de l'allemand qu'elle lisait en cachette (si vive était encore à Siom, entre les deux guerres, la haine du Boche) et au premier rang desquelles il y avait les livres de Thomas Mann.

Finissons-en avec les hommes. Léonce avait, en 1925, épousé une fille de Saint-Andiau, aperçue au mariage de son frère Jean, l'année précédente : Alice Godart, à qui il allait faire sa cour par le train, depuis Siom dont il gagnait la gare à pied, dans des galoches qu'il laissait à la garde du chef de gare, une femme prénommée Rachel (prénom qui, bien que biblique, était assez rare et sonnait trop comme « romanichel » pour que je n'aie pas considéré avec inquiétude ce chef de gare dont les gestes mystérieux qu'elle accomplissait sur le quai ne faisaient qu'ajouter à mes craintes). Léonce enfilait les souliers cirés qu'il portait dans une musette afin de ne pas les salir à la poussière du chemin séparant Siom de sa gare isolée dans une étroite plaine d'ajoncs et de bruyère, ne montant même pas au Café de la Gare, autant par souci d'économie que parce qu'il ne voulait déjà plus se mêler au monde de Siom, étant fort en avance, comme tous les voyageurs de cette époque, et préférant patienter, s'il faisait mauvais, dans la salle d'attente, près du poêle, entre les hauts murs peints du même vert que les salles d'hôpitaux, et qui dégageait une éternelle odeur de bois brûlé, de soupe de légumes, de mauvais vin et de tabac brun ; ou, par beau temps, assis dehors, sur un banc de bois aux montants en ciment, les pieds sur le sable mêlé de mâchefer, entre les W.-C. et la lampisterie, guettant à l'espèce de cloche posée sur un pied d'acier comme un haut champignon le signal indiquant que le train avait quitté la gare précédente, Villevaleix, sept kilomètres plus bas, et que Léonce serait donc à l'heure, trente kilomètres plus haut, après les gares des Buiges, de Pérols, de Barsanges, du Jassonneix, à Meymac où l'attendait Alice Godart qui, avec maestria, pilotait une Ford, chose rare pour l'époque, dans cette région. Assis à côté d'elle, avec cet air de triomphe et de calme qui a toujours été le sien, ayant compris qu'en amour comme en affaires les apparences comptent au moins autant que la stratégie et l'opiniâtreté, Léonce parcourait la route en lacets qui mène à Saint-Andiau et un peu au-delà, sur la route de Saint-Pardoux-le-Vieux, en prenant à gauche du Café Malissard dont je ne lis jamais le nom sans penser à Gaudissart, et dont le patron avait, selon ma mère, le bagout et l'emphase de l'illustre personnage de Balzac, confirmant malgré lui non seulement la défaveur généralement attachée aux suffixes en *ard* et aux noms aux syllabes traînantes, mais aussi que souvent on a le physique de son nom : glorieux ou ridicule, ou encore commun, insignifiant, ou pathétique.

Pour les Godart (dont le nom, il est vrai n'avait rien de trop long et se terminait non en *ard* mais en *art*, ce qui interdisait qu'on le fît varier en genre, comme on formait, à Siom, le déplaisant « Bugelle » à partir de Bugeaud), c'était, outre l'intelligence et les traits agréables de leur fille Alice, leur générosité qui les désignait à l'estime générale : il y avait chez eux, tous les jours, bonne chère, autant pour celui qui avait faim que pour l'écornifleur qui passait par là ou l'invité de marque, tel Léonce Bugeaud qui se trouvait fort bien dans ce hameau, à trois kilomètres de Saint-Andiau, agréé comme fiancé par ces bons Corréziens qui avaient le cœur sur la main et l'assiette sur la table, dirait sa fille Monique, bien des années plus tard, quand ils eurent tous disparu, les évoquant avec dans la voix une sorte de tremblement qui était moins de la sentimentalité que le regret que de telles gens n'existent plus ; et non seulement les Godart mais ce qui les avait rendus possibles et plus nombreux qu'on n'imagine, puisque Jeanne Bugeaud se comporterait à peu près de la même façon et serait loin d'être la seule à prononcer la formule inchoative de l'hospitalité corrézienne : « Finissez d'entrer... », oui, déplorant que ce moule fût brisé, me dirait-elle encore, les yeux soudain pleins de larmes, en revoyant son père et sa mère avec ses grands-parents Godart — tous deux veufs et remariés ensemble au début du siècle : André, qui avait perdu sa femme à cause de ce qu'on nommait encore le croup, c'est-à-dire la diphtérie, et Élisa, belle brune à l'œil noir, un peu grossetoune, comme c'était la mode, et d'un tempérament de braise qui avait fini d'ôter à son premier mari le peu de souffle que lui laissait une santé délicate, qui avait commencé à s'altérer dans la blanchisserie qu'il tenait dans la banlieue de Paris, à Arcueil, près du grand pont dont il disait que les trains qui le franchissaient l'empêchaient de dormir, non pas à cause du bruit qu'ils faisaient mais parce qu'ils lui rappelaient le pays, le bruit du train passant sur le viaduc des Farges, du côté de Meymac, et plus encore (pressentiment peu à peu mué en certitude) le fait qu'il ne le reverrait pas vivant et que ce serait par le train, en un cercueil de chêne, dans ce vacarme et ces cahots, qu'il s'en irait reposer à Combressol, d'où il était originaire.

Elle revoyait, cette Monique, petite-cousine née assez tard, à la fin des années 30, l'unique enfant d'Alice et de Léonce Bugeaud (aux prénoms bien faits pour s'apparier, disait Marie qui, si elle continuait à refuser des prétendants, ne manquait pas de trouver aux autres des raisons de s'unir), ses grands-parents Godart entourés des enfants qu'ils avaient eus de leurs premiers mariages, dans leur propriété de Saint-Pardoux-le-Vieux : un garçon et une fille, à qui ils donneraient une demi-sœur, Alice ; ce qui faisait dire à Léonce qu'il ne serait jamais que le demi-beau-frère de cette Virginie et de ce Roger qu'il n'avait d'ailleurs pas eu le temps de connaître, la première parce qu'elle avait épousé un type de Billom, dans le Puy-de-Dôme, mauvais coucheur qui avait fini par la brouiller avec sa famille, et l'autre parce que, capitaine d'aviation, il avait été touché au-dessus de la Belgique, au retour d'une mission au cours de laquelle il avait bombardé Aix-la-Chapelle, en 1917, ayant toujours eu (chose étrange pour un garçon des hautes terres) la passion des avions, compagnon de Rochefort, de Dorme, de Sauvage, frère d'armes de James Hall et des Américains de l'escadrille La Fayette, et de tous les pilotes morts glorieusement. J'imagine l'ultime combat du capitaine Godart dans le soleil brouillé des Flandres : le grand duc limousin contre l'aigle allemand tournoyant dans l'air où s'effilochaient d'ultimes laisses de brouillard, et où ils se réfugiaient de temps à autre comme pour reprendre haleine avant de recommencer au plus haut du ciel un combat dont l'Allemand sortit vainqueur, le Français réussissant pourtant à poser son avion dans un champ de houblon avant de laisser aller sa tête en arrière, les yeux ouverts, le corps troué d'autant de balles que la carlingue, l'air de sourire aux paysans belges venus voir de plus près l'étrange oiseau de fer et de toile, avec ce jeune

Français à fine moustache qu'ils contemplaient à distance respectueuse, non pas comme s'ils avaient eu les pieds dans l'herbe mais qu'ils eussent été entre ciel et terre, sous les nuages, admirant le pilote qui, avant de mourir, avait eu le temps de relever sur son front ses lunettes de pilotage et qui les regardait avec un sourire tout à la fois ironique et plein de grâce : le même sourire que sur la photographie sur émail ornant sa tombe, au cimetière de Combressol, et où il figure en képi noir, le regard fixé sur une ligne d'horizon qui n'est pas celle de ce monde. « Des pensées de dessus les nuages... », avait dit Léonce Bugeaud à sa jeune épouse, qui évoquait avec fierté ce demi-frère mort glorieusement. « Un idéiard ! » avait-il ajouté comme il appelait, avec son bon sens de Siomois, tous ceux à qui venaient des idées peu banales, puisqu'il avait, ce Roger Godart, inventé un tracteur de sa façon qui eût, autant que son coucou déchiqueté, émerveillé les paysans belges, en attelant pour labourer un soc de charrue à une voiture : attelage qui fonctionnait, les autos de l'époque étant hautes sur roues, mais faisait ricaner et dire à ceux qui n'avaient pas de voiture que ça ne valait pas une paire de vaches ni les bras de l'homme.

9

J'ai connu Léonce et Alice Bugeaud à la fin de leur vie, à Saint-Andiau, alors qu'ils avaient abandonné la maison des Godart, sur la route de Saint-Pardoux-le-Vieux, trop vaste, trop isolée, et inconfortable, pour une autre, non moins inconfortable mais plus petite, au milieu de ce gros bourg qui s'étire sur la route reliant Clermont-Ferrand à Brive, et qu'ils avaient achetée à l'architecte qui avait conçu le viaduc des Farges, en contrebas de Meymac, sur la Triouzoune, et qui après avoir fait faillite s'était jeté de la plus haute pile du pont.

Je les ai toujours vus gros, parfois énormes, Alice dans de longues robes destinées à cacher ses chairs affaissées, Léonce sanglé dans un costume trois pièces imposé par la réussite sociale qui lui donnait quelque ressemblance avec le compositeur Darius Milhaud, l'un et l'autre un peu inquiétants pour l'enfant que j'étais ; un enfant maigre, qui répugnait à manger comme on le faisait généralement sur ces hautes terres où on appliquait à la lettre la devise « mieux vaut trop que pas assez », laquelle nous semblait, à Marie et à moi, du gaspillage, voire une offense à ceux qui avaient faim, et donc l'illustration de ce péché de gourmandise qui prêtait à sourire à tout le monde sauf à moi qui en perdais parfois mon peu d'appétit, tandis que ma mère me menaçait de me retirer à Marie et à Jeanne (à qui elle reprochait de me nourrir de friandises et d'eau claire) pour me placer à Toulouse, dans un internat d'où on sortait fort et gras comme un bœuf, c'est-à-dire comme Léonce Bugeaud, imaginais-je; ce qui me décidait, lorsqu'elle venait nous rendre visite, à Siom, à faire preuve d'un peu plus d'appétit, à midi chez Jeanne, dans la salle du bas, à la table d'hôte, avec les paysans et les gourles, et le soir chez Marie, à condition de ne pas songer à Alice et à Léonce, qui m'apparaissaient comme la version souriante (mais pas moins effrayante) des ogres des contes : c'étaient de gros mangeurs, l'un comme l'autre, soucieux de ce qu'on croyait être des signes de bonne santé, et, celle-ci découlant de la première, de beauté. Et peut-être Léonce se souvenait-il non pas d'avoir eu faim mais de ce que lui racontait sa mère, et qu'elle tenait de sa propre mère qui évoquait dans sa jeunesse la famine de 1841, les réserves épuisées au printemps, le pain fabriqué avec de l'orge ou des haricots et, même, une fois, avec des cerneaux de noix, le sel remplacé par de l'oseille sauvage qu'on appelait pour cette raison herbe à sel; il se souvenait aussi d'avoir entendu Eugénie lui rapporter qu'entre 1875 et 1900 les grandes forêts de châtaigniers dont on tirait une partie de sa subsistance avaient été rongées par la maladie de l'encre et que le déclin de l'exploitation du tanin qu'on extrayait de leur écorce n'était pas pour rien dans l'élimination de ces arbres qu'elle verrait, sur ses vieux jours, et par les soins de son mari et de ses fils, remplacés par les noirs manteaux de sapins.

J'ai surtout connu Alice, morte dans l'avant-dernière année du XXe siècle, quasi centenaire et depuis près de vingt ans impotente, recluse depuis la mort de Léonce, en 1975, dans sa chambre, au premier étage de la maison de Saint-Andiau dont les poids lourds descendant vers Bordeaux ou remontant vers Lyon faisaient trembler les vitres sans qu'elle les entendît, devenue presque sourde, visitée deux fois par jour par une aide-soignante qui la soulevait le matin avec une potence d'acier chromé pour la déposer dans le fauteuil où elle passerait la journée avant d'être à nouveau soulevée, le soir, pour retrouver son lit, plus grosse que jamais, étalée dans ses chairs couvertes d'escarres, incontinente, portant des couches comme un nouveau-né, un œil recouvert de la cataracte et n'y voyant guère mieux de l'autre, les mains déformées par l'arthrose, mais le visage d'une extraordinaire fraîcheur, lisse, peu ridé, avec de blancs cheveux mi-longs et un visage arrondi, au nez gros, et à double menton, qui avait je ne sais quoi d'ecclésiastique et d'ironique qui rappelait la figure d'Ernest Renan. Elle n'avait rien perdu de sa mémoire ni de son intelligence, laquelle était vive et malicieuse, portant sur la fin d'un siècle qu'elle aurait traversé de part en part un jugement peu amène, passant son temps à regarder la télévision, peu de films et de feuilletons, mais les journaux, les débats politiques, les émissions culturelles, y trouvant la confirmation que la France était aux mains des protestants, des francs-maçons et des juifs, et de nouveau envahie par les Sarrasins, les Maures et les Huns, comme elle les appelait, les Anglais aussi étant de retour par le biais de leur langue et des mœurs américaines, ajoutait-elle avec un petit rire qui la secouait tout entière et lui donnait l'air de ne pas croire tout à fait à ce qu'elle disait, sachant bien, comme le lui répétait sa fille, que chaque fin de siècle, tout comme la décadence où elle disait qu'était entrée la France, depuis la mort du général de Gaulle, suscite ce genre de propos amers, excessifs, désabusés ; chaque fin de vie, également, à ceci près qu'elle n'était ni gâteuse ni haineuse à l'égard de quiconque ni d'aucune race : lucide, seulement, avec le considérable avantage d'avoir connu assez de choses, en presque cent ans, pour savoir de quoi elle parlait, sachant en outre que le crépuscule donne un point de vue aussi net sur le monde que la lumière du matin ou du plein midi, persuadée que les Maures et les Sarrasins ne valaient pas moins que les Français de sang mais qu'on ne vivait plus en des temps héroïques, et que, transplantés sur notre territoire, ces anciens colonisés ne pourraient y faire souche, qu'il faudrait des lois pour les y acclimater et forcer les autochtones à les tolérer, et que l'esprit de la Loi n'est pas celui du sang, considérant qu'on ne saurait accepter de voir s'élever une mosquée sur le plateau de Millevaches, à côté des petites églises romanes merveilleuses de simplicité et dont les cloches s'étaient à peu près tues, mais qu'il faudrait sans doute s'y résigner un jour et que la France était par là même foutue, encore qu'elle devinât, Alice Bugeaud, que le monde qu'elle voyait naître depuis la guerre du Golfe était autrement complexe, la civilisation dans laquelle elle était née n'ayant plus rien à voir avec celle où elle s'éteignait, la France qu'elle avait appris à aimer n'étant plus que l'ombre d'elle-même au sein d'un monde où elle aussi, Alice Bugeaud, était une sorte d'ombre qui attendait de rejoindre d'autres ombres : celles de Léonce, de ses parents, de cet enfant mort-né qu'elle avait regretté toute sa vie de ne pas voir grandir et dont elle percevait la mort comme une faute et se jugeait coupable d'avoir été malgré tout heureuse, expiant cela sur son lit de grabataire, pendant vingt ans, elle qui avait même abrité sous son toit une famille juive, pendant l'Occupation, et qui me le racontait avec non pas l'orgueil des justes, mais le sentiment d'avoir donné l'hospitalité à des voyageurs que le mauvais temps aurait empêchés de rentrer chez eux. Elle leur avait donc offert le gîte et le couvert, pendant des mois, et se trouvant bien de leur compagnie, discrète et pourtant dangereuse, ne faisant après tout que perpétuer la tradition d'accueil des Godart, leur table ouverte, mais refusant de les revoir après la guerre et ne répondant pas à leurs lettres, pour cette seule raison qu'elle estimait avoir fait pour eux ce qu'elle aurait fait pour sa fille ou ses neveux, et qu'on était entré dans un autre temps, qu'on n'aurait pu que se gêner les uns et les autres à reparler du passé, et les Mayer sans doute bien plus qu'elle, « ce qui est fait est fait », disait-elle en haussant les épaules lorsque je l'interrogeais à ce sujet. Sans doute s'était-elle peu à peu détachée du monde, et depuis plus longtemps qu'elle ne croyait, l'inévitable désillusion ayant commencé à la mort de son petit garçon, et cela malgré l'amour que lui vouait sa fille Monique, passant des heures interminables, à près de cent ans, entre le demi-sommeil et le bruit de la télévision, à les revoir, ces Godart et leurs hôtes, innombrables, les proches comme les étrangers, gourles, innocents ou glorieux, et non seulement à les voir mais à les entendre, comme seuls en sont capables les vieillards et les écrivains — certains enfants, aussi, qui savent percevoir l'ombre des voix de ceux qui ne sont plus. Ainsi, écoutant dans mon enfance les vieilles gens de Siom, avais-je l'impression de descendre avec eux au royaume des morts, d'aller par exemple m'attabler avec les Godart dans leur ancienne demeure, sur la route de Saint-Pardoux-le-Vieux, d'être à mon tour l'hôte de gens morts trop tôt pour que je puisse les connaître mais qui ne m'étaient pas étrangers, et entre lesquels me guidaient ceux que j'avais connus : Monique, Alice et Léonce, ce dernier emporté par un cancer du pancréas qui l'avait réduit en quelques mois à la stature d'un chétif bouleau alors qu'on le pensait indestructible à cause de son embonpoint, de sa fortune, de sa position sociale, lui qui avait ajouté au commerce du bois le mandat, sans cesse renouvelé, de maire de Saint-Andiau, avec pour seul regret le fait de n'avoir engendré qu'une fille ; laquelle ne lui succéderait pas, puisqu'elle vivait loin des forêts et des hautes terres, à Bayonne où elle exerçait la tâche de rédactrice à la préfecture (à mes yeux assez mystérieuse, puisque je l'imaginais telle une sorte d'écrivain, passant ses journées à rédiger de mystérieux écrits dans un lieu qui, comme tous les lieux de pouvoir, me semblait n'avoir pas d'existence matérielle), ayant suivi là-bas un mari musicien qu'elle avait vite perdu, miné par une tuberculose mal soignée, puis résistant aux sirènes qui lui enjoignaient de revenir vivre à Saint-Andiau, prétextant que le climat de la mer lui réussissait mieux que le Limousin ; ce qui faisait dire à ses tantes, Marie et Louise (usant de ces tournures locales qui allaient plus droit au but que le français d'Île-de-France), que ce n'était pas là un bien fameux métier, pas guère plus, d'ailleurs, que celui de sa cousine, ma mère, qui, elle, enseignait l'allemand dans un lycée de Toulouse.

Sans doute n'étaient-elles pas de mauvaises filles : elles aimaient, difficilement mais sincèrement, leur mère ; mais les temps n'étaient plus au sacrifice de soi ; elles en avaient accompli d'autres et la vie avait eu assez tôt fait de leur déchirer le cœur pour qu'elles ne veuillent ni l'une ni l'autre finir comme leur mère — Solange Sarroux, ma mère, n'imaginant pas plus de devenir épicière que Monique Bugeaud de vouer ce qui lui restait de jeunesse à celle qui lui avait donné le jour et qui deviendrait, d'année en année, une sorte d'enfant, pour le corps, non pour l'esprit ; un monstrueux enfant qui sortait, les derniers temps, rarement du silence ; et encore était-ce pour murmurer que c'était assez comme ça, assez vu, assez entendu, assez souffert dans ce corps qui lui faisait honte, et la faisait souffrir de l'extérieur autant que du dedans, des escarres comme de la tripe et des articulations, pour ne point parler des souffrances de l'âme qu'elle ne confiait à personne, ni à sa fille ni à ces nouveaux prêtres en qui elle voyait des communistes déguisés, la vue et l'ouïe ayant baissé au point de l'empêcher de lire et de regarder la télévision qu'elle n'entendait plus que si on portait le son au maximum de sa puissance, soit à un volume qui transformait sa chambre et toute la maison en une antichambre de l'enfer, disait Monique Bugeaud, car il n'est rien de plus haïssable que le bruit du monde moderne, amplifié, déformé, par un téléviseur ou un poste de radio, surtout quand on a admis que le monde n'est qu'une illusion plus ou moins importune.

Alice Bugeaud est morte par un chaud après-midi d'août ; son cœur a cessé de battre dans le vacarme d'un concert de rock qu'elle n'avait pu arrêter, la télécommande lui ayant échappé, sans voir ces hommes qui grimaçaient sur l'écran en brandissant leurs guitares électriques comme des tronçonneuses, et sans entendre leurs vociférations, mais en se disant, je veux le croire, qu'elle s'en allait enfin, qu'elle en finissait avec ce tas d'os et de chair, ces souvenirs et ces regrets encore plus lourds que la viande, aurait-elle pu dire comme n'importe quelle autre femme des hautes terres, comme ses belles-sœurs, surtout, les femmes entrant plus que les hommes dans cette façon de voir qui hésite entre le jansénisme et la résignation, le fatalisme et le dégoût de soi. Un dégoût de la vie, plutôt, une lassitude qui m'a très tôt étonné et fait guetter sur le visage des très vieilles gens les progrès de la mort, non par curiosité, mais pour y trouver le secret de l'espèce de ferveur qui s'emparait de ces visages lorsque je leur entendais dire, dans la semi-obscurité des cuisines ou des chambres, non pas : « Je veux mourir », « Je préférerais être morte », ou « Que Dieu me délivre enfin ! », rien d'aussi cru, mais, toujours dans la bouche de femmes, les hommes n'appelant jamais leur propre mort par la parole, se suicidant ou se plaignant, mais jamais par quelque chose d'aussi féminin que : « Il serait bien temps que je m'en aille », ou : « Il ne fait pas bon venir si vieux, mon pauvre Pascal », avec ce sens si particulier, à Siom, de l'adjectif « pauvre », qui ne signifie pas que c'était moi qui étais à plaindre mais que la parleuse m'englobait dans la commisération qu'elle ressentait non seulement à son propre endroit mais pour l'espèce humaine tout entière, son cas douloureux valant, par cette sorte de synecdoque ou d'hypallage, pour tous sans être une manière de se plaindre comme un homme ou de se donner à plaindre comme un enfant — cette *pauvreté*-là nous plaçant d'emblée sur le terrain religieux et excluant toute contradiction, toute autre réponse, même, qu'un invariable : « Eh bien oui, pauvre femme, que voulez-vous, c'est comme ça. » Ou bien, pour peu qu'on voulût faire preuve d'optimisme : « Mais non, il n'est pas encore l'heure de t'en aller, ma pauvre Alice. Tu nous enterreras tous... »

Phrase que je prononçais avec une assurance qui ne me la rendait ni plus claire ni moins énigmatique que celle de Jésus : « Laissez les morts enterrer leurs morts », et qui signifie tout le contraire de ce qu'elle dit, tout en entrant parfaitement dans les vues de celle qui allait mourir et qui me regardait avec reconnaissance parce que je la confortais dans son désir comme dans son intuition, et me répondant, d'une voix plus claire, plus vive que je n'aurais cru, et à quoi il n'y avait rien à rétorquer : « Ah plâ ! Je serai bientôt crevée, tu le sais bien... », l'exclamation patoisante supplantant ici le si cru, si terrible participe passé « crevée » avec l'éclat d'une trompette du Jugement dernier.

Il n'y a pas d'équivalent masculin à ce « pauvre femme ». Il était en effet impossible de dire « pauvre homme », ni en français ni en patois (où « paobré fenna » sonne assez bien, mais point « paobré omme »), soit que le nombre de syllabes ne s'y retrouvât pas, soit que la puissance masculine qui prévalait dans ce monde, au moins en apparence, dût trouver une marque linguistique qui faisait qu'on ne pouvait que dire, si on s'aventurait dans ce sens : « Mon pauvre Pascal », ce qui n'est pas tout à fait la même chose, et laisse entendre je ne sais quoi de plus doux, de plus affectueux, peut-être, à cause du possessif précédant le prénom (quelque chose comme « Mon pauvre monsieur Queyroix » ayant ainsi non plus valeur de compassion future ou indéterminée, mais de simple politesse), cette expression, qui peut aussi, quoique avec une nuance d'agacement, s'employer pour une femme, avec, ici, le très siomois remplacement du semi-auxiliaire « aller » par le verbe « vouloir », comme si on était, à partir d'un certain âge, maître de son destin (« Mais non, ma pauvre Alice, tu ne veux pas mourir ! »), établissant en fin de compte la véritable supériorité des femmes sur les hommes en ceci qu'elles auraient besoin de moins de manières, « pauvre femme » contre « mon pauvre Pascal » disant en outre leur supériorité affective, leur générosité, leur capacité d'abnégation, elles qui en faisaient souvent deux fois plus que les hommes, tenant la maison, élevant les enfants et soignant les bêtes quand elles ne travaillaient pas aux champs, et puis, les enfants partis ou morts, les bêtes, les outils et les terres vendus, s'occupant d'époux impotents, ou bien seules, sans filles pour les aider, pas même une de ces filles dont elles avaient autrefois pu regretter qu'elles ne fussent pas des garçons ; et, dans le cas des Bugeaud, avec le dépit que le nom s'éteignît faute de mâles, sauf du côté de Belfort où il restait un fils qui, cependant, ne portait pas tout à fait le même nom, l'employé de l'état civil ayant là-bas transformé Bugeaud en Bujault, recopiant mal ce que lui avait transmis son collègue de Siom, lorsque François avait épousé la veuve belfortaine, et celui-ci s'en trouvant bien, jugeant même que c'était là une occasion d'en finir avec un monde qui ne l'intéressait plus et qu'il devinait condamné, lui qui avait travaillé la terre avant de partir pour le front et d'en revenir — ou plutôt de ne pas en revenir tout à fait et de se dire, qui sait, que l'altération de son patronyme était une façon de renaître, de tout recommencer, dans un faubourg de Belfort, sans le souci de la terre et du négoce du bois : sans nulle gloire, donc, sinon celle de se vouloir un homme neuf et surtout, dirait-il à Marie et à Louise avec la grandiloquence de ceux qui pallient le défaut d'instruction par un usage excessif des proverbes et des citations glanés çà et là et pas toujours servis à bon escient, aimant mieux être César chez lui que second à Rome.

10

« Des filles, rien que des filles, c'est tout ce qu'il leur reste ! » disait-on des Bugeaud, à Siom, au temps de leur splendeur et même après, alors qu'on continuait à les croire riches et immortels, les intéressés, eux, se contentant de ne pas démentir, et les autres, alliés, envieux, ou ennemis (avec, des années 20 à la fin des années 60, plus d'ennemis et de jaloux que d'amis réels), sachant qu'on a besoin de haïr autant que d'aimer et que les apparences (les racontars, les légendes) constituent une vérité qui en vaut d'autres, y compris la vérité vraie, comme dit la langue en un solennel pléonasme qui est aussi bien un rappel à l'ordre qu'une façon d'en appeler aux fondements de notre perception du monde.

Des filles, donc, et pas plus d'une à chaque fois, chez Jean, chez Léonce et chez Louise, nées dans les années 20, sauf Monique, à la fin des années 30, et même Jeanne, en 1910, soit vingt-trois ans après Marie qui eût pu être sa mère et qui le deviendrait en quelque sorte, par la force des choses, Eugénie Bugeaud, leur mère, ayant trop à faire à tenir l'auberge, et Pierre Bugeaud occupé par son commerce de bois et son mandat de maire ; si bien qu'on a pu murmurer, ne se souvenant pas d'avoir vu Eugénie enceinte, ni qu'elle eût cessé de trimer un seul jour, pas même celui où elle avait accouché, que la petite dernière était bien la fille de Marie, quoiqu'on ne se rappelât pas davantage l'avoir vue grosse, la mémoire brouillant les dates pour faire en fin de compte d'Antoine Foly le père de Jeanne, ce qui se connaissait aux yeux de la petite, du même bleu que ceux d'Antoine et du papa Foly, n'hésitaient pas à dire la vieille Roche et la mère Nespoux, qui n'allaient cependant pas jusqu'à prétendre, comme le ferait cette pauvre Blanche Queyroix, que Marie était une sainte et que, comme la mère de Jésus, elle avait conçu Jeanne sans qu'aucun homme l'ait touchée.

Elle éleva donc sa sœur comme la fille qu'elle n'avait pas eue, et puis, une dizaine d'années plus tard, la petite Solange, sa nièce, fille de Louise Bugeaud et d'Albert Sarroux, Louise étant, elle aussi, trop occupée au magasin qui venait d'ouvrir, à Villevaleix, et de la même façon qu'elle m'élèverait, trente ans après, moi, l'unique enfant de Solange, un fils, l'exception à la règle qui voulait que les Bugeaud n'engendrent plus que des filles, quand ils avaient des enfants, ce qui n'était pas le cas de Marie ni, plus tard, celui de Jeanne, la maison Bugeaud (comme on disait encore en ce temps où la famille, la demeure et la raison sociale se confondaient en une entité qu'on voulait croire aussi durable que le granit) étant entrée en déclin, j'y reviendrai, non seulement parce que le type d'activités dont elle vivait (l'hôtellerie de campagne, la petite épicerie, l'exploitation agricole et le négoce du bois) était économiquement condamné à plus ou moins court terme, mais aussi faute de bras, d'héritiers capables d'aider les parents et de prendre leur suite.

« Des filles, comme une malédiction, n'est-ce pas ? » a murmuré Marina en se redressant sur un coude et posant sa joue dans le creux de sa main pour me regarder avec ce petit sourire qui lui venait peut-être de la satisfaction de ses propos mais plus sûrement de ses seins qui, quoique lourds, gardaient, même dans la position où elle se trouvait, une extraordinaire fermeté, songeais-je en me disant que des seins légèrement affaissés m'émeuvent tout autant, parce que formidablement vivants, comme des femmes mûres (celles qui n'ont pas allaité, par exemple) lorsqu'elles se tiennent debout ou qu'elles marchent nues, encore que j'aie rarement vu une femme se soumettre à cette épreuve devant un amant : elles courent, un bras contre la poitrine, font des entrechats jusqu'à la salle de bains ou à leurs vêtements, se dérobent, se drapent dans l'ombre de la pièce, sauf Marina dont la chair si ferme, si lisse, dépourvue de tout grain de beauté, tache de naissance ou vergetures, avait quelque chose d'intimidant, qui faisait presque regretter qu'elle n'eût pas de défaut, ses seins surtout, trop parfaits, destinés au regard plus qu'au toucher, et qu'en tout cas j'ai mis longtemps à oser caresser et sucer comme j'aime le faire ; des seins appartenant à l'espèce plus rare des poires, selon la mythologie qui les répartit en pommes ou en poires, j'y reviens, puisque ce sont là mes fruits préférés et sans qu'on puisse ranger les seins de Marina dans la sous-catégorie (la plus courante) des poires tout en longueur que sont les Curé, les Nouveau Poiteau, les Bon-Chrétien d'Hiver ou les Louise-Bonne d'Avranches, poires qu'on ne connaît quasiment plus et dont on ignorait tout sur les hautes terres ; des fruits pleins, fermes, savoureux, qu'on a bien en main, qui contentent la vue autant que le goût, et dont les noms, comme ceux de femmes que nous entendons ou lisons dans les livres et les journaux, en appellent à notre désir, voire à notre amour, de la même façon qu'on peut s'éprendre, pour sa seule voix, d'une femme qu'on n'a jamais vue ; des fruits lourds et gorgés de jus : la Doyenné du Comice ou d'Hiver, la Passe-Crassane, la Guyot, la Beurré Hardy, la Beurré d'Amanlis ou la Beurré Bachelier, la Joséphine de Malines ou la Bergamote Esperen, et bien sûr la superbe Duchesse d'Angoulême sur laquelle je rêvais particulièrement depuis que j'avais entendu, dans la bouche d'un domestique de ferme, puis dans celle d'un camarade de classe, en quelles catégories se répartissent les seins des femmes, chacun y allant de sa préférence et de ses conclusions quant au reste du corps et au tempérament féminin, avec des arguments que je renonce à rapporter tant ils montreraient notre bêtise et l'ignorance où nous étions alors, au début des années 60, des choses de la chair — ce que nous savions des bêtes ne pouvant nous renseigner vraiment sur les femmes, bien que nous fussions tentés par le rapprochement, faute d'autres sources d'information et ne voulant pas paraître plus niaiseux que nous n'étions aux hommes faits et, surtout, aux filles.

Et pourtant je savais (pour appartenir à une famille de restaurateurs et de commerçants) qu'il existe des fruits de bouche et des fruits décoratifs. Je savais aussi, ayant surpris des bonnes à leur toilette, dans les chambres du bas, que les pointes des seins se répartissent elles aussi en deux espèces : en queues de poires ou en framboises, et je devinais qu'elles ont le goût singulier de la chair où se mêlent du parfum, du savon et un peu de sueur, quand ce n'est pas celui du lait maternel, si délicatement sucré et ressemblant à du sucre candi fondant sur la langue, à quoi d'anciennes, de rares, de merveilleuses amantes devenues mères consentent à nous laisser goûter secrètement, moins par fidélité à un amour passé qu'à ce qui dans l'amour ne cesse jamais.

Des fruits que j'avais découverts non pas à Siom (où il n'y a que des noyers, des noisetiers, des cerisiers et quelques mauvais pommiers qui ne donnent que des pommes à cochons : aucun fruit, donc, qui puisse me faire rêver à cette partie si extraordinaire du corps féminin, à l'exception des mûres — et il me faudrait attendre bien des années pour savoir qu'une pointe de sein fond dans la bouche à la façon d'un fruit des bois), mais dans les planches d'un vieux *Petit Larousse*, le seul livre que j'aie jamais vu chez les Bugeaud, à Siom, à l'exception des romans de quatre sous qui finissaient au feu, une fois lus, et de mes livres de classe et de contes, d'abord dans la cuisine de Marie, puis dans celle de Jeanne, posé près du poste de radio, sur une étagère, à mi-hauteur, sous la pendule, de sorte que, disait l'abbé Guerle des Buiges, il ne manquait plus là que la Bible pour nous rappeler que nous sommes bien peu de chose en regard des heures, des mots de la langue et de la parole révélée. Ces planches reproduisaient différentes variétés de poires et de pommes, ces dernières classées en deux catégories dont les noms eux aussi me donnaient à rêver : les pommes pour fuseaux et espaliers (comme la Royale d'Angleterre, la Calville blanc et la Reinette du Canada), et celles de plein vent, parmi lesquelles la Belle Fleur rouge, la Châtaignier, la Pomme de Jaune, et toutes les reinettes, la Reinette dorée, celles de Cuzy, de Caux, de Hollande, la Reinette grise de Saintonge et la Reine des Reinettes, une des rares pommes à n'avoir pas disparu des étals, et qui, par la beauté de leurs noms, témoignent d'un temps où le monde comprenait une extraordinaire variété de saveurs, d'odeurs, et de vocabulaire; de quoi les noms des poires et des pommes sont à eux seuls le vestige dans une époque où ces variétés se réduisent aux insipides Golden, aux douceâtres Royal Gala, aux acides Grany Smith et aux fades poires Williams, dont les noms sonnent comme ceux de courtisanes internationales et, avouons-le, n'ont guère de quoi séduire comme ceux que je découvrais à dix ans dans le *Petit Larousse*, et qui élevaient ces fruits au rang de jeunes filles dont la première matérialisation aurait lieu pour moi dans le goût que je supposais à leur chair et qui me faisait réclamer à mes grands-tantes, à ma grand-mère et à ma mère des poires et des pommes qu'elles avaient bien du mal à trouver, quand elles les trouvaient, et qui, aujourd'hui encore, font que je ne puis mordre dans certains de ces fruits sans que se déploient en moi non seulement la beauté millénaire et perdue de cette nomination française du monde, mais les naïves images que je me faisais des femmes, à cet âge, le goût que j'imaginais à ces poitrines, leur saveur, leur poids, leur texture, le grain de leur peau, et dont je rêvais, étendu sur mon lit, à Siom ou à Villevaleix, qu'elles m'étaient promises ; et non pas l'une d'entre elles (qui eût par exemple ressemblé à Lucie Piale — laquelle avait encore à cette époque la plus belle poitrine qu'il m'ait été donné d'entrevoir, un jour qu'elle frottait du linge au lavoir en compagnie de sa sœur Amélie), mais toutes ensemble, à la façon des houris du paradis musulman auquel me faisait rêver l'exemplaire des *Mille et Une Nuits* offert, pour mon dixième anniversaire, dans la traduction de Mardrus, par Monique Bugeaud, qui était mon officieuse marraine, puisque, pour des raisons qu'on peut d'ores et déjà deviner, on m'avait baptisé non dans l'église de Siom mais dans celle de Saint-Andiau, presque en cachette, le parrain prétendument absent étant représenté par Berthe-Dieu : toutes les femmes, oui, infiniment rêvées, puisque je les devinais une et innombrables tout à la fois, proches et lointaines, terribles, justes et débordantes d'amour, comme le Dieu de mes prières.

« Des filles sur qui allait s'abattre, c'est vrai, une sorte de maudissure », ai-je répondu à Marina dont les yeux brillaient dans la pénombre comme si le destin de ces femmes de haute Corrèze, de qui elle n'avait pas été la contemporaine et dont elle devait avoir du mal à se représenter la vie, elle qui n'avait connu aucun de ses grands-parents, s'était mis à l'intéresser, à lui tendre un miroir dans lequel cette très jeune femme d'aujourd'hui cherchait autre chose que des raisons de m'aimer : visage ou mystère, peut-être, tout ce qu'on guette dans la vie d'autrui, puisque ce n'est que grâce aux autres, fussent-ils d'humbles, d'obscures femmes d'autrefois, qu'on en apprend un peu sur soi, et dès lors, Marina, voulant en savoir davantage, s'attardant plus longtemps dans ma chambre, cessant de me quitter avec l'air de s'enfuir vers la rue de Tolbiac mais passant quelquefois toute la nuit à mes côtés, parvenue comme moi (quoique avec ce léger décalage que se dissimulent les amants mais qui est un des moteurs de l'amour et fait non pas que l'un des deux, comme on le prétend en oubliant le rôle du temps, aime plus que l'autre, mais qu'il y en a un qui, toujours en avance sur l'autre, verra son amour s'éteindre à proportion) à ce moment de notre liaison où le corps ne suffit plus à rassurer l'esprit mais où au contraire il se met à l'inquiéter, où il faut à l'intelligence non plus le mystère de la chair d'autrui mais la pleine lumière de son histoire, et la réduire non plus à son corps mais au récit sans cesse recommencé de sa vie ; si bien que s'aimer n'est peut-être rien d'autre qu'échanger le récit de deux existences, détruire par les mots ce que l'autre garde d'irréductible, et faire en sorte que le corps puisse s'allonger et s'oublier sur ce lit de paroles.

Mais c'était dans une tout autre nuit que Marina descendait avec moi, comme Marie Bugeaud dans le Labyrinthe avec le gars de Bonnefond : dans la nuit d'où avaient surgi les Bugeaud, non pas au plus obscur de l'origine mais à ce moment où ils s'étaient détachés des éléments qu'ils avaient maîtrisés ou qu'ils croyaient dominer : le bois, l'eau, la pierre, la terre, les bêtes, et où on avait commencé à se souvenir d'eux, noms et figures liés, et, pour moi, ce moment où il y avait encore à Siom des gens pour me parler du Grand Bugeaud, pour me dire à quoi ressemblait mon arrière-grand-père, ce Pierre Bugeaud né à Siom en 1860, et dont il n'existe qu'une seule photographie, prise en compagnie d'Eugénie Bugeaud, son épouse, née Allagnac, huit ans plus tard, à La Moratille, commune de Siom, dans une petite maison appartenant aujourd'hui à la fille du champion de marathon Alain Mimoun, ce qui faisait dire à ma mère, sans aucune amertume (avec, même, la conscience de ce que peut le mérite personnel, valeur non démocratique, et donc, à ses yeux, exemplaire, mais aussi cette conscience du déclin et de la vanité de toutes choses sans laquelle il n'est peut-être pas de vraie lucidité), un jour que je lui demandais le sens de l'expression « *sic transit gloria mundi* », que le fait de voir la progéniture d'un petit Algérien, fût-il auréolé de la gloire olympique, habiter la maison d'où était originaire la lignée Bugeaud, du côté maternel, était bien le signe d'un déclin que je ne pouvais que parachever, moi, l'écrivain, celui avec qui s'éteindra la lignée, la gloire littéraire étant à présent bien peu de chose en regard de celle des sportifs, des chanteurs de rock ou des saints laïcs.

Eugénie est assise, toute de noir vêtue, avec un chapeau du début du XXe siècle en forme de cloche et à large ruban. Elle a à la main un petit bouquet, peut-être des bleuets, que je devine aussi clairs que ses yeux. Elle ne sourit pas plus que Pierre et, chose singulière, elle est chaussée des mêmes souliers vernis à lacets que lui qui se tient debout derrière elle, les mains sur le dossier de la chaise, très droit, l'air plus sérieux que sévère dans son costume trois pièces, sa chemise blanche à col arrondi et son feutre sombre, l'un et l'autre regardant légèrement de biais, sur leur gauche, photographiés sur un fond de végétation printanière, posant pour la postérité, pas très grands, austères, énigmatiques, taciturnes, déjà vieux, sûrs de ce qu'ils sont et de ce qu'ils ont fait : ces enfants, ce commerce, ce mandat de maire qui m'intriguait tant, à cause de sa paronymie avec le mot « mère » ; j'allais contempler, dans le grenier où il avait été relégué après sa mort, le grand tableau d'honneur encadré, sous verre : une gravure allégorique représentant Marianne entourée des Muses avec, d'un côté, l'arc de Triomphe de Paris sous lequel défilent les Alliés et, de l'autre, une famille de paysans exaltant les travaux champêtres, le tout portant cette dédicace, magnifiquement calligraphiée : « À Pierre Bugeaud, maire de Siom, pour perpétuer le souvenir de ses fonctions municipales exercées pendant les années terribles de la Grande Guerre », et ces autres mots, logés entre les jambes d'une Muse — « Liberté-Justice-Civilisation-Devoir-Dévouement » —, tout un vocabulaire à présent incompréhensible, des valeurs mises à mal, il est vrai, par l'autre guerre mondiale et ses abominations, et devenues insupportables à l'homme contemporain qui n'en retiendrait que « liberté » et peut-être « justice », sans savoir qu'il n'est pas de vraie justice, ici-bas, qui ne s'exerce sous le regard de Dieu et que la liberté n'est aujourd'hui (comme de tout temps, peut-être) qu'une forme de servitude volontaire au sein d'un vaste rêve — et que lui, cet homme contemporain, malgré les apparences, malgré les certitudes données par les progrès des techniques et de la médecine, n'est pas plus libre que le Grand Bugeaud et sa femme Eugénie, lesquels s'étaient toujours dit que la seule liberté qui vaille était de travailler à l'accord du nom et de la fortune qu'on est en droit d'espérer de son travail, l'un et l'autre s'éclairant réciproquement, dans une gloire dont le tableau était l'illustration, et, davantage, leurs six enfants qui, sous diverses oriflammes, maintiendraient très haut le nom du clan.

Je ne les ai connus ni l'un ni l'autre. Pierre Bugeaud est mort en 1936, quelques mois avant l'accident où périt son fils Jean. Quant à Eugénie, elle devait mourir douze ans plus tard sans avoir jamais été malade, sauf une fois où, dans sa jeunesse, elle alla consulter à Treignac le docteur d'Arsonval, père du célèbre physicien, pour un mal dont nul n'a rien su, et à propos de quoi on disait qu'elle avait vendu ses cheveux pour payer le praticien et les remèdes (Treignac étant, comme Limoges, un centre consacré à ce sinistre commerce dont les perruques étaient l'aboutissement et qui déclina à la fin du XIXe siècle, à cause de la concurrence chinoise qui fit s'effondrer le marché). D'elle je possède une photographie prise peu avant sa mort, un étonnant cliché, très moderne : un visage en gros plan sur fond de nuit, bouche béante, yeux ouverts sur rien, cheveux en bataille, éclatant de vieillesse de la même façon qu'on éclate de fraîcheur ou de jeunesse, hébétée, l'air de vouloir se chasser elle-même en éternuant, à quatre-vingts ans, maigre et repliée sur soi (selon une troisième photo prise devant la porte de la maison d'en bas en compagnie de Marie, de Berthe-Dieu et de ma mère, le soir, à en juger d'après les ombres qui s'allongent sur leur gauche, à l'est), épuisée par six grossesses et des travaux sans fin, ayant connu trois guerres, perdu son mari, deux fils et deux gendres.

Elle avait beau se dire, cette vieille Génie, comme on l'appelait à Siom, que chaque fille porte en elle le commencement et la fin, et qu'elle avait de la chance d'avoir Marie et Jeanne à ses côtés, elle était comme tous les Siomois : elle pensait que des garçons auraient mieux fait l'affaire, pour le nom, le commerce, la postérité, tout ce qui permettait de s'élever au-dessus de sa condition — elle, surtout, née si près de la terre, au hameau de La Moratille, n'ayant guère pour elle que sa beauté, on peut le croire, ses garçons et ses filles ayant été beaux, à l'exception de Jeanne; sachant donc d'où elle venait et bien décidée à tout faire pour ne pas retourner parmi ces paysans misérables à propos desquels elle avait entendu dans son enfance son grand-père rapporter ceci, qu'il tenait d'un camelot : les gens de Tulle les appelaient, eux, les paysans du plateau de Millevaches, des *peccata*, oui, des péchés, et il y avait même eu un prêtre, quoique né dans une famille très humble de la préfecture, mais nommé dans une pauvre paroisse, du côté de Chavannac ou de Saint-Sulpice-les-Bois, pour dire de ses ouailles qu'elles étaient le péché originel persistant, des sortes d'animaux à deux pieds, à peine des hommes, la mine empreinte d'une naïveté brute, le regard sauvage, avait-elle raconté à Marie et à Louise en ajoutant que, toute leur vie, ses parents avaient eu soin d'échapper à l'usure, qui était au XIXe siècle la vraie peste des campagnes, leur inculquant la haine des usuriers plus que toute autre chose, leur enseignant comment se priver plutôt que d'emprunter, leur faisant comprendre que, d'une certaine façon, se priver c'est prévoir, et prévoir se vouer à ne pas mourir de faim et garder sauf le nom.

Elle avait appris à ses filles à être dignes d'elles-mêmes autant que des hommes qu'elles épouseraient, et à s'en remettre au bon sens et au peu d'instruction qu'elles avaient reçu à l'école de Siom, plutôt qu'aux superstitions par lesquelles elles auraient tenté de se préserver du malheur ; des superstitions cependant séduisantes et encore en usage dans mon enfance sur les hautes terres limousines et auxquelles Eugénie ne croyait pas, ou affectait de ne pas croire, rangeant le diable à côté des usuriers et des notaires, bien plus que des ténèbres, sachant qu'il avait fallu attendre la Grande Guerre pour qu'une femme témoigne devant un notaire et que les notaires fassent appel à des femmes pour authentifier des actes notariés ; changement dans lequel Eugénie voyait, avait-elle dit à ses filles, quelque chose de plus considérable encore que l'évolution de la charrue, qu'elle avait vue passer de l'araire en bois de bouleau avec un soc de hêtre ou de chêne cerclé de métal à ce même engin muni d'un versoir en acier ensuite remplacé par la dombasle puis, quarante ans plus tard, par le lourd brabant muni d'un avant-train et d'une paire de socs.

Elle leur fit donner une éducation religieuse (les fils s'en sortant tout seuls, obéissant à la loi masculine qui leur faisait mépriser en bloc croyances et religion pour les remplacer par les superstitions politiques), les accompagnant à la messe, lorsqu'elle le pouvait, n'ayant étrangement confiance ni dans l'abbé Bonneau ni dans l'abbé Lauradour, sachant que le vrai pouvoir vient de l'argent, des notaires, des banques, de la parole comme du silence, et des apparences qu'on se donne, devinant aussi que ce qu'on possède est parfois un poids mort en regard de la rapidité du négoce, et incitant son mari à ne pas s'encombrer d'une trop vaste ferme mais à seulement garder de quoi subvenir aux besoins de l'auberge et lui ajouter le commerce du bois, tout ça dès la fin de la Grande Guerre, lorsqu'ils eurent compris que c'était le monde de leur jeunesse, le XIXe siècle, qui mourait enfin, en 1918, dirait ma mère en me faisant remarquer que les siècles débordent souvent de leur lit chronologique, comme les rivières, et que leur esprit continue de rayonner, ou d'obscurcir le présent, comme le XIXe siècle socialiste perdure dans le XXIe et n'en finit plus, ajouterait-elle, d'exciter de funestes illusions.

J'aurai connu les dernières messes en latin, les dernières cornettes, les dernières soutanes. J'ai été témoin des ultimes superstitions régissant la vie des campagnes, et dont Marie avait le goût, malgré sa mère, et dont elle me faisait bénéficier, comme elle l'avait toujours fait pour elle et vu faire à son père lorsque celui-ci traçait, le jour de la Chandeleur, de petites croix avec la cire d'un cierge bénit sur les cornes des vaches, les murs de l'étable, les portes et les fenêtres de la vieille maison, avant d'en laisser tomber quelques gouttes dans les cheveux de ses enfants pour les garder du mal de gorge ; et c'était sur ma gorge nue que Marie, dès que je commençais à tousser, laissait couler la cire brûlante d'un cierge bénit par l'abbé Guerle et réservé à ce seul usage.

Brûlure moins insupportable que celle du révulsif Adrian ou des cataplasmes à base de moutarde ou d'herbe à Salomon dont elle faisait cuire la racine et qu'elle m'appliquait sur la poitrine lorsque c'était de là que j'étais pris, comme elle disait, avec ce sens si particulier du verbe « prendre » qui me faisait songer que j'étais possédé par le mal de gorge comme par un démon et qu'en vertu de l'adage qui voulait qu'on soignât le mal par le mal je subissais le cataplasme telle une âme au Purgatoire.

Brûlure de la goutte de cire qui avait sur ma peau je ne sais quoi de terrible et de délicieux tout à la fois, et dont il m'arrive encore aujourd'hui de retrouver la sensation en laissant couler sur mon cou la cire de la bougie que j'allume parfois dans ma chambre, à Paris, par amour des couleurs et des ombres que cette lumière offre à la nudité des femmes, particulièrement à la tienne, Marina, qui m'as permis de me remémorer cette pratique de la cire le jour où (une des premières fois que nous étions ensemble, alors que tu n'osais pas te lever ni marcher nue comme tu le fais si bien à présent), pour allumer ma cigarette, tu as approché de mon visage cette flamme qui frémissait autant que ta main et qui, tandis qu'une goutte brûlante tombait sur ma gorge (ce que tu as voulu aussitôt essayer et dont, plus tard, lorsque nous aurions moins peur l'un de l'autre, tu comparerais la sensation à la brûlure imaginaire que te donne ma semence sur ton torse ou dans ta bouche, ou même au plus profond de ton ventre, les fois où, dis-tu, tu m'aimes si fort que tu crois en sentir le jaillissement), ramenait vers moi le doux visage de Marie, marqué de peu de rides, quoiqu'elle eût alors près de soixante-dix ans, penchée vers moi et observant le travail bénéfique de la cire sur ma gorge alors si rarement dénudée, même en été, car on était encore, à la fin des années 50, à redouter par-dessus tout les « refroidissements », terme qui résumait, bien plus que celui de microbes ou de virus qu'on n'employait jamais — l'air de Siom et les hauteurs venteuses étant censés les conjurer —, sinon le mal suprême, avec le cancer dont nul ne prononçait le nom de peur qu'il ne portât malheur, du moins l'ensemble des affections respiratoires, y compris la grippe et la tuberculose dont se mouraient encore tant de pauvres gourles qui refusaient de se soigner. Et elle me disait, en un murmure qui était presque un chant ou une incantation, qu'elle voyait le mal s'en aller, que je devais prendre patience, qu'il s'en irait tout à fait si je laissais la cire en place jusqu'au matin.

« C'est comme ça qu'on va te réchapper, moun paobré Pachcal », ajoutait-elle en me saisissant la main dès que je faisais mine de me gratter le cou.

Et elle restait là, assise à mon chevet, chez elle comme dans la chambre de la vieille maison — ma chambre natale, où Jeanne, trop occupée pendant la journée, me faisait dormir pour profiter un peu de moi le soir, comme elle disait, alors qu'elle ne se supportait pas plus d'un quart d'heure près de mon lit mais qu'elle se serait crue déshonorée si elle ne m'avait pas soigné, elle aussi, m'aimant sincèrement, mais autrement que Marie, avec plus de maladresse, n'ayant élevé personne, elle, mais généreuse et heureuse de ma présence dans cette chambre à côté de la sienne. Une chambre que je devais cependant quitter, l'été, quand l'hôtel était plein et qu'on devait céder à quelque voyageur ami de la famille, à qui on ne pouvait refuser le coucher, et dont je bénissais la venue puisqu'elle me faisait retourner auprès de Marie, que je préférais, je l'avoue, à Jeanne dont elle n'avait ni les sautes d'humeur ni la voix glapissante avec laquelle elle m'appelait, le matin, très tôt, de la salle à manger où elle préparait le petit déjeuner des pensionnaires, m'intimant en patois l'ordre de sortir du lit pour venir aider, sa voix plus aiguë et plus vulgaire en patois qu'en français sonnant à l'entrée des escaliers comme celle d'une fillette insomniaque qui ne supporte pas de voir les autres dormir.

Mais, où que je dormisse, j'aidais toujours Marie à remettre en place les volets de bois sur la devanture de l'épicerie. Il n'était jamais plus de huit heures du soir, neuf en été. Marie n'aimait pas la nuit, la redoutant même, comme la plupart des Siomois qui, à mesure qu'ils s'enfonçaient dans le grand âge, retrouvaient leurs peurs enfantines et avaient tendance à confondre les heures nocturnes avec les ténèbres du shéol. Il y avait longtemps, depuis la Grande Guerre sans doute, qu'on ne faisait plus de veillées, que les contes et les récits étaient retournés au silence en attendant qu'un jour, peut-être, des dernières bouches, un ethnographe vienne en recueillir la formule, la substance, mais non le vif-argent ou la musique. On refermait ses portes, ses fenêtres, son esprit sur la nuit à laquelle on abandonnait le bourg qui, pendant près de vingt ans, encore, n'aurait pas d'éclairage public, à l'exception d'une misérable ampoule pendue à l'un des poteaux de la place et qui n'aurait éclairé que ceux qui se seraient tenus dessous, comme des malheureux autour d'un feu de fortune ; mais il n'y venait jamais personne, chacun étant, à la nuit tombée, renvoyé à ses propres ténèbres, au secret des chambres, à ce sommeil sans songes qui était encore la seule façon de franchir les ténèbres, surtout en hiver, lorsque les vitres étaient prises par le givre, y compris à l'intérieur des chambres, aussi bien chez Marie que chez Jeanne ou chez Louise, à Villevaleix, et dans toutes ces maisons où le chauffage central semblait une fantaisie philanthropique. Et c'était en souriant que Marie fermait sur nous les portes, me demandant d'avoir une pensée pour les malheureux qui couchaient dehors, puis, l'ayant oublié (ou faisant mine de l'avoir oublié afin de me donner ce dernier plaisir), m'obligeant à ressortir dans le crépuscule pour aller voir si le cul de la Limougeaude était noir : je m'avançais dans la rue jusqu'à la hauteur du lavoir dont la fontaine me bercerait, et, l'été, lorsque j'eus grandi et que je rechignais à me coucher en même temps que Marie, montant jusqu'à la Croix des Rameaux, ce naïf petit calvaire de granit dressé à la croisée des routes, au-dessus de Siom, sur lequel j'avais un jour surpris les frères Lontrade tirant au fusil non pas, comme je l'avais d'abord cru, pour voir s'ils réussiraient à faire saigner encore les plaies de Notre Seigneur Jésus-Christ, mais pour obéir à une vieille coutume destinée à rendre les balles et la chevrotine prospères, sinon infaillibles. Je ne m'attardais guère à la Croix des Rameaux, le soir, car c'était par là qu'on montait au cimetière et il y avait sur la route une ligne invisible qui se matérialisait par un brusque refroidissement de l'air et de l'asphalte et, à une certaine époque, par une couleur différente du gravillon dont l'ocre signalait, me disais-je, l'entrée du royaume des morts, à la hauteur du petit château d'eau à demi enfoui sous une voûte de fougères et de genêts et dont le murmure profond avait quelque chose des premières voix de la nuit. C'est pourquoi j'ai vite cessé de jouer avec mes propres peurs, me contentant d'aller au point le plus élevé de la place, derrière l'église, pour regarder dans la direction de Limoges, vers l'ouest, la couleur du ciel : gris ou noir, c'était signe de pluie pour le lendemain, alors que si on entendait les chiens de L'Ormeau et de La Nègrerie, vers l'est, du côté de la gare, à deux kilomètres de là, et l'appel de la micheline sortant des plaines de Plazaneix, on pouvait être sûr qu'il ferait beau.

Le « cul de la Limougeaude » : je savais ce que l'expression signifiait, non seulement dans la bouche des Bugeaud mais chez tout Siomois. Il n'en reste pas moins que longtemps la Limougeaude fut pour moi une personne à la fois abstraite et grandiose dont j'allais, comme chez une vespérale pythie, examiner les fesses sans penser que ce mot désignait avant tout une habitante de Limoges, sans doute parce que je me l'interdisais et que j'eusse été enclin à penser que les Limougeaudes n'existaient que selon deux catégories : celles qui avaient le cul sale et les autres qui l'avaient blanc, rose ou violacé comme le crépuscule ; sans non plus penser, du moins clairement, que ma mère, qui viendrait habiter Limoges pour se rapprocher de moi, à la mort de Marie, pourrait être elle aussi appelée une Limougeaude : nom décidément pas plus agréable que ne l'est la ville de Limoges, sans doute parce que trop long, trop mou, ressemblant trop à « rougeaude » et que je n'imaginais pas autrement les filles de Limoges, quoique je n'en connusse alors aucune et dusse attendre plus de quarante années, et aimer une jeune femme originaire de la capitale limousine, pour que cette ville, qui demeure un symbole de ce que la province française a de plus sinistre, trouve à mes yeux une grâce inattendue, une gloire que paraissait nourrir la beauté de la jeune femme, comme ces émaux médiévaux dans lesquels il semble que se soit déposé un peu de l'or des légendes amoureuses...

Je suivais Marie à l'étage, un seau hygiénique à la main, une brique brûlante, enveloppée de papier journal, sous le bras et dans le cœur la détresse d'avoir à me glisser dans le lit de la chambre bleue, où je ne m'endormirais pas sur-le-champ et où, une fois que Marie se serait penchée pour ce qu'elle appelait le baiser de la nuit, et qui était pour moi le baiser de la fée rencontré dans maints de ces contes que je commençais à être en âge de lire mais que je ne pouvais ouvrir ni dans cette chambre ni dans celle de chez Jeanne, aucune ne possédant de lampe de chevet, aussitôt plongé dans l'obscurité ou, par nuit de pleine lune, dans cette étrange semi-clarté entrée par les volets, et obligé de me raconter à moi-même, une main en conque sur l'oreille, à la façon d'un chanteur sarde, les histoires lues ou entendues dans la journée — les réinventant, en inventant d'autres, aussi, puisque j'eus vite épuisé la matière publiée : activité dans laquelle je vois l'origine de ma double passion pour la littérature et pour la musique — celles-ci jamais tout à fait séparées dans mon esprit ni dans l'écriture. La chambre bleue (ainsi appelée parce que la seule qui ne fût pas tapissée, mais, je n'ai jamais su pourquoi, peinte d'une étrange couleur bleu roi) donnait sur le potager et sur le lavoir, un peu plus loin, dont la fontaine coulait dans le bassin où on rinçait le linge ; et je m'endormais, enroulé dans un mélange d'eau claire, de draps propres et de vent passant dans les branches des hauts thuyas qui entouraient le lavoir et, plus haut, dans les sapins couronnant la colline à laquelle s'adossait la ferme de Chadiéras, les pieds sur la brique chaude, attendant que Marie fût rentrée de la chambre funéraire où elle allait se recueillir, comme chaque soir depuis bientôt quarante ans, tandis que les premières gouttes de pluie venaient battre les volets avec un bruit qui aura été le plus délicieux pour un enfant au chevet de qui nulle mère n'a jamais chanté de berceuse, aussi heureux que lorsque le temps était beau et que la chouette ululait dans les bois du cimetière et quand le chant du crapaud élevait dans la nuit claire sa note unique et cependant infiniment variée, avec ces quarts de tons qui l'apparenteraient à l'arachnéenne et calme musique de Morton Feldman.

Mais ce qui me faisait préférer cette chambre à toute autre c'était que son unique fenêtre s'ouvrait à l'intérieur du grand cartouche blanc dans lequel étaient peints les mots : Hôtel-Restaurant du Lac. Je n'en repoussais jamais les volets, dès que je fus en âge de replier sur leur pied les étranges petits bonshommes de fer qui se redressaient avec un orgueil de prélat ou de juge, sans croire que j'habitais non pas l'édifice appelé Hôtel du Lac, mais (d'une façon qui m'a dès l'enfance fait considérer l'art comme une vision du monde parallèle à ce que me proposaient mes sens et les propos répétitifs et désabusés des adultes) une sorte de fresque à la fois abstraite, puisque de ma fenêtre je n'en percevais que des fragments, et platement commerciale, à l'intérieur de laquelle j'ouvrais un rectangle vertical dans les lettres *tau* de restaurant : lettres devenues soudain magiques et qui me servent toujours à ouvrir ou à fermer le monde extérieur à ma guise, ce qui explique pourquoi j'inscris souvent la lettre grecque *tau* en haut de mes missives, comme un signe par lequel je repousse quelque chose de trop proche ou en appelle à je ne sais quoi de lointain, d'enfui, de perdu, dont seule l'écriture, un jour, pourrait me donner la formule entière; ce qui avait fait dire à ma mère, avec son ironie coutumière, et sans que je la comprisse vraiment (la vie n'étant rien d'autre qu'une interminable tentative pour décrypter les oracles que nous lancent nos parents, et le fait d'écrire peut-être le long, l'interminable déchiffrement d'un palimpseste enluminé de figures tendres et repoussantes dont la langue nous est tout à la fois étrangère et familière), un jour qu'elle étendait du linge au jardin et que j'étais apparu à cette fenêtre avec un air d'herméneute ébloui par le monde, que je finirais fadard à force d'habiter des mots.

11

Ma mère m'a-t-elle jamais regardé ainsi, avec cet air de bonté qui était celui de Marie et de Jeanne, et de façon plus abrupte, sinon cachée (ou à condition que je ne la regarde pas au même instant), celui de Louise, même si, à cette époque, en 1958, les Bugeaud commençaient à déchanter à mon sujet, cessant peu à peu de voir en moi leur ultime espoir de perpétuation, puisque je ne portais pas leur nom et que ma mère ne manifestait nul désir de me voir reprendre l'affaire de Siom ni celle de sa mère, à Villevaleix ? Me souhaitait-elle pour autant un autre avenir : une vie comme la sienne, telle du moins qu'elle m'apparaissait, hors de Siom, à Toulouse puis à Limoges, une vie d'agrégée d'allemand, comme elle disait avec une sorte de morgue et sans m'expliquer autrement ce que c'était qu'une agrégée sinon un type de professeur que j'imaginais, à cause de la sonorité de ce mot, plus mystérieux et, surtout, plus terrible que le maître d'école qui précéda, à Siom, Mlle Regaudie et qui obligeait les enfants qui s'exprimaient en patois à tenir une lauze large et lourde à bout de bras, pendant la récréation, jusqu'à ce qu'un autre élève qui n'avait pu étouffer un mot ou une interjection limousine l'en débarrassât : punition haïssable et si incompréhensible que, pour en avoir souffert, je ne fus pas le seul à me réjouir le jour où le maître nous annonça qu'il était appelé en Algérie, où sa mort, quand elle nous fut connue, ne nous tira nulle larme : non que nous fussions particulièrement cruels, nous autres petits Limousins; mais nous avions le sens de la justice, et il nous semblait que la guerre d'Algérie, que nous considérions comme une affaire d'adultes (et donc à quoi nous ne croyions pas tout à fait), avait apuré nos comptes. Ma mère ne me laissa pas le loisir de l'interroger davantage : elle haïssait plus que tout la curiosité qui s'exerçait à son sujet, très fière, sanglée dans des principes dont elle soutenait qu'ils étaient l'autre dimension de l'honneur, la première étant la droiture, regardant tout le monde de haut, quoique sans mépris, sur la défensive plutôt qu'arrogante, se sachant jolie et connaissant les hommes, et ne souhaitant pour moi ni un métier ni une vie comme les siens, mais nullement capable de me « prendre avec elle », comme j'entendais parfois Marie ou Louise le lui suggérer, lorsqu'elle se plaignait des manières, de l'accent et de l'odeur que j'attrapais à Siom.

Le cœur me battait comme jamais il ne le faisait, même sous le regard de Marie ou les lèvres de Jeanne ou de Louise; je n'avais pas encore eu l'occasion de mentir; j'ignorais que les mots sont autant d'armes blanches, et j'espérais que ma mère viendrait un jour non plus nous rendre visite mais me chercher, qu'elle me prendrait enfin dans ses bras, elle qui se contentait de m'effleurer les joues avec la main afin, disait-elle, de ne pas me laisser de rouge à lèvres sur la figure, étant par ailleurs de ces femmes qui n'embrassent jamais franchement, pour qui le baiser est une corvée ou un acte réservé à l'amour. Cela ne m'empêchait pas de m'imaginer repartant avec elle, un soir, par le train de six heures, puis dans la petite Renault 4 CV qu'elle venait d'acquérir et qui lui permettait de venir nous voir à l'improviste, disait-elle, non pas plus souvent mais moins longtemps, puisqu'elle n'était plus soumise aux horaires des trains, et pouvait regagner quand bon lui semblait ces appartements où je n'avais jamais pénétré et où je rêvais qu'elle me ferait entrer en me portant dans ses bras.

Avais-je même une mère ? J'aurais tant aimé que mes premiers souvenirs fussent baignés d'un regard maternel aussi chaud, aussi bienfaisant que celui que Marie laissait tomber sur moi avec les gouttes de cire bénite et qui faisait dire à Berthe-Dieu, qui était né à Paris et qui regardait tout cela avec lassitude ou exaspération (du moins lorsque ma mère était là, sachant trouver une oreille complaisante pour se plaindre de ce que les femmes Bugeaud lui tenaient la bride courte), qu'avec ces pratiques de bonne femme on ferait de moi non pas un homme, mais une vraie fille : encore une, devait-il penser en considérant ma présence auprès de sa femme et de cette belle-sœur qui aurait pu être sa mère comme un objet de scandale, à tout le moins incongru, comme si j'étais non pas le fils de Solange Sarroux, ma mère, mais des filles Bugeaud toutes ensemble, et sans qu'il passât, lui, pour le géniteur, les « Bugelles » se suffisant à elles-mêmes au point de concevoir et de mettre au monde un enfant sans le truchement d'aucun mâle, ce qu'il n'était pas le seul à penser et qui ajoutait à la réputation des Bugeaud quelque chose non pas de scandaleux, mais de miraculeux, de grandiose même.

Il s'en plaignait aussi à Léonce, qui s'était pris pour moi d'un intérêt d'autant plus étrange qu'il me connaissait à peine, jouant sur le tard le rôle de parrain officieusement conféré à Berthe-Dieu et dont il s'acquitta mieux que ce dernier, avec une régularité d'homme d'affaires, sans bruit, plaçant chaque année sur un compte d'épargne ouvert par ses soins à mon nom une somme que, par disposition testamentaire, il eut la bonté de vouloir perpétuer jusqu'à ma mort : geste singulier, et moins le fruit d'une vraie générosité ou d'un sens du devoir poussé à l'extrême qu'une façon, peut-être, de ne pas se laisser oublier, de se faire accompagner dans une mort où il ne pouvait deviner qu'il entrerait si brutalement, emporté par ce cancer du pancréas qui le ferait fondre à vue d'œil, lui, le gros mangeur qui, lorsqu'il venait à Siom pour voir ses sœurs ou examiner une coupe de bois, pouvait avaler à dix heures du matin, pour l'un des cinq repas quotidiens rythmant la journée d'un homme de haute Corrèze, un demi-poulet froid, ou une andouille accompagnée de fromage, d'un fruit et d'une chopine de vin, alors que son activité physique se réduisait à écrire, à téléphoner, à présider les séances du conseil municipal de Saint-Andiau et à discuter le prix du bois, se faisant conduire le plus près possible des arbres, en voiture ou en jeep, ne descendant que pour la forme, pour flatter un arbre de la main, exactement comme l'avaient fait son père et son frère, et, plus tard, le père Lauve, Amélie Piale et tous ceux qui avaient affaire au bois, le même geste réunissant pépiniéristes, bûcherons, forestiers et négociants, et aussi les propriétaires, ceux qui venaient régulièrement contempler leurs arbres moins pour le plaisir de s'en sentir possesseurs que pour admirer ce dont ils savent ne pas plus être les maîtres que d'une femme et qu'on verrait pleurer devant les arbres abattus par la tempête de décembre 1999. Comme les autres, Léonce Bugeaud savait qu'on ne possède rien éternellement ici-bas, à peine une place au cimetière ; et encore, une telle certitude ne pesait-elle plus grand-chose depuis qu'on avait déménagé le cimetière de Siom, après la construction du barrage sur la Vézère et que, redisons-le, les morts avaient sinon revu le jour, du moins s'étaient montrés une dernière fois aux vivants, Léonce ayant ainsi revu son propre père et son frère Jean, et Marie son époux et le père de celui-ci, afin de leur faire retraverser le village dans le sens inverse de celui qu'ils avaient accompli pour aller reposer au bas de la colline, non loin du moulin de Jouclas à présent sous les eaux ; repassant donc dans Siom et allant plus haut, cette fois, au sommet d'une autre colline, en bordure de la route départementale, sous des hêtres et des épicéas à l'ombre desquels les survivants venaient se pencher sur eux comme Léonce Bugeaud devait espérer que je le ferais pour lui, ce que je ne manque pas de faire, le jour des Morts, ayant du goût pour cette coutume, les cimetières, généralement tapis dans le brouillard ou sous les pluies d'automne, s'éclairant pour l'occasion du vieil or et du violet presque rose des chrysanthèmes et de la bruyère en pot qu'on vient y déposer, après avoir nettoyé les tombes, et s'être entretenu, songeons-y, avec les disparus comme s'ils nous entendaient et se trouvaient bien de notre présence, au-dessus d'eux.

Par moments, ma mère n'avait pas de visage : nulle expression d'intérêt, de bonté ou de sollicitude. Je tenais cependant à n'avoir pas d'autre mère que cette femme si éloignée de nous dans sa façon de s'exprimer comme dans ses vêtements, qui restait rarement plus de deux nuits de suite à Siom ou à Villevaleix, et semblait trouver normal de me faire élever par deux femmes qui n'avaient pas eu d'enfants mais en qui elle avait toute confiance, puisqu'elles l'avaient elle-même élevée, surtout Marie ; celle-ci disposait de plus de temps que Jeanne, plus patiente que sa benjamine, plus fine aussi, ayant, depuis l'âge de vingt-huit ans, compris qu'il ne fallait pas s'encombrer d'un homme et continuant à refuser les prétendants qui se présentaient avec la régularité des saisons, comme si chaque prétendant attendait de savoir qu'un autre avait été éconduit pour se mettre sur les rangs et que le statut de prétendant à la main de Marie Foly fût assez prestigieux pour qu'on s'y risquât encore, quoique en pure perte, et alors qu'elle était devenue une vieille femme : prétentions qui me valaient de la part de certains d'intéressantes récompenses si j'acceptais de remettre une lettre à Marie ou de dire du bien d'eux. Elle aurait élevé trois enfants appartenant à trois générations, et semblait notre mère à tous, cette frêle petite femme qui laissait couler de la cire sur ma gorge, en appelait aux romanichels, m'envoyait voir de quelle couleur était le cul de la Limougeaude, me laissait choisir, le dimanche après-midi, dans l'épicerie obscure où j'errais à tâtons et dont elle ouvrait la porte intérieure pour moi seul, les bonbons et les gâteaux qui me plaisaient, m'apprenait à parler correctement français et me montrait comment manger sans me brûler la purée de pommes de terre, de carottes ou de pois cassés en l'étalant soigneusement jusqu'à l'extrême bord de l'assiette et en y traçant avec la fourchette, pour me faire patienter encore, des rayures soigneusement parallèles qui transformaient ces plats en jardins japonais sur lesquels elle versait un peu de lait ou de jus de viande, m'obligeant à considérer ce que je mangeais non pas comme quelque chose de simplement nourrissant mais de plaisant à voir, de même que me réjouissait la soupe à forte teneur en carottes de Jeanne où Berthe-Dieu ajoutait du vin qui lui donnait les teintes du soleil couchant, sur la lande de Lestang, un soir d'orage, tout comme m'émerveillait, dans la salle à manger de l'hôtel, la métamorphose des liqueurs dans les verres des buveurs d'apéritifs, notamment le mélange quasi aurifère de la gentiane et du cassis, et celui du brun pastis ou de la transparente anisette mués en une sorte de lait dès qu'on y mettait de l'eau, et ce lait en des couleurs féeriques, pour peu qu'on y ajoutât du sirop de grenadine, de framboise ou de menthe.

Oui, notre mère à tous, cette Marie à propos de qui son frère Léonce, à ma grand-mère qui déplorait qu'elle ne se fût pas remariée, fit cette réponse où se montraient avec force le machisme limousin et l'instinct de survie du clan Bugeaud : « Marie fait bien besoin là où elle est ! », usant d'une tournure qui, pour être locale, n'en touche pas moins au vieux fonds français de la langue par cet emploi du mot « besoin » où s'entend le vieux mot « besogne », en même temps que l'idée de nécessité. À quoi Marie n'avait pas manqué de rétorquer, dès qu'elle le revit, assis sur une chaise qui gémissait sous ses cent trente kilos : « La chaise aussi fait bien besoin là où elle est, mon pauvre Léonce ! », ayant le sens de la repartie et de la justice, capable de remettre à sa place ce frère qui entendait en imposer à tout le monde parce qu'il avait fait fortune et considérait avec condescendance ses sœurs et l'état de leurs affaires, se mêlant de les régenter sans avoir pour elles ni pour sa nièce Solange la sollicitude de son frère Jean.

Marie étendait au-dessus de ma tête une main plus douce et plus fraîche qu'un rameau de châtaignier. Elle était entrée à l'école, un jour de classe, quelques mois avant sa mort, j'avais sept ans, l'âge où les mots nous assignent à nous-même, et soudain elle fut là, devant nous, avec à la main un bouquet de ces orties dont il lui arrivait de me frotter les jambes dès lors que les romanichels ne suffisaient plus à me rappeler à l'ordre, les élevant, ces orties, à la façon d'un cimeterre et disant avec toute la force qu'elle pouvait mettre dans la douceur de sa voix : « Pardonnez-moi, mademoiselle Regaudie, de tomber ici comme une corneille dans un grenier, mais, voyez-vous, mes enfants, il y a des choses qui ne peuvent pas se dire, surtout pour se moquer d'un petit garçon, d'un enfant qui n'a plus son père... »

Son regard se tournait vers les fils des fermiers de La Gane qui, la veille, sous le préau, s'étaient emparés de moi, m'avaient entraîné aux cabinets et tenu la tête au-dessus du trou en me traitant de bâtard. Et comme le fils Philippeau riait sous cape, Marie s'approcha de lui ; elle lui prit la main qu'il ne chercha pas à retirer, subjugué comme tant d'autres, petits et vieux, hommes et femmes, par ce bout de femme en noir qui lui enserrait le poignet tout en lui passant et repassant sur le dos de la main le bouquet d'orties et murmurant : « Les paroles, mon petit Philippeau, c'est comme les orties, tout dépend de ce qu'on en fait ; dans ce sens elles sont inoffensives ; dans l'autre elles brûlent... Ce petit n'a plus de père. Plus de père, entends-tu ? Tu devrais y penser, toi qui as encore le tien... »

Peut-être avait-elle été sur le point d'ajouter que ce n'était après tout pas une chance d'avoir pour père Alphonse Philippeau, modeste fermier de Siom qui avait trouvé à s'enrichir en se lançant avant les autres dans l'élevage intensif des bovins, avant de louer sa ferme à des fermiers normands venus de la région de Coutances avec leur bétaillère pleine de vaches à la robe pie, et de vivre de ses rentes ; mais elle continua à caresser dans les deux sens la main du gros Philippeau à qui la honte mettait aux joues une rougeur plus vive encore que celle des orties sur le dos de sa main, et qui finit par baisser la tête. Il se serait mis à pleurer si Marie, de sa main libre, ne lui avait pris le menton et, le forçant à la regarder, ne lui eût caressé la joue, amenant sur cette face de petite brute dans laquelle (me dirait-elle plus tard) se devinait déjà l'homme mauvais qu'il deviendrait, comme tant d'autres garçons, un sourire presque pur, ou faisant triompher cette part d'innocence à laquelle il faut croire en dépit de tout si on veut continuer à vivre et qui incitait Philippeau à sourire non pas comme un chien battu mais, si doux était le pouvoir de persuasion de Marie (ou de pardon, quoique ce fût là un de ces mots trop grands pour elle, comme ceux de justice ou de liberté, qu'elle n'employait jamais et qu'elle n'aimait pas entendre dans la bouche de ma mère), de la joie d'avoir été puni et pardonné par une femme que tout Siom, même ceux qui faisaient profession de haïr les Bugeaud, tenait pour une sorte de sainte. Non seulement son intrusion dans la salle de classe ne souleva aucune objection, mais elle fut donnée en exemple par la maîtresse, entrant dans la légende de Marie qui (comme si la bonté ou tout ce qu'on tente en notre faveur avait ses limites ou, comme on dit des médicaments, des effets secondaires et finalement contradictoires avec la guérison, ouvrant dans notre corps et dans notre esprit des sources de souffrances parfois pires que celles qu'ils sont censés soulager) me forçait à aller au-delà de la victoire obtenue en ma faveur, et (puisque c'était en public qu'il en avait été question, et que j'ai dû cesser enfin de me dérober, de faire comme si je n'avais pas de père et que je fusse né de l'union contre nature, à la fois monstrueuse et idéale, de ma grand-tante et de ma mère) à contempler celui qu'il ne m'avait pas été donné de connaître — ou dont je ne gardais aucun souvenir ; de sorte que le contempler en face, comme m'y contraignait la situation, c'eût été regarder l'invisible, ou ce qui n'a pas de visage, des choses que j'avais cru entendre dans ce que me lisait parfois Marie dans la vieille Bible de Port-Royal dont la couverture avait été arrachée et remplacée par du carton recouvert de crêpe noir; des choses dans la confusion desquelles je me trouvais autant de souffrance que d'habileté, comme un malade apprend à ruser avec sa maladie, mêlant la figure du Créateur et celle de mon propre géniteur, l'un n'allant d'ailleurs pas sans l'autre, me faisait remarquer Marie qui longtemps refusa quand j'osais la questionner là-dessus de rien ajouter; et, comprenant parfois à ma façon ces scènes de l'Ancien Testament ou de la Passion évoquées par Marie, entre deux conversations avec des clientes, et de quoi je me gardais bien de m'ouvrir à l'abbé Guerle, j'avais fini par me croire le fils de Dieu, non pas l'égal de Jésus, encore moins une sorte d'antéchrist, mais, abolissant le temps et les principes, et retrouvant sans le savoir l'essence et les mystères du christianisme, sa réincarnation fraternelle et secrète.

Mon père, je n'avais pas même l'idée qu'il eût un nom ni qu'il pût exister une photographie de lui. Marie s'était contentée, un soir (ce genre de grand absent ne se manifestant jamais mieux qu'à la tombée de la nuit), ayant pitié de moi et me faisant jurer de ne le répéter à personne et surtout pas à ma mère, de me le décrire (de l'inventer, probablement, car je doute si elle l'a jamais vu ailleurs que dans quelque confidence de ma mère, encore qu'il soit peu vraisemblable que celle-ci ait pu s'y laisser aller, même avec Marie) comme un bel homme glabre, employant cet adjectif inconnu de moi et dans l'ignorance duquel je tenais à rester, ce mot m'impressionnant assez pour me donner à voir dans sa sonorité sombre et courte un ensemble de qualités hautaines, austères, mystérieuses, qui me faisaient murmurer à l'oreille d'une Céline Soudeils, d'un Thomas Lauve ou d'un Philippe Feuillie, Éliane Lagâche et son frère Marc, singuliers petits Siomois de mon âge avec qui il m'arrivait d'échanger quelques mots, quand ce n'était pas avec le dernier des Pythre, Jean, qui avait en 1959 une trentaine d'années mais était resté une sorte d'adolescent, un de ces innocents dont on n'avait pas encore l'habitude de se débarrasser en les plaçant dans une institution spécialisée, mais qui étaient de flamboyants intermédiaires entre le monde de l'enfance et celui des adultes — les seuls, avec certains vieillards, à avoir gardé très haut ce sens magique qu'on prête aux enfants et qui n'est qu'une vision du monde d'avant la sexualité ou, si on préfère un autre langage, le chant de l'innocence —, je murmurais donc à leur intention : « Mon père est glabre... », de la même façon que j'aurais dit « infirme », « ingénieur », « blond », ou « mort », trouvant dans le silence de mes confidents, qui pas plus que moi ne connaissaient le sens de ce mot, une bienveillance qui me permettait de penser à autre chose, la question du père ainsi réglée, ou mise de côté, quoique réapparaissant régulièrement dans la bouche de ceux que Marie, Jeanne et Louise appelaient les garnements, vocable à peu près disparu de l'usage courant, avec « idiot », « galopin » et « propre-à-rien ».

Marie avait publiquement déclaré que je n'avais plus de père, ce qui n'était pas tout à fait la même chose que de reconnaître que je n'en avais pas, mais n'était qu'un demi-mensonge, vu que n'avoir plus de père pouvait aussi bien signifier que celui-ci, sans être mort, n'était plus digne d'être vivant. Ma mère, elle, ne m'en parlait jamais, et je me contentais de ce silence, faute de mieux, comme je me résignais à la voir une fois par mois, un peu plus aux vacances, lorsqu'elle venait passer quelques jours à Villevaleix, chez sa mère. Et lorsque, las de me renvoyer à mon père absent, on me demandait où était, non moins absente, ma mère, je répondais invariablement, par une tournure siomoise qui me dispensait de tout commentaire et arrêtait net ceux des autres : « Ma mère, elle est bien en quelque part... »

Je n'étais guère curieux, à six ans, que d'accorder le monde dans lequel je vivais aux contes que je lisais ou à ce que racontait Marie. On n'invente pas un récit ; on ne le crée pas de toutes pièces : il ne nous est que prêté et, l'écrivant, l'ébruitant, le déployant à notre tour, nous ne faisons que le rendre au grand récit originel dont toute langue garde le trésor mais dont les hommes perdent peu à peu le goût, ne se souciant plus de dresser contre le bruit du monde un ordre de langage qui ait rang de vérité, aujourd'hui fatigués des récits comme de la belle langue et des mythes, abandonnés de Dieu, aussi bien, ou l'ayant renié, ce qui fait de certains d'entre nous les survivants d'un monde disparu, ultimes veilleurs d'une langue également en train de disparaître, coupée de son origine, déjà trop difficile au commun des mortels, disait-on encore, non seulement à cause de la longueur des phrases et du jeu des subordonnées, mais aussi des modes, des temps, d'une tonalité, d'un phrasé français, toutes choses particulièrement déplaisantes à l'esprit contemporain, car elles les obligent à lire vraiment, à faire appel à cette forme de regard où l'œil est l'auxiliaire de l'oreille interne, disait ma mère en songeant à ceux qui ignorent que, d'une certaine façon, on n'écrit pour rien d'autre que pour rendre hommage à la langue, la louer, ou simplement témoigner d'elle ; hommage enfin aux récits dans lesquels on est né et où on mourra, enveloppé dans la langue comme les morts égyptiens dans leurs bandelettes et leurs sarcophages en cèdre du Liban recouverts d'or et de pierres précieuses. Et la langue dont usait Marie avec moi était émaillée de patois et de tournures limousines auxquelles elle ne dédaignait pas de recourir pour rendre plus vivante une situation de la Bible ou des *Mille et Une Nuits*, ou, au contraire, atténuer quelque chose qu'elle jugeait inconvenant pour un enfant mais qu'elle ne voulait pas me laisser ignorer tout à fait, parce que c'était la vie, disait-elle laconiquement — une vie à laquelle je me sentais aussi étranger que si elle m'eût parlé non d'un état psychologique mais d'un lieu où je n'irais probablement jamais : cette Côte d'Ivoire, par exemple, fondée par l'explorateur ussellois Marcel Treich-Laplène, dont Mlle Regaudie nous avait vanté l'œuvre glorieuse.

Un monde pour moi limité aux collines qui entourent Siom, malgré de rares et brefs séjours à Villevaleix, à Saint-Pardoux-le-Vieux ou à Saint-Andiau, et quelques voyages à Uzerche où Poulenc composa, au cours de l'été 1936, ses belles *Litanies à la Vierge noire de Rocamadour*, et où Berthe-Dieu, qui aimait les automobiles, ne détestait pas d'aller chercher ma mère au train de Toulouse, l'attendant sur le quai non pas comme l'oncle et le complaisant chauffeur qu'il était, mais — ce qui me poussait à me tenir loin de lui, derrière un des piliers de fonte soutenant la marquise du quai — comme son époux, c'est-à-dire mon père, pensais-je avec effroi en contemplant la pose avantageuse qu'il savait prendre dès qu'il était ailleurs que sur son tracteur ou derrière le comptoir de l'hôtel, et dont les photos montrent qu'il pose en type qui a tout son temps, qui sait faire valoir sa belle mine, et rester discret, voire en retrait, tout en étant là.

J'habitais Siom comme on n'habitera sans doute jamais plus nul territoire, avec cette connaissance d'un monde rural parfaitement délimité, sinon clos, dans lequel chaque chose était à sa place, chaque être issu d'une histoire connue de tous, ou bien comme moi objet de légende, vivant et mourant dans une communauté à peine troublée par l'invasion du dehors, sinon par la radio, le téléphone, la télévision, les automobiles ; et encore portait-on sur tout cela un regard méfiant ou ironique, le reste du monde demeurant dans un lointain qui confinait à l'abstraction, non seulement parce qu'il en est ainsi pour toute collusion du temps et de l'espace perçue à partir d'un point fixe, immuable (ainsi les long-courriers dont la trajectoire, la nuit, nous indiquait la direction de l'Afrique et de l'Asie comme des étoiles vagabondes, disait Jean Pythre, modifiant l'idée de voyage, réduisent-ils le monde, par un décentrement incessant et insidieux, à un ensemble de distances aisément mesurables en temps de vol, quelque chose d'abstrait et de trop concret tout à la fois, et donc de vain), mais parce que en fin de compte nous ne voulions pas du vaste monde, le cercle de nos feux et l'histoire de notre sang étant ce que nous avions de plus sûr, de plus précieux. C'est pourquoi nous regardions passer les voitures, sur la route de Limoges ou devant nos fenêtres, avec une curiosité qui se limitait aux plaques minéralogiques et aux têtes des conducteurs, persuadés qu'il y avait un type quasi ethnique, correspondant non seulement à chaque région de France mais à chaque département, sur quoi nous aurions toutefois été bien en peine d'apporter des précisions — le monde français, dès la perte des colonies, et malgré le maintien dans la République de ces départements et territoires d'outre-mer qui nous donnent encore à respirer plus largement que dans le seul corset hexagonal, la France se résumant à Paris : Paris non pas comme ville ou région, mais comme lieu de perte, de métamorphoses, de réputation, voire de rédemption, comprendrais-je, bien des années plus tard, lorsque j'aurais choisi d'y demeurer et que je repenserais à la façon dont cette ville m'apparaissait autrefois, depuis Siom. C'est aussi pourquoi le spectacle de soldats venus du camp de La Courtine en manœuvres chez nous valait tous les films d'aventures, tout comme la venue d'un hélicoptère dans le pré Saint-Martin, derrière l'église, où le rotor laissa une trace mystérieuse qui, remuant l'herbe jusqu'à sa racine, en avait inversé la croissance, donnant à croire qu'il y avait là, sous terre, tout près, le reste d'un petit temple rond dont il suffirait de quelques coups de pioche pour exhumer les fondations, et peut-être les puissances païennes, comme on venait de le faire du côté de Gourdon-Murat, racontait Berthe-Dieu. Un monde auquel je pense aujourd'hui comme à un univers plus lointain qu'il n'est en réalité, à cause bien sûr de mon enfance qui a sombré avec lui, mais encore en raison de l'extraordinaire impression d'ancienneté donnée par l'essor des techniques et qui fait du temps relativement court qui s'est écoulé une mesure incertaine, dilatoire, et si trompeuse que je songe à lui comme si je me trouvais devant des tableaux qui en auraient recueilli des éclats : telles vues de village de Vlaminck, de Pissarro ou du Limougeaud Renoir, et, avant eux, des scènes de la vie campagnarde peintes par Millet ou Troyon, des paysages de Rousseau, de Constable, de Ruysdael; et plus loin encore, et non moins étrangement, comme si l'espace et les caractéristiques ethniques s'abolissaient pour retrouver l'atmosphère et l'esprit de la paysannerie européenne, les toiles du Siècle d'or hollandais, avec leurs intérieurs où la lumière n'est guère différente de celle que j'ai connue à Siom et à Villevaleix : celle qu'on voit aussi bien dans les tableaux de Vermeer et de Pieter De Hooch, que dans ceux de Chardin, de Murillo, de Le Nain, et qui fait que je suis, écrivain, le fruit de cette lumière, son aboutissement comme sa réfutation ou sa métamorphose.

Une communauté que je croyais immortelle, et qui se pensait telle, elle aussi, tant il est vrai qu'on n'est jamais aussi aveugle sur soi que lorsqu'on est en train de décliner ou de se perdre : pas une maison où je n'aie pénétré, jusqu'au fond des plus secrètes chambres, des caves et des greniers, puisque j'étais un enfant; pas une propriété que je n'aie connue dans toute sa surface, sachant quelles pierres de bornes les séparaient des autres, sachant même où se trouvaient les limites de Siom, sa frontière avec les communes voisines : Toy-Siom, Les Buiges, Saint-Hilaire-les-Courbes, Gourdon, Lestards, Tarnac et Villevaleix, m'aventurant sur ces confins avec la joie du lecteur de romans d'aventures que je serais bientôt, posant le pied au-delà de telle borne de la même façon que j'aurais passé une frontière, tant était puissant mon sentiment d'appartenance à Siom et à ma race, comme on disait chez nous, encore que le fait de n'avoir plus de père, ajouté à l'absence quasi perpétuelle de ma mère, fît de moi un être à part, malgré la protection des Bugeaud, et me laissât peu à peu comprendre que les vraies frontières se dessinent entre les êtres, les races, les langues, les cultures et, peut-être, en chacun de nous, et qu'il y a au fond de nous des pierres aussi visibles, aussi lourdes et sacrées que les bornes de nos terres que Berthe-Dieu m'avait appris à reconnaître, parfois à dénicher sous la mousse, les genêts ou les ronces, à en calculer l'emplacement d'après des repères connus de lui seul — et particulièrement par rapport à la position du soleil dans tels arbres, à l'aube, à midi, au couchant.

« Des fois que des paysans viendraient les déplacer à leur avantage », me disait-il en m'expliquant que ceux qui le faisaient seraient condamnés à porter ces pierres sur le dos pour l'éternité, et sans cacher à quelle distance il se pensait d'eux, semblant ne pas vouloir se rappeler que, quoique né parisien, il en était un, paysan, avant d'entrer dans la famille Bugeaud, et qu'il le restait parce que chargé de cultiver nos terres et de soigner nos bêtes ; ce qui faisait murmurer à la vieille Roche, à Clémence Chave et à Mélanie Philippeau, qu'on ne l'y avait pas agréé pour autre chose, même si, sur la plaque peinte en bleu ciel ornant, comme on le faisait à l'époque, le garde-fou arrière droit de sa voiture, il avait indiqué : « Berthe-Dieu, cultivateur à Siom, Corrèze », cultivateur établissant une distance assez grande par rapport à la glèbe pour qu'il se crût permis de regarder de haut les autres, alors qu'à leurs yeux il passait, au début, pour une sorte de coucounié : un mari chanceux qui a trahi la paysannerie pour entrer au royaume des femmes, s'occupant de choses d'ordinaire dévolues à ces dernières, quoique sans aller jusqu'à jouer le rôle de tâte-poule ou de jocrisse menant pisser les pintades et gambader les lapins, encore moins à exercer de ces tâches naguère réservées aux petits talents ou aux indigents, et disparues avec la Grande Guerre, et dont on se souvenait encore avec amusement dans mon enfance — ou dont on me parlait pour m'amuser, me taquiner, me faire rougir : non seulement les cardeurs de chanvre, les taupiers, les charmeurs de serpents, les chiffonniers, les cendrillons chargés de ramasser la cendre de l'âtre pour la revendre comme lessive, les pleureuses professionnelles, ceux qui récitaient à voix haute les psaumes de pénitence et d'autres métiers dont l'évocation m'inquiétait, comme ces rebilhous qui, dans les gros bourgs, criaient les heures avant de se rendre au cimetière, à minuit, pour dire l'heure aux morts, et ceux qui suçaient les seins trop gonflés des femmes ayant sevré leur enfant ou les tétons de celles qui venaient d'accoucher pour leur faire monter le lait.

Déplacer une borne était donc aussi abominable que de mettre le feu à une grange, d'empoisonner un puits, ou d'être un bâtard, j'y reviens, car cette question, malgré l'intervention de Marie, se poserait avec plus de force après sa mort, ce qui obligerait Berthe-Dieu à rosser publiquement une gourle du Mont-Gradis, qui, un soir d'ivresse, avait trouvé dans le vin, chez nous, l'audace de rompre le silence à mon sujet, de clamer ce qu'il pensait être la vérité dans le café plein de monde, enroulant cette prétendue vérité à la fumée des cigarettes et aux dernières ombres de ce dimanche d'automne avant de se retrouver à terre, en un tournemain, jeté dehors par Berthe-Dieu qui n'était qu'un gendre, une pièce rapportée, mais qui par là même, comme les convertis et les néophytes, se montrait plus royaliste que le roi, parce que le seul gendre, et ne régnant pas même sur son épouse, sinon avec l'autorité d'un prince morganatique, mais sachant plaire à ma mère en me protégeant, tirant de cette position un avantage qui l'éloignerait définitivement de la terre.

C'était l'honneur des Bugeaud qu'il défendait à travers moi, parce que j'étais un garçon et leur seul héritier mâle, même si, pas plus que lui, je ne portais leur nom, mais un patronyme qu'on n'utilisait jamais, pas même sur mes cahiers, où la maîtresse d'école, eu égard à ma famille, acceptait de ne voir figurer que mon prénom, me convainquant moi-même que le nom de baptême était plus puissant que le nom propre, mentant s'il le fallait, soutenant d'abord que je m'appelais Bugeaud, et puis, lorsque Marie m'eut révélé le mot « glabre », me donnant pour Pascal Glabre, me conformant plus que jamais aux injonctions par lesquelles les Bugeaud me dissuadaient de fréquenter « n'importe qui », comme disait ma mère; « des fils de gourles, des moins-que-rien », disait le reste des Bugeaud, Berthe-Dieu excepté, qui sentait que le mot « gourle », qui, généralement employé au féminin, désigne un rustre, un homme ou une femme mal dégrossis ou proches de l'état sauvage, tel ce Couturat du Mont-Gradis à qui il avait flanqué une rossée pour avoir parlé de moi comme d'un bâtard, sonnerait mal dans sa bouche, qu'il y avait encore trop peu de distance de la gourle qu'il avait été sur le point de rester au mari de Jeanne Bugeaud pour qu'il ne risquât pas d'être renvoyé de temps à autre, et trop aisément à son goût, à son origine gourlesque.

Étienne Berthe-Dieu n'avait pas la morgue des Bugeaud, ni leur sens de la grandeur. Il était un peu en marge, fier de sa belle allure et soucieux de préserver ce que lui avait apporté son mariage avec Jeanne, et qui lui donnait, malgré la haute considération qu'il avait de lui-même, un respect presque superstitieux des autres dont le métier de restaurateur lui avait très tôt appris à tenir compte, debout derrière le comptoir ou assis à la cuisine dont la moitié était occupée par une grande table servant de table d'hôte, le samedi et le dimanche, surtout, à tous ceux qui, paysans, gourles, soûlots, voyageurs de commerce ou simples gens de Siom, préféraient la chaleur de la cuisine à la grand-salle fraîche et sonore. Et il les écoutait parler pendant des heures, tirant d'eux une connaissance de l'espèce humaine qu'un romancier pourrait lui envier mais à l'influence de laquelle ma mère entendait me soustraire, elle qui n'avait pour l'humanité qu'une estime modérée, et qui tenait plus que tout à l'honneur des Bugeaud, sentant qu'on entrait dans un temps où les classes sociales seraient abolies non pas par le communisme (« une utopie bonne pour les Slaves, les Asiates, et les gourles », avait-elle jeté une fois à la vieille Roche, qui, dans la rue Haute, était la pasionaria des « Rouges » de Siom — rôle au demeurant si rare pour une femme des hautes terres qu'on la surnommait la Rouge, autant pour ses idées que pour sa méchanceté, sans doute, aussi, à cause de la proximité sonore entre Roche et Rouge et, peut-être, enfin, de ses yeux chassieux, toujours bordés d'écarlate), mais par sa variante socialiste, l'égalité républicaine ne pouvant, disait-elle, se forger que dans une société médiocre ayant banni tout élitisme, toute hiérarchie, tout mérite personnel, tout sens de la verticalité des valeurs, toute quête de vérité, de Dieu ou de soi, son métier de professeur lui laissant deviner l'avènement d'un monde nouveau, l'ancien ayant plus changé en quelques années qu'il ne l'avait fait en cent ans, Marie mourant fin 1959, les fermes abandonnées faute d'héritiers ou de repreneurs, les églises désertées, les colonies d'Afrique noire accédant l'année suivante à l'indépendance et l'Algérie deux ans plus tard, après six années de combats, et ma mère me disant, ce jour-là : « Le maréchal doit se retourner dans sa tombe... »

Elle faisait allusion non à Philippe Pétain, dont le nom nous était encore familier puisque des pièces ornées de la francisque de l'État français circulaient encore, mais à l'ancêtre mythique de ces Bugeaud qui « se croyaient tant », comme on disait à Siom, un aïeul plus lointain que ce François Bugeaud, de La Moratille, né en 1831, ou cette Marguerite Bugeaud née en 1813 au Tronchet, fille d'Antoine Bugeaud et de Marie Marvier, du Moulin, nés on ne sait quand, arbre généalogique bien maigre depuis qu'on avait brûlé les registres paroissiaux, les hommes éprouvant le régulier besoin d'abolir leur mémoire, mais dont les Bugeaud se consolaient d'une autre façon, puisqu'il se disait çà et là que nous descendions du maréchal Bugeaud, né à Limoges en 1784, on le savait en ce temps-là, les livres d'histoire rapportaient encore la gloire de celui qui s'était illustré dans les guerres de l'Empire puis avait conquis l'Algérie et une partie du Maroc avant de revenir mourir du choléra à Paris, en 1849, moins de vingt ans avant la naissance de Pierre Bugeaud ; lequel n'avait bien sûr aucun lien de parenté avec l'illustre soldat mais ne détestait pas qu'on le crût ni, surtout, qu'on chantât devant la cheminée, le soir, cette chanson autrefois célèbre : *La Casquette au père Bugeaud*, et dont je garde en mémoire le premier couplet :

L'as-tu vue, la casquette, la casquette,
L'as-tu vue, la casquette au père Bugeaud ?
Elle est faite, la casquette, la casquette,
Elle est faite avec du poil de chameau.

Mon arrière-grand-père était le seul Bugeaud à aimer la musique. Jeanne disait que, pendant la Grande Guerre, il s'enfermait dans une chambre du bas pour jouer de l'accordéon, se consolant peut-être d'avoir perdu Antoine Foly, son gendre, et pensant au fiancé de Louise porté disparu à Verdun avant qu'on apprît qu'il était prisonnier, en Silésie, si loin de Siom que c'était un peu comme s'il ne pourrait jamais rentrer pour épouser Louise.

Je me suis souvent demandé ce qu'il pouvait jouer sur ce petit accordéon que j'ai déniché, bien des années plus tard, dans une armoire dressée sur le palier menant aux trois chambres de la vieille maison et qui servait de débarras : on l'ouvrait rarement, n'y avançant la main qu'avec précaution, tant il faisait sombre sur ce palier qui ne prenait le jour de nulle part et dont l'unique ampoule n'éclairait pas grand-chose. Ni le mot « renfermé » ni celui de « remugle » ne sont assez forts, malgré leur justesse, pour désigner l'odeur délétère et funèbre que je respirais là, comme dans les chambres où venait de mourir quelqu'un sur la dépouille de qui on m'emmenait quelquefois m'incliner à condition qu'il ne sentît pas, exigeait ma mère, mais qui sentait toujours un peu cette étrange odeur que je retrouvais dans les vieilles armoires du bas ou au grenier ou dans la cave. Une odeur bien éloignée de celle du « flot de vin vieux » que le buffet de Rimbaud (dont Mlle Regaudie nous avait fait apprendre à l'école le poème) déversait généreusement à des narines moins sensibles que les miennes à tout ce que les lieux clos recèlent d'odeurs méphitiques ; et non seulement les lieux clos, caves, greniers, chambres, armoires, coffres, simples boîtes, qui m'ont inspiré dès l'enfance une méfiance pouvant aller jusqu'à la répulsion, voire à la panique, mais aussi, je le répète, les gens dont l'haleine et les odeurs corporelles sont assez fortes pour que je répugne à descendre par exemple dans les souterrains du métro, à voyager à côté d'un vieillard malpropre ou d'un Noir qui transpire, ou à respirer le même air que des mangeurs d'ail, d'oignon ou d'épices.

Je suis assis sur une chaise de paille dans la chambre jouxtant celle où je suis né ; elle donne sur la rue qui descend au lac et qui, pas plus que les trois autres rues de Siom, ne porte de nom officiel. Je déplie et replie l'accordéon que j'ai posé sur mes genoux ; j'en tire des sons qui n'ont rien à voir avec ceux des accordéonistes qui venaient jouer chez Jeanne dans les bals : une sorte de plainte insupportable, obscène, fausse, injurieuse, mais par laquelle je tente d'imaginer ce qu'interprétait Pierre Bugeaud, ou ce qu'il pouvait entendre, quatre-vingts ans plus tôt, pendant cet hiver de 1916, qui fut si froid que la peau des mains restait attachée au manche des outils qu'on saisissait au-dehors et que de la glace pendait aux naseaux des bêtes ; un hiver que Marie et Louise avaient passé à prier afin qu'il y eût plus de lumière et de chaleur, et, le printemps venu, riant comme des folles non seulement d'être délivrées de l'hiver, mais surtout à la pensée que les combattants, les prisonniers, et particulièrement Albert Sarroux, le promis de Louise, cesseraient d'avoir froid.

« Les morts, eux aussi, n'auront plus froid », avait ajouté Marie.

Et moi je suis là, dans cette chambre vide où le soleil du matin, entrant par les interstices des volets, laisse sur mes mains, mes bras et mes jambes des traces parallèles semblables aux touches de l'accordéon, de sorte que c'est autant sur elles que sur les rayons de soleil que j'ai l'impression de jouer comme j'imagine que le faisait mon arrière-grand-père, qui s'était exercé à jouer pour lui seul des airs entendus dans sa jeunesse, les chansons fredonnées par sa mère, *Lou baïlero, La délaïssada, Obal, din lou Limouzi*, et tant d'autres recueillies et admirablement orchestrées par Marie-Joseph Canteloube, dans la première moitié du XXe siècle, et cette *Montagnarde* disparue à la fin du XIXe siècle, en même temps que la bourrée, les binious et les violes, tandis qu'on ne dansait plus que des valses et des polkas. Je l'imagine dans une chambre plus secrète, à l'autre extrémité de la vieille maison, celle où il est mort et où mourrait Eugénie, maniant ce petit instrument au son aigre, essoufflé, déchirant, non pas comme si c'était de la musique qui dût en sortir mais le Temps lui-même qu'il pétrissait avec l'illusion que, comme la musique, on peut le plier à sa guise, revenir en arrière ou même l'arrêter grâce à cet accordéon dont le long séjour dans la nuit froide de l'armoire a dû altérer la sonorité, de sorte que c'est moi qui, aujourd'hui, quoique je ne sache pas jouer, suis le plus près d'évoquer, par les sons geignards ou grotesques que j'en tire, les défunts auxquels mon arrière-grand-père songeait sans doute en jouant ; et parmi ces morts, c'est avant tout Pierre Bugeaud que je vois se dresser, l'ancêtre, le fondateur du clan, l'homme sec et solide, dont il me semble que je déplie les entrailles et que je serre les os, tels ces corps devenus squelettes et pour lesquels les fossoyeurs procèdent à ce qu'on appelle des « réductions », de façon qu'ils tiennent dans une petite boîte, oui, le corps réduit de Pierre Bugeaud sur mes genoux et contre ma poitrine, en train de se lamenter dans la pénombre de cette petite chambre qui a été celle de ses garçons à présent morts, eux aussi, comme ses filles, grâce à cet instrument par lequel il suscitait ou peut-être chassait l'ombre des morts et par lequel je l'invoque, aujourd'hui.

12

Marie était comme tous les Bugeaud : accueillante aux vivants et soucieuse des défunts, par nature autant que par nécessité commerciale. Elle aurait ouvert sa maison au premier venu, pour peu qu'il eût l'air de souffrir, surtout l'hiver, quand elle se rappelait ceux de la Grande Guerre et les souffrances des combattants, les poux, les rats, le mauvais sommeil, les privations, la piquette des mercantis, la soupe toujours froide... Toute sa maison, sauf la chambre du fond où se dressait l'armoire d'acajou, et devant laquelle je passais en retenant ma respiration, comme si Antoine Foly reposait là, sur une étagère de l'armoire, et que mes pas et les grincements du parquet dussent le réveiller et le faire se dresser devant moi, dans sa chemise ensanglantée, l'air à la fois bon et terrible. Le caporal Foly me prendrait par la main pour me conduire au Labyrinthe dont l'entrée se trouvait non plus dans le Pas-de-Calais, mais là-haut, après la Croix des Rameaux, au sommet de la colline entourée de sapins et de hêtres, par l'entrée du petit château d'eau enfoui sous les fougères. Et même quand Marie ne fut plus là, qu'on eut ouvert un couloir entre les deux maisons et puis, bien des années plus tard, quand Jeanne et Étienne Berthe-Dieu eurent cessé de louer ces chambres entre lesquelles je pourrais choisir celle où je passerais la nuit, lorsque je reviendrais à Siom (et il m'arrivait de ne pas dormir dans la même chambre deux fois de suite, comme une âme en peine ou un excentrique qui a résolu de confier ses nuits à des lieux chaque soir nouveaux, relançant l'aventure du sommeil par une configuration toujours renouvelée des chambres), jamais il ne me fut possible de coucher dans la chambre où se dressait l'armoire d'acajou, et où on avait fini par installer un lit, une table et une chaise, après avoir longtemps balancé si on enterrerait avec Marie les dépouilles d'Antoine qu'on décida de reléguer au grenier, dans l'armoire fermée à clef, tandis que j'héritais du crucifix d'ivoire et d'ébène aujourd'hui sur mon bureau et sans lequel (rite maniaque ou hommage à ma grand-tante) il m'est pour ainsi dire impossible d'écrire. Cette chambre, Berthe-Dieu la repeignit à la mort de Marie en mouchetant les murs avec une petite éponge imbibée de rouge sombre. Il y élirait domicile, en face de la chambre de Jeanne quand celle-ci, malade, quelques années plus tard, lui fermerait sa couche ; c'était une pièce où on respirait encore l'air confiné qu'on sentait par-dessous la porte, du temps de Marie qui n'ouvrait jamais les volets, même en été, comme si elle avait voulu, grâce à la vie interne et subtile des odeurs, donner à la chambre quelque chose d'une chapelle, n'allumant pas le plafonnier, préférant les cierges dont la combustion suffisait à purifier l'atmosphère, disait-elle à ma mère quand celle-ci lui reprochait ce qu'elle appelait une manie de vieille femme ; laquelle manie ne pouvait qu'effrayer l'enfant que j'étais, si impressionnable, soutenait ma mère à juste titre, et se heurtant à Marie qui ne trouvait pas, elle, que je manquasse de courage ni d'audace, puisque je passais mon temps dans les couloirs, les caves et les greniers, quand ce n'était pas dans ces autres sortes de caves, de greniers ou de tombeaux que sont les livres que m'apportait ma mère, alors que j'aurais mieux fait de prendre l'air, de me fortifier le corps, tant comme j'étais maigre, et plus seul qu'une fiancée perdue, lançait-elle à ma mère qui finissait toujours par se taire devant cette femme qui, autant que sa sœur Louise, pouvait prétendre au rang de mère, baissant même la tête devant elle comme je le faisais lorsqu'elle me reprochait d'être allé jouer dans d'autres greniers en compagnie de fillettes qui étaient pourtant les seuls enfants de Siom à me tolérer parmi eux, ce qui n'empêchait pas Marie et Jeanne de juger qu'il n'était pas digne d'un Bugeaud de traîner avec des filles de la rue Haute, celles du cantonnier et du forgeron particulièrement, mais point Michèle Rivière, la fille de Marthe, plus âgée que moi d'une dizaine d'années : on me confiait à elle lorsqu'il y avait trop de travail à l'hôtel et que Marie elle-même était réquisitionnée. Mais il arrivait à Michèle de me prendre de son plein gré sous son aile, avec l'instinct de justice d'une future mère, surtout quand j'échappais à la surveillance de Marie. Michèle m'apprit à jouer aux osselets avec de vraies vertèbres d'agneau, à faire sortir les grillons de leur trou au moyen d'un brin d'herbe. Elle me lut aussi des contes chinois de la dynastie des Tang dont je garde un souvenir lumineux et dont je me désespère que mes propres écrits ne puissent retrouver le pouvoir d'enchantement.

Je revois le visage de Marie, quelques mois avant sa mort. J'avais allumé un feu dans le grenier des Chave, faisant brûler avec Denise Chave dans un vieux pot de chambre des poupées taillées dans du bois de bouleau à l'effigie des enfants de Siom qui nous voulaient du mal, Denise Chave parce qu'elle était grosse et moi parce que fils de personne; aux cris de Clémence Chave, la mère, Marie était montée me chercher dans la fumée du grenier pour me conduire non pas chez nous mais sur la place, devant le monument aux morts, où elle m'avait déculotté pour me fouetter d'orties devant tout Siom, sans que je me révolte ni de cette dénudation si proche d'une dégradation publique ni de la douleur qui s'ensuivit, car il y avait dans la façon dont Marie me punissait une étonnante douceur ; non qu'elle fît les choses à moitié, mais elle y mettait une sorte de grâce qui, sens du pardon et beauté du geste tout ensemble, me faisait non seulement supporter la brûlure des orties mais y trouver je ne sais quel plaisir qui avait moins à voir avec celui de Jean-Jacques Rousseau sous la main de Mlle Lambercier qu'avec l'orgueil, ainsi violemment rappelé, d'être un Bugeaud. Et cette punition, en écartant mon statut de bâtard, en éloignait durablement l'opprobre. Être un Bugeaud c'était savoir souffrir en silence, et si possible le sourire aux lèvres, ai-je compris ce jour-là à considérer celui, si doux, souverain et pur, qui ne quittait pas les lèvres de Marie pendant qu'elle me punissait et qui, me dirait plus tard ma mère, serait le sien sur son lit de mort.

Les autres existaient-ils mieux, ou d'une autre façon que les morts ou les personnages des livres que je lisais ? Le monde avait pour moi les limites de la commune : au-delà commençaient les plaines et leurs peuples mystérieux et inférieurs, à mes yeux de montagnard pour qui l'altitude est indissociable de la hauteur morale. Au-delà aussi débutaient les romans, les récits et les contes : idée qui ne m'a pas vraiment quitté et qui explique sans doute pourquoi je n'ai pu faire autrement que d'écrire des livres et pourquoi je n'aurai fréquenté que des êtres à part, solitaires, vaincus, déclassés volontaires, et, bien sûr, aimé des femmes qui se soustraient à la grande loi de la famille et de la perpétuation. Je mourrai sans descendance. Je suis un témoin, une sorte de veilleur funéraire. J'aurai passé plus de temps avec les morts qu'avec les vivants, ou avec ces intermédiaires entre les vivants et les morts que sont certaines femmes, comme Marina, si jeune et pourtant aussi capable que moi d'évoquer les disparus ; ou comme ces personnages auxquels on me confiait, lorsque ni Marie, ni Jeanne, ni ma grand-mère, ni Michèle Rivière ne pouvaient s'occuper de moi qu'on jugeait inapte à se garder tout seul, malgré mes dispositions à la rêverie, ou à cause d'elles, et de la façon dont je pouvais passer des heures à regarder l'œil-de-bœuf de l'imposte surmontant la porte du fond de la cuisine, quand il pleuvait tout le jour et que je m'imaginais, tournant le dos à la fenêtre donnant sur la rue, être au cœur de l'arche dans le Déluge, faisant la délicieuse et triste épreuve de l'ennui, l'été, lorsque les vacanciers et les clients étaient trop nombreux pour que je reste dans leurs jambes, disaient-elles, Jeanne surtout, qui me chassait comme elle envoyait promener le chien, avec cette exclamation patoisante qui lui faisait aller chercher son souffle et sa voix au fond de sa poitrine, les lèvres arrondies, le menton baissé, les yeux gros, les bras en avant, telle une cantatrice s'apprêtant à proférer sa malédiction contre l'amant cruel, le père inflexible ou le Destin, et répétant à mon encontre, Jeanne, ce mot terrible qui ne peut se traduire en français et qu'il faut entendre en plaçant un fort accent tonique sur la première syllabe : « Uchi, uchi ! »

Des personnages étonnants, parfois extravagants, dont l'originalité confinait à l'innocence autant qu'au mystère et à la cocasserie, ce qui les élevait bien au-dessus des gourles, des envieux, des méchants parmi lesquels les Bugeaud savaient tenir leur rang, c'est-à-dire garder leurs distances, la distance étant d'ailleurs une façon d'être : une valeur en soi dont je leur suis reconnaissant de me l'avoir inculquée, fût-ce au prix de bien des humiliations et des souffrances. Cette distance n'existait plus avec un personnage tel que Jean Pythre, qui allait jouer un rôle considérable dans ma seconde enfance puis dans mon adolescence, et qui, pour l'instant, se contentait de m'emmener à la pêche où il n'attrapait rien, somnolant au bord du lac en me laissant le soin de surveiller le bouchon sur l'eau noire, les mains serrées sur la longue et lourde gaule que je redoutais plus que tout de laisser choir, même en l'appuyant au creux d'une fourche taillée dans une branche de noisetier. Jean Pythre parlait tout le temps, même quand il était seul, ou qu'on le croyait endormi, et ce murmure était une perpétuelle improvisation sur sa propre vie, une vie rêvée plus que réelle ou qu'il inventait à mesure qu'il oubliait ce qu'elle avait été réellement, et me donnant à entendre, d'une certaine façon, mon premier texte moderne, avant la lecture des grands livres qui allaient bouleverser l'idée trop heureuse que je me ferais de la littérature, m'apprenant non seulement que la vie est un songe rêvé par un idiot, en l'occurrence l'innocent qu'il était, lui, Jean Pythre, mais que ce que je tente de reconstituer aujourd'hui pour Marina est une sorte de vaste songe ni plus ni moins légitime que celui du dernier des Pythre, le mythomane, le menteur, le ressasseur, le parleur nocturne : un écrivain sans livre, pour le dire tout net, et dont je n'aurai peut-être fait que mettre en forme dans mes livres certains de ses interminables récits, de la même manière que je réinvente ici les visages, les voix, les gestes, les pensées de ceux qui m'ont vu naître et sont morts sans avoir fait beaucoup de bruit, désespérant de restituer leurs vies, sinon de façon sommaire, superstitieuse, aléatoire, injuste : des spectres reconsidérés par le fantôme de l'enfant que je fus et que nulle voix d'adulte, nulle écriture, pas même une photographie, ne saurait rappeler à la vie, et qui font de moi une ombre parmi les ombres, un archiviste sourd et un voyant presque aveugle, ce que j'écris ici étant bien peu de chose en regard de la terreuse épaisseur de ces existences. Je voudrais donner de la vraisemblance à ce qui n'a plus de voix, de corps, ni même de destin parce que nul ne se souvient d'eux et ne souhaite entendre parler de ces morts qui m'ont précédé dans la terre froide de Siom et qui me montreront le chemin, le moment venu, lorsque je descendrai dans des caves bien plus profondes que celles que j'explorais enfant. Je les retrouverai, tous, sur la montagne sainte, de l'autre côté d'un lac dont je ne connais nulle rive, et où j'en appellerai à mon tour à ceux qui seront restés sur l'ubac avec le fol espoir de n'être pas tout à fait oublié, et qu'une Marina, ou sa fille, ou la descendance de sa fille, sera capable de me susciter de nouveau, non pas dans le goût de ma chair, mais en lisant mes livres, tout comme j'évoque Jean Pythre lancé dans son texte infini, et ses considérations sur la pluralité des mondes, ou l'impossibilité de vivre avec une femme, ou encore sur le fait que la terre soit autre chose qu'une sorte d'assiette bordée de vide.

J'évoque aussi le père Moreau, venu on ne savait d'où, semi-vagabond qui passait l'hiver à l'autre bout du plateau de Millevaches, dans la Creuse, du côté d'Aubusson, prétendait-il, terré dans quelque ferme ou hospice pour nécessiteux, comme on disait encore, en concurrence avec « pauvres », plus chrétien, ou « misérables », plutôt littéraire — et j'ai plaisir à utiliser ces termes et expressions déchus du langage courant en même temps que le christianisme, la civilisation paysanne, le patois et les personnages hors du commun, la langue française n'étant plus que l'ombre d'elle-même, de sorte que, avais-je avoué à Marina, j'ai longtemps craint que notre liaison ne puisse pas survivre durablement à l'éblouissement initial de la chair, étant donné qu'il en va des langues comme des peaux et des humeurs, et que les amants qui ne parlent pas tout à fait la même langue, à cause par exemple d'une différence de génération, de religion ou de race, ne sauraient le rester bien longtemps, des amants, le sang faisant alliance avec le temps pour ruiner peu à peu la seule mais vaine puissance capable de les défier et à quoi les humains, comme jadis les dieux antiques, donnent le nom d'amour. Le père Moreau resurgissait au début de l'été, pour s'embaucher dans une ferme de Siom, le plus souvent chez les Bugeaud, qui le prenaient par charité plus que pour les services qu'il rendait, l'employant principalement à la garde des vaches dans les prés, où je l'accompagnais, muni d'une impressionnante aiguillade, et où il me surveillait mieux que les bêtes qu'on lui confiait ; ce qui faisait murmurer que le père Moreau allait garder non pas le bétail des Bugeaud, mais leur petit bâtard, s'engraissant la langue en bavassant avec lui, fiers tous les deux, le vieillard de se voir confier une telle tâche et moi d'être admis dans la compagnie de ce personnage à longs cheveux blancs sous son éternel béret basque, et dont la musette contenait mon goûter et deux chopines de vin rouge dont il avait englouti l'une avant que nous fussions arrivés à la Croix des Rameaux et qu'il m'envoyait en courant remplir, se disant incapable de faire un pas de plus sans avoir l'estomac lesté du mauvais vin que Jeanne réservait à ce genre de gourles, lesquelles se seraient méfiées, voire indignées, si elle leur avait proposé du vin bouché ou des vins fins. Alors, rassemblant les bêtes, et sans me laisser retrouver mon souffle, il reprenait sa marche sur la route de Lestang, me tendant la chopine dont, surmontant mon dégoût pour ne pas le décevoir, j'avalais quelques gorgées que je rendais immédiatement, sous l'œil réprobateur du vieux berger. Il marmonnait que je n'avais pas de santé et se mettait à raisonner sur l'ordre du monde tel qu'il était, avec un fatalisme qui réduisait ses vues à peu de chose mais pas sa façon de le dire, haute en couleur, mélange de patois et de français, de métaphores et de platitudes, de racontars et d'imprécations que j'écoutais avec ravissement, dans les lointains pacages de La Belote, une dizaine d'hectares sur les pentes et au fond d'une combe isolée au milieu de bois si épais qu'on avait l'impression d'être parvenu au bout du monde, et où il me surveillait comme Jeanne le lui avait ordonné, c'est-à-dire comme la prunelle de ses yeux, sachant ma grand-tante capable de les lui crever s'il m'arrivait malheur, et poussant la sollicitude jusqu'à s'occuper de ma propreté intime, de quoi je ne garde aucun souvenir mais qu'il me rappela, bien des années plus tard, alors que je le croyais mort depuis longtemps, dans un café des Buiges, où me voyant entrer il s'écria avec une superbe qui me fit éclater de rire : « Veï-lou, veï-lou, le fils Bugeaud, c'est moi qui lui torchais le cul, tout petiot, quand nous gardions les vaches ensemble... »

Comparé au verbe de Jean Pythre ou du père Moreau, celui de Clément était rare : autre gourle surgie de nulle part au moment de la fenaison, mais si grotesque avec sa taille de gnome, sa trogne ronde, rougeaude, presque inachevée, sa voix nasillarde et ses bottes de caoutchouc noir qui lui montaient jusqu'aux cuisses, que ma grand-mère, qui avait la dent plus dure que ses sœurs, n'hésitait pas à le dire issu du croisement d'une bergère et d'un gagnou, c'est-à-dire d'un porc, faisant appel à un sens inné de la mythologie plutôt qu'à la connaissance de pratiques contre nature dont il y avait bien quelques exemples, à Siom et ailleurs, mais qu'on taisait comme tout ce qui avait trait à ce qu'on appelle si étrangement la vie sexuelle (une vie indépendante de l'existence générale, qui se résumait au fonctionnement des organes génitaux, et moins à la façon dont on dit que le rêve est une seconde vie que comme cette vie dite aussi étrangement intérieure et détachée de celle du corps, voire en conflit avec elle), et qui faisait en tout cas, dans le monde de Siom, l'objet d'un silence, d'une pudeur dont on se demande s'ils ne valaient en fin de compte pas mieux que la misère à quoi l'exhortation hygiéniste et mercantile au plaisir sexuel réduit tant de gens, aujourd'hui, la satisfaction de ses instincts ne concernant que soi et relevant de la seule obscurité des chambres ; c'est pourquoi (et on m'accordera que ce n'est pas par pruderie) j'ai toujours vu dans l'officialisation de la pornographie un signe de Bas-Empire, de paganisme, de barbarie — et par pornographie je n'entends pas seulement les écrits et images obscènes, mais l'obscénité grandissante d'un monde hérissé de droits, travaillé par les revendications minoritaires et dans lequel le sens du secret, l'ultime rempart contre la nuit, la bestialité et ces instincts dont nous sommes la proie bien plus que nous ne les gouvernons, s'est perdu avec la chute des mystères et des anges.

Clément (qu'on n'a jamais appelé autrement et dont je doute si à Siom quelqu'un a su le patronyme et pût imaginer qu'un être aussi contrefait pouvait en posséder un, et que j'aimais surtout parce que je devinais en lui un bâtard), Clément ne buvait pas comme le père Moreau, ne s'inventait pas, comme

M. Quentin, des filiations imaginaires, ne confondait pas, comme Jean Pythre, l'île de Patmos et les rochers de la Vézère sur lesquels il proférait doucement des paroles d'Apocalypse : il accomplissait sa besogne avec plus d'obstination (parfois même de rage) que de scrupule, s'occupant de moi comme il le faisait des vaches, c'est-à-dire en silence, comptant soigneusement l'argent que Jeanne lui remettait chaque semaine autant qu'il mesurait des yeux le vin qu'on lui versait et ce dont on emplissait son assiette, finissant d'ailleurs, pour avoir la paix, par lui donner des parts un peu plus généreuses qu'aux autres. Ni bon ni méchant, ni drôle ni pathétique. Il était là, grotesque, têtu, tentant de compenser ce qui lui faisait physiquement défaut par ce qui ressemblait le plus à une qualité morale : l'opiniâtreté qu'il confondait avec la justice, et où il trouvait une sorte de satisfaction, sinon un orgueil qui ne pouvait que le brouiller avec les Bugeaud, Marie ne le regardant que de loin, sinon de haut, ma mère l'ignorant, bien sûr, pour ne pas rire sous cape de celui qu'elle appelait un personnage de Goya, Jeanne — n'ayant jamais su commander — se montrant brusque, cassante, versatile, emportée, les jours où il y avait du monde, et se mettant à dos les domestiques, et donc Clément qui trouva au Parti communiste de quoi tempérer des frustrations que le père Moreau, Jean Pythre, le père Vedrenne, Adrien de La Vialloche, et d'autres gourles comme Saturnin Orlianges, Roger Champeaux ou les frères Raulx, exorcisaient par le verbe et le vin, au cours de beuveries qui pouvaient durer plusieurs jours. Clément passa en face, chez Chabrat, où on votait comme lui, et où je l'ai vu, une fois, montrer à Célestin de La Voûte, l'imprécateur cul-de-jatte, sa carte d'adhérent au Parti communiste comme s'il eût dévoilé une image obscène ou une relique de saint Martin. Prématurément vieilli, miné par la tuberculose qui allait l'emporter, il avait l'air, dans son mauvais complet du dimanche, d'un bedeau dégénéré, et ne nous adressait plus la parole, ne nous voyait sans doute même plus, comme tant d'âmes simples qui ignorent tout de la laideur du monde.

Jean Pythre, le père Moreau, Clément, Rigadin de La Croix, M. Quentin, Lam, René Nifle, et tant d'autres parmi lesquels resurgit à l'instant, oublié depuis quarante ans, et reposant à Siom dans une tombe sans croix ni nom, Carambélec, ce Tchèque à crinière neigeuse qui vomissait son vin avec superbe et qui est mort en plein jour, contre la porte de notre grange, enveloppé dans une couverture qui était son seul bien et sur laquelle étaient cousus de grands chardons blancs, en répétant avec un accent de gravier sec où s'entendait plus le souffle de la mort que le vieux slavon dans lequel il avait d'abord récité une prière : « Pas mourir couché, pas couché... » ; d'où venaient-ils, de quels orphelinats, de quelles mères abandonnés, chassés de chez eux par des frères ou des sœurs, ou même leurs propres enfants à qui ils faisaient honte ? J'ai le souci d'écrire au moins leurs noms, à l'aube d'un nouveau millénaire, avant de les laisser redescendre vers des eaux plus ténébreuses que celles du lac au fond duquel la Vézère roule ses flots invisibles. C'étaient de braves gars, qui n'étaient pas tout à fait entrés dans le monde désenchanté des adultes, ou qui en étaient sortis, obéissant à des coutumes et des pensées qui étaient des façons de ne pas obéir à ce qui faisait mourir le monde dans lequel nous étions nés, se pliant non pas aux lois de la technique mais, comme l'avaient fait leurs pères, pendant des siècles, à la cadence du cœur et du souffle, sachant encore ces chants qui accompagnaient le travail à la faux, par exemple, ou le labourage avec les bœufs ou les vaches (et Léonce Bugeaud me racontait avoir vu dans son enfance, du côté d'Égletons, des sarcleurs prendre un quignon de pain, le jeter loin devant et sarcler jusqu'à son point de chute avant de reprendre le bout de pain et de le relancer), définissant une cadence dure mais naturelle, une sorte d'accord entre l'homme et le monde par un travail qui s'est trouvé modifié, puis remplacé par la mécanisation de l'agriculture, le paysan mourant en quelque sorte de ne plus accompagner ses efforts par ces chants de travail, de marche ou d'après-travail dont Pierre Bugeaud rejouait sans doute la mélodie sur son accordéon, tout comme l'Église d'avoir renoncé au latin et au chant grégorien, tandis que les campagnes étaient envahies par des chants de la ville qui n'avaient nul rapport avec leurs rythmes et qui altéraient peu à peu celui de leur vie, pliant leur oreille, leur cœur et leur corps à tout autre chose, les séparant d'eux-mêmes et de leurs traditions de la même façon qu'aujourd'hui le rythme obstinément binaire du rock, du rap et de la techno a fini par changer le rapport de tant d'individus avec le monde, le simplifiant à l'excès, le rendant même mortifère puisque calqué sur la pulsation cardiaque, et qu'on peut considérer que devenir la proie de ce genre de musique revient à entendre, monstrueusement amplifié, le bruit de son propre cœur, chose si peu naturelle à l'homme que c'est à peu près comme s'il écoutait le bruit de sa propre mort.

13

J'évoque, Marina, des êtres dont nul ne se souvient plus, pas même ma mère, qui les a bannis de sa mémoire avec le patois, les rites, les superstitions et les hivers trop longs. Je les évoque avec toi, pour toi, parce que rien ne m'effraie plus que l'oubli et le néant, sinon la volonté d'oublier, ce facteur d'ignorance qui relègue dans le second cercle du royaume d'en bas ces humbles dont nous sommes issus toi comme moi mais avec lesquels tu n'as eu aucun contact, puisqu'ils avaient à peu près tous disparu lorsque tu es née et qu'on ne t'aurait de toute façon jamais laissée approcher un des êtres dont je viens de parler, encore moins ceux dont le souvenir me revient maintenant, plus énigmatiques encore que les précédents, et chargés à mes yeux d'un prestige qui devait beaucoup à leur race. M. Quentin, tout d'abord, originaire des « îles », ainsi qu'on disait encore, et que Noëlle Cazalis, la secrétaire de mairie, écrivait « Isles », à l'ancienne, parce qu'elle, comme tant d'autres, ne vivait pas tout à fait dans le temps présent mais dans ce grand songe anachronique et incertain qu'est l'Histoire, et qui faisait qu'on parlerait des colonies, longtemps après la décolonisation, les confondant avec ces territoires et ces départements d'outre-mer que ma mère évoquait comme une poussière d'empire perdu, expression qui me ferait plus tard songer à cette poussière d'étoiles que deviennent nos premiers souvenirs après la fin de l'enfance et notre chute dans le temps. M. Quentin était originaire de la Réunion qu'il n'appelait que par son ancien nom d'île Bourbon : un grand Nègre, comme on disait à Siom et comme M. Quentin lui-même disait, bien qu'il fût de couleur si claire qu'il aurait pu passer pour un des nôtres sans son nez épaté, ses cheveux crépus, sa haute taille, et l'élégance un peu déplacée que lui donnait le long manteau noir dans lequel il s'enveloppait pour supporter le climat du haut Limousin, même l'été, prétendait-il, ce qui était de la coquetterie, pensait-on, et laissait-il penser, non seulement parce que avec le temps on comprendrait qu'il n'avait rien d'autre à se mettre, mais aussi parce qu'il devinait qu'un Nègre, fût-il presque blanc, et qui dominait d'une tête tous les Siomois, ne pourrait être toléré d'eux que s'il passait pour ce qu'on appelait encore « un monsieur », un homme chez qui l'éducation compensait la triple singularité d'être nègre, natif d'ailleurs et affable.

M. Quentin m'emmenait souvent au barrage, seul but de promenade qu'il jugeât digne d'intérêt, soit plus de huit kilomètres aller et retour, pour lesquels mes jambes d'enfant ne suffisaient pas à me porter, malgré la pomme qu'il me donnait lorsque nous étions arrivés devant la haute voûte verticale qui m'effrayait tant, surtout quand je voyais surgir, comme si elles avaient guetté notre venue ou qu'elles eussent entendu le bruit de nos pas, les trois sœurs Piale qui vivaient au-dessus du barrage, sur une hauteur couronnée de chênes et de sapins, dans ce qu'on appelait le château du Montheix et où je n'ai pénétré qu'une fois, le jour où M. Quentin, qui tenait à ce que je m'endurcisse, m'avait forcé à traverser le barrage alors que les vannes étaient ouvertes, malgré la panique que faisait naître en moi le grondement de l'eau qui, tombant trente mètres plus bas avec un fracas qui s'entendait jusqu'à Siom, lorsque le vent était à l'ouest, me semblait devoir ébranler l'édifice et qui du moins ébranlait mon courage, tandis qu'un coup de vent rabattait sur nous une écharpe de gouttelettes qui nous trempa comme une averse et que, craignant de me voir prendre du mal, il avait accepté l'hospitalité des Piale. Elles nous avaient amenés au Montheix non par la route qui contourne la butte mais par un sentier grimpant à travers les chênes. Le père et la mère étaient aux champs ; Amélie, la benjamine, s'enfuit, détalant devant nous sans un mot ; restaient la cadette et l'aînée, dans la sombre cuisine qui sentait ce que sentent toutes les salles de ferme du haut Limousin : le feu de bois, le lait, la soupe de légumes, le tabac brun et la vieille sueur humaine, quelque chose qui m'était familier mais paraissait déplaire à M. Quentin. Quoique impécunieux, voire fauché, celui-ci s'obstinait dans son rôle de « monsieur » et demeurait debout près de la table, sans songer qu'il ressemblait ainsi à un domestique chargé de veiller sur moi, dans sa longue livrée noire, sous le regard de ces femmes, l'aînée au visage sévère et l'autre, Lucie, l'innocente à la beauté tranquille, celle-là, surtout, que M. Quentin ne quittait pas des yeux, et qui le regardait en souriant doucement, avec l'air de lui promettre ce qu'elle n'était pas en mesure de lui donner et qu'on ne l'eût pas laissé recevoir, parce qu'elle était simple d'esprit et que M. Quentin était un Nègre, devait penser Yvonne Piale, sans haine ni jugement de valeur, par respect d'un ordre qu'elle pensait immuable, même si sa propre vie et son métier d'institutrice lui montraient qu'il ne pouvait en être ainsi, que tout se défait, tout passe, les empires comme les dynasties et les vies personnelles, aurait-elle pu dire à M. Quentin qui surveillait ce qu'elle me versait dans un grand bol blanc à liséré mauve, et qui était du chocolat chaud que ma mère m'interdisait sous le prétexte que ça faisait mal au foie, comme les œufs et les glaces, mais que j'ai bu avec délices, sous le regard silencieux des trois sœurs, la benjamine étant rentrée sans bruit pour s'asseoir au fond de la salle, à la façon d'un chat. Nous écoutions M. Quentin qui s'était ressaisi et, devançant les questions que nul ne lui eût peut-être posées, révélait une identité probablement forgée de toutes pièces, se prétendant le fils d'un colon appartenant à la noblesse d'Empire et d'une femme de couleur par qui il avait été élevé.

« Il s'exprimait de façon énigmatique, trop romanesque », me dirait Yvonne Piale, trente ans plus tard, lorsque nous reparlerions de lui sur la terrasse de la villa qu'elle avait fait bâtir à Siom, sur la route qui descend au lac, et où elle finirait ses jours en compagnie de sa sœur Lucie.

Il disait parcourir le monde depuis que son père, qui ne l'avait pas reconnu, lui avait laissé de quoi ne pas mourir de faim, et s'être arrêté à Siom, sur ces hautes terres, d'où il croyait savoir que son père était originaire, sans préciser de quelle famille, et alors qu'il n'y avait nul Quentin chez nous, ni aucun nom dont le sien aurait pu être la déformation, la version insulaire, Quentin, malgré le « monsieur » dont il le faisait précéder, pouvant être, en outre, aussi bien un prénom qu'un patronyme, et mon mystérieux gardien errant de village en village en quête d'un nom propre, ayant depuis longtemps compris qu'on existe bien plus par ce qu'on dit être que par ce qu'on est réellement, sauf pour la couleur de la peau, songeait-il sans doute sous les regards des trois sœurs, lui qui, aujourd'hui, s'il eût encore été de ce monde, en jouerait tout autrement, de sa peau, ayant la loi de son côté (c'est-à-dire une autre forme de curiosité ou de mépris, le discours sur les races ayant remplacé les races, cette illusion-là ayant chassé la certitude initiale sans apporter de vrai respect, et sachant, M. Quentin mieux qu'Yvonne Piale, que tout n'est qu'illusion, quelles que soient les lois qui tendent à faire de vous le frère, le compagnon, l'égal d'autrui, les hommes étant plus aptes à se faire des ennemis qu'à vivre dans l'amour d'autrui), et arrêtant toute question que d'ailleurs nulle des sœurs Piale ne songeait à lui poser, pas même Yvonne, assise dans le fauteuil de son père, au bout de la table, et regardant ce Nègre quasi blanc leur intimer le silence d'un geste de la main aussi emphatique que celui avec lequel il soulevait un pan de son manteau, et demandant, ou plutôt expliquant ce qu'il faisait avec l'air de la demander, la permission d'aller devant le feu pour faire sécher ce manteau qui dessinait sur le mur opposé une ombre bien plus grande que celle dans laquelle il m'envelopperait et qui sentait quelque chose que je saurais être du vétiver, un jour, avec cette science rétrospective qui assigne aux odeurs et aux sons inconnus une origine et des vertus plus sûres, plus fécondes que si nous avions pu les nommer autrefois par leur nom : un parfum mélangé à une sueur plus forte que celles dont j'avais l'habitude et qui, tout en m'écœurant un peu, me donnait le désir de respirer d'autres fragrances, sur d'autres peaux, comme lorsque ma mère se penchait sur moi pour m'effleurer la joue en m'enveloppant non de ses bras ou de son sourire mais des effluves d'un parfum toujours nouveau et plus riche que celui de M. Quentin, lequel lèverait le camp quelques instants plus tard, jugeant que nous avions assez dérangé, et qu'il était temps de reprendre la route, au moins jusqu'à la hauteur de

L'Oussine-des-Bois où, mes jambes se dérobant, je ferais dans les bras de M. Quentin le chemin qui nous séparait de la Croix des Rameaux, dont il tenait à ce que je descende la côte à pied, pour faire dans le bourg une entrée digne de mon rang.

M. Quentin revint à Siom l'année suivante, m'a-t-on dit, quoique dans mon esprit ses deux séjours se confondent en un seul, à la fin de l'été, Jeanne baissant alors le prix de la pension. Agréable, discret, serviable même, il restait là jusqu'à la Toussaint (jusqu'au moment où il jugeait, disait Marie, que le brouillard, les frimas, les gelées rendaient incongrue sa présence sur ces hautes terres). Nul n'a tenté de percer son mystère, lequel n'était sans doute pas aussi romanesque que ce qu'il laissait entendre, mais qui avait fini par le devenir, pour moi du moins, et qui l'est aujourd'hui considérablement, le romanesque résidant autant dans le mystère des êtres (ou dans ce que nous jugeons mystérieux, prenant pour argent comptant la façon dont, comme nous, ils ne cessent de s'inventer, de se proposer à autrui et qu'on pourrait, d'une certaine façon, appeler le style, ou l'origine du style) que dans ce qui nous sépare d'eux, ce qui fait que nous ne sommes pas eux (que nous ne voudrions être pour rien au monde, ou, au contraire, ne désirant rien d'autre que d'être dévorés par eux sous l'emprise de la passion), et dans le temps qui seul nous les rend vraiment visibles, par la nostalgie comme par la pureté de vue ou la désillusion que donnent les années. L'oubli aussi est sans doute un des meilleurs vecteurs de la mémoire, un peu comme les tombes d'une civilisation disparue nous en disent plus que ses orgueilleux monuments, ou les poubelles d'un individu, pour peu que nous ayons le courage d'y mettre le nez, nous renseignent bien mieux sur lui que son visage, ses manières, ses écrits, ou même son enfance ; car ce qu'on oublie est en réalité ce qu'on croit avoir oublié et qui demeure enfoui au plus profond de soi, dans les pièces abandonnées où on descend un jour chercher quelque chose et où, négligeant ce pour quoi on est descendu, on tombe sur un objet au rebut qui, grâce au temps incommensurable pendant lequel il est demeuré là, se révèle être d'une extraordinaire nouveauté, soudain indispensable à notre existence, ou dont la présence nous bouleverse, lorsqu'il s'agit d'un homme, tel ce Rigadin de la Croix que je croyais mort et dont je découvrirais qu'il vivait plus ou moins caché dans une des chambres de la vieille maison, après qu'il eut été chassé de sa ferme par ses propres enfants, et recueilli par Jeanne jusqu'à ce qu'il mourût d'un mal dont le seul nom, l'occlusion intestinale, m'est insupportable, à moi qui souffrais de maux de ventre, de diarrhées, de ténias, de colites mal soignées, à telle enseigne qu'on me prédisait que je périrais par la tripe, plus pénible que le cancer, qui a néanmoins sa noblesse. Ainsi, à la faveur d'un bruit, d'un parfum, d'une homonymie ou d'un événement dont la nature et le lien qu'il entretient avec le personnage me resteront à jamais obscurs, je vois se dresser tel mort auquel je n'avais plus pensé après des décennies, le père Moreau, Jean Pythre, Clément, Carambélec, Saturnin Orlianges, M. Quentin ou Lam, dont je vais bientôt parler : tous ces êtres, et tant d'autres encore, qui ont entouré mon enfance de leur pauvre gloire et de leur verbe, et qui disparaissaient, momentanément ou à jamais, sans qu'on s'en inquiétât, certains de les voir resurgir un jour, comme d'habitude, jusqu'à ce qu'on apprît par un voyageur ou par le journal qu'ils étaient morts, parfois depuis longtemps ; et on les évoquait quelques instants, à la table de la cuisine, avant de les renvoyer au néant, dont je suis le seul qui puisse les tirer encore, aujourd'hui, non plus dans l'air chaud et lourd d'une cuisine de campagne, mais au plus haut d'une tour parisienne, dans les premiers temps d'un nouveau millénaire, jusqu'au moment où ce seront eux, les défunts, qui se souviendront de nous, qui se mettront à peser en nous par leur absence en créant une sorte d'appel d'air que seuls les écrivains, les mères et les prêtres sont capables d'entendre, et dont ils sont en tout cas les seuls à accepter le renversement de condition, la mémoire n'étant peut-être rien d'autre que l'anticipation d'une nostalgie, un phénomène futur qui porte le nom de souvenir mais que les anciens mots « souvenance », « remembrance », ou « remémoration », avec leurs sonorités plus amples et l'action qu'elles semblent avoir sur le temps, désigneraient bien mieux.

Les mères, les écrivains et les fossoyeurs savent où gisent les morts, comment les retrouver, les évoquer, les faire revenir, les apaiser. Ils descendent dans les tombeaux. Ils inventent ce que les autres ont banni, même quand ils viennent se recueillir sur les tombes, une fois l'an, le jour des Morts, au milieu des chrysanthèmes et des brouillards d'automne. Les écrivains sont, comme les fossoyeurs, capables d'ouvrir des cercueils, de réduire des corps, de les dépouiller de leurs habits ou de leurs linceuls, de regarder en face ce qu'on n'imagine pas de voir. Et ce n'est pas d'autre chose que je m'approchais, enfant, dans les caves et les greniers de Siom, en redoutant de voir les morts se tourner vers moi, ou bien, plus tard, lorsque j'ai tenu sur mes genoux l'accordéon de Pierre Bugeaud, dans la chambre du fond, et que je les ai entendus se plaindre, ces grimaçants, ces grelottants, ces gémissants, non seulement les gourles, les fadards, les simples, les innocents, mais tous les autres, cette cohorte de défunts au premier rang desquels Marie, Louise et Jeanne Bugeaud, et leurs frères, leurs parents, et tous ceux qui leur furent alliés ou proches ; et les morts à venir, ma mère, moi et toi aussi, Marina, tant il est vrai que l'empire des morts est trop puissant pour ne pas faire du territoire des vivants une province sans cesse perdue puis reconquise. Des vivants à qui nous songeons souvent comme s'ils étaient déjà morts, en tout cas hors du temps humain, à l'écart, dans les replis d'une éternité illusoire, et comme il m'arrive de songer à toi, Marina, dans l'excès de ce que je pourrais appeler mon bonheur, si je croyais qu'on puisse être heureux ici-bas, ou encore comme à M. Quentin, auprès de qui j'étais content de marcher, bien qu'il ne m'adressât la parole que pour savoir si je n'étais pas fatigué, perdu dans ses pensées — la langue le dit fort bien — vu qu'il n'est nul autre endroit où se perdre à ce point, pas même dans le domaine moral ou dans les forêts de l'enfance. Quelquefois il me demandait si je n'étais pas triste — triste comme lui, dois-je comprendre aujourd'hui, en me rappelant l'expression de son visage lorsque nous revenions de promenade, le soir, et qu'il me quittait au seuil de la maison de Marie pour s'enfoncer, lui, dans le couloir de l'Hôtel du Lac, où il devait s'ennuyer à mourir, après dîner, dans le grand silence de Siom. Ce personnage fut bientôt remplacé par un autre, beaucoup plus jeune et non moins étrange ; un métis, lui aussi, mais d'Indochinois et d'Européen, qui vivait à La Geneytouse, un hameau dans la commune de Toy-Siom, amené en France par Jacques Champetiers qui avait quitté la ferme paternelle où il ne se voyait nul avenir pour s'engager dans la Coloniale et qui, blessé à Diên Biên Phu, avait été rapatrié et démobilisé, ayant tué trop de Viêts dans les rizières pour avoir envie d'aller traquer le fellagha dans les djebels, disait-il à Berthe-Dieu, lorsqu'il venait à Siom, seul ou avec ce jeune gars qu'il appelait Jean-Pierre et qu'il avait eu d'une congaï ou adopté là-bas, on ne savait pas très bien, Jacques Champetiers étant là-dessus assez peu disert pour qu'à Siom, à Tarnac, à Toy-Siom, ou aux Buiges, partout où il passait en compagnie de ce jeune métis, on supposât tout et rien, y compris le pire, à savoir que c'était tout autre chose que son fils naturel ou adoptif : une sorte de femme, et qu'il avait attrapé ce vice là-bas, du côté de Saigon ou de Huê, ce goût des jeunes garçons dont on s'est toujours demandé, à Siom, comment de telles choses sont possibles (du moins pour ceux qui savaient qu'un homme peut en désirer un autre, et dont j'excepte quelqu'un comme Marie, même si elle ne se faisait pas plus d'illusions que les autres sur l'espèce humaine et sa propension à la déchéance et au mal, eût-elle pu dire, elle qui vivait en un temps où il y avait encore des vices et des vertus, et non des pratiques sexuelles minoritaires, les Siomois trouvant cela plus dégradant, plus abominable encore que de forniquer avec une brebis ou une vache, comme pour quelques malheureux tourmentés par leur mauvais sang et qui oubliaient la stricte séparation des espèces humaines et animales imposée par le Lévitique).

Il y avait bien, entendue sans la comprendre dès ma première enfance siomoise, et puis, dix ans plus tard, avec horreur, l'histoire d'Alain Chèze, garçon coiffeur à Brive, depuis longtemps soupçonné d'« en être » (ce qui, à mes oreilles, et selon le code Bugeaud, ne pouvait signifier qu'appartenir à la franc-maçonnerie ou, eût dit Jeanne, à la juiverie). Sa mère était originaire de Siom, où elle avait gardé une petite maison de vacances, dans la rue Derrière, en face de chez Philippeau ; ils n'auraient pas pu plus mal tomber : Philippeau, les frères Lontrade et les Billy décidèrent d'emmener le fils Chèze au bordel, à Limoges, sous couleur d'aller y voir passer le Tour de France, mais en réalité afin de le faire devenir normal, comme ils l'avaient clamé dans tout Siom. On imagine le fiasco, le rire des filles et des bougres qui l'avaient amené dans ce mauvais lieu, la fuite du jeune Chèze dans les rues de Limoges, d'abord sans savoir où il allait, puis finissant par trouver le chemin de la gare, et le train qui le ramènerait non pas à Siom, où il ne voulait pas être humilié de nouveau, mais à Brive, dans l'appartement où il vivait avec sa mère, et où il se cacha quelques jours, seul, sans téléphoner à personne, pendant que sa mère, folle d'inquiétude, s'enquérait de lui dans tout Siom, n'obtenant que ricanements, silences gênés, sourires compatissants ou d'ignorance polie ; enfin il rentra, de la plus étrange façon, à pied, depuis Brive, en trois ou quatre jours, non pas comme un coupable mais découvrant dans la marche la vertu des errants médiévaux, pour finir d'arriver semblable à un héros, ayant compris qu'il n'avait rien à craindre ni à cacher, ni même à dissimuler ce qu'il était et à propos de quoi il pressentait peut-être que l'époque qui naissait lui donnerait raison : il entra dans Siom comme naguère André Pythre, couvert de poussière, ou un peu plus tard Jacques Lauve, en conquérant, n'eût-il, Alain Chèze, qu'à conquérir sa propre identité, et vivre désormais (au moins pendant ses vacances siomoises en compagnie de sa mère, puis seul, après la mort de celle-ci, revenant chez nous par fidélité à sa mémoire) dans une solitude ironique mais après tout pas pire que d'autres. Je l'ai connu à la fin de sa courte vie, plus solitaire que jamais, maigre, laid, portant sur son visage les tares de ceux qui n'ont pas su tuer le minotaure au fond de leur propre labyrinthe, ne parlant à personne, ayant en quelque sorte expié aux yeux des Siomois son appartenance à la communauté sodomite, dirait l'abbé

Guerle. Je l'ai connu sans savoir, et quand j'ai su, sans y prêter attention, son vice étant en passe de devenir une norme, et on répétait à l'envi que nous étions tous plus ou moins des invertis, qu'il fallait s'y faire, qu'on ne pouvait faire autrement que d'être de son temps...

Mais s'agissant des Champetiers, on n'avait pas de preuve ; et puis il n'avait pas l'air malheureux, ce petit Champetiers, comme on s'obstinait à l'appeler. C'était un garçon au visage calme, au port de tête plus noble, plus racé que celui de bien des femmes, et qui n'avait pas la mine de subir les assauts du Démon, encore qu'à ce propos Blanche Queyroix rappelât que Lucifer était le plus beau des anges, et qu'il devait être aussi beau que ce garçon, lequel pouvait bien, d'une façon ou d'une autre, avoir fait tourner la tête au fils Champetiers et à d'autres, elles étaient quelques-unes à se le dire, dans le secret du soir qui tombe, femmes en mal d'enfant ou qui ne pouvaient plus plaire ou qui étaient laides et regardaient Lam comme elles me regardaient, le cœur plus serré qu'une haire, mais avec une audace venue du fait que le jeune homme était un métis et donc échappait aux règles qui voulaient qu'on le tût, ce désir-là, lorsqu'il se portait sur un gars de la région.

Un charme que je ressentais autrement, bien sûr. Lam avait une dizaine d'années de plus que moi. Nous nous sommes liés non pas d'amitié (car l'amitié — cette forme d'estime et de goût que nous détachons de l'amour pour la sculpter autrement, et qui ne saurait tomber, comme l'amour, sous la coupe du temps, des notaires et des hommes de loi — l'amitié n'existait pas sur les hautes terres où la famille et les bonnes relations avec les autres familles de la communauté comptaient plus que les rapports entre individus, ceux-ci étant régis au mieux par une camaraderie qui n'est certes pas de l'amitié et qui, au pis, est dictée par la prudence ou l'intérêt, le sens du secret et du rang l'emportant sur toute autre considération), mais d'une sorte de complicité, je ne trouve pas d'autre mot, et celui-ci ne rend compte que par défaut de la séduction exercée sur moi par un personnage dont le pouvoir résidait dans la présence lointaine, et dans le regard qu'il portait sur ce qui l'entourait : un regard sans doute plus proche du tien que du mien, Marina, mais qui, à l'époque, me faisait songer à celui des Indiens d'Amérique, à cause de l'impassibilité dont parlaient les romans de Fenimore Cooper, et de la peau de Lam qui, couleur de blé sombre, pouvait ressortir à l'expression « Peau-Rouge ». Lam me dirait un jour que sa mère était une princesse khmère exilée à Saigon, et cette épithète inouïe (révélée comme un secret que j'aurais pensé trahir en allant en chercher le sens) l'emporta en prestige sur toute autre ethnie ou race lointaine dont je peuplais mes songes, parce que c'était là un de ces mots inconnus grâce auxquels j'avais l'impression de sortir de Siom sans renier les miens, et qu'il laissait vibrer dans nos bouches les sonorités du mot « mère », lequel avait, pour Lam comme pour moi, une résonance bien plus grande que dans tout autre cœur.

Il m'apprit à mesurer mes paroles et mes gestes, à désencombrer mes lèvres des mots qu'on se croit tenu de prononcer à tout bout de champ dès qu'on se sent en confiance ; non qu'il m'ait jamais dit cela de façon explicite : il me l'a fait deviner, me laissant l'imiter, lorsque nous nous rencontrions, toujours par hasard (ou ce que je prenais pour tel), non seulement parce qu'on ne m'aurait jamais laissé fréquenter quelqu'un au-delà des limites de la commune (celles-ci fonctionnant comme un cercle magique qu'on ne franchissait pas sans avoir le sentiment de passer dans un autre monde, qui avait certes des apparences assez semblables au nôtre mais néanmoins trompeuses, car ce n'était plus notre monde, on s'en éloignait, les repères n'étaient plus les mêmes, ni le patois, ni les gens, ni bien sûr les dangers), mais parce que c'était dans la manière de Lam que d'apparaître là où on ne l'attendait pas, aux abords de Siom, à la Croix des Rameaux, près du cimetière, à l'embranchement de La Chapelle, ou de l'autre côté du lac, près des ruines de l'ancienne ferme des Pythre, au bord de l'eau, dans les éboulements de granit, où il s'asseyait avec l'air de nous regarder vivre, de loin, ayant compris qu'il ne serait jamais des nôtres, que les gens de Siom constituaient encore une communauté très ancienne, d'autant plus repliée sur elle-même qu'elle se mourait sans le savoir, à l'écart de la route départementale, et qui, sans ce lac de barrage, n'aurait pas même eu de quoi retenir la vue de quelques voyageurs, non, pas même la petite église de granit bâtie au XIIe siècle, comme ses sœurs des Buiges, de Lestards, de Barsanges et de Villevaleix, avec son clocher-mur, ses cloches bientôt muettes, et cette coquille Saint-Jacques au-dessus du porche qui marquait une étape sur le chemin de Compostelle, vers cette Espagne où ma mère n'était pas peu fière que les maçons limousins, nos ancêtres, célèbres dans toute l'Europe, se fussent mis au service des rois catholiques et qu'ils eussent participé par leur art à la Reconquista. Et pourtant il suffisait de la regarder avec un peu d'attention, notre église (comme on disait avec une sorte de tendresse, même les anticalotins, quand ils n'étaient plus entre eux et cessaient de médire de la « maison du bon Dieu »), si simple, si humble, avec sa forme un peu trapue, sa pierre grise, son toit d'ardoise, la quasi-absence de sculptures aux chapiteaux soutenant le toit, les arcs brisés de son porche, et l'austérité du clocher-mur, il suffisait de la regarder pour qu'elle devînt intéressante, comme un visage un peu ingrat qu'illumine le rire ou une passion, et, pour l'église, le soleil du soir révélant le grain rosé de la pierre, ainsi qu'une peau rosit et donne au visage (en l'occurrence au porche et au clocher) une couleur soudain chaude et délicate qui semblait l'émanation, étendue au monument tout entier, de la nacre qu'on imaginait à la coquille Saint-Jacques sculptée dans le porche, entre deux ornements en forme de bras, portant à leurs extrémités des têtes aux yeux clos et au visage radieux.

Les signes commençaient à mourir avant les hommes, l'enchantement du monde disparaissant avec l'immémoriale alliance entre les bêtes et les hommes. Notre communauté glissait peu à peu hors du temps ; elle s'éteignait doucement, faute de descendants ou de sang neuf, et se méfiant de tout ce qui était neuf, les idées comme le sang. Et pourtant, on ne les avait pas toujours refusées, ces idées de la ville, les premiers à les avoir apportées étant ceux de Meymac qui étaient descendus dans le Bordelais pour le négoce du vin, et aussi ceux de Sornac et de Saint-Setiers ou des Buiges, des gars autrefois montés à Paris pour se faire cochers de fiacre et qui en étaient revenus vêtus comme des messieurs avec, à la bouche, un verbe vif et haut par lequel ils revendiquaient des choses aussi saugrenues que la justice sociale et un avenir meilleur. Quant au sang neuf, on ne pouvait plus grand-chose, surtout après la Seconde Guerre mondiale, contre la volonté des filles, à Siom comme ailleurs, nul n'ayant pu par exemple empêcher une des filles Poirier d'épouser un Kabyle rencontré on ne savait où (ces gens-là surgissant de partout et nulle part, comme les romanichels, comme le diable, disait-on, pour enlever les enfants et les filles) et qui l'avait emmenée là-bas avant de revenir vivre à Siom, après l'indépendance de l'Algérie, avec le fils qui leur était né et qu'ils placèrent en pension, à Ussel, la fille Poirier s'enfermant avec son époux, au bord du lac, dans l'alcool, le silence et la haine, sans que nul Siomois, pas même la mère Poirier, ait levé le petit doigt pour les arracher à la déchéance, disait gravement Jeanne, qui n'hésitait pourtant pas à les fournir en spiritueux de toutes sortes, voyant, comme les autres, dans cette déchéance, une sorte d'expiation, et la preuve, une fois encore, qu'une fille de Siom ne pouvait mélanger son sang avec celui de n'importe qui, un étranger surtout, d'une autre race, par-dessus le marché, reniant la foi dans laquelle elle était née : le moins pardonnable, aux yeux de Jeanne, qui en profitait pour se désoler de ce qu'il n'y avait plus de curé à Siom depuis que l'abbé Trouche avait pris sa retraite, en 1931, laissant aux prêtres des Buiges le soin de venir dire la messe dominicale, à laquelle n'assistaient que les enfants et les femmes — ces dernières si heureuses d'entendre le prêtre évoquer les filles de Sion, les fleuves de Babylone, les captifs pleins de dignité, et la gloire de Sion, qu'elles avaient les larmes aux yeux, elles, les femmes de Siom, de ce village perdu qui s'écrit Siom mais se dit Sion, comme la Jérusalem céleste, et par conséquent filles de Sion, malgré l'orthographe officielle qui, d'après une carte du Limousin que me montrerait l'abbé Guerle, dérivée de celle de Fayen et imprimée en Hollande au XVIIe siècle, ne donnait pas tout à fait la même orthographe des lieux du haut plateau, à cause non seulement d'erreurs probables de retranscription, mais des variations entre le patois et le français — les *ac* français se prononçant *at* en patois, ce qui fait que Bugeac, qui se dit « Bûzâ » en patois, a fini par devenir Bugeat, alors que Treignac est resté Treignac, mais Saint-Hillère devenant Saint-Hilaire, Saint-Hirieys donnant Saint-Yrieix.

Les hommes, pendant ce temps, allaient au bistrot, chez Berthe-Dieu ou chez Chabrat, ou demeuraient sur la place, à batailler, comme on disait, c'est-à-dire discutant, refaisant le monde, se plaignant de la dureté des temps, et commentant, sans comprendre que c'étaient ainsi eux-mêmes qu'ils condamnaient, la déchéance de la fille Poirier et de son « crouillat », ainsi que l'appelait sa propre belle-mère en tordant la bouche comme si elle avait prononcé le mot « crachat » ou celui de « cancrelat », de la même façon qu'ils avaient assisté, pour ne pas dire contribué, à la déchéance du grand Pythre, et à celle des Queyroix dont l'aïeul avait ramené de Madagascar une Négresse qui était morte ici de froid et de mélancolie : celle des Lauve, des Soudeils, des Lavolps, ou de Lam qu'ils maintenaient hors des limites de Siom, non seulement parce qu'il venait de trop loin pour qu'on ne le pensât pas à peu près étranger à l'espèce humaine, mais parce qu'il inquiétait comme ces serpents qu'on ne voit qu'au dernier moment, maugréait la vieille Roche, qui savait de quoi elle parlait et dont on disait qu'elle devait pourtant être immunisée par sa propre langue, qui était celle d'une vipère. D'autres murmuraient qu'ils n'aimaient pas être épiés, même de loin, par cette espèce d'Indien sur qui ils auraient bien aimé lâcher quelques coups de fusil, depuis la terrasse aux acacias, ou derrière l'église, au-dessus de sa tête, pour le faire courir, s'ils n'avaient redouté la fureur de Jacques Champetiers ; d'autres encore soutenaient que Lam aurait été un excellent berger s'il avait consenti à faire quelque chose de ses dix doigts. Il y avait aussi ceux qui avaient fait leur service militaire aux colonies, et qui prétendaient les connaître, « ces gens-là », les Viêts, surtout, et qu'il valait mieux les avoir avec soi que contre soi, Amédée Pythre racontant en avoir vu un dévorer le foie d'un ennemi mort pour s'approprier sa force. C'est du moins ce que me rappela Berthe-Dieu, après m'avoir trouvé avec le jeune métis, assis côte à côte dans le pré Saint-Martin, toujours à la limite de l'ombre du grand noyer, alors qu'il faisait chaud et que j'eusse volontiers plongé dans cette ombre épaisse et froide où j'aurais attrapé la mort, si je n'en avais été dissuadé par Lam, dans la pente qui s'étend entre la route départementale et celle qui contourne Siom par le fond de la vallée : un vaste pré bordé à l'ouest par le cimetière et à l'est par les épicéas d'Arbiouloux, et qui faisait la fierté des Bugeaud parce que, bien qu'ils possédassent alors la majeure partie de la vallée, c'était le plus grand, le mieux exposé et qu'il y avait tout en bas, au bord de la route, cette fontaine Saint-Martin dont l'eau coulait d'une petite buse dans un peu profond bassin dont seul un côté avait été cimenté de façon à le rendre praticable aux femmes qui venaient y laver quelquefois leur linge — du linge intime, le plus souvent, car l'eau de la fontaine, qui portait le nom du saint patron de Siom, passait pour efficace contre les maux de ventre, encore que, depuis qu'on avait installé le nouveau cimetière au sommet de la colline, d'aucuns s'abstinssent d'en boire sous le prétexte que les eaux ne pouvaient venir que de là-haut, derrière lou brau, c'est-à-dire de chez les morts, et qu'ils auraient ainsi eu l'impression d'avaler, disaient-ils, la pisse des défunts qui leur eût donné la cagaille ou, même, la diphtérie. Je descendais y boire, malgré tout, écartant les herbes et les araignées qui nageaient à la surface de l'eau sur laquelle je voyais mon propre visage comme jamais je ne l'avais encore contemplé, les chambres que j'occupais à Siom ou chez ma grand-mère, à Villevaleix, étant dépourvues de miroir et Marie, pas plus que Jeanne ou Louise, ne jugeant utile de suivre les progrès du temps sur leur visage.

« Rentre-les donc », me cria Berthe-Dieu depuis le bas du pré, le visage et les mains tremblant de rage comme si j'avais laissé les bêtes à l'abandon ou qu'il m'eût trouvé nu, tandis que Lam se fondait dans les fougères et les genêts, et que mon grand-oncle ajoutait qu'il fallait se méfier de ce gars-là, capable selon lui de jeter un mauvais sort à l'eau de la fontaine ou aux vaches, comme si ce n'était pas assez qu'au plus haut du pré, dans la partie jouxtant le cimetière, elles broutassent l'herbe des morts, dans laquelle Lam apparaissait quelquefois avec l'air de surgir du cimetière ou plutôt de cette zone intermédiaire entre l'ombre et la lumière, où les morts s'avancent pour se manifester à nous, Lam étant non pas un mort mais un de leurs truchements, croyais-je, un de ces êtres capables, comme Marie ou Jean Pythre, de nous les rendre favorables et, sinon visibles, du moins intelligibles, fût-ce par la seule intelligence du cœur, ajoutait Marie avec cet air de tranquille mystère qui m'empêchait de la questionner plus avant, et qui me rappelait que j'étais né dans un monde où il fallait accepter les mystères au même titre que les évidences, les traditions, les secrets, les superstitions, et le progrès.

« Il était vraiment beau ? a demandé Marina.

— Très beau, pour autant que j'ai pu en juger, moi qui ne savais pas encore ce que c'était qu'une belle personne, ou qui ne savais pas me le dire, ma mère incarnant alors pour moi toute la beauté du monde, intimidante, hautaine, avec ce je ne sais quoi de terrifiant qu'a toujours la grande beauté des femmes...

— Vieille rengaine, ça, la beauté paralysante des femmes...

— Une douleur très ancienne, alors, l'insatisfaction, ces femmes qui viennent à nous pour mieux se dérober, et celles qui passent en nous déchirant le ventre.

— Celles aussi qui consolent, a ajouté Marina en passant sur mon ventre une main plus douce que celle de ma mère, ou, plus exactement, avec une douceur que ma mère n'a jamais eue pour moi.

— La main et le sourire de la fée, ce que j'ai attendu toute mon enfance et que j'ai trouvé parfois dans le sourire de Marie.

— Nous voilà loin de Lam...

— Oui, et pourtant sa présence avait quelque chose d'apaisant : il ne surgissait pas, n'effrayait pas, il était là, soudain, depuis longtemps, depuis plus longtemps qu'on ne croyait, dans ce vieil uniforme kaki qui lui venait, j'imagine, de Jacques Champetiers. Il était là, silencieux, frémissant, le regard tourné comme le mien vers Siom, qu'on découvrait tout entier, au sommet et sur les flancs sud et ouest d'une colline plus basse que celle où nous étions assis, au plus haut de ce pré dont la pente avait par sa douceur, ses replats et ses côtés abrupts, je ne sais quoi de conforme à l'expression mystérieuse que je rencontrais dans certains livres : cette pente de la rêverie, comme on disait encore à l'époque où Louise et Jeanne me traitaient de rêvassou en prétendant qu'on ne saurait rien faire de bon d'un enfant qui passait son temps à rêvassouner, et où le mot "imaginaire" et ses prestiges clinquants n'avaient pas détrôné celui de "rêverie", tout comme le mot argotique "balade" celui, plus profond, plus noble, de "promenade". »

Une pente qui ne pouvait qu'être celle du bagne, me ferait comprendre Berthe-Dieu, le même soir, en évoquant le jeune Indochinois et se mettant à me conter l'histoire d'un gars de Condeau envoyé au bagne, et qui était demeuré pendant une semaine, sous un soleil de plomb, dans une sorte de silo à l'intérieur duquel il ne pouvait ni s'allonger ni s'asseoir, fientant et pissant sur lui et guetté la nuit par les bêtes qui pullulent sous ces latitudes, Biribi, Poulo Condor, ou Cayenne, il ne se souvenait plus où exactement, mais savait que c'était peuplé de types tels que l'Indochinois, ajoutait-il à voix plus basse, sans doute mandaté par mes grands-tantes, car il n'eût rien fait de son propre chef, étant plutôt timide et d'esprit assez large, ayant vu un peu de pays et en vérité, comme tous ceux qui sont parvenus à une position sociale qu'ils jugent d'autant plus inexpugnable qu'elle était inespérée, dépourvu de préjugés sur les autres, même sur les étrangers, à condition qu'ils n'inquiètent pas.

Il est vrai que Lam pouvait passer pour étrange : nul geste, nul sourire, de rares mots, le plus souvent murmurés, et que j'écoutais comme si c'était une bête de la forêt qui s'était approchée de moi et que j'eusse peu à peu habituée à ma compagnie ; une de ces bêtes que ceux qui ont gardé les vaches ou les brebis dans ces solitudes espèrent toujours voir s'approcher, la compagnie des bêtes devenant aussi importante que celle des humains, sinon préférable à la leur, car on se déshabitue vite de l'homme comme de la parole, pour se trouver rendu non pas au règne animal, mais à un ordre plus important qui nous fait accéder à la dimension mythologique du monde dont mes ancêtres savaient percevoir, au-delà du christianisme, ou parallèlement à lui, le grand frémissement ; et ce n'est pas quelque figure humaine qu'on s'attend à voir surgir devant soi, au milieu d'un pré cerné de grands bois, ou de halliers, mais plutôt des nymphes, des demi-dieux, des hybrides, des monstres cependant moins importuns que des humains, je le sais pour avoir, une dizaine d'années plus tard, laissé me rejoindre dans le pré de La Belote, entre Siom et Lestang, où j'allais garder les vaches, une jeune vacancière dont le visage et les formes me semblaient délicieux au bord du lac de Siom, bien que je n'eusse alors goûté à la bouche d'aucune fille ni porté mes mains à nulle de ces poitrines dont la simple vue continue aujourd'hui de me laisser pantelant de désir ; une très jeune fille dont je ne me rappelle plus le nom et dont la présence, au milieu de ces pacages humides et lointains au-dessus desquels tournoyaient des buses, me parut soudain déplacée : je l'ai regardée s'approcher, troublée par le grand silence qui régnait au fond de la combe où, après les fortes chaleurs de la journée, le brouillard commençait à monter par bribes, comme des paroles en l'air, ai-je songé en me disant que je comprenais enfin le sens de cette expression jusque-là si étrange, comme tant de ces expressions auxquelles on ne prête plus l'oreille, ce qui fait de la plupart des locuteurs des sortes de sourds s'obstinant à chanter. Un silence que je ne faisais rien pour rompre, gêné, bientôt exaspéré d'entendre quelqu'un parler à côté de moi, avec un accent pour moi étrange, et d'une voix inquiète qui tentait d'évoquer une vie d'adolescente à Houilles, dans la région parisienne, avec des occupations, des ambitions, des désirs à mille lieues des miens, lesquels avaient cessé de se tourner vers la jeune fille devenue particulièrement insupportable depuis qu'elle s'était mise à rire bêtement comme on le fait quand on s'ennuie ou qu'on a peur, et qui finit par me demander comment je pouvais rester là, dans ce pays perdu, à garder des vaches, au lieu de…

« Au lieu de quoi ? » lui ai-je demandé, lui coupant la parole, la voix ne s'élevant pas de la même façon selon qu'on s'adresse à des bêtes ou à des humains, plus haute, plus forte avec les premières, et généralement en patois, tandis qu'avec cette jeune fille, c'était une sorte de sourd, de menaçant murmure qui lui fit hausser les épaules et garder le silence, le temps de se reprendre un peu pour me demander de la raccompagner jusqu'à la route de Siom.

Le soir tombait, rapide et froid, bien qu'on fût encore en août, au fond de cette combe où les saisons semblaient ne pas passer comme ailleurs, à cause des ruisseaux qui la traversaient, et des rangs ténébreux de sapins dont elle était couronnée et qui maintenaient le brouillard près du sol. La jeune fille se redressa, exigeant que je la reconduise séance tenante. Je lui dis que je ne pouvais abandonner les bêtes, ni les rentrer trop tôt, qu'il fallait attendre que le soleil ait atteint la cime des pins du Mont-Gradis, à l'horizon. « Mais il fait presque nuit ! » cria-t-elle.

« Elle avait donc si peur de rentrer seule ? a dit Marina.

— Elle n'avait pas tort ; elle ne risquait rien, mais elle devinait que ces solitudes sont reprises, à nuit tombée, comme un corps par le haut mal : une nuit peuplée de feulements, de gémissements, de cris, de choses qui se déchirent comme de la soie ; une nuit où nul Siomois ne s'aventurait sans frémir, surtout si, comme ce soir-là, le cul de la Limougeaude était sombre et qu'on sentait déjà l'odeur de la pluie qu'on aurait presque pu entendre tomber à l'ouest, sur les contreforts du haut plateau.

— Et qu'a-t-elle fait ?

— Elle a attendu, non loin de moi, la bouche serrée, le regard baissé, furieuse et craintive, de toute façon incapable d'en entendre davantage et de voir au-delà d'elle-même ; elle a attendu que les vaches descendent boire au ruisseau puis reprennent d'elles-mêmes le chemin de Siom, lentement, parmi les ombres démesurément allongées et les ultimes éclats de soleil, sans un mot, sans avoir compris que certains lieux exigent de nous une présence différente, une autre manière d'être que sur ce qu'on appelait la plage de Siom et qui n'était qu'une baignade aménagée dans l'herbe rase, au bas de l'ancien pré de Chadiéras, où elle, la jeune citadine, avait acquis un hâle dont elle tirait fierté et que les filles de chez nous lui enviaient, alors que leurs mères avaient passé leur vie à préserver cette blancheur qui était un des éléments essentiels de leur beauté. Il en est des lieux comme des gens : on ne peut se comporter de la même façon avec tout le monde, aurais-je pu lui dire si, une fois sur la route, elle ne s'était mise à courir avec cette maladresse qu'ont si souvent les femmes en courant, celle-là comme si c'était son ombre qu'elle fuyait, oui, elle-même, dans ce petit short rouge qui moulait ses fesses, dont je n'ai découvert qu'à ce moment combien elles étaient jolies, malgré les mouvements désordonnés de sa course.

— Une femme qui court est rarement jolie, surtout quand elle a peur, a murmuré Marina en se retournant vers le mur.

— Celle-là l'était pourtant, avec ses cheveux courts, ses cuisses bronzées, ses yeux clairs, trop jolie, peut-être, et menaçant ainsi l'ordre dans lequel je vivais depuis l'enfance ; car si je ne comprenais pas que ce monde était économiquement condamné, je devinais combien une communauté aussi petite que la nôtre pouvait redouter ce qui commençait à travailler ses enfants. La jeune fille me troublait trop pour être confondue avec les nymphes que je rêvais de voir surgir des sous-bois et des halliers, dans ces champs où on n'entendait le plus souvent que le bruit monotone des bêtes arrachant l'herbe, rotant, pissant, déféquant. Elle n'avait ni la sauvagerie ni la grâce de ces créatures mythologiques auxquelles se rapportaient mes songes, mais quelque chose de plus qui, en l'occurrence, me dérangeait assez pour que je ne l'aie pas perçue comme une menace : une chair que je sentais frémir près de moi autrement que la peau de mes bêtes sous la piqûre des mouches et des taons ; elle n'appartenait pas à notre monde, me répétais-je sans m'aviser qu'elle n'était pas venue me rejoindre pour admirer le paysage ou entendre parler d'êtres imaginaires, mais pour tenter de réduire l'éternelle distance qu'il y a d'un homme à une femme, l'un et l'autre n'eussent-ils guère plus de quinze ans. Le monde de Siom et les interdits lancés par les femmes Bugeaud m'empêchaient d'être entreprenant avec les filles, à sept ans comme à treize ou à dix-sept, et comme aujourd'hui encore », ai-je dit à Marina toujours tournée vers la nuit pour me faire comprendre que j'étais allé trop loin dans l'évocation du ridicule de la jeune fille en train de courir. Sans doute se voyait-elle à sa place, adolescente, maladroite, humiliée, et me reprochait-elle cette cruauté, trop jeune encore pour savoir qu'on n'est jamais plus cruel envers soi-même que lorsqu'on l'est pour autrui. Cet épisode, qui n'a pas tout à fait sa place dans l'époque dont je parle, et qui même est une des frontières temporelles d'une autre période (avec ce que toute frontière garde à mes yeux d'inquiétant, de définitif, de trouble, de magique ou d'illusoire), montre cependant bien l'extraordinaire ignorance où un enfant de Siom pouvait être de ce qu'on appelait alors les choses de l'amour ; et Marina était d'une certaine façon trop proche encore de sa propre adolescence pour ne pas se liguer contre moi avec la jeune Houilloise et conjurer des ténèbres dont elle sentait qu'elles n'étaient pas seulement le propre de l'époque que j'évoquais, mais qu'elles étaient en moi, comme si cette époque à présent si lointaine continuait d'allonger ses ombres, tandis que les défunts se pressaient autour de moi, les humiliés comme les glorieux, les bavards et les muets, et les patients, oui, extraordinairement patients, ayant appris cela du temps qui passe et qui leur permet de supporter l'idée même de la vie où ils ne sont plus, comme nous autres, vivants, celle de la mort dont nous scrutons en vain la sombre porte.

14

Nous sommes des voyageurs égarés à la croisée d'époques contradictoires ; des survivants ; des passagers d'une mémoire qui excède le seul individu, les morts continuant de rêver en nous autant que nous pensons à eux, de même que nous sommes vus par beaucoup plus d'êtres que nous n'en regardons. Une fois chassé de l'enfance, on est au monde par défaut — doutant même si on est réellement en vie, et si l'expression « être de son temps » n'est pas la vanité des vanités, maintenant que l'au-delà a été banni de nos catégories de pensée, et que l'enfer et le paradis ne sont que deux versions également séduisantes, quoique pour des raisons opposées ou paradoxales, du présent, c'est-à-dire du néant. On n'est pas plus de son temps qu'on n'a l'âge de ses artères, pour employer une autre expression toute faite ; au mieux avons-nous l'âge de ceux dont nous sommes les songes et les hantises, et qu'on appelle nos pères. Notre époque (dit-on en usant d'un possessif qui tend à donner l'illusion que le temps nous appartient) nous oblige à nous grimer comme tout un chacun (autre expression étrange et vieillotte, que j'emprunte à Marie, qui l'aimait beaucoup) et à nous croire des forteresses inexpugnables, alors que nous ne sommes que des individus, des enfants déchus, des corps peu tranquilles par le truchement desquels ne cessent de gémir, de parler, de se lamenter, d'en appeler aux vivants, la cohorte de ceux qui nous ont précédés, les pères de nos pères et ceux que nous avons croisés, aimés, rejetés, perdus, et non seulement les morts mais ceux que nous engendrerons, aimerons, tuerons peut-être, et les fils et les filles de ceux-ci, et même les enfants que nous n'aurons pas et qui demeureront à jamais dans nos rêves aussi puissamment que les autres, songes et chair mêlés, vivants et morts flottant dans le même tremblement du temps, lequel n'est en fin de compte qu'une hypothèse parmi d'autres sur notre présence au monde ; et celle à quoi nous recourions le plus volontiers, à Siom, était ce sentiment d'éternité que donne le fait d'être d'un lieu et pas d'un autre : la projection du temps sur une terre, si on préfère, une abscisse de sang rencontrant une ordonnée de songes. J'y reviendrai. Il me faut redescendre dans le temps, retourner à ces bornes que sont les décennies, bien plus douteuses que celles qui marquent les limites des terres, et me revoici à la fin des années 50 du siècle dernier, à l'aube du 16 janvier 1959, où Marie mourut, âgée de soixante-douze ans — ce qui n'était pas très vieux, même pour l'époque, beaucoup de Siomoises de sa génération passant les quatre-vingts ans, voire les quatre-vingt-dix.

Marie était morte. On avait peine à le croire — peine à admettre, surtout, que son cœur eût lâché, comme l'avait déclaré le médecin des Buiges, tant elle donnait l'impression d'avoir économisé ses forces mais non sa peine, menant une vie régulière et calme, ne l'ayant jamais jeté, ce cœur, à la meute de chiens sauvages qu'étaient les passions pour tout Siomois. Au mieux pouvais-je l'imaginer souffrante, en pénétrant dans sa chambre, ce matin-là, m'étant levé à l'heure habituelle, et m'étonnant de ne pas avoir entendu le choc sourd des volets du magasin qu'elle déposait d'abord sur le trottoir, ensuite dans le fond de sa boutique. Je n'avais pas non plus senti l'odeur du café mêlé de chicorée qu'elle faisait chauffer et qui m'incitait à descendre : manger au lit, fût-ce le petit déjeuner, était à nos yeux une sorte de sacrilège, l'alliance de deux ordres de choses incompatibles, plus scandaleuse même que de faire la grasse matinée, ou que le sourire qu'elle avait, lorsque j'ai frappé à la porte de sa chambre (jamais je n'y étais entré et je fus étonné de la découvrir aussi blanche et nue qu'une cellule des ursulines d'Ussel) et que je l'ai trouvée, la tête renversée en arrière, sur l'oreiller qu'elle avait creusé comme je n'imaginais pas qu'une tête puisse le faire, la bouche entrouverte, le visage figé dans une expression de stupeur et de contentement, si tant est que ces sentiments soient, là encore, compatibles. Mon émotion reste aussi vive que ce matin-là où je n'ai pas tout de suite compris qu'elle était morte, ni surtout qu'il me soit donné, à moi, un enfant, de le découvrir, la croyant malade, à cause de l'étrange odeur qui régnait dans la chambre et qui fait que je ne puis pénétrer sans une extrême répugnance, voire de la panique, dans une chambre de malade ou de mort. Je suis demeuré là plus de temps que je ne l'aurais dû, devant la première femme que je voyais dormir, me disais-je avant d'avoir un doute sur la nature de ce sommeil et de courir avertir Jeanne, d'être tenu par elle à distance pendant qu'elle ouvrait la fenêtre de sa sœur pour s'y tenir, en larmes, se lamentant, se griffant les bras, le visage tourné vers le grand crucifix planté dans le jardin d'Amédée Pythre, afin que tout Siom la vît et descendît vers la maison de Marie, tandis que Berthe-Dieu allait aux Buiges chercher le docteur Labarre qui déclara que le cœur avait lâché, s'adressant à moi sans doute parce qu'il m'avait mis au monde et qu'il considérait, avec raison, que c'était moi qui aurais le plus à souffrir de cette disparition. Il avait répété, à l'intention de Jeanne, cette fois, que le cœur n'avait pas tenu, me laissant imaginer qu'il s'était décroché comme l'avait fait, une nuit, dans le grenier, le gros lustre de style 1900 (ainsi qu'on disait alors à propos de tout ce qui n'était plus moderne, et avec un singulier mépris pour le demi-siècle s'étendant de la chute du second Empire à la fin de la Grande Guerre, et même à l'entre-deux-guerres, selon notre enfantine conception de l'Histoire, et quoique campagnards, soucieux d'être « à la page », avec l'idée que cette expression désignait, autant qu'une façon d'être, un lieu immaculé, paradisiaque, dans lequel inscrire notre destin comme sur les pages d'un livre invisible) qui avait, longtemps avant ma naissance, éclairé le salon de Marie en donnant à ce lieu et aux êtres, à cause des couleurs mauve et bordeaux du verre, une teinte sombre et chaude de soleil couchant, jusqu'à ce que Marie, sur le conseil de Jeanne, fît installer un horrible plafonnier au néon qui nous donnait, selon ma mère, l'air de morts vivants, quelques mois avant que son cœur ne lâchât, rongé par un chagrin dont nul n'avait mesuré l'étendue, comme la corde retenant le lustre à une poutre du grenier l'avait été par les rats, le faisant choir au-dessus de nos têtes, une nuit de l'été précédent, nous éveillant en sursaut, Marie criant : « Qu'est-ce que c'est ? » d'une voix que je ne lui connaissais pas, une de ces voix qu'on dit blanches, j'en ai alors compris le sens, ayant au cœur de cette nuit de juillet l'impression de voir s'éclairer l'obscurité, tandis que Marie continuait à demander ce que c'était, de plus en plus fort, comme au sein d'un cauchemar qui persistait alors qu'elle était éveillée ou qu'elle s'imaginait entendre un obus exploser dans le

Labyrinthe où Antoine Foly avait trouvé la mort, quarante-sept ans plus tôt.

Quarante-sept années pendant lesquelles Marie avait refusé l'un après l'autre les prétendants que sa beauté, sa douceur, son appartenance au clan Bugeaud lui vaudraient, alors qu'elle avait passé soixante ans, brûlant les lettres que lui adressaient ceux qui n'osaient lui parler, sans les avoir ouvertes, dans sa cuisinière à bois, en souriant d'une façon qui donnait à ce visage encore si fin, si lisse, une expression souveraine. Des prétendants dont les plus audacieux pénétraient dans l'épicerie et engageaient la conversation, battant en retraite s'ils devinaient un rival dans un client qui survenait, ou demeurant dans un coin de la boutique jusqu'au départ de l'intrus, si c'était une femme, et croyant bien disposer Marie en lui prenant de la marchandise, puis quittant la boutique chargés de choses dont ils n'avaient nul besoin et qu'ils entassaient dans leur voiture, les fontes de leurs vélomoteurs ou leurs musettes, devinés par Marie dès le début de leur visite — toujours la seule —, sachant qu'ils n'avaient aucune chance, mais voulant en avoir le cœur net, se déclarant et obtenant la même réponse accompagnée d'un sourire semblable à celui qu'elle avait sur la photo, le jour de son mariage, et qui était la seule chose qu'elle pût leur donner, la plus belle, aussi, avec ces mots : « Je ne veux pas me remarier », prononcés d'une voix douce, en les regardant franchement, sans rien qui pût les blesser, ni les engager à revenir, les contraignant à repasser la porte de l'épicerie sans honte ni vraie déception, vu qu'ils n'étaient au fond pas venus pour entendre autre chose, tandis que les rideaux des maisons de Siom s'écartaient pour voir la tête de l'éconduit reprenant son chemin avec la satisfaction d'être désormais au nombre des prétendants officiels, et que la vieille Roche murmurait encore dans toute la rue Haute que Marie Bugeaud faisait décidément de bonnes affaires avec tous ces turlots qui la demandaient en mariage.

Les mêmes prétendants furent, dit-on, plus nombreux que les Siomois, au cimetière, le 18 janvier 1959 ; affirmation bien sûr excessive, comme tant de choses ayant trait aux Bugeaud, mais nullement dépourvue de fondement et, je crois, le plus bel hommage qu'on ait pu rendre à cette femme exemplaire dont la mort marque la fin d'une époque, non seulement par les conséquences qu'elle aurait pour moi, mais parce qu'elle coïncide avec celle du monde paysan. Mon enfance se brisait là, à la porte de cette chambre où on voulait m'emmener pour embrasser une dernière fois celle dont on parlait comme de ma grand-tante alors qu'elle était plus que ma mère, laquelle était revenue de Toulouse pour les funérailles et, tout en se lamentant de la mort de celle qui avait été pour elle ce qu'elle n'était pas pour moi, semblait plus ennuyée encore de ce petit garçon (ainsi m'appelait-elle pour parler de moi en ma présence, comme si je n'existais que dans le lointain de ce qui n'a pas nom de fils) dont on ne savait soudain que faire et qui, par-dessus le marché, faisait des manières pour rendre un dernier hommage à celle qui l'avait tant aimé et qui avait tant fait pour lui, me jugeant bien mal élevé puisque terrifié à l'idée d'embrasser une morte, et même de m'approcher de ce corps qui reposait là-haut, dans le froid, entouré de grands cierges, dans la chambre dont on avait laissé entrouverte la fenêtre, malgré le rude hiver, Jeanne, Louise et ma mère se relayant pour veiller Marie tandis qu'on entendait Chabrat, le menuisier, fabriquer son cercueil dans son atelier, tout près de là, et que je ne pouvais trouver le sommeil à cause des coups de marteau, en outre terrifié par l'odeur de la morte que je croyais respirer et sentais probablement comme les animaux la sentent, avant et mieux que les humains, étant moi-même alors plus proche du règne animal que de l'homme, à cause du temps que je passais à m'occuper des vaches, dont la compagnie avait fini par me devenir plus agréable que celle de bien des humains, particulièrement des adultes. Ceux-ci m'effrayaient la plupart du temps par ce que je lisais dans leurs yeux et qui se rapportait, avais-je fini par comprendre, à mon origine, non seulement au mystère entourant la mienne, mais à celui de toute origine, à cette sexualité dont je ne savais rien, pas même le mot, connaissant à peine celle des bêtes, laquelle ne pouvait en aucun cas se rapporter à la mienne, incapable d'imaginer, malgré ce que murmuraient certains garçons, qu'un homme ait pu faire à ma mère ce que je voyais les taureaux faire aux vaches, ou le verrat à la truie, et surtout pas que ma mère eût bramé après un homme de la façon dont une vache demande le taureau, n'imaginant pas plus cela que je n'étais disposé à me représenter Marie allongée dans la bière et répandant cette odeur qu'il me serait donné de respirer bien des fois, âpre et sucrée, intolérable, et qui s'insinue au cœur de mes rêves, comme si c'était moi qui étais en train de tourner — selon l'expression de Berthe-Dieu qui parlait des morts comme du lait, et me dégoûtait à jamais de ce liquide que nous faisions jaillir midi et soir du pis de nos vaches, quand elles avaient vêlé, et dont Marie m'avait souvent dit qu'il était sacré, comme le pain, le vin, l'eau de la fontaine Saint-Martin. Et s'il ne me fut bientôt plus possible de douter qu'elle était morte, c'était, l'imaginais-je, en odeur de sainteté, vouée à dégager quelque chose d'infiniment suave qui serait le signe de sa perfection morale et qui l'empêcherait de se corrompre, même s'il fallait se résoudre à la descendre dans le caveau où reposaient déjà son époux et son beau-père et qui n'accueillerait personne d'autre, Marie dans le cercueil de chêne apporté à l'aube par Chabrat, allongée telle qu'elle était lorsque je l'avais découverte et dont je ne voulais pas emporter d'autre image, surtout pas celle de la morte au teint cireux que ma mère voulait me faire embrasser avant la levée de corps, m'enfuyant à l'arrivée de l'abbé Guerle pour aller me cacher dans l'étable dont j'ai refermé sur moi la partie supérieure de la porte afin de faire la nuit et de vivre désormais là, dans cette tiédeur de ventre sentant le foin, la bouse et le lait, parmi les mille bruits des bêtes en train de ruminer, couché entre elles dans une espèce de box qui avait autrefois été la place d'un veau ou d'un berger, mais bientôt déniché par Berthe-Dieu qui menaça de m'enfermer à la cave (une cave qui ne pouvait qu'être celle de Marie et qui acquit alors le statut définitif de tombeau qu'avait commencé de lui donner la répugnance qu'elle m'inspirait et où longtemps j'ai pensé que Marie reposait plutôt qu'au cimetière), forcé d'entrer dans l'église dont on avait ouvert la grande porte de devant, traversant l'étroite nef glaciale en trébuchant sur les dalles disjointes, jusqu'à ce qu'une main (celle de Louise, probablement) me saisît par le cou pour m'asseoir entre ma mère et ma grand-mère, grelottant, sur le point de rendre à cause de l'odeur de cierges, de fleurs et d'encens que, depuis ce jour, je ne puis plus respirer sans être repris de la même nausée, au point qu'il m'est impossible d'entrer chez un fleuriste ou d'accepter chez moi le moindre bouquet de fleurs. Je me suis ressaisi sous le regard impérieux de ma grand-mère qui avait murmuré à mon oreille que je me devais à mon rang, que tout le monde avait les yeux fixés sur moi, et qu'il me fallait faire honneur à Marie : « Tant comme elle t'aimait », avait-elle dit en usant d'une tournure siomoise ici plus convaincante que le français correct, elle pourtant si attachée à bien parler autant qu'à bien se conduire, me suis-je dit, derrière le cortège de Marie que nous avons accompagnée au cimetière à pied, comme on le faisait encore en ce temps-là, le cercueil sur les épaules de quatre Siomois, devant lesquels marchaient quatre vieilles femmes tenant chacune un cordon du poêle (noir, bordé de trois filets d'argent, avec, dans les coins, des larmes qui brillaient au soleil) et le curé qui, accompagné d'un enfant de chœur en blanc surplis, donnait le rythme de la marche à la famille Bugeaud et à tout Siom, ainsi qu'à la foule de prétendants et d'inconnus qui s'étirait le long de la route menant au cimetière. Et, notant ceci, il me revient à l'esprit qu'accompagnant la dépouille de la vieille Orluc derrière lou brau, derrière la butte, comme elle disait parfois, quelques années avant d'y aller elle-même, Marie m'avait chuchoté, à la Croix des Rameaux, que c'était bon signe qu'on tourne à droite pour gagner sa dernière demeure — Marie obéissant à une logique de signes et de symboles qu'elle aura été une des dernières à rendre sensibles, et dont la disparition, au cours de la décennie suivante, aura laissé le haut plateau limousin quasi muet ; ou peut-être est-ce nous qui sommes devenus sourds, aveugles, amnésiques, l'ayant voulu, avec ce goût du néant auquel j'étais alors trop jeune pour prendre garde, moi qui pensais encore éternels ce monde et ses habitants, et qui ne croyais pas que Marie fût tout à fait morte, pensant qu'elle m'attendait quelque part, parmi les ombres d'une nuit dans laquelle il me faudrait apprendre à pénétrer sans frayeur. Des signes que ma mère, qui les connaissait bien pour avoir passé son enfance et son adolescence à redouter l'ennui et le froid bien plus que le diable ou les puissances nocturnes, considérait comme des manies de bonne femme. J'y prêtais moi-même une attention amusée mais respectueuse, prompt à basculer du côté de Marie plutôt que dans le rationalisme maternel, et bientôt requis par d'autres signes : ceux dont se bâtissent les livres, grâce auxquels je pourrais concilier le monde de Marie et celui de ma mère, sans penser que ce n'étaient pas seulement deux mondes différents mais qu'ils s'opposaient surtout à cause des années séparant ces deux femmes, et qu'il faudrait encore bien du temps (sans doute ma vie tout entière) pour que ces deux mondes soient réconciliés en un seul et même lieu : le langage d'un écrivain. Car le combat de Marie contre ce qu'elle appelait les puissances des ténèbres n'était en rien plus dérisoire que les prétentions de ma mère à régenter sa propre existence à partir de ce qu'elle découvrait dans les livres. La digne vie de Marie en témoignait, elle qui savait concilier sa foi chrétienne tout en respectant (surtout dans les dernières années) les coutumes propres à chaque jour, me coupant par exemple les cheveux le lundi, notamment le premier lundi de la lune, afin que je les aie beaux et bien poussés, refusant de se tailler les ongles un vendredi, jour de la mort de Notre Seigneur, le diable qui ne sait où se cacher et se retire d'ordinaire sous les ongles se trouvant ainsi libéré et furieux. Je l'ai vue emmener les plus gaillardes Siomoises « chercher la pluie » dans la Vézère, l'été, lorsque la sécheresse menaçait les récoltes, en plongeant dans la rivière, pour faire pleuvoir, un crucifix de fonte qu'elle entourait ensuite de linges blancs et parfumés. Je l'ai entendue rappeler à Marthe Rivière et à Mélanie Nuzejoux que les femmes qui avaient leur sang un vendredi auraient un mois particulièrement pénible à passer, surtout si elles saignaient le Vendredi saint, en même temps que Jésus-Christ, phrase pour moi si mystérieuse que je m'en suis ouvert à Jeanne, qui s'est écriée : « Veux-tu te taire, petit malheureux, ce ne sont pas des choses que tu dois savoir ! » Puis : « Ce sont des bêtises... », a-t-elle ajouté avec un rire forcé, elle qui se signait si, avant de s'endormir, elle entendait ululer la chouette ou qu'elle se réveillait avec le souvenir que ses défuntes sœurs lui avaient parlé en songe.

Des règles et des signes qui relevaient pour Marie de l'ancien bon sens plus que de la superstition, un peu comme aujourd'hui certains (dont je suis) répugnent à blesser la langue et continuent à se servir d'un vocabulaire et de tournures tombés en désuétude. Il lui arrivait d'en sourire, sauf pendant la Semaine sainte, où elle faisait disparaître de son éternel uniforme de veuve toute trace de blanc ou de couleur claire qu'avec les années elle avait fini par y tolérer, col, mantille ou tablier, entrant dans un jeûne à la place duquel elle était scandalisée qu'« en bas », dans le ménage Berthe-Dieu, on se contentât de donner du poisson au lieu de faire comme elle, qui se privait de toute chair pendant le carême, me rappelant des choses qui ne me semblaient pas moins extraordinaires que les contes qu'elle m'avait lus, le soir, jusqu'à ce que je fusse capable de les lire moi-même, avant de monter me coucher, dans la cuisine et jamais dans mon lit, considérant qu'une chambre était seulement vouée à la naissance, au sommeil, à la maladie et à la mort.

Elle disait encore qu'il ne fallait pas filer la laine le Mercredi saint, ce qui fût revenu à tresser les cordes avec lesquelles on avait attaché Jésus sur la croix, et qu'il portait malheur de lier les bêtes au joug le Vendredi saint ou le jour de saint Roch, que c'étaient là des convois dont on n'était pas certain de revenir, me contant même (l'inventant peut-être) l'histoire d'un paysan, du côté de La Gane, en aval du Montheix, qui les avait quand même liées ce jour-là pour aller chercher du gros bois et n'était jamais rentré, ayant versé dans la Vézère d'où il remontait chaque année à la même époque, avec son chargement branlant, et terrifiait les frères Raulx, de Senut, qui n'avaient pas besoin d'ajouter ces frayeurs aux raisons qu'ils avaient de se noyer dans le vin. Elle savait aussi qu'il fallait faire l'eau bénite du Samedi saint dès l'aube, avec la première eau du jour, et de la source la plus pure, celle de la fontaine Saint-Martin par exemple. Elle savait qu'on ne devait jamais commencer un labour sans se signer, ni décharger le foin dans une grange avant d'y avoir apporté de l'eau bénite qu'il fallait jeter derrière la ferme, sur la première fourchée. Elle disait que le pain qu'on aurait fait cuire pendant la Semaine brune (celle des rogations, de l'Ascension) moisirait de l'intérieur, et que les haricots qu'on aurait semés dans le même temps naîtraient aveugles, ou qu'à la Toussaint et le jour des Morts il ne fallait pas taper avec un marteau et ne ferrer ni galoche ni sabot de vache, par crainte de réveiller les morts.

Tels étaient quelques-uns des éléments du grand songe millénaire qui disparaissait avec Marie, ce singulier, ce merveilleux savoir qui redoublait le monde d'une parole enchantée, me dirait sa sœur Louise, ma grand-mère, femme d'une tout autre nature, à qui je fus confié, quelques jours plus tard, ni ma mère ni Jeanne ne pouvant s'occuper de moi, et Louise n'étant pas fâchée d'avoir de la compagnie à Villevaleix, où elle vivait seule depuis vingt-cinq ans. Le monde qui s'achevait avec Marie n'était pas seulement celui dont elle avait été l'ultime veilleuse, mais aussi celui de Siom qui me parut soudain bien plus éloigné qu'il n'était, le temps établissant là aussi ses distances, et les sept kilomètres séparant mon village natal du bourg de Villevaleix me semblant autant de ces lieues franchies par le petit

Poucet dans les bottes de l'ogre et qui ne se franchissent pas qu'en songe mais aussi dans le temps, dans l'extraordinaire accord de la langue et du temps, leurs secrètes transactions, leur pouvoir d'illusion et d'anéantissement. Un monde était en train de mourir, sur les hautes terres comme dans la plupart des terroirs de France et de la vieille Europe, sans qu'on s'en aperçût, de même qu'on ne se voit pas vieillir ; ce qui me ferait dire à Marina, bien des années plus tard, qu'il est des morts qu'on ne veut pas voir, que les Français avaient renié leurs origines paysannes avec plus de ferveur qu'en nul autre pays, et qu'un événement aussi banal que la mort d'une vieille femme dont nous ne sommes guère aujourd'hui que trois ou quatre à garder mémoire (le plus souvent sous forme de souvenir involontaire), puisque nul n'en parle plus et que c'est dans les rêves de ma mère qu'elle réapparaît et que celle-ci, s'éveillant d'un somme méridien, se met à parler soudain, à soixante-dix ans passés, d'une voix de petite fille, celle qu'elle a été et que je n'ai bien sûr pas connue, si bien qu'en l'entendant je suis saisi d'une sorte d'effroi, comme si c'était non seulement elle, enfant, qui me parlait, mais, venue du fond d'un âge plus lointain, Marie petite fille, il y a plus de cent ans : une enfant de la fin du XIXe siècle parlant à un homme du début du troisième millénaire, selon un empan d'autant plus étonnant que j'ai oublié quel grain avait la voix de Marie, ne me souvenant que de sa douceur, ayant longtemps cru que la voix était enterrée dans sa cave, elle aussi, derrière cette porte cloutée que je ne repasserai pas plus que je ne descendrai dans les caveaux où ils reposent tous, à présent ; de sorte que j'ai l'impression que c'est le XIXe siècle qui s'adresse à moi par la bouche de ma mère, avec ses inflexions, ses tournures, sa façon si singulière de prononcer le français, quelque chose qui a depuis longtemps disparu mais qui peut être encore entendu de façon quasi hallucinatoire, dans la bouche d'une vieille femme, ma mère, et qui disait, cette voix, la fin de la première enfance, l'expulsion du paradis, la chute dans le temps, l'appel aux sèves inconnues, tout ce qui allait s'emparer de moi à partir de 1959 et dont les premiers signes furent, à Villevaleix, ces croix de Lorraine (dont la forme m'était aussi inconnue que celle des croix de Malte ou de Saint-André, à moi qui pensais que la croix n'avait qu'une seule forme, et qu'il n'y avait de vraie religion que celle de l'Église catholique, apostolique et romaine) tracées à la peinture blanche sur certains murs du bourg et particulièrement sur le magasin de ma grand-mère, à côté de NON et de OUI barrés de la même peinture, que j'ignorais être les traces du référendum de 1958 par lequel s'instaurait la Ve République; lettres et croix non moins mystérieuses pour moi que le nom de l'apéritif Byrrh ou certaines coutumes observées par Marie, et dont ma grand-mère — sans me révéler la vénération qu'elle avait pour le général de Gaulle mais en me promettant que je comprendrais, un jour, que le malheur des hommes vient de ce qu'ils ne peuvent pas plus s'accorder ensemble que l'eau et l'huile — me laissa entrevoir qu'elles étaient les clefs d'un monde nouveau.

DEUXIÈME PARTIE

VILLEVALEIX

Mort m'a e per mort li respon
E vau m'en, pos ilh no'm rete,
Caitius en eissilh, no sai on.

Elle m'a fait mourir et je lui réponds par la mort
Et je m'en vais, puisqu'elle ne me retient pas,
Misérable en exil, je ne sais où.

BERNARD DE VENTADOUR

1

« Tu es né un dimanche de Rameaux, à sept heures du matin ; il faisait un froid coupant, et ta mère gémissait comme une âme en peine, depuis la veille au soir, quand elle ne hurlait pas comme le cochon que ce turlot de Chadiéras avait trouvé le moyen de tuer, devant chez lui, seul (alors que tuer le cochon aurait dû nous rassembler autour de ce sang, le seul que nous versions comme les anciens païens), mais avec l'intention de se rappeler au souvenir de tout Siom, et particulièrement à nous, les Bugeaud, qu'il vouait aux gémonies depuis que mon père lui avait refusé la main de Jeanne, tout comme il haïssait la religion et le monde entier à cause de ses poumons malades et aussi, probablement, de la syphilis qui avait déjà emporté ses frères. Tu es arrivé dans le matin blanc, aussi fragile que le givre sur les ardoises du toit, mon pauvre petit, tandis que ta mère se démenait comme le diable en griffant jusqu'au sang le bras du docteur Labarre, et que le cochon braillait sous le couteau de Chadiéras avec des cris qui s'entendaient jusque dans les bois de Veix et, vu que le temps était clair et que les sons portaient loin, jusqu'à la ferme de Couignoux et pourquoi pas au Montheix, chez les Piale, de sorte que les cris de ta mère se confondaient avec ceux du gagnou et qu'on ne savait plus qui criait le plus fort, du cochon, de ta mère ou de toi, ont murmuré certains, toujours les mêmes, ceux qui ne nous aimaient pas plus que Chadiéras, les Roche, les Nespoux, les Philippeau dont le père avait lancé au mien, le jour qu'il avait acquis son premier champ : "Et alors, le grand Bugeaud, t'es plus le seul à avoir de la terre, maintenant !" Ils diraient, ces bêtes-là, que c'était d'un cochon que ta mère avait accouché, alors que tu étais beau comme le jour, à sept heures du matin, à peu près l'heure où je l'avais mise au monde, ma petite Solange, ta mère, trente années plus tôt, dans le même lit, les mêmes draps, dans cette chambre où rien n'avait changé sauf ce lavabo qu'on avait fait installer avec l'eau courante et où le docteur Labarre maugréait que nous étions bien des gourles de n'avoir pas fait installer l'eau chaude par la même occasion. Une chambre où j'étais née, moi aussi, vingt-sept ans avant ta mère, venue au monde dans la douleur, comme ta mère et comme toi, et comme il est écrit, mais les uns et les autres oubliant bientôt cette douleur pour la joie de regarder cette chose grimaçante sur laquelle tous les Bugeaud allaient s'extasier, toi, un garçon, alors que mes frères et moi n'avions engendré que des filles... », murmurait ma grand-mère, le soir, dans le petit salon situé entre la cuisine et sa chambre, au rez-de-chaussée de sa maison de Villevaleix. Une maison que je me rappelle plus silencieuse, plus froide, plus obscure que celles de Siom, non seulement le rez-de-chaussée occupé sur sa plus grande partie par l'immense magasin, mais surtout le premier étage qui comprenait un grand appartement indépendant, correspondant à la surface du magasin, et presque toujours clos, et une série de trois chambres sommairement meublées, qui donnaient derrière, à l'ouest, sur le jardin, la scierie Vergne, les monts de La Chabrière.

Je dormais dans la deuxième de ces chambres, la première étant occupée par ma grand-mère, l'été, au plus fort des chaleurs d'août, et la troisième par ma mère, quand elle venait à Villevaleix, de sorte que j'étais presque toujours seul là-haut dans cette chambre sans chauffage, l'hiver, et à côté de laquelle ma grand-mère, les premiers temps, me faisait croire qu'elle dormait, en vérité pour me rassurer tout en montant vérifier que je ne gaspillais pas la lumière en dormant la lampe allumée, ou en lisant jusqu'à plus soif, elle qui ne devait plus me trouver si beau que le jour, mais sombre comme une nuit sans lune, puisque je l'avais entendue dire à Mme Lafon ou à Mme Robillard, deux de ses clientes, que j'avais bien une mine de liseur un peu maladive et inquiétante. Elle montait donc en traînant ses savates et toussant dans l'escalier puis dans le couloir, comme on le fait quand on veut signaler sa présence, entrant dans sa chambre avec la clef qu'elle portait toujours dans la poche de son tablier, parmi les autres clefs de la maison, refermant les persiennes de fer avec un bruit différent de celles de Siom, bien que ce fussent les mêmes ; car il en est des persiennes (et des faux, des marteaux, des haches, de la plupart des outils que j'ai maniés dans ce monde lointain) comme des instruments de musique : chacun a sa personnalité, et une sonorité qui dépend beaucoup des interprètes ; et la façon qu'avait Louise d'ouvrir ou de replier ses persiennes différait de celles de Marie, de Jeanne, ou de la mienne, de la même façon que la lumière filtrant à travers elles me renseignait sur mes dispositions intérieures, sur le temps qu'il faisait au-dehors, à Villevaleix comme à Siom (où je l'étais aussi par la manière dont croissait ou décroissait le bruit des automobiles dans la rue principale et dont, la plupart du temps, je pouvais identifier le moteur et le propriétaire du véhicule, toutes choses impossibles à Villevaleix, traversé par une route départementale fort passante). Ce n'étaient pas la même maison, ni le même monde sonore, ni la même caisse de résonance, pourrais-je dire, et je n'étais plus tout à fait le même ; chassé de ma première enfance, j'entrais dans la deuxième sous le regard d'une femme silencieuse que je connaissais mal et qui m'avait toujours fait un peu peur. La grande maison m'inquiétait, elle aussi, avec ses odeurs, son grenier, ses pièces interdites et ses bruits inconnus, son orientation à l'ouest — la seule chose qui me rappelât Siom, le soir, quand, à l'étage, la porte des toilettes était ouverte et que le soleil entrait à flots par la fenêtre sans rideaux, inondant le couloir d'une lumière or et rouge qui me donnait l'impression d'avoir dans la bouche le goût cuivré du sang. Mais lorsque la nuit était là et qu'il me fallait monter seul un escalier semblable à celui de la maison de Marie, sauf qu'il tournait dans le sens inverse, de gauche à droite, je ne me défendais pas d'un frisson qui faisait sourire Louise, elle qui vivait là, seule, depuis si longtemps qu'elle me regardait avec un mélange d'irritation et d'amusement — et, je crois, de satisfaction un peu cruelle, songeant sans doute que Marie et Jeanne m'avaient bien mal élevé, à elles deux, pour qu'à sept ans j'eusse encore peur du noir. Elle me promettait de monter dormir là-haut, dans sa chambre d'été dont j'entendais grincer le lit qu'elle quittait quelques instants plus tard, me croyant endormi, voire rendormi, après que j'avais perçu dans mon premier sommeil son pas lourd dans l'escalier qui lui faisait peine à monter. Elle marchait à la façon des solitaires, avec prudence, comme si elle s'aventurait dans des espaces que la langue ne saurait nommer mais dont je connaissais l'existence, déjà attentif au langage et à ce que, par exemple dans les contes, il me permettait d'explorer, les frontières, les dédales,

les abîmes ; elle marchait comme si elle se déplaçait dans un autre monde, cette vieille femme étrange, inquiétante, que je préférais néanmoins savoir près de moi, à portée de voix, de l'autre côté de la cloison, plutôt que d'être abandonné à la solitude de l'étage, lorsqu'elle redescendait au rez-de-chaussée, sans bruit, sans savoir que c'était cette douceur, ce silence qui finissait de m'éveiller, bien plus que le bruit qu'elle faisait, en refermant les persiennes de sa chambre du bas. Présence redoutée autant que recherchée, comme la voix un peu aigre avec laquelle elle m'appelait, au pied de l'escalier, lorsqu'elle m'entendait pleurer, et qu'elle me disait qu'elle allait monter, alors qu'elle attendait, espérait que je me rendormirais, dans le froid de cet étage où il me fallait traverser la nuit avant de fermer ma porte à clef (ce que je ne faisais pas à Siom) et de recouvrir d'un vieux drap la porte de l'armoire pour ne pas risquer de me voir dormir dans la glace qui occupait presque toute la porte, sachant par Marie qu'il n'est pas bon de dormir en face de sa propre image, car on risque de ne pas se réveiller du bon côté du miroir, et de demeurer prisonnier à jamais de son propre reflet. Je ne voulais pas non plus, depuis que je savais qu'elle renfermait des robes (neuves, démodées, invendues, parfois retaillées), pendues là comme des corps privés d'âmes, et que Louise ne pouvait se décider à jeter, je ne pouvais risquer de la voir s'ouvrir en pleine nuit, ce qui était, toujours selon Marie, entrebâiller une porte sur les ténèbres. Je m'assurais donc que toutes les portes et les fenêtres étaient bien closes. Contrairement à celles de Siom, il n'y avait pas de lavabo dans les chambres, mais, sur une table à dessus de marbre, un nécessaire de toilette en porcelaine, et j'entends encore le bruit de l'eau chaude montée de la cuisine et versée dans le petit bassin où elle refroidirait pendant la nuit pour se trouver gelée, certains matins d'hiver, et le choc sourd du broc sur le marbre avec un bruit qui sonne si exactement comme la syllabe qui le constitue qu'il semble impossible de détacher cet objet de son contexte sonore, de la peur de le casser et de ne savoir mesurer l'eau dont j'aurais besoin. Il me fallait du temps pour retrouver le sommeil, n'osant pas appeler ma grand-mère, n'ayant pour cela nul prétexte, pas même mes maux de ventre, vu que j'avais à ma disposition, là aussi (car on n'imaginait pas de se lever dans l'obscurité pour aller se soulager dans les cabinets, au fond du couloir), un de ces hauts seaux hygiéniques en émail encore en usage dans les années 60 du siècle dernier, qui avaient détrôné le pot de chambre que ma mère, ne pouvant le faire disparaître ni se résoudre à l'appeler pot de chambre, s'obstinait à nommer vase de nuit, et qui ont eu, dans les années 70, une version en matière plastique avant d'être abandonnés définitivement, sans avoir pu trouver d'autre emploi (pot à plantes, bac à gouttière ou seau à ordures) comme leurs prédécesseurs en émail.

« Si ta mère était heureuse de t'avoir mis au monde ? Mais, mon pauvre petit, je ne l'ai jamais vue contente de rien, et surtout pas d'elle-même, à supposer qu'on puisse savoir ce qui se passe dans une telle caboche... »

Ma mère ne m'avait pas nourri : ni au sein ni au biberon, pas même les premiers jours où, apprendrais-je plus tard, à peine accouchée, elle était repartie pour Toulouse, seule, comme si elle rentrait des vacances de Pâques avec quelques jours d'avance. On m'a dit que ce sont Marie et Jeanne qui m'ont donné le biberon, sans doute pour me cacher que c'est une fille de ferme, Mariette Ducoux, qui m'a donné son lait, naguère employée à L'Éburderie, du côté de Saint-Hilaire, d'où on l'avait chassée, parce qu'on ne tolérait pas chez soi une fille-mère, surtout si celle-ci ne révélait pas le nom de celui qui l'avait engrossée ; ce qui n'avait pas empêché les Bugeaud de la recueillir, le temps de ses couches puis davantage, non seulement parce qu'ils avaient bon cœur, mais parce que, dans ces circonstances précises, ils ne perdaient pas de vue leurs propres intérêts, avec cette nièce elle aussi fille-mère, et qui ne pouvait s'occuper de l'enfant, me donnant à allaiter à la Mariette de L'Éburderie, en même temps que sa propre fille, toute une année, avant que Mariette ne s'enfuît (comme on disait encore avec une réprobation non dénuée d'envie, du côté des femmes surtout) avec un bûcheron itinérant qui avait décidé de tenter sa chance dans les Landes, sous un ciel plus clément. Je n'ai bien sûr aucun souvenir de Mariette ni de sa fille dont nul ne se rappelle le nom ; mais je veux croire que je garde quelque chose d'elle : ces forces à la fois lumineuses et obscures qu'elle m'a transmises avec son lait, des forces venues de la terre profonde et du fond des âges, et dont s'est nourrie cette sœur de lait dont j'ai fini par savoir qu'elle se nommait Catherine, pour l'avoir peut-être rencontrée, alors que je passais quelques jours de vacances à Saint-Andiau, chez Monique Bugeaud, trente-cinq ans plus tard, caissière dans un supermarché d'Ussel, et si agréable — si à mon goût, plutôt, avec ses cheveux bruns mi-courts, sa peau très blanche et sa poitrine encore ferme —, que je n'ai pu me retenir de lui parler, de l'arracher à la morne tâche au sein de laquelle elle avait cessé de regarder les gens et de redouter le regard des hommes, lui proposant de l'attendre à la fin de son service, désolé d'avoir l'air d'un séducteur de l'après-midi, dans mon costume un peu déplacé pour l'endroit, mais convaincu, lui ai-je dit, que ce que j'avais à lui dire la déciderait. Elle m'a regardé sans aménité, sans doute prête à s'emparer d'un téléphone pour appeler un chef de rayon ou un vigile, puis elle s'est ravisée, acceptant de me retrouver non pas à la sortie du magasin mais, plus tard, dans un café, place de la République, non sans m'avoir, une dernière fois, et à voix basse, pour n'être pas entendue des clients, demandé quelle raison elle aurait de me retrouver : « Siom », lui ai-je dit, comme si je devinais qui elle pouvait être, la vie proposant de ces fulgurations qu'on a tôt fait de confondre avec des coïncidences. « Siom, où je suis né, comme vous... », ai-je repris tandis que ses yeux se détournaient et qu'elle se mettait à rougir. Et sans doute attirés l'un par l'autre, sans bien savoir pourquoi, nous étions gênés de n'avoir rien à nous dire, dévoilant, pour meubler la conversation, des généalogies à demi fictives, comme tous les orphelins et les mal-aimés, elle ne sachant de toute façon presque rien de sa mère, celle-ci l'ayant très tôt abandonnée à Crocq, dans la Creuse, dans une famille d'accueil, l'un et l'autre séduits par quelque chose qui nous empêchait d'aller plus loin, comme si nous nous reconnaissions, dans l'impossible conscience que nous pouvions avoir de nos premiers mois, soudain horrifiés à l'idée de pouvoir commettre une sorte d'inceste, moi ne trouvant plus rien à lui dire, et elle se contentant de répéter qu'elle s'appelait Catherine Meilhot, mais que les noms ne voulaient pas dire grand-chose pour des gens comme nous.

Ma grand-mère était une figure de la nuit. Elle gardait sur elle, même en plein jour, je ne sais quels plis de l'ombre où elle vivait. Il me fallait me la concilier, être digne d'un Bugeaud, particulièrement d'elle, qu'on disait la plus intelligente et la plus dure des sœurs Bugeaud. Et pourtant, si grande était ma peine que je finissais par gémir, puis par pleurer, d'abord doucement, pour ne pas réveiller les puissances inconnues, puis m'engouffrant tout entier dans le hurlement que je ne pouvais plus retenir et par lequel j'en appelais à Marie, à Jeanne, jamais à Louise, qui finissait cependant par heurter à ma porte en me demandant d'ouvrir et qui entrait en marmonnant qu'il n'était pas normal qu'un enfant s'enfermât à clef dans sa chambre, qu'elle n'était pas loin, elle, ma grand-mère, sans préciser qu'elle avait en réalité regagné sa chambre d'en bas, où elle dormait plus volontiers depuis la mort de mon grand-père, en 1934, et d'où elle remontait avec, enveloppée dans un vieux linge de corps, une brique plus chaude que celle qui gisait au fond de mon lit. Elle m'apportait aussi une tasse de ce tilleul dont elle allait, chaque été, cueillir les fleurs, de l'autre côté de la rue, dans les arbres du champ de foire, convaincue — et tentant de me le persuader — que ma peur venait d'une mauvaise digestion ou de ce que j'avais froid au ventre, puisque même à la belle saison les nuits étaient fraîches, sinon froides, en tout cas pas assez chaudes pour que je reste à moitié nu, tel que Louise (dont je crois n'avoir jamais vu les bras découverts, même par fortes chaleurs) prétendait que j'étais, c'est-à-dire en pyjama, au lieu d'une chemise et d'un bonnet de nuit, qui se portaient encore en ce temps-là.

« La Marissou ne t'a donc rien appris ! » s'écriait-elle en me tendant le mauvais gilet qu'elle m'avait tricoté, cet hiver-là, dans de la laine invendue et dont la couleur écarlate m'eût fait honte ailleurs que dans la nuit. Elle faisait allusion à Marie — qu'elle aimait sincèrement mais à qui l'avaient opposée de ces rivalités de sœurs que la mort n'apaise pas — en appelant son aînée par ce diminutif patois à quoi je m'étais un jour risqué pour comprendre, au visage de pierre que me montra Marie, que c'était une sorte d'insulte, elle qui, quoiqu'elle ne répugnât pas à s'exprimer en patois, ne supportait pas de s'y entendre nommer, comme si la langue française, seule, avait pouvoir d'imposer le nom propre et qu'il ne fallût pas déroger à cette règle que j'ai pour ma part si bien suivie que je ne tolère pas de m'entendre appliquer, et dans aucune langue, le moindre diminutif.

Louise me forçait à avaler cette infusion tiède et un peu écœurante qui était parfois de la badiane, de la sauge ou de la camomille dont elle faisait grand usage pour sa propre digestion, sachant que je me relèverais deux ou trois heures plus tard afin d'uriner dans le seau et me persuadant moi-même que c'était ma peur que j'expulsais dans ce seau que j'irais vider le lendemain matin, dans la cuvette des toilettes ou bien dehors, ainsi que me le recommandait ma grand-mère, qui, je ne sais pourquoi, prononçait « déhors » et entendait fertiliser la terre du jardin par ces matières, suivant en cela l'usage siomois qui faisait installer les lieux d'aisances en plein air, au-dessus d'une rigole qui dispersait les excréments avec une lenteur qui me fait songer que c'était, là encore, une manière de s'accorder au rythme naturel du monde bien plus que cette chasse d'eau dont le vacarme m'était aussi insupportable que le tonnerre, lequel me terrifiait, m'indignait autant que le bruit des camions dévalant la rue principale du bourg dans d'interminables gémissements de freins, tandis que je me signais en imaginant que, par ce tumulte qui me ferait poser les mains sur les oreilles, les anciens dieux de l'Antiquité se manifestaient aux mortels.

Le tilleul m'apaisait rarement, et ma grand-mère devait passer la nuit dans sa chambre d'été ; ou bien, s'il faisait trop froid et qu'elle fût d'humeur sombre (ce qui était presque toujours le cas), elle m'ordonnait de redescendre avec elle, et me faisait coucher non pas dans son lit (une couche de célibataire où elle n'eût toléré personne, pas même l'enfant que j'étais, pendant son sommeil — un mauvais sommeil qui était, malgré tout, la seule chose qui pût encore passer pour agréable dans son existence, mais qui ne suffisait pas à lui donner une expression plus amène ni à l'empêcher de me faire un peu peur, cette Louise Bugeaud, veuve Sarroux, qu'avec une austérité qu'elle m'apprenait à aimer, j'appelais « grand-mère », alors que je disais « Marie » et « Jeanne » à ses sœurs, et avec qui je ne me laissais aller à nulle démonstration sentimentale, même la nuit, lorsque j'avais peur et froid et qu'il me semblait qu'on m'avait abandonné, depuis la mort de Marie, au cœur de la grande forêt limousine où ma chambre était une étroite et sombre clairière), mais sur le divan du petit salon, entre la cuisine et sa chambre dont elle laissait la porte ouverte afin de profiter de la chaleur de la cuisinière où, toute la journée, hiver comme été, et comme à peu près partout en Limousin, elle surveillait le feu autant qu'il veillait sur elle. C'était là qu'elle passait le plus clair de son temps, devant cette cuisinière Rozières blanche sur laquelle chauffait la soupe perpétuelle, guettant le client par la porte qui donnait sur le magasin et, avec les années, le chaland se raréfiant (et Villevaleix connaissant, quoique situé sur la départementale qui relie Clermont-Ferrand à Limoges, le même déclin que Siom, les Buiges et presque toutes les bourgades des hautes terres), attendant la tombée du soir, et souvent au-delà, pour fermer boutique et se retirer au salon, après le dernier autorail, celui de huit heures, dont elle savait, au bruit que faisait le portail de la gare, s'il en était descendu quelqu'un, un voyageur de commerce qui passerait la nuit en face, à l'Hôtel de la Gare ou chez Jammot, à l'Hôtel des

Voyageurs, ou bien plus bas, après le pont de fer, à l'Hôtel Moderne, et, pourquoi pas, voyant entrer l'acheteur fabuleux, celui dont tout commerçant rêve comme d'une grâce, ou une femme à l'homme qui l'enlèvera à l'ennui d'une cuisine de province. Elle ne recevait personne depuis la mort de son mari sinon, dans un point écarté du magasin, de singulières visiteuses, et le salon servait, comme sa chambre, d'arrière-boutique, puisqu'on y avançait au milieu de cartons contenant des articles de mode ou de mercerie qui ne se faisaient plus et qu'elle gardait là, non plus en magasin mais pas encore relégués au grenier, dans l'espoir qu'il se présenterait quelqu'un, une femme, une gourle, une revenante, ainsi qu'elle appelait certaines clientes, peu importait qu'elle fût vivante ou morte, surgie d'une ferme lointaine, ou d'outre-tombe, pour payer un article commandé depuis longtemps et dont ma grand-mère avait fait rappeler par le facteur, le boulanger ou le boucher, lors de leurs tournées, qu'il était arrivé ou, si le client venait à mourir, qu'il restait à payer; de sorte qu'on pouvait voir sortir de chez Louise Sarroux des femmes vêtues comme on pouvait l'être vingt ans auparavant mais persuadées que c'était la dernière mode et, si ça ne l'était pas, se disaient les clientes, fortement approuvées par la commerçante qui en donnait pour preuve les habits démodés dont elle se vêtait, que c'était bien suffisant pour les bêtes et les bois au milieu desquels on vivait toute l'année.

Oui, c'est à ça que je songeais dans une des trois pièces du bas où je me tenais, cet hiver-là, parce que c'était le seul endroit de la maison où il fît un peu chaud et que je ne voulais pas affronter trop tôt la nuit de l'étage, faisant donc parler Louise en l'écoutant d'abord sans prêter attention à ce qu'elle disait tant sa voix était peu agréable, trop haut perchée, avec des chutes inattendues dans le grave, et le ton tantôt cassant, tantôt mélancolique, ou inaudible, comme si elle se parlait à elle-même bien plus qu'elle ne s'adressait à moi, ou qu'elle fût seule — et, au fond, elle était seule, malgré ma présence dans ce salon tendu de papier sombre, près d'une lampe basse et faible, assise sur une chaise et non dans un des deux fauteuils, lesquels disparaissaient sous des monceaux d'habits démodés, comme la table sous des piles du magazine *L'Illustration* dans lequel (les images représentant des gardes-françaises, des légionnaires et des cuirassiers trouvées dans les tablettes de chocolat Poulain me suffisant d'autant moins que je mangeais rarement du chocolat et que je ne pouvais quand même pas ouvrir ces tablettes pour y dérober la vignette) je découperais un jour des photos représentant des scènes de la Seconde Guerre mondiale pour me constituer une collection d'images collées dans des cahiers d'écolier subtilisés chez Jeanne, et que j'ai rangées dans les tiroirs de ces présentoirs de carton mauve ou marbré servant à serrer des articles de mercerie et qui me paraissaient aussi merveilleux que certains meubles chinois évoqués dans les contes. Je voulais quelque chose qui fût à moi, et j'ai fait front, les mains noircies par l'encre des photos, le regard droit et calme, certain que ces magazines n'étaient que de la vieillerie, et stupéfait de déclencher chez ma grand-mère une fureur proche du désespoir et qui l'éloigna de moi davantage, si tant est que nous ayons jamais été proches, sinon dans ces heures d'après-souper, ainsi qu'elle les appelait, où elle parlait, assise sur une chaise, de la même façon qu'elle se tenait à la table de la cuisine, face à la porte entrouverte sur le magasin, très droite, les bras croisés devant elle (tels Marie, Jeanne, et tous ceux qui ne sont guère habitués à ne rien faire, et retrouvant peut-être dans cette immobilité l'attitude qui était la leur, à l'école de Siom, lorsqu'elles écoutaient le maître évoquer Vercingétorix, Jeanne d'Arc, Bayard, Du Guesclin, Turenne, Dupleix, Napoléon, Gambetta, Savorgnan de Brazza), le regard plus lointain que dans la conversation ordinaire ; mais quand elle relevait la tête, c'était son corps tout entier qui se redressait, comme si elle s'était laissé aller à un relâchement passager, dissipant les ombres qui flottaient autour de nous ; il était rappelé à l'ordre, ce corps, par l'habitude du commerce et de sa règle de base qui était de « présenter bien » : garde-à-vous silencieux et vain d'un être aux aguets, quoique ayant depuis longtemps renoncé, mais sans se l'avouer, refusant d'abandonner son poste, cette veille, cette dignité qui étaient sa raison d'être, même au sein du naufrage commercial, surtout quand le navire s'enfonçait dans l'eau comme il entrait dans la nuit, chaque soir davantage, me semblait-il, cet immense vaisseau que j'ai mis des mois à explorer et au cœur duquel j'écoutais, parmi les odeurs de soupe aux légumes, de pommes de terre bouillies, de petit salé et de compote de pommes qui étaient à peu près les seuls mets qu'elle préparât, ayant avec les années, par manque de temps et à cause de la solitude et du sentiment de vanité de toute chose, réduit son alimentation — et donc la mienne — à ce peu, quand ce n'était pas à la soupe, au pain et au fromage, comme en ce soir où elle me parla de ma naissance, j'écoutais ma grand-mère évoquer la gloire des Bugeaud non pas avec la douceur rigoureuse de Marie ou l'exaltation de Jeanne, mais avec la franchise un peu amère qui était une manière de justice, pour elle envers qui la vie n'avait pas été juste, si tant est que la vie, le sort, le destin aient à être justes, et que la justice ne soit pas ici-bas une vaine incantation à l'irréversibilité du temps.

2

Cette fois, je l'ai vraiment écoutée. Elle venait d'avaler sa soupe comme à son habitude et malgré les remontrances de ma mère qui prétendait qu'elle me donnait un piètre exemple, non pas en se penchant au-dessus de l'assiette mais en portant celle-ci à sa poitrine, sous le menton, le buste bien droit, habitude qui lui venait autant du sens de son quant-à-soi, comme disait Marie, que du mal de dos attrapé à force de remuer les colis de ses fournisseurs, et aussi parce que, mangeant toujours face à la porte donnant sur le magasin, elle avait l'œil sur sa marchandise et sur le dernier client du soir — celui à qui il manquait un paquet de nouilles, une boîte de sardines ou de sel, et qui envoyait un enfant pour l'acheter. C'était moi qui allais le servir, cet enfant qui souvent se révélait être un condisciple et qui me regardait faire avec une sorte de mépris, surtout quand ma grand-mère (sur le conseil de quelque représentant qui écoulait ainsi, pour son propre compte, des articles obsolètes avant de se résoudre à les envoyer au rebut, et alors que tous les charcutiers possédaient des appareils électriques) eut fait l'acquisition d'un appareil à découper manuellement le jambon, et avec lequel on obtenait non pas les fines tranches qu'on espérait trouver, le soir, lorsque tout était fermé dans Villevaleix, mais des tranches épaisses, mal coupées dans un médiocre jambon de conserve dont j'entendais souvent, le lendemain, dans la cour de récréation, dire qu'on avait dû le faire griller ou le donner au chien. On conçoit que de ma vie dans cette immense bâtisse (comme de ce que je vivrais, plus tard, à Siom, dans l'établissement de Jeanne) j'aie gardé un sentiment de malaise qui ne manque pas de me reprendre dès lors que j'entre dans un restaurant ou dans un établissement où un vendeur m'interpelle, vient à moi avec ce sourire qu'elles avaient toutes trois, les sœurs Bugeaud, et qui me semblait faux, presque sournois, et pour lequel je leur en voulais de se rabaisser ainsi, ces femmes qui veillaient sur moi comme nul ne le fera plus — nulle femme, s'entend, puisque je me suis définitivement éloigné des hommes et que l'estime que je voue aux femmes n'ira jamais jusqu'à leur imposer l'être maniaque et insupportable qu'est tout écrivain vieillissant et qui s'aperçoit qu'il ne peut faire autrement que de continuer à sacrifier à la littérature tout ce qui constitue l'ordinaire d'une vie d'homme, non par héroïsme littéraire, mais parce qu'il ne peut plus faire autrement, qu'il est trop tard pour ce qu'on appelle vivre, et que ce vivre-là, il le sait, n'est pas une illusion moins grande que celle qui consistait à choisir la littérature ou à être élu par elle, attendant d'elle ce qu'on attend des femmes ou de Dieu, les confondant quelquefois et se retrouvant seul, la cinquantaine venue, lorsqu'on ne croit plus à grand-chose et que les femmes cessent de se tourner vers l'écrivain qu'elles ne peuvent plus sauver de rien, pour s'attacher à ses livres.

Ainsi Louise ne perdait rien de ce qui se passait dans la rue et sur le champ de foire, depuis huit heures du matin jusqu'à huit heures du soir, l'hiver, neuf heures à la belle saison, retardant toujours le moment de fermer et d'aller se coucher, regardant d'ailleurs bien plus en elle-même qu'au-dehors, puis fermant le magasin, et gagnant le salon où elle reprenait le récit interrompu la veille, en revenant une fois encore au jour où j'étais né, l'évoquant d'une voix soudain trop forte, sans doute entendant encore les cris du cochon et s'efforçant de les couvrir, le faisant d'une manière si terrible que je croyais l'entendre à mon tour, ce cochon, une fois qu'on avait décidé de le mettre à mort après avoir, chez nous, comme presque partout sur les hautes terres, prononcé la formule quasi cérémonielle : « Amenez le Marquis ! », c'est-à-dire la bête prélevée sur la portée précédente et engraissée toute une année pour être tuée, l'hiver, le plus souvent, car il n'y avait pas de réfrigérateur pour en conserver les morceaux ; de sorte que j'ai longtemps cru, en m'enfuyant pour échapper au spectacle du cochon arrivant tremblant de toute sa graisse, et à ses hurlements sous le couteau enfoncé dans son cou, j'ai longtemps cru que c'était un vrai marquis, tel celui de Tarnac, qu'on mettait ainsi à mort, rituellement, chaque année, avant de comprendre qu'il n'en était rien, et le cochon pas même une victime de substitution, mais une pauvre bête sacrifiée à nos besoins alimentaires, et par là même si à plaindre que j'avais envie de crier, des larmes dans la voix : « Mon frère le cochon, mon frère le cochon », comme si c'était moi qui étais pendu par les pattes sur l'échelle inclinée, braillant sous le couteau de Berthe-Dieu dans la salle de la vieille maison dont je revois les dalles de granit fumantes de l'eau chaude dont on lavait les boyaux et les marmites où on faisait bouillir la bête débitée en quartiers par Berthe-Dieu qui justifiait ce jour-là sa position de mari, lui, le reste du temps, presque aussi réservé qu'un invité, et qui prenait des airs terribles pour me lancer cette phrase typique de la rocailleuse syntaxe siomoise, et par laquelle il me chassait dans la cour, sous les rires des femmes : « Si je te saignais, toi, paobré Pachcal, ça sortirait du sang de poulet ! »

« Mon frère le cochon », répétais-je en pensant aux bêtes que tuait Coudrier, dans l'arrière-cour de l'Hôtel de la Gare, en face de chez ma grand-mère, non pas pendues par les pattes de derrière à une poutre de hangar mais sur un pan de tôle incliné qui donnait à leurs hurlements une résonance singulière, quelque chose d'aussi terrifiant que l'agonie des poulets qu'attrapait Marie pour leur trancher je ne savais quoi dans le bec avec de petits ciseaux qui lui servaient le reste du temps à la couture et à me couper les cheveux ; et malgré toute la douceur qu'elle y mettait, jamais je n'ai pu sentir sur ma nuque le contact de l'acier sans me dire que j'allais subir le même sort que ces volatiles qu'elle enfermait dans le hangar à bois, à l'entrée du jardin, où ils piaillaient en volant dans tous les sens dans des gerbes de sang qu'on retrouvait sur les bûches et dont la combustion me semblait relever d'un bûcher antique sur lequel on aurait brûlé des bêtes consacrées, jusqu'à ce qu'ils se soient tus et que Marie m'ordonnât d'aller chercher la bête qui quelquefois vivait encore et que, malgré mes supplications, elle achevait d'un coup sec, porté avec le tranchant de la main. Le bruit de cette agonie avait immanquablement attiré l'attention de quelque Siomois qui me regardait sortir du hangar, le poulet à la main, la figure plus blanche que le plumage de la bête ; je m'efforçais de tenir mon rang, gardant la tête haute, comme si c'était moi qui avais mis à mort le volatile, sachant que qui n'a jamais tué ne sera pas digne de la communauté, particulièrement moi qui redoutais de passer pour une « fille », non pas sexuellement, bien sûr, mais parce que j'aimais lire, et à cause du monde féminin dans lequel je vivais et du mystère de ma naissance qui ferait de moi le rejeton d'une lignée dans laquelle on n'avait pas eu besoin de l'homme pour m'engendrer, anticipant ainsi le monde d'aujourd'hui, où la semence de l'homme, mais non l'homme lui-même, est nécessaire à la reproduction, de sorte que la filiation repose non plus sur le sang ou le nom mais sur le droit octroyé aux individus à se perpétuer fantasmatiquement, même post mortem, fussent-ils inaptes, comme les couples d'homosexuels, à procréer. Ne pas passer pour une « fille », n'avoir pas du sang de poulet dans les veines, ne plus être le frère du cochon mais semblable aux autres garçons de Siom et de Villevaleix, même si je ne les fréquentais qu'à l'école, voilà pourquoi j'avais tenu, un jour, à me faire photographier par ma mère, devant le cochon pendu par les pattes, la main sur le couteau du sacrifice, souriant avec une fierté si ostentatoire que je ne revois pas cette image sans rougir, à cause de l'air fat que j'y arbore et à quoi m'obligeait ma mère qui se souvenait sans doute d'avoir entendu brailler le cochon de Chadiéras pendant qu'elle me mettait au monde. Elle se disait que je ne pouvais pas ne pas les avoir entendus, moi aussi, ces hurlements, et elle souhaitait peut-être, en plaçant ma main sur le couteau planté dans la gorge de l'animal agité de ses derniers soubresauts, me voir exorciser publiquement l'espèce de maléfice jeté par Chadiéras ; lequel Chadiéras ne l'avait pourtant pas emporté en paradis, ajoutait ma grand-mère, puisque le sang du cochon qu'il avait tué ce jour-là, qui était jour de Rameaux, avait tourné, comme c'était prévisible, et que Chadiéras avait failli s'empoisonner avec le boudin qu'il avait fait, ce sang impur, sacrilège, rencontrant son mauvais sang à lui, sang de tuberculeux et probablement de syphilitique qui l'obligeait à vendre les terres de sa propriété parcelle après parcelle pour se payer des soins auxquels il ne croyait pas, sachant qu'il était déjà trop tard et s'abandonnant au vin, ne s'occupant de ses bêtes qu'au milieu de l'après-midi, lorsqu'il avait dessoûlé, ayant vu mourir son frère cadet du même mal, et s'emportant contre sa mère, cette minuscule Léontine pliée en deux par les ans et par l'humilité, et à qui son fils reprochait de les avoir fait mal naître, ses frères et lui, et de vouloir les enterrer tous. Mon frère le cochon avait fini dans le ventre des chiens — des chiens que j'ai connus et que je n'ai jamais regardés sans répugnance ni effroi, comme s'il y avait en eux un peu de moi, frère de ces chiens qui montraient les dents à tous sauf à moi ; des frères lointains, ces pauvres bêtes battues par leur maître comme celui-ci battait sa mère, et qui hurlaient à la mort, le soir, empêchant tout Siom de s'endormir, et que les voisins allaient nourrir en cachette avant que Chadiéras ne les abatte, un soir d'ivresse furieuse, en clamant que ça débarrassait bien, et que lui-même ne tarderait pas à débarrasser cette terre.

« Ta naissance a quand même été une joie pour les Bugeaud, poursuivait ma grand-mère. Un jour de Rameaux : tu penses si on n'y a pas vu un bon signe, surtout Marie et Jeanne. Elles étaient allées faire bénir du buis par l'abbé Guerle, le jour même, aux Buiges, et en avaient disposé dans chaque pièce des trois maisons et aussi dans la grange, dans l'étable, dans le poulailler ; et si elles en avaient eu le temps, elles seraient allées en planter un brin dans chacun de nos prés et même au cimetière, pour être sûres, s'il prenait racine, qu'il ne mourrait personne dans la famille, cette année-là, brûlant le reste du buis avant le coucher du soleil, dans la cheminée de la vieille maison, afin qu'aucun animal n'en mange, et surtout pas un coq, vu qu'il tuerait les autres coqs et qu'il deviendrait alors impossible de le tuer. Marie avait aussi recueilli tous les œufs pondus pendant la Semaine sainte ; elle les avait gardés pour en faire une gigantesque omelette que Jeanne a servie, quelques jours plus tard, à l'occasion de ton baptême, qu'on a fêté dans la salle du bas, comme autrefois, chacun mangeant de ces œufs censés porter bonheur, surtout à toi qui avais reçu, à cause du temps où tu es né, le prénom de Pascal ; un prénom dont on n'avait pas l'habitude, chez nous, où tous les hommes s'appelaient Pierre, Jean ou Léon, mais auquel ta mère tenait, sans doute pour faire oublier que ton père n'était pas là... »

Je retenais mon souffle. Il me semblait que la nuit resserrait ses ombres autour de nous dans le petit salon encombré de catalogues, de prospectus, d'échantillons de tissus, de cartons et de vieux effets, comme disait Louise qui me demandait chaque soir si j'avais bien serré mes effets dans l'armoire, usant d'une tournure que j'avais lue dans des livres mais que je n'entendrais jamais ailleurs que dans sa bouche, si bien que c'est son langage aussi qui avait l'air de sortir des ténèbres.

Me parlerait-elle de mon père plus que Marie ne l'avait fait ? Entendrais-je sur lui autre chose que ce que je désirais entendre, autant que je le redoutais, chaque fois que ma mère me disait de m'asseoir près d'elle, ou que ce qui était sur les lèvres de presque tous les enfants de Siom à qui on avait raconté l'histoire du cochon de Chadiéras et qui m'auraient volontiers lancé à la figure : « Ton père le cochon », s'ils n'avaient craint d'être aussitôt découverts (même à l'abri d'une haie ou en pleine nuit, car c'était un monde où chaque voix d'homme, de femme ou de chien, chaque pas, chaque rire, chaque moteur de voiture ou de motocyclette, même, était identifiable par tous) et jetés à terre par la main de Berthe-Dieu ou, plus encore, de voir surgir Marie chez eux, le soir, en ses éternels habits de deuil, pour demander réparation d'une voix douce — ce qu'aucun Siomois (pas même ceux qui faisaient profession de nous détester, les Roche, les Philippeau, les Nespoux) ne lui aurait refusé et qui se fût traduit par une correction immédiate et spectaculaire, le sang déshonoré ou maudit étant tout autre chose que les insultes ou les mauvaises plaisanteries, et ce qui affectait une famille ou un clan risquant de s'étendre à la communauté tout entière, non seulement de peur que l'imprécation ne retombât sur celui qui l'avait lancée, par peur aussi des représailles, mais surtout à cause de cette consanguinité générale qu'avaient fini par instaurer chez nous, depuis des siècles, les mariages en milieu fermé, malgré l'audace de certains qui allaient se marier ailleurs, avec des étrangers. Que je sois le fils de ma mère et du cochon, cela devait néanmoins se dire : j'y songeais bien, moi, non pas pour peiner ma mère ou voir s'épaissir un mystère auquel s'attachait de la honte, mais parce que les animaux avaient, si j'ose dire, droit de cité dans le monde de Siom, vivant avec nous dans une proximité bien plus grande qu'elle ne l'est aujourd'hui où ils ne sont plus que des animaux de compagnie, voire des sortes de sous-humains jouissant de privilèges et d'un bien-être qu'aucun de mes ancêtres n'eût pu, même en songeant à l'Éden, se représenter sans s'en trouver scandalisé; tandis que nos bêtes à nous nous permettaient de vivre, physiquement et moralement, et qu'il ne serait venu à l'idée de personne d'en humilier ou d'en maltraiter une, plus proches d'elles que nous ne le pensions, nous autres humains, et vivant avec elles dans une harmonie qui faisait de nos rapports l'ultime frémissement de la vieille mythologie européenne.

Je retenais mon souffle. Ma grand-mère renversa la tête en arrière en fermant à demi ses paupières, comme il lui arrivait de le faire lorsqu'elle était lasse ou qu'un souvenir pénible venait à l'assaillir, à moins que ce ne fût un de ses calculs rénaux qui commençaient à la faire souffrir. Elle avait dans ces moments, vue de profil, l'air d'un pianiste interprétant un mouvement lent de Beethoven ou de Schubert, cherchant au ciel la grâce ou l'en remerciant : quelque chose d'excessif et d'impressionnant, qui me dissuadait de chercher à en savoir plus sur ce père dont je découvrais que je portais le nom ; un nom qu'on m'épargnait, qu'on ne prononçait pas plus à Villevaleix qu'à Siom, grâce à l'intervention de ma grand-mère, de sorte que pour tout le monde je m'appelais Pascal, un prénom assez étrange à Siom, redisons-le, pour qu'il passât pour un patronyme, avec je ne sais quoi de hautain et de sonore qui, lorsqu'on m'appelait, m'incitait toujours à regarder autour de moi avec méfiance, ou bien avec l'espoir que ces syllabes tomberaient sur un autre, un inconnu qui m'eût rendu ma véritable identité (laquelle se résumait alors au nom de Bugeaud) en se chargeant de mon prénom, en l'attrapant à la façon dont on disait qu'on se défaisait des verrues, c'est-à-dire en le « passant » à un autre.

Je retenais mon souffle comme si mon père allait surgir de ce nom jamais prononcé, de cette respiration retenue jusqu'à la limite de l'évanouissement, de cette soudaine absence d'air dans la demi-nuit du petit salon. Un homme dont je ne me faisais nulle idée précise, à qui je ne pensais jamais, sans doute parce que cela m'arrangeait de ne pas y penser — et si j'emploie ici le pronom adverbial « y » au lieu de la tournure plus correcte qui eût consisté à dire « à lui », c'est que je n'avais jusque-là pas songé à mon père autrement que comme à un phénomène hallucinatoire, à ce point lié au mystère de son absence qu'il était devenu une nécessaire abstraction que le fait de porter son nom ne rendait pas plus vraisemblable que sensible, puisque ma mère n'était pas son épouse. Et pourtant rien ne venait troubler la pénombre ; en vain retenais-je ma respiration ; ma grand-mère sentait qu'elle avait été sur le point d'en dire trop ; elle redressait le buste, remettait sur ses épaules le plaid écossais qui avait glissé contre le dossier de la chaise, renvoyant mon père à son absence et moi à l'ignorance dans laquelle je vivrais pendant bien des années encore.

« Monte te coucher tout à l'heure », murmurait-elle en usant de cette locution de préférence à « tout de suite » ou à « maintenant », adverbes qu'elle jugeait trop communs, voire aussi fautifs que le « souventes fois » cher à Marie, et quoi que lui représentât ma mère à ce sujet (de même qu'elle s'obstinait à préférer « présentement » à « en ce moment » et « censément » à « peut-être », et « bon jour » à « au revoir », cela lancé à ses clients et suscitant mon irritation et ma honte comme si elle commettait une faute de français, alors qu'elle employait ces mots à bon escient), émaillant son langage de tournures provinciales ou déjà vieillottes que je n'hésitais cependant pas à faire miennes, prenant exemple sur Louise comme je l'avais fait sur Marie, et à cause desquelles je me heurtais à l'instituteur de Villevaleix qui jugeait mon langage ostensiblement affecté, sinon méprisant : il me punissait pour excès de bon français comme les autres d'avoir parlé patois en classe ou fait des fautes d'orthographe, me reprochant de m'exprimer « comme les morts », et tenant pour acquis que ma grand-mère était du côté du « château » — ainsi désignait-on les Razel, propriétaires de la gentilhommière, dans ce qu'on appelait le vieux Villevaleix, et qui rassemblait, au bas de la vallée, à l'écart de la route, outre cette demeure à l'écart sur son terre-plein ombragé d'épais tilleuls et de châtaigniers, l'église, semblable à celle de Siom ou des Buiges avec son clocher-mur, quoique sa nef fût un peu plus haute, plus profonde, et dotée d'un transept, et au-dessus, à flanc de colline, trois ou quatre fermes dissimulées dans les sapins.

Plus que les Bugeaud, ou leur position sociale, c'était leur attitude devant la vie, sinon ce qu'on pourrait appeler leur style, aristocratique et hautain, que l'instituteur, comme tant d'autres, cherchait à atteindre à travers Louise. Je me frayais dans la langue française un chemin difficile qui m'en donnait une conscience singulière et appelée à jouer, bien des années plus tard, un grand rôle dans ma vie, aussi loin du patois que du français familier de mes condisciples, avec lesquels j'usais par ailleurs de cet argot qui a peu à peu transformé le français courant en français vulgaire, et mis bas la langue classique encore prônée, en 1960, malgré ses préventions contre ce qu'il appelait un « français de classe », par l'instituteur de Villevaleix et, on peut aisément le croire, par ses collègues de France et de Navarre, pour reprendre une expression aujourd'hui pas tout à fait déchue, et qui m'a longtemps fait penser que la Navarre était non seulement restée française mais que c'était là, par sa position immuable, à la fin de l'expression, la terre promise, paradisiaque, d'un royaume assez semblable à ceux vers lesquels cheminaient certains personnages des contes chinois à qui allait alors ma préférence. Une langue de Bas-Empire, livrée aux publicitaires, aux journalistes, aux démagogues, aux mauvais écrivains à présent plus nombreux que le sable du désert, qui lui ont imposé un renversement sans doute irréversible en donnant pour norme le français tel qu'on le parle et non plus tel qu'il s'écrit ou qu'on rêve de le voir écrit : celui de Marina, par exemple, lorsqu'elle cesse de se surveiller devant moi, surtout quand nous nous étreignons et que les mots ne lui font plus peur, la langue n'ayant plus d'autre époque que celle de notre amour, pure exhalaison sonore, vide de sens, ou qui en appelle à un sens au-delà de toute signification, éloquent et efficace, un épithalame audible de nous seuls.

Si j'employais l'argot ou le patois dans la cour, dans la rue, dans les bois entourant Villevaleix, c'était pour n'être pas persécuté par mes condisciples bien plus que par peur d'être seul, le reste du temps me taisant ou accordant mon langage à celui que ma grand-mère (la seule des femmes Bugeaud à rouler les *r*, ce qui donnait à son langage un surcroît de charme et d'archaïsme mais aussi cette vérité qu'on trouve dans le français chanté, particulièrement dans les mélodies de Fauré, de Duparc, de Ravel et de Poulenc, où le grasseyement des *r* semble incompatible avec l'esprit de la langue) disait être le vrai, le beau français : un français soucieux de lui-même, et non, comme pensait l'instituteur, le français de la bourgeoisie, ma grand-mère n'étant nullement une bourgeoise, même si elle en prenait parfois l'apparence, par commodité, lorsqu'elle allait à la messe le dimanche ou qu'elle se rendait à Siom, chez Jeanne, plus rarement à Saint-Andiau, visiter Léonce et Alice Bugeaud, habillée de noir, bien sûr, avec un manteau d'astrakan dont elle était particulièrement fière, et dont il lui arrivait de me couvrir, l'hiver, quand j'avais froid dans le petit salon mal chauffé ou que, cessant de parler, elle me découvrait endormi et ne voulait pas me réveiller, incapable de me porter à l'étage, dans ma chambre. Manteau dont la texture me répugnait un peu, parce que porté par elle et imprégné de ces odeurs féminines, poudre et parfum, essentiellement, à quoi Louise, qui ne se maquillait pas le reste du temps, ne m'avait pas habitué, et qui m'écœuraient comme si j'avais vu ma grand-mère nue ou, plus exactement, que j'eusse surpris ces parties secrètes de son corps qu'on appelait encore « honteuses », avec un emploi d'autant moins justifié qu'il attribue aux organes génitaux un sentiment moral, de sorte que nul ne regrettera cette stupide expression dont le simple énoncé, je m'en souviens, avait pour effet de me couvrir de honte, jusqu'au jour où le maître d'école, sans doute pour m'humilier, m'en demanda l'explication : je répondis en analysant l'expression à peu près comme je viens de le faire, ce qui le fit sourire et le convainquit de me laisser tranquille. Et puis, je n'imaginais pas cette fourrure d'astrakan comme celle d'un mouton mais, à cause de sa texture étrange, de son poids, de son nom, même (pourtant assez proche de celui de barakan, qui désignait une étoffe de laine bleue très serrée, qui se fabriquait autrefois à Treignac), celui d'une bête fabuleuse, monstrueuse, contre le ventre de laquelle je m'endormais ; un animal que j'aurais tué puis vidé de ses entrailles afin de m'y glisser, et de profiter de son ultime chaleur, comme dans cette histoire du Canada français que je venais de lire et qui parlait d'un trappeur poursuivant si longuement une ourse qu'il s'était égaré et qu'il avait été presque incapable de la tuer, épuisé, l'animal aussi ; j'avais espéré que le coureur des bois épargnerait l'ourse, ou qu'ils s'épargneraient l'un l'autre, faisant la paix, chacun retournant à sa sauvagerie ; j'avais même, interrompant ma lecture, prié pour que cela fût, à genoux sur la descente de lit, comme je le faisais chaque soir, tourné vers le petit crucifix accroché à la tête du lit et sur lequel un christ d'ivoire penchait sa tête vers une branche de buis séché glissée entre le corps et la croix ; mais le fusil avait eu raison de la bête, et l'homme, surpris par une tempête de neige, loin de toute cabane, n'avait eu d'autre ressource que d'ouvrir l'ourse, de la vider et de refermer sur lui le lourd manteau sanglant et chaud qui lui sauverait la vie.

« Mon père l'astrakan », ai-je pu penser bien que ce manteau fût associé aux femmes — ma grand-mère, et puis ma mère, qui en hériterait, le ferait raccourcir, le porterait chaque hiver, jusqu'à ce qu'il soit passé de mode et que j'aie, moi, cessé de caresser l'idée que j'étais né d'une femme et d'un mouton de l'Astrakan : enfantine songerie, bien sûr, mais non dénuée de sens, puisqu'on ne naît pas que d'un père et d'une mère mais aussi de leurs songes où les animaux ont leur part et de la multitude de ceux qui les ont précédés, ces morts qui les ont poussés jusqu'à nous avec leurs propres songes, et qui continuent à nous interpeller, à nous accompagner, nous apportant, par d'autres moyens que la langue, le bruit des temps reculés, le murmure des origines, chacun étant aussi bien la réactualisation permanente de son passé que la somme de ses lectures, de ses superstitions, de ses terreurs, ma conscience d'enfant mélangeant des légendes grecques, des récits de l'Ancien Testament, des contes chinois et arabes, des fabliaux du Moyen Âge que j'adaptais à ma situation, ne trouvant pas étonnant d'être le frère d'un porc ou le fruit des amours d'une jeune Siomoise et d'un bélier d'Astrakan (dont j'ai mis un certain temps à apprendre qu'il s'agissait d'une région, comme Saint-Nectaire pouvait être une cité thermale ou Gruyères une ville suisse), puisqu'il ne m'était pas donné d'apprendre la vérité sur mon père, mais continuant à l'espérer dès que le mot « père » venait à la bouche de ma grand-mère qui avait pris, depuis que je vivais chez elle, l'habitude de me parler, ou plutôt de rêvasser à haute voix, oubliant à la longue ma présence et par conséquent ce qu'elle disait, moins encline à se dominer que sa sœur Marie ou que Jeanne, lesquelles vivaient ensemble et dans un environnement moins ingrat que Villevaleix.

3

Villevaleix, Villevaleix, beau nom pour une morne bourgade toute en pente, la première de Corrèze quand on vient d'Eymoutiers, en Haute-Vienne, et qu'on aborde par le nord-ouest l'ultime contrefort du plateau de Millevaches : des maisons s'étirant le long de la départementale, toute en tournants, avec pour centre le foirail bordé d'un côté par la gare, de l'autre par le magasin de Louise Sarroux, deux hôtels, une buvette, le chai des Malrieu, une boucherie, une boulangerie et un salon de coiffure, cette partie haute ayant détrôné depuis longtemps non seulement le vieux Villevaleix, mais ce qu'on appelait la basse ville, où on trouvait les épiceries Sarrazin et Madegard, la boucherie Langlade, l'Hôtel Moderne, le bâtiment de la mairie et des écoles, un ou deux bistrots, et des maisons bourgeoises — expression qu'on n'employait pas à Siom où il n'y avait d'ailleurs que celles des Queyroix et d'Amédée Pythre qui satisfissent à ce nom, et qui, cette expression, parce que j'en devinais ou en surinterprétais le sens, me faisait imaginer des intérieurs riches, confortables et chauds, et leurs habitants aussi mystérieux et inaccessibles que ceux de la gentilhommière. C'est dans la partie haute du bourg qu'elles étaient le plus nombreuses, et aussi de chaque côté de ce qu'une des cartes postales éditées par ma grand-mère nomme pompeusement l'avenue de la Chabrière, alors qu'il n'y avait que trois rues à Villevaleix, et encore n'avaient-elles pas de nom, la principale n'étant autre que la route départementale le long de laquelle s'était développée la bourgade. L'avenue de la Chabrière était en vérité une ruelle en forte pente vite perdue dans les bois surplombant ce bourg entré, à l'époque où j'y suis arrivé, dans un déclin irréversible, les commerces qui s'étaient installés à la faveur d'une économie un temps florissante mais qui périclitait depuis la fin de la Seconde Guerre mondiale, fermant les uns après les autres, dans les années 60 la gare, les hôtels, le foirail, les boutiques, dont les propriétaires viendraient parfois, le soir, évoquer avec Louise Sarroux ce qu'ils appelaient des temps meilleurs : l'entre-deux-guerres, l'époque où on pensait faire fortune et où, dans la ville haute (disait-on comme si on eût désigné là quelque chose de l'importance, de la beauté de la ville haute de Laon, couronnée par les sept tours de la cathédrale Notre-Dame), on bâtissait ces maisons dont les habitants déploraient aujourd'hui qu'on eût installé l'abattoir à l'embranchement de la route de Chamberet, sous leurs fenêtres, trouvant scandaleux non pas la mort des bêtes que venaient y abattre Langlade et Peyrat, les deux bouchers, mais le spectacle de leur agonie, qu'ils se représentaient avec force détails, voyant même passer des ruisseaux de sang dans le caniveau, devant leur porte, ainsi que s'en plaignait à ma grand-mère Mme Bouladou, chaque semaine, comme d'autres du mauvais temps ou de la présence permanente d'une roulotte de romanichels entre l'église et le cimetière sur un terrain vague où s'arrêtaient leurs semblables, puisque des écriteaux décrétaient le foirail interdit aux nomades, ainsi qu'on les nommait encore, non sans noblesse, avant de leur donner le titre fade de « gens du voyage ». Mme Bouladou, dont la maison était la plus proche de l'abattoir, surgissait dans le magasin obscur, le soir, un peu avant l'heure de la soupe, pour acheter une bobine de fil à coudre ou une tablette de chocolat en s'exclamant qu'elle savait qu'elle dérangeait, qu'elle voyait bien que Louise allait fermer, ce que ma grand-mère ne démentait pas, alors qu'elle attendait cette visite vespérale qui avait lieu le mercredi et débutait toujours de la même façon, Louise assurant la visiteuse qu'elle était à son service, et qu'on n'allait pas faire des manières par les temps qui couraient.

« Et quels temps, n'est-ce pas, madame Sarroux ! Quand on pense à tout ce sang, celui de ces pauvres bêtes qu'on tue comme celui de nos braves soldats tombés en Indochine ou qui se battent présentement en Algérie, ça me serre le cœur, tenez, ça me le briserait même, et ça n'en finira pas, madame Sarroux, je ne sais pas ce que va devenir le monde, disait d'une voix calme cette petite femme toute ronde, et capable de décrire par le menu des horreurs avec un sourire de mère abbesse.

— Il faut bien que la vie continue, madame Bouladou », répondait ma grand-mère en regardant de mon côté, debout près de sa caisse, la conversation ne devant pas avoir l'air d'une visite mondaine, Louise Sarroux ne recevant pas, et n'allant rendre visite à personne, pas même à ses clients sur leur lit de mort (« Je veux garder l'image d'une personne souriante », répétait-elle pour justifier ses manquements répétés à la coutume et qu'on lui pardonnait parce qu'on savait qu'elle avait eu sa part de malheurs), mais d'une conversation impromptue, laquelle avait cependant ses règles, et surtout sa durée, aussi précise qu'une audience pontificale. « Oui, il faut bien se nourrir », continuait-elle, sans perdre le nord, même si ce plaidoyer pour la nourriture n'incluait pas la viande de boucherie dont, contrairement à Mme Bouladou qui en mangeait tous les jours, et sans doute midi et soir, elle ne faisait aucun usage, sauf le porc, soit par pingrerie, soit qu'elle n'en eût pas le goût, tout comme moi chez qui cela allait jusqu'à l'aversion, me nourrissant donc comme Louise, malgré les remontrances de ma mère qui trouvait que je ne mangeais pas assez, alors que je me sustentais volontiers de ce que préparait ma grand-mère : de la soupe, des légumes bouillis, des pâtes, de la salade, du porc sous forme de petit salé, de jambon, de pâté, d'andouille ou de boudin, quelquefois un poulet ou un lapin, et tous les vendredis, achetée au poissonnier ambulant d'Eymoutiers ou apportée par un braconnier à qui elle donnait en échange quelque invendable article de quincaillerie, une truite qui est le seul poisson que j'aie connu jusqu'à l'âge de dix-sept ans, puisque ma mère m'interdisait la friture de goujons quelquefois préparée par Jeanne avec la pêche d'un client — ce qui venait de la mer (que presque personne n'avait vue, à Siom, à l'exception de Clémence Chave, originaire de Toulon, et des sœurs Piale) étant associé à quelque chose de lointain, de mal connu, sinon de répugnant, qui faisait qu'on n'en acceptait les produits que sous forme de conserve, avec la garantie d'une marque commerciale, les sardines à l'huile d'arachide exclusivement (l'huile d'olive passant pour indigeste, quoique personne n'en eût goûté) et les filets de maquereaux au vin blanc, que ma grand-mère servait les mauvais jours, lorsque l'humeur sombre se jetait sur elle comme une de ces chauves-souris dont je trouvais parfois au grenier des corps desséchés en m'étonnant qu'elles fussent si petites, et qu'elles eussent à la bouche un sourire désarmant.

Mme Bouladou s'en allait avec sa bobine de fil et

celle, autrement importante, de ses souvenirs et de ses récriminations, quelquefois remplacée par Mme Lafon, ou Mme Robillard, ou Mme Fournet, de proches voisines qui surgissaient aux heures creuses de la matinée, et dont les propos n'étaient pas moins désabusés, inquiets, crépusculaires. Mme Malrieu, dont je reparlerai, apparaissait quelquefois à la nuit, et, eu égard à son rang et au prestige dont elle jouissait dans le bourg, jamais par le magasin, mais, bien qu'on sût que c'était elle parce qu'on l'avait vue venir, en sonnant à la porte latérale qui était celle de notre logis. Mais Louise Sarroux avait, l'après-midi, venues de l'autre bout de Villevaleix ou de fermes lointaines, d'autres visiteuses, plus proches d'elle, peut-être, si tant est qu'une femme comme elle ait jamais été proche de quelqu'un : Mme Rebeyrolle, Mme Boissy, Mme Arvers, Mme Issandre, Mme Legouteilh, jamais plus de trois à la fois, ces dames semblant posséder une science secrète grâce à quoi elles constituaient un trio dont la formation n'était jamais tout à fait la même, chacune ayant sinon un « jour » du moins une « heure » où elle pouvait être seule avec ma grand-mère, un peu plus tard dans l'après-midi, et ne s'asseyant jamais, ni les unes ni les autres, comme pour garder à ces conversations leur caractère improvisé, et aussi pour que nulle n'oublie que le temps était mesuré : celui de la visite comme celui de l'existence ; et, plus que de m'avoir auprès d'elle, c'était la consolation de Louise, dans ses dernières années, que ces visites de femmes de son âge, comme elle marquées par une vie somme toute ratée ou douloureuse, avec qui elle s'entretenait de choses auxquelles je n'entendais pas tout mais que j'écoutais, assis à la caisse ou dans un recoin obscur de l'immense magasin, moins pour ce qu'elles disaient, et qui n'était guère original (ou dont j'étais trop jeune pour deviner le sens et, surtout, quelle matière romanesque il y avait là, dans la bouche de femmes qui, pudeur ou superstition, ne parlaient que pour taire l'essentiel, lequel se dévoilait alors par éclats brefs, discrets, furtifs, mais, je le sais aujourd'hui, très révélateurs — et dont l'épiphanie ne peut avoir lieu que dans l'écriture), mais pour la façon dont elles le disaient, leur ton, ce phrasé provincial auquel je dois beaucoup du sentiment que j'ai de la langue française ; un français venu du XIXe siècle dont c'étaient là les ultimes lueurs, un peu comme la musique si mélancolique de Rachmaninov, les quatre derniers lieder de Strauss ou les immenses adagios de Mahler sont, au cœur du XXe siècle, la persistance du grand chant romantique : persistance ironique, calme ou désespérée, jetant sur le futur une lumière ombreuse mais aussi éclairante que celle des théoriciens d'un art nouveau. Pour être pittoresque, ce français ne manquait ni de justesse ni d'élégance, mélange de tournures limousines, souvent rurales, et de français courant, à la syntaxe sûre ; ces femmes ne lisaient pourtant rien d'autre que le journal et, pour certaines, la Bible ou simplement le missel, mais elles avaient souci de bien parler, elles aussi, l'art de la conversation n'étant pas tout à fait mort, l'orthographe pas encore erratique, la langue nivelée, déstabilisée à coups d'apocopes, d'aphérèses, d'argot, de sigles et de parataxes, leurs phrases respirant selon un rythme plus ample dont elles n'avaient pas conscience, ces femmes, d'être les dernières à en user, de même que Chadiéras et les autres fermiers de Siom ne savaient pas qu'ils étaient les derniers paysans, qu'après eux la terre ne serait plus tout à fait la même, abandonnée aux pépiniéristes et à quelques techniciens de l'agriculture et de l'élevage, de la même façon, encore, que la France n'était plus la même après la perte, dans ces années-là, de son empire colonial ; si bien qu'une personne aussi jeune que Marina a peine à se représenter ce qui s'est achevé, en France, au début de ces années 60, et quel terrible appel d'air semblable au néant il en est résulté pour les gens de mon âge que seule l'attirance exercée par la beauté des jeunes corps rapproche des nouvelles générations, le désir restant, Dieu merci, un contemporain heureusement anachronique.

« Vous avez raison, madame Sarroux : tout ne peut pas finir comme ça, tout de suite, ni tout le monde mourir, il faut bien que certains restent, même si on trouve bien du mal à vivre et que ce sont souvent les meilleurs qui s'en vont », disait Mme Boissy, dont rien dans l'allure ou dans le langage n'aurait pu laisser soupçonner qu'elle était femme de meunier, un brave homme, au demeurant, mais si ordinaire qu'on avait peine à admettre qu'il fût son mari, tant son visage à elle était fin, doux, harmonieux sans être vraiment beau, et nostalgique, gardant peut-être des secrets du temps où elle habitait Paris, avant de rencontrer son meunier et de revenir vivre à Villevaleix, sans enfants, avec cette dignité qui lui faisait accorder son visage et le français qu'elle parlait comme si elle trouvait là une façon de ne pas s'abandonner au désespoir, ayant compris que, là où elle en était de la désillusion, bien parler et montrer une figure agréable étaient, dans un endroit aussi perdu que la combe de Pradel, près de Villevaleix, la seule chose qui restât aux femmes comme elle, ma grand-mère, ou encore Mme Issandre, qui les rejoignait parfois, agréable de silhouette mais très effacée, mariée à un petit entrepreneur de maçonnerie fruste et intempérant, couturière de son état (et à qui ma grand-mère ne reconnaissait de talent que pour les corsages et les blouses dont elle me fit tailler deux, une grise pour l'école, et l'autre, blanche, pour le magasin où elle entendait que je l'aide à servir et que je refusai de porter, suscitant un incident pour lequel il fallut l'intervention de ma mère, ce qui commença à m'éloigner de Louise avec qui je n'avais il est vrai en commun que la mélancolie et une opiniâtreté un peu obtuse), elle aussi consciente d'avoir raté sa vie avant même de perdre une fille unique qui n'avait pas atteint ses vingt ans.

Elle parlait peu, mais toujours à bon escient, avec l'aplomb rougissant des timides, répondant par exemple à Mme Boissy : « Sans doute les meilleurs s'en vont-ils toujours trop tôt, mais les méchants meurent aussi. "Que la bête meure", dit le psaume ; comment l'oublier, quand on voit tant de malfaisants vivre dans l'impunité !

— La mort est parfois une consolation pour ceux qui s'en vont », murmurait Mme Boissy, qui ne voulait pas rester sur le lieu commun qu'elle avait proféré et ne se rendait pas compte qu'elle en proférait un autre, cruel celui-là, même si elle ne pensait nullement à la fille de Mme Issandre, à ce moment, mais voulût dire quelque chose qui puisse être rapporté aux autres : celles qui n'étaient pas là mais visiteraient ma grand-mère, le lendemain et les jours suivants, de sorte que la conversation lancée par Mme Bouladou et poursuivie par Mmes Boissy et Issandre se poursuivrait avec d'autres, indéfiniment, debout dans un coin de l'immense magasin où elles n'entraient jamais sans le prétexte d'un achat, si modique fût-il, près du poêle, dès qu'il faisait froid, sur le pas de la porte, l'été, où elles venaient plus tard, comme si leurs conversations devaient toujours avoir lieu dans cette pénombre que semblait rechercher Mme Arvers, la plus distinguée de toutes, avec sa chevelure blanche et son fin visage qui avait été véritablement beau, ayant elle aussi vécu à Paris avec son mari, boulanger, avant de retrouver, veuve,

Villevaleix dont elle était native, et qui répondrait ceci aux paroles de Mme Boissy rapportées par ma grand-mère alors qu'elle n'eût, pas plus que les autres, parlé d'autre chose que du temps qu'il faisait si elles s'étaient rencontrées dans la rue : « Nous évoquons tant de choses que nous ignorons ; nous ne savons pas ce que c'est que la mort, ni s'il y a une vie éternelle ou si nous ne retombons pas dans le néant en retournant à la poussière. Nous ne savons rien et pourtant nous sommes là, à bavarder comme de vieilles jasses, personne n'étant jamais revenu de là-bas pour nous dire ce qu'il y a vu et entendu, non, personne...

— Et pourtant on en revoit, des gens qui sont morts, et qui nous parlent, qui nous disent des choses qu'on n'entend pas dans la bouche des vivants. On les entend, on les revoit, et pas seulement en rêve », disait Mme Rebeyrolle qui avait tenu un petit bistrot jusqu'en 1957, un peu plus bas que chez ma grand-mère, en face du garage Dantony. Elle s'exprimait d'une voix rocailleuse, surtout quand elle contait les heurs et les malheurs de sa fille et de ses petits-enfants ; un personnage apparemment aussi déplacé qu'une autre visiteuse, Mme Legouteilh, grande femme sèche, raide comme un piquet, et dont la tête ronde et les pommettes rouges rappelaient à ma mère les poupées de chiffon de son enfance ; elle exploitait avec son mari (dont elle ne parlait jamais) une belle ferme du côté de Rempnat ; avec sa voix haut perchée et ses gestes vifs, elle évitait rarement le ridicule, mais avait un excellent cœur, et des attentions parfois excessives, s'étant par exemple mis en tête, pendant la guerre, de marier ma mère ; et apprenant, à l'église, après la messe, que celle-ci avait décidé d'aller vivre à Toulouse alors qu'elle avait un médecin de Treignac à lui présenter, elle en ressentit un tel dépit qu'elle assena des coups de poing sur l'autel de la Vierge, suscitant une sorte de scandale qui aurait pu faire croire qu'elle était possédée du démon si on n'avait connu sa bonté d'âme.

Ni Mme Legouteilh ni Mme Rebeyrolle n'étaient en reste au sujet des morts — Mme Rebeyrolle, surtout, qui ajoutait qu'il fallait s'en méfier : « Oui, comme du diable, du moins dans certains cas... Cette femme du Mas-Vallier, vous vous la rappelez certainement, madame Sarroux, vous aussi, madame Legouteilh : elle se dépitait de ne pas savoir à quoi ressemblait son petit-fils, ses enfants vivant loin d'ici, à Marseille ou à Grenoble, je crois, et n'ayant pas le temps de venir le lui montrer, et lui envoyant donc une photo qu'on a placée dans le cercueil et enterrée avec elle. Le gamin n'a pas tardé à tomber malade : impossible de le guérir ni de comprendre de quoi il se mourait, et surtout pas que c'était sa grand-mère qui avait tout fait pour qu'il la rejoigne en emportant sa photo dans l'autre monde...

— Et vous croyez des choses pareilles ? » murmurait ma grand-mère, dont je fuyais les regards, les pensant propres à m'emporter outre-tombe, moi aussi, alors qu'elle craignait que ces histoires ne m'empêchent de dormir. Mais elle était polie ; elle s'ennuyait, et ces conversations étaient devenues, pour elle comme pour ses dignes visiteuses de l'après-midi ou du soir, le meilleur moment de la journée ; et elle demeurait impassible, sans interrompre Mme Legouteilh lorsque celle-ci reprenait la parole avec force : « Je les crois, oui ; comment ne pas y croire, moi qui ai vu, de mes yeux vu, ma propre mère chausser les pieds de sa mère morte non pas de ses souliers du dimanche qui lui faisaient mal mais de ses pantoufles, afin qu'elle soit à l'aise au Paradis, elle qui avait tant trouvé de mal dans ce monde-ci, qui avait tant souffert de ses articulations, et qui me racontait qu'elle avait connu, près de Nedde, des fermes dans lesquelles on allait casser l'écuelle de ceux qui venaient de mourir, sur une pierre, au fond du coudert, car ça porte malheur de manger dedans...

— Tout comme de ne pas brûler leur paillasse, ou de ne pas voiler les miroirs, ajoutait Mme Issandre.

— Mais les morts, les pauvres morts, ceux qui reviennent et qui se plaignent ? demandait Mme Boissy.

— Les morts et les vivants ne sont pas aussi séparés les uns des autres qu'on le croit, disait Mme Arvers ; je dirai même qu'ils ne peuvent vivre les uns sans les autres.

— Il y a des morts qui vivent mieux que les vivants, murmurait Mme Issandre si bas qu'on était en droit de se demander non seulement ce qu'elle voulait dire mais, lorsqu'on avait compris qu'elle espérait cela pour sa défunte fille, à quelle catégorie elle appartenait, tant son visage était sombre, à ce moment, et son air assez mystérieux pour que Mme Arvers se tût, inquiète, effrayée peut-être, tandis que Louise Sarroux disait d'une voix calme que les morts, quoi qu'il leur arrivât par ailleurs, avaient droit à plus d'égards qu'on ne leur en donne généralement.

— Car nous oublions que c'est d'eux que nous venons et vers eux que nous allons...

— Le plus tard possible », s'écriait Mme Issandre, qui n'avait guère de goût pour ce sujet et entendait profiter non de la vie (ce qui eût été trop lui demander, à elle comme à toutes ces femmes que l'existence n'avait pas épargnées), mais de sa tranquillité, comme on dit quand on n'attend plus rien de la vie, pour reprendre une des expressions par lesquelles

elles laissaient entendre qu'elles avaient déjà le visage dans l'éternité.

Et elles s'en allaient, généralement ensemble, ouvrant la porte sur la nuit de Villevaleix et, plus sûrement, sur une nuit plus profonde où elles ne cessaient de s'entretenir avec leurs morts, arrivées à cet âge où on connaît plus de disparus que de vivants, comme le leur avait rappelé ma grand-mère, qu'elles quittaient sans peut-être l'entendre murmurer, même en plein été : « N'allez pas prendre du mal, il ne fait pas chaud tout à l'heure... »

Et je me demandais, juché sur le haut tabouret de la caisse, si j'aurais le courage de monter seul dans ma chambre, d'affronter le froid, les ombres, les craquements, les gémissements de la grande maison ; mais ma grand-mère n'était pas si mauvaise que son visage austère et sombre me le laissait penser : elle montait, ces soirs-là, dormir dans sa chambre de l'étage, m'invitant à taper trois coups contre la cloison, en cas de besoin, n'osant pas prononcer le mot « peur », redoutant peut-être, elle aussi, non pas les revenants ou les cambrioleurs (il y a longtemps qu'elle vivait avec les morts, et elle avait eu sa part de visiteurs nocturnes et malintentionnés), mais elle-même, plutôt, ce à quoi la renvoyait ma jeunesse, se voyant sans doute en moi telle qu'elle n'aurait jamais cru se voir, à soixante-cinq ans, dans les yeux du fils de cette fille qu'elle avait dû se résoudre à laisser élever par sa sœur Marie, parce qu'il y avait trop de travail au magasin, entre les deux guerres, m'avait-on dit, quoique ce ne fût pas la vraie, ou la seule raison, et qu'il m'ait fallu attendre la mort de ma grand-mère, huit ans plus tard, pour connaître la vérité sur cet éloignement, sur l'exil de la petite Solange dans le gynécée siomois. Un fils qui ressemblait si fort à cette fille, disait-elle, qu'elle avait l'impression de l'avoir de nouveau auprès d'elle et, pour un peu, m'aurait fait porter ses vêtements d'enfant qu'elle gardait dans une malle du grenier. Car elle ne jetait rien, ni les vieux habits ni les articles démodés, encore moins ses souvenirs qui, pendant les vingt-six années qu'elle avait passées seule à Villevaleix, et, malgré ma présence, pendant les huit années qu'il lui restait à vivre, auront été son pain quotidien autant que celui qu'elle achetait à un boulanger ambulant de Chamberet qui ne s'arrêtait à Villevaleix que pour elle, alors qu'elle aurait pu se fournir chez Lefrançois, le boulanger du bourg chez qui elle ne mettait jamais les pieds, ce que je portais au compte de ses manies de vieille femme, étrange et solitaire, avant d'apprendre la vérité, beaucoup plus tard, là encore. Je vivais donc, à huit ans, dans une innocence, une ignorance que tu aurais peine à te représenter, Marina, toi qui, au même âge, quelque trente ans plus tard, en saurais mille fois plus sur le monde, le sexe, la politique, le mensonge général, les illusions, la chiennerie humaine, et surtout les adultes dont j'ignorais à peu près tout, à cause de cette muraille de Chine séparant encore ces deux mondes : celui des adultes et celui de l'enfance, dans laquelle il fallait comprendre l'adolescence, et devant laquelle les adultes n'avaient pas encore abdiqué leur autorité — un autre monde appelé à finir, là aussi, et dont j'aurais pu comprendre les prémices si j'avais eu un père, ou que j'eusse vécu dans ces villes dont je ne savais rien, même s'il m'arrivait, certains soirs d'été, à peu près à l'époque où les dernières locomotives à vapeur s'arrêtaient à Villevaleix pour faire le plein d'eau, d'en apercevoir quelque chose lorsque j'allais regarder la télévision chez les Boissonnas, de l'autre côté de la voie ferrée toujours franchie avec le sentiment de traverser une frontière que je n'étais pas sûr de repasser, tant était vif en moi le sentiment que le moindre pas accompli pour le plaisir ou même hors de toute nécessité dût se payer tôt ou tard de quelque malheur, ne fût-ce que pour aller chez des gens qui, encore assez rares, possédaient un téléviseur : non que j'eusse vraiment du goût pour ce moderne moyen de divertissement ; c'était plutôt pour ne pas être trop différent des jeunes gens de mon âge que j'allais la regarder, la curiosité que j'en avais et le souci de me rapprocher d'autrui retombant vite, si bien que, longtemps, le fait d'entendre mes condisciples commenter des émissions, parler des vedettes qui les animaient, des films qu'on y voyait, et, moi, de n'en savoir à peu près rien accrut mon isolement, me donnant l'air méprisant, lointain, ou, ce qui revient un peu au même, stupide — ce qu'on taxe de mépris n'étant que l'incompréhension d'un orgueil qui inquiète et donc, pour moi, une forme de simplicité. Les Boissonnas sentaient mauvais — une odeur de soupe, de graillon, de feu humide, de tisane, d'eau de Cologne et de camphre que je tentais de rendre supportable en usant d'un stratagème dont j'apprendrais plus tard qu'il est utilisé par les médecins légistes, lequel consistait, juste avant de monter l'escalier des Boissonnas, à m'enduire le bord des narines de savon surfin chipé dans la devanture de ma grand-mère, et dont je suscitais le parfum « Chypre », comme l'indiquait le papier d'emballage, en le mouillant avec ma salive, si bien que l'île de Chypre me demeure en quelque sorte imaginaire, interdite, occultée par le parfum respiré dans l'enfance et que nul voyage ne pourrait dissiper pour le remplacer par un paysage réel. Stratagème auquel j'ai encore recours aujourd'hui, ayant toujours dans ma poche un échantillon de parfum à me passer sur le nez lorsque je me trouve dans le métro ou à côté d'une personne à l'haleine infecte. Ainsi pouvais-je supporter l'odeur des deux vieillards et avaler le petit-beurre amolli provenant d'une boîte ornée de l'inscription « Lefèvre-Utile », nom incompréhensible pour moi à cause de cet adjectif « utile » qui me semblait contradictoire avec l'idée de friandise et confirmer la mauvaise qualité du gâteau qu'on me présentait avec un peu de crème de cassis, non moins écœurante, versée dans un verre à peine plus grand qu'un dé à coudre, dont Mme Boissonnas me resservait plusieurs fois et que je n'osais refuser de peur que, vexés, ils ne m'invitent plus chez eux, d'où je sortais généralement gris, vomissant sur les rails ou contre les tilleuls du foirail, en pleine nuit, comprenant que tout plaisir a son prix, croyant n'être vu de personne et surtout pas de ma grand-mère, qui m'attendait dans le noir, debout derrière sa devanture, aussi immobile que ces mannequins d'osier ou de toile écrue dont la présence m'avait longtemps dissuadé d'aller au fond du magasin ou d'explorer son grenier : elle fondait sur moi, furieuse qu'on pût me croire soûl, à huit ans, et qu'on pensât qu'elle tolérait cette honte, ce déshonneur. Un mot que tu ne connais sans doute pas, Marina, ou qui n'a pour toi qu'une résonance littéraire ; un mot dont le sens s'est perdu avec la désintégration des familles, de la même façon que les mots « salut », « patrie », « péché », ou « paysan », et avec eux tout un vocabulaire qui nommait le monde avec une précision incomparable ; et non seulement ce vocabulaire mais aussi l'ensemble de ces tournures et expressions qui, j'y reviens, sont le vêtement d'apparat des langues, une part considérable de leur génie, leur singularité magnifique, ce que chacune a d'irremplaçable et que j'ai vu s'éteindre peu à peu, d'abord en patois, ensuite en français, lequel a cessé d'avoir la précision, la saveur, l'originalité (le « pittoresque », pouvait-on encore lire dans un roman de la première moitié du XXe siècle) qu'il avait dans la bouche de ma grand-mère et de ses visiteuses, et de beaucoup de ceux qui peuplaient les hautes terres limousines.

4

« Je t'entends déjà dire qu'on ne peut plus être déshonoré, aujourd'hui, et donc que nul n'est honorable, l'honneur, le sang, la pureté, la gloire, tout ça remplacé par les droits de la personne humaine », a murmuré en souriant Marina, qui avait à ce moment les cuisses encore ouvertes et humides, gardant cette position par une sorte d'impudeur dont je ne savais si elle était une réponse à ce que je venais de dire ou un simple abandon à la fatigue des sens.

Je lui ai dit qu'on ne pouvait en effet pas déshonorer une femme, de nos jours, puisque les raisons qui régissent l'honneur et faisaient qu'une femme se perdait sont obsolètes, le vice n'existant plus en tant que tel mais comme particularisme sexuel, ou maladie, donc soignable, et respectable, le nom propre ayant cessé d'être l'écho musical et moral d'une famille ou d'un individu, et n'étant plus l'oriflamme à défendre envers et contre tout, surtout du déshonneur contre quoi les Bugeaud ont lutté toute leur vie et, parmi eux, cette femme solitaire qu'aura été ma grand-mère : une solitude de plus de trente années, même pendant les neuf ans où j'ai vécu auprès d'elle et où elle me considérait plus comme une fille que comme un garçon, non seulement parce qu'elle avait fini par tenir le sexe masculin dans une piètre estime, pour ne pas dire dans le mépris, mais aussi parce qu'elle trouvait avec le temps de ces arrangements qui sont le propre de la vieillesse autant que de la désillusion, ce temps faisant donc retour sur lui-même pour lui restituer, d'une certaine façon, la fille qu'elle s'était résolue à laisser élever par d'autres, se le reprochant sans doute et regrettant qu'il n'y eût entre elles que la distance qui les rendait quasiment étrangères l'une à l'autre, et aussi cette timidité, cette réserve, cette sérénité amère qui l'empêchaient de nous montrer, à ma mère comme à moi, autre chose que de la dureté.

Je pose sur ma table, à côté du crucifix d'ébène et d'ivoire de Marie, une photographie d'elle, à vingt-sept ans, assise sur un tabouret ou un petit banc, dans une robe de serge claire à fines rayures sombres et col d'organdi blanc orné de picots, tenant contre elle ma mère âgée de quelques mois et presque invisible dans ce qui doit être sa robe et sa coiffe de baptême : l'unique photo de Louise Bugeaud jeune, aussi belle que sa sœur Marie, le jour de ses noces, mais sans la fierté de l'aînée ; un imperceptible, un ironique sourire aux lèvres, les yeux cernés, déjà presque tristes, les cheveux épais, d'un beau châtain sombre avec des reflets roux, m'a-t-on dit, une rousseur que j'ai héritée d'elle, mais non ma mère, qui a les cheveux banalement châtains, et coiffés en arrière (il me manque les mots pour dire ce qui n'est ni bandeaux ni chignon mais pas pour évoquer cette mèche qui se défait, s'échappe du peigne en imitation d'écaille jaspée, sur la gauche, et lui donne je ne sais quoi d'émouvant, détruisant l'apprêté de la pose, tout comme le minois grincheux de ma mère), Louise semblant surprise par le photographe plus qu'elle ne pose pour lui, ou s'y résignant, devinant peut-être ce qui l'attendait, après deux ans de vie commune avec Albert Sarroux, épousé à Siom, en août 1920.

Nul ne sait comment ils se sont connus, la fière, l'ombrageuse Siomoise qui n'hésitait pas à dire, bien des années plus tard, en toute simplicité, qu'elle avait été la plus belle fille du canton, ce que ne dément pas la photo que j'ai sous les yeux et que je scrute à la loupe, surtout cette bouche au sourire qui m'émeut comme me bouleverse la hanche de sa sœur. Le temps qui les laisse à présent flotter dans ses eaux réversibles, plus fort que les interdits du sang et les préjugés moraux ou esthétiques, m'invite à écrire ceci en hommage à leur beauté, sinon à me mettre à la place de mon grand-père, à la contempler avec ses yeux, du moins à me demander ce qu'elle a pu trouver à ce petit homme aux yeux calmes, dont le visage rond et doux, plutôt fade, est barré, comme celui de tant d'hommes de l'entre-deux-guerres, d'une petite moustache. A-t-elle seulement été amoureuse du brave garçon qu'était Albert Sarroux, avant la Grande Guerre, lorsqu'il était venu à Pérols-sur-Vézère, non loin de Siom, pour travailler le granit rose, comme, dix ans plus tôt, Antoine Foly, ou bien a-t-elle obéi à ses parents, se pliant à la volonté de son père pour épouser ce Creusois dont la famille s'est éteinte entre les deux guerres, originaire de Faux-la-Montagne, ou plus exactement du hameau de L'Allée, où sa maison natale est encore debout, toute en longueur, semblable à tant de fermes du plateau de Millevaches, avec sa porte d'entrée au linteau doublé d'une plate-bande servant d'arc de décharge, technique propre aux maçons creusois ; un linteau qui porte, sculptés dans le granit, des outils de maçon, ce qui marque bien la limite entre la Corrèze et la Creuse, de la même façon qu'au-dessus de Saint-Setiers, au col de la Croix de la Mission, à près de mille mètres d'altitude, d'où on voit par beau temps, entre les sapins et les bouleaux, les bas plateaux de la Combraille bleutés comme une mer, passe la ligne de partage des eaux qui coulent d'un côté vers le bassin de la Garonne, de l'autre vers celui de la Loire, les Corréziens du plateau descendant vers Bordeaux, la vigne, le pin des Landes, et les Creusois allant plus naturellement s'engager comme maçons à Paris : trois cent cinquante kilomètres en train, qu'on allait prendre à pied à La Souterraine — ville qui, dans la bouche de ma grand-mère, lorsqu'elle évoquait Albert Sarroux dans la pénombre du petit salon, les soirs d'hiver, m'ouvrait irrésistiblement un arrière-monde qui ne pouvait pas ne pas communiquer avec celui des *Indes noires* de Jules Verne, dont les livres seraient pour moi les compagnons privilégiés de toutes ces années ; et j'imaginais mon grand-père quittant sa ferme natale, en héros de roman, à l'aube, la besace à l'épaule, le chapeau ou le béret sur la tête, de lourds souliers aux pieds, attendant dans le brouillard de l'automne de 1909 les compagnons avec qui il ferait le voyage jusqu'à la capitale, lui, le plus jeune des fils d'Émile Sarroux et de Victorine Boucher, de Gentioux, né en 1890, soit cinq ans avant celle qui deviendrait son épouse. Paris où il retourna chaque hiver et où il réussit, puisque son livret de famille le donne pour contremaître de maçonnerie, domicilié au 170, rue Ordener, dans le 18e arrondissement, au pied de la butte Montmartre.

Je suis allé rue Ordener ; au 170 s'élève aujourd'hui un immeuble de sept étages, en pierre claire, d'une architecture qu'on trouvait pratique et sans doute belle, sous le président Pompidou, en cette époque, naïve et confiante, où la beauté avait le visage de la modernité mais a vieilli plus rapidement qu'une figure humaine, et pour la construction duquel on a probablement détruit un de ces beaux immeubles haussmanniens qui donnent à cette rue son rythme apaisant. En face, un étrange et vaste bâtiment de brique, avec des arcades en plein cintre, et de hauts murs derrière lesquels se balancent les arbres d'un jardin privé. Albert Sarroux n'a pas connu ce bâtiment élevé dans les années 30 — une résidence d'artistes. Il n'a pas pu croiser Pierre Monteux, le créateur du *Sacre du printemps*, qui y résida comme, plus tard, un autre chef, son élève, Jean Martinon, ce dernier un peu oublié aujourd'hui mais grand serviteur lui aussi de cette musique qu'on disait française du temps où l'on croyait à la pérennité des nations, à leur esprit, à leur génie, dirai-je pour reprendre un mot à présent réprouvé mais qui exprime on ne peut mieux l'ensemble des dispositions naturelles propres à un peuple. J'imagine cependant (et cet anachronisme ne me paraît pas plus un outrage au temps que le bonheur que m'inspirent les hanches de Marie, la bouche de Louise, ou les yeux de Virginia Woolf croisant ceux de ma mère, à Treignac, en 1937) la rencontre fugitive de l'illustre chef d'orchestre et du petit maçon creusois : regards, sourires lointains, saluts peut-être, têtes vite détournées, sur le trottoir, à cette heure du laitier si mystérieuse pour moi qui n'avais jamais vu de laitier, puisque je faisais jaillir le lait à sa source, à Siom, dans l'étable de Berthe-Dieu, et me représentais cette heure empreinte d'une blancheur de givre, même en plein été. Je vois Albert Sarroux contournant Montmartre pour descendre jusqu'à la place de Clichy puis à Pigalle, flânant ensuite sur les Grands Boulevards en songeant au pays, à ce haut plateau où il revenait au printemps, à cause d'une fille de Corrèze prénommée Louise, rencontrée au bal, lorsqu'il s'était embauché à la carrière Allagnac, à la sortie des Buiges, pour quelques mois, avant la guerre;

avant Verdun où il avait été gazé puis capturé, et envoyé à Zerbst, dans la région de l'Anhalt, avant d'être expédié, pour avoir tenté de s'évader, dans un camp disciplinaire de Silésie — ce qu'on imagine mal, à contempler son air si doux, si effacé, sur l'unique photo qu'on ait de lui. Les privations y avaient été telles, dirait à Louise un de ses camarades de captivité, le jour de ses obsèques, qu'ils avaient souvent dû se nourrir d'herbes et d'orties, et il en était rentré en partie invalide, incapable d'exercer son métier de maçon, mais pas d'épouser cette fille de Siom qu'il n'avait pas revue depuis bientôt quatre ans, dont il avait un peu oublié le visage et qui, de son côté, n'avait peut-être plus autant d'inclination pour lui mais qui, après cette guerre qui allait laisser tant de femmes sans hommes et de filles célibataires, comprenait qu'il fallait se rendre aux raisons de son père, quand même touchée par la douceur de cet homme, et, qui sait, par la possibilité de le dominer, ayant entrevu cela non pas dans l'homme qui revenait de captivité, auréolé de la gloire des survivants, mais d'entrée de jeu, avant août 1914, Louise pouvant ainsi continuer d'être elle-même tout en demeurant fidèle au soldat à qui elle était quasi fiancée, ce qui est, après tout, une forme d'amour.

Je me représente Albert Sarroux, contrairement à tant de ses compatriotes maçons demeurés insensibles à ce qui se passait dans la capitale pendant qu'ils travaillaient à la construction ou à l'achèvement de l'arc de Triomphe, du palais d'Orsay, du ministère des Affaires étrangères, de l'église de la Madeleine, rêvant toujours de Paris, de la Bastille, des Grands Boulevards, de Montmartre, peut-être d'une jeune fille rencontrée rue Lamarck ou rue Vauvenargues, et dont le visage ne s'effaçait pas devant la beauté de Louise et la grandeur des Bugeaud ; je le vois hésitant, ne se résignant pas à oublier la jeune Montmartroise à présent mariée et mère de famille, sachant qu'il ne pourrait plus travailler ni la pierre ni la terre, à cause du lichen qui poussait dans ses poumons, et devenant donc le mari de Louise Bugeaud, formant avec elle ce qu'on appelle un beau couple, et l'entraînant à Paris, où ils ont tenu un café-restaurant dans cette rue Ordener que j'ai parcourue plusieurs fois en essayant de situer l'endroit où ils avaient exercé quelque temps l'épuisant métier de restaurateur qui, pour Albert Sarroux, ne pouvait être qu'une façon de vivre en dessous de ce qu'il avait été avant guerre, passant de l'aristocratie de la pierre au service des bouches et des estomacs.

Imagine-les, Marina, le doux Creusois blessé et la fière Corrézienne, tous les deux beaux — elle, surtout, humant cet air de Paris qui donne aux femmes ce quelque chose qu'elles n'ont nulle part ailleurs : le chic et, plus encore, ce chien qui fait d'elles des reines, mais que Louise Sarroux n'aurait pas le temps d'acquérir, le même air ne réussissant pas aux poumons malades d'Albert, et Louise, enceinte de ma mère, décidant de revenir accoucher à Siom, dans la chambre où sa mère, Eugénie, l'avait mise au monde, et ne revenant pas à Paris, où Albert vendit le café-restaurant à un bougnat de Brioude.

Ils s'installèrent à Villevaleix, à sept kilomètres de Siom et trente de Faux-la-Montagne, prenant en location un fonds d'épicerie, propriété de la famille Malrieu, qui l'avait tenu précédemment puis abandonné, leur bru répugnant au commerce, lequel prospéra entre les mains des Sarroux tant et si bien que les Malrieu, vers 1925, crurent pouvoir augmenter le loyer. Les locataires estimant ces prétentions déraisonnables, on se brouilla, et la grande maison Sarroux fut rapidement bâtie, tout près de là, sur les conseils de Jean Bugeaud dont Louise n'évoquait jamais la mémoire sans rendre hommage à ses qualités d'esprit et de cœur qu'elle n'avait pas trouvées chez ses autres frères.

Ce commerce, lui aussi prospère, laissait à Louise d'autant moins le loisir d'élever la petite Solange que l'état de santé d'Albert ne cessait de se dégrader. Je ne crois pas manquer à la mémoire de mon grand-père ni de ma grand-mère en disant que c'est l'alcool qui l'a achevé ; non qu'il fût un ivrogne, comme tant de gourles du haut plateau ou les poivrots qu'il avait servis à Paris ; mais son commerce l'obligeait à lever le coude, et il en avait d'autant mieux pris l'habitude que cela l'aidait à supporter ce qui le rongeait de l'intérieur et qui avait commencé dès 1916, à Verdun, son œuvre de destruction : le gaz moutarde, le froid, la mauvaise hygiène, la vinasse des mercantis, la peur, et puis les privations du camp de Silésie. Il faut comprendre ça : la dignité d'un homme qui exerce un métier où l'on est en contact perpétuel avec la clientèle, et qui doit se tenir, paraître jovial et disponible, tout en luttant contre ce qui le dévore — ou, plutôt, ayant cessé de lutter, se sachant condamné, accompagnant cette mort lente de ce qui pouvait l'aider non pas à l'oublier (étant mort, d'une certaine façon, en 1916, comme tant de ses frères d'armes, de sorte qu'il était impropre de parler de lui comme d'un vainqueur ou même d'un survivant), mais à ne pas trop se rappeler qu'il laisserait bientôt (en 1934, âgé de quarante-quatre ans) une femme encore jeune et une fille d'une grande beauté, qu'on avait éloignée de Villevaleix afin qu'elle n'assistât pas à la déchéance paternelle, à cette nouvelle descente aux enfers, à ce voyage au bout duquel il allait retrouver les camarades tombés dans la boue des tranchées ou endormis dans les neiges de Silésie, et qui, disait-il, ne cessaient d'en appeler à lui, le suppliant de ne pas les oublier, de les rejoindre même, là-bas, dans l'ossuaire de Douaumont ou les champs de petites croix blanches de la Meuse, ayant toujours su qu'il les reverrait, depuis le combat du cimetière, dans ce village dont, étrangement, il avait oublié le nom, me dirait ma mère, la seule fois où elle évoqua longuement son père devant moi, dans son clair appartement de Thonon-les-Bains où la nuit tombait avec une douceur qu'elle n'a jamais sur les hautes terres : « Oui, un combat au milieu de tombes éventrées par plusieurs jours de pilonnage ; un assez bon endroit où se battre », avait-elle dit avec une voix que je ne lui connaissais pas, plus sourde, plus dure que d'ordinaire, comme si ce n'était plus tout à fait elle qui parlait mais son propre père, m'avait-il semblé, du moins retrouvant pour me conter cet épisode quelque chose de la voix paternelle, non seulement son phrasé, son ton, mais sa hauteur et son grain, ma mère ressemblant d'ailleurs bien plus à son père qu'à sa mère ; de sorte que c'est la seule fois où, si je puis dire, il m'ait été donné d'entendre mon grand-père, comme s'il se tenait devant moi, me racontant le combat du cimetière, le fracas, l'inversion permanente du jour et de la nuit, l'odeur de charogne, celle des tombes ouvertes par les obus allemands comme celle des camarades tombés sur place et qu'on ne pouvait emporter à cause des tirs de flanquement et des mitrailleuses boches, et aussi parce qu'ils servaient de remparts ; et il se rappellerait jusqu'à la fin le bruit mat des balles entrant dans ces corps sans vie, leurs soubresauts, leur puanteur, utilisant aussi de vieux cadavres secs sortis des tombes comme des leurres ou des épouvantails, racontait-il en souriant à l'idée que les Allemands avaient pu être effrayés par ces momies se dressant dans leur ligne de mire. Il avait été blessé à la cuisse ; une blessure légère, mais qui l'empêcha de bouger pendant quelques heures. Il ne souffrait guère. Il s'était traîné jusqu'à l'église. Le combat s'était déplacé vers le village. S'il a su qu'il ne mourrait pas ce jour-là, c'est à cause de l'extraordinaire blancheur de la nef. Il n'avait jamais été aussi calme : un bonheur qu'il ne retrouverait plus, pas même quand les Allemands finiraient par prendre le cimetière, la même nuit, et qu'ils le trouveraient souriant, comprenant qu'il n'aurait plus à combattre, ou quand il regagnerait la France après sa captivité, non, rien de comparable à la paix de l'église dont le toit avait été soufflé et dont les murs étaient secoués par les obus sans qu'il pensât une seule fois qu'il pourrait tomber autre chose que cette poussière de plâtre qui lui neigeait sur le visage et sur les mains.

C'est ainsi que je me le représente le mieux, cet Albert Sarroux, étendu dans cette nef où il serait bientôt fait prisonnier, plus heureux, qui sait, que dans la blancheur du lit nuptial, quelques années plus tard, à Siom, dans la chambre prêtée par Marie, ensuite rue Ordener, et puis à Villevaleix, songeant peut-être qu'aucun corps de femme, fût-il aussi blanc que celui de Louise dans ces draps qui constituaient une partie de son trousseau, ne lui apporterait une telle paix, qu'il chercherait dans le vin, discrètement, mais sans pouvoir le cacher tout à fait, les uns et les autres n'en louant que davantage la vaillance de Louise qui faisait marcher seule l'affaire, bien avant la mort d'Albert, et bien sûr après — ce qui n'était pas rien, Villevaleix étant, entre les deux guerres, un pays plus peuplé, et bien plus cultivé, que pendant mon enfance, avec cette gare et ces routes qui en faisaient un centre commercial actif, et, le 27 de chaque mois, une foire qui amenait de toute la région, et même de Paris, des grossistes en porc avec leurs bétaillères, neuf personnes s'affairant auprès des chalands dans ce magasin qui faisait penser aux *general stores* de l'Ouest américain, avec son cartouche crème sur lequel on pouvait lire : APPROVISIONNEMENT GÉNÉRAL, au-dessus de plus petites lettres indiquant le nom du propriétaire, et entourées de « Épicerie » et de « Mercerie », et, en plus petit encore, à chaque extrémité du cartouche, quelques-uns des articles proposés par le magasin, de la quincaillerie aux graines, sans en épuiser bien sûr le contenu, ni même qu'on fût capable d'étonner nul vendeur en demandant un kilo de farine, une écrémeuse, de l'essence, des peignes, une faux ou une robe de mariée.

5

Une vie de labeur, de souffrances, d'abnégation, qu'on avait imaginé, quand Louise était plus jeune, de lui rendre meilleure en lui faisant suivre des cours de sténo-dactylographie, à Limoges, dans l'école d'une Mme Barré-Klinger qui donnait également des cours d'anglais et d'allemand ; laquelle directrice invitait Louise Bugeaud, en janvier 1919, à une soirée dansante organisée par les « collègues » de Louise, dans les salons de l'Hôtel Central. « Comme les distractions doivent être assez rares à Siom, j'espère que vous voudrez bien faire le voyage jusqu'à Limoges pour venir vous réjouir avec nous, et que votre père ne vous refusera pas la permission d'être notre hôte pour cette fête qui s'ouvrira à neuf heures par une valse chantée et se clora à minuit, après un intermède musical », lui écrivait-elle dans une lettre dactylographiée que Louise n'a pas jetée et qui porte, au verso, d'une écriture rageuse, encore juvénile, mais pleine de caractère, ce mot : « Non », suivi de « Me faire retour de cette pièce », d'une écriture différente, la sienne probablement, comme si elle avait demandé à son père la permission d'aller à ce bal, ce qui, à vingt-quatre ans, paraît peu probable — du moins que ce soit Pierre Bugeaud qui l'en ait empêchée, et non elle-même qui se le soit interdit. Elle ne sera donc pas, le 14 février, allée à pied jusqu'à la gare, à la fin d'un pluvieux et sombre après-midi, prendre le train de six heures pour Limoges. La guerre avait passé par là, les morts étaient plus que jamais présents parmi les vivants, et on ne s'amusait pas à Siom comme on le faisait à Limoges et à Paris ; et puis Louise se considérait comme fiancée, attendant qu'Albert Sarroux rentre du sanatorium de Haute-Savoie où l'on avait tenté de soigner ses poumons, et qu'il se décide (du moins je le suppose, aucune lettre d'eux ne subsistant), s'étant résignée, elle, à ce mariage après avoir mis fin aux prétentions de certains, dont cet Antonin Besse, de Peyrat-le-Château, un autre Creusois, qui connaissait Albert Sarroux et, le pensant mort, tentait sa chance, remettant au vaguemestre, le 24 décembre 1917, une « carte postale à l'usage du militaire », rédigée au crayon, sans indication de lieu d'envoi, sans orthographe, non plus, mais grâce à laquelle ce caporal du 63ᵉ régiment d'infanterie entendait sinon toucher le cœur de la belle « mademoiselle Louise », du moins se rappeler à son bon souvenir, depuis le front, « à vingt kilomètres des lignes boches », « toujours en parfaite santé », souhaitant que sa carte les trouve « de même », elle et ses parents, donnant son adresse (secteur postal n° 102 C), et recevant sans doute une lettre de Louise dans le goût de celles qu'écrivaient les marraines de guerre bien plus que d'une amoureuse, avant d'être tué, quelques semaines plus tard, tout comme ce Joseph Faugeron, d'Alleyrat, non loin de Meymac, qui lui tint à peu près le même langage, avec la même absence d'orthographe et de style que le crayon à papier rend touchante, les deux soupirants emportés dans les orages de la première guerre industrielle, en songeant à Louise ou à leur mère, et sans personne aujourd'hui pour se souvenir d'eux, sinon moi qui les imagine rêvant à Louise ; de braves gars qui n'auront pas plus vécu qu'Antoine Foly dont François Bugeaud, conducteur au 12e train du convoi administratif, dans la 4e compagnie de Limoges, demande des nouvelles à ses parents, en septembre 1914, depuis Valmy (a-t-il écrit d'un trait de crayon presque imperceptible qui a échappé à la censure), tout en se plaignant de la pluie et de passer son temps à ravitailler les troupes coloniales, brûlant d'aller au combat, comme tant d'autres, à ce moment-là, pour épater cette Germaine qui lui envoyait, de Gourdon, non loin de Siom, le 12 août 1913, une carte postale coloriée représentant un couple d'amoureux, pommadés, poudrés (« cucul la praline », dirait Louise en haussant les épaules devant le sentimentalisme de cette Belle Époque qui allait prendre fin un an plus tard), comptant sur François Bugeaud pour le dimanche suivant, lui faisant savoir qu'elle irait au-devant de lui, sur la route des Buiges : ultime image d'un monde heureux dont François Bugeaud se souviendrait bientôt avec nostalgie, quoiqu'il fût en quatre ans devenu un autre homme, dans une lettre envoyée à Louise, et écrite le 30 décembre 1917, près de la frontière suisse, en attendant une attaque boche, souhaitant que ses sœurs et toute sa famille soient en bonne santé avant d'ajouter : « Si je ne t'écris pas souvent, tu voudras bien ne pas m'en vouloir car je suis tellement dégoûté de la vie que je la donnerais pour deux sous ; enfin que veux-tu, je ne peux rien dire mais je t'assure que je suis devenu méchant, quand on voit une chose pareille, cette guerre, depuis trois années et demie, et avec un froid plus grand encore que chez nous, je t'assure que cela peut rendre méchant... »

Il leur faudrait oublier, ou tenter d'oublier — ou faire semblant —, les uns la méchanceté, le froid, la peur, la mort des camarades, et les autres — ceux de l'arrière, les femmes surtout — quelqu'un qui n'était pas rentré, fils, mari, frère, ou encore un homme dont le nom n'a jamais passé nulle lèvre et à qui on élève un autel secret dans cette crypte que chacun abrite au fond de soi.

Ce vers quoi Louise descendrait s'incliner jusqu'au dernier jour, on peut le croire, c'est la figure d'un jeune homme des Églizeaux, dans la commune de Siom, sur la route de Villevaleix, et dont elle parlait quelquefois à ma mère sur un ton mélancolique qui ne lui ressemblait guère ; un gars dont elle ne révélait pas le nom et que son service militaire avait emmené en Algérie, où il se fixa, ayant embrassé la carrière des armes, trouvant le moyen de s'instruire, devenant officier supérieur, et nommé à Blida où il rencontra — ce n'est pas invraisemblable — André Gide, songeait ma mère qui l'imaginait, lors d'une soirée donnée par le commandant de la place, échangeant quelques mots avec l'auteur des *Faux-Monnayeurs*, d'abord par politesse, puis avec une vraie curiosité, comme on le fait avec un écrivain célèbre, sur le roman, sur la part d'invention et de mensonge, de prédation, de subterfuges, de trahisons et d'errements, de renoncement, même, qu'il faut pour parvenir à la vérité sur un être — une vérité qui, écrite, est plus un hommage paradoxal à ce qui est à jamais perdu que bien des vérités officielles. L'officier était cependant incapable de deviner que sa propre vie deviendrait bientôt une sorte de roman, non pas au sens où elle serait banalement romanesque (selon l'infinie duplication de situations dramatiques qu'on appelle, non sans ironie, la littérature et dont la vie ne serait qu'une mauvaise et risible copie), mais au sens de ce que tout roman devrait être : un lieu où surgit l'inattendu, un perpétuel défi à la forme par le fond, et inversement, un mémorial de langue et de noms propres autant qu'une descente aux souterrains de l'esprit ou une consolation aux hommes privés de Dieu. Un roman, donc, c'est-à-dire une manière de gloire, que la vie de ce fils de petits paysans siomois devenu officier d'artillerie, avec ce drame dont le bruit finirait par arriver jusque dans la lointaine Siom où il se murmurerait qu'une telle réussite ne pouvait pas durer, qu'il fallait toujours en revenir à l'origine, à l'expiation, à la disgrâce d'être né trop près de la terre. L'officier s'était marié en Algérie : un beau mariage, avec une femme charmante qui lui avait donné un garçon avant d'être emportée par la tuberculose, nul vaccin n'ayant encore été mis au point, et le climat de Blida ne suffisant pas à enrayer le mal, et mourant, donc, en laissant cet enfant et ce mari encore sémillant (adjectif découvert dans l'ironique bouche de ma mère et que je n'entendrais en nulle autre) qui prit pour maîtresse la femme de son capitaine, confiant son fils à sa belle-sœur qui n'avait que seize ans mais s'occupa d'autant mieux de l'enfant qu'elle ne regardait pas le père comme un beau-frère mais comme un futur mari qui attendait qu'elle fût en âge d'être épousée. C'était sans compter sur la maîtresse, qui abattit l'officier avec le revolver de son mari avant, dit-on, de se tuer elle-même.

« Raconté ainsi, ça semble un mauvais roman, même s'il n'y a pas de mauvais sujet mais uniquement de mauvais styles, disait ma petite-cousine Monique Bugeaud, qui, sur bien des matières, m'en a plus révélé que ma mère. Et cette affaire-là n'était pas dépourvue de style : on trouve toujours une certaine beauté à ces histoires de femmes fières, blessées, malheureuses; quelque chose qui rend solaire ce banal drame de la jalousie, et ces actes dignes de la beauté des personnages de tragédie, j'en sais quelque chose, ajoutait-elle : j'ai connu le fils de l'officier en Algérie, à Maison-Carrée, où mon mari faisait son service militaire ; il vivait avec sa tante, la jeune belle-sœur qui n'avait pas dix ans de plus que lui et qui, sans avoir eu le temps d'être veuve, se comportait non seulement comme telle mais comme si elle était la mère de ce garçon. Celui-ci avait mon âge et, ai-je souvent pensé, il aurait pu être son jeune amant — ce qu'il était d'ailleurs peut-être. C'était du moins une sorte d'aventurier, un fort bel homme. Je ne sais pas très bien ce qu'il trafiquait ni ce qu'il est devenu pendant la guerre d'Algérie, combattant désabusé ou soldat perdu, autre mauvais roman, semble-t-il ; à moins qu'il ne soit mort, ou allé exercer ailleurs ses talents d'aventurier, en Afrique noire, à Madagascar, toujours plus au sud, afin d'échapper à ce qui avait marqué son enfance, seul ou, plus vraisemblablement, accompagné de cette tante qui veillerait sur lui jusqu'au bout, j'imagine, car on ne peut pas être absolument seul, il faut bien qu'on songe à nous, quelqu'un, fût-ce une tante à peine plus âgée que soi et qui aura refusé de se marier parce que nul ne pouvait remplacer l'homme à qui elle se pensait destinée et à qui elle restait fidèle, le souvenir de celui qu'on a aimé valant tous les amants, comme pour tante Marie, ou ta grand-mère Louise… »

Ainsi Monique Bugeaud parlait-elle, dans son salon de Saint-Andiau envahi par la lumière du soir qui donnait au mobilier modern style, au papier crème, aux portraits d'ancêtres, aux visages de ceux qui se trouvaient là, cette couleur safran tirant sur l'orange puis le violet dont on imaginait qu'elle était une prodigieuse infusion de tulipes et qu'il en restait quelque chose dans les tasses où nous buvions du thé de Chine, le visage tourné vers le pré où des vaches rousses descendaient boire au ruisseau longeant le mur de son jardin ; et c'était encore autre chose qu'elle me donnait à imaginer : le voyage du fils de l'officier à Siom, qui voulait voir l'endroit où était né ce père dont il gardait si peu de souvenirs, ce qu'il avait renié, qui il avait abandonné, et arrivant (le fils) sans se faire connaître au hameau des Églizeaux dans l'après-midi, en voiture, comme un voyageur égaré qui frappe à la première porte pour demander son chemin, trouvant moyen d'engager la conversation sans se douter que sa ressemblance avec son père le donnait à reconnaître pour le neveu d'Algérie à celui qui était son oncle, se faisant donc offrir un verre de vin dans la cuisine d'où son père était parti pour ne jamais revenir, maudit par son propre père qui ne considérait pas qu'il y eût de l'avenir dans l'armée, le fils du fils maudit révélant enfin qui il était et demandant qu'on lui parlât de son père, enfant ; ce que l'oncle avait fait en rameutant des souvenirs vieux de plus de quarante ans, ajoutant que quelqu'un d'autre pourrait aussi en parler, une femme de Villevaleix, pas très loin d'ici, la veuve Sarroux, pour qui le futur officier avait eu du goût, disait-on, et qui était cause qu'il avait devancé l'appel pour s'engager dans la Coloniale : la Louise Bugeaud, comme on l'appelait encore, à Siom, et telle qu'elle se nommait quand le futur officier l'avait aimée. Un amour auquel elle n'avait pas été insensible, paraît-il, mais dont le Grand Bugeaud, son père, n'avait pas voulu entendre parler, et qui explique pourquoi le jeune homme s'était engagé dans l'armée et la Louise résignée à un mariage depuis longtemps arrangé avec un gars de Faux-la-Montagne, qui n'avait d'ailleurs pas fait de vieux os.

L'orphelin, l'aventurier, je me le représente débarquant à Villevaleix le même soir, sachant que c'est le soir que les langues se délient le plus volontiers, garant sa voiture sur le foirail, près de la bascule sur laquelle on ne pesait quasiment plus rien, les foires n'étant plus ce qu'elles étaient, mais dont les contrepoids et le tressaillement qui s'imprimait au plateau, lorsqu'on y montait, et la minuscule maison qui en dépendait, gardaient pour moi le mystère des engins dans lesquels se déplacent le capitaine Nemo, Robur le Conquérant ou le colonel Munro, dans les romans de Jules Verne. Sans doute a-t-il attendu, sous les tilleuls, que les visiteuses s'en soient allées pour se montrer, s'approchant d'un pas vif de la vieille femme en train de lever la main vers un des trois verrous de la porte du magasin, la priant de l'excuser, arguant qu'il avait encore de la route à faire et besoin de quelques provisions, gâteaux secs, jambon, fromage, biscottes, et, avait-il ajouté peut-être pour s'attirer les bonnes grâces de l'épicière au visage sombre et méfiant, une bouteille de bon vin qu'il la priait de déboucher pour lui, tout étant fermé à cette heure, dans le bourg, afin de pouvoir manger dans sa voiture ou sur l'herbe du champ de foire, disait-il en espérant que Louise Bugeaud (ayant retenu ce nom de préférence à celui de veuve Sarroux) lui proposerait de manger ce peu de chose à la table dont il apercevait derrière elle, par la porte entrouverte, le couvert solitaire disposé sur une toile cirée à carreaux bleus et blancs, tout en comprenant qu'on n'était pas en Algérie mais en haute Corrèze et qu'elle avait des raisons de se méfier, cette vieille femme qui semblait chercher ce que pouvait bien vouloir ce jeune gars qui n'avait l'air ni d'un barraquin ni d'un représentant de commerce, ni même d'un voyageur affamé ; il arborait une mine qui l'avait intriguée d'emblée, cherchant pourquoi elle en revenait à ce visage, et finissant, comme il s'en allait, par lui proposer non pas la table de la cuisine, mais une assiette, un couteau et un verre qu'elle posa sur le comptoir, le laissant manger debout tandis qu'elle se tenait à sa caisse, assise sur sa haute chaise et continuant à chercher pourquoi elle permettait à un inconnu de casser la croûte dans son magasin, alors qu'il se faisait tard et qu'elle aurait dû être, elle, en train d'avaler sa soupe, face à la nuit.

Il me semble les voir, l'un devant l'autre, la vieille femme des hautes terres et le jeune aventurier à l'accent singulier, sinon étranger, dont le visage ne lui était pas tout à fait inconnu, et dont elle cherchait encore ce qu'elle ne pouvait pas ne pas savoir qu'il lui rappelait, un autre visage lointain et pourtant si proche qu'il était en elle comme un nom sur le bout de la langue, n'ayant jamais cessé de songer à lui, même si ce n'était pas de façon active, l'évidence lui crevant cette fois les yeux, encore qu'elle fût atténuée, cette évidence, par le fait qu'il n'était pas le portrait craché de son père, qu'il y avait dans ce visage quelque chose de celui de la mère et que le mouvement par lequel Louise tentait (sans le savoir, ou ne pouvant se l'avouer aussi précisément) de rendre à chacun ce qui lui était propre l'empêchait de descendre dans la crypte, devant la châsse amoureuse. « Mais qui êtes-vous à la fin ! »

« Vous ne devinez pas ? »

Il souriait, s'amusait de sa perplexité, de son embarras, du trouble qu'il faisait naître, comme chez tant de femmes, en celle-ci dont il voyait qu'elle avait été belle, et encore nimbée de ce qu'on aurait appelé la beauté des amours perdues, dans un des mauvais romans qu'il lisait moins pour savoir ce qu'aimaient les femmes, que pour être capable de trouver, pensait-il, des mots originaux, des expressions sortant de l'ordinaire.

« Je ne sais pas. Vous me rappelez bien quelqu'un, mais c'est si loin, avant 1914, vous pensez... Une autre vie...

— Et pourtant, vous savez qui je suis.

— C'est trop loin, on ne peut pas se rappeler de telles histoires, ce n'est pas possible », aurait-elle pu répondre de façon que les choses en restent là — là où elles avaient été laissées, cinquante ans plus tôt, dans une pureté que n'avait pas entamée ce qui lui était parvenu de la vie de l'officier ; non pas un scandale : un de ces drames, plutôt, dont certaines familles étaient éprouvées, et qui avait peut-être fait penser à Louise que c'était là une sorte de justice, la preuve qu'ils n'avaient été heureux ni l'un ni l'autre, lui tombant sous les balles d'une maîtresse jalouse, et elle devenue veuve et vivant depuis plus de vingt ans seule dans cette immense maison où elle ne recevait personne, hormis, les derniers temps, quelques locataires, l'été, dans l'appartement du premier étage, de l'autre côté du couloir, et dont les bruits me parvenaient comme si ces gens vivaient dans une autre maison, s'exprimant dans une autre langue, ne mangeant pas comme nous, ni aux mêmes heures, et que je détestais parce qu'ils régnaient sur les toilettes, au fond du couloir où je n'osais plus me rendre, de peur d'être dérangé, surpris, fustigé comme un coupable dans ces lieux où je n'allais jamais sans un livre et que Louise avait elle-même peints en rouge sang avec de la peinture naguère commandée pour le boucher Peyrat, qui était mort avant d'avoir pu s'en servir, et qu'elle n'était pas arrivée à vendre ; j'allais donc me soulager non pas dans les obscurs cabinets de ma grand-mère, au rez-de-chaussée (ce qu'elle n'eût pas toléré, arguant que, si nous étions tous faits sur le même modèle et promis à la même fin, il n'en fallait pas moins que chacun eût sa chambre et ses cabinets à soi), mais dans le jardin, quel que fût le temps, sous un pommier dont les branches retombant jusqu'à terre me dérobaient aux regards des passants comme des ouvriers de la scierie qui s'élevait de l'autre côté du jardin, à la lisière des bois de la Chabrière. Je redevenais sauvage, distant, lointain, comme Louise devant celui dont elle attendait peut-être la visite depuis un demi-siècle et qui se manifestait à elle sous l'apparence de ce fils qui voulait en savoir davantage sur l'amour qui les avait jetés si loin l'un de l'autre, elle et son père — cet homme dont elle ne possédait pas même une photo, seulement une carte postée en Belgique, à Charleroy, comme on l'écrivait encore en 1913, et représentant une étrange et ravissante enfant aux yeux et aux lèvres maquillés, avec un nœud blanc en forme d'orchidée dans une épaisse chevelure brune, l'épaule dénudée, souriant d'un air aussi malicieux qu'innocent, assez semblable aux fillettes savamment dépenaillées photographiées quelques années plus tôt par le révérend Charles Lutwidge Dodgson. Au recto on peut lire ces seuls mots : « Charleroy, le 2 mars 1913, Francis » ; ultime signe envoyé à celle que, d'une certaine manière, il ne cesserait d'aimer — un amour tendu par-delà l'absence et la mort, selon Monique Bugeaud, le seul qui vaille, Louise étant de ces femmes qui n'aiment qu'une fois, comme sa sœur Marie, comme tant d'autres femmes, et qui se disait sans doute, ce soir-là, que ça valait la peine d'attendre, soir après soir, pendant un demi-siècle, non le retour de l'amoureux perdu, mais, comme une victoire sur le temps, son surgissement dans la chair de son fils.

6

Ma solitude était à son comble. Je mentirais si je disais que j'en souffrais : je n'avais rien connu d'autre. Aucun ami, et nul désir de m'en faire, résigné à ma condition comme à une infirmité dont on trouve à s'accommoder ou dont on tire de la force de caractère ; au mieux, un ou deux camarades qui vivaient dans des conditions proches de la mienne et avec qui j'échangeais des propos sans intérêt sur le chemin de l'école : orphelins, enfants de vieux, fils d'une fille-mère ou de mères lointaines, comme la mienne à qui j'écrivais chaque dimanche une lettre où je lui disais ce qu'avait été ma semaine, et qu'avant d'aller me coucher j'allais déposer dans la boîte aux lettres accrochée au mur de la poste, un peu plus bas que l'Hôtel de la Gare. Ma mère me répondait deux jours plus tard, me renvoyant ma lettre avec, corrigées à l'encre rouge, mes fautes d'orthographe accompagnées de commentaires ironiques, qui commençaient toujours par ce « Mon pauvre garçon ! » qui me la rendait encore plus lointaine et terrible, là-bas, dans ce Toulouse où elle enseignait l'allemand — ce qui, dans les années 40, avait été un défi autant qu'un choix courageux, mais qu'on réprouvait, bien sûr, à Siom comme à Villevaleix où les deux guerres mondiales avaient laissé de terribles blessures, surtout le passage de la division Das Reich, en 1944, après lequel, bien des années plus tard, rappelant le métier de ma mère et nos yeux bleu pâle, certains trouvaient bon de répandre le bruit que j'avais un père allemand. Rumeur qui, comme toute rumeur persistante et sournoise, finissait par avoir la force d'une légende négative, et contre laquelle il m'a fallu me défendre, en affrontant le fils Brigouleix, à douze ans, un soir de juin où il avait fait très chaud et où les élèves étaient particulièrement agités.

« Fils de Boche ! » m'avait-il lancé dans la cour de récréation, près des cabinets, sans que je réagisse, ayant toujours trouvé plus digne de ne pas me bagarrer publiquement (« comme un chiffonnier », disait Marie, avec un mépris que je partageais pour ces chiffonniers qu'on voyait encore passer dans les campagnes, plus loqueteux que des épouvantails avec leur besace et leur inquiétant crochet, et surtout pour tous ceux qui n'étaient pas de mon rang — ce qui m'a toujours dissuadé de me frotter au corps d'autrui, surtout celui des hommes, lequel m'était plus répugnant que celui des animaux, et me fait comprendre la division en castes de la société hindoue et l'existence des intouchables), ayant plus que les autres à le tenir, ce rang, c'est-à-dire ne pas fréquenter « n'importe qui », pour employer le langage des femmes Bugeaud, les individus entrant dans cette catégorie moins par leur origine sociale que par le peu d'estime dans lequel on les tenait, selon des critères dont il me faudrait longtemps pour comprendre l'échelle, mais que je respectais d'instinct, étant un Bugeaud avant d'être le fils de n'importe qui, voire un « fils de Boche » ainsi que l'avait dit ce Georges Brigouleix devant qui je me suis tu, regardant le ciel, très bleu ce jour-là, par-dessus son épaule, du côté des sapins de La Chabrière, sur la plus haute colline, recevant l'injure avec une sorte de sourire qui me dispensait de répondre, croyais-je avant que Brigouleix ne revînt à la charge, tentant de ruiner ce que je pensais être une attitude noble et chrétienne en la faisant passer pour de la couardise, pis : en me faisant acquiescer à ses paroles.

« Frappe-moi, si tu veux, lui ai-je dit quand il a voulu me coiffer du casque allemand rouillé que son père passait pour avoir ramassé sur un soldat abattu par ses soins et sur chaque côté duquel il avait vissé une corne de vache.

— Pas ici », a-t-il répondu en reprenant le casque, soudain calme et heureux, presque soulagé, voire amical, me donnant rendez-vous pour le soir même, après dîner, dans la cour de la scierie, où je me suis rendu, accompagné de deux garçons à qui j'avais demandé d'être mes témoins, franchissant avec le sourire le cercle silencieux que les garçons et les filles du bourg avaient établi entre deux énormes tas de sciure encore chaude du grand soleil de la journée : sciure que nous connaissions tous bien pour aller nous y ébattre, grimpant sur les hauts tas de planches comme sur un plongeoir d'où nous sautions dans cette poudre blanche qui sentait la sève et la résine, et qui en vieillissant prenait une couleur ocre puis brune, nous roulant là-dedans comme dans du sable ou de la neige, malgré les mises en garde des ouvriers qui nous répétaient que c'était infesté de vipères, et nous persuadés que notre chahut ne pouvait qu'effrayer les serpents, ce qui était peut-être le cas en plein jour, lorsque la scierie fonctionnait (avec ce bruit de moteur dont le démarrage matinal demeure en moi, rythme, hauteur de timbre, développement et variations données par le moteur et le chant des scies, au même titre que certaines chansons d'enfance et que la musique de Jean-Sébastien Bach), mais pas le soir, quand le silence était retombé sur Villevaleix et que les serpents sortaient prendre le dernier soleil, comme les vieillards, comme les chiens.

Devant Brigouleix, face au soleil couchant, gêné par ce grand feu rougeoyant qui semblait s'allumer dans les bois, je me disais qu'il était autrement aveuglé, lui, par la haine qu'il me vouait, ou croyait devoir me porter, comme tant d'autres, celle-ci se transmettant en héritage ou dans le sang : un sang qu'il fallait garder pur, m'avait-on enseigné, dût-on pour cela le verser ou faire couler celui de nos ennemis. Nous étions donc aveuglés, tous les deux, et Brigouleix bien décidé à en découdre, à se montrer le digne fils de son père, communiste, ancien résistant, receveur de la poste de Villevaleix, bref tout ce que les Bugeaud m'avaient appris non à haïr (on n'avait pas de haine, chez nous, c'eût été contraire à l'honneur et à notre rang) mais à mépriser : fonctionnaires, syndicalistes, utopistes, bonimenteurs politiques, à l'exception du général de Gaulle dont ma grand-mère avait dans le petit salon, sous verre, une photographie le représentant lors de l'Appel du 18 juin, et qui lui faisait dire que lorsqu'on n'est pas un prince (et par prince elle entendait non pas une personne de sang royal, mais un homme vouant à la France un amour exclusif, désintéressé, sublime) on ne saurait faire de bonne politique. Un prince, me suis-je dit en regardant Brigouleix s'approcher, les poings en avant comme un boxeur, un prince, voilà ce qu'il me fallait être, face à ce type qui avait au moins une tête de plus que moi et de tout autres muscles, et qui bénéficiait de la sympathie que toute foule accorde d'emblée au plus fort. Je songeais moins à moi qu'à ma grand-mère, à ma mère, à ce père que je ne connaissais pas et qui était la cause de ce combat, et aux Bugeaud dont j'étais l'ultime et frêle rameau. Brigouleix me frappa d'abord à l'épaule, puis sur la pommette droite ; je continuais à sourire, chancelant, sans éviter les coups, comme si je devinais que ma faiblesse faisait ma force, laissant celui qui se déclarait mon ennemi me frapper de nouveau, au menton, dans le ventre, à l'épaule encore une fois, en reculant pour amortir les coups et surtout lui opposer ce que je ne savais pas encore être la force d'inertie, le fatiguant, l'exaspérant, le mettant dans ce qu'il eût appelé la rogne, le lassant, attendant le moment où il me faudrait agir, l'ayant sans le vouloir attiré près d'un tas de sciure plus ancien que les autres, sur lequel j'avais sans doute été le seul à voir ce qui n'était pas un bout d'écorce enroulée sur elle-même mais un serpent que le mouvement du combat réveilla, inquiéta, dénoua. Les autres n'avaient d'yeux que pour nos visages, excités, muets, attendant le premier sang. J'ai bondi non pas sur Brigouleix, n'ayant aucune chance de ce côté, mais (moi à qui les serpents, même morts, inspiraient une répulsion panique au point que quelque temps auparavant, à Siom, j'avais été sur le point de donner un coup de couteau à un garçon qui avait lancé sur moi une couleuvre vivante, sans m'atteindre, mais avec l'horreur de songer à ce qu'il eût subi, quelles plaies j'aurais ouvertes sur son corps, si le serpent m'avait touché) sur la vipère que j'ai saisie derrière la tête, plus vif qu'elle, avec le sentiment d'être non pas audacieux mais d'aller au-delà de ce que les humains appellent audace, laquelle ne m'intéressait pas, ne m'avait jamais paru digne d'intérêt ; pas même ce qu'on entend par victoire sur soi : au-dessus de tout ça, donc, devenu un demi-dieu grâce à ce que je brandissais, ayant surmonté tout à la fois mon dégoût des reptiles et l'immobilité souriante qui me poussait à recevoir sans broncher les coups de Brigouleix, non point par lâcheté, faut-il le redire, mais pénétré de la vanité de toute chose, avec cette sereine mélancolie qui faisait de moi un Bugeaud et qui est le corollaire de la grandeur et de la solitude. Un demi-dieu calme, qui s'avançait vers un Brigouleix soudain très pâle, acculé à un tas de grumes, et qui regardait le serpent se tordre dans la main que j'approchais de sa figure, incapable de faire un geste, ayant perdu tous ses moyens, tandis que je continuais d'avancer, la gueule de la vipère si près de la sienne qu'il aurait presque pu la baiser en avançant les lèvres, et puis haussant les épaules, soudain las, n'ayant nulle envie de profiter de ma victoire, lançant le serpent dans un immense chaudron de fer dans lequel les ouvriers de la scierie brûlaient régulièrement l'écorce et la sciure. Je me suis retourné non pas vers les adolescents ni même vers Brigouleix qui n'avait pas bougé ni détourné le regard de mes mains comme s'il craignait d'en voir surgir d'autres serpents, mais vers la maison de ma grand-mère qui m'attendait, debout sur le seuil de la porte s'ouvrant sur le côté, aussi droite que les autres parents de Villevaleix qui étaient presque tous à leur fenêtre ou sur le pas de leur porte à guetter l'issue d'un combat dont ils ne pouvaient pas ne pas avoir eu vent et qu'ils avaient laissé se tenir parce que j'étais le petit-fils Sarroux et que presque tout le monde, dans le bourg, pensait avoir un compte à régler avec la veuve Sarroux. Un combat à propos duquel nul n'oserait dire que j'avais été lâche, ni que j'avais mis les serpents de mon côté, ou que j'étais même une sorte de serpent, moi qui haïssais les reptiles et avais appris à tuer vipères et aspics, à Siom, où la mairie donnait quelques francs en échange de leurs têtes qu'elle envoyait à l'Institut Pasteur de Paris. Un combat dont je sortais vainqueur, mais terrifié par la puissance qui m'avait soudain été octroyée, et qui me dissuaderait désormais d'aller, comme chaque année, amené là par Bernard Chaype dont le père travaillait à la scierie, assister à la curée à laquelle se livraient les ouvriers avec de grandes perches terminées par des crocs d'acier dont ils se servaient pour remuer les billes de bois et les troncs, tirant de la sciure où elles avaient fait leurs nids des pelotes de vipères et de couleuvres qu'ils lançaient en l'air d'un geste vif et précis dans le grand chaudron où ils leur brisaient les reins avant de les arroser d'essence et de les regarder brûler en se tordant comme dans les flammes de l'enfer, disait ma grand-mère, qui ajoutait que c'était ainsi que brûlaient les pécheurs, les criminels, les damnés.

Ma grand-mère, qui avait jusque-là toujours répugné à me toucher le corps autrement qu'avec un gant de toilette et même ces gants de caoutchouc dont elle se servait (ce qui était une de ses rares coquetteries) pour la vaisselle, me lava elle-même, avec un mélange de savon et d'eau de Javel, la main qui avait tenu la vipère. Elle ne me parla jamais du combat, ni elle ni personne à Villevaleix. Rien n'avait en apparence changé, mais, je le savais, rien ne serait plus comme avant, et j'en étais aussi heureux que si j'avais tenu dans ma main le cœur sanglant de Brigouleix. « Les choses sont retournées là où elles en étaient auparavant », aurait pourtant pu dire Mme Rebeyrolle. « Les choses finissent toujours par retrouver leur place », eût ajouté Mme Arvers, Mme Boissy ou Mme Malrieu, elles aussi pénétrées de l'idée que les bouleversements sociaux, les révolutions, le déclin du christianisme et de la civilisation rurale, tout ce qui est irréversible, ne rendent pas l'homme meilleur, car ces événements obéissent à cette seule constante que ma grand-mère eût appelée la chiennerie humaine si elle avait été capable de s'exprimer aussi vivement en public, elle qui toute sa vie avait opposé un silence poli à l'envie, à la haine, au mauvais sort, jugeant que faire bonne figure était la seule, la digne façon de répondre à ceux qui lui avaient fait du mal, et non de s'en prendre à la vie, n'étant pas de ceux qui mettent leurs malheurs au compte du fait même de vivre, bien qu'elle fût en droit de se demander si elle valait la peine d'être vécue, cette vie, mais gardant jusque dans les derniers temps une curiosité des choses du dehors qui était la marque d'une intelligence que le commerce n'avait pas dégradée même s'il ne l'avait pas satisfaite. Et, au nombre de ses persécuteurs, il y avait surtout ceux qui étaient venus piller son magasin, en 1941, des hommes de Georges Guingouin, des maquisards communistes qui, sous couleur de réquisition, et guidés par des autochtones empressés, disait Mme Malrieu, avaient vidé le magasin, le grenier et la cave, tenant en respect pendant toute une nuit ma grand-mère et ma mère, qui était revenue vivre à Villevaleix, après la mort de son père, et qui verrait peu après les femmes du bourg (celles du moins à qui leur couleur politique permettait un tel affront, et parmi lesquelles la femme et les filles du boulanger Lefrançois) arborer sans vergogne ses vêtements.

« C'était presque pire que de subir les sarcasmes, les œillades, les injures, les menaces de ces braves résistants, ta grand-mère très digne, comme toujours, la tête haute, regardant droit devant elle et m'exhortant à en faire autant, à cesser de pleurer, à ne point donner prise à cette racaille, avait-elle chuchoté avant qu'un maquisard ne menace de nous séparer si nous poursuivions nos messes basses ; "car vous êtes bien des grenouilles de bénitier, la vieille surtout", avait dit un autre maquisard, tandis que le premier, avisant des romans de Goethe, de Thomas Mann et de Stefan Zweig que j'avais en vain empêché de piétiner, avait lancé qu'ils avaient bien raison de piller une maison où on aimait la littérature boche, épargnant un volume de Fontane en s'écriant qu'heureusement il y avait un livre français pour racheter le reste, ce qui en d'autres circonstances m'eût fait sourire», me raconterait, avec un tremblement dans la voix, ma mère qui datait de cette nuit de juillet 1941 sa décision de quitter les hautes terres, malgré la détresse et la solitude où elle voyait que s'enfonçait sa mère, à qui elle refusait de succéder dans l'affaire (même si je l'ai vue quelquefois — et avec le sentiment qu'elle était en train de déchoir — revêtir un tablier pour l'aider à servir au magasin), et finissant par passer le concours qui la ferait entrer dans l'enseignement public, pour dispenser une matière qui l'éloignerait définitivement de sa terre natale.

Et quand, avec l'espèce de détachement ou d'audace si proche de la cruauté qu'on peut avoir à douze ou treize ans, je lui représentais que certains résistants avaient donné leur vie pour la France, les fusillés de Treignac, le jeune instituteur de Siom, et même des innocents, tels le fils Sarrazin, abattu à Villevaleix, et plus loin les habitants d'Oradour-sur-Glane, elle me répondait avec hauteur que je n'avais pas tort, qu'il fallait penser à eux avec compassion et qu'elle ne rendait pas la Résistance responsable de ces exactions, mais une bande de voyous chez qui la bassesse avait trouvé à s'exercer dans ces temps troublés et en arborant l'étendard d'une idéologie funeste, mais que l'injustice, l'outrage subi par sa mère et par elle étaient restés impunis, que ni elle ni sa mère ne s'en étaient vraiment remises, de cette nuit de juillet, la porte ébranlée, les voix d'hommes, l'éclat des armes dans l'obscurité, Louise et Solange Sarroux arrachées au sommeil et amenées en chemise dans le magasin, les cheveux défaits, devant ces hommes qui sentaient la forêt, la poudre, le fer, la sueur, le vin, la nuit noire, et qui se taisaient devant ces femmes — les premières qu'ils approchaient depuis des semaines, comme s'ils n'étaient pas là pour autre chose, avaient-ils sans doute pensé avant de braquer leurs armes sur la plus âgée et que l'un d'eux, le béret crânement vissé sur la tête, le plus laid aussi, eût ordonné à Louise de leur remettre les clefs de la maison, et non seulement celles du magasin mais celles du coffre-fort ou de l'endroit où elle serrait ses bijoux et ceux de la demoiselle, avait-il ajouté en approchant sa mitraillette de la tête de ma mère.

Non, jamais vraiment remises de cette nuit, même quand, par le truchement d'anciens camarades de son mari, Louise Sarroux eut fait connaître ce qui s'était passé et qu'on lui eut fait savoir qu'elles étaient placées, sa fille et elle, sous la protection du colonel Berger, cet André Malraux qu'elle irait remercier en personne, à Paris, après la guerre, et pour qui j'ai eu, avant de connaître son œuvre, la sympathie qu'on voue à un parent jamais rencontré mais dont la gloire s'étend à tous les membres de la famille. Malraux dont ma mère a tenu à lire tous les livres, jugeant que c'était là le plus bel hommage qu'on pouvait rendre à un écrivain, me donnant, en me parlant de lui, le goût des personnages héroïques, de la France et de l'art, ce qui a contribué à faire de moi autre chose que le petit Siomois fin de race que tout me destinait à être, entre un père inconnu, une mère qui m'avait en quelque sorte passé aux pertes et profits, et une grand-mère qui veillait sur moi plus qu'elle ne m'élevait, me laissant jouir d'une liberté dont je n'abusais pas, ayant compris très tôt que la liberté est un de ces mots creux dont se barbouillent les humains quand elle n'est pas dictée par l'injustice ou une situation désespérée.

7

Ma victoire sur le fils du postier m'assura une tranquillité relative. Il y en eut bien quelques-uns pour m'appeler un temps le frère du serpent, ou le fils de l'aspic. Peu m'importait. J'étais habitué à ces animaleries. Rien ne me souciait plus que le calme. Je haïssais déjà le bruit, la foule, le désordre. Je n'avais pas la religion de l'Homme, aujourd'hui si unanime. Le commerce des autres, autant que le métier de Louise et celui de Jeanne, me paraissait la pire des choses. J'aurais voulu vivre plus caché, loin de tout, au fond des bois de La Chabrière ou du Montheix, ou encore sur l'île qui est au milieu du lac de Siom, au cœur du petit bois de chênes et de bouleaux qui la recouvre. Mais j'allais avoir treize ans et tout le monde ne me voyait pas comme si le serpent eût sifflé par ma bouche ; mon corps n'était plus tout à fait le même, mais plus grand, plus vigoureux ; je comprenais qu'il me fallait faire fructifier ma victoire, trouver des alliances auprès des filles, lesquelles ne me regardaient plus de la même manière. Ma victoire avait cependant été obtenue de trop étrange façon pour me faire admettre dans le cercle de garçons que fréquentaient celles dont j'aurais aimé être l'ami, et qui avaient d'autres raisons de mépriser le fils Brigouleix et ses semblables. Ces garçons appartenaient presque tous aux maisons bourgeoises du haut Villevaleix ; ils m'apprirent la justesse et la vanité du proverbe auquel je n'avais jusque-là prêté nulle attention, tant il est vrai qu'on répugne à écouter vraiment la langue et à considérer autre chose que cet épiderme sans grâce qu'est l'usage courant, et qui m'expliquerait bientôt pourquoi je n'avais pas d'amis : « Qui se ressemble s'assemble. »

L'amitié se mérite. On me le fit savoir. On exigeait de moi d'autres preuves qu'une vipère brandie à la face d'un fils de postier. On me demanda le pire : que je crache sur ma grand-mère. Je l'ai fait. Il est vrai (soit dit sans minimiser l'abjection où je tombais) que mes rapports avec elle avaient toujours été distants, voire froids : nul baiser, ni caresse ni cadeau de sa part qui m'aient fait la regarder autrement que comme un être à qui il me faudrait un jour m'affronter, fût-il de mon sang. Mes cadeaux étaient ceux que je me faisais en lui dérobant des « surprises » en papier, des jouets démodés, des bonbons, des biscuits. Oserai-je dire que, l'honneur et l'amour n'étant pas une même chose, je n'aimais pas ma grand-mère plus qu'elle ne m'aimait, et probablement moins qu'elle ne le faisait voir ? Du moins devais-je faire comme si je l'aimais ; et voilà qu'on me proposait de l'immoler, de m'avouer à moi-même que, non seulement je n'étais pas obligé d'aimer ma grand-mère, mais que je ne l'aimais pas, et que, à cause de la distance morale qui était notre règle, je n'aimais pas davantage ma mère. Je devais choisir entre une solitude où j'aspirais à m'abîmer entièrement et ce que me suggérait le contact des filles de la ville haute, et qui était de me conformer à un ensemble de rites sociaux grâce auxquels j'atteindrais à une paix dans laquelle les fils Brigouleix, Lefrançois et les autres ne me menaceraient plus. Et alors que j'en étais encore à croire ce que me disait ma grand-mère, que nous ne mangions pas le pain de Lefrançois parce qu'il n'était pas bon, voilà que les garçons de la ville haute me révélaient la vérité : la première épreuve à laquelle on me soumit fut de manger de ce pain, l'achetant moi-même avec de l'argent dérobé dans la caisse de ma grand-mère, entrant seul chez le boulanger, qui sourit largement et envers qui je dus me montrer le plus poli possible, souriant moi aussi à cet homme dont le visage ne me semblait pas mauvais et qui, me dirait un des garçons, n'était peut-être plus le même, vingt ans après, vu que le temps nous rend non pas un autre mais autrement meilleur ou pire que ce que nous étions à vingt ans — généralement pire, avait ajouté le garçon, avec l'air de savoir ce qu'on ne sait généralement pas à son âge, notamment ça, l'ignominie tapie au fond des êtres, non seulement d'un Lefrançois ou d'un Brigouleix, mais en nous tous, et particulièrement en moi, découvrais-je en mastiquant sur le foirail, face à la devanture de ma grand-mère, les deux cent cinquante grammes de ce pain qu'on appelle, j'ignorais pourquoi, un bâtard, passant avec succès la première épreuve, et la nuit qui suivit dans les toilettes du premier étage, à me tordre sur le trône, nouant avec les maux de ventre et la diarrhée un lien indéfectible, non seulement à cause du pain avalé, mais aussi du dégoût que je m'inspirais à moi-même dans l'obscurité froide des cabinets où je n'osais pas tirer la chasse, à cause du tonnerre qu'elle déclenchait et qui eût réveillé ma grand-mère, lui révélant, me semblait-il, l'étendue de mon abjection, de la même façon que la vue de mes déjections, le lendemain matin, me montrerait que l'homme est toujours plus près du cloaque que du ciel.

Car c'était une trahison, une sorte de profanation même, par laquelle j'entrais à mon tour dans la nuit de juillet 1941 dont je ne retenais que deux choses : les mitraillettes luisant à la lumière des lampes et l'expression de « messe basse » lancée par le chef des pillards et qui longtemps me ferait voir cette scène comme une cérémonie mi-religieuse mi-païenne à laquelle le titre *Messe de l'homme armé* que Guillaume Dufay a donné à la plus célèbre de ses compositions, découverte bien des années plus tard, m'apporterait une confirmation ambiguë et poignante. J'entrais en souriant dans le clair-obscur de cette nuit non pour la réfuter, mais la minimiser, voire la justifier avec la fausse, la cruelle candeur de ceux qui choient hors de l'enfance et s'en prennent d'abord à ceux qu'ils jugent les plus dignes de leurs coups, et disant à ma mère, lorsqu'elle vint à Villevaleix, le dimanche suivant, que la guerre autorisait bien des choses et que ce qu'elle avait vécu n'était rien à côté de ce que risquaient ces hommes dans le maquis, et continuant à sourire alors que pour la première fois je voyais couler ses larmes. Elle se contenta de murmurer ceci, qui me ferait d'emblée douter de moi et entrer dans un long cheminement vers la vérité et l'expiation : « Tu comprendras quand tu seras plus grand. »

Plus grand : il me semblait qu'il n'était pas d'autre bonheur, rien de mieux à quoi aspirer, fût-ce au prix d'une autre vilenie en quoi consistait ma seconde épreuve, et grâce à laquelle je serais admis dans le cercle des jeunes gens d'en haut, notamment dans l'intimité de Pierre Terrade, qui en était le chef, plus âgé que moi de ces deux ou trois ans qui faisaient de l'enfant que j'étais encore la plus aisée des proies — celui qui n'hésitait ni à manger le pain du mauvais boulanger ni à fermer les yeux sur les tours que ces jeunes gens trouvaient drôle de jouer à ma grand-mère, m'obligeant par exemple (ce qui n'était pour moi pas grand-chose, ayant depuis longtemps l'habitude, comme tout enfant de commerçant, de me servir, de prélever sur la marchandise, en quantité raisonnable, ce qui me faisait envie) à lui voler des friandises, des objets inutiles dans la partie du magasin réservée à la quincaillerie mais que ma grand-mère avait la surprise de retrouver le lendemain sur son trottoir, sur le foirail, devant le monument aux morts, et bien sûr de l'argent. Je devais aussi me taire lorsqu'ils déposaient dans le magasin un rat ou un chat crevé, ou des papiers enduits de goudron ou d'immondices, allant même jusqu'à dérober l'écureuil qui tournait sur une roue dans une petite cage accrochée au mur de la buvette Meyrignac pour le lâcher entre les jambes de Louise, leur plus grande joie (une joie qui me semblait sans raison, injustifiable, et qui me tirait un rire sec et obscène grâce auquel j'espérais n'être pas en reste, tout en préservant, croyais-je, la dernière parcelle de pureté qu'il y avait en moi) étant de voir sortir la pauvre femme indignée, qui les maudissait, les menaçait de tous les supplices s'ils lui tombaient sous la main, en appelait aux puissances célestes d'une voix que je ne lui avais jamais entendue et qui m'emplissait d'effroi ; car je souffrais de ce qui se passait, et non seulement du moment où mes camarades décidaient qu'ils allaient « emmerder la mère Sarroux », ou même « la Sarre », comme si elle portait en vérité le nom de la région allemande, parlant d'elle devant moi comme si je n'avais aucun lien avec celle dont les filles disaient que le regard pouvait tuer, tel celui du basilic, tant elle faisait peur à voir avec son visage sévère et sombre, mais surtout des heures qui suivaient, lorsque j'étais rentré pour le repas du soir. Louise me regardait comme s'il ne s'était rien passé et qu'elle ne m'eût pas aperçu parmi les garnements, ayant peut-être compris que nous n'étions que des galopins qui se donnaient des airs de gandins, et ne voulant pas perdre la clientèle pourtant bien mince de leurs parents, passant ces mauvaises plaisanteries aux pertes et profits, soupçonnant probablement à quoi j'étais obligé, et en souriant de telle façon qu'elle remportait là une victoire qui me rappelait la mienne, souffrant moins que moi, j'ose le croire, de ces plaisanteries au cours desquelles je pouvais mesurer combien on peut être abject, et à quel degré de joie peut nous mener la cruauté que l'être humain exerce sur autrui pour se convaincre que nulle souffrance ne saurait le toucher ; car si je souffrais, le ventre noué, certain de passer une partie de la nuit sur mon seau ou dans la lumière froide des toilettes, je me réjouissais volontiers (l'abjection me portant à croire que je trouverais mon salut dans un surcroît de lâcheté, de malfaisance, d'ignominie) des farces que nous faisions à d'autres commerçants du bourg — notamment à Jean, le charron, qui se prêtait à merveille à nos sarcasmes à cause de ses yeux chassieux et de la plaie purulente qu'il avait à la main gauche, toujours dissimulée par une mitaine de laine brune malodorante, que l'alcool dont il faisait une consommation immodérée empêchait, disait-on, de se refermer. Je me rappelle aussi comment à Siom j'avais participé, pour des raisons à peu près analogues, au meurtre d'une des poules naines qu'élevait Noëlle Cazalis, la secrétaire de mairie, également naine, contrefaite, affligée d'un strabisme qui achevait de la défigurer en lui donnant un regard à peu près semblable à celui de ses poules et, lorsqu'elle se mettait en colère, une rougeur de crête : un meurtre qui consistait à capturer une petite poule, à l'arroser d'essence dérobée par mes soins dans le garage de Berthe-Dieu, et à jeter dessus une allumette pour regarder la bestiole s'envoler maladroitement vers son trépas dans l'air du soir comme l'oiseau de feu d'un conte russe autrefois lu par Marie de qui je piétinais ainsi la mémoire.

Avec quelle sinistre détermination je me jetais dans les rires de mes camarades, moi qui n'avais pas plus l'habitude de rire que d'entrer dans l'eau glacée des torrents ou de danser dans une salle de bal ! Oui, cruel et veule, et me voulant léger, libre, plus vieux que je n'étais, tombant dans le temps avec un désir de vivre dont je ne savais pas qu'il n'est autre que celui de mourir ; ignorant aussi que la liberté n'est que le nom glorieux de la servitude à laquelle aspirent la plupart des hommes — et la trahison, la cruauté, la lâcheté, les rires idiots, l'avant-goût de cette sexualité qui allait me tourmenter tel un phénomène extérieur, comme si j'étais séparé non de mon corps mais de ce que je ne savais pas encore être le désir, mon corps travaillant seul, ainsi qu'on le dit du bois d'une charpente, écoutant les garçons d'en haut se faire, le matin, des confidences à mi-voix au sujet de la petite secousse qu'ils avaient tirée d'eux-mêmes, dans la nuit de leur chambre ou dans les toilettes, et dont ils parlaient comme des délices de paradis, usant d'une expression sans doute empruntée à quelque mauvais roman érotique dérobé dans le havresac d'un grand frère soldat, et à quoi je ne songeais pas à goûter, n'en ayant ni l'envie ni l'idée, nullement habitué à laisser mes mains se porter à cet épieu de chair, ni pour en ôter, comme je l'ai dit, le smegma, ni quand il se dressait malgré moi entre mes jambes et que je le considérais avec étonnement, avec même autant de mépris que si c'était là une affection passagère ou une mauvaise farce, semblable à celles que je laissais jouer à ma grand-mère et qui ont pris fin lorsque le cirque Antinéa s'installa sur le champ de foire, un jour de printemps.

Un vrai cirque, avec une petite ménagerie, un directeur en pantalon blanc, gilet rouge et chapeau haut de forme, et des roulottes à l'ancienne dont seul l'attelage était changé, les chevaux remplacés par des camionnettes peintes de couleurs rouge et or, comme les livres de la collection dont on m'offrait des exemplaires à Noël et pour mon anniversaire, et grâce auxquels je me persuadais toujours mieux que le monde visible n'a pas plus de légitimité que celui qui bruit et se déploie dans les livres, les héros de romans se mêlant aux morts et aux vivants comme le songe à la veille, ma mère, ma grand-tante Marie, Jean Pythre et tant d'autres, disparus ou encore de ce monde, n'existant pas moins que François le Champi, Edmond Dantès, Franz de Telek ou Augustin Meaulnes, et l'écuyère du cirque Antinéa que l'Esmeralda de Victor Hugo — laquelle avait pour moi les traits non pas de la noire Gitane proposée par la gravure imitée de Gustave Doré dans l'édition des *Misérables* prêtée par Mme Malrieu, mais ceux de la sœur de Maurice et Marcel Brun, des romanichels installés depuis des années entre le bas de la voie ferrée et le cimetière, sur un terrain vague bordé de hauts sapins à l'abri desquels nous allions épier, tapis comme des loutres, les déshabillements de la jeune Bernadette, entre les grands draps séchant sur des fils tendus près de la roulotte où ils vivaient, et, entre ces parois frémissantes comme des aubépines en fleur, le surgissement de sa royale poitrine dont nous apercevions non pas tant la nudité que la forme, lorsque le vent plaquait un drap humide sur ses seins dont il nous apportait l'odeur de femme à sa toilette ; une odeur qui a couru dans l'herbe, entre les branches des arbres et des linges fraîchement lavés ; une odeur nullement semblable à celle des jeunes filles du bourg, et dont nous ne savions pas qu'elle venait de plus loin encore que de la jeune romanichelle, ou même de l'écuyère du cirque Antinéa dont la transpiration nous avait tant émus (« Elle aurait pété que vous auriez bandé comme des chevreuils », nous redirait, longtemps, le chef de gare, pourtant aussi troublé que nous) ; l'odeur de la femme, disait Jean-Louis Toulx, avec l'air de savoir de quoi il parlait, lui qui avait trois sœurs plus âgées que lui, mais qui en réalité ne savait pas grand-chose et que Pierre Terrade força à dérober une culotte de sa plus jolie sœur, dans le panier à linge, et au moment où celle-ci serait indisposée, comme on disait alors, afin que nous sentions, proposait-il, l'odeur véritable de la femme. Linge sanglant, que nous sommes allés examiner dans l'épave d'une vieille Peugeot abandonnée près de la scierie, et qui ne sentait rien de plus que le fond de nos culottes malpropres, en dépit du sang séché et bruni qui en tapissait le fond et que nous étions bien bêtes d'être tous là à renifler ce qui avait enveloppé un cul aussi sale que le nôtre, disait Pierre Terrade, lorsque nous allions déféquer en chœur dans la cour de la mère Meyrignac, et que nous appelions à grands cris la Ika, son épagneule qui se précipitait sur nous pour lécher à grands coups de langue nos fesses empouacrées, pour notre plus grande joie et au grand dam de la mère Meyrignac qui menaçait d'aller se plaindre au maire mais reculait toujours devant l'humiliation qu'il y aurait à raconter la scène.

L'odeur de la femme était pourtant là, mystérieuse, subtile, soutenait Jean-Louis Toulx, dans ce mélange de parfum et d'immondice, de savon et de sueur qui nous troublait plus que nous ne l'admettions, même si elle ne nous arrachait pas les soupirs ou les exclamations qui nous venaient à la bouche lorsque le vent nous faisait la grâce de soulever un pan de linge sur les deux lourdes grappes qui frémissaient au torse de Bernadette Brun ; des cris et des soupirs qu'un jour nous convertirions en râles, en souffles rauques, en implorations, en un chant de détresse et d'adieu à l'enfance ; et si je m'émouvais de la figure d'une jeune Gitane surprise à sa toilette, des senteurs contradictoires d'une culotte d'adolescente, des lourds parfums d'une mère toujours absente, l'arrivée d'un petit cirque sur ces hautes terres, au printemps, suscitait quelque chose d'encore plus fort, pour moi : un émerveillement dont je ne savais pas qu'il était l'ultime concession faite à mon enfance, et que s'ouvrait un extraordinaire intervalle de blancheur (comment dire autrement ces années d'innocence infiniment menacée, de chasteté, de désirs sans jouissance ?). J'ai donc passé des heures assis sur les barres de fer rouillé fichées entre de courts poteaux de ciment auxquelles on attachait les bêtes, pendant les foires et les comices agricoles, à regarder le cirque s'installer, et non seulement la tente, la ménagerie (laquelle ne consistait qu'en un sanglier, un renard, quatre chevaux et un vieil ours noir), mais le demi-cercle de roulottes, au fond du foirail, rêvant de changer de vie, comme tous les jeunes gens de Siom et de Villevaleix, et moi plus qu'un autre — et avec plus de raisons, peut-être —, imaginant d'aller trouver non pas l'écuyère dont j'étais probablement amoureux (une de ces amours enfantines qui passent plus vite que les giboulées, tout en apportant les premières lézardes aux murs du paradis), ni le directeur qui ne quittait guère sa roulotte, mais l'homme à tout faire, un Marseillais d'une vingtaine d'années, aux cheveux bouclés, au verbe haut, à la lèvre épaisse et dédaigneuse, amant probable de l'écuyère, pensions-nous, et avec qui les plus grands ne tardèrent pas à se lier, le factotum se laissant approcher avec condescendance : n'étant rien et faisant tout, il avait compris la différence entre l'être et le paraître, et aussi que les cœurs se gagnent par le mépris ou la dureté autant que par la douceur.

« L'écuyère a l'air aussi ingénue que cruelle, ai-je cru bon de dire pour me faire plus vieux que je n'étais, usant d'une phrase sans doute ramassée dans *Le Roman comique* ou *Le Capitaine Fracasse*.

— Elle ? Non, mais elle n'aime que les écuyères », a-t-il répondu en souriant, tandis que les autres se mettaient à ricaner et que je sentais, sans comprendre vraiment, le monde se fissurer comme un verre dans lequel on a oublié une bougie allumée.

J'étais encore un enfant, ignorant, égaré parmi des garçons plus âgés et des vieillards d'un temps révolu. Il me fallait à tout prix me racheter si je voulais m'ouvrir au Marseillais du désir de voyager, plus que de fuir, qui s'était emparé de moi à la lecture de Scarron, de Gautier et d'Alain-Fournier. Le Marseillais avait d'emblée repéré le magasin de ma grand-mère, devinant qu'il était tenu par une vieille personne inoffensive et demandant néanmoins, pour faire croire qu'il y avait quelque héroïsme à tenter ce coup-là, s'il y avait parmi nous un capon (mot que j'ignorais mais dont j'ai deviné sur-le-champ le sens, le ventre noué non pas d'être perçu comme capon mais du mal qu'on allait faire à ma grand-mère). Quelqu'un me désigna du menton.

« Attendons la nuit », dit le Marseillais.

Cette nuit, je ne l'ai pas attendue : elle était en moi, dans l'obscurité du mot « capon » dont les syllabes résonnaient assez laidement pour me laisser penser qu'il me renvoyait à ce que j'étais : un bâtard, un lâche, un garçon sans honneur, et que, pour ne plus l'entendre dans aucune bouche et gagner la confiance de l'homme à tout faire, je devais descendre encore plus bas, dans la noirceur, là où les capons peuvent espérer se muer en anges ténébreux, me disais-je, tandis que la nuit tombait et que

Patrick, l'homme à tout faire, dissimulé près de moi derrière un tilleul, me tenait par le bras en me demandant ce qui me plairait, m'écoutant avec un petit sourire lui répondre, non pas ce qu'il m'avait suggéré (et qui était de me montrer l'écuyère à sa toilette, nue, ou, « si on a de la chance, dans une position plus intéressante »), mais que je ne désirais rien d'autre que partir avec le cirque, dès le lendemain, et me répondant que rien n'était plus facile, qu'il me suffisait de me tenir coi, pendant que les autres s'approchaient à pas de loup du magasin dont ma grand-mère, vu la douceur de cette soirée printanière, avait laissé la porte ouverte. Je les ai vus battre un briquet, allumer ce que j'ai d'abord cru être des pétards, et qu'ils lancèrent dans le magasin où l'on n'entendit nulle explosion mais les hurlements de ma grand-mère qui sortit sur le pas de la porte dans les violentes lueurs vertes, blanches et rouges d'une pièce de feu d'artifice dérobée par mes soins dans le grenier, quelques semaines plus tôt, sans imaginer qu'ils s'en serviraient contre elle.

Je pleurais de voir ma grand-mère regarder le champ de foire obscur, son blanc visage brouillé de fumée, les cheveux défaits, et s'inquiétant non pas d'elle-même ni de son magasin mais de moi, comme si c'était moi qui pouvais avoir été blessé, sans se soucier des rieurs dissimulés derrière les arbres et des sourires goguenards de leurs parents, derrière leurs fenêtres, en train de contempler le spectacle de cette vieille femme qui se tenait sur le seuil fumant et encore éclairé de lueurs sourdes comme si elle se fût trouvée à la porte des Enfers, à la fois grotesque et majestueuse, et tirant de cet incident autant de gloire que si elle avait échappé à un incendie dans lequel elle eût failli brûler vive, tandis que j'étais non pas à ses côtés, mais de l'autre, que je l'avais vendue pour ce plat de lentilles qu'était la promesse de

Patrick, que j'irais attendre, le lendemain, à l'aube, avant que le cirque fût prêt à partir, près du pont de vingt mètres, à la sortie de Villevaleix, sur la route d'Eymoutiers, l'attendant toute la matinée, alors que le cirque se dirigeait à l'opposé, vers Treignac, sous les regards des garçons d'en haut, qui s'étaient cachés dans les fougères, mis dans la confidence et déléguant l'un d'eux qui, contrefaisant la voix de l'écuyère, fit entendre ces mots, suivis de grands éclats de rire : « Alors, on se branle au bord de l'eau ? »

Je suis rentré, délivré, de nouveau seul, rendu à mon innocence et à ma grand-mère qui m'attendait dans l'ombre du petit salon et que je voyais me sourire pour la première fois sans retenue — la seule, si je me souviens bien, certaine que je reviendrais, et me répondant, lorsque pour toute justification à ma conduite je lui eus demandé ce que signifiait « se branler » — mot dont je n'ignorais pas vraiment le sens mais dont je tenais (ultime provocation avant un trompeur retour au calme) à faire partager à ma grand-mère la honte qu'il m'inspirait, bien que vierge de toute pratique, certains mots n'ayant pour moi de signification que dans l'univers imaginaire des romans : autre monde devant lequel celui des vivants pesait peu, surtout quand s'y ajoutait celui des défunts dont il était sinon la face sensible, du moins le supplément d'âme, pensais-je en usant d'une expression du sens de laquelle je n'étais pas certain mais qui me semblait convenir à ce qui n'était à mes yeux ni un divertissement ni du bovarysme enfantin, mais la nécessité de reformuler sans cesse toutes choses pour tenter d'en extraire la juste formule grâce à quoi ne pas désespérer tout à fait d'être vivant, et sans savoir que, bientôt, la lecture ne me suffirait plus, qu'il faudrait lui adjoindre une autre pratique, non moins opiniâtre et insensée, et qui la rejoignait, qui en était tout à la fois l'origine et le résultat, et, pour moi, un jour, la jouissance conciliatrice, le lieu où se résumeraient peut-être les contradictions qu'elles formaient apparemment entre elles et, ensemble, alliées, dans ce qu'on appelle l'art, avec les intérêts de ma vie d'homme : « Je ne connais qu'un sens à ce mot ; le reste appartient à la nuit, à la grande nuit où on se fait dévorer, pour peu qu'on pactise avec les loups », murmura Louise.

Paroles que je n'ai pas comprises sur-le-champ ; j'étais épuisé, de l'autre côté du langage, dans cet espace qui s'étend entre la veille et le sommeil, et où les mots n'ont plus cours, comme en une perte momentanée de courant, pas même celui de pardon que j'aurais tant voulu entendre dans la bouche de ma grand-mère, et que j'attendrais vainement dans la nuit de ma chambre ; j'ignorais encore que ce mot-là est de ceux qui n'ont pas besoin du sonore, et qu'un sourire, un geste, un regard suffisent à répandre sa lumière, et, plus encore, le repentir de celui qui l'espère. J'ignorais que les mots, bien plus qu'aux humains, appartiennent à la nuit.

8

On m'a laissé en paix, les garçons d'en haut comme la bande à Brigouleix et ceux du quartier d'en bas. On m'abandonna à moi-même, me jugeant décidément trop étrange, les filles surtout, qui à treize ou quatorze ans rêvaient déjà de sujétion conjugale, de procréation, de biens matériels, et ne pensaient pas que je fusse un parti convenable, sans père, avec une mère qui enseignait la langue des Boches, et une grand-mère dont le commerce périclitait, comme les autres, dans ces années qui ont vu fermer l'Hôtel de la Gare et l'Hôtel des Voyageurs, chez Jammot, la boucherie Peyrat (ce dernier atteint d'un cancer du foie et devenu si maigre que Mme Malrieu disait qu'il aurait pu se cacher derrière un de ses couteaux), l'épicerie Madegard où j'allais acheter des livres (la mère Madegard ravie de se débarrasser de ces ouvrages de Francis Carco, de Joseph Peyré, des frères Tharaud, de Marcel Pagnol ou de Robert Margerit attendant là depuis des lustres d'improbables lecteurs, et me disant d'un air entendu, presque sournois, comme une entremetteuse qui s'adresse à un dépravé en tentant de donner à son commerce une apparence de respectabilité teintée de fatalisme : « Il faut bien lire, hein ? »), et aussi le salon de coiffure Mouret, vieux mutilé de la

Grande Guerre qui sentait la pipe et qui, pour officier, devait exécuter une sorte de danse dont sa jambe de bois munie d'un embout de caoutchouc rythmait les temps et me faisait redouter qu'un coup de ciseaux ou de rasoir mal placé ne m'infligeât une blessure aussi hideuse que celle qui lui traversait la partie droite du visage, et qui me paraissait moins une séquelle de la guerre que la trace de cette « faute » à laquelle faisait allusion le titre d'un roman de Zola, *La Faute de l'abbé Mouret*, que je n'avais pas lu mais dont je devinais, pour savoir déjà par cœur les catalogues des éditeurs, qu'il avait à voir avec la déchéance d'un abbé défroqué, devenu un inquiétant coiffeur, sans m'expliquer davantage à moi-même — sinon par la confusion dangereuse entre les êtres de fiction, les morts et les vivants qu'autorise la puissance des noms et des figures — comment un tel personnage pouvait appartenir à des ordres aussi incompatibles.

La pièce de feu d'artifice avait porté à ma grand-mère un coup dont je ne pouvais mesurer la profondeur, mais qui introduisait en moi, comme un éclat d'obus, une souffrance qui m'attachait à cette vieille femme avec qui je pouvais passer des journées sans échanger trois mots, et que je n'aimais pas (ou que je ne pouvais aimer que dans une distance où les démonstrations d'affection étaient aussi vaines que les mots), bien plus que les liens du sang ou une même propension à la solitude et à la mélancolie, mais envers qui j'avais une faute à réparer, m'avait dit Mme Mazaleyrat, austère et pieuse femme du vieux Villevaleix chez qui, comme il n'y avait plus de curé dans le bourg, et qu'elle avait suivi des études de lettres classiques, j'allais suivre des cours de catéchisme, sans grande conviction mais sans ennui, quoique obligé de me rendre chez elle presque en cachette, au sortir de l'école, après avoir laissé entendre aux autres que j'allais voir une vieille et barbante parente ; ce qui n'empêchait pas les autres de me suivre plus ou moins discrètement jusqu'à la porte de la vieille « bedeaute », comme on l'appelait, et de m'attendre là, près de l'église, en jouant à ce jeu de jokari qui faisait alors fureur tandis que j'écoutais Mme Mazaleyrat m'expliquer les prophètes, les psaumes et les Évangiles d'une voix claire et ferme, et qu'une partie de mon attention (non pas celle qui importe le plus — car la plus vive allait à Mme Mazaleyrat qui m'a, d'une autre façon que Marie, donné le goût de la Bible —, mais celle qui est une sorte de veilleuse) était distraite par la représentation que je me faisais de moi-même, à ce moment, une sorte de malade venu recevoir là des soins longs mais nullement pénibles et dans le souvenir de quoi la voix claire de la vieille dame est associée à la citronnade qu'elle me donnait à boire avant de commencer la leçon, autant parce qu'elle me pensait assoiffé que parce qu'elle ne concevait d'entendre lire les livres saints par une bouche qui ne se fût pas en quelque sorte purifiée.

Je savais à présent comment expier, bien sûr en priant pour Louise, mais surtout en cessant de me plaindre de ce qu'on était mieux à Siom où je me rendais parfois, le jeudi après-midi ou le dimanche, lorsqu'il faisait beau, sur la bicyclette dont ma grand-mère s'était longtemps servie pour faire des tournées dans les hameaux et les fermes les plus reculés de la commune et même aller à la foire aux cerises de Chamberet, le 11 juin, le traînant plus qu'elle ne le montait, ce vélo au porte-bagages si chargé de marchandises qu'on peut comprendre qu'elle ait usé là, dans ces chemins creux envahis de ronces, de genêts, de fougères, un cœur déjà fatigué, mais parvenant à bon port, et plaçant sa marchandise moins parce que les clients en avaient besoin que parce qu'ils ne voulaient pas la désobliger, par respect, aussi, pour cette opiniâtreté de commerçante qui faisait bien sûr un peu sourire, mais se révélait payante — plus pour son amour-propre, d'ailleurs, que pour ses affaires, même si ma mère pense qu'elle n'avait pas le choix, et qu'elle anticipait même sur les commerçants des bourgs plus importants qui allaient donner un nouvel essor à leur commerce par des tournées régulières en camionnette.

J'ai retrouvé le rythme de ces journées solitaires qui ont toujours, où que j'aille et quelle que soit l'époque de l'année, un goût d'arrière-saison. Elles commençaient invariablement, à sept heures, avec la mise en marche du moteur de la scierie, bientôt suivie du chant des scies circulaires, des cris des hommes, du choc des grumes roulant les unes sur les autres : une partition que je pourrais du reste noter et qu'il m'arrive de reproduire en moi-même, certains matins, dans ma tour d'Italie, lorsque je veux poursuivre mes songes dans le jour et que je me persuade que le temps n'a pas passé, que je suis encore là-bas, dans les dépouilles de mon enfance, la voix muant, le corps se durcissant, l'esprit plus que jamais tourné vers le monde à la fois clos et infini des livres, traversant les journées dans une sorte d'hébétude, une étrange, une délicieuse prostration, pour arriver au soir comme à une rive heureuse, lorsque les machines de la scierie se taisaient et que j'entendais monter la nuit, par-delà les derniers bruits du jour, avec une lenteur qui m'a toujours consolé de tout, comme les livres du XVIIe siècle, l'odeur du vent qui a traversé les forêts, la musique de Haydn, le vin de Bordeaux, les films d'Ozu et de Bergman, l'Orient des premiers chrétiens, la douceur du ventre des femmes.

Quoique vierge, j'avais chu dans le temps ; je

m'étais mis à attendre, j'ignorais quoi, qu'un cirque passe de nouveau, que Marie revienne s'étendre près de moi comme elle le faisait quelquefois, les soirs d'orage, que ma mère m'étreigne, que Bernadette Brun me dévoile ses seins, dans le petit bois que je devais traverser, le soir, en rentrant de l'école, pour aller chercher du lait à la ferme du Prat, tantôt par le raccourci qui longeait la voie du chemin de fer avant de prendre, dans la bruyère, un chemin sablonneux où abondaient les serpents, plus volontiers par le vieux Villevaleix, itinéraire qui me laissait espérer rencontrer, comme si elle m'attendait, assise sur le muret de la ferme de ses parents, la fille Mondoly, de quelques années plus âgée que moi, et dont la beauté le disputait à celle de Bernadette Brun, mais chez qui ce n'étaient ni la poitrine ni le visage qui m'émouvaient, mais la voix : une voix que j'avais entendue lors d'un radio-crochet, à la fête de Villevaleix, Marianne Mondoly debout sur la plateforme du camion de Cloux, le marchand de vins, à côté d'un homme bronzé, à chevelure argentée et fossette au menton, un de ces bateleurs que j'écoutais en me demandant comment on pouvait déployer, et avec une telle houle, tant de phrases pour ne rien dire et en retombant toujours sur ses pieds. Sans doute ai-je compris, ce jour-là, en le voyant tenir par l'épaule (une épaule nue et dorée, sur laquelle la bretelle de la claire robe d'été redoublait exactement celle du soutien-gorge) la belle Marianne Mondoly, ayant ce privilège dont on disait qu'il n'était échu à personne, la vraie beauté effrayant bien plus qu'elle ne séduit et ouvrant une plaie quasi mystique chez ceux qui la contemplent, j'ai compris que la parole, qui nous différencie des bêtes, peut être quelque chose d'aussi vain, d'aussi dépourvu de sens que le vent dans les branches des noisetiers, et aussi que la beauté d'une femme peut résider tout entière dans sa voix; et celle de Marianne Mondoly, juchée sur la plate-forme, un micro à la main, sous un ciel dans lequel passaient de petits nuages blancs, chantant du Jean Ferrat, « Pourtant que la montagne est belle », me tira des larmes, moins parce que c'était une belle chanson ou que la chanteuse eût du talent, bien qu'elle y mît tout son cœur, comme disait l'animateur, que parce que cette voix me la donnait à voir nue, plus nue même que la jeune Gitane au sortir de son bain : une nudité déchirante, me suis-je dit, et qui l'exposait davantage aux regards cruels des hommes et des femmes massés au pied du camion, comme pour une exécution capitale, ai-je encore pensé avant de crier non pas ce que j'avais l'intention de clamer : « Arrête, c'est trop beau, trop beau ! », mais ceci, lorsque retentirent les applaudissements et que l'animateur se pencha vers Marianne pour lui baiser la joue : « On ne peut pas lui faire ça, non, ce n'est pas possible ! » d'une voix éraillée, ravalant mes larmes, finissant de me déconsidérer aux yeux des filles dont je tentais de me concilier les bonnes grâces et qui ne manquèrent pas de le raconter à la belle chanteuse, puisque celle-ci ne me regardait jamais, lorsque je passais sous son mur, sans un petit sourire que je ne savais pas encore interpréter mais qui me faisait baisser les yeux : un sourire par lequel une femme (n'eût-elle, comme celle-là, que seize ans) juge un homme, lui signifiant son inanité, et me renvoyant, moi qui étais encore un enfant bien que je m'enorgueillisse d'être depuis un an élève au collège des Buiges, me renvoyant à ma maigreur, à ma timidité, à mon identité précaire, à mon incertaine condition sociale — à une attente dont je ne connaissais ni le but ni l'enjeu, alors incapable d'analyser ce que j'éprouvais pour cette jeune fille et qui, comme pour l'écuyère ou la belle Gitane, était de l'amour, mais un amour en dehors de l'amour, nullement semblable à celui dont les romans me révélaient l'incertaine, l'insaisissable nature : un amour lointain, ou, osons le mot, indifférent en ceci que je n'en espérais rien, ou qui ne pouvait que s'avouer vaincu d'avance, désespéré, et me persuadant, malgré les démentis amoureux plus tard apportés par maintes femmes au rang desquelles cette jeune Marina que je me prends déjà à redouter de perdre, même si je sais qu'elle ne restera pas éternellement à mes côtés, qu'il n'y a pas d'amour dont on n'entrevoie et, à force de l'attendre, ne programme malgré soi la fin.

Une expérience assez semblable à une autre avec laquelle je n'ai pas fait d'emblée le lien, et qui avait eu lieu quelques mois plus tôt, à Siom, dans la cuisine de l'Hôtel du Lac, où je m'étais rendu avec Louise, un dimanche de mars, non pas par l'autorail que je prenais désormais chaque jour pour aller au collège des Buiges et en revenir, mais en profitant d'une camionnette — celle du boucher Langlade, qui n'avait que deux places, ce qui m'obligeait à monter à l'arrière, les pieds dans la paille, en compagnie d'un veau ou d'un mouton, et sans en avoir honte, trouvant agréable de voyager ainsi, ou feignant de m'en amuser, même quand j'en sortais avec de la crotte à mes chaussures et sentant l'animal, le côté « gratteux » de ma grand-mère l'emportant à la fin sur toute autre considération. Nous préférions néanmoins le camion d'un transporteur limougeaud, Bernis, dont le nom m'est resté en mémoire pour le plaisir qu'il me donnait d'arriver à Siom ou, au retour, à Villevaleix, juché dans le haut habitacle de ce poids lourd peint en brun aux flancs duquel s'étalait en lettres jaunes le nom de Bernis (lequel continue de l'emporter pour moi sur le prestige du cardinal de Bernis, dont Mme de Genlis disait qu'il était l'homme le plus aimable qu'elle ait connu, et cela même après que j'aurais lu ses *Mémoires*, bien des années plus tard, et que les noms propres ne délimiteront plus le seul territoire de l'enfance, mais s'inscriront dans le frémissement général de la langue française, de la même façon qu'on peut préférer au beau kimono offert par une femme amoureuse le vieux pyjama avec lequel on a traversé tant de nuits solitaires, ou au libertinage de l'âge mûr la pure et austère merveille de l'enfance).

Il était tard ; du moins je garde le souvenir d'une cuisine sombre et déserte, d'une pénombre sans doute due à l'orage qui grondait au-dehors, de la grêle qui tombait, tandis que Berthe-Dieu parlait d'arbres déchiquetés, de toits transpercés, de récoltes fichues, et que Jeanne marmonnait son rosaire sur un chapelet de buis récemment rapporté de Jérusalem par ma mère ; Jeanne qui, lorsque la grêle cessa, se mit à maudire le ciel qui la privait de clients et lui gâchait sa journée, nul apéritif à servir, nul promeneur ne remontant du lac pour dîner ou même pour une collation, le village plus désolé qu'en plein février sous la pluie drue et régulière qui faisait rouler les grêlons dans la rue en pente avec un bruit de troupeau fantôme, disait ma grand-mère à qui Jeanne lança, en se signant, un virulent « Dijê re ! » qui lui cloua le bec, et lui fit toiser sa sœur dont le visage se tendit ; on tournait le gros bouton de cuivre de la porte du couloir, on entrait dans l'hôtel, non le troupeau du Diable, mais quelque chose de plus étrange encore à mes yeux : une dizaine de garçons et de filles, des scouts probablement, accueillis par Jeanne au cri de « Mes pauvres enfants ! » ; car ils avaient les jambes et, pour les garçons, le torse nus sous de longs imperméables transparents qui leur donnaient je ne sais quoi de vulnérable qui m'inspira sur-le-champ une sorte d'effroi mêlé d'une infinie pitié (laquelle n'était probablement que le nom masqué d'un désir que je ne savais pas reconnaître, celui d'être nu, comme eux, là, avec eux), me trouvant bientôt en larmes, debout près de la cuisinière, devant ces jeunes gens maintenant assis devant un goûter que Jeanne ne songerait pas à leur faire payer, obéissant à une générosité que Louise, repliée sur elle-même depuis le passage des maquisards, lui reprochait comme de l'argent jeté par les fenêtres. Je les regardais, je respirais leur odeur de sueur, de pluie, d'herbe mouillée, de savons dont je n'avais pas l'habitude : le parfum de la ville, me disais-je en regardant ces garçons et filles encore grelottants, heureux d'être à l'abri, tous blonds et d'une beauté telle qu'il m'avait rarement été donné d'en voir sur ces hautes terres, et qui dépassait celle de Bernadette Brun, de Marianne Mondoly et de l'écuyère du cirque, placé devant un mystère qui tenait à la conjoncture (des gens à moitié nus en mars, cela entrait en contradiction avec le système de valeurs simple et rigoureux selon lequel j'avais été élevé et qui proscrivait la nudité, même en été, par fortes chaleurs) autant qu'à l'idée que ces jeunes gens avaient commis quelque chose d'effroyable qu'ils expiaient publiquement par leur nudité. Celle-ci me semblait plus terrible que s'ils avaient été fouettés en public, comme moi, quelques années plus tôt, par la main de Marie ; ils demeuraient silencieux, comme s'ils venaient d'être chassés du paradis terrestre avec de l'herbe, des feuilles et des brins de fougère sur leurs jambes, leurs cuisses, les bras, le torse, et des visages plus nus encore que le reste du corps ; innocents, innocents, avais-je envie de crier, surtout devant une fille aux cheveux blonds et courts qui ressemblait à un garçon, quoiqu'elle eût des cuisses d'une exquise blancheur et, autant que je pouvais en juger, d'une douceur qui, si elle m'eût frôlé ou qu'il m'eût été possible d'y passer la main, m'aurait fait éclater en sanglots; elle me regardait avec un sourire gêné, avait l'air de me plaindre d'appartenir à un monde où elle ne faisait que passer, avant de regagner la ville. Un monde qui lui semblait une aberration et auquel elle me renvoyait avec une douceur, une fermeté désespérantes, qui me feraient bientôt quitter la cuisine, remontant lentement la place sous la pluie à présent régulière, la tête renversée vers le ciel de nouveau très bleu, à l'ouest, pour aller me réfugier dans l'étable, près des bêtes, et me mettre à chanter, les larmes aux yeux, ainsi que le ferait Marianne Mondoly, quelques mois plus tard, le jour du radio-crochet.

9

« Car elles renversent toujours la tête vers le ciel, les filles, dans les moments où elles exposent leur beauté, où elles la risquent, la jouent contre le temps, en appellent à l'éternité, qui est l'autre nom de l'instant, fragiles, souveraines, et plus que jamais loin de nous, pauvres hommes qui ne nous approchons d'elles que pour les voir se dérober, les femmes n'étant jamais aussi proches de nous que lorsqu'elles ne sont pas là, et inversement, objets d'une parole sans fin, une fiction, une tentative d'épuisement du sens, des ombres sur lesquelles on se retourne pour devenir ombre soi-même, comme moi, maintenant que la nuit a envahi cette chambre, ai-je dit à Marina qui s'éloignait vers la fenêtre, les mains repliées sur ses seins avec l'air de les cacher ou de les soupeser, ou de vouloir les délivrer de leur poids, geste que j'ai souvent vu aux femmes qui ont la poitrine lourde, en un mouvement de pudeur qu'elles n'ont pas pour le reste de leur corps.

— Et toi, qu'est-ce que tu y vois, au ciel, pendant l'amour et quand tu rouvres les yeux après avoir joui ? » m'a-t-elle demandé doucement, regardant la nuit orangée de Paris d'où montaient, assourdis, comme s'ils venaient de plus loin que de la gare d'Austerlitz ou du boulevard périphérique, la rumeur des trains, des automobiles, des bateaux-mouches se croisant sur la Seine, des avions descendant vers Orly ou Roissy-en-France, les mille bruits d'une ville jamais en repos.

Pouvais-je lui dire que c'est à l'enfance que me renvoie généralement le vide où me jette le plaisir ? Savait-elle qu'un homme à qui une femme a soutiré sa semence est une sorte d'enfant terrifié par le noir ? N'avait-elle pas déjà, comme toute femme, pactisé avec le temps, émue par ce que ce temps avait fait de l'enfant que j'évoquais devant elle bien plus que de mes plaintes au sujet de ce qui passe, s'enfuit, s'abolit, ou de l'effroi que m'inspire mon propre vieillissement ? Elle descendait avec moi dans un temps qui n'était pas le sien et dans lequel elle tentait de se repérer, toute enfance renvoyant à une autre, et la mienne à celle de Marina, qui n'était guère éloignée de la sienne, et qui cherchait en m'écoutant quelle figure avait, pour elle, surgi de l'orage, quelle chanson populaire lui avait tiré des larmes, quelle grêle, quel soleil de midi avait troué l'ombre où elle mourait d'ennui chez ses parents, à Meymac, et dont il lui fallait me parler, à son tour, non pas pour « exister », ainsi qu'y aspirent tant de naïfs, aujourd'hui, comme si l'existence était quelque chose de nécessaire et d'enviable, mais pour se défaire d'elle-même, au contraire, pour entrer avec moi dans la douce, la longue nuit de la parole, d'abord une fois par semaine, puis plusieurs, jamais deux jours de suite, devinant l'importance, pour l'amour, de l'absence comme celle du silence, séchant des cours pour venir se dévêtir dans ma haute chambre, toujours la première, avec une hâte qui, au début, me faisait croire qu'elle était pressée alors que ce n'était que timidité, un peu comme on se jette à l'eau, redoutant peut-être de me paraître banale en ses habits d'étudiante et ses jeunes années, et se disant que je voyais d'autres femmes, élégantes, bien plus intelligentes et plus cultivées qu'elle, la petite provinciale dont je n'avais jusque-là pas cherché à connaître l'histoire ou me contentant du peu qu'elle m'en avait livré. Histoire que j'avais, je l'avoue, supposée insignifiante, ainsi qu'on a tendance à le croire pour les êtres très jeunes et dont la vie nous semble un fade, un ennuyeux roman, pour peu qu'on ait, comme moi, à peu près épuisé le prestige des œuvres de fiction pour se tourner vers le vivant, vers la pure épiphanie des visages et des corps, vers ce qu'on pense être la vérité d'autrui alors que c'est encore notre propre figure que nous scrutons là, incapables de nous connaître autrement que dans cette forme d'appropriation morale et désespérée qu'est l'égoïsme, tandis qu'il est trop tard pour se mettre vraiment à vivre, et que le surgissement d'une Marina dans la vie d'un homme de mon âge relève d'une sorte de miracle, d'une insigne faveur octroyée par le sort, me laissant sidéré comme devant le premier livre qu'on lit seul, comprenant que l'enfance est la vraie nudité, le but secret de toute liaison, et que la façon qu'avait Marina de se dénuder n'était qu'une manière de différer le récit de sa propre enfance, ou de la préserver, cette enfance plus glorieuse que le plus beau des corps. C'est pourquoi elle commençait toujours par dénuder son bas-ventre, « comme une pute », avait-elle murmuré, une fois, la seconde, si je me souviens bien, et non sans que je lui aie dit qu'elle avait un très beau sexe, vraiment, de jolies lèvres bien dessinées, point proéminentes, minces, d'un rose délicat, dans une toison très blonde et bien taillée, et que l'ordurier mot « pute », si en faveur aujourd'hui et auquel j'ai toujours préféré celui, plus neutre, de prostituée, avait, dans sa bouche, par sa façon de le prononcer du bout des lèvres, ses yeux clairs levés vers moi, je ne sais quoi de doux et d'innocent qui le rendait à sa signification étymologique, où il ne doit pas être entendu en plus mauvaise acception que « garce » (féminin de « gars » jusqu'au XVIe siècle) et où il signifie simplement « jeune fille de service ».

« Je suis donc à ton service », avait-elle dit en riant, et en me faisant choir sur elle avec une rapidité qui m'avait d'abord fait croire qu'elle voulait en finir au plus tôt avec un acte dont je me suis toujours demandé si les femmes l'aiment vraiment ou s'il n'est pas une contribution obligatoire ou indulgente à un rite masculin, les femmes trouvant leur plaisir dans d'autres caresses, d'autres gestes, d'autres rites, paroles, silences — cela même qui fait qu'elles ont le temps pour elles tout en en faisant, une fois entrées dans l'enfer de l'âge, la plus douloureuse, la plus injuste épreuve.

Et puis, dès que je me trouvais à terre, Marina se remettait debout, se délivrait lentement du reste de ses vêtements, non pas en un de ces dérisoires strip-teases par lesquels les très jeunes amantes pensent devoir nous épater, mais parce qu'elle savait (pour l'avoir lu dans mes livres et sans imaginer un instant que je mentisse à ce sujet) mon goût pour les poitrines lourdes et fermes, ou bien (comme tant de filles sûres de leurs appas, comme on disait dans la langue galante que la nomination crue des parties du corps féminin, dans l'érotique contemporain, n'a pas rendue obsolète mais à qui elle a au contraire donné un surcroît d'efficacité, ainsi qu'on peut le voir dans le plaisir pris à voussoyer une femme qui nous accorde les dernières faveurs) qu'elle devinait que ses seins étaient, plus encore que ses jambes, son ventre, ses fesses, ses bras, sa figure, la partie la plus belle de sa personne, celle autour de quoi s'était constituée sa propre histoire. Des seins qui tombaient un peu, à cause de leur poids de fruits mûrs, qu'elle dénudait toujours en dernier et qu'elle cachait, après l'amour, lorsque le regard de l'homme se porte autrement sur le corps féminin, les seins, comme les fesses, le sexe, le nombril, le gras des cuisses, l'arrondi des bras et des épaules pouvant apparaître comme les éléments d'un grand songe brisé, parce que n'appartenant pas au monde de l'enfance dans la nostalgie de laquelle nous a précipité le plaisir.

« Ce que je vois, pendant l'amour ? Les nuages, les merveilleux nuages », ai-je murmuré en souriant, de sorte que Marina, qui ne se rappelait peut-être pas le poème de Baudelaire dont j'allais faire, dès l'âge de seize ans, l'emblème de ma jeunesse, a haussé les épaules en attrapant sur le dos d'une chaise un châle en alpaga qu'une amie m'avait rapporté d'Arequipa, au Pérou, l'année précédente, où elle s'était trouvée pendant le tremblement de terre qui avait détruit une partie de cette belle ville blanche, et dont je me sers pour couvrir mes genoux lorsque je travaille, me disant que cette étoffe a tremblé avec la terre, à plus de deux mille mètres d'altitude, et que je crois la sentir encore frémir, ici, dans ma tour d'Italie.

« Tu te fous de moi », a dit Marina en me tournant le dos, ou, plus exactement, en me montrant une partie d'elle aussi parfaite que sa poitrine : son dos, comme elle le faisait lorsqu'elle pensait que je ne la prenais pas au sérieux ou qu'elle ne pouvait se défendre d'un accès de jalousie, n'ayant pas, elle, de passé à enfouir dans des terres plus sombres que celle du cimetière de Siom, et plus envieuse de ce que j'avais écrit que d'aucune femme que j'avais aimée ou qu'elle pensait que je continuais à voir, comme elle disait — ce que je faisais en dehors des heures, si peu nombreuses, que nous passions ensemble lui semblant en quelque sorte des occupations de « grandes personnes », ajoutait-elle en minaudant, manière aussi pour elle de ne pas s'expliquer sur son propre emploi du temps, lequel, à ce moment de notre liaison, ne me faisait pas encore souffrir vraiment, moi qui n'ai jamais eu de liaisons que multiples, et, la plupart du temps, avec des femmes qui ne sont pas libres, soit mariées ou vivant avec quelqu'un (ce « quelqu'un », cet anonyme soudain universel et imparable qu'on finit toujours par nous lancer à la figure lorsqu'on vous quitte ou ne veut pas de vous), soit qu'elles viennent de quitter un homme ou d'être plaquées par lui et ne s'intéressant à un personnage tel que moi qu'en attendant mieux, de quoi je ne m'offusque pas, dès l'enfance habitué à considérer que l'homme et la femme ne sont pas plus faits pour être ensemble que l'eau et le feu, et que les plus belles histoires amoureuses sont celles qui ne requièrent ni la durée ni ces formes de dévoration que sont la fidélité, la transparence, le puritanisme conjugal ; elles ont au contraire besoin de l'ombre, du secret, des interstices, des chemins de traverse, de l'éphémère, voire (comme pour Marina et moi) de quelque chose d'impossible mais qui avait cependant lieu, qui était même, par la différence d'âge, les craintes, les espoirs qui s'y rattachent, promis à un flamboiement qu'il ne m'avait pas encore été donné de vivre, Marina étant une figure inédite, non seulement par sa jeunesse et par ce qui l'avait conduite jusqu'à moi, mais parce qu'elle était vierge, m'a-t-elle avoué après notre première étreinte, sans que je l'aie crue, d'ailleurs, vu qu'il est rare aujourd'hui qu'une fille de vingt-deux ans le soit, et qu'une femme est capable de feindre, là encore — le sang qu'on retrouve sur soi et dans les draps pouvant avoir une autre origine que la défloration. Or, je ne pouvais que la croire, guetter dans ces fleurs de sang l'effet d'une pudeur qui, mensonge ou vérité, m'a comblé et fait considérer tout autrement ce qu'elle appelait « notre amour », ne doutant pas, elle, que nous fussions entrés dans une histoire d'amour telle qu'elle en avait toujours rêvé, et dont la nature mystérieuse ne pouvait que correspondre à ce rêve, étant à cet âge où l'on ne dissocie pas l'activité sexuelle de ce qu'on a coutume d'appeler le sentiment amoureux, et faisant du don de soi une sorte de sacrifice plutôt qu'un dépassement du sentimentalisme, encore ignorante de ce que le corps peut avoir une histoire indépendante, qui ne corresponde pas à celle des sentiments, qui la contredise même, et tende à la nier, cherchant à peser de tout son poids de chair et d'exigences physiologiques sur la liberté de l'esprit, cherchant à faire exister l'esprit dans le corps, à l'incarner, à réduire cette différence par laquelle nous sommes aussi près de l'ange que de la bête, disait ma mère.

« Oui, tu te fiches de moi », a-t-elle répété en me faisant face, assise par terre, près du radiateur, les bras autour de ses jambes repliées, le menton sur les genoux, le regard las, essayant de comprendre ce qu'il y a au-delà des nuages, et ne me croyant pas lorsque je lui assurais qu'il n'y a rien, ni symbole ni énigme, mais quelque chose d'aussi inutile que mon sperme qu'elle laissait couler de son sexe comme d'une plaie sur le tapis, s'attendant que je proteste, que je la traite comme une enfant prise en faute, que je me comporte en père — ce père idéal qui serait tout à la fois géniteur, frère et amant, et pourquoi pas fils, chaque femme rêvant, exultant de tenir tout cela ensemble en elle, pendant l'amour, et ne répugnant pas à le dire, à le clamer pendant cette effusion que je n'ai jamais pu entendre sans en être gêné, sans doute parce qu'elle ne s'adresse pas à moi mais à une abstraction, à l'homme non de chair et d'os et pourvu d'une histoire personnelle, mais à ce sexe sur quoi les femmes n'ont de cesse qu'elles n'aient établi leur victoire, sortant de l'ombre matriarcale pour œuvrer au grand jour et révéler que le pouvoir des mâles n'est qu'une illusion historique, ce dont l'histoire de la famille Bugeaud et de tant d'autres m'avait depuis longtemps persuadé, trouvant en effet plus juste que le pouvoir revienne à celles qui nous conçoivent, nous portent, nous mettent au monde et, souvent, nous ferment les yeux. Une abstraction, l'homme, infiniment rêvée, sollicitée, relancée, désespérément, même par une femme aussi jeune que Marina dont je croyais ne devoir la possession (j'use avec ironie d'un mot du vocabulaire amoureux d'autrefois qui montre bien la vanité du pouvoir masculin) qu'au fait qu'elle était, comme d'autres très jeunes femmes qui s'étaient données à moi, fille de parents divorcés, avais-je cru comprendre une des rares fois où elle avait évoqué sa vie à Meymac, sans que j'y prête une attention particulière (négligence d'amant heureux ou préjugé d'homme mûr selon lequel l'époque contemporaine ne saurait plus susciter aucune histoire, nulle vie digne d'être écoutée, ce qui tendrait à faire d'un amant le contraire d'un romancier — ce dernier perpétuellement à l'affût de la moindre existence susceptible de lui faire oublier la sienne, tout entière vouée au travail, jusqu'à l'excès, jusqu'à la mort, la détachant, cette existence dont il s'empare, de l'insignifiante frise où figurent tant de vies semblables les unes aux autres pour la transfigurer, de sorte que l'écriture soit l'ultime dignité des humbles, des taiseux, des offensés, de tous ceux qui n'ont pas eu voix au chapitre). Et je la reléguais, cette trop jeune vie, dans le corps de Marina, comme si elle n'avait pas d'histoire personnelle, ou qu'elle se résumât, pour le moment, à l'histoire de sa seule beauté, à ce qui se donnait à moi dans le mystère de son surgissement, me renvoyant là encore à ma propre personne, comme autrefois la hanche de Marie Bugeaud, la bouche de sa sœur Louise, les seins de Bernadette Brun, la voix de Marianne Mondoly, la sueur de l'écuyère, la blonde jeune fille aux cheveux courts dans la cuisine de Jeanne ou, d'une autre façon, puisqu'on n'en finit jamais avec le corps maternel, le visage de ma mère, à l'époque où je vivais à Villevaleix, dans un silence et une solitude dont je n'ai plus jamais retrouvé la qualité, puisque être seul est devenu un luxe, une décision, un cheminement et non une fatalité comme à l'époque où je vivais dans le haut Limousin, quelque ennui ou souffrance que j'y trouvasse, mais d'ores et déjà persuadé qu'il me fallait tenir bon, que si j'étais seul c'était moins parce que les autres me méprisaient ou que je n'avais ni beauté ni importance sociale que parce que la solitude est le propre de l'homme et que, loin de m'en effrayer et de chercher à la rompre, je savais devoir la cultiver, en faire la valeur absolue de mon existence, bien plus que ces notions de liberté, d'égalité, de fraternité, à quoi Louise ne croyait pas plus que les autres Bugeaud, et qui lui semblaient même une imposture, comme tant de constructions de l'esprit, et qui le sont davantage dans l'ère post-chrétienne où j'écris et dans laquelle les personnages que je convoque sur ce théâtre d'ombres paraîtront sans doute incompréhensibles, trop hauts en couleur, trop libres en même temps que soumis à un destin dont on se croit aujourd'hui libéré par la vertu des droits sociaux, des progrès de la médecine et de la croyance en un avenir meilleur.

C'est ce que j'ai répondu à Marina pour la persuader que je ne me moquais pas d'elle en évoquant les nuages, mais que je réaffirmais la liberté de ne pas m'expliquer davantage, de me taire, de regarder ce qui se fait et se défait dans le ciel de février, ces nuages venus du sud-ouest après avoir passé au-dessus du Limousin où ils se sont imprégnés des forêts et des landes, et arrivés en formation serrée, les mêmes et cependant pas tout à fait semblables à ce qu'ils étaient au-dessus de Meymac et de Siom, quelques heures plus tôt, ce qu'on voit dans le ciel n'étant que le reflet de ce qu'on découvre en soi, et les mots pour le dire des nuages s'effilochant au ciel de la langue.

Mais non, Marina, je n'ai jamais été aussi sérieux, même nu, même en manquant à une règle de mon enfance qui voulait qu'on s'abstienne de parler quand on est nu, car c'est s'exposer plus dangereusement que de saisir un brandon dans sa main, disait ma grand-mère, lorsqu'elle m'entendait me parler à moi-même dans la bassine où elle m'avait versé des brocs d'eau chaude, le samedi, après la classe, avant l'arrivée de ma mère, et sans que ni elle ni moi songions à utiliser la salle de bains de l'appartement du premier étage, même quand il n'y avait pas de locataires, comme si ces lieux étaient réservés à des gens non pas meilleurs ou plus civilisés que nous, mais d'une autre espèce — ou que, plus simplement, Louise ne voulût pas se donner la peine de nettoyer ce lieu avant l'été, lorsque arriveraient les estivants. Les mots ne pouvaient nous habiller, la langue n'étant pas un vêtement, aurait-elle pu ajouter : elle dénude, au contraire, elle sépare plus qu'elle n'unit, elle isole, elle est un ensauvagement que rien ne rend acceptable, pas même la littérature, laquelle est, au contraire, le lieu de l'inconciliable, de l'irrégularité langagière, de l'écart, de l'étrangeté absolue, ce qui peut expliquer qu'aujourd'hui la littérature ne soit plus que l'objet d'un culte de Bas-Empire ; elle a la nostalgie de la grandeur tout en devenant anonyme, fade, industrielle, insignifiante, se cherchant des fonctions morales et sociales alors qu'elle ne doit que dire, même sous une forme grandiose ou au contraire dépouillée, la perte de soi, du sens, de la langue, d'un monde sur lequel veillait le regard de Dieu.

Tu souris, Marina, tu souris sans savoir que nous allons bientôt souffrir l'un de l'autre, comme il se doit, dans cette nudité suscitée par les mots. Non, je ne suis pas cruel, ni cynique. C'est toi qui as voulu tout ça, qui es venue à moi, qui as souhaité en savoir plus sur moi, tout savoir, même, considérant l'amour comme un savoir absolu, et qui en sais à présent autant que sur mon enfance et sur les morts qui l'ont entourée et que les jeux du temps et de l'espace ont encore plus éloignés de moi que je ne veux bien l'admettre, moi qu'un millénaire sépare à présent de mon enfance, ce dont je ne me rendais pas compte au moment où j'ai décidé de parler, et toi de m'écouter, d'installer entre nous ces voiles, ces linges, ces mots entre lesquels nous errons comme Bernadette Brun au sortir de son bain, entre les murs de draps humides, en se croyant seule au monde, comme si souvent quand on est jeune, nu et propre et que le vent de juillet nous enveloppe, nous fait renverser la tête avec des larmes de joie.

Le temps n'est que la somme des images présentes, passées et à venir dont nous cherchons en vain à nous constituer un visage. Nous sommes des ombres qui tentent d'épuiser dans la chair la peur qu'elles ont d'elles-mêmes, la voix, les langues, les textes n'étant que l'ombre portée du temps sur la terre où nous attendons de mourir, ayant trouvé dans le temps ce que nous réclamons à autrui, à la musique, aux grands récits : que le temps passe d'une autre façon, qu'il nous oublie, qu'il cesse de nous faire naître à chaque instant, ce temps qui s'était mis à s'écouler tout autrement, une fois Marie disparue, et depuis qu'il m'avait été donné d'apprendre, par la voix d'une fille de fermiers interprétant une chanson sentimentale, un jour de fête, à Villevaleix, que je mourrais un jour, un jour plus proche que tout ce que je pouvais imaginer, et qui devint pour moi, autant que le sens des mots ou le corps féminin, un objet de pensée quotidien, voire de chaque instant.

Je sortais des grands bois de l'enfance. J'étais nu. J'étais mort, oui, déjà mort, la vie n'étant qu'une anticipation divinatoire et désespérée de notre propre fin, et la beauté notre première expérience de la mort, son avant-goût et son illusoire antidote, comme le jour, Marina, où tu es arrivée ici après t'être fait couper les cheveux si court que j'ai d'abord jugé que ça ne t'allait pas, que tu étais devenue laide, une tête de femme qui a renoncé à plaire, surtout dans cette sorte de caleçon trop moulant à la mode cet hiver-là mais qui rendait tes fesses disgracieuses, ta beauté déchirée, exposée à un futur où je ne serai pas, la tête que tu auras quand tu mourras, me suis-je dit tandis que tu te dévêtais en souriant et tremblant un peu, à cause du désarroi où tu m'avais plongé. Ta nudité m'a apaisé ; tu as su l'accorder à ton visage dont l'oscillation entre la laideur et son contraire, entre le passé et le futur, le mystère et sa profanation, trouvait à se fixer dans la seule beauté, grâce au reste du corps : non pas une tête nouvelle, mais une provocation à te regarder telle que tu es, et non plus telle que je te rêve ou dans le seul souvenir du moment où tu es venue à moi, dans la salle de la Sorbonne, et qui est pour moi, ce souvenir, l'image génératrice de mon amour, celle qui, as-tu jugé, l'empêche aussi de s'inscrire dans le temps, une fascination que tu as voulu faire cesser en sacrifiant tes boucles. Car c'est bien ça que tu commences à me reprocher : de ne pas descendre avec toi dans le temps présent, de ne te faire rencontrer personne, aucun de mes amis, comme si un type comme moi, un écrivain, l'être le plus asocial qui soit par nécessité autant que par goût, pouvait se soucier d'avoir des amis au lieu de fuir les prédateurs de son espèce, des gens avec qui tu rêves, dis-tu, de parler et dont tu ne sois pas jalouse, alors que les rares personnes que je fréquente et de qui je n'ose me dire l'ami, tant ce qui nous lie me semble au-delà ou en deçà de ce qu'on appelle l'amitié, sont des femmes, des marginales, beaucoup d'anciennes amantes que je n'ai pas rayées de mes papiers, et qui ne m'ont pas voué aux gémonies comme tu le feras sans doute un jour ; des femmes que tu n'aurais aucun plaisir à connaître, que tu trouverais cyniques, lointaines, incompréhensibles, alors qu'elles ne sont que désespérées et tentent de garder, sur une terre à présent si peu habitable, la tête haute et le sens de l'honneur, comme ça, pour elles-mêmes, pour nous, pour ce petit nombre qui se refuse aux religions nouvelles, aux langues abâtardies, à un monde bruyant, et qui par bien des côtés me rappellent ces femmes du haut Limousin qui m'ont élevé et dont nulle autre femme, pas même celle qui est ma vraie mère, n'aura la noblesse.

10

Jean Bugeaud était mort, Albert Sarroux était mort, le Grand Bugeaud et sa femme Eugénie aussi, et il n'y avait plus de colonel Berger pour étendre sur Louise et sur ma mère sa main protectrice ; personne non plus pour les remplacer, Jean trop tôt disparu et Albert qui aurait dû s'en aller plus tôt, à Verdun ; non personne, ni Léonce ni Berthe-Dieu que Louise ne pouvait s'empêcher de mépriser. Nul homme dans sa vie, nul soupirant, malgré sa beauté et son état de veuve. Difficile de se les représenter, encore une fois, ce veuvage éternel, cette fidélité à des fantômes, ce renoncement à la chair, ce magasin d'où elle ne sortait que pour de rares visites à Siom, et, avec les années et l'installation du téléphone, une réclusion plus volontaire, Louise se contentant de demander à l'opératrice, depuis sa cuisine, le 2 à Siom pour le 3 à Villevaleix, opérant ainsi une réduction de l'espace par la magie d'un chiffre dont la simplicité me déconcertait et dont le but me paraissait bien décevant, puisque l'aînée appelait sa cadette pour une de ces brèves conversations dont l'objet était de savoir non pas comment elles se portaient, l'une et l'autre (chose au demeurant sans intérêt, puisqu'on ne va jamais bien, disait Louise, qui n'avait pourtant pas l'habitude de se plaindre et trouvait exaspérantes les jérémiades de ceux à qui son commerce la forçait de tendre une oreille complaisante, surtout à la mauvaise saison, par ces interminables et rudes hivers des hautes terres, comme il y en avait encore dans ces années-là, avant que le climat lui aussi ne se modifie, après 1960, ne s'adoucisse un peu, sous l'effet de ces forêts de sapins qu'on s'était mis à planter partout sur le plateau de Millevaches, lorsqu'on avait vu que la terre ne valait plus grand-chose et que personne ne voulait plus la travailler, la perception du climat ayant en outre changé, à cause du chauffage au fioul ou à l'électricité), mais, voulaient savoir les deux sœurs, s'ils n'étaient pas morts, les uns et les autres, s'ils étaient encore en vie sur ce territoire qui se dépeuplait et où, déjà, on attendait la fin dans la résignation et la tristesse, voyant bien que c'était une civilisation qui mourait et faisant néanmoins comme si ce n'était que le soir, ou un hiver particulièrement long, et qu'il y aurait encore une aube, un printemps, une nouvelle jeunesse. Mais il n'y aurait rien. La France vieillissait tout en se modernisant, et ce paradoxe échappait à presque tout le monde. Le général de Gaulle avait cinq ans de plus que Louise, et le colonel Berger était redevenu André Malraux, écrivain, ministre, le visage plus épais, tourmenté, impénétrable, parlant de la France comme d'une chose éternelle, alors que Louise savait, elle, que c'en était fini, que les mots de la langue littéraire ne suffiraient plus très longtemps à nous faire croire que nous étions les héritiers d'une civilisation immortelle, ma grand-mère n'ayant pas d'héritier qui lui succéderait : ni ma mère, ni moi qui passais mon temps avec la voix silencieuse des livres ou celle, à peine plus bruyante, d'une vieille femme qui évoquait soir après soir des ombres que je retrouvais dans les pièces de la vaste maison que je n'en finissais pas d'explorer, de la cave au grenier, comme un livre qu'on reprend avec un plaisir chaque fois nouveau.

La cave, d'abord, vaste, presque vide, grise, sans odeur de renfermé, donc sans mystère, ouvrant sur le jardin par une porte à deux battants aussi large qu'une entrée de grange, et prenant le jour par deux fenêtres munies de barreaux ; elle avait autrefois abrité des marchandises dont il ne restait à peu près rien, depuis le passage du maquis, sauf quelques meubles hors d'usage que j'étais chargé de débiter à la hache (chose que ni Marie ni Jeanne n'auraient acceptée, car, soutenaient-elles, brûler du bois travaillé donnait des poireaux au visage ou bien des panaris — sur quoi la lésine de Louise nous fermait les yeux, à supposer qu'elle crût à ces superstitions ou qu'elle eût conscience de son avarice) pour en tirer le petit bois avec lequel allumer le feu : opération à laquelle je mettais un soin aussi maniaque que Louise à allumer ce feu autour duquel nous tournerions toute la journée, dans la cuisine où j'avais ma place non pas face à ma grand-mère, que j'eusse ainsi gênée pour voir ce qui se passait au magasin et dans la rue, mais à sa droite, près de la cuisinière qu'elle me chargeait d'alimenter avec du gros bois que je fendais sur un billot de chêne, de même qu'il me revenait de fermer les portes, ce que je faisais plutôt deux fois qu'une, portant à la main le grand trousseau de clefs avec un sérieux de grand prêtre, allant jusqu'à vérifier qu'était bien poussée la targette du clidou, ce petit portail de bois qui permettait d'accéder au jardin par un escalier extérieur à la rampe de ciment semblable aux clôtures festonnées entourant les gares de province, entre les deux guerres ; un escalier moins mystérieux que celui qui s'ouvrait près de la cuisine, profond, sombre, très raide, par lequel on descendait en plongeant dans une obscurité peuplée de parapluies, de vieux manteaux, de pèlerines pendant là comme des chauves-souris monstrueuses qu'il ne fallait pas déranger de peur de soulever une fureur de poussière et de toiles d'araignées. Je me faisais le plus silencieux, le plus lent possible, ayant dès Siom compris que les puissances des ténèbres abhorrent le mouvement et le bruit, pour atteindre le sol de terre battue que je sondais dans l'espoir de retrouver des objets enterrés là pendant la guerre, avant le passage des résistants : des bijoux, de bonnes bouteilles, des pièces d'or, tout ce que mon imagination d'enfant tirait des livres et que je fus une fois assez heureux pour voir se matérialiser en une bouteille sans étiquette, fort évasée, de celles que je pensais qu'on trouvait dans les galions et les bateaux corsaires. « De la gnôle », avait murmuré ma grand-mère, après avoir lavé la bouteille dans l'évier, et l'avoir placée sur la table du salon où elle luisait comme un attribut de princesse étrusque, ai-je pensé, peut-être parce que je venais de voir dans un magazine la reproduction de statues funéraires et que j'avais trouvé qu'assis, ou à demi allongés, nous ressemblions, ma grand-mère et moi, dans la lumière brune de la lampe, à ces mystérieux personnages qui sourient pour l'éternité dans la nuit d'un tombeau étrusque. Elle finit par la déboucher, approcha le goulot de ses narines, ferma les yeux, et murmura : « Elle vit encore... »

C'est du moins ce que j'ai cru comprendre, les mots d'esprit-de-vin, d'eau-de-vie ou de spiritueux m'ayant depuis longtemps convaincu que l'alcool, même s'il nous pousse vers des rives aussi lumineuses que celles du plaisir physique, est bien plus qu'un simple breuvage, comme le montre l'admirable mystère de l'eucharistie.

Ma grand-mère prit dans la partie haute du buffet

deux petits verres épais en forme de dés à coudre; elle y versa l'eau-de-vie sans que la couleur des verres changeât; et nous avons levé l'un vers l'autre, dans la lumière d'un soir d'été, ce liquide qui me semblait aussi précieux que le sang du saint Graal, et que j'avalai sans me demander si je le trouvais bon, pensant qu'en buvant cette puissante liqueur qui avait goût de poire et, plus encore, celui du temps et de l'obscurité qu'elle avait traversés, nous vengions l'injustice autrefois faite à Louise et à Solange Sarroux. Nous souriions, sans nous regarder, laissant triompher en nous une chaleur qui eût été sur le point de nous rendre à des sentiments ordinaires (j'allais dire à la vie) si nous avions été plus attachés à l'existence telle qu'on la conçoit généralement, si Louise, comme moi, n'eût pas depuis longtemps été la proie de la mélancolie propre aux Bugeaud, et moi persuadé que la vie ne me réservait rien qui puisse dissiper l'idée qu'elle est un interminable chemin de ronces.

La bouteille, à quoi ni elle ni moi n'avons plus touché de longtemps, demeura sur une étagère du buffet, reluquée par les livreurs ou les représentants que Louise, parce qu'elle sentait la maladie la gagner et qu'elle rechignait à bouger, faisait entrer dans la cuisine, privilège jusque-là accordé au seul Joseph Crouzillard, de Saint-Yrieix-la-Perche, qui vendait de la toile de coton manufacturée, et dont elle tolérait la présence parce qu'il avait été compagnon de captivité d'Albert Sarroux, à Zerbst. En vain la guignaient-ils, cette bouteille, obtenant au mieux, quand ils avaient fait comprendre qu'ils boiraient bien un coup, l'affaire conclue, un verre du rouge ordinaire qu'ils lui avaient quelquefois fourni et qu'ils avalaient en souriant, tandis que Louise levait vers eux un verre qu'elle ne finirait pas, le gardant pour le verser dans la soupe du soir où il la réchaufferait au point d'amener des couleurs à ses joues et sur ses lèvres un sourire que je ne lui connaissais pas, ou bien, si son estomac la tourmentait, le reversant dans la bouteille, une fois le visiteur parti.

Pour en finir avec cette cave si peu mystérieuse auprès de celles de Siom, je dirai qu'elle était habitée non par des morts, ce que je n'étais plus tout à fait en âge de croire, mais par des poules, des pintades et des lapins dont le clapier s'élevait contre un mur. J'étais chargé de les nourrir, et aussi de décider de leur vie ou de leur mort, lorsque ma mère venait nous voir et que Louise décidait de préparer un civet.

« Va choisir un lapin », me disait-elle en pensant me faire plaisir, ou avec une sorte d'exemplaire cruauté, je le comprends ainsi aujourd'hui, puisque loin de me donner une bête qui fût à moi, que j'élèverais, ayant enfin quelque chose qui m'appartînt en propre, elle entendait m'enseigner qu'on ne possède rien, pas même un animal, que la vie ne nous appartient pas et qu'elle ne prenait pas la vie du lapin mais était simplement le bras de ce qu'il faut bien considérer comme nécessité. Et elle descendait tuer le lapin que j'avais choisi et espérais encore sauver mais qu'elle m'arrachait des mains pour le pendre par les pattes à un clou planté dans la porte de la cave, ouverte en grand pour l'occasion. Elle prenait un bâton épais et court, et brisait d'un coup la nuque de la bête, dont elle ôtait un œil avec le petit couteau qu'elle portait toujours sur elle, dans la poche de son tablier, ayant placé un bol sous le corps de l'animal dont elle recueillait le sang puis ouvrait le ventre afin de retrousser la peau et de prendre dans sa main les viscères, qu'elle jetait aux poules ; le bruit de la peau qu'on retrousse, comme de la soie sur laquelle on passe un ongle mal taillé, celui, humide, des viscères moirés tombant dans la paume, le sang gouttant dans le grand bol blanc, et, sur la figure de Louise, la même détermination mêlée d'indifférence que chez Marie en train d'occire un poulet, et enfin l'œil du lapin qui, tombé par terre, semblait me regarder de plus loin que ce que je pouvais imaginer et qui m'a donné, pourquoi ne pas le dire, la première idée de l'infini : un temps où je n'avais pas été et où je ne serais bientôt plus, passé et futur aveuglément ouverts comme cet œil sur tout ce qui se sera écoulé et qu'on ne peut mesurer en termes d'années, de décennies, de vie ou de siècles, mais nommer par un autre vocabulaire, celui qui met en rapport les catégories d'espace et de temps, lesquelles m'étaient certes inconnues mais qui ne m'auraient pas étonné, moi qui en arrivais par moments à douter, tant j'étais seul, si j'étais réellement de ce monde.

Des pièces de l'étage, presque toutes fermées à clef (outre l'immense grenier, à l'étage supérieur, accueillant et relativement propre, souvent aéré par Louise à cause de la naphtaline placée parmi les vêtements qu'elle y entreposait depuis quarante ans et que, depuis quarante ans, elle ne désespérait pas de vendre), je ne connaissais vraiment que ma chambre et les toilettes, au fond du couloir, installées pour les locataires, et que Louise n'utilisait jamais, préférant son seau hygiénique, ou le jardin, ou même, telle que je la revois, bavardant devant le magasin, à la nuit tombante, avec Mme Rebeyrolle qui était bien la seule avec qui elle pouvait se le permettre, toutes deux vêtues de longues jupes sous lesquelles elles ne portaient pas de culottes, Louise s'éloignant de quelques pas et ouvrant légèrement les jambes pour uriner debout, sans cesser de parler, bientôt imitée par son interlocutrice, toutes deux lâchant sur le ciment ce liquide que je me représentais doré comme le crépuscule et qui tombait avec un bruit de fontaine non moins fabuleux à mes yeux que le silence argenté de la bouteille que j'avais déterrée dans la cave.

Étage nocturne, parce que sombre, comme la maison tout entière, et parce que je n'y montais que pour dormir ; s'il m'arrivait dans la journée de lire dans ma chambre, au lieu de rester au salon, je fermais les persiennes, la lecture ne me paraissant pas souffrir le plein jour ni le bruit du monde, mais la seule lumière de la lampe, souvent assis en tailleur, tel un scribe de Sumer, ou un lecteur de textes sacrés, tournant le dos à la fenêtre, parmi les taches de lumière entrant par les ouïes des persiennes. Pénétrer dans la chambre de ma grand-mère ou dans celle de ma mère m'eût semblé aussi odieux que de les surprendre nues ; et l'appartement qu'on louait, l'été, était bien un territoire étranger avec son mobilier hétéroclite, intemporel, si peu fait pour des gens comme nous, et qui juxtaposait un buffet de style Henri II, des chaises et un canapé modern style, une fausse commode Louis-Philippe, un tapis de Moravie à rayures vertes sur fond bleu, des couvre-lits en piqué brocatelle effilés aux extrémités, comme l'avait précisé Louise en faisant visiter les lieux à un monsieur qui y vint tout un été, avant d'aller mourir à Guéret, et dont le nom, Guernicolor, était assez original pour que je ne l'aie pas oublié, encore que je doute que les voies de la providence et celles du sang se soient alliées pour affliger quelqu'un d'un tel patronyme. Dans la pénombre où était plongé l'appartement, le reste de l'année, ce mobilier me semblait relever de l'atmosphère sombre qu'ont les intérieurs dans les gravures illustrant les livres de Jules Verne et qui me révélaient un monde d'outre-tombe, noir et blanc, non seulement parce qu'il s'agissait d'un temps où je n'avais pas vécu mais parce qu'il ne me paraissait pas tout à fait correspondre aux couleurs, aux odeurs et aux sons déployés par le texte. J'y reniflais aussi, pour m'en indigner, l'odeur des locataires — des gens souvent vulgaires, petits retraités ou modestes employés venus de Limoges, de Tulle ou de Brive en villégiature, attirés par une petite annonce que ma grand-mère avait fait passer dans *La Montagne* ou *Le Populaire*, et qui laissait miroiter un cadre bucolique, réparateur, au milieu des bois, avec des promenades ombragées et un cours d'eau : de quoi tomber de haut en arrivant, et susciter des récriminations par lesquelles les estivants tentaient de faire baisser le prix de la location, et n'obtenaient en général qu'une modique réduction que Louise, en commerçante avisée, avait prévue et qui leur permettait de nous regarder de haut, surtout moi, qu'on prenait pour un garçon de magasin, un grouillot, un commis bien que je ne portasse pas de blouse et que je fusse en culottes courtes et en bas de laine noirs, comme on disait encore pour désigner des chaussettes et des pantalons arrivant à mi-jambe : accoutrement dans lequel j'étais un peu ridicule, la mode étant déjà aux blue-jeans, selon les garçons d'en haut aux yeux de qui ma façon de m'habiller achevait de me déconsidérer. Mais je ne m'en souciais plus, ayant appris à n'être rien socialement, trouvant même une sorte de volupté, qui avec le temps deviendrait de l'orgueil, à être méprisé des philistins, ainsi que les appelait ma mère, laquelle répondait à ces gens par les airs supérieurs qu'elle savait si bien arborer et auxquels je me laissais parfois prendre, l'imaginant plus étrange qu'elle n'était, ou plus exactement comme l'étrangère qu'elle demeurerait, loin de moi, dans les villes où elle vivait.

Et moi, où vivais-je, en vérité, à peine relié au monde par l'école où je m'ennuyais fort, déjà étranger à mon temps, errant entre les livres, les absents et les morts bien plus qu'avec ceux de mon âge, dans le silence de chambres closes, de pièces souterraines ou près du ciel, l'orgueil et l'humilité chevillés au corps comme les signes d'une gloire invisible, ou toujours à venir ? Le magasin était un terrain de jeux privilégié : je n'avais pas tout à fait abandonné cette forme active de rêverie que sont les jeux d'enfant. Aux heures interminables et désespérantes de l'après-midi, pendant que ma grand-mère somnolait sur sa chaise, dans la cuisine, je rôdais le long de l'immense comptoir qui courait sur deux côtés, avec ses bacs pleins de riz, de haricots blancs et rouges, de lentilles, de pois cassés, de café, de gros sel et, plus loin, de semences, de clous de tailles diverses, et de tout ce qui se vendait autrefois au détail, et où je plongeais souvent les mains ; une des rares choses que je puisse rapporter à la notion de plaisir en ces années où j'étais séparé de mon corps, au point de pouvoir dire que j'ai été mort, et que je doute encore si je suis vraiment revenu à la vie — à ce qu'on appelle ordinairement l'existence et dont je trouve quelquefois la preuve dans l'odeur, le goût et la forme de ce dans quoi je mettais les mains : les grains de café, surtout, dont je n'aime pas le goût mais de l'odeur duquel je raffole comme de celles de l'anis, du miel de sapin ou de l'eau-de-vie de poire, et dont Mme Arvers qui habitait la plus haute maison de Villevaleix, sur la route de La Chabrière, me disait que mon grand-père le torréfiait lui-même, dans le jardin, et que l'odeur qui emplissait alors la vallée et montait jusqu'à ses fenêtres était l'une des plus délicieuses qu'elle ait connues.

Toutes ces marchandises, ma grand-mère les gardait pour la forme, ou pour certaines gourles qui se méfiaient du progrès ou préféraient acheter au détail, donc moins cher, ce que Louise proposait aussi en paquets manufacturés sur des étagères qui tapissaient tout le fond du magasin, jusqu'au plafond, constituant avec l'immense comptoir encombré d'objets invendables un sombre et profond canyon au bout duquel, sur la gauche, je butais contre des lessiveuses, des socs de charrues, une enclume, des râteaux, des rouleaux de toile cirée, tout ce qui avait découragé la bonne volonté des maquisards, disait ma mère, et qui me faisait préférer l'autre côté du magasin, plus clair, mieux aéré, notamment le petit comptoir qui se trouvait derrière le bureau sur lequel Louise avait tenu ses comptes, aux époques fastes : un meuble étrange, en forme de cage grillagée, et à petits balustres ouvragés entourant une écritoire inclinée avec son triple encrier qui avait contenu des encres noire, rouge, bleue, et demeuré tel qu'il était la nuit où Louise et ma mère avaient eu la visite de la Résistance, ma grand-mère considérant sans doute dès lors qu'il était désormais inutile de tenir des comptes avec un soin de calligraphe, le jeu étant faussé, les dés pipés, les relations humaines une vanité, le monde une illusion langagière. J'aimais m'y asseoir, devant ces livres de comptes mystérieux, ce courrier administratif débordant des tiroirs point refermés par les maquisards, ces prospectus annotés, ces crayons, ces portemines et stylos hors d'usage, et ce gros pressepapiers qui tenait du marteau-pilon en modèle réduit et de l'instrument de torture, à juste titre d'ailleurs, puisque j'apprendrais (par Mme Malrieu, plus tard, après la mort de ma grand-mère) que, pour faire dire à Louise où elle cachait son or, un maquisard y avait glissé la main de ma grand-mère et avait tourné la vis jusqu'à ce qu'elle considérât que quelques pièces d'or ne valaient pas une main broyée sous les yeux d'une jeune fille.

Louise venait quelquefois s'y asseoir, les mains

posées sur ses genoux, le visage tourné vers la devanture ou le petit comptoir sur lequel on voyait encore des articles de mode et de mercerie, des livres, des jouets qui finissaient de s'abîmer, parmi des abeilles, des araignées, des mouches mortes. J'étais bien le seul à m'aventurer dans cette partie du magasin que ma grand-mère, afin qu'elle parût moins vide après le passage des hommes du colonel Guingouin, avait réassortie avec des articles descendus du grenier, robes, jupes, manteaux, chaussures et chapeaux commandés entre les deux guerres Aux Dames françaises, à Limoges, ou au Printemps de Paris ; des vêtements sentant la poussière et la naphtaline, entre lesquels j'introduisais une main hésitante et cependant émue, imaginant ma mère en train de les essayer, jeune fille, se dénudant, un soir de printemps ou d'été, dans ce haut grenier où ses mouvements soulevaient des milliers de particules dorées, devant une psyché où je n'aurais jamais osé me contempler parce que je craignais de n'y voir nul visage ou de souiller l'image de ma mère qui y était encore, je n'en doutais pas, prisonnière. Je la vois ôter le drap recouvrant le miroir non plus pour admirer son corps aux formes juvéniles mais la femme qu'elle devenait d'un coup, dans telle longue robe de la collection de l'été 1922, année de sa naissance, en voile de coton fileté, garnie de piqûres de couleur et qui se faisait aussi en rose, corail, citron, mauve, bleu Nattier ou champagne, ma mère optant pour le Nattier, moins à cause de l'étoffe que de ce nom qui lui rappelait les couleurs, l'incarnat et surtout le bleu, qu'elle aimait tant chez le peintre Nattier. Je l'imagine passant par-dessus la robe un petit paletot en drapé nouveau, couleur marine, orné de tresses noires, avant de se couvrir la tête d'un chapeau souple en toile cirée noire, brodé de point chaînette, également Nattier, ou bien d'un canotier en tagal, agrémenté d'un ruban rouge, puis rejetant le canotier pour un chapeau-cloche en laize garnie d'un ruban rouille et de piquets de fruits. Je la regarde essayant une cape en satin noir, au col orné d'un joli bouillonné et jugeant que cela allait à merveille avec une toque en plume découpée couleur cerise, puis se défaisant de tous ces vêtements à cause de la chaleur étouffante du grenier dont elle allait ouvrir la fenêtre de l'ouest, par laquelle elle savait n'être vue de personne, et essayant alors un joli blouson en nansouk, à fond blanc rayé de rose, ou bien un casaquin en linon crème à large col, orné de broderies, la taille serrée dans une ceinture en perles de bois et fermeture en galalithe ; passant ensuite une jupe plissée en fantaisie bayadère sur fond marine, ou une jupe tailleur en toile nationale blanche, ornée de pattes et de boutons bordeaux ; et puis, comme il faisait décidément trop chaud sous l'ardoise, tirant d'une armoire qu'on n'avait pas ouverte depuis des lustres toutes sortes de jupons, combinaisons, corsets, chemises de jour en shirting supérieur ornées de dentelles imitation Valenciennes, et culottes dans lesquelles elle était à moitié nue, sous-vêtements en flanelle mixte, ou crépon de coton, ou percale à rayures, festons et pois, le plus troublant étant ce corset en moirette de Lyon couleur violine et comprimant légèrement la poitrine, sur lequel elle passait une combinaison en crêpe de soie garnie de jours et couleur ciel ; et enfin, se dénudant entièrement, la sueur faisant coller la poussière à sa peau très blanche, elle se contemplait dans la glace avec pour tout vêtement un chapeau souple en liséré nègre, sur lequel elle rabattait une voilette grise, tandis qu'une plume fantaisie de véritable paradis piquée dans du crêpe blanc cassé lui frôlait l'épaule, la faisant frissonner, s'alanguir, se caresser les seins, peut-être, et, s'asseyant sur une malle, laisser errer ses mains sur son ventre en fermant les yeux avant de sursauter à la voix de sa mère qui montait l'escalier et de passer à la hâte non pas ses habits de tous les jours, qu'elle n'aurait pas eu le temps de remettre en ordre, mais une combinaison en voile de coton bleu, avec entre-deux en dentelle et trou-trou à ruban, et de paraître ainsi devant sa mère, qui lui demandait ce que diable elle fabriquait au grenier au lieu de l'aider en bas, au magasin ou à la pompe à essence, et qui s'entendait répondre : « J'essayais ces vieilleries. Je me demandais comment on a pu porter ça, comment tout ça a été moderne... »

Mais je ne l'imaginais pas enfant, ou plutôt je me demandais — c'est souvent le cas, à treize ans — comment on avait pu vivre avant moi, comment le monde avait pu sembler neuf à un autre enfant que moi, né dans les années 20, n'ayant nulle photo de ma mère entre le moment où elle a été prise, à quelques mois, dans les bras de Louise, et celui où, jeune fille, elle figure sur les cartes postales éditées par Marie, en tailleur gris, ou bien (photographiée par je ne sais qui, sur un petit cliché à bords dentelés, et retrouvée dans un exemplaire, qui lui a appartenu, de *Rêveuse Bourgeoisie*, de Drieu La Rochelle) en maillot de bain deux pièces, agenouillée au bord du lac de Siom en compagnie de Colette Lagane et de Marie-Paule Chazal, toutes trois radieuses, au grand dam de Jeanne, qui se plaignait à Marie et à Louise que les jeunes filles puissent se montrer dans de tels maillots de bain, au risque d'attraper du mal dans l'eau, et apparemment insouciantes, ne se doutant pas que la guerre allait faire d'elles des femmes, plus tôt, et autrement qu'elles n'auraient pensé. Entre ces deux photos donc, une enfance dont je ne sais presque rien, et dont je n'ai eu que trop tard la curiosité, mes relations avec ma mère ne m'ayant pas permis de l'interroger librement, et m'étant entendu répondre, la seule fois où je l'ai osé : « C'est aussi vieux que les frusques que je m'amusais à essayer au grenier. »

Je comprenais qu'il y aurait toujours des frusques entre ma mère et moi, une poussière d'or, une épaisseur de langage plus obscur que l'hébreu figurant dans la bible plurilingue de Mme Mazaleyrat, ou que le monde tel qu'il était avant qu'il s'enténébrât à cause de ce bout de chair qui se dressait au bas de mon ventre et dont je ne savais que faire, n'ayant pas l'idée de me saigner à blanc, comme disait Pierre Terrade, ayant plus de goût pour l'ombre ou pour ce qui habille les femmes que pour leur chair que j'imaginais aussi fade que la viande de veau, que j'ai toujours détestée, passant pour plus étrange que je n'étais, asocial, sauvage, efféminé, fadard, ayant à la figure la double blancheur des bâtards et des rats de bibliothèque, ai-je un jour entendu murmurer Mme Coudrier, la patronne de l'hôtel voisin, et à la bouche la morgue des Bugeaud qui me faisait « me croire », alors que je ne me croyais rien, pas même tout à fait de ce monde, vivant dans un univers peuplé, je le redis, de plus de morts et d'êtres imaginaires que de vivants : un univers à part, la maison de ma grand-mère, dont l'exploration se doublait de celle du vocabulaire nécessaire pour nommer tout ce que je découvrais dans de vieux numéros de *L'Illustration*, du *Pèlerin* et du *Chasseur français* trouvés au grenier, ou dans ce *Petit Écho de la mode*, dont j'ai encore en tête l'adresse, qui me semblait aussi romanesque et irréelle que son contenu, ce 7 de la rue Lemaignan, dans le 14e arrondissement de Paris, et dont le directeur, M. Orsoni, me paraissait une divinité olympienne, uniquement accessible par l'écriture « très lisible » qu'il recommandait à ses lectrices pour les commandes et les réclamations ; il y avait aussi un numéro de téléphone, Gobelins 13 53, pour cette rue Lemaignan où l'on pouvait également se rendre par les tramways Porte de Vincennes-Porte de Saint-Cloud, ou Montrouge-Saint-Augustin, ou encore par le métro Glacière ou la gare de Petite Ceinture Montsouris : des noms qui définissaient un territoire aussi étrange et lointain pour moi que ceux que traversaient les enfants du capitaine Grant, avec, en son centre, ce M. Orsoni régnant sur ces publications qu'il dirigeait, et qui, outre *Le Petit Écho*, comptaient *L'Album de la mode simple*, *La Véritable Mode française de Paris*, le *Guide médical de la femme*, le *Guide des convenances*, *La Cuisine familiale*, *Tous les secrets du ménage*, et surtout ce mystérieux recueil d'*Alphabets et monogrammes* proposant un grand choix de chiffres pour draps, taies, serviettes, nappes et mouchoirs, et dont les dessins s'annonçaient pour moi comme autant de clefs pour un autre monde : non pas le monde merveilleux ou inconnu des contes ou des voyages extraordinaires, mais celui tout à la fois proche et lointain où vivait ma mère et où il s'était passé, avec l'homme qui était mon père, ce qui avait fait que j'étais là, seul, ignorant, incompris ; et en même temps pétri d'un savoir que possédaient peu de garçons de mon âge.

Nommer le monde réel pour le déchiffrer, le magnifier, ou m'en protéger, tel serait désormais mon souci, quoique toujours persuadé que nous ne sommes jamais les exacts contemporains du monde historique, que nous vivons surtout dans les failles, les écarts, les crevasses, les boucles, les distorsions qu'instaurent notre perception du temps et notre façon d'y flotter, que le monde n'est ni un monument définitif, ni un songe ou une illusion, mais une accumulation de récits parallèles, contradictoires, se réfléchissant, s'engendrant les uns les autres à l'infini, et qu'il me fallait en donner à tout prix ma propre version afin de vivre comme tout un chacun, espérais-je encore, c'est-à-dire en passer par les mots, puisqu'il ne m'était pas donné de voyager, n'étant à treize ans pas allé plus loin que Tulle et Uzerche, avec Berthe-Dieu, et à Limoges, chez un de ces parents éloignés qu'on ne voit qu'une fois dans toute une vie, et où j'avais rejoint ma mère, un dimanche matin, par l'autorail : les Rigobert, dont je n'ai pas retenu le degré de parenté qu'ils avaient avec les Bugeaud (ou, c'est plus vraisemblable, les Sarroux) ; peut-être n'ai-je pas voulu le savoir : ils vivaient hors du triangle formé par Siom, Villevaleix et Faux-la-Montagne, des étrangers, en quelque sorte, en outre affublés d'un nom qui, mélange de Dagobert et de rigolard, ne paraissait pas sérieux, à moi qui avais appris, comme tout Siomois, à me méfier des noms propres, à les écouter, à entendre leur sens caché, leur étymologie, croyant à leur permanence et, à travers elle, à la lumière de l'origine et à l'ancestral frémissement du sang, et donc fort prévenu contre ces Rigobert dont je garde le souvenir d'un singulier déjeuner dont la pièce maîtresse était une tête de veau trônant au centre d'une table immense, sous le plafond à moulures de leur appartement de la place Jourdan ; j'évitais de la regarder, cette tête, sans doute à cause d'un récit de Courteline étudié en classe et où, dans un repas dominical, on propose à un collégien les yeux du veau comme une faveur, redoutant, moi, au point de m'en rendre malade et de m'attirer les foudres maternelles, que le cousin Rigobert ne soulevât la paupière close de la bête pour en déloger l'œil et me le présenter, l'air terrible, malgré sa jovialité d'homme à la voix forte, au terrible accent limougeaud, à la figure rouge, aux cheveux coupés en brosse, et qui riait souvent, comme pour mériter son nom et en faire oublier le ridicule.

On me trouvera bien sévère, moi qui n'avais pour ainsi dire pas de nom, ou qui en portais un que je m'efforçais de taire sitôt qu'il avait franchi mes lèvres, le nom de personne, en quelque sorte, et à la place duquel je préférais arborer celui de Bugeaud ou de Sarroux, n'étant d'ailleurs, à Villevaleix, que le « petit-fils Sarroux », de la même façon qu'à Siom je n'étais que le « petit Bugeaud », un peu comme le petit-fils du père Poirier, à Siom, dont la fille avait épousé un Algérien, se faisait appeler, l'été, lorsqu'il venait en vacances, non pas Saïd Lahrache, mais Thierry Poirier. Les noms étaient, je le devinais, le couronnement de la langue, du sang transmué en verbe, quelque chose qui dépassait l'individu et dont les grands écrivains étaient les incarnations magnifiques. Les noms façonnent le monde autant que les visages et les livres. Ma mère m'a toujours préféré le monde ; mon père c'est le monde, pouvais-je me dire, sans être capable de m'expliquer davantage ; il aurait alors fallu détruire le monde, mais il est indestructible, si on ne le hait ou ne le méprise pas assez, et je n'étais l'ennemi que de moi-même ; c'est du moins ce que j'aurais fini par devenir, si je n'avais un jour écrit — et si je ne l'avais fait sous un autre nom. Ce que je dois aux écrivains est impossible à rembourser, sinon en devenant comme eux, me disais-je obscurément, lorsque mon nom m'était une trop grande souffrance, jusqu'à ce que je comprenne qu'un jour, bien des années plus tard, je ne serais pas seulement comme eux mais l'un d'eux. J'avais treize ans et je venais de lire, trop tôt sans doute, croyant avoir affaire à un roman policier, *Le Mystère Frontenac*, et j'en étais bouleversé, m'identifiant au personnage d'Yves Frontenac et me disant qu'à mon tour je pourrais un jour raconter des histoires de cet ordre, vécues ou rêvées, que j'étais même disposé à les écrire tout de go, ce que j'aurais fait si je n'avais eu le sens de ce que je me devais à moi-même et cet instinct qui m'a toujours poussé à garder secrets mes travaux en cours. Sentiment bientôt renforcé par la lecture du *Grand Meaulnes*, et d'un roman de Ramuz, *Vie de Samuel Belet*, qui me firent abandonner sur-le-champ les illustrés, comme on disait encore, que j'allais acheter chaque semaine chez Jammot ou chez Madegard, et que ma grand-mère remettait en vente sur une table du magasin, après que je les avais lus, les donnant pour neufs alors qu'ils étaient si visiblement défraîchis qu'une fois j'eus honte d'une telle pratique; j'objectai qu'ils n'étaient pas neufs au client de passage qui s'apprêtait à les payer au prix coûtant — ce qui ne l'empêcha pas de les payer, ayant probablement compris quel était le genre de la boutique, mais s'attachant à faire plaisir à la fillette qui les réclamait en trépignant, et sans se douter qu'il en résulterait pour moi une gifle lancée par ma mère, laquelle amoindrirait encore le peu de plaisir que j'avais à la retrouver, lorsqu'elle venait nous rendre visite, en fin de semaine.

« Tu veux finir de nous ruiner », criait-elle sous l'œil sombre mais déjà indifférent de sa mère, qui, malgré son avarice, ne jugeait pas que cela méritât une gifle, la fille en faisant soudain plus que la mère, arrivant à cet âge qu'on appelle à tort l'âge mûr puisqu'on est souvent dépossédé de soi pour se mettre à ressembler à la mère ou au père qu'on a passé sa jeunesse à fuir, la vie n'étant qu'une dévoration par autrui : l'autre sexe, l'enfant, les parents, le frère ou la sœur, et par tous ceux qui prétendent nous aimer; dévoration souvent anachronique et interminable puisqu'elle peut avoir lieu post mortem et, dans le cas de ma mère, par une sorte d'avarice héritée de ses ancêtres paysans et qui la faisait renchérir sur celle de sa mère, l'une et l'autre conscientes du déclin des Bugeaud et le conjurant de cette façon, ne jetant rien et refusant de vendre l'affaire, s'efforçant de sauver les apparences alors que celles-ci ne trompaient plus personne : chacun était sur les hautes terres confronté au même et inexorable mouvement et s'en tirait comme il pouvait, ma grand-mère remettant en vente, je l'ai dit, des frusques descendues du grenier et les jouets dont je ne me servais plus, sans m'en demander la permission, comme s'ils ne m'avaient été que prêtés et que leur destination véritable fût la poussière de la devanture, derrière ces vitres frappées par le soleil toute la matinée, et plongées, le reste du temps, dans une lumière grisâtre, à côté de peignes pour chignons imitant l'écaille jaspée, de barrettes façon Tolède ornées en leur centre d'une pierre fantaisie, d'un éventail porte-photographies en cretonne et satinette, de boîtes de poudre de riz rose, blanche ou rachel, de coffrets à savon surfin à la violette, à l'héliotrope, au chypre, à la peau d'Espagne, de lunettes en celluloïd façon écaille, de vaporisateurs à côtes vénitiennes en couleurs et à monture nickelée, et de bien d'autres rossignols dont j'avais renoncé à connaître le nom, la façon et l'usage, ou qui se sont à jamais effondrés dans ma mémoire, puisqu'on était entré dans un temps où ces objets n'avaient plus d'utilité et où leurs noms comme leur description obéissent à un lexique aboli, tandis qu'on passait de l'époque où il n'existait que fort peu de marques à leur prolifération plus ou moins éphémère et fallacieuse qui déjà me donnait à penser que le nombre ne valait rien, que c'est à l'essence qu'il faut en revenir, aux qualités secrètes des noms et des œuvres que seul l'individu est à même de créer, et non la collectivité.

Je me repliais davantage sur moi-même. Je remuais d'immenses pans de langue. Je lisais tout ce qui me tombait sous la main, le meilleur comme le pire, sans personne pour me guider dans cette littérature contemporaine que proposaient les comptoirs de Louise, Jammot, Madegard et Sarrazin, et dont j'ai vite épuisé les ressources avec l'argent de poche donné par ma mère et celui que je dérobais dans la caisse du magasin, tellement affamé de lecture qu'avant de m'endormir je lisais comme une œuvre à part entière, ou comme le livre des livres, les catalogues d'éditeurs figurant à la fin des ouvrages — celui du Livre de Poche, surtout, chaque titre me donnant à rêver parfois autant, sinon plus, que le roman lui-même puisque j'en inventais, j'en déployais la narration à ma guise ; de sorte que l'histoire de mon adolescence, son filigrane secret, pourrait être établi à partir de ces seuls catalogues ou de ces livres qu'on peut retrouver chez des bouquinistes de province où l'on échoue en plein hiver, après une marche désolée dans le vent chargé de pluie et les rues d'une ville quasi morte, comme cela m'est récemment arrivé à Auray, où je ne trouvais nulle librairie digne de ce nom et commençais à me sentir aussi angoissé qu'un enfant abandonné dans la forêt, lorsque j'ai avisé, dans une rue écartée, avec un bonheur que me donnait l'assurance d'une jouissance proche et complète, puisque j'avais de l'argent et du temps, une boutique profonde, où une douce et chaude lumière donnait aux vieux livres de poche empilés l'aspect de strates dans lesquelles je voyais se matérialiser des noms d'auteurs naguère célèbres mais sortis de ma mémoire immédiate, Hervé Bazin, Paul Vialar, Gilbert Cesbron, Thyde Monnier, Vicki Baum, John Knittel, Maxence Van der Meersch, Blasco Ibanez, dont les titres dessinaient devant moi, avec leurs couvertures que je reconnaissais avec émotion, les strates de ma propre vie, son quaternaire, ses couches géologiques dans lesquelles certains livres qui m'avaient intéressé figuraient des fossiles ; ce n'étaient pas ces ouvrages fanés exposés dans la vitrine de Louise et parmi lesquels figuraient quelques livres de la collection « Stella » : *L'Héroïque Amour*, de Jean Demais, *Pour lui*, d'Alice Pujo, *Les Espérances*, de Mathilde Alanic, romans idiots que je lisais quand je n'avais plus rien à me mettre sous la dent, mais ceux, d'une autre tenue, de Pierre Benoit, d'A. J. Cronin, de Pearl Buck, de Jean de La Varende, des frères Chadourne, de Georges Duhamel, d'Édouard Peisson, dont les couvertures illustrées entouraient dans la devanture cet énorme livre en forme de brique, à la couverture rouge et noir, criarde, dont le titre, *J'ai choisi la liberté*, m'intriguait autant que le nom imprononçable de l'auteur, Kravtchenko, et disposé là par Louise, j'imagine, parce qu'il pouvait faire la nique aux ex-résistants qui vieillissaient mieux qu'elle, avec des retraites et des pensions bien plus importantes que sa pension de veuve.

« L'affaire Kravtchenko : bigre, vous allez vous faire caillasser votre vitrine ! » lui dit un jour un voyageur de commerce de Clermont-Ferrand qui ignorait ce qui lui était arrivé pendant la guerre et dont je me rappelle le nom, Aimé Cocastre, parce qu'il se présentait toujours, la première fois, en disant : « Aimé Cocastre : Écoutez-le et aimez-le... », et qu'il veillait à ce qu'on prononçât son nom « Cocâtre », comme il tâchait de le faire valoir dans ses innombrables requêtes auprès du Conseil d'État, arguant que Cocastre lui portait préjudice dans l'exercice de son métier, et ne faisant d'ailleurs que suivre la règle des imprimeurs du XVIe siècle qui ont inventé l'accent circonflexe pour signaler un *s* dont la prononciation se perdait.

« Ils ne me font pas peur ; je les connais de reste, répondit-elle.

— Vous ne manquez pas de courage ; il en faut, aujourd'hui que tout le monde est de gauche, peu ou prou », dit encore Cocastre, sans prononcer le mot « communiste », comme s'il craignait d'être entendu et malmené, sur ces hautes terres depuis des lustres presque entièrement rouges, et déchristianisées.

Ma grand-mère s'était tue. Elle attendait en souriant que Cocastre en dît davantage, ou qu'il revînt à leurs affaires.

« Ils l'auront toujours, le couteau entre les dents, je vous prie de le croire. Khrouchtchev a beau être passé par là, on ne jugera jamais leurs crimes comme on l'a fait pour les nazis. Et savez-vous pourquoi, madame Sarroux ? Eh bien parce que trop de gens s'y sont compromis, à commencer par les juifs, oui, c'est pour ça qu'il n'y aura jamais de grand procès du communisme, comme à Nuremberg », murmurait-il dans la pénombre du magasin.

Mais Louise haussait les épaules, répondant que les juifs en avaient assez vu comme ça, pendant la guerre, et même avant, pour qu'on leur cherchât encore des misères ; et devant l'étonnement de Cocastre, elle eut cette phrase (elle qui parlait si peu d'elle-même, surtout à des « étrangers », se souvenant d'avoir entendu son père évoquer l'affaire Dreyfus, alors qu'elle était enfant, en lui représentant que l'injustice était, avec le déshonneur, la pire des choses ici-bas, se souvenant aussi de l'affaire Stavisky et du procès de Léon Blum : des gens pour qui, en bonne Bugeaud, elle ne pouvait avoir d'estime, parce que l'un escroc, l'autre socialiste, mais ne supportant pas plus de les entendre traiter de sales métèques ou de maudits juifs que sa fille Solange de

Marie-couche-toi-là, ou moi de bâtard — les juifs lui étant par ailleurs aussi indifférents que les protestants, dont il y avait pourtant, à Treignac, chose rarissime sur les hautes terres, un temple desservi par un pasteur résidant à Madranges, sur la route de Tulle, ne se souciant pas d'eux, ne détestant vraiment que les francs-maçons, parce que ceux-ci se dissimulaient et formaient une société secrète qui lui rappelait trop l'internationale socialo-communiste et ses réseaux occultes), elle eut donc cette phrase, surgie comme la lumière du matin entre les branches des noirs sapins, et qui m'éclaira non pas sur ce qui précédait et à quoi je n'avais rien compris, mais sur elle, Louise Sarroux, et sur ce qu'il fallait répondre aux Cocastre et qu'il m'arriverait de rétorquer, bien des années plus tard, quand je serais en butte à l'hostilité de bien de mes confrères, faisant mienne cette phrase quasiment proverbiale, une de ces phrases qu'on se transmet dans une famille, de génération en génération, en oubliant parfois d'où elles viennent, qui les a prononcées pour la première fois, et souvent sans qu'elles aient gardé leur sel ou leur force, détachées de leur contexte douloureux ou cocasse, et affadissant de la sorte et l'Histoire et la langue, obligeant l'écrivain à un épuisant mais fécond travail d'archéologie et d'étymologie sans lequel le sentiment qu'il a de sa langue ne serait que de l'affectation : « Il y a toujours un moment où on est le juif de quelqu'un... »

Ces livres, je les prenais en cachette de ma grand-mère qui me le reprochait chaque fois plus vivement, sous l'invraisemblable prétexte que je lui faisais rater des ventes, jusqu'au jour où elle me dit que, puisque je ne pouvais m'en passer, je pouvais aller regarder dans l'armoire de sa chambre. Je l'ai ouverte le cœur battant. J'avais treize ans et je frémissais comme un jeune prêtre devant la porte du tabernacle, dirais-je plus tard à Mme Malrieu. J'ai sorti les livres un à un, en soulevant de vieilles pièces de satin et des colifichets passés de mode ; il y en avait peu, et je me demande pourquoi ils s'y trouvaient, ma grand-mère ne lisant pas, mon grand-père non plus, ce qui me fait penser qu'ils avaient appartenu à ma mère et, faute de clients, relégués dans cette armoire et que Louise gardait à mon intention, pour plus tard, ou avec l'idée si corrézienne que « ça pourrait toujours servir », quoiqu'elle vît bien qu'on lisait de moins en moins, et qu'elle n'aimât peut-être guère la présence de ces livres qui avaient éloigné d'elle sa fille et qui faisaient de son petit-fils une sorte de rongeur nocturne. Outre son missel, je ne lui ai connu que l'*Imitation de Jésus-Christ*, dans la traduction de Corneille — et encore ne l'ouvrait-elle peut-être pas, le laissant sur sa table de chevet comme un coffret décoratif en maroquin vert, à côté d'une petite boîte de nacre contenant ses chapelets. J'ai donc trouvé là les *Récits des temps mérovingiens* d'Augustin Thierry, l'*Histoire de la Révolution française* de Thiers, en deux gros volumes reliés de cuir rouge, un volume de mêmes dimensions des œuvres complètes de Zola et comportant *Germinal* et *L'Œuvre*, les uns et les autres illustrés de gravures assez semblables à celles des Jules Verne de la collection Hetzel, et qui longtemps me sembleraient la dimension véritablement fictive de textes dont je prenais pour argent comptant le réel qu'ils déployaient. J'ai aussi découvert, à côté d'un petit volume des *Fables* de La Fontaine publié par les éditions Ardant, à Limoges, *Eugénie Grandet*, *Servitude et grandeur militaire*, *Madame Bovary*, *Les Pléiades*, *Les dieux ont soif*, *Le Disciple*, *Un jardin sur l'Oronte*, *Jean-Christophe*. Bibliothèque que j'ai plaisir à restituer, à me réciter comme un poème qu'on croit oublié mais qu'un vieux livre de classe ouvert au grenier nous remet aussitôt en mémoire, car il a beaucoup compté pour nous comme cette petite bibliothèque qui allait jouer un si grand rôle dans la formation solitaire de mon goût, tout en me renseignant aussi bien qu'un journal intime ou une liasse de lettres jaunies sur la prime jeunesse d'une femme — ma mère — dont j'ignore encore à peu près tout, sauf cette mélancolie et ce goût du déclin propres à ceux dont elle est issue et qu'elle m'a transmis. Une vie dont on ne s'étonnera pas que je ne tente pas de la reconstituer ici ; ce n'est pas faute d'y penser : rêves en l'air ! Songes creux ! Fariboles ! Billevesées ! eût dit Mme Malrieu. La jeunesse de Solange Sarroux me demeure aussi interdite que la vie de mon père ; c'est pourquoi je préfère ne rien en dire, n'en laisser paraître que ce qu'en révèlent les existences auxquelles elle s'est frottée, à la façon des étincelles qui jaillissent de blocs de silex entrechoqués dans le crépuscule.

Il y avait enfin, dans cette armoire, arrivés là je n'ai jamais su comment, et doutant que ma mère les ait lus, celle-ci ne s'en souvenant pas, *Sur Nietzsche* de Georges Bataille, plusieurs numéros de *Poésie 44*, *Des tonnes de semence*, d'Audiberti, dont le titre m'intriguait, ce qui était déjà une manière de le lire, et un recueil de Louis Émié, *Le Nom du feu*, poète aujourd'hui à peu près oublié mais dont, bien des années plus tard, dans le bar d'un hôtel de Stuttgart, m'entretiendrait un vieil Allemand, auteur d'une fort belle traduction de Baudelaire — un de ces derniers grands lettrés européens que je rencontrerais dans mes récents voyages, à Cracovie, à Stockholm, à Bâle, à Amsterdam, à Bruxelles, partout où m'ont conduit les lectures publiques que je donne de mes livres ; des hommes dont la culture aura été l'ultime avatar de l'Europe chrétienne qui, après le latin et avant la chute de l'humanisme, a fait du français, comme de l'allemand et de l'anglais, une langue de nomination majeure et irremplaçable, dont j'ai entendu dire il y a quelques années par un esprit aussi fin que Kenzaburo Oé qu'elle n'est plus portée par un noyau d'auteurs incontournables; pis : que son recul s'explique aussi par le fait qu'elle n'a plus la précision qu'elle avait encore chez Bachelard et Merleau-Ponty, mais qu'elle n'a déjà plus chez Deleuze, tout brillant qu'il est.

Ce vieux lettré m'a raconté dans un français élégant et pur avoir découvert la France sous l'uniforme de la Wehrmacht, à Bordeaux, en 1941 : il était entré dans une librairie pour y acheter de quoi nourrir ce qui aura été la vraie passion de sa vie, la littérature, notamment la littérature française, et il avait été mis au fait de ce qui comptait alors, Jouve, Artaud, Jouhandeau, Leiris, Genet, Ponge, Michaux, par un jeune homme qui se trouvait dans la librairie, Louis Émié, et qui guida la main du soldat vers les couvertures blanc cassé à liséré rouge, ornées de cette triple lettre NRF qui m'intriguait autant que l'INRI figurant au-dessus du Christ en croix, et qui était le sigle de l'ultime âge d'or français, me dirait le vieil homme en levant vers moi un verre de l'excellent cognac pour lequel il avait, à une heure du matin, fait rouvrir le bar de l'hôtel où nous logions, et dont la couleur avait, dans la calme nuit de Stuttgart, l'apparence de l'or auquel il faisait allusion, sa quintessence, son esprit, sa matérialisation liquide et flamboyante qui aurait sur moi le même effet que la transparente eau-de-vie dont j'avais déterré la bouteille dans la cave de Louise, près de quarante années plus tôt.

11

Ma mère fut un matin devant moi, non plus au sein d'un songe mais dans ma chambre, où elle ne pénétrait d'ordinaire jamais. Voyant que je ne sortais plus le nez des livres, que je ne quittais presque plus les murs sombres de la maison Sarroux, elle voulut m'arracher à moi-même, comme elle me le dit, ce matin-là, très tôt, me faisant mettre debout, et nu, à l'exception de ma culotte, comme pour un de ces examens de propreté auxquels elle me soumettait encore l'année précédente, me faisant constater ma maigreur et me menaçant de m'envoyer dans un « home d'enfants », au Chambon-sur-Lignon, dans la Haute-Loire, si je continuais à ne pas vouloir tourner ma figure vers le ciel bleu et à me nourrir comme un anachorète des premiers âges chrétiens.

« Les livres te dévorent », ajouta-t-elle d'un ton plus doux, comme si elle revenait sur une décision déjà arrêtée, souhaitant retrouver sur moi un empire qu'elle n'avait en vérité jamais eu, malgré les apparences, et me proposant de passer le mois d'août avec elle à Vichy, où elle soignait régulièrement ce qu'elle appelait ses crises de foie, m'ayant communiqué non seulement, je l'ai dit, la terreur que lui inspiraient les œufs, le lait, le chocolat, et les glaces, qu'elle ne digérait pas et qu'elle interdisait à Marie, à Louise et à Jeanne de me donner, mais aussi celle de la plupart des mets qui ne soient pas simplement bouillis ; ce qui m'amenait parfois, ne résistant plus à la tentation, à manger du chocolat et, surtout, ces œufs au plat dont la métamorphose dans la poêle et l'odeur me ravissaient, chez Jean Pythre ou chez quelque condisciple de Villevaleix qui dînait plus tôt que nous, au grand dam de ma grand-mère, à qui j'avouais pourquoi je n'avais pas faim et qui (pour faire mine de suivre les recommandations de ma mère, en réalité pour me reprocher d'être allé quémander de la nourriture chez quelqu'un et ruiner ainsi sa réputation) me promettait une belle crise de foie qui aurait dû se traduire par des nausées et des vomissements, mais dont la diarrhée nocturne qui s'ensuivait, si elle contredisait la prédiction de Louise, était l'occurrence prévisible, le remords opérant son travail térébrant, tandis que je demeurais sur le trône une bonne partie de la nuit, d'abord assailli par le mal de ventre qu'augmentait la basse température des lieux, trouvant ensuite à contenir la douleur grâce à un livre d'Alexandre Dumas, *La Tulipe noire*, *Les Compagnons de Jéhu* ou *Le Chevalier de Maison-Rouge*, ne lisant jamais Dumas hors de ces lieux nocturnes, non qu'il ne méritât mieux, mais parce que certains auteurs ne peuvent être dissociés des conditions dans lesquelles nous les avons découverts et pratiqués avec le plus grand bonheur, fût-ce dans un cloaque. On imagine ma tête, le lendemain matin, et celle, chagrine, de Louise qui, me croyant assez malade, ou assez puni pour me garder au lit, me donnait à midi du jambon, des carottes avec du riz à l'eau dont elle réservait une partie pour en faire, le soir, du riz au lait, au sein duquel elle plaçait une branche de vanille.

C'était donc moins par les livres que j'étais dévoré,

aurais-je pu représenter à ma mère, si j'avais eu face à elle le moindre aplomb, que par ce qu'il me fallait ingérer chaque jour avec une répugnance à quoi j'espérais remédier en avalant, avant chaque repas, un dé à coudre d'eau-de-vie. L'éblouissement qu'elle suscitait me devint bientôt indispensable, et fut, je crois, la vraie cause des éclats de voix entendus la semaine précédente, échangés entre ma grand-mère et ma mère, mais à quoi je n'avais pas prêté attention, bien que le ton fût violent, ma mère étant coutumière de tels éclats. Ce n'était donc pas des livres que ma mère entendait me guérir, à Vichy — la lecture étant un goût auquel je n'ai jamais vu personne renoncer —, mais de ce qu'elle pensait être un vice de même nature que celui à cause duquel on l'avait éloignée de son propre père, ayant pour l'alcoolisme une aversion aussi invincible que pour le patois, les gourles, le froid, la vulgarité, le socialisme et la mauvaise littérature. Bien sûr ma mère avait soin, le dimanche, s'il faisait beau, de me rendre « moins ignare » en m'amenant visiter le château de Montbrun, la chapelle du Rat, la cathédrale de Tulle (qui était la première que je voyais et qui ne me parut pas à la hauteur de ce à quoi m'avait fait rêver, amplifié par la lecture de *Notre-Dame de Paris*, le mot « cathédrale ») ou encore, parce qu'elle revenait d'un voyage à Jérusalem, et qu'elle se reprochait peut-être de n'avoir pas songé à m'y emmener, à voir la figure chagrine qui était mienne en l'écoutant raconter sa visite au tombeau du Christ, m'emmenant dans le Berry, à Neuvy-Saint-Sépulchre, pour visiter avec moi la très curieuse basilique de cette petite ville, bâtie par le seigneur de Déols, à son retour de Terre sainte, sur le modèle du Saint-Sépulcre de Jérusalem.

« M'arracher à moi-même » : voilà qui me semblait, dans la bouche de ma mère, aussi atroce que le supplice infligé à l'arbalétrier qui avait atteint d'un mortel carreau Richard Cœur de Lion, du haut d'une tour de Châlus assiégée et où ma mère, un de ces dimanches où elle ne se supportait plus à Villevaleix, m'avait emmené voir les ruines, non loin de Limoges. Elle m'avait raconté, debout sous le soleil de juin, en me souriant avec l'air de me parler du temps qu'il faisait, comment on avait écorché vif le malheureux soldat avant de le rouler dans le sel : un supplice que je me représentais à peu près comme celui que ma grand-mère faisait subir, bien qu'ils fussent morts, aux lapins qu'elle mangeait ensuite en compagnie de ma mère, et dont je ne pouvais avaler une bouchée, ayant encore à l'oreille le bruit de feuille qui se déchire fait par la peau qu'on retrousse et celui, plus profond, des viscères tombant dans une main tandis que l'autre y cherchait le foie, comme un haruspice de l'ancienne Rome déchiffrant l'avenir dans les entrailles d'une bête sacrifiée ; sauf qu'il n'y avait là rien à deviner, et que Louise, pendant que le sang finissait de couler par l'orbite vide dans le bol de faïence blanche, me regardait avec le même sourire que ma mère, à Châlus, ou que mon professeur de français de troisième, l'année suivante, lorsqu'il nous ferait étudier un extrait du *Cinq-Mars* de Vigny, orné d'une gravure représentant l'exécution du marquis de Cinq-Mars et de François-Auguste de Thou, à Lyon, le 12 septembre 1642, sur la place des Terreaux, et dont je me rappelle tous les détails : l'échafaud nu, Cinq-Mars agenouillé sur une sorte de prie-Dieu, le bourreau muni d'une épée (et non d'une hache, ce qui me faisait naïvement penser que l'épée était moins douloureuse que la hache dont Berthe-Dieu se servait, par exemple, pour trancher le cou des oies et des canards sur le billot où l'on cassait du bois), un moine debout dans un coin, l'échafaud entouré de hallebardiers et de mousquetaires, peu de monde sur la place, et moi fondant en larmes, demandant muettement la grâce, submergé d'horreur et ridiculisé par le professeur ; j'étais non pas Cinq-Mars, ni de Thou, ni le prêtre, ni un soldat, mais un enfant caché à une haute fenêtre, dans une maison de la place, celle, je me souviens, derrière laquelle on devinait un jardin planté d'arbres ; et j'étais indigné que le professeur nous demandât de rédiger le devoir dont le sujet figurait sous la gravure et dont le libellé me demeure gravé dans le cœur : « Imaginez que vous ayez été témoin de ce spectacle tragique ; vous en faites, par lettre, le récit à un ami, en essayant de recréer le cadre de cet événement. » Lettre pour laquelle j'ai obtenu la meilleure note, ce qui ne m'a pas empêché de brûler ma copie, une fois hors du collège, sur le quai de la gare des Buiges, le soir même, le visage tourné vers Siom, où j'étais chaque matin et chaque soir tenté de descendre pour me réfugier chez Jeanne et mener ce que je croyais être une autre vie, reniant ainsi ce qui avait, d'une certaine façon, été mon premier succès de plume.

Ces excursions avaient lieu en silence, non parce que ma mère s'ennuyait avec moi mais parce qu'elle était ailleurs : toute au plaisir de ce qu'elle allait voir ou revoir, l'église d'Orcival, la cité de Collonges-la-Rouge, la chapelle de Saint-Sulpice-les-Bois, la côte déserte de Monestier-Port-Dieu, sur le lac de Bort-les-Orgues, les ruines du château de Ventadour. Un plaisir qui n'était pas de même nature que le mien — celui-ci relevant de la découverte, bien sûr, mais surtout (ou malgré tout) du singulier bonheur de passer une journée en compagnie de ma mère, en m'appliquant à ne pas la décevoir (et donc n'ouvrant pas la bouche), tandis que, pour elle, c'était l'assurance d'obtenir ce dont on a goût et besoin, et qui, je le découvrirais adulte, nous fait regretter par exemple que les femmes ne soient pas accessibles comme le sont devenus, grâce à la facilité des voyages et aux moyens si fiables de reproduction de l'image et du son, les églises, les tableaux, la musique, les paysages ; et nous avons beau savoir que ce plaisir-là peut s'obtenir grâce à l'argent, il n'en reste pas moins qu'il serait décevant, voire dégradant, et tributaire de nos humeurs, des variations météorologiques, de notre évolution personnelle, de nos vies successives, voire des reniements qui nous poussent à brûler, par exemple, les symphonies de Beethoven, les lieder de Schubert, les cantates de Brahms tant aimées dans notre jeunesse au profit de leur musique de chambre tardive, comme si nos goûts obéissaient eux aussi à la logique d'une quête, ou encore à nous mettre à aimer l'opéra, genre de nous méprisé pendant toutes les années où nous portions au pinacle lieder et mélodies, mais qui, par la dimension dramatique (et non plus intimiste), théâtrale, exacerbée même, de la voix, nous met en relation avec les parties très lointaines, ou mortes, de nous-même ; ou encore, pour certains, à préférer à l'œuvre définitive l'esquisse, l'inachèvement, les coulisses de l'œuvre, voire son échec (le *Journal* d'Amiel, la correspondance de Kafka, les carnets de Dostoïevski et de James, les *Cahiers* de Valéry, ou, de façon excessive, les brouillons d'*À la recherche du temps perdu*) ; ou enfin, sur un autre plan, mais dans lequel l'esthétique joue un rôle inattendu (comme l'usage détourné d'une certaine esthétique, à quoi notre époque donne une valeur plus politique que morale, en faisant par exemple de la très douteuse « bisexualité » quelque chose de chic et de respectable), le passage d'un sexe à un autre, la révélation de tendances auxquelles non seulement on a longuement résisté, avec acharnement et mortification, et jusque par les moyens de l'art, mais qu'on s'est enfin décidé à considérer en face, résigné à accepter. Sans aller jusque-là, l'âge mûr nous met en situation non plus d'être fidèle à ce que nous pensions être notre genre de femmes, mais à ce que nous proposent les circonstances, la baisse de nos besoins et de notre pouvoir de séduction, nos goûts devenus impérieux et vains tout à la fois, tout un pan éboulé de nous-même nous conduisant à dire que nous avons changé alors qu'en réalité seule s'est modifiée notre façon de considérer les choses et, plus encore, de nous considérer nous-même. Et ainsi que je peux à présent aimer une femme jeune et blonde telle que Marina, alors que je ne me pensais attiré que par les brunes un peu mûres, de même ce ne sont pas le château de Montbrun, ni l'église d'Orcival, ni les cascades de Gimel qui ont cessé de m'émouvoir, mais moi qui me suis si bien arraché à moi-même, ainsi que le voulait ma mère, que je me suis, ayant trouvé comment les contenir, peu à peu amputé d'éléments de ma personnalité que je tente de retrouver aujourd'hui en ces lieux, comme une innocence perdue ou une nouvelle jeunesse, tout en sachant que ce n'est pas forcément là-bas, par quelque odeur ou sonorité inattendue, qu'ils me seront rendus, mais dans ce que l'écriture me révélera à mon sujet, même si l'on est en droit de penser que c'est sur elle-même et sur les voies tortueuses et séduisantes de la littérature qu'elle nous renseigne avant tout.

Vichy : ce nom sonnait comme un voile qui se déchire. Vichy où nous sommes arrivés, ma mère et moi, à la fin d'un dimanche d'août, par une chaleur étouffante, sous un ciel fade comme on n'en connaissait pas sur les hautes terres limousines que je quittais pour la première fois. C'était mon premier voyage, je me trouvais à plus de deux cents kilomètres du Limousin et j'avais l'impression de ne pas avoir bougé, habitué à voyager dans le temps circulaire, rétractile ou expansif des livres bien plus que dans l'espace qui n'était pour moi, hors de Siom, je le redis, qu'une sorte de fiction. Et de la même façon que j'étais incapable de pleurer à la mort de quelqu'un, mes émotions obéissant à un système dilatoire qui me faisait accueillir la douleur (ou la joie, ou le simple étonnement) pour en remettre l'éclosion à plus tard (ce que j'ai longtemps pris pour de l'insensibilité, alors que ce n'est qu'une extrême, une excessive capacité à jouir ou à souffrir — ou, ce qui revient un peu au même, à me représenter ces émotions en les exagérant), de même, dans cette ville inconnue dont quelques cartes postales envoyées par ma mère au cours des étés précédents m'avaient cependant donné une idée, je me trouvais comme devant le corps d'une morte, en réserve d'émotions et de jugements.

Nous parlions peu, ma mère et moi ; nous n'avions guère l'habitude d'être ensemble, et nous avons traversé l'Auvergne par le train, dans un silence à peine troublé par la conversation d'un homme d'un certain âge, monté à Ussel et assez bien habillé pour que ma mère le laissât lui adresser la parole, ce qu'elle n'aurait accepté ni d'un ouvrier ni d'un paysan, moins par mépris ou sentiment de classe (nul n'étant au fond plus *déclassé* que nous) que parce que obsédée par ce qu'elle se devait à elle-même et qui trouvait son nerf dans le fait d'être une Bugeaud, jusque dans le déclin et, plus tard, dans cette période de décadence où il semble qu'on finisse par tirer une sorte de plaisir à rester soi-même tout en accompagnant, ou en accroissant, la décomposition d'un ordre, d'un corps social, d'une famille. Ma mère, j'allais bientôt le comprendre, ne vivait plus que de ce qu'elle aurait pu être, avec ses rêves déçus, sa nostalgie de la grandeur, sa méfiance envers tout ce qui se rattache au progrès, non seulement parce qu'elle avait trop vécu pour croire que l'homme soit perfectible, mais parce que le bon sens que les Bugeaud tiraient de leur position sociale et morale (bien plus que d'idées politiques qu'ils méprisaient d'une façon générale) leur avait fait très tôt entrevoir que le socialisme était un système condamné par ses propres songes, lesquels montrent assez que vouloir à tout prix le bien de l'humanité n'est qu'une ruse du Mal. Il est d'ailleurs curieux de constater que, quoique gaullistes, les Bugeaud n'ont pas été pour autant des sectateurs de l'« autre bord », considérant, en vrais chrétiens, qu'il n'existe qu'un bord : celui où nous abordons tous, qui que nous soyons, un jour, sans pouvoir nous retourner. Quant à la Révolution de 1789, leur position était singulière : ils ne la condamnaient pas, quoiqu'elle eût mis à mal l'Église et annoncé les charniers à venir ; la raison de ce paradoxe est à chercher dans le fait que leur connaissance de cet événement avait été acquise à l'école républicaine et donc sanctifiée par elle, si je puis dire. L'Histoire leur a donné raison, sans pour autant les éclairer sur eux-mêmes, ni leur montrer que leur propre situation économique et sociale était elle aussi condamnée, surtout Jeanne et Berthe-Dieu qui vivraient assez longtemps pour voir l'effondrement de l'Empire soviétique, non pas en vertu d'un mouvement dialectique (auraient-ils pu dire s'ils avaient connu le langage de l'ennemi ou été, comme ma mère, capables de s'en servir avec ironie), mais parce que tout est voué à déchoir, et que la vérité elle-même a besoin de cette obsolescence régulière, de cet obscurcissement, de cette respiration qui la fait mourir pour renaître autrement, dans toute sa force, dans cette beauté qui est, selon Thomas d'Aquin, la splendeur du vrai.

Est-il besoin d'ajouter que, élevé dans ces paradoxes qui tenaient autant de l'aveuglement que de conjectures proches de la plus grande lucidité, avec, en outre, un tel sentiment de la décadence, du sang et de l'honneur, je ne pouvais que me tenir loin de ce qu'on appelle aujourd'hui la vie sociale ; j'étais déjà un individu, quelqu'un d'ultime et de peu considérable, un être entouré de réprobation, à l'écoute de l'invisible, de l'ombre, de ce qui ne cesse de se défaire : un lecteur, bientôt un mémorialiste, un écrivain, si on préfère, un homme sans grande importance de nos jours pour peu qu'on se range à l'idée, somme toute réconfortante, que la gloire littéraire n'est qu'un soleil d'arrière-monde et que c'est dans ces conditions quasi désespérées qu'il nous reste à faire face au crépuscule de la langue.

C'est donc le visage baigné de la grande ombre siomoise que j'ai pénétré dans l'Hôtel de la Côte d'Or, une pension de famille où ma mère m'avait retenu une chambre et où elle m'a laissé seul, rejoignant, elle, l'Hôtel Balmoral, beaucoup plus chic mais où il n'y avait, me dit-elle, plus aucune chambre de libre et où je ne me serais d'ailleurs pas senti à l'aise.

« Et puis, ajouta-t-elle avec un petit rire, à l'intention de la patronne qui s'étonnait sans doute de ne pas nous voir descendre dans le même hôtel, un grand garçon comme toi ne saurait dormir avec sa maman, n'est-ce pas ? »

J'ai ri à mon tour puis j'ai suivi Mme Thurat, la patronne, au dernier étage, à l'extrémité d'un couloir sombre, au sol protégé en son milieu par un étroit tapis rouge dont je veillais à ne pas m'écarter, certain de choir dans le vide, si cela m'arrivait, jusqu'à une petite chambre toute en longueur, très propre, meublée d'un lit de garçon, comme l'a appelé Mme Thurat, d'une table en noyer avec une chaise paillée et d'un fauteuil Voltaire recouvert de velours cramoisi et, dans un coin, sous un miroir ovale, d'un lavabo et d'un bidet. L'unique fenêtre donnait sur une vaste étendue de toits de tuiles, barrée à l'horizon par la flèche d'une église moderne. De hauts nuages s'effilochaient dans le ciel. En me penchant, je pouvais apercevoir en contrebas les fenêtres de quelques chambres donnant comme la mienne sur une cour intérieure presque entièrement occupée par la verrière du restaurant que je ne contemplais jamais sans me demander quelle fleur de sang, de verre et de cris ferait un corps, le mien, pourquoi pas, qui tomberait là.

Elle m'a laissé seul. J'ai attendu sept heures du soir, sans bouger, assis près de la fenêtre, puis je suis descendu à la salle à manger, comme on m'avait dit de le faire après m'être lavé la figure et les mains à l'eau chaude (me réjouissant, bien que la chaleur fût étouffante, d'un tel confort) et après avoir vérifié que je n'avais pas les ongles en deuil, pour reprendre l'expression de ma mère qui me fait songer que là encore je ne suis pas certain de m'être, avant cet été-là, jamais curé les ongles ni les oreilles. Je suis entré la tête basse, pour ne pas voir les regards qui se levaient à mon passage, guidé par une servante à peine plus âgée que moi, qui m'a fait asseoir à une table, au fond de la salle, où m'attendait ma mère qui partagea mon dîner, de façon exceptionnelle, m'a-t-elle fait comprendre, tout en m'indiquant que le temps ne saurait passer pour elle comme pour moi et que, par conséquent, connaissant mon goût de la solitude, nous nous verrions plutôt à midi, pour le déjeuner, et dans l'après-midi, si je le désirais, pour une promenade dont je fixerais moi-même l'itinéraire.

« Comme ça, ta vieille mère ne te dérangera pas », chuchota-t-elle en souriant, penchant vers moi un visage admirablement maquillé et une gorge (je n'ai pas d'autre mot que celui-ci, un peu vieillot et pudique, pour désigner ce que je n'osais appeler ses seins, d'autant que ceux-ci étaient, je le dis aujourd'hui, mais je le savais déjà, je l'ai toujours su et cette connaissance-là m'était douloureuse, fort beaux) dont le décolleté (je n'en avais jamais vu de tel) ne pouvait s'expliquer seulement par la chaleur qui régnait à Vichy, cet été-là, de même que sa façon de dîner du bout des lèvres me laissait entendre qu'elle avait un autre dîner, plus tard, avec des gens autrement importants. Je ne m'en offusquais pas : j'étais persuadé de mon peu d'importance, n'être rien me semblant d'ores et déjà enviable, pourvu qu'à ce néant social correspondît un jour, me disais-je confusément, un destin d'écrivain qui me paraissait aussi fabuleux et impensable que celui de chevalier ou de fondateur d'un ordre religieux.

J'ai souri à ma mère ; je lui ai dit qu'elle était belle, en m'étonnant de ne pas rougir, de la même façon que j'aurais dit qu'il faisait chaud ou que la soupe était bonne. Elle a ri comme si elle découvrait que je n'étais pas tout à fait celui que je lui avais semblé être jusqu'ici (non pas un garçon qui lui faisait un peu honte mais un jeune homme digne d'elle, et donc tout sauf un fils), et que je n'eusse peut-être pas été indigne de l'Hôtel Balmoral dont le nom, à cause de ses syllabes lentes et profondes, rappelant une fête étrange au bord d'une mer froide où s'entendît cette *Pavane pour une infante défunte* dont j'avais lu le titre quelque part mais dont j'étais réduit à imaginer la musique triste et solennelle comme les amours auxquelles on rêve à treize ans, me paraissait appartenir à un univers plus mystérieux que celui de l'Hôtel de la Côte d'Or : un nom pourtant aussi prestigieux que celui de la Côte d'Ivoire ou de l'ancienne Golden Coast britannique, et dont les syllabes fermes, ouvertes, sonores, aériennes évoquaient moins le métal précieux que ce dont il est la fréquente métaphore, à cause des couleurs qu'arborent les vignobles bourguignons à l'automne et du précieux liquide qu'on en tire et à quoi ma mère me ferait goûter, le lendemain, me proposant un verre de meursault blanc, dans la salle à manger de l'Hôtel Balmoral où je prendrais désormais mes repas, à midi, servi par des garçons en veste blanche qui se déplaçaient avec gravité entre des palmiers en pots et des plantes grasses, et qui m'impressionnaient moins (parce que semblant ne pas me voir ni regarder personne, et donc accédant au rang de demi-dieux se mouvant dans un univers parallèle au nôtre, où ils consentaient de temps à autre à se manifester, avec beaucoup de grâce ou de hauteur) que la petite serveuse campagnarde embauchée pour l'été à l'Hôtel de la Côte d'Or et avec qui j'avais un rapport forcément plus personnel : en quelque sorte placé sous sa protection (ma mère lui ayant probablement promis un bon pourboire afin qu'elle m'incitât à manger) et troublé par elle, rêvant à partir d'elle à mes amours à venir — lesquelles devaient beaucoup plus à mes lectures qu'aux filles que je côtoyais à l'hôtel ou croisais dans la rue, plus belles, plus élégantes, plus nombreuses qu'il ne m'avait jamais été donné d'en voir, plus intimidantes et inaccessibles aussi, et contractant là une façon d'être, de désirer et d'aimer qui ne m'a plus quitté, pour le meilleur et pour le pire ; et si le temps a apaisé certains besoins et m'a détaché de bien des vanités, comme je l'ai dit plus haut, il ne m'a en vérité enseigné qu'à ruser avec la brûlure qu'entretient le désir sexuel, chez tout homme normalement constitué, mais particulièrement chez le rêveur que j'ai toujours été ; je demeure placé devant une plaie ouverte jusqu'à l'os : ma propre blessure dont rien ne saurait me consoler, mais point m'empêcher de rêver, d'espérer comme je l'ai toujours fait, envers et contre tout, je ne sais quoi, une Marina, peut-être, qui ne rejoindrait plus la nuit. Et de même que Chateaubriand, enfant, entendant parler de l'Auvergne dans les bruyères de Combourg, se figurait le Massif central comme un de ces pays lointains où se voyaient de fort étranges choses avant d'être, visitant cette région bien des années plus tard, frappé par la similitude entre les habits traditionnels bretons et auvergnats qu'il attribue à un fonds d'habillement commun au royaume de France, voire à l'Europe tout entière, de même, moi, adolescent, rêvant à la femme que je ne manquerais pas d'aimer un jour et dont je serais aimé, c'était non pas à une Provençale, une Basque, une Flamande ou une Alsacienne que je pensais, mais à une Bretonne, à cause de ma lecture de *René*, et aussi des cartes postales régulièrement envoyées à Jeanne du pays de Léon et des monts d'Arrée par un de ses fidèles clients et qui montraient des maisons de granit et d'ardoise et un paysage si semblable au nôtre que je confiais à ce futur amour le soin de me révéler le mystère de cette ressemblance.

La chambre de ma mère se trouvait au premier étage, vaste et claire, avec un lit immense à la courtepointe vert d'eau, une commode second Empire, une table ronde près de laquelle deux fauteuils de velours bleu sombre confirmaient, comme le papier clair des murs, l'impression marine donnée par le nom de Balmoral. Je n'avais jamais vu de salle de bains ; celle dont disposait ma mère m'émerveilla plus encore que sa chambre, car je n'imaginais pas qu'on pût avoir à sa disposition une pièce aussi confortable, avec lavabo, cuvette, bidet et baignoire (ce dernier ustensile, surtout, m'intriguant autant que les luxueux cercueils dont Jean-Louis Toulx, qui avait à Tulle un oncle entrepreneur de pompes funèbres, m'avait sur un dépliant montré divers modèles vantant le confort et la finition du capitonnage, à ma grande indignation, ne comprenant pas comment on pouvait dépenser tant d'argent pour une boîte où on allait se décomposer, et trouvant moins funèbre, et plus conforme à la religion, les simples cercueils de sapin dans lesquels on enterrait les pauvres). Et pénétrant pour la première fois dans l'intimité de ma mère, c'était sa propre nudité qu'il me semblait découvrir. Je lui ai demandé la permission de me servir de ses toilettes, moins par nécessité que pour profaner (comment expliquer autrement le geste abject par lequel j'ai tenté de me rendre plus proche, ou plus digne, de ma mère ?) ce lieu dont la beauté, la propreté, le luxe m'étaient insupportables. J'aurais aussi bien pu m'étendre sur son lit, prétextant un étourdissement dû à la chaleur, au vin, à des mets trop riches ; j'ai préféré me la représenter assise dans la salle de bains, parmi ses crèmes, ses lotions, ses parfums, son linge intime accroché à une patère dorée, humiliée par l'odeur de ses excréments, elle dont je voyais, dans le regard des hommes et celui, agacé, des femmes combien elle était jolie (quoique incapable de reconnaître qu'elle était avant tout désirable), prié moi aussi de la juger telle, de la regarder comme si elle n'était pas ma mère. Je ne la voyais pas en outre insensible aux hommages d'hommes de toutes conditions, y compris de garçons à peine plus âgés que moi ; et je me sentais sommé de répondre d'elle, de la défendre, découvrant qu'elle était ma mère alors que je commençais à la voir avec les yeux d'un homme, et l'écoutant me dire que je ne devais concevoir nulle humeur, nulle jalousie des regards qui se posaient sur elle, qu'ils étaient comme une pluie d'été, que le temps passe si vite, et qu'elle serait bien triste le jour où, comme disait Mme Récamier des petits ramoneurs savoyards, on ne se retournerait plus sur son passage.

Elle demeurait cependant pour moi une sorte de grande sœur lointaine. Nos rapports avaient quelque chose de protocolaire, de distant et de léger, tout à la fois, qui m'empêchait de souffrir vraiment, sans doute parce que j'avais trouvé avec quatre femmes de quoi me constituer une mère paradoxale, unique et multiple, vieille et jeune, présente et absente, sévère et insouciante, de la même façon que j'étais pour toutes ces femmes le fils qu'elles n'avaient pas eu ou, pour ma mère, pas désiré, je le savais (et si je ne l'avais pas su, je l'aurais compris à sa manière de me présenter par mon seul prénom), tel un petit frère né sur le tard et dont elle eût la garde, cet été-là, elle dans la bouche de qui je n'entendis pas une seule fois ces mots : « Mon fils », lesquels m'auraient d'ailleurs cloué sur place comme si elle avait nommé quelqu'un d'autre, ou qu'il y eût erreur sur la personne.

Car je n'étais jamais aussi proche d'elle que lorsque je ne me trouvais pas à ses côtés, ancienne habitude, sans doute, mais qui me permettait de l'aimer à ma façon, si tant est que je l'aie jamais aimée ainsi que j'imagine qu'on aime une mère. J'étais à mon aise partout, dans ma chambre de l'Hôtel de la Côte d'Or, ou bien dans un parc, près des sources, ou au bord de l'Allier, lisant des romans de Balzac, de Dickens, de Maupassant, de Hardy, des sœurs Brontë, pour l'achat desquels ma mère me donnait l'argent nécessaire, oubliant qu'elle m'avait amené à Vichy pour me tirer des livres, mais n'étant pas à une contradiction près, vivant, je crois, de ses contradictions comme d'autres de leurs certitudes ou de leurs erreurs, heureuse sans doute que je fusse là, dans cette ville d'eaux, plus près d'elle que je ne l'avais jamais été, quoique ce ne fût pas vraiment avec elle, même quand elle prenait les eaux, le matin ou l'après-midi, et que je l'attendais sur un banc, tout proche, et cependant à ce point requis par ce que je lisais qu'il m'arrivait d'oublier de la rejoindre, ou qu'elle faisait mine de m'oublier, elle, et venait me retrouver deux ou trois heures plus tard, avec ces mots qu'on adresse à un enfant dont on n'a pas voulu troubler le sommeil : « Mon Dieu, tu étais absent, ailleurs, si captivé par ta lecture que je n'ai pas osé te déranger... »

Et elle riait à l'intention des gens en compagnie de qui elle prenait les eaux, et qui, parce que destinés à me rester inconnus, ne me paraissaient guère différents des personnages peuplant les romans que je lisais et dont la fréquentation me donnait cet air de dormeur éveillé, voire de revenant, qui faisait un peu honte à ma mère. Les années m'ont confirmé dans l'idée que je ne suis pas tout à fait de ce monde; quant aux gens fréquentés par ma mère, ils le seraient bientôt davantage, hors du monde, non seulement parce qu'ils allaient bientôt disparaître, ultimes représentants, eux aussi, d'une civilisation sur le déclin, n'existant plus que dans ma mémoire, en compagnie des personnages de romans dont ils demeurent indissociables, comme des parents pauvres ou éloignés, pour finir dans le texte que j'écris aujourd'hui, mais aussi parce que c'est leur époque qui est révolue; et non seulement les années 60 du siècle dernier, qu'on a dites heureuses, mais aussi ce qu'on a aimé et révéré sous le nom de France et dont le déclin s'est accentué dans ces années-là, où on ne prenait pas garde à la trop grande douceur du temps; une France qui était, bien plus qu'un territoire, une langue et une idée pour lesquelles Vichy, comme d'autres villes d'eaux, voyait le retour régulier de personnages qui n'existent plus chez eux,

Levantins en tarbouche, rastaquouères à l'élégance outrancière, Roumains fortunés, Grecs en rupture de ban, Bulgares exilés, Russes blancs rêvant sans désarmer à la chute de l'Empire rouge, Israélites de Céphalonie ou de Tanger, apatrides de toute sorte, coureurs de dot, danseurs mondains, gigolos, flambeurs, personnages interlopes venus là se faire oublier, chacun fuyant ce qu'il était dans une autre langue, le mal qui le rongeait, l'ennui auquel le condamnait sa maladie, comme s'il y avait eu du bonheur à souffrir ensemble, pourvu que ce fût en français, ainsi que j'entendis un jour le dire à un sujet de l'ex-roi Farouk, dans ce français si précieux parlé de Bucarest à Beyrouth, de Moscou à Lisbonne, et de Mexico à la Terre de Feu, roulant le *r*, acclimatant formules et solécismes pour en faire cette *lingua franca* savoureuse et riche dont on peut entendre encore, entre Istanbul et Alexandrie, les derniers accents. Tous faisaient partie du cercle d'élus qui prenaient ces eaux dont l'odeur de soufre me soulevait le cœur et me rendait heureux de ne pas être au nombre des curistes, comme on les appelait. Car il y avait parmi eux de vrais malades, de réels fantômes, des gens souffrant du foie et dont l'haleine fétide, lorsqu'ils s'asseyaient près de moi, me forçait à quitter le banc sur-le-champ pour aller m'allonger au bord de l'Allier, à observer les canoteurs et les pêcheurs, avant de rejoindre ma chambre, où le vent rabattait souvent la fumée des proches cheminées et des odeurs de la cuisine qui restent associées pour moi aux textes latins que je traduisais toute la matinée pour des cours par correspondance auxquels m'avait inscrit ma mère qui voyait dans cette langue morte « notre vraie mère à tous » et me le répétait pour me donner du cœur à l'ouvrage : une langue que j'appréhendais autant à partir de sa grammaire que du patois de haute Corrèze qui me donnait une approche singulière, marginale et sensible des langues romanes, et achevait de faire de moi un rêveur, capable d'entrevoir ou même d'inventer la beauté de Tacite, d'Horace et de Virgile mais pas de la rendre en français, tandis que ma mère, venue me chercher pour le déjeuner, se penchant sur mes versions, me reprochait mon manque de logique : « C'est comme ces odeurs de cuisine, disait-elle : une conscience affamée comme l'est la nôtre à cette heure de la matinée peut les analyser, les décomposer pour retrouver les ingrédients qui composent le plat. Toi, tu te contentes de rêver à l'aspect général, à la seule idée de faim, à l'atmosphère du texte plutôt qu'à ce qui le constitue et en fait une œuvre d'art... »

Se doutait-elle qu'à cette rêverie analytique précédant le proche déjeuner s'ajoutait, telle une délivrance, son apéritif comme son assomption, la beauté parfumée de ma mère qui me guidait vers cet autre monde dont la salle à manger de l'Hôtel Balmoral était le rivage enchanteur, même si je savais que, pour ma mère et ses amis, il menait à d'autres lieux, plus mystérieux : le casino, les night-clubs, les chambres luxueuses, tous ces lieux nocturnes dont je me disais que ma mère les hantait comme moi le territoire de Siom et de Villevaleix, et où je n'imaginais pas de la suivre, encore pénétré des préjugés qu'on nourrissait, là-bas, en Limousin, à propos de la nuit, et de la peur qu'elle continuait d'inspirer à Louise, à Jeanne et à presque tous ceux qui auront connu l'interminable, l'épuisant combat des ténèbres et de la lumière ?

Comme un enfant de conte, j'étais abandonné par ma mère au bord de la nuit, dès que le soleil disparaissait derrière les coteaux entourant la ville. Elle était soudain pressée, en retard, avait l'esprit ailleurs, le visage tendu, tourné vers un autre monde ; et je regagnais lentement l'Hôtel de la Côte d'Or, vers sept heures du soir, après l'avoir embrassée à la porte de sa chambre, où elle déplorait, je ne sais pourquoi, que je n'eusse pas quinze ans devant la femme de chambre, qui feignait de ne pas comprendre qui j'étais et qui lui répondait : « Mais, madame, un frère de treize ans : tous les avantages d'un garçon sans les inconvénients d'un fils ou d'un petit ami… », ou quelque fadaise de ce genre qui rendait ma mère bien plus heureuse (toute femme, même forte, a de ces moments de naïveté) qu'elle n'était satisfaite d'avoir eu (« attrapé », aurait dit Marie) ce fils qui la vieillissait, pensait-elle en inspectant mes vêtements avec une expression qu'elle tentait de faire passer, une fois que nous étions seuls, dans sa chambre ou dans la mienne, pour celle d'une mère agacée de me voir si mal fagoté et toujours près de lui faire honte, et cela bien qu'elle m'eût amené, le lendemain de notre arrivée, dans un magasin de confection pour me vêtir des pieds à la tête, et me donner ce qu'elle appelait l'« air moderne ». Ce n'était qu'une façon de me rendre invisible, pensais-je devant le grand miroir du hall, ou dans la salle à manger de l'Hôtel de la Côte d'Or où je dînais seul, rapidement, servi par la petite bonne plutôt laide qui me demandait invariablement si je voulais reprendre de la salade avec un fort accent du Bourbonnais et une mine un peu anxieuse, ou lasse, qui me faisait penser que c'était elle qui aimait la salade, ou qui en avait besoin, souffrant sans doute de constipation, comme tant de femmes, m'avait dit ma grand-mère, ce qui achevait de me la rendre insupportable et attachante tout à la fois. J'ai même été sur le point de lui demander d'où elle venait, de quelle campagne, mais je craignais de la mettre mal à l'aise, être de la campagne étant alors une sorte de tare, j'en savais quelque chose, je le portais sur ma figure, à n'en pas douter, et je mourais d'envie de dire à la serveuse que j'étais logé à la même enseigne qu'elle, cette petite et maigrichonne Brigitte (comme j'ai entendu la patronne l'appeler), quoique chacun de part et d'autre de la barrière, trop timides et conscients de notre place pour nous parler, bien qu'elle couchât, elle aussi, sous le toit, dans une chambre peu éloignée de la mienne : une de ces chambres qu'on donne aux bonnes ou aux clients de passage qu'on veut dépanner, ou encore à des garçons tels que moi. « Un enfant de l'amour », m'avait lancé un jour Brigouleix, sans que j'aie compris ce qu'il voulait dire, étant encore assez innocent pour ne pas associer l'amour et la procréation, mais sans les séparer entièrement, ne voulant au fond pas avoir d'opinion à ce sujet, recherchant même une sorte d'ignorance pour continuer d'exister tout en m'interrogeant sur ce que je pensais être une insulte à peine déguisée, une menace plus qu'une vérité, celle-ci marchant à pas invisibles pour frapper telle la foudre, la lumière étant toujours proche de l'aveuglement, et l'évidence crevant les yeux, comme le dit magnifiquement la langue.

Et sans doute la jeune Brigitte qui dormait non loin de moi pensait-elle, elle aussi, que j'étais un enfant de cet amour dont le sens me semblait sur le point de m'être dévoilé dans ce Vichy où la nuit n'était pas celle des hautes terres limousines, compacte, épaisse, infranchissable, pleine de voix et de cris avalés par un silence incomparable, mais une nuit légère, douce, frémissante, jamais tout à fait calme, surtout dans cet hôtel dont toutes les chambres étaient occupées, et où l'on ne paraissait jamais vraiment dormir, comme dans la chambre voisine de la mienne, où couchait une femme de chambre qui d'ordinaire sombrait dans le sommeil dès qu'elle avait franchi sa porte mais qui, une nuit (vers le matin, ai-je cru, mais je n'ai pas osé allumer pour regarder l'heure, comme si ma lumière avait pu traverser la paroi et révéler ma présence), me réveilla par ses sanglots, battue par un homme dont j'entendais aussi les soupirs, les ahans, les grognements.

Elle devait bien souffrir, cette femme, pour gémir et se plaindre de la sorte, en pleine nuit, me disais-je sans tenir compte des moments de silence et des petits rires dont cette souffrance était entrecoupée... Cette souffrance avait ceci d'étrange qu'elle était vidée de son terrible contenu et laissait surnager, léger, transparent, pur, quelque chose que je ne savais nommer et qui en était l'exact opposé, qui m'amenait au bord des larmes, des larmes de joie, une joie semblable à celle qui étreignait à présent la femme, de l'autre côté de la cloison, et qui me faisait me dire, à mi-voix, en un de ces enfantins serments qu'on se fait à soi-même, dans les moments de détresse ou d'incompréhension où c'est le corps qui heurte à la porte de l'esprit en réclamant justice, un serment qu'on honorera envers et contre tout, sur quoi on fera même reposer une part majeure de sa vie d'adulte : « Toi aussi, tu connaîtras ça, un jour, il te sera donné de le connaître de la même façon, et mieux encore... »

Promesse dont m'apporta la confirmation le visage calme et heureux de la femme de chambre, rencontrée le lendemain matin dans le couloir alors qu'elle venait faire ma chambre en fredonnant une chanson américaine qu'on entendait partout, cet été-là, et dans laquelle il était question d'étrangers dans la nuit. Serment solennel et dramatique, et extraordinairement lucide puisque la femme de chambre m'a regardé avec l'air de qui a été deviné et tente de dissiper sa gêne par une insolence muette, un air de défi dont j'étais trop innocent pour déceler l'invite qu'il pouvait aussi bien contenir, de la même façon que je refusais de voir combien je plaisais à la servante Brigitte dont j'imagine aujourd'hui le corps qu'elle dénudait et lavait consciencieusement au lavabo, avant de se mettre au lit en songeant peut-être à moi. J'étais allongé dans le même sens qu'elle, imaginais-je, mon lit tourné vers l'est, et il lui aurait suffi de parler un peu fort pour que j'entende sa voix traversant la nuit du couloir, et pour que je me lève et marche jusqu'à sa porte qu'elle aurait ouverte en baissant les yeux, me laissant entrer sans un mot, non seulement dans son lit mais en elle, dans son vagin, comme j'avais lu, hâtivement, que ça se faisait dans un livre de Simone de Beauvoir oublié sur un fauteuil de salon à Villevaleix par ma mère, qui m'avait dit, la semaine suivante, non sans gêne, s'intéresser à cet auteur pour ses attaches limousines, à Uzerche précisément, où sa famille avait une maison : « C'est-à-dire un château, puisque, tu le sais, n'est-ce pas, qui a maison à Uzerche a château en Limousin », a-t-elle ajouté avec un petit rire qui me la fit trouver, cette fois, un peu niaise, encore que ce fût peut-être moi qui, projetant sur elle ma propre et rétrospective vergogne, rougissais de la gêner par ma présence, de la forcer à paraître niaise, comme avec la femme de chambre, d'avoir mis le nez dans un ouvrage qui ne m'était pas destiné, mais dont l'oubli n'était peut-être pas, je me le dis aujourd'hui, entièrement dépourvu d'intentions. Et quoique je ne comprisse pas bien le sens de la formule et que le mot vagin m'indignât parce que sonnant bas, j'avais acquis la certitude anticipée qu'aucun corps de femme n'est entièrement dépourvu de grâce lorsqu'elle se dénude et s'abandonne, même une fille aussi peu jolie que Brigitte dont un œil plus averti que le mien aurait probablement su deviner, au-delà du visage, sous le tablier et la robe noire, un corps émouvant, des seins menus mais dont rétrospectivement, comme on le fait pour tant de femmes qu'on n'a pas su regarder ou comprendre, qui nous ont échappé ou se sont enfuies, j'imagine les pointes fermes, le ventre blanc et plat, très doux, le pubis sombre et dru, celui d'une vierge, peut-être, ou d'une fille de peu d'expérience mais disposée à en acquérir, même avec un innocent comme moi.

Mais si j'étais reconnaissant à la femme de chambre de m'avoir fait entendre le chant secret des femmes, je n'étais pas capable d'imaginer ma mère chantant de la sorte, dans la nuit de l'Hôtel Balmoral, au creux de son grand lit, nue comme je devinais que l'est toute femme dans ces moments-là. Je m'étais mis à attendre, j'ignorais quoi, peut-être que le chant résonnât de nouveau dans la chambre voisine, ou que ma porte s'ouvrît et que je connusse enfin le grand accord de la lumière et de la nudité; mais rien ne se fit entendre de l'autre côté de la cloison, soit que la femme se tînt coite, soit que l'amant n'ait été qu'un client de passage; et je m'endormais tout habillé sur mon lit ou dans le fauteuil Voltaire, près de la lampe obscure, pour me réveiller avant l'aube, lorsque j'entendais la femme faire sa toilette avant de descendre prendre son service. Il m'est arrivé, au cours de ce mois, de rester avec elle pendant qu'elle faisait ma chambre : jamais (si tant est que j'aie pu le remarquer vraiment, moi qui osais à peine la regarder et qui me tenais dans le fauteuil Voltaire, immobile, retenant mon souffle, sans doute terrifié à l'idée qu'elle aurait pu se mettre à pleurer ou à rire, là, tout près de moi — pour moi, en s'approchant plus près que ne l'avait jamais fait nulle femme et déboutonnant sa blouse) elle n'a plus levé les yeux vers moi, du moins pas avec l'air qu'elle avait eu, l'autre matin, et qu'avait quelquefois

Brigitte lorsqu'elle me servait, le soir, dans la salle à manger, et dont je sentais l'odeur, mélange de transpiration, de parfum bon marché et de savon de Marseille, qui me répugnait un peu et dont, bien des années plus tard, le souvenir me bouleverserait bien plus que les plus subtils parfums.

12

Quelle était la vie de ma mère, non seulement à Vichy, lorsque je ne me trouvais pas avec elle, mais ailleurs, à Toulouse, à Angoulême, à Limoges, dans toutes les villes où elle vivait au gré de ses mutations de professeur, je l'ignorais et ne cherchais pas à le savoir. Solange Sarroux était bien sûr ma mère, mais, avant tout, une adulte, c'est-à-dire un être appartenant au monde extérieur, celui qui se confondait avec l'univers des romans, sa manifestation à la fois évidente et mystérieuse, supérieure et contradictoire, et dont j'étais plus curieux que de toute autre chose, d'autant que les adultes n'étaient pas encore entrés dans le processus d'indifférenciation vestimentaire et langagière par lequel ils cherchent aujourd'hui à se rapprocher des jeunes gens et même des enfants pour retrouver un peu de leur jeunesse enfuie. Le grand songe faustien s'achève avec le jean, les baskets, la chirurgie esthétique et le bas langage argotique. Je n'ai pas aimé être jeune ; j'ai détesté mes années d'adolescence, pendant lesquelles j'ai plus souffert qu'à toute autre période de ma vie, parce que je n'étais le fils de personne. Je ne déteste pas me sentir vieillir, sans doute parce que je ne tiens pas vraiment à la vie, ayant eu dès l'origine ce sentiment de distance, ou d'indifférence. Je ne suis pas pour autant attiré par la mort volontaire. J'ai toujours eu le courage, ou l'opiniâtreté, de me maintenir en vie. Je n'en suis pas à une contradiction près, mais je veux qu'on me croie si je dis que j'aime vivre, tout en ne tenant pas à la vie. J'ai fait bien des efforts. J'ai pris conscience du néant où me plongeait le fait d'être sans père. Il me restait à m'inventer moi-même dans les livres, non seulement ceux que je lisais mais ceux que je me pensais appelé à écrire un jour. Bien sûr, je m'ennuyais, mais l'ennui, contrairement à ce qu'on peut croire, m'était une sorte de grâce : un ennui qui, là encore, n'a rien à voir avec ce qu'on désigne aujourd'hui comme tel, mais qui était plutôt une autre façon de se tenir dans les jours et dans les saisons, d'accueillir le silence où se préparent les grandes choses, pensais-je, d'accompagner la mort d'un monde, voire de mourir à ce monde pour y puiser une nouvelle vigueur. Lire, c'est décréter que le monde n'est pas un livre, mais que rien ne vaut le livre capable de le faire oublier; c'est en appeler à la clôture, à l'abolition du monde; c'est aussi jouer cette clôture contre le temps; c'est, pour le rêveur, pour le prédateur qu'est tout lecteur, se vouer à devenir tôt ou tard livre — celui-ci n'étant rien d'autre, en fin de compte, qu'une perception singulière du temps : nous cherchons infiniment, enfants solitaires ou adultes asociaux, des coïncidences entre le temps personnel et le temps historique; nous sommes des anachronismes vivants. Ma mère était, comme les vivants et les morts de mon entourage, un personnage romanesque, une énigme sentimentale, l'étoile inverse des femmes qui m'élevaient, une lumière d'astre mort dont je tâchais, malgré tout, de capter le bruissement lumineux, de le restituer à un système affectif dans lequel elle devait prendre une part égale à celle de sa mère et de ses tantes, afin de ne pas me rendre aux aberrations de la nuit sidérale.

Une nuit qui n'était bien sûr pas du même ordre que celle où je savais qu'elle descendait, le soir, dès qu'elle m'avait quitté, une fois mon dessert pris et ma serviette repliée puis glissée dans le rond de fer-blanc guilloché et portant le numéro de ma table, la devinant soudain impatiente, et ne voulant pas la faire attendre, la mettre en retard, l'accompagnant jusqu'au perron dont je dévalais les marches pour l'embrasser sur le trottoir.

Je dis bien l'embrasser, car elle continuait à ne pas me toucher de ses lèvres, appartenant à cette catégorie de femmes qui se contentent de se laisser effleurer la figure avec un petit rire gêné en nous faisant comprendre qu'elles ne veulent pas nous tacher le visage avec leur rouge à lèvres et nous serrent l'épaule ou le bras, là où elles ne rencontreront pas notre peau (les femmes se répartissant en deux groupes, celles qui déposent de francs baisers sur nos joues en retour des nôtres, et les autres, qui ne présentent que leurs joues et baisent le vide en réponse à nos baisers, et parmi lesquelles on peut compter un sous-ensemble : les femmes qui ont si peu de goût pour ce genre de contact qu'elles nous donnent leurs pommettes à baiser). Façon pour ma mère de réduire au minimum des effusions que nous n'aimions ni l'un ni l'autre, et que ne prisaient pas davantage l'ensemble des Bugeaud, sauf que, dans notre cas, c'était avant tout une sorte de peur, ou de pudeur, qui nous retenait et que ma mère ne se laissait embrasser par moi que lorsqu'elle ne pouvait faire autrement, n'ayant pas calculé ses distances, ou prise au dépourvu, sans avoir eu le temps de tendre vers mon épaule ou mon visage une main apparemment caressante mais en réalité réprobatrice, qui me clouait sur place, au milieu du trottoir, pendant qu'elle s'échappait en courant doucement, femme pressée, comme toutes les femmes qui courent vers la nuit où elles vont être heureuses, pouvais-je me dire en m'attardant quelquefois dans le salon où les pensionnaires étaient déjà installés devant un poste de télévision et où je ne restais guère à cause des gargouillements de mon ventre dont je redoutais qu'ils couvrissent le bruit du téléviseur et qu'à cause d'eux on m'attribuât les borborygmes des autres.

La nuit n'est jamais tout à fait la nuit, et nous ne sommes pas plus sûrs de nous que lorsque nous essayions, enfants, de retenir l'eau d'un ruisseau entre nos mains. Je suis descendu à mon tour dans la nuit, à cause des chaleurs excessives qui, vers le 15 août, m'empêchaient de rester dans ma chambre dont le soleil couchant fouillait les moindres recoins, et aussi parce que je n'étais déjà plus tout à fait le même que celui que j'étais en arrivant à Vichy, déambulant dans les rues désertes, à neuf heures du soir, errant à la lisière de la nuit que ma mère allait traverser, rôdeur parmi d'autres promeneurs à l'œil de qui je n'échappais pas, des hommes surtout, dont je me découvrais la proie, sur les bords de l'Allier que j'ai vite délaissés pour le parc des Célestins puis pour celui des Sources, sans doute parce que je devinais (c'est dire si je l'espérais) que ma mère y apparaîtrait, et où j'ai fini par l'apercevoir, un soir que j'étais resté dehors plus tard que d'habitude, à écouter un concert donné dans un kiosque par l'harmonie municipale, moins par goût pour le pot-pourri d'airs d'opéras qu'on y interprétait que parce que c'était là un prétexte tout trouvé si je tombais sur ma mère, me répétais-je en usant d'une expression dont je ne mesurais pas ce qu'elle avait d'étrange tant il est vrai que l'écoute, la conscience perpétuelle de la langue sont chose difficile, voire impossible, même pour quelqu'un qui habite plus le langage qu'une réalité qui aujourd'hui, malgré le goût que je garde pour ce qui peut en surgir de bouleversant, n'est plus pour moi qu'une pollution visuelle et sonore contre laquelle il me faut inventer une nouvelle fraîcheur. Le grand corps de la langue est sans relâche blessé, renié, profané. Un corps qui me semble aujourd'hui plus maternel que celui de ma propre mère à présent vieille et plus que jamais lointaine, dans sa retraite niçoise où je ne vais la voir qu'au jour de l'An, sans être certain que ma visite lui fasse plaisir, peut-être parce qu'elle ne supporte pas de voir dans mon regard la confirmation de ce qu'elle est devenue : une vieille femme qui feint de perdre la mémoire pour n'avoir pas à parler du monde de Siom, encore moins de sa propre vie, redoutant peut-être aussi de finir dans un de mes livres comme d'autres au ruisseau. « Gardez-vous des scribes ! », s'était-elle écriée, lorsque je lui ai dit vouloir écrire un livre sur mon enfance siomoise, citant l'évangile de Luc avec une vigueur qui me désarma, me donna mauvaise conscience, et m'interdit pendant plusieurs années de m'atteler à ce projet ; mise en garde évangélique que je veux citer ici tant elle me frappe encore, non seulement à propos de ce que j'écris en ce moment mais quant au fait d'être écrivain, état enfin conquis et qui ne va pourtant pas de soi : « Gardez-vous des scribes ; ils désirent se promener en robes longues ; ils aiment les salutations sur les places publiques, les premiers sièges dans les synagogues et les premières places dans les repas. Ils dévorent les maisons des veuves, ils font pour l'apparence de longues prières. Ils subiront une condamnation particulièrement sévère. »

C'est pourquoi les conversations avec ma mère se réduisent en général à des commentaires sur l'air du temps, sur la vieillesse, sur la mort ; non que nous n'ayons rien à nous dire, mais ce que nous devrions nous dire renverserait ciel et terre, m'a-t-elle laissé entendre lorsque je l'ai questionnée sur sa jeunesse.

« C'est si loin... J'étais quelqu'un d'autre ; comment veux-tu que je te parle d'une autre ? » a-t-elle ajouté, une autre fois, au téléphone.

J'aurais voulu revenir avec elle sur cette nuit d'août où je l'ai vue apparaître sur les marches du casino de Vichy, au bras d'un homme aux cheveux grisonnants et lisses, coiffés en arrière, au visage étroit, à l'air sombre, exactement ce qu'on appelle un « beau ténébreux », me dirais-je bien des années plus tard, lorsque je mesurerais le sens de cette expression magnifique qui allie la beauté aux ténèbres et en dit long sur la façon dont la beauté nous hante et sur ce que nous sommes prêts à faire pour la posséder. Une expression que je ne puis lire sans faire surgir sur le perron du casino cet homme qui aidait ma mère à traverser les nuits où elle ne pouvait trouver le sommeil, comme elle me le dit, le lendemain, m'ayant aperçu à son tour, ayant vu que j'avais remarqué avec quelle tendresse elle s'appuyait au bras de l'homme, puis faisant mine de ne pas me voir, détournant même la tête avant de s'enfoncer dans une obscurité plus épaisse que celle où elle m'abandonnait.

« Des insomnies, mon petit Pascal, tu ne sais pas ce que c'est que de ne pas dormir, de remuer jusqu'à plus soif le noir qui nous entoure, de s'en faire un foulard assez grand pour servir de linceul. Et cette solitude, cette solitude... », dirait-elle, une des rares fois où elle consentit non à parler un peu d'elle ou à se plaindre mais à évoquer ce qui la faisait souffrir.

C'est dans une autre nuit, encore, que j'aurais voulu redescendre avec elle, celle où je l'ai retrouvée, quelques jours plus tard, non loin du Pavillon des

Sources, dans le parc du même nom ; elle m'avait dit qu'elle aimait s'y rendre, après dîner, parce que c'était le seul endroit où on pouvait trouver un peu de fraîcheur : manière de m'inviter à l'y retrouver sans me le dire expressément, ai-je pensé. Je suis allé l'attendre avec l'air de prendre moi aussi le frais, le cœur battant comme si une femme (la femme de chambre qui dormait de l'autre côté de la cloison, par exemple) m'avait donné rendez-vous, sous les arbres, dans la pénombre étouffante d'un soir d'été. Ma mère n'était pas seule — elle n'était jamais seule, les jolies femmes ne le sont jamais, surtout celles qui ne supportent pas la solitude plus de deux jours et sont prêtes à tout pour y échapper, fût-ce le temps d'une nuit. J'étais prêt à tout, moi aussi, et bien décidé à rejoindre ma mère, ignorant encore qu'on ne rejoint jamais personne, que chacun est aussi seul dans sa langue, sa mémoire et son corps qu'au cœur de la nuit la plus obscure.

Elle marchait lentement à côté d'une femme en blanc, une infirmière ou une nurse comme on en voyait encore en ce temps-là dans les villes d'eaux et les jardins publics, et qui aurait pu être aussi une religieuse ou une sourcière (comme j'appelais ces femmes vêtues de blouses bleu ciel, et chaussées de bottes en caoutchouc blanches, qui remplissaient les gobelets que les curistes leur tendaient après les avoir ôtés de petits porte-verres en osier), poussant un fauteuil roulant dans lequel se tenait, très droit, un homme dont je ne voyais pas le visage puisque le groupe, auquel appartenait aussi une élégante vieille dame, me tournait le dos, mais dont, aux épaulettes qui brillaient dans la pénombre et au képi blanc qu'il gardait à la main, je devinais un militaire. Je me suis arrêté devant l'allée. Ma mère s'est retournée : elle savait que j'étais là ; elle souriait avec la simplicité de l'éclair, ayant senti ma présence à je ne sais quoi, un frémissement plus nourri des frondaisons, un déplacement d'air, une odeur, une de ces transmissions de pensée si fréquentes avec certaines femmes aimées et qui ne ressortissent peut-être qu'à une communauté de désirs, de goûts, d'intérêts et de craintes que nous attribuons à la main du destin parce que nous aimons mieux nous soumettre à un dieu aveugle plutôt qu'au hasard, à cause du caractère magique, enchanteur et irrésistible que l'amour donne à nos pensées dont l'archéologie, si elle était possible, montrerait que ce que nous jugeons de l'ordre de l'immatériel relève en réalité d'une combinaison de pensées et d'obsessions assez communes, dont certains d'entre nous font néanmoins dépendre leur avenir.

Les pensées passent par le sang autant que par les mots et les songes, me dirais-je plus tard en me remémorant cette nuit où j'avais rendez-vous avec le destin, pour reprendre une expression aussi grandiloquente qu'éculée, et dont j'userai afin de me défendre de ce qui venait d'avoir lieu, étant de ceux qui, dès l'enfance, se sont placés sous la protection des mots, autant pour tromper l'ennui que pour combattre la peur de l'obscurité en parlant et en chantant à voix haute dans la solitude et dans le noir.

Je m'étais arrêté près d'un arbre ; j'avais posé ma main sur l'écorce. Était-ce un marronnier, ou un platane ? Je ne m'en souviens pas, et il me semble que si je le savais, aujourd'hui, si ces arbres, comme ceux de Siom, m'avaient livré un peu de leur puissance magique, j'en saurais davantage sur ce qui s'est réellement passé, j'aurais accès à une vérité qui continue de se dérober, qui ne peut sans doute m'apparaître que masquée, nocturne, terrible, comme ce groupe constitué par ma mère, l'homme, la vieille dame et l'infirmière qui a fait lentement pivoter vers moi le fauteuil du militaire dont je n'ai cependant pas pu voir le visage, car il n'en avait pas, je le dis comme je l'ai vu et comme j'ai tenté de me l'expliquer ensuite à moi-même, pendant tant d'années. Il était sans visage, soit que l'ombre le dévorât, soit qu'une atroce blessure eût ravagé ses traits et qu'on eût opté, en le rendant au monde, pour un masque lisse ou une écharpe de soie derrière laquelle il eût caché sa face absente, soit enfin qu'il n'eût vraiment pas de visage : une sorte de revenant, de spectre séjournant chez les vivants, et dont la pudeur eût été, si j'ose dire, de ne pas se montrer autrement qu'en son absence de figure, de ne m'apparaître que de cette façon, et à moi seul qui ne pouvais en voir davantage, à cause des larmes qui me venaient aux yeux, ce qu'il avait à me montrer étant pire que tout ce que je pouvais me représenter, puisque cet homme qui se tournait vers moi entre ces femmes souriantes, cet homme était mon père, ai-je pensé en me mettant à courir sous les frondaisons poussiéreuses, dans les allées Napoléon, puis dans la rue où je me suis peu à peu apaisé, marchant jusqu'aux faubourgs, vers le milieu de la nuit, avec l'idée de quitter Vichy, de rejoindre Siom à pied, de répondre par cette folie à ce qu'on venait de me montrer, sans perdre un instant, afin de ne pas m'endormir dans la même nuit que celui qui venait de se tourner vers moi, dans cette ténèbre d'où il n'aurait jamais dû sortir, ai-je dit à ma mère, lorsque mes pas m'eurent ramené non pas à Siom, bien sûr, mais vers mon point de départ, sauf que ce n'était pas à ma chambre (le vénérable Hôtel de la Côte d'Or fermant ses portes à onze heures et demie du soir, heure après laquelle il fallait soit être muni d'une clef, soit tirer de son lit Mme Thurat), mais à celle de ma mère, me présentant à l'Hôtel Balmoral un peu après minuit, sale, et dans un tel état d'épuisement que le portier de nuit, qui ne me connaissait pas, avait refusé de réveiller ma mère, menaçant d'appeler la police, se ravisant lorsque je me fus mis à pleurer, allant réveiller un des portiers de jour qui reconnut en moi le fils de la dame du 109.

Ma mère est descendue presque aussitôt, ou, pour être exact, est apparue sur l'avant-dernière marche du grand escalier et non par l'ascenseur, dans un peignoir en soie violine orné d'oiseaux de paradis, comme si elle ne voulait pas rater son entrée.

« En voilà une heure pour déranger sa maman ! » lança-t-elle en regardant les portiers qui assistaient à la scène avec l'intention de ne pas en perdre une miette, tout en ayant souci de prévenir le scandale, l'un et l'autre bientôt aussi déçus que moi, quoique pas de la même façon, puisque ma mère, ayant vu que je pleurais, me demanda de l'attendre un instant, m'abandonnant aux regards des deux hommes qui représentaient à ce moment les puissances du jour et de la nuit, qui en étaient du moins les ambassadeurs impavides, et qui me firent asseoir sur une banquette, face à la réception, le temps pour ma mère, comprendrais-je plus tard, de faire se rhabiller celui qui partageait sa couche, cette nuit-là, et que j'ai vu sortir, un peu gêné, sans regarder personne, allumant une cigarette pour se donner une contenance ou me cacher son visage. Mais je ne faisais pas attention à lui ; j'attendais ma mère ; elle m'a fait dire par le portier de jour que je pouvais monter. En m'ouvrant sa porte, elle m'a déclaré que je n'étais décidément pas un garçon raisonnable.

« Qui c'était ? » ai-je demandé, debout près du lit défait, d'une voix que je voulais forte mais qui sonnait mal, comme si ma question était trop directe, formulée aussi franchement, et que je n'y crusse pas moi-même au moment où elle passait mes lèvres, m'évanouissant avec elle, mes mots ne me portant pas plus que mes jambes, ni mon indignation, celle-ci s'étant éteinte avec le peu de forces qui me restaient. La tête me tournait. Je comprenais que rien ne devait être ébruité, que je ne connaîtrais jamais la vérité sur mon père, pas même son visage, devant aussi admettre que c'était moi qui désormais possédais son visage, et, plus qu'une ressemblance, sa seule manifestation visuelle, me disais-je en titubant dans la chambre emplie de parfums et d'odeurs moites que je ne cherchais pas plus à analyser que je n'ai entendu tout de suite ma mère répondre : « Qui ? Mais de qui parles-tu ? Je connais tellement de monde... »

Je me suis retrouvé sur un traversin et non sur l'épaule de ma mère, comme je l'aurais aimé (capable à cet instant de tout donner pour que ce soit possible, mais devinant qu'on n'obtient rien d'une femme à qui on quémande quelque chose ou que, si on l'obtient, c'est pour être méprisé d'elle, l'acte sexuel étant par exemple presque toujours au-dessus ou en dessous du cours que lui attribuent nos fantasmes et nos passions, ou même hors cotation, ce qui explique pourquoi nous en faisons si grand cas, malgré nos dénégations ou la distance dans laquelle nous tentons de le tenir), tandis qu'elle finissait sa cigarette, me regardant comme si elle découvrait, une nouvelle fois, que je n'étais plus un enfant et me disant tout le contraire, pour couper court aux questions : « Mon petit, mon pauvre petit, tu lis trop, tu rêves trop ; tu es si fatigué... »

Des mots qu'elle prononçait d'une voix lointaine, en expirant lentement la fumée de sa cigarette ; des mots inacceptables mais qui étaient tout ce que je pouvais espérer d'elle, au milieu de la nuit, tandis qu'elle s'allongeait à ma droite, et que je sombrais dans le sommeil ; sombrer est bien le mot, puisque j'aurais au réveil non seulement l'impression que nous ne pouvions pas tomber plus bas, elle et moi, elle enfermée dans sa faute et moi à jamais orphelin d'un père sans visage, mais, aussi, que désormais rien ne serait plus comme avant.

Ma mère se tenait devant moi, habillée, dans un fauteuil, attendant que j'ouvre les yeux avec une impatience qui ne fit que croître et ne trouva à s'apaiser qu'un peu plus tard, lorsque j'eus fait un brin de toilette et qu'elle m'eut ramené à l'Hôtel de la Côte d'Or dont elle régla la note pendant que je faisais mes valises, expliquant à Mme Thurat que ma grand-mère venait d'avoir une attaque et qu'il nous fallait regagner sur-le-champ le Limousin, où je suis rentré seul, débarquant à Villevaleix, ce soir-là, avec, à la main, cette valise en peau de porc jaune qui me faisait honte parce qu'on était obligé de l'entourer avec un morceau de harnais pour qu'elle ne risquât pas de s'ouvrir, à cause de tous les livres achetés à Vichy, et qui pesait « que le diable », dirait (avec cette étrange expression dans laquelle, soit par souci d'efficace, soit par négligence, l'outil comparatif est éludé) Louise qui m'attendait au train du soir, et tenait à la porter, ma mère lui ayant expliqué, pour me renvoyer à elle, que l'air de la ville ne me valait rien, que j'étais tombé malade, sans préciser de quoi je souffrais, ce dont ma grand-mère ne se souciait pas vraiment, vu que j'étais presque toujours malade, comme elle, le monde entier étant d'ailleurs entré à ses yeux dans une longue, une irrémissible maladie.

13

Depuis ses forteresses sentimentales, ma mère ne pouvait deviner que la santé de sa mère s'altérait, que celle-ci avait réellement eu une attaque, au début du printemps : un bref évanouissement, m'avait assuré ma grand-mère, quand j'avais trouvé le magasin clos et elle au salon, plus pâle qu'une caillade, les yeux fermés, et si immobile que sans les larmes qui roulaient sur ses joues j'aurais pu la croire morte et non en train de revenir à elle, mettant ce malaise au compte d'une mauvaise digestion et me menaçant des pires représailles si j'en touchais mot à ma mère. De la même façon, celle-ci ignorait à peu près tout de ce qui me concernait, et je continuais à ne rien savoir de sa vie : ignorance en fin de compte heureuse, que d'aucuns pourraient appeler l'envers de l'amour et qui est à ce sentiment ce que la servitude volontaire est à l'existence en général. Et de même qu'on peut voir en toute innocence mourir une personne qui aura tout fait pour cacher le mal qui la ronge, et qu'on a tôt fait de réprouver sous le nom d'égoïsme la pudeur et l'orgueil qui en sont la vraie face, de même il ne me serait pas venu à l'idée de raconter à ma grand-mère ce qui avait eu lieu à Vichy ; elle aurait haussé les épaules, m'aurait assuré que j'avais rêvé debout, encore une fois, et elle aurait relégué cet homme, dont je finissais par douter si je l'avais vraiment vu, dans les ténèbres du parc des Sources.

Elle aurait eu raison. Je suis aujourd'hui tenté de croire que ma mère avait voulu me donner une leçon, me faire comprendre une bonne fois pour toutes que je n'avais pas de père, que toute recherche ne pourrait faire surgir qu'un fantôme semblable à celui du parc, un être tombé dans une déchéance telle qu'il valait mieux penser que celui dont le sang coulait dans mes veines était mort en Indochine, comme me le laisserait bientôt entendre Berthe-Dieu, qui ne l'avait pas connu mais en parlait comme s'il avait recueilli à Diên Biên Phu son dernier soupir, les yeux humides, la voix tremblant un peu, les gestes dessinant dans le vague de nobles attitudes qui me faisaient comprendre que le vague peut être une vérité, du moins sa formulation provisoire. Mais il pouvait y avoir une autre version : une balle ou un éclat d'obus avait ravagé la face et le corps d'un homme qui n'avait pas eu le temps d'épouser ma mère et ne voulait pas lui imposer une vie de garde-malade, mais qui m'avait légalement reconnu ; version à laquelle je m'efforçais de croire comme à une vérité non révélée dont il me faudrait me contenter jusqu'à la fin.

Je portais un nom par lequel on ne m'appelait jamais, et qui était non pas la matérialisation d'un sang secret mais un éclat d'obus fiché en moi et qu'on ne pouvait m'ôter sous peine de me tuer. On m'avait en quelque sorte appliqué la théorie de l'ange gardien, vieille coutume des hautes terres consistant à ne pas nommer les gens par leur prénom officiel, lequel pouvait porter malheur : on déclarait à l'état civil un nom dont on ne se servirait pas, façon d'échapper au mauvais sort, l'autre prénom, fictif, protégeant la personne comme un ange gardien ; et dans mon cas, si on me laissait mon prénom, mon patronyme devait rester aussi secret que dans l'islam le centième nom de Dieu.

Je comprenais aussi que les noms, autant qu'à l'honneur ou au secret, obéissent à ce qui régit les langues : ils ont leur gloire, leur grandeur, leur infâmie, leur déclin, leur illisibilité, leur silence; eux aussi ont trait à l'innommable. Le silence d'un nom, voilà ce que j'habitais réellement, comme d'autres vivent d'une absence. J'étais silencieux par nature; c'est une manière d'être curieux de l'essentiel. Et puis j'étais devenu un lecteur; j'étais entré dans la multiplication des noms propres; je n'avais pas besoin de ce qu'on pourrait me raconter au sujet de mon père; cela, je pouvais l'inventer. La solitude dans laquelle je vivais m'en donnait le droit autant que le pouvoir. Comment combattre autrement la terreur suscitée par la scène du parc? J'avais été élevé dans la mémoire des morts tombés au cours des deux guerres mondiales, et j'avais à ma disposition les récents combats de Corée, d'Indochine, d'Algérie, d'Afrique noire. Les visages de jeunes mercenaires européens engagés aux côtés de l'armée noire lors de la libération de Stanleyville, au Congo, en 1966, m'avaient ému jusqu'aux larmes, comme si c'était mon père que je voyais là, dans les pages de ce magazine, ou encore à Diên Biên Phu, sur cette photo montrant un groupe d'officiers réunis dans le Q.G. avec les commandants Bigeard, de Séguins-Pazzis, et Touret, le lieutenant-colonel Langlais, le capitaine Batillo et le colonel de Castries, émouvants eux aussi avec leurs visages creusés et rayonnants d'ascètes, je trouvais la défaite bien plus romanesque que ces victoires obtenues par la diplomatie, comme dans cette Algérie dont la perte coïncidait étrangement avec le déclin de la famille Bugeaud, même si celle-ci, je le répète, n'avait pas plus de lien avec le général qui, cent cinquante ans plus tôt, en avait fait la conquête, que Mme Rebeyrolle n'en avait avec le célèbre peintre contemporain Paul Rebeyrolle, natif d'Eymoutiers, à quinze kilomètres de Villevaleix, où se trouve aujourd'hui une fondation consacrée à son œuvre.

Je n'étais pas destiné à perpétuer la gloire des Bugeaud, ni par le sang, ni par les armes ou le commerce, encore moins par la conquête d'un rang social. Je ne me souciais que des livres et des morts. Je n'étais pas un lecteur ordinaire ; je n'existais que dans le frémissement retenu de mon souffle, dans la pénombre, dans le silence à peine troublé par le bruit des pages tournées. Je ne vivais que pour les moments où je pourrais retrouver mes livres au cœur de la grande maison où ma grand-mère refusait de faire installer la télévision dont les lueurs gris-bleu se projetaient maintenant, le soir, à la plupart des fenêtres de Siom et de Villevaleix.

« Le monde est assez moche comme ça ; pas besoin de le voir ; c'est bien assez de l'entendre... », répondait-elle à sa fille, qui lui représentait que la télévision l'aiderait à se sentir moins seule, pendant les longs hivers.

Ma mère l'entendit-elle grommeler, encore, ceci que je crois être le seul à avoir perçu et qu'elle ne murmurait peut-être que pour elle-même, plus solitaire, et plus gravement malade que nous ne le pensions : « Il y a longtemps que l'hiver ne passe plus... » ?

C'était comme si le temps avait cessé non de passer mais de l'inquiéter, elle qui se savait condamnée et voyait les hautes terres se dépeupler, la plupart de ceux qui l'avaient outragée mourant ou s'en allant finir leurs jours en ville, comme le boulanger Lefrançois dont ma grand-mère avait tenu à saluer le départ, debout devant son magasin, malgré les coliques néphrétiques qui la tourmentaient de plus en plus souvent et dont je l'avais entendue gémir, ce matin-là. Mais pour rien au monde elle n'aurait manqué ça : le départ de Lefrançois, malade, lui aussi, et allant pétrir en enfer son mauvais pain, disait ma grand-mère à Mme Malrieu, sa voisine, dont le chai avait eu à souffrir lui aussi des exactions du maquis, et qui se tenait à côté de Louise, ce jour-là, les deux femmes tournant ensemble le dos au camion qui emmenait le boulanger ; et non seulement elles, mais d'autres encore, qui ne portaient pas le colonel Guingouin dans leur cœur ou qui tenaient à témoigner aux deux femmes une estime qu'elles n'avaient jamais osé leur montrer du temps de Lefrançois, leurs maris étant également membres du Parti communiste : elles aussi se trouvaient devant leur porte, ce matin-là, bien droites, la tête haute, la lèvre méprisante, et tournant le dos au passage du boulanger, se le permettant, au moins cette fois, vêtues de ce noir qu'elles ne quittaient jamais et sans lequel, à cette époque, on n'aurait imaginé une veuve ou une femme d'un certain âge, quelle que fût sa position sociale, la riche Mme Malrieu pouvant ainsi côtoyer une Mme Rebeyrolle ou une fermière du Pradel, du Mas-Vallier ou du Nioloux, toutes de dignes femmes, comme on les appelait, et comme on eût pu en trouver encore dans les campagnes d'Italie, de Grèce, d'Espagne ou du Portugal, veillant non pas sur des tombes mais sur les feux ultimes et déjà presque obscurs d'une civilisation qui avait fait de la dignité une vertu qui n'aurait plus cours dans la société petite-bourgeoise en train de naître.

C'est à Mme Malrieu que je dois d'être devenu un lecteur d'un autre ordre, ou, plutôt, d'avoir connu une autre dimension de cet acte si étrangement solitaire, asocial et pourtant universel qu'est la lecture.

Mme Malrieu sortait rarement de chez elle, ayant des difficultés à se mouvoir, comme elle disait, usant de ce beau verbe quasiment tombé dans l'oubli avec tant d'autres verbes du deuxième et du troisième groupe qui ont grandement contribué par leurs sonorités amples et profondes, couleurs d'or, d'ambre, et de soirs pleins de flammes, à la noblesse de la langue française. D'origine modeste, née dans un village des environs de Chamberet, non loin de Villevaleix, elle était veuve d'un négociant en vins qui s'adonnait à la boisson et en mourut à peu près dans le temps où mon grand-père vomissait son foie, me dirait-elle un jour, me révélant par cette simple et brutale expression l'horreur à laquelle on avait soustrait ma mère en l'envoyant vivre à Siom. Mme Malrieu avait son franc-parler ; elle ne considérait pas que le malheur dût enfouir la langue dans les tombes de ceux qui y étaient descendus : son frère, tué à Ypres, son mari, puis ce fils qu'elle avait perdu alors qu'il était collégien. Elle s'était faite institutrice par des voies inhabituelles et trouvait là une fierté qui s'ajoutait à celle d'être entrée dans une famille de possédants de Villevaleix, bien que celle-ci eût déjà subi des revers dont elle ne se relèverait jamais vraiment. Sa beauté, sa culture, sa façon de s'exprimer la distinguaient de son entourage, tout en prêtant à sourire par certains côtés. C'était quelqu'un d'étrange et de bon, et d'une conversation intéressante. Il lui restait une fille dont l'établissement la préoccupa longtemps, car amoureuse pendant des années, et vainement, du fils Razel, les châtelains dont on ne savait pas qu'ils étaient, comme les autres, entrés dans un déclin au sein duquel ils faisaient tout pour sauver la face — ou sombrer avec les honneurs, disait Mme Malrieu qui était, avec le curé d'Eymoutiers et Mme Mazaleyrat, la dame catéchiste, la seule à les fréquenter. Sa fille, qui portait le rare prénom de Xavière, se résigna à épouser un marchand de vins de Nedde, en Haute-Vienne, un garçon sérieux et travailleur, qui remonta l'affaire que le mari de Mme Malrieu avait failli engloutir, aidé en cela, il est vrai, par les braves maquisards qui avaient emporté les meilleures bouteilles et mitraillé les foudres, de sorte que le vin avait coulé dans la grand-rue en pente pendant presque toute une nuit, comme le sang d'un animal monstrueux qu'on eût égorgé dans le chai, m'avait dit Mme Malrieu que j'écoutais en pensant à cet endroit singulier, derrière chez elle, où un pré faisait une bosse assez épaisse pour que j'aie longtemps cru ce que m'avait dit à ce propos Jean le charron : que c'était là la tombe d'un cheval, un cheval qui se fût non pas décomposé sous terre mais qui aurait enflé, démesurément, jusqu'à atteindre les dimensions du dragon terrassé par saint Georges, tel qu'on le voyait sur le vitrail de l'église. L'odeur du vin avait fini par traverser le plancher et imprégnait l'appartement qu'elle avait fait construire au-dessus du chai : un appartement qui, vu la hauteur du chai, semblait perché là-haut comme une de ces forteresses médiévales dont on a rasé les courtines et les créneaux pour y bâtir des logis Renaissance ou Louis XIII — le reste de la maisonnée (sa fille, son gendre, et leurs enfants : trois jolies filles qui vivaient pendant l'année scolaire dans un internat d'Égletons, et se mêlaient peu aux enfants de Villevaleix) logeant dans un bâtiment tout en longueur auquel on accédait par une voûte donnant sur une cour ombragée de tilleuls plus hauts et plus épais que ceux du champ de foire, et sur le faîte desquels Mme Malrieu avait de ses fenêtres, comme sur le reste de Villevaleix, une vue imprenable; l'œil sur tout, aussi, sachant tout de cette bourgade où elle avait choisi de passer sa vie, alors qu'elle aurait pu aller vivre ailleurs, loin de là, à Bordeaux, par exemple, dont le nom la faisait rêver.

« Comme ceux qui ont fondé le château Pétrus, dans le Pomerol, tenez, et dont on peut encore voir, du côté de Liginiac ou de Sainte-Marie-Lapanouze, là-bas, après Saint-Andiau, la maisonnette de paysan pauvre : quelle réussite, n'est-ce pas ? » m'a-t-elle dit, la première fois que je me suis rendu chez elle, son nom me donnant à le voir, ce château dont je ne savais pas que c'était là un des vins les plus chers du monde, comme un ouvrage dont les Romains auraient bâti les fondations sur lesquelles les vaillants Corréziens de la famille Moueix élèveraient, des siècles plus tard, un palais digne du Grand Trianon; ignorant aussi que ce mot « château » désigne une banale maison bourgeoise aux volets turquoise comme il y en a tant dans le Bordelais, et que, la première fois qu'il me serait donné de goûter à ce vin en compagnie d'une femme aimée, quai de Montebello, à Paris, je lèverais mon verre, en pensée, à la mémoire de Mme Malrieu, morte depuis plus de vingt ans, me revoyant entrer chez elle, un après-midi de septembre, un peu comme un fils de paysans d'autrefois qui, sachant lire et écrire, et pas trop mal de sa personne, entrait comme précepteur au service d'une grande famille.

À ma grand-mère qui déplorait, elle aussi, que j'eusse le nez plongé dans les livres toute la sainte journée, et probablement une grande partie de la nuit, Mme Malrieu avait rétorqué ceci, qui me fut rapporté mot pour mot : « Des livres ! Il y a donc quelqu'un, à Villevaleix, qui aime les livres ? Mais il faut que nous fassions connaissance... »

Elle n'ouvrait jamais elle-même la porte. Après

avoir agité au portail une sonnette dont le fil courait le long du mur, puis gravi, sur le côté de la maison, un escalier assez raide qui tournait sur lui-même deux fois avant d'aboutir au seuil, et qui explique en partie pourquoi Mme Malrieu sortait rarement de chez elle, on était introduit dans un corridor qui prenait jour par une porte dont la moitié supérieure était constituée de verre dépoli protégé par des barreaux ouvragés en forme de lys dont le souvenir me rappelle que Mme Malrieu se prétendait royaliste, chose pour nous extraordinaire et qui lui vaudrait, à la Libération, de voir fleurir sur ses murs des croix gammées qui ne l'étonnaient pas de la part de ceux qui, dirait-elle, avaient fait alliance avec les nazis, la faucille et le marteau ayant le même dessin que le svastika. Il y faisait froid, à cause du chai sur lequel était bâti le logis et du carrelage où mes pas résonnaient comme sur un pont de navire, précédé dans la pénombre par une vieille femme — une femme sans âge, plutôt, ou hors du temps : « hors d'âge », dirait sa maîtresse qui puisait dans le domaine des vins et des spiritueux un savoir métaphorique qui faisait sourire, et dont elle s'amusait la première, en m'expliquant que ce qu'on appelle l'âge est réservé à ceux qui sont encore jeunes.

« À partir de quarante-cinq ans les femmes sont des pendules arrêtées », a-t-elle ajouté, afin que les choses soient claires dès le premier jour, et qu'il ne fût jamais question de son âge à elle dont le visage semblait s'être figé dans les traits d'une septuagénaire, nobles et lisses, ceux de l'ancienne jolie femme qu'elle ne se résolvait pas à ne plus être, quoiqu'elle pût encore passer pour belle, de loin, à condition qu'on ne la considérât pas ailleurs que dans le clair-obscur où elle aimait se montrer et qui ne la faisait visiter ma grand-mère qu'à la nuit tombée, et redouter plus que tout les visites impromptu.

Mme Malrieu m'attendait dans la pénombre d'un salon qui ne différait de ceux — peu nombreux, il est vrai — dans lesquels il m'avait été donné de pénétrer que par son mobilier en poirier noir, ses suspensions en cuivre et verre ambré, ses hideux bibelots en porcelaine de Limoges, de Copenhague et de Chine, ses lourds rideaux, ses tentures à glands, ses vases et ses consoles, tout un appareil quasi funéraire qu'on trouve dans les romans de James, de Huysmans et de Bourget, et jusqu'à ses tableaux aux sujets édifiants, dans la manière de Greuze ou de Lawrence, qui m'ont très tôt fait penser que nul amateur d'art, en l'occurrence de littérature, n'est à l'abri du mauvais goût pour les autres arts — en général la musique, art des arts de qui le roman, la poésie et même la philosophie envient les possibilités expressives, et que Mme Malrieu cultivait avec nonchalance, ne jouant plus que des pièces faciles et mièvres, au lieu de Mendelssohn, Chopin et Schumann tant aimés autrefois, mais que ses rhumatismes articulaires lui rendaient inaccessibles.

La pièce maîtresse de ce salon était une grande bibliothèque dont les livres brochés apportaient de la clarté à la pièce dont le fond était occupé par un grand rideau vert derrière lequel on devinait un bureau qui ne servait plus, et surtout par un piano droit et ouvert. Le pupitre laissait voir une partition ornée de festons art-déco et dont le titre, *La Vague*, d'Olivier Métra, me reste en mémoire parce que Mme Malrieu, dont je revois le corsage de soie prune à petits boutons de nacre briller dans le mouvement très étudié qu'elle fit pour se tourner vers moi, était en train de jouer ce morceau pendant que j'arrivais — étant de celles qui savent que c'est moins le visiteur qui fait son entrée que celle qui reçoit, et qu'elle ne pouvait mieux la préparer qu'avec cette valse surannée mais qui m'étonna, non seulement parce que je n'entendais jamais de musique (ma grand-mère comme ma mère l'ignorant avec la superbe de ceux qui savent quel amour ils lui auraient porté si leurs vies avaient été différentes), mais surtout parce que, n'ayant jamais vu la mer, je me demandais si la musique était capable d'en donner une idée aussi puissante, mouvementée, pleine d'odeurs, que les romans de Melville, de Loti, de Mac Orlan, de Cendrars, et de Conrad que je m'étais mis à lire sans toutefois parvenir à aimer vraiment, dans ces aventures maritimes, l'élément marin : l'élément océanique, qui en est la dimension mythique et supérieure, sans doute trop terrien pour cela, me méfiant du vent, de l'eau, de l'horizon infini, et sachant la voir, cette mer dont je soupçonnais qu'elle a, somme toute, quelque chose de bien monotone pour peu qu'on n'y rencontre ni cachalot blanc, ni île mystérieuse, ni vaisseau fantôme, ni femme au nom de chrysanthème ; quelque chose où il fallait ouvrir des sillons assez semblables à ceux que traçaient mes ancêtres sur les pentes du Limousin ; quelque chose que je pouvais, sans grande imagination, les soirs d'orage, me représenter au bord des tourbières de Longeyroux, près de Saint-Merd-les-Oussines, ou sur la lande de Lestang, à Siom, ou bien dans les lointains bleus et frémissants de la basse Corrèze, l'été, et surtout à la mauvaise saison, lorsque le vent soufflait dans les branches des sapins avec une puissance de tempête venue de l'Atlantique.

« Je n'avais pas entendu sonner », s'écria-t-elle (et le verbe « s'écrier », si difficile à employer aujourd'hui dans un roman, a rarement trouvé incarnation plus juste que dans la voix grave et chaude, mais traversée d'accents rocailleux, de cette vieille dame), se retournant sur le tabouret du piano, avec l'air de ne pas se rappeler que la clochette de la porte était depuis si longtemps prise dans la treille poussée sur l'auvent qu'elle ne retentissait plus qu'étouffée et qu'il fallait heurter à la porte d'entrée et attendre longtemps avant que la vieille servante parût, de sorte qu'on aurait pu croire la maison inhabitée si on n'avait entendu le piano, et si la vieille servante n'avait passé une partie de son temps à observer le va-et-vient de la rue, guettant le visiteur qui avec les années se faisait plus rare et qui ne serait de toute façon jamais venu à l'improviste; si bien que, sachant quel temps il faudrait à celui-ci pour arriver chez Mme Malrieu, selon son âge, son allure, la situation de son domicile dans le bas ou le haut du bourg, la servante en était réduite à attendre le pas étranger sur le ciment de l'escalier, puis sur le palier, le heurt à la vitre dépolie pour lui ouvrir, après quelques minutes grâce auxquelles on tentait de faire croire qu'il fallait le temps de venir du fond de l'appartement, toujours de la même façon, d'abord en entrebâillant sans un mot le fenestrou de la porte, puis, sans plus de paroles, le refermant avant d'ouvrir à demi la porte par laquelle je devais passer de biais, pour être conduit vers la maîtresse de maison généralement au piano, où elle semblait saluer mon arrivée par un morceau de caractère joyeux, ou plongée dans un livre dont elle faisait mine d'émerger, me regardant en souriant, avec la reconnaissance des gens qui s'ennuient et pour qui la moindre visite devient un événement, fût-elle celle, si peu surprenante et attendue, d'un jeune garçon de la part de qui elle n'admettrait nul manquement à ses visites du mercredi après-midi, même quand j'étais surchargé de devoirs scolaires ou malade, et qu'elle venait, parfumée et pimpante, me débusquer dans ma chambre, au grand dam de Louise qui ne pouvait cependant pas l'en empêcher, car Mme Malrieu s'offrait de m'aider à réciter, à résoudre des problèmes d'arithmétique ou de thème latin, ou, si je souffrais de la gorge, m'apportait des bonbons des Vosges au miel, que je ne suçais que pour lui faire plaisir, ou tenter de l'amadouer, car la vraie raison de sa visite était, une fois Louise redescendue au magasin, de me reprocher vivement de la lâcher, de manquer de constance, sinon de vertu, et, se mettant peu à peu en colère, de ne pas comprendre que les liens qui peuvent attacher deux personnes d'exception, comme elle prétendait que nous étions, elle et moi, ne souffrent nulle dérogation, qu'il me fallait venir chez elle coûte que coûte, que je n'avais qu'à m'organiser mieux, et veiller à n'être point malade, et que d'ailleurs on n'est jamais aussi souffrant qu'on le pense, que la souffrance n'est rien en regard de ce qu'on doit à autrui, s'était-elle mise à crier, le regard perdu, la bouche mauvaise et si pitoyable que je détournais les yeux, attendant que l'orage passât, que Mme Malrieu revînt à de meilleures dispositions, qu'elle eût trompé par sa colère et le temps de sa visite non seulement sa détresse mais l'ennui que lui avait donné mon absence.

« Celui qui vient à pas légers ! avait-elle dit, la première fois, en frissonnant, comme si je l'arrachais à un rêve. Je songeais qu'il n'est pas d'âge pour rêver, n'est-ce pas ? Vous êtes un rêveur, vous aussi, vous en avez bien la mine. Vous pouvez me comprendre si je vous dis que les songes sont de la soie, et que la lecture, avec la musique et la conversation, aura été la soie de mon existence », ajouta-t-elle avec la ferme intention de continuer à tisser ensemble l'étoffe des rêves et celle des livres pour en faire un seul et même tissu, voile d'illusions, toile de rêche réalité, langes, draps et linceuls faits de la même matière.

Il faut se la représenter disant des choses de ce genre — et avec le temps, la rareté des interlocutrices, la solitude, sa vue baissant (et aussi son ouïe, ce qu'elle ne reconnaissait pas et qui ne serait pas sans conséquences sur mes lectures), elle avait surtout le goût de parler, s'exprimait dans un langage soigné, recherché, même, mais nullement affecté comme celui des grands bourgeois et des aristocrates (ou l'idée qu'on pouvait encore se forger à l'époque des aristocrates, lesquels ont fait comme les autres, se sont appliqués pour la plupart à s'exprimer aussi mal que les petits-bourgeois, les anciens prolétaires et les paysans devenus citadins : dans un français de bas étage, de sorte qu'on peut penser que c'est dans la langue, plus que dans tout autre domaine, que s'est réalisé l'idéal démocratique ; une langue sans niveaux, imprécise, vulgaire, oublieuse de son histoire, de son vocabulaire et de ses possibilités grammaticales abandonnées aux publicitaires, aux professeurs incultes, aux journalistes, aux mauvais écrivains). La langue de Mme Malrieu était d'une extraordinaire richesse ; elle n'hésitait pas à recourir aux mots de la terre, du patois et aux régionalismes ; ce qui, enchâssé dans une syntaxe très pure dont les articulations complexes semblaient obéir autant à sa respiration qu'à la grammaire, donnait à ce qu'elle disait l'apparence d'un texte littéraire, sans qu'on puisse dire qu'elle parlait comme elle écrivait, puisqu'elle n'écrivait pas et qu'on était en un temps où l'écrit avait encore le prestige de la vérité, et où n'importe qui ne se mêlait pas d'écrire, Mme Malrieu appartenant en outre, par ses origines et son ancien métier d'institutrice, à ces gens pour qui parler relève non pas de la vanité sociale ni d'un prurit psychologique mais d'une morale du goût. Un art (celui de la conversation) toujours perdu parce que sans autres règles que sa fragilité, son éphémère, et qui n'était pas, chez Mme Malrieu, quelque chose d'aussi musical, sans doute, que chez Mme du Deffand : c'était avant tout une parleuse, et elle m'a enseigné à écouter la langue autant que ses propos ou sa virtuosité, à me faire humble devant la langue, à peu parler ; de là que je ne suis pas d'un commerce agréable, ni volontiers bavard, mais plutôt excessif dans mes propos comme dans mon silence. J'entendais là une verveuse façon de déployer le français, de l'articuler, de le faire sonner, qu'aucune transcription littérale ne saurait restituer, et dont un enregistrement ne donnerait que l'ombre, celle d'une voix et d'une conversation, un peu comme on en est réduit à imaginer le jeu de Chopin ou de Liszt d'après celui de leurs élèves, et qu'on peine à entendre Debussy ou Mahler au piano, enregistrés sur des rouleaux, ou bien une vieille bergère auvergnate chantant pour le magnétophone d'un ethnologue, seule, d'une voix aigre et chevrotante, la berceuse qu'elle est seule à savoir sous cette forme et que la lecture des *Maîtres sonneurs* de George Sand nous avait tant fait rêver d'entendre dans la bouche d'une fraîche et jolie fille, si bien qu'il ne nous reste plus que l'art pour les connaître vraiment, les réinventant, les rendant de nouveau présents dans l'ambiguë nostalgie d'un monde où l'on chantait.

Car la beauté de la phrase de Mme Malrieu (comme celle de tant d'autres personnes âgées que j'ai écoutées parler sur ces hautes terres et ailleurs, comme de magnifiques artistes de l'éphémère) tenait non seulement à ce qu'il faut bien appeler le pittoresque de l'expression — et à quoi concouraient nombre de corrézianismes que je regrette de n'avoir pas eu l'idée de noter, car ils ont disparu avec ceux qui les employaient (et nous sommes plus désarmés devant ce vide créé par la disparition d'un langage ou d'une langue que devant le corps mort de ceux qui les parlaient) —, mais aussi à son accent : elle aurait pu se contenter du français simplement correct qu'on enseignait dans les écoles de la République et qui imitait celui de l'Île-de-France ; elle savait parler comme à Paris (et quand elle le faisait, c'était en fermant les yeux, un peu comme une femme dévoilant avec inquiétude à son amant une partie délicate ou imparfaite de son anatomie qu'il ne connaissait jusque-là que par le toucher) ; mais c'était celui du Limousin qu'elle cultivait, un peu comme, dans un jardin à la française, on laisse en un petit bois se développer de façon naturelle des essences sauvages ou venues d'ailleurs. Accent qu'elle portait à sa perfection, ni trop gras ni trop rural, mais chantant, sentant la province bien plus que la terre, Mme Malrieu ayant compris qu'une langue sans idiolectes ni accent est langue quasi morte, et que la francité, aurait-elle pu dire si elle avait été familière de ce vocabulaire, consiste moins dans la pureté de langue (laquelle n'est d'ailleurs qu'un songe républicain ou un fantasme de conservateur, seule la syntaxe pouvant être, d'une certaine façon, pure) que dans la diversité quasi littéraire de ce qui participe à un ensemble frémissant, complexe, universel ; quelque chose qui appartient, semble-t-il, principalement aux femmes (et qui était en tout cas l'apanage de Mme Malrieu dont la conversation faisait que, l'écouter parler, c'était lire un livre de belle langue — la langue dans ce qu'elle a d'ancien et cependant d'actuel, puisqu'il nous est toujours donné de l'entendre, comme nous touche encore la musique de Monteverdi ou de Josquin des Prés), et qui me faisait voir ces parleuses transfigurées par leur propre langage, belles soudain, indépendamment de ce qu'elles disaient, rendues à la fraîcheur de leur jeunesse, voire à la beauté qu'elles n'avaient pas eue mais que la langue leur prêtait en même temps qu'elle effaçait leurs rides et dissipait leur mélancolie. Et plus encore que leur disparition physique, je déplore de ne plus pouvoir écouter ce langage à sa source, ce chant séculaire de la langue française, puisqu'il n'est plus personne pour s'exprimer aujourd'hui de la sorte, et que nul écrivain n'aura capté, dans toute son ampleur et dans ses nuances, la beauté de cette langue.

Et comme les eaux de la Vézère qui continue à couler dans son lit au fond du lac de Siom en lui donnant sa couleur et son volume, c'est à la langue de Bernard de Ventadour que je pensais en écoutant la vieille dame : une langue à la fois tout autre et cependant parente, quelque chose qui s'était officiellement tu il y a longtemps mais qui avait persisté à bruire dans ces rameaux solitaires qu'on appelait les patois et qui laissaient entendre un peu cette langue d'oc défaite par le français mais dont le français, tel qu'on le parlait sur les hautes terres, était travaillé en profondeur, oui, c'est cette langue aujourd'hui à peu près morte que j'entendais aussi dans la bouche de Mme Malrieu, les après-midi où j'allais la voir, le mercredi et le samedi, à cinq heures, comme pour le thé mais n'ayant jamais bu de thé, boisson quasi inconnue chez nous, à cette époque ; à telle enseigne que Jeanne, pourtant si « commerçante », m'avait dépêché auprès d'une cliente de passage qui venait de s'asseoir dans la grand-salle, au milieu de la matinée, et avait commandé du thé et des tartines de beurre, pour lui répondre qu'il n'y avait pas de thé, que nous ne servions pas ça, avais-je cru bon d'ajouter, tandis que la cliente se levait, indignée, croyant que je me moquais ou qu'elle avait affaire à un idiot, de quoi j'avais sans doute l'air, avec mes yeux écarquillés et mes bras ballants, moi qui croyais que ce breuvage n'existait que dans les romans russes ou anglais ; au mieux une boisson de dame, comme le porto ou les vins cuits, pensais-je, tout en avalant l'éternel sirop de grenadine dilué dans de l'eau qu'on ne me servait jamais fraîche et qui, comme les petits-beurre de la marque « L'Alsacienne » qui l'accompagnaient, me semblait indigne de l'adolescent que j'étais devenu.

Mme Malrieu le comprit-elle ? Elle finit par me proposer des nonnettes, ces petits pains d'épice anisés qu'elle faisait venir non pas de chez ma grand-mère, mais d'un couvent de Reims dont la mère supérieure était une amie d'enfance, originaire de Peyrelevade ; elle les servait avec du vin doux que lui apportait un voyageur de commerce qui avait longtemps espéré devenir son second mari.

« Ce n'est certes pas du vin de Chiraz, le plus vieux vin du monde, comme vous le savez ; c'est du muscat de Lunel, mais il ne vous fera pas de mal », me disait-elle.

J'en avais grand besoin pour m'éclaircir la voix, Mme Malrieu ne me faisant pas venir pour l'écouter jouer des valses d'Olivier Métra, de Francis Thomé, ou des mélodies de Pauline Viardot, de Reynaldo Hahn, de Massenet, de Pierre de Bréville (dans lesquelles sa voix, si agréable lorsqu'elle parlait dans la pénombre de ce salon si haut perché qu'on s'y sentait hors du temps, devenait pitoyable, ridicule, avec sa prononciation désuète et précieuse qui me faisait penser que je pénétrais dans un musée de cire abritant des reliques d'enfants morts), mais pour lui servir de lecteur.

« Ma vue n'est plus aussi bonne que naguère », m'avait-elle dit sans avouer que, pour lire, elle devait à présent recourir non seulement à des lunettes mais à une loupe de philatéliste, ce qu'elle jugeait humiliant.

C'est dire qu'il me fallait lui déléguer mes yeux, comme elle disait joliment, lorsque je n'étais pas en classe, aux Buiges, où je continuais à me rendre chaque jour, par le train, mais en guettant, matin et soir, pendant le trajet, la présence furtive de Lam, au bord de la voie, où il surgissait, jamais au même endroit, pour me sourire sans paraître me voir mais sans douter qu'il pût sourire à nul autre que moi, tandis que, de mon côté, je tremblais qu'il se montrât nu et qu'on vît, dans l'autorail, que c'était à mon intention, non pas comme si je pouvais être ému de voir la nudité d'un homme mais parce que j'anticipais (avec l'innocente violence des visions) sur les événements tragiques qui auraient lieu un jour.

14

Je n'ai d'abord pas compris grand-chose à ce qu'elle me demanda de lire, en premier lieu parce que je n'avais pas l'habitude de lire à voix haute si longtemps, ensuite parce que je me disais que c'étaient là des livres d'adultes et que je tenais en quelque sorte leur sens en réserve, dans une chambre secrète où il ne me serait donné de pénétrer que bien des années plus tard, pensais-je, exception faite pour ce roman de José Cabanis, *La Bataille de Toulouse*, que j'avais déjà vu entre les mains d'une pensionnaire de Jeanne et dont le titre m'avait fait penser que la Seconde Guerre mondiale n'était pas tout à fait terminée, qu'elle se poursuivait à Toulouse où ma mère se rendait au chevet de mon père blessé. On mesure l'étendue de ma naïveté et on imagine quel songe ruina la lecture de ce roman, un des premiers que je lus à la vieille dame. Les écrivains étaient devenus sa vraie famille et la disparition de ceux qu'elle aimait l'occasion d'un deuil dont nos lectures se ressentaient. Et sans qu'il y eût de sa part nulle intention pédagogique (car son plaisir passait désormais avant tout, étant arrivée au bout de tout deuil et de toute désillusion, prétendait-elle, à ce moment où l'on ne vit plus que pour quelques formes rares de satisfaction qu'on a parfois du mal à accorder à ce qui nous reste d'abnégation et d'altruisme), elle m'a ouvert au monde de la littérature bien avant mes études littéraires (et, d'une certaine façon, bien mieux qu'elles) : aux mémorialistes et aux épistolières, principalement, Mme de Sévigné, bien sûr, Mme de Motteville, la duchesse de Montpensier, la princesse Palatine, Mme d'Épinay, George Sand : « Ces femmes-là savaient écrire ! »

Tel était son sempiternel commentaire, après que j'avais passé toute une heure à lire, et à comprendre, sinon par le sens, du moins par l'harmonie de la phrase, en quoi ces textes pouvaient être habités d'une grâce presque divine.

« Tenez, voyez comme elle dit ça, celle-là, s'écriait-elle en allant tirer de sa bibliothèque, avec une agilité qui m'étonna, moi qui la pensais quasi infirme, les *Lettres* de Julie de Lespinasse et en me lisant ce passage destiné au marquis de Guibert : "Eh ! non, ne vous y trompez pas : les plus grandes distances ne sont pas celles que la nature a marquées par les lieux ; les Indes ne sont pas si loin de Paris, que la date de 27 juin n'est éloignée de celle du 15 juillet ; voilà le véritable éloignement, voilà les disparitions effroyables ; c'est l'oubli de l'âme ; cela ressemble à la mort, et cela est pis, puisque cela est senti longtemps. Mais n'allez pas croire que je vous fasse des reproches : eh ! mon Dieu, je n'en ai pas le droit, vous ne me devez rien, et moi je dois vous rendre grâce des marques de votre souvenir..."

« Quelle langue, n'est-ce pas ! Et encore n'avez-vous pas aimé pour en sentir toute la beauté ! Voulez-vous écouter ceci encore, pour moi la plus belle phrase qui soit, la plus simple, la plus déchirante, la plus souriante dans la souffrance : elle constitue une lettre, à elle seule, la vingt-cinquième, datée de 1774, et non pas d'un jour mais "de tous les instants de ma vie" :

« “Mon ami, je souffre, je vous aime, et je vous attends.”

« La langue était belle au temps de la reine de Navarre ; elle l'était au temps de Mme de La Fayette et de Mme de Sablé, et aussi de Mme de Duras ; elle l'était jusqu'à Colette ; elle ne l'est plus aujourd'hui, même si Marguerite Yourcenar n'est pas encore morte », disait Mme Malrieu.

J'ai retenu cette phrase ; je l'ai souvent faite mienne par principe, bien plus que par communauté de goûts, et parce qu'elle ne me semblait et ne me semble toujours pas tout à fait fausse.

Ses préférences allaient aux romans contemporains, en premier lieu à ceux de Bernanos, dans lesquels je m'efforçais de ne pas trébucher, m'attachant bien plus à prononcer correctement les phrases qu'à leur signification, puis entrant peu à peu dans ce qu'on appelle si étrangement (et qui montre bien ce que pèse un livre, une œuvre, devant le poids de chair d'un être vivant) le corps du texte, particulièrement dans la vie de cette malheureuse Mouchette dont je me sentais proche, par certains côtés, que j'aurais voulu connaître, aimer, sauver, et qui me faisait penser à ces pauvres filles que j'apercevais dans les fermes des environs de Siom ou de Villevaleix — l'une d'elles, surtout, sur la route d'Eymoutiers, à La Vialle de l'Ombre, et qui, à cause de son visage à la fois beau et ingrat, et de l'étrange nom du hameau où elle vivait, m'inspira un intérêt si vif, la première fois que je l'ai vue, venue avec son ivrogne de père prendre de la quincaillerie chez ma grand-mère où elle était moins chère que partout ailleurs, que je n'ai pu donner d'autres traits à Mouchette, comprenant qu'un personnage de roman ne peut recevoir son visage que du lecteur qui le suscite. Mais, quelques années plus tard, me rendant à La Vialle de l'Ombre avec Berthe-Dieu à qui l'on avait signalé l'épave d'une Renault « trèfle » qu'il souhaitait restaurer, j'ai frémi en revoyant le visage de ma Mouchette, abîmé au-delà de toute expression par une déchéance que je ne pouvais attribuer qu'à l'inceste, comme si la prétention que nous avons parfois à mettre sur le même plan la littérature et la vie trouvait là un cinglant démenti : une prétention quelquefois justifiée lorsque la littérature est un acte sans lequel l'écrivain périrait, mais qui le plus souvent souffre d'un déséquilibre en faveur de la vie, un visage de chair défiant tout texte par l'amour ou la pitié qu'il nous inspire.

« Ne trouvez-vous pas ça étrange ? » me demanda Mme Malrieu alors que j'avais refermé le livre de Bernanos et que nous demeurions immobiles dans la tiédeur du soir où les insectes bourdonnaient autour des tilleuls (et je songe aujourd'hui que j'aurai passé mon enfance dans la proximité de ces arbres, à Siom comme à Villevaleix, finissant par prendre goût non seulement à leur ombre et à leur odeur, mais aussi à l'infusion que les femmes tiraient de leurs fleurs, ces infusions dans lesquelles je laissais tremper les morceaux de la tarte aux pommes que préparait ma grand-mère, le dimanche, piètre cuisinière devant qui je n'osais pourtant faire la fine bouche ; ces tartes étaient toujours trop cuites et il me fallait en amollir la pâte avant de la porter à la bouche, ce qui me fait dire que mes premières années ont été une enfance de vieux, une immense tisane dont il me reste le goût et un grand respect pour ces arbres tutélaires et leurs étranges fleurs en forme d'insectes dont la récolte est l'ultime activité communautaire à laquelle, avec la fenaison et la mise à mort du cochon, il m'ait été donné d'assister, et pour laquelle, à Villevaleix, ma grand-mère donnait en quelque sorte le signal, tel soir d'été, en allant étaler sur l'herbe jaunâtre du foirail un vieux drap lavé pour l'occasion, et me faisant grimper dans un arbre où le soleil couchant entrait à flots en me donnant l'impression de me trouver au cœur d'un vitrail, devenu personnage de verre et de plomb, traversé par la lumière comme dans ces vignettes représentant le travail des charrons et des tonneliers qui ont offert un vitrail à la cathédrale de Bourges. Comparaison que Louise ne partageait pas : « Tu *ressembles un échassier* sur le point de s'endormir », me lançait-elle en même temps que la serpette que j'étais descendu affûter à la cave, pour couper les fleurs qui tombaient à ses pieds comme les perles d'un grand collier, sur ses épaules, dans ses cheveux ramassés en un de ces larges chignons à la mode avant la Première Guerre mondiale).

« Qu'est-ce qui est étrange ? ai-je demandé à Mme Malrieu en me disant que rien ne me l'était plus que d'être ainsi voussoyé, sur ces hautes terres.

— Les morts, ces morts qu'on ne pouvait enterrer parce qu'il y avait trop de neige, là-bas, dans les Alpes...

— Vous croyez que c'est vrai ?

— Et comment, si c'est vrai ! Il y a des choses étonnantes à propos de la mort — les cimetières qu'on déplace, comme à Siom, par deux fois, ou celui de L'Église-aux-Bois, bâti sur une butte creuse et dont les caveaux s'effondrent de temps à autre sous la terre. Zola parle aussi d'un cimetière vidé de ses morts, au début de je ne sais plus lequel de ses livres... Et j'ai entendu raconter quelque chose comme ça par André Pythre, vous l'avez connu mieux que moi, vous qui êtes de Siom ; il était originaire d'une combe, à l'autre extrémité du plateau de Millevaches, d'un hameau qui s'appelait Prunde ou Taphaleschas, un nom bizarre où s'entend encore le bruit des Barbares qui ont déferlé sur l'Europe, dans l'ancien temps. Il m'en avait parlé, de cette terre qui ne se laissait pas ouvrir, certains hivers. "Comme une femme froide", avait-il précisé avec sa façon brutale de s'exprimer et que je ne devrais peut-être pas vous rapporter, quoique les jeunes, aujourd'hui, en sachent là-dessus plus que nous sur la frigidité. Il fallait donc les garder avec soi, ces pauvres morts, jusqu'à ce que la terre consente à les accueillir et qu'ils n'aient plus, là-bas, l'impression d'être abandonnés de Dieu », murmurait Mme Malrieu tandis que je pensais non pas à cette histoire que le Grand Pythre avait traînée toute sa vie comme son ombre, mais au sens du mot « frigidité ».

J'irais le chercher le soir même dans le *Petit Larousse*, sans en être éclairé davantage, puisqu'il n'y était défini que comme « l'état de ce qui est froid » avec, pour seul exemple : la « frigidité cadavérique » ; de quoi je ne pouvais me satisfaire et qui ne me semblait pas coller avec ce dont parlait Mme Malrieu, puisque les femmes eussent été assimilées à des corps morts, ma curiosité demeurant donc en éveil, tenue en réserve par la promesse que je m'étais faite à Vichy. Je me suis alors mis à penser à cet André Pythre qui était mort quelques années plus tôt et que la vieille dame venait de faire resurgir, en ce soir d'été. Je ne l'avais, longtemps, pas considéré autrement que ne le faisaient les gens de Siom : comme le diable, un croque-mitaine, un type maudit, croyais-je avant de découvrir qu'il n'était pas aussi terrible qu'on le disait et que lui-même, peut-être, s'attachait à le laisser paraître. Il m'avait ramassé un soir, sur la route de Treignac, alors que je ramenais le chien de Berthe-Dieu, ce beau porcelaine qui courait la femelle en chaleur dans les fermes des alentours.

« Monte donc », m'avait-il lancé d'une façon à laquelle il n'y avait rien à répliquer.

Je suis monté, avec le chien, dans cette 404 noire dont il avait été le premier à posséder un modèle dans le canton et qui avait fait des envieux, à commencer par Berthe-Dieu, qui ne supportait pas d'être en reste en matière d'automobiles.

« Si tu as faim, il y a des brioches sur le siège, derrière, a-t-il ajouté sur un ton, là encore, qui n'admettait aucun refus. Et donnes-en une au chien ; c'est peut-être la seule fois où il en mangera : il vaut mieux que nous deux réunis. »

Il a eu un petit rire que je suis probablement un des seuls à avoir entendu. Quant à la brioche, elle ne m'est pas restée sur l'estomac ; je n'ai pas été malade, comme le redoutait ma grand-tante Jeanne en me voyant débarquer de ce qu'elle appelait la voiture du diable et m'envoyant sur-le-champ me laver les mains et le visage, ce qu'elle faisait toujours lorsque j'étais allé chez des gens qu'elle méprisait, ou dont elle craignait le mauvais œil — ce qui ne l'empêchait pas de le servir quand il venait boire chez nous son éternelle gentiane mêlée de cassis, mais sans le regarder vraiment, et se signant en cachette et puis lavant son verre (un verre qu'elle ne proposait qu'à lui) avec de l'alcool à brûler.

« Il n'était pas comme tout le monde ; derrière sa noirceur, ou la légende de sa noirceur, il y avait la grandeur de celui qui n'est pas comme les autres », dit Mme Malrieu, pour qui la vraie noblesse résidait dans la pureté : celle de la syntaxe autant que celle des mœurs et du sang, et donc étant, à ce titre, la vraie châtelaine de Villevaleix, outre ce que lui permettait sa position culturelle dominante.

Je lui avais raconté l'épisode des brioches en lui expliquant que, depuis, je ne pouvais manger de cette pâtisserie sans avoir pour lui une de ces pensées qui deviennent une façon d'honorer les morts : non pas une forme de transsubstantiation qui m'eût porté à identifier la brioche et le corps absent d'André Pythre, mais la reconnaissance de ce qu'on doit à quelqu'un ; ce qui, dans ce cas, était moins la révélation d'un plaisir aussi simple que celui de manger de la brioche, que l'idée, lentement acceptée par moi, qu'un homme n'est jamais entièrement ce qu'on dit de lui, qu'il est la somme de versions auxquelles il faut en retrancher une, le récit secret que l'intéressé n'ébruitera pas et qu'il revient au prêtre ou, dans une moindre mesure, à l'écrivain de connaître, André Pythre demeurant, malgré tout ce que je sais de lui, l'homme qui a donné de la brioche à manger à un chien, ayant peut-être deviné (les maudits, les damnés ont de ces prémonitions) que ce chien aurait bientôt une mort atroce, coupé en deux par un train de marchandises, entre Siom et Les Buiges.

Aux beaux jours, Mme Malrieu aimait entendre des histoires sombres, tristes, hivernales ; et, inversement, le long hiver limousin ne lui était supportable que grâce à des lectures qui faisaient entrer le soleil, les oiseaux, les fleurs et des rires d'enfants dans son salon, disait-elle, les yeux mi-clos, le plaisir se goûtant toujours mieux les yeux fermés, n'est-ce pas, même celui de lire, ajoutait-elle, non sans que j'aie fini par me demander si elle ne jouissait pas avant tout de la somnolence où la plongeaient ces lectures qui m'étaient surtout profitables, à moi ainsi qu'à la vieille servante qui, je le saurais bientôt, se déchaussait dans le couloir et s'installait pour écouter sur un tabouret, derrière le rideau séparant le salon de la salle à manger, son souffle remuant parfois l'étoffe, à moins qu'elle ne dodelinât de la tête au gré de la rêverie. J'avais ainsi accès à un domaine littéraire qui n'était pas de mon âge et à quoi je comprenais ce que je pouvais, par intuition sans doute plus que par raison, Mme Malrieu se voulant « moderne » en matière de romans mais (exception faite pour les deux Marguerite, ainsi qu'elle nommait Duras et Yourcenar, et quelques auteurs mineurs qu'elle chérissait parce que originaires de la région, dont Jean Blanzat, natif d'Eymoutiers, et dont elle me fit lire le troublant *Faussaire*, et, pour les mêmes raisons, Marmontel, de Bort-les-Orgues, dont je lus les *Mémoires*, et aussi ce *Lundi* dans lequel Sainte-Beuve évoque son secrétaire, Octave Delcroix, qui a vu le jour près d'Égletons mais où nulle plaque ne signale la naissance de ce poète) s'arrêtant à des auteurs déjà morts ou qui avaient donné le meilleur de leur œuvre entre les deux guerres, comme Mauriac, Montherlant, Martin du Gard, Colette, ou Julien Green — Green, surtout, dont l'univers romanesque m'enchantait et ne me paraissait guère différent de ce que je vivais, si bien que ma vie, ma pauvre vie, comme je l'appelais à part moi, sans exagération ni pathos, mais avec la certitude, chaque jour vérifiée, que l'avenir ne me réservait rien de fameux, que ma vie aurait pu être un songe de l'écrivain américain.

Lorsque je quittais Mme Malrieu, celle-ci était tout à fait endormie. Je glissais un signet de soie à l'endroit où j'abandonnais ma lecture. Je me levais. Il me semblait sortir d'un rêve. La servante m'attendait près de la porte d'entrée pour me déposer une pièce dans la main, comme à un commis. Je ne me sentais pas humilié ; bien au contraire, j'étais content de recevoir une sorte de salaire, si minime fût-il, pour une activité d'ordinaire méprisée ou considérée comme un passe-temps. J'y gagnais aussi des livres, offerts par Mme Malrieu, alors qu'elle était de ces gens qui refusent de prêter leurs livres, les considérant comme des objets intimes, soit à cause des annotations qu'ils y portent, des papiers qu'ils y laissent, soit qu'ils n'aiment pas savoir entre les mains d'autrui des objets qu'ils ont fini par juger à l'égal des créatures vivantes et auxquels ils vouent le plus jaloux des soins, une maniaquerie que je connais à certains lecteurs, lesquels ne supportent non seulement pas de prêter leurs livres ou de les voir manipulés devant eux mais de se les prêter à eux-mêmes, pourrait-on dire, les lisant dans des conditions si draconiennes, sans casser le dos ni froisser les pages en les tournant, ayant soin de ne pas tenir trop longtemps un feuillet entre le pouce et l'index pour ne pas le déformer par une cloque humide, les recouvrant d'un papier glacé de fleuriste et les plaçant dans une bibliothèque vitrée, au fond d'une pièce où le soleil ne frappe pas directement, de sorte qu'on peut se demander si le plaisir de lire ne le cède pas à celui de collectionner, ou s'il n'est pas empoisonné par lui. Elle m'offrait des livres de la « Bibliothèque verte » ou de la collection « Nelson », cadeaux singuliers puisqu'ils contrastaient avec ce qu'elle me faisait lire pour elle, et à quoi elle pensait probablement que je ne comprenais rien puisqu'elle ne m'en parlait à peu près jamais, sinon de façon anecdotique, comme pour la *Nouvelle histoire de Mouchette*, ne s'enquérant pas davantage de ce que je lisais chez moi, de sorte que je me faisais de la littérature une idée dont je n'ai pas démordu : une idée personnelle, obscure, énigmatique, dont la définition se trouve dans l'écriture (dans le souci, le plaisir, l'orientation irréversible qu'elle a donnés à ma vie) et non dans une théorie qui lui serait extérieure et que je pourrais rendre publique.

Ces livres, qui avaient appartenu au fils qu'elle avait perdu, Mme Malrieu m'en donnait un par mois. Je ne les lisais pas, m'estimant trop mûr pour cela, et vexé que la vieille dame ne le comprît pas. Ils ont fini, comme mes jouets, dans la devanture de ma grand-mère, et, j'imagine, après sa mort, chez un bouquiniste de Tulle ou de Brive. Je regrette de n'en avoir pas gardé quelques-uns, de n'avoir pas sauvé le seul que j'aie lu, *Peau-de-pêche*, de Gabriel Maurière, et dont j'ai gardé une nostalgie que je ne m'explique pas : j'ai fini par en trouver un exemplaire sur les quais, à Paris, dans une autre édition, mais je n'ai pas osé ôter le papier transparent dont il est emballé, préférant conserver intact, quoique assez vague, le souvenir que j'en ai et qui évoque la vie d'un gamin de Paris pendant la Grande Guerre ; un livre qui, à cause de l'amour que je portais au *Grand Meaulnes* et de ce que je savais de la vie d'Alain-Fournier, entretenait une singulière confusion entre les deux protagonistes, me faisant voir le petit Charles Dupré comme un Augustin Meaulnes mâtiné de Poulbot : incertitude heureuse du souvenir, qui rebâtit à loisir les récits enchanteurs de notre enfance et dont l'inlassable réinvention est une des sources cachées de l'écriture, tant il est vrai que ces récits, même si nous les avons encore à notre disposition, sont d'une certaine façon à jamais perdus, dès lors que notre voix a mué et qu'elle n'est plus capable de les redéployer dans l'innocence qui la rendait semblable à celle des sœurs que nous n'avons pas eues.

Les mois de cette année-là comptent parmi les plus étranges de ma vie. Mes qualités de lecteur me valaient une sorte de gloire, le bruit s'étant répandu dans Villevaleix que je faisais des lectures chez la mère Malrieu, comme on disait, non pour la faire redescendre de ses hauteurs, mais parce qu'on appelait ainsi toute femme d'un certain âge, surtout si elle était veuve et qu'elle avait eu des enfants ; de quoi Mme Malrieu ne se serait d'ailleurs pas plus offusquée que ma grand-mère ou aucune de ses visiteuses vespérales. Celles-ci s'étaient mises à penser qu'elles pourraient elles aussi s'offrir ce singulier plaisir : un lecteur à domicile, le clou du salon de Mme Malrieu, laquelle faisait autorité non seulement à cause de sa culture et des revues littéraires auxquelles on la savait abonnée, mais surtout parce qu'elle était la seule à Villevaleix à jouer du piano, là-haut, au-dessus du chai, comme on pouvait l'entendre quand on pénétrait sous ces voûtes obscures où son gendre, enclin à la mélancolie, prétendait que la musique donnait un surcroît de qualité au vin.

Je suis donc allé lire chez Mme Arvers et chez Mme Boissy, qui s'ennuyaient sans doute plus qu'elles ne voulaient se l'avouer. Mme Rebeyrolle n'aimait pas les livres, trouvant que les plus beaux romans n'ont pas besoin d'être écrits puisqu'ils se déroulent sous nos yeux, dans le tissu infiniment changeant de la vie et dans le regret que nous avons de certaines choses. Quant à Mmes Issandre et Legouteilh, leurs maris auraient vu d'un mauvais œil que le petit-fils Sarroux vînt chez eux lire à voix haute des romans. Peut-être auraient-elles eu assez d'aplomb pour l'imposer à ces hommes uniquement soucieux de leur tranquillité ; mais c'étaient des femmes pudiques : elles n'auraient, j'imagine, pas su comment m'écouter, quelle contenance adopter, où diriger leurs regards, quelle figure me livrer ; car j'avais remarqué que le fait de lire (et a fortiori de se laisser prendre par une lecture à haute voix) transforme le visage du lecteur autant que celui de l'auditeur. Mme Malrieu, Mme Boissy, Mme Arvers avaient sur le visage, pendant que je lisais, la même expression d'étrange bonheur : on les aurait dites transportées ailleurs, au gré de récits dont elles ne suivaient peut-être pas le cours, ou qui réveillaient en elles de plus secrètes histoires, se laissant aller à fermer les yeux, à sourire, à pleurer, même, comme j'ai vu Mme Boissy le faire, dans les dernières pages de *La Chartreuse de Parme*, et d'autres à la fin de *Manon Lescaut* ou de *Jane Eyre* ; un abandon qui me faisait les contempler comme si elles étaient mortes (et c'est peu de dire que la lecture, comme le sommeil, est l'activité humaine qui présente le plus de ressemblances avec la mort), et dont elles sortaient, elles, avec une gêne de femmes surprises à leur toilette.

Il y eut d'autres auditrices, Mme Bouladou, dans le haut du bourg, et, dans le vieux Villevaleix, Mmes Châtans et Lafon qui auraient bien voulu partager les frais, comme elles disaient, mais s'étaient heurtées au refus de ma grand-mère qui avait pris ma carrière en main et qui, jugeant avec raison que ces heures de lecture étaient un vrai travail, avait fixé (sauf pour Mme Malrieu, bien sûr) un tarif sur lequel elle prélevait sa commission, en bonne Corrézienne, ce qui faisait dire à ma mère, pourtant avare de clichés, que les Corréziens pouvaient en remontrer aux Auvergnats, aux Juifs et aux Arméniens sur le chapitre des affaires. Ces lectures avaient lieu le soir, après dîner, dans des salons qu'on rouvrait pour l'occasion et qui sentaient le renfermé, l'encaustique, la poussière des grandes housses grises qui les peuplaient comme des ectoplasmes, pendant que les maris regardaient la télévision dans la cuisine : une auditrice par soir, outre les séances du mercredi et du samedi après-midi chez Mme Malrieu.

Nous avons même eu la visite d'une bru des Razel, qui auraient bien voulu que j'aille lire « au château », comme ils avaient fini par dire pour se conformer à l'usage général, et à qui ma grand-mère répondit que j'avais trop d'engagements, avec une hauteur d'autant plus désolante pour moi que j'aurais beaucoup donné pour pénétrer dans cette bâtisse qui n'était, rappelons-le, qu'une gentilhommière mais qui, avec ses hautes cheminées, ses fenêtres à petits carreaux, le lierre grimpant aux murs et les sombres sapins auxquels elle s'adossait, me faisait songer au domaine mystérieux découvert par Augustin Meaulnes pendant sa fugue — à ceci près que je n'espérais y rencontrer nulle jeune fille assise à un piano parmi les enfants-rois d'une étrange fête, les jeunes filles dont j'aurais pu tomber amoureux ne se rencontrant que dans les livres, et les livres que je lisais ne me donnant de l'amour qu'une image tragique qui correspondait d'ailleurs à ce que je voyais et entendais dire autour de moi d'un sentiment censé mener le monde autant que l'intérêt ou l'amour-propre, et dont je reste persuadé qu'il n'est qu'un motif littéraire, d'une certaine façon — ce que nous éprouvons pour une personne d'élection n'étant qu'un plus ou moins long apprentissage de la désillusion, une loi de la nature, auraient dit mes auditrices, qui ne peut déboucher que sur la solitude de la procréation, laquelle est un des grands paradoxes de l'espèce humaine : impossibles, tragiques, illusoires amours qui ne résistent ni à la pression sociale ni au temps, et qui m'amenaient à penser (et cela pendant longtemps, et peut-être aujourd'hui, encore, me dis-je en regardant Marina et m'avouant qu'au fond je n'aurai pas su aimer, du moins pas comme il le faudrait, ou avec ce décalage qui me fait constater qu'il est toujours trop tard et que ce qu'on attribue à l'égoïsme ou à la lâcheté n'est qu'une forme de désillusion qui nous rend à la mélancolie ordinaire) que l'amour suppose une disponibilité de tous les instants, incompatible avec le fait d'écrire, qu'il n'est qu'une construction de l'esprit, qu'il ne répond, au contraire du désir, à aucune nécessité et qu'on peut vivre sans aimer.

Le refus opposé aux Razel était pour ma grand-mère une façon de damer le pion aux habitants du château dont le vieux M. Razel se montrait à l'église, le dimanche, où, comme les Lavolps, à Siom, ou les Grandpré, à Saint-Hilaire-les-Courbes, il disposait d'un banc marqué à son nom : Louise Sarroux avait pour ceux qui ne lui prenaient jamais de marchandises (et elle savait que les Razel se fournissaient, plus bas, chez Sarrazin ou chez Madegard, ce qui se justifiait par la situation de ces deux épiceries dans le bas du bourg) une froideur qui faisait entrer en lutte l'orgueil et le souci des convenances sans lesquelles il n'y a pas, disait-elle, de bon commerçant — l'orgueil (un orgueil infiniment blessé, à quoi s'ajoutaient une grande lassitude et le sentiment de la vanité de l'existence propre aux Bugeaud) l'emportant sur le reste, dans ses dernières années, la faisant paraître presque sauvage, et m'interdisant donc d'aller lire au vieux M. Razel les *Mémoires* de Marbot, le *Mémorial de Sainte-Hélène*, les *Mémoires de guerre* du général de Gaulle et d'autres récits historiques qu'il se désolait de ne pouvoir plus lire.

« Vous auriez pu me lire les mémoires de Malraux, qui viennent de paraître : un aventurier, mais il ne manque pas de panache ! » me dit-il un jour, à la sortie de la messe, en s'appuyant sur cette canne de bois jaune qui est restée longtemps dans l'église, contre un pilier, après sa mort, et à quoi nul n'osait toucher, pas plus qu'on ne s'asseyait à sa place sur le banc, comme si le vieil homme était encore parmi nous, me dirait un jour une de ses petites-filles, rencontrée par hasard dans une ville de Normandie où je donnais une lecture de mes textes (mais était-ce un hasard, une ironie ? ne faut-il pas voir dans ces rencontres crues fortuites un signe que le Temps —

c'est-à-dire le verbe — nous fait sous le masque de la nécessité ou du destin ?), qui m'apprit que son grand-père avait vécu à la façon de ces aristocrates du Grand Siècle qui, après une vie de libertinage, retournaient sur leurs terres pour « faire la retraite », et se préparer à la mort. Elle avait, cette petite-fille, usé du mot « aristocrate » pour désigner son grand-père, lequel ne répugnait pas à se faire appeler, partout ailleurs que chez nous, Razel de Villevaleix (c'est d'ailleurs sous ce nom que paraîtrait dans *Le Figaro* son avis de décès), comme les Grandpré qui ajoutaient à leur nom celui de leur terre des Freux, près de Saint-Hilaire, ou les Barbatte celle du Montheix, de sorte qu'on pouvait dire, avec Mme Malrieu, qu'après la noblesse d'épée et de robe, puis celle d'Empire, se développait, dérisoire, une noblesse du *Figaro*.

Les vrais, les seuls aristocrates de Villevaleix étaient M. et Mme de Breives, discrets, quasi ruinés, vivant à la sortie du bourg, sur la route de L'Église-aux-Bois, dans une maison sans caractère surplombant la voie ferrée, et peu considérés parce que pauvres, et peut-être à cause de ce qu'on entendait dans leur nom et qui semblait les condamner à être petits, ce qu'ils étaient physiquement : taille dont la petitesse semblait renforcée par le parapluie dont ils ne se séparaient jamais et qui, de grand, devenait immense entre leurs mains ; ils s'en servaient comme d'autres de leurs cannes ou de leurs chiens, s'écriant à tout bout de champ, le mari surtout : « Voyons, où ai-je mis mon pépin ! », ce qui lui avait valu d'être surnommé par nous Pépin le Bref et son épouse Berthe au grand pied, à ceci près que Mme de Breives avait des pieds menus et que, comme tant de personnes affublées d'un nom qui prête à sourire, ils tentaient de le faire oublier. Ils avaient connu des temps meilleurs, avaient même possédé le « château » de Villevaleix où Jean de Breives était né, et une maison de campagne au Freysseix, près de L'Église-aux-Bois, dans le jardin de laquelle poussait un buis gigantesque. Son père l'avait envoyé à Paris faire sa médecine, accompagné d'un domestique qui venait le servir dans la chambre de bonne que, pour faire comme les autres étudiants, il avait tenu à prendre au quartier Latin, rue Toullier, de préférence à l'appartement qu'un ami de son père mettait à sa disposition, rue de Bellechasse, et dans lequel logeait le domestique : situation singulière, scandaleuse, même, qui ne dura cependant pas plus que les études de Jean de Breives — celui-ci s'intéressant plus aux maladies de l'âme qu'à celles du corps, fréquentant d'abord le mouvement du Sillon de Marc Sangnier, dont la famille était originaire de Treignac, puis Jacques Maritain, et renonçant à cela, aussi, pour revenir vivre en Corrèze avec l'intention d'entrer dans les ordres mais rencontrant alors, à Guéret, la fille d'une lingère, Angèle Soubrebost, qu'il épousa malgré l'opposition de sa famille, se laissant déshériter au profit de son frère cadet, entrant dans la fonction publique comme commis aux écritures, ou quelque chose de ce genre, tandis que son frère mangeait la fortune familiale à Paris, en compagnie de Louis Lavolps, de Siom, gagnant Londres en 1941 où il rencontra Simone Weil, qui se mourait de privations, menant après la guerre une vie de piété et de charité, et puis prenant sa retraite à Villevaleix, où le « château » avait été cédé aux Razel, tout comme la propriété du Freysseix, mais point cette petite maison à la sortie du bourg, en surplomb de la voie ferrée, où je les ai souvent aperçus, très vieux, souriant avec une humilité sans ostentation, quoi qu'on en dît dans la ville haute, où on trouvait qu'il y avait de l'orgueil à finir ses jours en face du château où l'on était venu au monde.

Le « château » tenta une dernière fois de me convaincre, la bru me prenant à part, après la messe, un jour où ma grand-mère, souffrante, ne m'avait pas accompagné. Elle avait à la main, pour me décider, *L'Appel de la forêt*, de Jack London, livre qui lui donnait l'air d'être venue à l'église en passant, ou en retard, l'air en tout cas déplacé, tout comme le langage trivial qu'elle se croyait tenue d'adopter pour me parler et s'accorder à la prolétarisation langagière qui allait bientôt atteindre la société française tout entière, et qui lui faisait me dire, par exemple : « Lire est encore la façon la moins emmerdante de s'occuper, ici, le soir, pas vrai ? »

Aujourd'hui, elle eût remplacé « emmerdant » par « chiant », ce qui donnerait presque de la noblesse à la première épithète, laquelle était en train de détrôner « enquiquinant », « barbant » et « assommant », ce qui peut faire penser que, lorsque le langage fait appel à sa propre sentine, il ne reste plus qu'à oublier la syntaxe pour que la langue soit rendue aux onomatopées, gestes par lesquels on tente de pallier le défaut de langage.

Le château est l'une des rares maisons de Villevaleix où j'aurais lu gratuitement, tant ma curiosité était grande ; mais il me semble y avoir eu accès, d'une certaine façon, grâce à la langue, tant il est vrai que les lieux, comme les corps, le passé ou l'avenir, sont avant tout des constructions de langage, des songes tombés dans les mots, des rêves qui ont trouvé leur musique et qu'il ne tient qu'à nous de laisser chanter.

Mais (ai-je répondu à la bru, d'un air qu'elle jugea prétentieux et qui n'était qu'embarrassé) je n'en étais plus à Jack London, ni à Jules Verne, ni à Stevenson ; ce que je lisais à Mme Malrieu m'avait donné le goût d'autre chose et, si je ne comprenais pas tout, j'avais l'intuition d'un sens dont la révélation me serait donnée ultérieurement : une vérité ainsi mise en réserve, en attente de son dévoilement, dût-il prendre des années ; et en effet, dans la lecture, comme pour la musique ou certaines formes d'amour, rien ne nous est accordé d'emblée — les grandes œuvres étant appelées à se révéler couche par couche, d'une lecture à l'autre, jusqu'à la châsse où est enclose leur essence, leur signification primordiale ou définitive, laquelle se révèle d'ailleurs être une illusion, le signal donné à une nouvelle lecture, l'œuvre évoluant en même temps que nous, en nous, grâce à nous, et recevant un autre éclairage de notre nouvelle façon de lire ; de sorte que la lecture n'est pas seulement indissociable des endroits et des conditions dans lesquels elle a lieu la première fois (comme Dumas l'est resté pour moi de mes maux de ventre nocturnes, et Péguy, Bloy, Bernanos de l'odeur de violettes fanées du salon de Mme Malrieu et du goût des nonnettes et du muscat qu'elle me proposait) : elle nous accompagne toute notre vie, à la faveur du souvenir que nous en gardons et qui obéit aux mêmes règles d'oubli, de modifications, de déplacements, d'erreurs qui nous font voir orientée vers l'ouest telle demeure qui est tournée au sud, ou bien brune une héroïne dont la blondeur irradie toute la personne. Il en va donc de nos vies successives comme de la mémoire que nous gardons de certains livres — de romans dont, bien vite, plus vite que je ne voudrais, j'oublie l'intrigue, même après plusieurs lectures, si bien que c'est par ses à-côtés, plus que par son intrigue, que le roman me requiert et me fait préférer aujourd'hui les descriptions, les digressions, chez Balzac comme chez Proust ou Thomas Mann, parce qu'elles évoquent des mondes disparus et, surtout, qu'elles constituent la part irremplaçable par laquelle le roman tend à s'affranchir des contraintes de son genre : j'ai beau avoir lu et relu, à des époques diverses, *Une ténébreuse affaire*, *Le Maître de Ballantrae* ou *Les Frères Karamazov*, je n'en garde à l'esprit que l'atmosphère, quelques détails, l'enjeu moral, le style, l'acte d'un personnage secondaire qui donne au livre un éclairage singulier, déformant, excessif, comme pour le roman de Balzac que je viens de citer et dont je ne retiens que le bas soleil d'automne frappant d'oblique sur les ormes d'une immense allée, au sein d'une forêt profonde, aboutissant à un vaste rond-point au centre duquel s'élève un rendez-vous de chasse magnifiquement appelé, je me souviens, pavillon de Cinq-Cygne; description qui se trouve au début du livre et qui occulte à mes yeux tout le reste de cet admirable roman, comme si ce début se mettait de lui-même en rapport avec quelque chose qui ait à voir avec ma vie personnelle et que je sois en mesure de révéler, quoique je n'en connaisse ni les tenants ni les aboutissants, mais qui serait à chercher du côté du rêve que nous faisons d'habiter un lieu idéal : quelque chose qui, pour moi, serait à égale distance du pays de Siom, du Valois de Nerval, de la Sologne du Grand Meaulnes et de la Bretagne de Chateaubriand; quelque chose qui n'existe que dans les livres, et dont seule l'écriture peut dessiner le territoire. Ainsi faut-il que l'intrigue d'un roman s'élève à la dimension du mythe ou du symbole, *Madame Bovary*, *À la recherche du temps perdu*, *Le Château*, *Le Bruit et la Fureur*, *Ulysse*, *La Montagne magique*, *Voyage au bout de la nuit*, *Lolita*, pour que j'en garde un souvenir précis dont je sais pourtant qu'il est aussi douteux que l'oubli pur et simple où on la croit tombée, cette intrigue — la mémoire étant aussi un système d'oubli, puisque dans ce cas je me contente de me laisser accompagner non par ces livres, mais par l'incertaine mémoire que j'en ai;

de sorte que lire n'est, d'une certaine manière, qu'une rectification perpétuelle de souvenirs qui obéissent au temps. Notre mémoire de lecteur n'est que la stylisation d'une vie — et non son style : le regard que nous jetons par-dessus notre épaule, grâce aux livres sans cesse relus, sur un paysage infiniment changeant, voire évanescent, et pourtant là, à notre disposition, en nous et hors de nous tout à la fois ; une musique plutôt qu'une géographie, notre vie tout entière avec son éclat et son silence, ses ombres et ses midis, ses nuits et ses aubes. Et ce que la mémoire amplifiée, incertaine, oublieuse, trompeuse de nos lectures me donne pour mille et une vies n'est en fin de compte que le texte unique, aux innombrables variantes, du livre que je suis appelé à écrire, pour dépasser ce moment où je crois avoir tout lu et où il m'est devenu impossible de relire encore bien des livres ; et peut-être est-ce là non pas une véritable perte de mémoire mais le signe que je serais en train de me détacher du roman en tant que tel (et non, comme je suis parfois tenté de le croire, de la littérature), pour trouver une forme nouvelle qui ne sera cependant qu'un adieu en hommage à ce genre ou à la naïveté avec laquelle nous lisions, enfants, nous tournant alors vers d'autres genres littéraires pour tenter de retrouver une innocence perdue, l'espoir d'une refondation du roman, sans oublier que celui-ci ne cesse de s'inventer lui-même, que la crise est son mode d'être, que nous ne cessons, nous, de mourir à nous-même pour mieux renaître, et reconnaître que la langue évolue, déchoit, n'est plus aujourd'hui porteuse des mêmes possibilités romanesques que naguère, et que nous cherchons le grand roman français non plus seulement dans ce qui se donne historiquement pour tel, mais dans ce qui est susceptible de le nourrir et de le renouveler : ces extraordinaires générateurs d'énergie que sont les *Essais* de Montaigne, les sermons de Bossuet, les *Confessions* de Rousseau, les *Mémoires* de Saint-Simon et de Chateaubriand, le *Port-Royal* de Sainte-Beuve, l'*Histoire de France* de Michelet, le *Dictionnaire* de Littré, le théâtre de Claudel, les *Cahiers* de Valéry ou les versets de Saint-John Perse : textes qui, au-delà de tout genre, et puisque le roman n'est peut-être rien d'autre, aujourd'hui, que la somme de tous les genres, sont à mettre au rang des plus grands romans de la langue française.

La lecture n'est pas un divertissement, un substitut de la rêverie, aurais-je pu répondre à la jeune femme : elle est, pressentais-je obscurément, à Villevaleix, devant le livre de Jack London que m'apportait Élisabeth Razel, elle est notre vie, ni plus ni moins, à nous qui savons l'influence de l'esprit sur le corps, et inversement, et qui nous mouvons dans cette zone intermédiaire, incertaine, frontalière, où l'échange entre le matériel et le spirituel s'apparente à un incessant renversement, une transmutation du jour et de la nuit, bien plus qu'à une fructueuse contrebande.

15

Mme Boissy mourut. Mme Arvers retourna vivre à Paris. Événements dont Mme Malrieu dirait ne pas plus devoir se remettre que de la mort, cette année-là, d'André Maurois et de Marcel Aymé dont elle avait tout lu (et je songe combien, dans les quelques années qui lui restaient à vivre, durent l'attrister, en 1970, les morts de Mauriac et de Giono, comme deux ans auparavant celle de Chardonne et, en 1972, celles de Montherlant et de Jules Romains). Elle ne se remettait pas de voir ce qui se publiait à présent et qu'elle jugeait illisible : « J'ai beau donner l'estrapade à mon esprit je ne vois pas ce que cela veut dire », s'écriait-elle à propos d'un roman de Nathalie Sarraute.

Mme Rebeyrolle vendit sa maison et alla finir ses jours à la maison de retraite d'Eymoutiers où sa mémoire lui jouait des tours, puisqu'elle voyait en moi, quand nous lui rendions visite, ma grand-mère et moi, un lointain cousin qui était allé autrefois se perdre dans les montagnes syriennes, ou au Liban : « Quelque part aux colonies », mort là-bas, ce petit soldat, « dans un de ces endroits où on ne peut que faire fortune ou crever », ajoutait-elle comme si le monde n'avait pas changé et que le soleil continuât de ne jamais se coucher sur l'Empire violet des cartes de géographie, de même qu'il ne se couche pas sur ces lointaines amours qui travaillent en nous toute notre vie et qui, à la fin, remontant de ce que nous imaginions être l'oubli, se révèlent être notre seule expérience de l'innocence à l'âge adulte — et encore à la condition que ces amours n'aient pas été vécues autrement que dans l'impossibilité, la distance, le désespoir, tout ce qui les soustrait à la dévoration sexuelle et à l'ennui conjugal.

Villevaleix continuait à se dépeupler. Je garde de ce temps-là le souvenir d'un crépuscule interminable, de couleurs vert sombre, rouge sang, violacées. Je changeais plus vite que je ne me l'avouais. Rien ne semblait devoir rester en place. Un soir de février 1968, chez Mme Malrieu, la porte fut ouverte non pas par la vieille servante mais par une jeune fille en qui je crus reconnaître une fille du Mas-Vallier, un hameau situé entre Villevaleix et L'Église-aux-Bois. Or, c'était une des petites-filles de Mme Malrieu, la benjamine, une adolescente de mon âge, très blonde, ce qui, pour un garçon aux cheveux aussi banalement châtains que les miens, la plaçait bien au-dessus de moi, imaginais-je d'après mon singulier système de valeurs, comme si nous n'avions pas appartenu à la même classe sociale, ni à la même espèce. Je n'étais guère familier, je l'ai dit, de mon propre visage, qu'il ne m'avait été donné de contempler à loisir qu'à Vichy — et encore ne m'étais-je regardé qu'avec méfiance, avec l'impression d'avoir devant moi non seulement un inconnu, mais quelqu'un qui fût appelé à le rester, menaçant et lointain ; mais je le jugeais laid, et sans doute l'était-il, surtout en regard d'une aussi jolie personne que Frédérique Malrieu. C'est dans la beauté, j'allais l'apprendre (je le savais même déjà, mais je ne voulais pas accorder à cette connaissance la dimension d'une révélation violente dont je sentais que les conséquences seraient incommensurables), que réside la vraie distinction sociale, c'est-à-dire dans l'apparence, qu'on le veuille ou non ; et de ce point de vue je n'appartenais pas à la même caste que Frédérique, pas plus que je n'appartiens, aujourd'hui, à celle de Marina, que je confonds parfois, à cause de son jeune âge et de sa blondeur, avec Frédérique, comme si c'était cette dernière qui me fût enfin donnée, venue d'un temps révolu, offerte par lui qui ne m'avait rien proposé de plus beau, autrefois, que cette adolescente secrète et audacieuse, alors que je ne voyais rien, ne sachant rien voir, rêvant que tout se passât comme dans les livres, et (aujourd'hui) comme dans le fait d'écrire qui, sur une scène rêvée, selon une perspective ne relevant ni de la chronologie ni de la vraisemblance, mais pour moi bien réelle, rassemble deux jeunes filles d'époques éloignées dont le seul point commun est de s'être approchées de moi, et qui m'auront l'une et l'autre guidé, Marina hors du dédale de souvenirs qu'à partir de cinquante ans on se met à confondre avec de belles espérances, et Frédérique, dans la pénombre du couloir, jusqu'à sa grand-mère que je trouvais depuis quelques semaines non plus à son piano mais somnolant déjà dans un fauteuil, fatiguée par les ans et à présent plus désireuse de ma présence que de lectures, sans doute parce que je lui rappelais le fils qu'elle avait perdu, sachant que nul n'existe par soi-même, que nous ne sommes que les échos d'êtres morts et de ceux qui nous ressembleront, et que je lui étais apporté, voire rendu, par le temps, moi aussi, tel qu'il aurait été, ce petit Guillaume, s'il eût vécu, pensait-on dans la famille Malrieu où l'on voyait d'un mauvais œil l'attachement que me témoignait la vieille dame et mon assiduité, laquelle ne pouvait qu'être intéressée, se disait-on, « en bas » (ainsi Mme Malrieu désignait-elle le ménage de sa fille et, il faut bien le dire, le reste du monde).

On était suspicieux, peut-être jaloux ; la mort de la vieille servante avait été l'occasion de dépêcher « là-haut » un œil autrement vigilant, celui de Frédérique, donc, qui demeurait près de moi, pendant les lectures ; lesquelles, du fait de sa présence, n'avaient plus tout à fait la même teneur, comme si c'était à la jeune fille que je les adressais, Mme Malrieu continuant, elle, à errer entre les étages du songe, et sa petite-fille découvrant en même temps que moi des livres auxquels je ne pensais pas qu'elle pût s'intéresser jusqu'au jour où, me reconduisant à la porte après une lecture d'*Un barrage contre le Pacifique*, elle me dit : « Tu triches ; tu ne lis pas tout à fait ce qui est écrit... »

Et c'était vrai : j'avais fini par les remanier, ces textes, en fonction de mon auditoire ou de ma fatigue, les émondant, passant sous silence certains passages que j'aurais été bien embarrassé de lire devant ces dames, coupant des descriptions, raccourcissant certains dialogues, resserrant le récit, un peu comme on le fait en lisant à des enfants un texte qui ne leur est pas destiné, ou qui est arrangé pour eux comme en proposait alors la « Bibliothèque verte ». Non que ces vieilles dames fussent retombées en enfance ; mais je les ménageais, ayant compris le pouvoir de la voix vive sur des personnes sensibles et intelligentes, m'adaptant à elles à la façon d'un libertin qui mène de front plusieurs liaisons et a, pour les choses de la chair, un savoir purement technique qui le rend apte à satisfaire ses diverses maîtresses, parfaitement au fait de ce qu'il leur faut — c'est-à-dire, étymologiquement, ce qui leur manque, leur fait défaut.

« Je sais ce qu'elles aiment.

— Tu as l'air bien sûr de toi », a murmuré Frédérique.

J'aurais voulu lui dire que je n'étais pas un imposteur, mais une sorte d'écrivain, puisque ma lecture, avec ses silences, ses résumés, ses intonations suggestives, était une façon de réécrire les livres, sinon d'en être l'auteur, du moins un interprète privilégié, un futur scoliaste ; mais je sentais que me justifier eût été tomber plus bas, encore, à ses yeux.

« Je sais ce que je sais...

— Tu ne sais rien, non, les hommes ne savent jamais rien des femmes. »

J'ai baissé la tête ; que savais-je des femmes, en effet, sinon que, d'une certaine manière, elles sont meilleures que les hommes ? C'est ce que j'ai fini par dire à Frédérique.

« Meilleures ? Tu tombes décidément bien bas, a-t-elle répondu.

— Plus bas que terre, même, on me l'a déjà dit...

— Plus bas ? Mais c'est dans le chai que tu tomberais ! Tu y es déjà entré ? »

Nous y sommes descendus par un escalier qui partait de la cuisine et tournait dans un vide d'autant plus impressionnant que nous étions plongés dans le noir. Frédérique, calculant sans doute ses effets, n'avait pas fait de lumière, se contentant de me recommander de garder la main sur la rampe de fer et de ne pas lui marcher sur la tête. En bas, sur la terre battue et humide, le chai ne m'inquiétait pas moins que lorsque je marchais au-dessus, dans l'appartement de Mme Malrieu ; on se serait cru dans une crypte où les foudres et les barriques, de part et d'autre de l'allée centrale, sur un terre-plein qui les mettait à hauteur de visage, figuraient les cercueils d'abbés morts au cours des siècles, me suis-je dit comme si j'en appelais à une vision future, anticipant d'une quinzaine d'années ma visite de l'abbaye de Saint-Florian, en Autriche, où repose, dans un cercueil de bronze, le compositeur Anton Bruckner. Je descendrais dans cette crypte avec le même malaise que dans le chai, en compagnie d'une autre femme, qui elle aussi erre à présent dans le temps, étrangère, inconnue, hostile même, comme toute femme qui ne nous aime plus ou qu'on a cessé d'aimer. Et, en évoquant cette visite du chai, je ne puis m'empêcher de songer au corps momifié d'Anton Bruckner tel qu'on l'a exhumé, en 1996, pour le centième anniversaire de sa mort, afin d'entretenir sa dépouille, laquelle ressemble étrangement, malgré ses vêtements du XIXe siècle, à une momie de l'ancienne Égypte, avec ses mains noires et ce visage qui est la pire chose qu'il m'ait sans doute été donné de contempler, sur une photo que peu de gens ont pu voir, si bien qu'il me faut toute la puissance de la musique de Bruckner — une des plus hautes louanges à la gloire de Dieu — pour le rendre à son humanité et à la lumière de l'au-delà. Et de la même façon, ce n'était pas l'écrivain que j'étais devenu qui se trouvait devant le cercueil de Bruckner, au fond de la crypte de Saint-Florian, pour rendre hommage à ce maître de la symphonie (forme qui se rapproche sans doute le plus du roman et par laquelle Bruckner a eu autant d'influence sur moi que des romanciers proprement dits), mais avant tout l'enfant que j'avais été, le descendant de paysans limousins saluant le fils de paysans de la Moyenne-Autriche, et qui s'était incliné, autrefois, à l'extrémité du chai, sur le cercueil absent de Bruckner, si j'ose dire, puisque tout souvenir existe non seulement rétrospectivement mais aussi, parfois, de façon anticipée, étant appelé, préparé, favorisé par ce qui fera de lui un moment privilégié de la mémoire, quelque chose qui me permettrait, bien des années plus tard, de retrouver Frédérique en Marina, et l'une et l'autre ensemble dans tel motif du sublime adagio de la *Septième Symphonie* du maître autrichien.

Ce qui est remarquable, c'est que cette visite nocturne d'un lieu presque toujours clos et préservé de la chaleur comme du froid, où régnait, dans la quasi-obscurité, l'odeur douceâtre et funèbre du moût de vin — et j'ai rarement vu ouvertes ses grandes portes, ce qui m'eût semblé une sorte de profanation, ou correspondre à quelque chose de funeste (par exemple à la mort du gendre, le père de Frédérique, terrassé l'année suivante par une crise cardiaque alors qu'il manipulait une barrique) —, oui, il est remarquable que cela n'ait pas réussi à me dégoûter du vin, moi qui avançais là comme naguère dans les caves et les greniers de Siom en retenant mon souffle, inspirant l'air dans le creux de ma main, l'odeur insidieuse du vin me donnant l'impression de marcher dans quelque chose qui avait à voir avec le sang autant qu'avec le produit de la vigne ; quelque chose de rouge sombre qui, l'odeur se muant en couleur imaginaire (Frédérique ayant donné de la lumière qui fit luire d'innombrables casiers à bouteilles), me parut illustrer l'expression « chapelle ardente », dont nul ne sait plus aujourd'hui, gageons-le, qu'elle désigne un catafalque entouré d'une haie de cierges allumés, expression que l'ignorance contemporaine a fait tomber dans l'oubli avec tant d'autres merveilles que le génie de la langue a mis des siècles à susciter et qui sont ses monuments, autant que les œuvres littéraires et philosophiques. Sa merveille, même : ces expressions, tournures, métaphores et langages appartenant aux divers corps de métiers, aux arts et à la religion catholique, et que le roman délaisse, ayant perdu le goût du réel, ne nommant plus le monde que dans le défaut de langue propre aux civilisations décadentes, oublieuses de leurs origines, hantées par le progrès et les religions à bas prix, la littérature se mourant peut-être de ne plus savoir accueillir le dehors et la mémoire des langues : une langue, on ne le dira jamais assez, aujourd'hui misérable, incertaine, à l'orthographe erratique, et obéissant plus au mythe de la littérature qu'à un savoir dont la connaissance littéraire serait la grande rosace. Une langue que, sans entrer dans des comparaisons sentimentales et mythificatrices, on aime comme on aime les femmes, et peut-être bien davantage : textes et corps recherchés avec la même faim, le même désespoir, parfois, de même que nous nous obstinons après un type de femme qui serait nôtre, avec la même puissance de lucidité et d'illusion qui fait de nous, la cinquantaine venue, des jouisseurs ou des ascètes — des amateurs pervers ou rêveurs, qui se souviennent avec nostalgie, une effarante nostalgie, de leur découverte de la littérature et de l'amour, et de ce qu'ils doivent à telle personne, initiatrice ou intercesseur. Comparaison certes aisée, mais qui, s'agissant de ce singulier amour de la langue, implique autant de devoirs (loin de l'imbécile idée selon laquelle les mots doivent faire l'amour et de la frénésie de calembours, jeux de mots et contrepèteries dont se nourrit le langage contemporain) qu'en demande l'amour d'une femme. Quoi qu'on attende d'une femme, cela suppose une morale (fût-ce le plus bas degré de la morale qu'est la codification tarifaire de l'amour avec une prostituée) ; il en va de même pour la langue : mal parler (a fortiori mal écrire), c'est faire injure non pas au corps social qui a érigé le respect d'une norme particulière au rang de valeur suprême et est aussi bien capable de la piétiner ; c'est blesser la langue elle-même, ce grand corps dont ma mère me disait, à Vichy, je m'en souviendrai toujours, à propos du latin, que nous étions tous ses enfants, tandis que, secrètement, je songeais que j'aurais pu m'adresser à elle en patois, comme saint François d'Assise parlait le langage d'oc avec sa mère, provençale, et soutenant que nous avions en commun un bien plus précieux encore que le sang et les gènes : l'immémoriale filiation par les langues, quelque chose d'aussi proche de la musique que du silence et des outils avec lesquels on taille la pierre, on ouvre la terre, on entre dans la forêt des songes, on accède à la face de Dieu.

16

Ma grand-mère est morte en mai 1968. J'ignorais qu'elle fût malade à ce point. Je ne voulais, ne pouvais pas le voir, conforté dans cet aveuglement par elle qui, pour rien au monde, n'aurait montré un signe de faiblesse capable d'affecter son commerce en l'obligeant à fermer le magasin. J'étais en quelque sorte complice de sa mort : une complicité à demi consciente, et néanmoins plus proche de l'amour (et sans doute la seule preuve que je lui en aie donnée) que de l'indifférence. Ma mère non plus n'avait rien vu, ne venant d'ailleurs presque plus à Villevaleix, murée comme moi dans ce qu'on aurait trop tôt fait de taxer d'égoïsme, défaut auquel il est difficile de croire, du moins pour des êtres blessés dès l'enfance et que leur incapacité à vivre place hors de la morale primaire : tous deux élevés sans père, nous en avions trouvé les qualités dans des femmes comme Marie, Jeanne ou Louise; des femmes si dures pour elles-mêmes, si discrètes sur ce qui les animait et les rongeait, qu'il était impossible de les croire mortelles; ou, si elles étaient malades, comme ma grand-mère, ce ne pouvait être bien grave, me disait ma mère, non pas au téléphone (car ma mère abhorrait ce moyen de communication, on était encore en un temps où, pour être entendu de son interlocuteur, il fallait parler très fort dans l'appareil, de sorte que ma grand-mère aurait vite compris de quoi nous parlions), mais au dos d'une carte postale en couleurs représentant la gare des Bénédictins, la place Jourdan, la cathédrale Saint-Étienne, le pont Saint-Martial, ou des émaux du XIIe siècle, avec cette sempiternelle recommandation : « Veille bien sur ta pauvre grand-mère : elle est si fatiguée. Je vous embrasse tous les deux. Maman. »

Messages que je cachais à ma grand-mère ; mais les aurait-elle lus (et peut-être n'ignorait-elle pas que je les cachais dans une vieille commode du grenier qui avait déjà contenu des lettres échangées par Marie et Louise, entre les deux guerres, et que je regrette de ne pas avoir gardées), elle n'y aurait rien trouvé d'autre la concernant, malgré les termes qui, sous la plume de ma mère, semblaient prévoir ou annoncer sa fin, notamment l'épithète « pauvre », qui sonnait comme une déploration anticipée, ainsi que cette signature : « Maman », ma mère signant d'ordinaire « Solange » et, depuis quelque temps, jugeant ce prénom démodé, se faisant appeler Jenny et se fâchant si on la nommait autrement, même à Siom où l'on n'avait pas l'habitude de fantaisies de ce genre, aurait-elle dû se rappeler si elle n'avait pas tout mis en œuvre pour renier ses origines, et jusqu'à son nom de baptême.

Louise refusait de quitter ce magasin qui avait été toute sa vie et dont le déclin la tourmentait plus que tout, dirait ma mère, plus tard, en rappelant qu'elle aurait voulu y mourir, à sa caisse, en plein jour, comme le capitaine d'un navire qui sombre. Elle était tombée sur le plancher, vers cinq heures du soir, sans réussir à se traîner jusqu'à son lit, ni répondre aux deux ou trois clients qui avaient demandé en criant s'il y avait quelqu'un et étaient repartis alors que Louise était là, tout près, derrière sa caisse, les yeux ouverts, immobile, parfaitement consciente, attendant mon retour du collège des Buiges et celui de ma mère qui revenait à présent chaque soir de Limoges, tenant dans la même main le chapelet et le trousseau de clefs, toujours mêlés dans la poche de son tablier, comme si elle ne voulait pas séparer les attributs du siècle et ceux de la religion.

« Elle est morte dans son magasin » : telle serait la version, noble et définitive, que donnerait ma mère d'une fin dont elle refusait de voir ce qu'elle devait à la mélancolie et au goût de la mort propre aux Bugeaud, au sein de leur lent mais inexorable déclin, même si, là-bas, à Saint-Andiau, Léonce faisait encore illusion, toujours gras et rieur, un notable, comme son père, mais comme nul autre Bugeaud après lui, affectant de ne pas voir le déclin du bois de mine et du bois de traverses, réélu maire sans discontinuer depuis l'avant-guerre, et ne se doutant pas que sa sœur Louise était si près de mourir, ni qu'il la suivrait dans la tombe, sept ans plus tard, son cancer du pancréas l'ayant fait fondre en quelques semaines au point de ne lui laisser que la peau sur les os, dirait sa sœur Jeanne, comme si être gras, gros mangeur et bien portant, bref correspondre en tout point aux critères esthétiques et hygiéniques de l'ancienne haute Corrèze, devait finalement se payer, Léonce n'échappant pas à la malédiction qui voulait que les Bugeaud ne perpétuent ni leurs biens, ni leur sang, ni même leur nom.

Dans le cas de Louise, les choses étaient plus claires : les maquisards l'avaient pillée et elle n'avait jamais pu renouveler le fonds, bien qu'elle fût allée trouver Georges Guingouin pour demander réparation, après la guerre, alors que le Tito limousin était devenu maire de Limoges, et qu'il eût promis de la dédommager (à quoi Marie ne croyait pas, qui disait ne pouvoir faire confiance à un homme dont le nom rimait si richement avec pingouin, et se réjouissant de la campagne que le Parti communiste allait lancer contre lui, les loups se dévorant entre eux) ; mais l'inflation galopante qui régnait dans l'immédiat après-guerre, le paiement trop longtemps différé et limité aux choses avouables, c'est-à-dire les marchandises volées dans le magasin, mais point les bijoux, l'or, le vin, les robes, et bien sûr ce qui n'est pas réparable : l'offense, l'injustice, la terreur, avaient eu raison de Louise.

« Ils avaient pris jusqu'aux louis d'or que me donnait le papa Foly, à Siom, pour mes étrennes, et dont j'avais constitué un minuscule magot qui, dans mes rêves de petite fille, devait plus tard financer mes études, ou me servir de dot. Un maquisard me les a extorqués, m'obligeant à révéler où je cachais ce qu'il appelait mon trésor, faute de quoi il ferait sauter l'oreille de ma mère d'un coup de revolver : un luger, comme elle me l'a fait remarquer en regardant l'arme que l'homme tenait contre sa tempe : "Vous me tueriez avec un pistolet allemand, monsieur !" lui a-t-elle dit, doucement, avec une ironie et un aplomb qui rendaient la situation encore plus intenable, ta grand-mère devinant que ce pistolet avait été ramassé sur un Allemand abattu lors d'une attaque, mais faisant mine de l'ignorer pour les rendre encore plus abjects, ces pillards, et n'obtenant qu'un : "Ta gueule, la vieille ! Tu veux pas qu'il arrive malheur à ta fille !", comme l'a crié l'homme au luger en me regardant avec l'air de ne plus chercher seulement l'or en espèces sonnantes et trébuchantes mais celui qui est dans le ventre des femmes. Il ressemblait à l'un de ces hommes des bois qui descendaient parfois chez Jeanne, le dimanche, et qui pendant des semaines n'avaient vu de féminin, si l'on peut dire, que la croupe de leurs vaches et de leurs brebis : des bêtes affamées, assoiffées, coléreuses, inquiètes comme en période de rut... », disait ma mère avec ce visage dur qu'elle avait toujours en évoquant sa jeunesse limousine.

Elle avait vu son père détruit par la double action des gaz allemands et de l'alcool ; elle avait vu les maquisards dérober jusqu'à ses économies et ses robes, et sa mère ne jamais s'en remettre, même si celle-ci avait réussi à placer quelque argent en banque et, pour se préserver de l'inflation, investi dans l'or, la pierre et les fonds de commerce, ce qui était sage mais eût nécessité de bons conseils qui lui firent défaut. Les pièces qu'elle acheta, clandestinement (certaines à Mme Allagnac, de Neuvialle, une parente éloignée sur qui je reviendrai bientôt) étaient rayées ou martelées, ce qui, à la revente, les mettait au-dessous du cours. Le fonds de commerce (une crémerie, avec pied-à-terre à l'entresol, rue Saint-Denis, à Paris, à une époque où cette rue n'était pas exclusivement réservée au commerce du sexe) fut donné en gérance à un malandrin qui finit par l'acheter, au plus bas, après contestation et procès sur le loyer dont une partie demeura impayée. Quant à la pierre, c'était, à Brive, dans un immeuble médiocre proche de la gare, deux chétifs appartements dont les locataires se plaignaient incessamment, et d'ailleurs justement, et dont les loyers ne payaient pas les réparations indispensables : elle s'en défit avec soulagement, sans plus-value appréciable, se consacrant tout entière au magasin de Villevaleix dont la clientèle allait diminuant et dont elle ne tirait pas plus de bénéfices en allant provoquer le chaland à domicile, à bicyclette, ni même en affrétant pour l'après-midi le garagiste Dantony, dont elle bourrait la voiture de marchandises, et cheminant de ferme en ferme jusqu'à la tombée de la nuit.

Ses forces déclinaient. Elle était reprise plus souvent par ses terribles coliques néphrétiques dont les problèmes digestifs de ma mère étaient, je le vois aujourd'hui, la version imaginaire, tout comme mes fréquentes diarrhées, tant il est vrai que des êtres tels que nous, incapables de se parler ou de se témoigner de l'affection, s'exprimaient par leur système digestif et trouvaient à s'aimer grâce à leurs maux. Ce serait une erreur que de ne pas attacher d'importance à ces maux prétendument imaginaires dans lesquels le corps prend en charge les souffrances ignorées ou sournoises de l'esprit et du cœur, et non seulement les siennes mais celles des autres, ma mère passant ainsi sa vie à se plaindre d'une maladie de foie qu'elle n'avait pas mais dans laquelle se répercutait la maladie de son père et celle dont se mourait sa mère, cette année-là : sa manière à elle de compatir, de prier pour elle, d'être avec nous, faute de pouvoir y être en chair et en os, ou de faire accepter à Louise l'aide d'une servante ou d'une femme de ménage, la capacité à souffrir de ma grand-mère dépassant en outre infiniment celle de sa fille et relevant même, à la fin, d'une sorte d'anéantissement mystique.

On pensa à prendre un gérant. Léonce Bugeaud réunit à Siom, un soir, un conseil de famille auquel assistaient ma mère et Jeanne, mais point Berthe-Dieu, qui, dans ces moments-là, sentait bien qu'il n'était qu'une espèce d'époux morganatique et ne demandait pas mieux que d'aller se coucher plus tôt, dans la chambre qui était à présent la sienne, face à celle de Jeanne. On voulait se garder des aigrefins qui, sans bourse délier, disparaissaient après avoir écoulé le stock. Il y eut bien une offre sérieuse, présentée par un type des Buiges qui proposait dix millions de francs ; mais il voulait le fonds et les murs, et Louise avait refusé, croyant encore en la valeur de l'affaire ou feignant d'y croire, ou bien se sentant condamnée et souhaitant ne pas mourir ailleurs que dans la maison qu'elle avait bâtie, mourant d'elle, aussi, car pour une femme de son âge, affronter seule et dans un tel inconfort les hivers du haut Limousin tenait de l'héroïsme autant que du fatalisme, me dirait ma mère lorsque mourut ma grand-mère, le 29 mai 1968, en m'expliquant qu'elle ne serait plus seule désormais, au cimetière de Siom où Louise repose, aux côtés d'Albert Sarroux qu'elle aurait mis trente-quatre ans à rejoindre mais à côté de qui elle était depuis longtemps en pensée, vivant depuis trop longtemps avec les morts pour s'effrayer de mourir et n'avoir pas hâte de les rejoindre, n'importe comment, quitte à ce que ce ne fût pas dans cette maison mais à l'hôpital de Limoges, d'une crise cardiaque, n'ayant pas longtemps survécu à la précédente crise qui l'avait terrassée dans une maison de convalescence de Magnac-Laval, en Haute-Vienne, où elle se remettait de l'ablation de sa vésicule biliaire, opération alors plus délicate que de nos jours et qu'elle avait, de plus, trop longtemps différée.

Celle qui avait été la plus belle fille du canton, qui avait eu du courage à revendre, qui avait si souvent fermé boutique dès qu'elle voyait arriver sur la place du champ de foire un cortège funèbre dans lequel, après avoir enfilé son manteau noir et m'avoir ordonné de la suivre, été comme hiver, elle se glissait en demandant qui l'on enterrait, celle-là n'eut droit à aucune haie d'honneur lorsque la fourgonnette des pompes funèbres traversa le bourg où elle avait passé près d'un demi-siècle; les gens de Villevaleix l'avaient déjà enterrée, moins par méchanceté que la sachant condamnée et vivant eux-mêmes, pour la plupart, dans ces confins de l'existence où l'on n'existe plus que dans ses souvenirs, où l'on n'est plus pour soi-même qu'un objet de mémoire, et déjà une ombre, les temps étant en outre troublés par les désordres estudiantins et ouvriers qui allaient mettre à mal la figure du général de Gaulle et réveiller de vieilles haines (et l'on parlerait longtemps, à Siom où la plupart votaient communiste, d'une liste de gens à abattre en tête de laquelle figuraient les Berthe-Dieu et leurs alliés).

On l'enterra au cimetière de Siom, après une messe dite par l'abbé Guerle, où on la monta à pied, comme on l'avait fait pour sa sœur, neuf ans plus tôt, mais sans déployer le poêle dont l'usage s'était perdu, à mon grand soulagement, moi qui avais longtemps cru qu'on enveloppait dedans les morts au moment de les descendre dans le caveau, et qui le verrais se pourrir sur le vieux corbillard à chevaux, lui aussi abandonné et servant de perchoir aux poules, dans le hangar de Heurtebise, le forgeron, qui avait accepté, puisqu'il logeait dans l'ancien presbytère, la garde de l'étrange véhicule auquel il menaçait d'attacher son fils quand celui-ci n'obéissait pas, avant d'être à son tour emporté, l'année suivante, par un cancer du foie.

« C'était un bel enterrement », dirait Jeanne qui présida au repas de funérailles où nul ne s'étonna de ne voir paraître aucune viande, non seulement parce que cela eût trop rappelé un repas de noces, mais parce qu'on jugeait, chez les Bugeaud, plus commode de faire maigre : des crudités, de la charcuterie et du fromage sur un pain blanc autrefois appelé mortairou, me dit Monique Bugeaud qui, à un repas funèbre, du côté de Neuvic, avait dû se contenter d'une bouillie au lait mêlée de pain, et ajoutait que, dans le cas des Bugeaud, c'était une tradition instaurée par Marie, qui refusait de servir de la viande, quitte à passer pour avare, parce que, soutenait-elle, on aurait eu l'impression de manger le corps même de la personne qu'on venait d'ensevelir. Mais, aux obsèques de Louise, il y avait quand même de quoi se sustenter, et boire. Et surtout la cérémonie avait été magnifique. L'église était pleine de fleurs et, si Louise voyait ça, ajoutait Jeanne, ça ne pourrait que lui rappeler ce qu'il lui avait été donné de voir, jadis, à Guéret où elle s'était rendue avec Albert Sarroux, pendant le mois de Marie, lors du couronnement de la Vierge : des fleurs partout, dans les champs, les maisons, aux portes et aux fenêtres, aux corsages, aux boutonnières, dans la main des enfants et, dans la cathédrale, l'archiprêtre en chape d'or et deux fillettes en blanc gravissant une double échelle pour couronner la mère de Dieu au-dessus de l'autel; un souvenir qui continuerait à éclairer sa nuit et qui avait fini par se confondre avec sa cérémonie nuptiale, pourtant austère et brève, dans la sombre église de Siom, la couronne de fleurs posée sur sa tête par sa sœur Marie remplaçant la couronne d'amour sur la tête de la Vierge, à Guéret. Les Bugeaud avaient de quoi vérifier qu'ils n'étaient pas rien, malgré leur décadence, la fortune de Léonce étendant un jour doré sur Louise et sur Jeanne, et lui, le dernier frère, recevant de la ténacité de ses sœurs une caution morale qui valait son pesant d'or, les uns et les autres ayant en outre toujours cru dans les pouvoirs de la parole et les illusions qu'elle suscite, ce qui fait de moi, d'une certaine façon, leur digne héritier.

On s'est étonné de ne pas me voir pleurer. On en a déduit que je n'avais pas le cœur d'un Bugeaud (ou, pour ceux qui les détestaient, que je l'avais à l'excès).

J'ai déjà dit que, d'une certaine façon, je n'aimais pas ma grand-mère, qu'il ne m'était d'ailleurs donné d'aimer personne, qu'on ne me l'avait pas appris, l'amour étant, avais-je fini par penser, le fruit de la civilisation, de ses préjugés comme de ses éblouissements, de son langage, surtout, et non quelque chose d'inné. Cette mort avait je ne sais quoi de trop stoïque pour être émouvante, et je devinais que le chagrin prendrait pour moi des années avant de se manifester en tant que tel : je ne puis aimer, regretter, déplorer quelqu'un que dans le lit du temps, souvent trop tard pour ceux qui ont l'émotion en écharpe ; et de même qu'on passe sa vie à expier le péché originel, de même il faut parfois toute une vie pour se rendre compte à quel point on a aimé, regretté, accompagné quelqu'un, fût-ce à distance, dans ce lointain où se nouent les passions. Avec Louise j'avais vécu comme je l'avais fait avec Marie et comme j'allais le faire avec Jeanne : dans une espèce de marge, de silence, de solitude où les sentiments ordinaires n'avaient pas cours. La sentimentalité étant par ailleurs la chose du monde la mieux réprouvée sur ces hautes terres, on comprendra que je n'aie jamais donné libre carrière à ce qui se passait en moi, et qu'on désignait encore, en ce temps-là (avant que la psychologie de bas étage des magazines féminins n'envahisse le langage courant), comme « l'œuvre de la nature », expression qui, dans sa naïveté, était l'ultime trace d'un accord millénaire avec la nature, une immémoriale alliance que l'homme venait de rompre par la technique, sans voir combien cette rupture le laisserait seul, ignorant, asservi à lui-même.

Et je savais aussi que ce sont avant tout les morts qui nous pleurent, qui s'apitoient sur notre condition de vivants, que c'étaient Marie, Louise, François et Jean Bugeaud, Albert Sarroux et tous les autres qui se lamentaient bien plus que ma mère, Jeanne, Mmes Arvers, Issandre, Legouteilh, Rebeyrolle, Malrieu et tant d'autres, lorsqu'elles les évoquaient, le soir, chez ma grand-mère ; et je songeais, resté pendant les funérailles au croisement des deux allées principales, que Louise n'était pas morte au sens où on l'admet d'ordinaire : elle allait, sous terre, pouvoir continuer de songer à nous autres vivants, à me parler et à entendre parler d'elle, les morts étant du langage, des êtres de langage, puisqu'ils n'existent que dans la mesure où l'on parle d'eux et où ils se rappellent à nous en cherchant la forme, sinon la formule de leur réapparition. Ils viennent à moi dans l'écriture — écrire n'étant en fin de compte qu'une forme d'alliance entre les vivants et les morts, par laquelle œuvrer à la déstructuration du temps et entrer dans une autre figuration de la vie et de la mort, ouvrir dans la ténèbre un espace nouveau, des fenêtres où susciter ceux qu'on croit disparus mais qui sont là, souriants et calmes, au bord des mots.

Louise s'était mise à bruire dans la bouche de Mme Malrieu. J'ai retrouvé dans les papiers de Jeanne, à Siom, écrit au stylo bille bleu clair sur une double feuille de papier à petits carreaux, d'une main où se devine la patte de l'ancienne institutrice, l'oraison funèbre prononcée par Mme Malrieu, lors de ces funérailles ; ce langage, je veux le faire entendre encore ; non qu'il ne soit naïf, par moments, surtout loin de la bouche qui le proféra ; mais il n'est pas dépourvu de noblesse, et c'est un des derniers témoignages de la façon dont on s'exprimait en français, il y a une quarantaine d'années, et dont la transcription ne rendra hélas pas la beauté du phrasé.

Je passe le début, la formule d'annonce et de déploration, le rappel de la carrière de Louise Sarroux jusqu'au « jour fatal » où elle quitta les siens, pour en revenir, avec Mme Malrieu, à l'histoire de sa fin : à la seconde crise cardiaque. « Il fallut retourner à Limoges pour surveillance médicale spéciale ; elle parut un moment encore pouvoir tout surmonter ; on se rassurait un peu ; mais soudain elle s'affaiblit, et alors une seconde crise, subitement, la terrassa ! Ni les traitements éclairés dont elle fut l'objet, ni la sollicitude, l'affection, la peine déchirante de sa fille n'ont pu arrêter le mal impitoyable ; et elle a dû franchir le passage suprême, le 29 mai 1968. » Morceau remarquable non par l'idéalisation de la défunte ni par la vision qu'il donne d'elle, mais par son arcature syntaxique, sa ponctuation, son rythme ternaire empruntés aux grandes orgues de l'éloquence et en quoi il ne faut pas voir un simple pastiche, mais l'effet de ce savoir, de cette conscience linguistique donnée par les écoles de la IIIe République, à quoi s'ajoute une vraie culture religieuse ; un langage encore courant dans ces années-là, à la fois libre et surveillé, contraint et heureux ; la phrase française qui se donne encore à entendre dans ce qui suit : « Elle avait été ramenée à Siom, dans la maison familiale continuée par sa plus jeune sœur, auprès de qui elle aimait tant retourner. Elle ne reverra plus son petit-fils qu'elle adorait ; elle ne rentrera pas dans sa belle maison de Villevaleix qu'elle avait animée si longtemps de son travail et de ses soins ; elle n'apportera plus les bienfaits de sa présence à ses voisins. Elle laisse un grand vide, non seulement dans la vie des siens, mais aussi parmi ses amies, et dans notre petit bourg. Hélas ! c'est notre destinée : tout aboutit à la mort. Noir verrou de la porte humaine. Ainsi a parlé monsieur le curé-doyen, en la petite église de Siom si chère au cœur de Mme Sarroux. C'est là qu'il devait nous inciter à élever nos âmes vers les pensées que nous inspirent la Rédemption divine et la Résurrection dernière.

C'est l'Espérance des chrétiens, et selon la foi de la très pieuse disparue qui repose à présent près de ses chers défunts, sur la plus haute colline de Siom, dans la paix du petit cimetière champêtre, loin des bruits de la ville, plus près de Toi, mon Dieu ! »

C'est dans ce langage qu'elle gît, je veux le croire, comme je crois qu'il lui est un linceul plus doux que celui dont Jeanne avait entouré ce corps qui a si peu connu de plaisir. Car le langage peut être une sorte de ciel ; et c'est dans ce langage qu'elle repose, autant que dans un de ces beaux draps de lin des Bugeaud (qui ne s'en servaient que pour les grandes occasions, nuits de noces, naissances et ensevelissements, et dont plusieurs avaient été brodés par une petite-nièce de Victor Hugo, religieuse au carmel de Tulle, au début du XXe siècle). Et il ne m'a jamais plus été possible (à Siom, lorsque j'y serais retourné vivre, bientôt, et que Jeanne penserait ainsi me faire plaisir) de me glisser entre ces draps sans imaginer que c'était dans les bras de Louise ou de Marie que je me blottissais, là-haut, à l'abri des grands hêtres, sombrant doucement dans le sommeil, manière idéale d'être ensemble, nous qui nous étions si peu parlé, pendant les sept années que j'avais passées avec la première et les neuf qui ont suivi en compagnie de la seconde. Je n'ai jamais pu me résigner à l'idée que le sommeil n'est que du temps donné au repos du corps et de l'esprit, ou bien la scène ombreuse où nos désirs se satisfont de façon hallucinatoire, encore moins une seconde vie ; il est plutôt un autre régime du temps, la continuation de la vie dans son apparent contraire, la réversibilité de l'ombre et de la lumière et, pour quelques-uns dont je suis, la réfraction de la vie dans la mort, un dialogue avec les morts non pas à la façon des spirites mais dans l'ordre naturel des choses, allongés dans une position semblable à la leur, avec la même capacité à oublier le monde des vivants, à nous en absenter, comme si nous étions nous-mêmes morts, et, par ce principe de réciprocité qui régit tant d'actes et de sentiments, aussi bien capables d'entendre et de voir les disparus que d'être perçus par eux.

Et que ma grand-mère fût morte ne changeait rien au silencieux dialogue que nous avions entretenu de son vivant et qui se poursuit aujourd'hui, puisque j'ai la faiblesse de croire que si je pense à elle c'est qu'elle est en train de penser à moi, et que cet échange tour à tour calme et inquiet, agaçant, étrange et doux, ne prendra jamais fin, même lorsque je gésirai à mon tour sous la lame, non loin d'elle, non pas dans le caveau des Bugeaud qui est à présent plein, mais dans celui que ma mère a fait bâtir, en granit rose de Pérols, et qui attend notre venue, à elle et à moi, et où il y a de la place pour les enfants qu'elle a pensé que j'aurais un jour, m'a-t-elle dit tout en sachant comme moi (mieux que moi, peut-être) que j'ai renoncé à engendrer, depuis toujours du côté des morts bien plus que des vivants, et incapable de me perpétuer autrement que par des livres, accomplissant, conformément à mon sang, la déchéance des Bugeaud tout en sauvant les apparences dans une langue à laquelle ils n'auraient sans doute pas compris grand-chose mais dont ils eussent été fiers et auraient admiré l'apparat.

Ma grand-mère était morte et je n'avais pas voulu voir sa dépouille mortelle — l'expression que je viens de noter, prononcée par ma mère, dit assez l'horreur de ce qui reposait, là-haut, dans la chambre où l'on avait porté Louise, en attendant que Chabrat (le fils de celui qui avait fabriqué la bière de Marie) eût terminé le cercueil que lui avait commandé Jeanne dans le plus beau bois qui fût : du bois provenant du grand chêne qui s'élevait sur la place, devant l'église, un arbre de la Liberté, probablement, planté pendant la Révolution et qu'on avait abattu l'année précédente, lorsqu'on avait goudronné la place ; du bois qu'on n'aurait imaginé destiné à quelqu'un d'autre (j'ai failli écrire à *quelqu'un plus*, comme on disait, à Siom, usant de cette tournure qui en dit peut-être bien plus sur autrui que le mot qui le désigne d'ordinaire pour tel, celui qu'on n'attend pas et qui survient en plus, en trop, et qu'on accueille malgré tout dans le bouleversement que suscite sa venue).

Je ne l'ai pas vue morte, mais j'ai assisté au grand débarras du magasin et de la maison par Brun, le romanichel, quelques semaines plus tard, ma mère ayant décidé de ne rien garder de cette maison qu'elle mit en vente sur-le-champ. J'avais sauvé mes livres, le crucifix en ivoire sur socle d'ébène, les couverts en argent et quelques effets que je gardais près de moi, dans des valises, à côté de Berthe-Dieu qui surveillait le déménagement d'un œil magnanime, délégué par les Bugeaud et pas peu fier de cette mission de confiance, surtout à Villevaleix, devant ce Gitan que son teint couleur cuir de Cordoue, ses noires moustaches et son silence rendaient semblable à un intendant de l'ancienne Égypte, assisté de ses deux fils, Marcel et Maurice, qui allaient et venaient avec des gestes précis et mystérieux d'embaumeurs vidant les entrailles de ce qui était non seulement le magasin mais, puisque Louise s'y était identifiée au point de vieillir avec lui et de ne pas souhaiter qu'il lui survécût, le corps même de ma grand-mère élargi aux dimensions de la maison ; un corps gigantesque vidé par des romanichels avant d'être vendu au seul offrant : un épicier des Buiges, qui se mordrait les doigts de son acquisition. Ainsi ai-je vraiment compris qu'elle était morte, tandis que Berthe-Dieu était abordé par Jean, le charron, dont la blessure purulente semblait être passée de la main au visage tout entier, grimaçant sous l'effet de la maladie de Parkinson qui le rendait plus effrayant encore, et criant : « Alors, les gars de Siom, vous pillez la maison ?

— Ça débarrasse que ! » lui répondit Berthe-Dieu non sans hauteur, et avec ce singulier emploi de « que », différent du « que », très répandu dans le haut Limousin, et qui fonctionne comme un adverbe de temps, comme dans « je n'arrive que » employé pour dire qu'on vient tout juste d'arriver. Je ne l'ai entendu que dans la bouche de mon grand-oncle, avec le sens de « ça débarrasse bien » ou de « nous voilà enfin débarrassés », avec une nuance de soulagement (voire de gratitude un peu méprisante envers Brun et le fait qu'il puisse exister des êtres tels que ce Gitan dont, pour rien au monde, il n'eût pensé qu'il appartenait à la même espèce que lui, Étienne Berthe-Dieu, qui portait par ailleurs, non sans fierté, dans son patronyme le vocable désignant le Créateur), faisant de cet hapax un de ces « mots », une de ces formules singulières par quoi un inconnu trouve une place de choix dans notre mémoire.

TROISIÈME PARTIE

SION

Et peut-être la résurrection de l'âme après la mort est-elle concevable comme un phénomène de mémoire.

PROUST

1

« Tu étais donc tout ce qui restait aux Bugeaud », m'a dit Marina avec cette liberté de langage que donne la nudité d'après l'amour, la parole retrouvant sa pleine autorité après les cris, les soupirs, les râles qui l'ont abolie au cours du corps à corps amoureux, ajoutait-elle d'une façon un peu trop littéraire, ces lieux communs étant pour elle, face à moi, une manière de trouver une plus grande liberté de parole tout en craignant de me voir froncer les sourcils pour peu qu'elle usât de la langue impure des jeunes gens d'aujourd'hui, alors que je redoutais surtout de l'entendre parler comme moi, se corseter dans les bandelettes d'un langage qui n'était pas le sien, et qui me renvoyait ma propre image comme un masque mortuaire, de la même façon qu'en écoutant notre propre voix, enregistrée, nous la reconnaissons pour nôtre en même temps qu'étrangère, altérée, sans autre vérité que celle de notre absence.

Elle ignorait encore que les amants finissent par inventer un langage qui n'est qu'à eux, fait de diminutifs, d'expressions absconses, d'onomatopées, de chants intimes, de silences ; une nudité de langue, un langage plus nu, même, que les corps ; le corps et la voix nus, et Marina toujours plus nue que moi, qui avais de la pudeur à m'exhiber sans vêtements ni draps, rechignant par exemple à quitter le lit devant elle, surtout à contre-jour ou dans une lumière trop crue, tâchant de recouvrir de mots les disgrâces de l'âge, taille épaissie, grains de beauté qui ont gonflé, empâtement du menton, poils poussant dans les oreilles, taches rubis constellant le torse et les bras, ongles plus fragiles, fesses moins fermes, peau des mains qui se flétrit, tout ce qu'un homme craint de montrer à une très jeune femme dont il s'étonne qu'elle y prête moins d'attention que lui, comme si, une fois encore, la générosité amoureuse, l'abnégation, l'absence de préjugés physiques se trouvaient du côté des femmes.

« Mais non, je n'étais rien, un solitaire, un rêveur, une sorte d'indifférent dont le calme arrangeait tout le monde, n'aimant personne et véritablement aimé de personne, du moins pas de la manière dont on aime d'ordinaire, n'ayant jamais été amoureux tout de bon, n'ayant pas davantage inspiré d'amour et n'y pensant que comme à une variation romanesque, sans visage ni reflet, rien qui pût me pousser à m'adorer ou à me haïr, n'existant pas tout à fait, mort d'une certaine façon aux vivants et vivant parmi les morts comme du bois flotté. »

Ma solitude était à son comble. Pendant la maladie de ma grand-mère, quand celle-ci était à l'hôpital de Limoges puis en convalescence à Magnac-Laval, ma mère ne venait à Villevaleix qu'en fin de semaine, me laissant seul, le reste du temps, dans l'immense demeure. On comptait sur moi pour garder la maison, m'avait-elle dit. J'avais beau être habitué au silence bruissant de ces lieux, il m'arrivait encore d'avoir peur, la nuit venue ; je me donnais du cœur en buvant chaque soir deux ou trois verres de la bouteille de liqueur déterrée dans la cave, et c'est presque gris que je m'enfonçais dans le sommeil, sur le canapé du petit salon, près de la chambre de Louise. Je savais qu'elle allait mourir ; j'ai toujours eu ce genre de prescience, on s'en souvient, non pas (comme je l'ai longtemps cru, et m'en sentant coupable) par désir de voir telle personne mourir, mais parce que je suis en quelque sorte déjà mort, ou qu'une part considérable de moi-même appartient au royaume des ombres et instaure avec ceux qui vont bientôt mourir une fraternité anticipée. Alors je me mets à prier pour eux. C'est ainsi que, depuis quelque temps, je pense à ma mère en me disant qu'elle est menacée, malade sans le savoir ou sans me l'avouer, ou encore qu'un accident la guette : funeste et obsédante vision qu'il me faut endosser chaque soir comme un vêtement de ténèbres et où l'on aurait tort de voir un obscur désir de représailles pour l'enfance qu'elle m'a faite, ou pour l'amour qu'elle ne me porte pas et dont je m'obstine à attendre la révélation, certain que cet amour-là existe bel et bien, dans l'obscurité des cœurs, et qu'il surgira un jour à la façon d'une fontaine vauclusienne, frais et puissant, quelque nom qu'on lui donne et quelles que soient les théories en vogue sur le caractère non inné de l'amour maternel, restant par superstition autant que par dépit persuadé que ma mère ne m'aime pas et que je n'ai pour elle qu'un respect assez éloigné de l'amour filial.

« Et moi, comment tu me vois ? » m'a demandé Marina en me tendant sa poitrine avec l'air de ne pas me prendre au sérieux, ou pour conjurer l'effroi que je lui inspirais soudain, comme si j'étais capable non seulement de prévoir la mort d'un être mais, ce qui lui semblait peut-être plus grave, la fin de notre amour, à quoi nous pensions en vérité tous deux chaque jour, je le sais pour être à présent trop heureux avec elle — sexuellement heureux, veux-je croire, puisqu'il ne m'est pas donné d'éprouver d'autre forme de bonheur que cette opiniâtre quête de la joie physique qui a quelque chose d'un travail de taupe, une tâche d'aveugle, dans laquelle je suis seul, la joie en ce domaine ayant je ne sais quoi d'effrayant, comme tout ce qui porte l'homme au-delà de lui-même.

J'ai tourné la tête vers la fenêtre pâle ; incapable de soutenir le regard de Marina ni de lui révéler de quelles pensées j'étais la proie depuis quelque temps, je souriais, je me sentais au visage ce masque souriant donné par l'alcool que j'ingurgitais pour ne pas avoir peur de la nuit et, cet été-là, pour trouver le sommeil dans la grande maison déserte.

« Tu es resté un enfant », m'a-t-elle dit en haussant les épaules, agacée non de ce que je suis aujourd'hui mais qu'à l'âge de seize ans, à la mort de ma grand-mère, je n'eusse toujours pas quitté le château de l'enfance.

Elle ne pouvait mesurer, je crois, dans quelle solitude je vivais, de la même façon qu'elle ignore ce qu'était la nuit sur les hautes terres, à cette époque, avant les vastes clartés orangées de l'éclairage public et la disparition du patois qui dressait contre l'obscurité ses formules propitiatoires.

La maison avait été mise en vente : j'étais chargé de la montrer, à de rares visiteurs qui semblaient toujours sur le point de me donner la pièce comme à un gardien de musée. Quant à ma mère, que la mort de Louise avait encore éloignée de moi, si tant est que nous ayons jamais été proches, dans une distance qui était notre façon d'être ensemble et qui nous tenait lieu d'amour, qu'elle fût ou non près de moi, elle me forçait à considérer que nous jouions plus notre vie que nous la vivions : elle dans le rôle de la mère légère, insouciante devant ce fils qui avait poussé loin d'elle, après être né contre son gré, et moi dans celui du fils bien disposé envers une femme que j'appelais ma mère bien qu'elle me demeurât aussi étrangère que la Kabbale, le jeu de Go ou les forêts du Nouveau Monde, chacun s'en tenant à son rôle afin d'être débarrassé du reste, explications, justifications, confidences, confessions, remords, effusions, tout ce qui lie d'ordinaire une mère et son fils.

Pour des raisons qu'elle ne me donna pas mais que je mettais au compte de la nuit dans laquelle, depuis Vichy, j'imaginais qu'elle vivait, ma mère ne pouvait s'occuper de moi, cet été-là. Elle me proposait des vacances dans un pensionnat, à La Bourboule : autant dire un orphelinat dont l'existence était néanmoins rendue douteuse, comme une mauvaise plaisanterie, par le nom dérisoire de La Bourboule dont j'avais peine à croire qu'il existât un lieu ainsi nommé, tout de même qu'après les nobles syllabes de Charles de Gaulle on aurait du mal à admettre que son successeur pût s'appeler Pompidou, patronyme qu'en vain je rapprocherais de Pompadour, en basse Corrèze, lequel gardait son arroi non pas à cause du marquisat dont Louis XV fit présent à sa favorite aux adorables fossettes, mais parce que, plus simplement, ce nom terminé en *our* a quelque chose de plus ample, de plus musical, que n'a pas le nom de Pompidou, et qui, tel un son de cor ou de trombone, ouvre ses deux premières syllabes trop proches du ridicule « pompom ».

J'ai refusé d'aller à La Bourboule.

« Mais qu'est-ce que je vais bien pouvoir faire de toi ! » a-t-elle murmuré.

J'étais prêt à passer l'été, seul, à Villevaleix pourvu que j'eusse des livres nouveaux et nombreux. Je le lui ai dit, ajoutant que rien ne saurait me plaire davantage, ni s'accorder mieux à mon humeur et à ma complexion. Elle m'a regardé comme si je la menaçais en souriant ; j'étais pour elle une sorte d'ennemi ; je la renvoyais à elle-même, à ce qu'elle avait toujours considéré comme une faute, je ne pouvais plus l'ignorer, puisque je ne portais pas son nom et qu'elle ne m'offrait toujours pas de vivre avec elle, fût-ce pour un été, mais, ainsi qu'elle me l'annonça le lendemain, de le passer à Neuvialle, cet étrange été, près de L'Église-aux-Bois, à quelques kilomètres de Villevaleix, chez les Allagnac, des parents éloignés, comme les Rigobert ou comme ce Roland Miquelon qui vivait à La Buffatière, près de Siom, et à qui j'avais autrefois rendu visite en compagnie de Berthe-Dieu : un vieillard rond et souriant, probablement gâteux, qui vivait avec une nièce contrefaite, et dont on disait qu'il avait très tôt obtenu ce qu'on peine à nommer les faveurs ; mais si je me souviens encore de lui, c'est parce qu'il portait le nom d'une île de l'archipel français battu par des vents chargés de neige, qui est tout ce qui reste de nos possessions d'Amérique du Nord, et dont, fermant les yeux, allongé sous les grands sapins de Veix, il me semblait entendre, à travers les branches, le souffle de la mer battant la côte de l'archipel, près de Terre-Neuve. Les noms tissent entre les lieux et les gens des liens parfois plus forts que le sang ou la race ; et plus que le mulâtre M. Quentin qui avait fini par symboliser les îles des Caraïbes et de l'océan Indien (moins à cause de sa couleur que des sonorités délicates et douces de son nom qui sonnaient en moi comme l'eau battant le pied d'un morne sous ce ciel que je n'ai jamais vu et qu'on appelle bleu outremer), l'insignifiant Roland Miquelon, qui n'avait jamais quitté sa ferme natale ni sans doute entendu parler de Saint-Pierre-et-Miquelon et de la Nouvelle-France, possédait à mes yeux le prestige d'un pêcheur de morue venu s'échouer sur les hautes terres limousines, comme ces aventuriers qui finissent par s'arrêter dans les endroits les plus perdus, auprès d'une indigène dont ils adoptent la langue et les coutumes, ou bien loin de la mer, sur un haut plateau désertique, où ils n'auront pas à fréquenter leurs semblables. À moins qu'ils ne soient des fils perdus, comme Lam, l'Eurasien de Toy-Siom, qui, ces derniers temps, comme s'il savait que ma grand-mère allait mourir, m'apparaissait de plus en plus souvent sur le talus de la voie ferrée, le soir, entre Les Buiges et Villevaleix, jamais au même endroit, et dans des attitudes toujours plus énigmatiques, quelquefois à demi nu, la couleur de sa peau se confondant avec celle d'un sous-bois, non pas ceux à l'orée desquels il surgissait mais ceux de ses forêts natales, ayant ce pouvoir de n'apparaître qu'à moi seul, je le comprenais maintenant et n'avais plus peur qu'on le vît ; ainsi redoute-t-on, dans la rue, l'inopinée compagnie d'un être jadis aimé ou apprécié mais entré dans la déchéance, comme j'ai vu bien des gens changer de trottoir, rue de Buci, à Paris, pour ne pas rencontrer l'écrivain Antoine Blondin au plus haut de son ivresse, tremblant d'être pris à partie par ce styliste vagabondant déjà de l'autre côté de la vie. Ainsi les morts ne se montrent-ils qu'à certaines personnes, et Lam semblait n'être plus tout à fait de ce monde, lui non plus, la brève et belle syllabe de son nom ne déployant plus qu'une végétation d'Extrême-Orient trempée par la mousson, semblable à celle où avait sans doute été blessé l'officier qui avait tourné vers moi, un soir, à Vichy, sa figure absente.

Je parle de pays lointains avec le sentiment de les connaître bien, alors que le monde, la terre habitable se résumaient pour moi à ce que je connaissais avec une précision d'arpenteur : le territoire de Siom et celui de Villevaleix, dont les frontières étaient cependant redoublées par celles des livres que je lisais, lesquels ne relèvent pas tout à fait, on le sait, du même cadastre. Longtemps le monde n'a eu d'existence pour moi que dans la mesure où je pouvais nommer avec précision chaque ruisseau, pré, bois, chemin de traverse, lieu-dit, maison, habitant, tout ce qui a son juste poids de terre, de langage et de chair. Connaissance qui allait s'étendre au territoire de Neuvialle, ma mère m'ayant conduit un matin de juillet dans ce hameau situé à la limite de la Corrèze et de la Haute-Vienne, au bout du monde, d'une certaine façon. Je dis « hameau » quoique ce terme ne fût pas en usage, dans le haut Limousin, à la place duquel on employait « village », même en parlant d'une ferme isolée : Lestang, Veix, Le Montheix, La Buffatière, La Moratille, La Sestérée étaient des villages, Siom un bourg, et Les Buiges une petite ville, tout cela à l'échelle d'une province fort peu peuplée ; de sorte que je suis toujours étonné d'entendre aujourd'hui parler d'un village de trois mille habitants — ce qui nous eût semblé une métropole. On atteignait Neuvialle en passant par L'Église-aux-Bois, village désolé accroché aux pentes du puy Corrégier, et dont l'église et le cimetière, isolés au milieu d'une vaste prairie, en contrebas, me faisaient préférer le chemin qui s'ouvre au bas du pré, par une imposante allée de hêtres, à la route départementale qui descend vers Eymoutiers, et s'ouvre au moulin du Firmigier par une route qui grimpe, abrupte, dans l'ombre épaisse de vieux sapins, pour déboucher sur une première ferme dont les chiens se jetaient en hurlant sur la voiture, à l'orée d'un replat — une langue de terre, en vérité, l'ultime rebord du plateau de Millevaches, surplombant des terres plus basses où je savais que je ne mettrais pas les pieds, parce que ce n'était plus le même pays mais l'étranger, en quelque sorte, et que commençait là le département de la Haute-Vienne, qu'on n'y parlait plus tout à fait le même patois, que les toits de tuile y étaient plus nombreux, et plus rares les longs bâtiments des fermes de style corrézien ou auvergnat : on y sentait déjà la civilisation des plaines. Mais le plus beau chemin était celui que nous prenions quelquefois à pied, ma mère et moi, le dimanche, lorsqu'elle venait à Villevaleix et qu'elle m'emmenait marcher parce que c'était bon pour ma santé, soutenait-elle, mais imposant à notre marche une telle allure que je pensais la perdre, cette santé, à bout de souffle et ainsi empêché de parler — ce qui était, je le comprends aujourd'hui, son vrai but : une hygiène du silence, une morale de la mutité dont l'objet était de m'endurcir, de m'enseigner la vanité de la parole autant que la conscience du souffle et de ce que l'esprit doit au corps. Nous allions de Villevaleix jusqu'au tournant dit de Langlois, une ferme en ruine après laquelle s'ouvrait une pelote de sentiers dont le plus profond descendait à Neuvialle, où nous n'allions cependant guère, nous arrêtant plus volontiers à cette croix de fer forgé plantée sur un socle de pierre qu'on appelle Croix neuve ou Croix de la Demoiselle, et où nous rebroussions chemin presque aussitôt, dès que ma mère, me tournant le dos, sans jamais me sourire ni me regarder (et sans que j'aie eu le temps de voir apparaître la demoiselle qui avait donné ce nom au calvaire et que j'imaginais naguère morte d'amour, ou suicidée, à l'endroit même où on avait édifié la croix), avait dit en désignant les collines qui s'étageaient à perte de vue dans le soleil couchant : « Que c'est beau ! Que c'est beau ! »

Je continuais à me taire ; je lui en voulais d'avoir parlé ainsi, d'avoir rompu l'équilibre silencieux de nos marches et de nos sentiments, interrompu le dialogue de nos souffles et du vent du nord. J'avais depuis longtemps fait du silence une manière d'être, comme la plupart de ceux dont je descendais, et il ne me serait pas venu à l'esprit de m'exclamer ainsi, surtout devant ma mère qui me faisait comprendre à quel point nous sommes séparés de ce que nous aimons, qu'il s'agisse d'êtres vivants ou de paysages, ces derniers pouvant être assimilés à des êtres vivants, à des corps à la fois plus vastes et plus intimes que ceux des personnes que nous désirons, et tout aussi complexes et révélateurs de nos goûts que telle partie du corps féminin, par exemple, ou une parole qu'on croit adressée à nous seul, alors qu'elle peut être entendue de tous, comme un corps livré au premier venu. C'est pourquoi l'exclamation de ma mère (et encore ne voyais-je pas son visage, à ce moment) me semblait plus obscène que si elle se fût accroupie pour déféquer devant moi, elle qui était de ces êtres à qui la disgrâce de cracher, d'uriner, de fienter est épargnée, imaginais-je sans m'interroger plus avant sur un phénomène qui faisait d'elle un pur esprit incarné dans un corps voué à ne pas vieillir non plus qu'à se corrompre ou à sentir autre chose que ces parfums sans lesquels elle ne sortait pas, fût-ce le matin, pour le petit déjeuner. Je me trompais : je prenais pour faiblesse ou contradiction ce qui était une façon de me faire comprendre à quel point on est seul (ou peu de chose) devant la vraie beauté, ce que j'ai admis sans peine, en contemplant le paysage et, surtout, en regardant ma mère comme si je la voyais pour la première fois : dans toute sa beauté, veux-je dire, séparée de moi non parce qu'elle me haïssait ou avait honte d'être ma mère, mais parce que j'étais à présent capable de la voir non seulement comme une mère mais, encore mieux qu'à Vichy, comme une femme encore jeune et d'une beauté qui la faisait souffrir, me suis-je dit, devinant qu'elle pleurait, moins à cause du soleil qui l'aveuglait que parce que j'étais là, tout près d'elle, déjà presque un homme, et cependant inconnu et, dirai-je, inconnaissable, elle et moi voués à ne rien savoir l'un de l'autre que le tout-venant, nous aimant, d'une certaine façon, à partir d'une réciproque ignorance, dans le mystère qu'est tout être humain pour celui qui l'approche, fussent-ils l'un et l'autre aussi liés par le sang qu'une mère et son fils.

2

« C'est beau ! » : voilà bien une phrase qu'aucun de ceux qui avaient fait que nous étions de ce monde, ma mère et moi, n'aurait osé prononcer, ni même penser, eux qui avaient pourtant, au cours des siècles, contribué à façonner ce paysage. Ils étaient de là comme on a les cheveux bruns ou roux, comme on est grand ou petit, agréable ou de vilaine figure. Ils naissaient, vivaient, mouraient sans façons, tels le prêtre et le soldat, en répétant : « Queï notre chouort... », sans chercher à le changer, ce sort, ni se révolter contre lui. Jamais ils n'avaient regardé leur terre comme ma mère la regardait, et qu'elle m'apprenait à le faire. Car jamais je n'avais rêvé devant les paysages où je vivais ; jamais je ne m'étais demandé si je les aimais : j'étais là, c'était tout. Je venais d'entendre la formule qui me permettrait non de comprendre le monde, c'eût été excessif, mais que ces paysages pouvaient exister indépendamment de moi, et autrement, et j'étais prêt à me croire autre que je n'étais — ni différent ni meilleur : appelé à quelque chose qui dût me faire établir entre le monde et moi une distance qui ne fût pas seulement celle qui allait s'ouvrir entre mon enfance et l'adolescent que je devenais. J'étais cependant loin du compte. J'avais seize ans, l'âge où on envoie les fils de famille en Angleterre ou en Allemagne pour s'y imprégner d'une autre langue et voir du pays ; or je n'étais le fils d'aucune famille et ma mère m'expédiait dans le XIXe siècle, en un milieu qui n'existait déjà presque plus à Siom, sinon dans des fermes reculées où le temps semblait avoir oublié quelques-uns de ces paysans qu'on voyait arriver aux Buiges aussi hallucinés que ces soldats japonais de la Deuxième Guerre mondiale redécouvrant le monde après avoir été retrouvés sur l'île où ils continuaient à attendre l'ennemi alors que la guerre était terminée depuis plus de vingt ans.

L'univers des Allagnac était celui de la civilisation qui s'éteignait avec eux. Des gens sans postérité. André Allagnac, originaire de La Moratille, près de Siom, était revenu de la Grande Guerre gazé, lui aussi, pour s'installer à Neuvialle après avoir épousé Éloïse Passadour, de L'Église-aux-Bois, qui lui avait donné une fille, Désirée, une simple d'esprit à qui on avait cependant appris à lire mais que, quoique grande et bien faite, on ne pouvait marier à cause de ses joues trop rouges et du filet de salive qui lui coulait au coin des lèvres, sans compter son regard trop bleu, perdu dans des lointains plus pâles que le ciel. Elle avait près de quarante ans en 1968, en paraissait vingt ou cinquante, selon les jours, et rien ne lui plaisait plus que de me baiser les joues, matin et soir, tout près des lèvres ; un baiser précautionneux et humide auquel je n'osais me dérober de peur de la blesser, et qui nous faisait rougir tous deux, elle bredouillant que j'avais la figure comme du pain blanc et moi pensant que je n'avais jamais eu aussi près de la mienne une bouche de femme. J'en étais troublé, étonné de sentir qu'elle avait l'haleine pure, cette vierge quadragénaire que j'ai vue à demi nue, un soir qu'elle était prise de fièvre : sa mère lui posait des ventouses sur le dos, toutes deux éclairées non par l'électricité mais, je ne sais pourquoi, par des bougies et par la lampe à alcool dont Mme Allagnac se servait pour faire le vide dans les ventouses, ce qui donnait à la scène quelque chose d'une cérémonie dont les rites me demeuraient obscurs, toutes deux s'exprimant en patois, la mère admonestant la fille qui s'était mise à pleurer comme une enfant : « N'a pas saba dé purâ, inquère ! »

Mais Désirée n'avait pas fini de pleurer; elle sanglotait en reniflant et gémissant de plus belle; mais, une fois les ventouses posées, elle se redressa dans la lumière tremblante des bougies pour m'apparaître, le torse nu, avec ses larges seins humides et son dos brillant d'une douzaine de petites cloches argentées, telle une déesse de l'ancienne Asie Mineure, fabuleuse et terrifiante, me regardant avec un sourire plus désarmé que stupide dont sa mère s'aperçut et qui lui fit me lancer : « E tu, mountô té coueiza ! Allez, monte te coucher, ce sont des affaires de femmes, ça... »

Je n'ai pas insisté : je redoutais que Désirée, en m'embrassant, ne m'eût passé son mal et que Mme Allagnac ne voulût me poser des ventouses — pire : des sangsues, comme elle avait parlé d'aller en chercher dans la mare, et qui étaient encore en usage dans certaines fermes. J'ai gravi l'escalier de meunier menant à la chambre que je partageais avec Augustin, le domestique de ferme, l'homme le plus taciturne qu'il m'ait été donné de connaître, reclus dans le silence depuis qu'il avait vu, à dix ans, ses parents foudroyés devant lui, un jour d'orage, vers Plainartige, de l'autre côté de la vallée où passe la route de Limoges : un homme qui m'effrayait par l'air sombre avec lequel il me regardait, depuis son lit, de l'autre côté de la chambre, avant d'éteindre la lumière sans un mot, sans me demander si j'avais sommeil, haïssant le jour, cela crevait les yeux — ce dont je lui étais d'une certaine façon reconnaissant, quoique j'eusse aimé lire encore un peu, parce que l'obscurité semblait l'éloigner de moi, à tout le moins chasser ce regard étrange qu'il portait sur moi, même dans le noir, et aussi parce qu'il y avait, sur une des poutres du plafond, un nœud dans le bois qui, avec ses veines allongées, faisait irrésistiblement penser à Belzébuth et m'eût empêché de m'endormir, grimaçant et ricanant dans l'obscurité, si Augustin n'avait éteint. J'ai bientôt compris que cet homme bourru était, comme moi, plus que moi, un orphelin, et donc qu'il ne pouvait être mauvais, bien que Mme Allagnac m'eût dit, le premier soir : « Tu seras bien là-haut : Augustin adore les enfants. »

J'aurais voulu lui représenter que les gens qui prétendent aimer les enfants sont, j'en étais alors persuadé, ceux qui les haïssent le mieux, les mettent à mal, les tuent, les dévorent, et que d'ailleurs je n'étais plus un enfant ; mais je n'avais que seize ans et, en ce temps-là, pour ces gens, un garçon qui ne gagnait pas son pain n'était rien, surtout moi qui n'étais que le fils de ma mère, un enfant naturel, comme on disait encore, né de père inconnu, ajoutait-on aussitôt pour tenter d'atténuer l'opprobre.

« On n'a pas eu le temps de le connaître », me dit un jour, à propos de mon père, Éloïse Allagnac qui avait le verbe franc et la dent dure et qui eût volontiers appelé ma mère une pécheresse si celle-ci n'avait appartenu au clan Bugeaud, auquel André Allagnac était apparenté par mon arrière-grand-mère Eugénie, née Allagnac, et si Éloïse n'avait pas été une mécréante, suscitant mon indignation le jour où je lui avais demandé ce qu'il y avait dans le bouquet de sapins qu'on apercevait, très loin, à l'horizon, dans la Haute-Vienne, et qu'elle m'avait répondu que c'était la chapelle de saint Couillaré —

nom que j'ai d'abord pris pour argent comptant avant d'entendre ce qu'il signifiait, le rouge aux joues, indigné qu'on se moquât de la religion, sans comprendre qu'elle ne se résignait pas à ce que son unique enfant soit à moitié idiote, voyant là une punition imméritée, injuste, scandaleuse même.

C'était une femme chez qui tout était rond, depuis la figure jusqu'aux jambes, fortement arquées, sauf le caractère et les doigts qui, déformés par les rhumatismes articulaires, ressemblaient à un bouquet d'écrevisses qu'elle lançait en parlant à l'assaut de ceux qu'elle n'aimait pas, accompagnant un verbe haut et coloré qui m'émerveillait et contrastait avec la douceur de son mari et la placidité de Désirée, dont sa mère murmurait qu'il fallait bien ce prénom pour consoler un peu la pauvre fille d'être au monde. Je songeais que je n'avais pas même une consolation de ce genre, moi qui portais le nom de l'Agneau et que ma mère était venue abandonner là, au bout du monde, dans cette ferme où je n'étais jusque-là que rarement entré, le dimanche, lorsque notre promenade nous y avait conduits. Une fois avalée la tranche de saint-nectaire glissée dans un morceau de pain si épais qu'on ne pouvait plus lui donner le nom de tartine que s'obstinait pourtant à employer ma mère, mais celui de casse-croûte, ou encore de « cassou », morceau de pain si gros qu'il fallait le couper au couteau et non avec les dents, j'allais derrière l'ancien fournil, près de la mare, où se trouvaient les restes d'une calèche sur la banquette de laquelle je m'installais et où je réinventais les voyages que j'avais lus, depuis longtemps convaincu qu'on ne voyage que dans le temps — le temps lui-même n'étant que du langage, la face éphémère et sensible du silence. Sans cette capacité à me raconter à mi-voix les histoires que j'avais lues, les résumant, les redéployant, les remaniant à ma guise, persuadé que l'autre monde n'était qu'une forêt de mots, je n'aurais sans doute pu supporter la vie que je menais alors, particulièrement dans cette ferme où rien n'avait changé depuis cent ans, hormis l'électricité qui n'empêchait d'ailleurs pas qu'on se servît de bougies et de lampes à pétrole, comme si « on plaignait la lumière », les Allagnac ne croyant pas nécessaire de s'éclairer davantage, certains qu'on n'aurait jamais le dessus sur les ténèbres et que ce qu'on faisait, à nuit tombée, coudre, lire, tenir quelques comptes, et surtout se taire, ne méritait pas plus de clarté que l'ampoule de vingt-cinq watts pendant de la poutre maîtresse, munie d'un étroit abat-jour d'émail et couverte de chiures de mouches. Pas d'eau courante, pas de toilettes, pas de réfrigérateur, mais une maie dans laquelle on gardait le beurre, la viande, le fromage et les œufs, tandis que le pain (de longs pains de trois kilos qui se conservaient toute une semaine, et des tourtes de pain bis apportées en pleine nuit par le boulanger de Villevaleix, qui n'avait plus d'heures et le déposait derrière les volets, de sorte qu'on le retrouvait, le matin, humide de rosée) était rangé dans un râtelier accroché au plafond. Pas de salle de bains, non plus, et une nouvelle fois je me demande comment j'ai fait pour demeurer propre au cours de ces deux mois, car je ne garde aucun souvenir de m'être lavé, et si je l'ai fait, ce ne pouvait être que la figure et les mains, si bien qu'à la fin de l'été je devais sentir cette riche et complexe odeur de paysan qu'on peut encore trouver aujourd'hui non plus en Europe, d'où les odeurs corporelles ont été presque partout bannies, mais chez les paysans de l'Anatolie, du plateau calcaire de haute Syrie, ou dans les steppes d'Asie centrale.

Je découvrais un monde encore plus rude, plus arriéré que celui de Siom, où les femmes non seulement ne mangeaient qu'après les hommes, eussent-elles accompli les mêmes tâches qu'eux, restant debout pour les servir, mais se taisaient pendant les repas, et où les chiens se contentaient d'une soupe de légumes trempée de pain dans une auge creusée dans un morceau de granit, dehors, quel que fût le temps. On y était cependant plus juste pour les bêtes que pour soi, et on savait ménager ma sensibilité, comme le jour où il vint un homme dont le métier était de broyer les dents des cochons pour les empêcher de dévorer les mangeoires et les barrières du coudert où on les menait dans la journée, m'avait dit Mme Allagnac pour m'expliquer les cris effroyables que j'entendais, alors que l'homme était chargé de les castrer. Des cris qui me rappelèrent les hurlements poussés par le fils Henrion, à Siom, lorsque sa polio se fut déclarée et que je m'étais mis à crier aussi fort que lui, moins par compassion que par haine de ce qu'il souffrait et me donnait à entendre d'inhumain, me rendant à mon tour malade, me jetant dans l'envers de toute compassion comme dans les flammes où il hurlait, innocent, et où moi, coupable, je brûlais de ne pas souffrir comme lui.

Je regardais, j'écoutais, je respirais comme si je pressentais qu'un jour je ne me contenterais plus de ce que je lisais dans les livres mais qu'il me faudrait témoigner pour ces gens et ces choses comme personne ne l'avait encore fait, pour ce brave André Allagnac, par exemple, qui s'emparait des livres que je laissais traîner sur le petit banc où j'avais coutume de me tenir, sous l'unique fenêtre de la cuisine : il lisait le début, avec l'air appliqué qui avait sans doute été le sien à l'école de Siom, avant de reposer le livre et de se mettre à regarder droit devant lui, ou à parler, comme si ce qu'il venait de lire lui donnait l'idée ou la force de se pencher vers les années lointaines, de témoigner, lui aussi, de raconter la Grande

Guerre, l'Argonne, Verdun, les tranchées, l'Allemand tenu au bout de son lebel, un autre soufflé par une grenade, les gaz, la terre engraissée par les morts, me donnant même le bidon qui avait été le sien, au front, et qui avait contenu une liqueur si épaisse que je ne suis jamais parvenu à en chasser le goût de vin madérisé, ne réussissant qu'à ôter avec une baguette de coudrier un peu de matière rougeâtre, écœurante, qui me semblait du même ordre que le sang que M. Allagnac m'avait dit avoir vu couler des morts en faisant fondre la neige où il tombait.

Je regardais ce visage calme et bon, aux fines moustaches recourbées, aux yeux perdus dans le lointain, et j'avais l'impression de voir non seulement le soldat de la Grande Guerre où il avait été blessé à l'aine et où les gaz qu'il y avait respirés le faisaient aller chercher au fond de sa gorge de perpétuels crachats qu'il expectorait sur les dalles de granit de la cuisine avant de les écraser soigneusement sous sa galoche, comme des insectes, mais aussi André Allagnac enfant, écoutant son père lui raconter une autre guerre, celle de 1870, où il lui avait été donné d'apercevoir l'empereur, ce Napoléon III dont maintes pièces de monnaie frappées à son effigie traînaient dans une assiette de l'entresol où j'avais vu Mme Allagnac soigner Désirée sous des images d'Épinal représentant l'impératrice Eugénie, Victor Bonaparte, le général Boulanger, et même une planche illustrée intitulée « La véritable et authentique histoire de Panamá » et dont le héros brocardé était le président Loubet. Enfant, déjà, André Allagnac avait donc entendu parler de Verdun ; il savait que la foule avait crié à Paris, sur les Grands Boulevards, une quarantaine d'années plus tôt : « À Berlin, à Berlin ! », une foule qui reverrait les mêmes soldats, quelques semaines plus tard, défaits, abasourdis, certains s'en souviendraient en 1914, d'autres en 1939, les noms de Sedan, de Sébastopol, de Solferino, de Bazaine, de Mac-Mahon et du comte de Palikao se mêlant à ceux de Pétain, de Nivelle, de Foch, de Leclerc, de De Lattre, de la Marne, du Chemin des Dames, d'Arromanches, de Bastogne : des noms qui ne les concernaient plus, étant restés, eux, à côté de l'Histoire et s'enfonçant dans la nuit de leur chambre en un silence semblable, qui sait, à celui dans lequel le père d'André Allagnac disait avoir aperçu l'empereur, un soir, près de Sedan, dans la maison bourgeoise où celui-ci passait la nuit ; et lui, le petit Corrézien qu'on avait chargé d'un message pour l'état-major, avait évoqué pour son fils la salle à manger où se tenait l'empereur, entouré d'une armée de domestiques et d'officiers muets, à table, devant des plats auxquels il ne touchait pas, aussi pâle que la nappe sur laquelle il avait posé une main, et l'air si absent que le soldat avait dit à son fils : « Jamais plus j'ai vu un homme si seul que l'empereur, ce soir-là... »

Et moi, à la fin des années 60, j'entendais un vieil homme me parler de Verdun et de Sedan comme il m'aurait parlé des guerres de Napoléon Ier ou des soldats de l'an II, comme s'il avait connu ces époques où il n'avait bien sûr pas pu vivre mais où il semblait être allé, toutes les guerres se ressemblant peu ou prou, dans ces moments où la vie et la mort ne sont plus qu'un même fil tordu en tous sens par la souffrance, la rage, la peur, la folie, la déréliction : des moments infimes, presque imperceptibles, des sortes d'éclairs où il nous est donné de nous contempler en même temps du côté de la vie et de celui de la mort.

Je l'écoutais sans ennui, et même avec reconnaissance, mais je pouvais aussi bien demeurer près de lui sans qu'il parlât, dans l'air épais de la cuisine où, après le déjeuner, on n'entendait plus que le bourdonnement des mouches entrées par la porte toujours ouverte sur le chaud début d'après-midi, où je finirais par faire comme les autres : la sieste dans la paille de la grange, près de l'énorme moissonneuse-batteuse qui ne servait plus mais qu'on ne se résolvait pas à envoyer à la casse, et qui demeurait là, tel un bateau ensablé dans la mer d'Aral asséchée. Par mes ancêtres je tenais au silence et à la patience comme d'autres à la débauche ou à la gloire ; je savais manger, écouter, travailler en silence, par exemple aux champs, où j'ai aidé à moissonner le blé avec une antique faucheuse mécanique tirée par deux vaches avec un clair bruit d'horloge dans un grand champ où Désirée et sa mère ramassaient ce qui s'accumulait sur un côté de la machine et que libérait le pied d'André Allagnac pour le lier, d'un geste prompt et habile, en gerbes qu'Augustin et moi dressions en faisceaux, chaque geste atteignant à une perfection millénaire, de sorte que ce n'étaient pas seulement nous qui travaillions au cœur d'un des derniers étés de la paysannerie européenne, avec nos chapeaux de paille à larges bords, nos chemises aux manches retroussées et ce silence dont on ne sortait que pour faire avancer les bêtes, c'étaient aussi tous ceux qui, avant nous, s'étaient penchés vers la même terre, génération après génération, et qui nous contemplaient, et nous plaignaient de ne pas savoir que nous étions les derniers à accomplir ces gestes. Et en notant cela, me revient une scène qui aurait lieu une dizaine d'années plus tard, alors que j'avais quitté Siom où nous ne revenions plus, ma mère et moi, qu'à Pâques et en été, pour faire plaisir à Jeanne : une scène qui se passait aux confins des territoires de Siom et de Villevaleix, près de La Bessette, à l'orée d'un bois où je me promenais longeant un pré du sommet duquel parvenait une sorte de chant monotone accompagné d'un bruit de chaînes ;

un vieux paysan surgit dans la lumière du soir qui donnait à la rousseur de ses vaches des rougeoiements de forge, et qui me rappela le début de *La Mare au diable*, car il n'y avait rien de rassurant ni de délicieusement champêtre dans cette ultime apparition d'un laboureur d'autrefois : celui-là semblait venir du fond des siècles avec son araire et sa mine sombre, et pour un peu on aurait vu la Mort marcher à ses côtés, ou même soupçonner que c'était elle qui conduisait l'attelage. Nous nous sommes arrêtés ; le vieux me regarda venir d'un air bourru et méfiant ; je me suis fait connaître.

« Le petit-fils de la mère Sarroux ! me dit-il. Je la voyais passer pendant la guerre, la pauvre femme, avec son vélo, par-dessus les clôtures et les haies. Personne plus ne travaillerait comme ça, maintenant. Elle est morte, n'est-ce pas ? Elle est bien mieux où elle est que moi derrière cette garce de charrue... »

On m'employait à garder un troupeau d'une centaine de brebis, assez loin, dans un haut pré cerné de genêts et le long duquel débouchait le chemin venant de Villevaleix par la Croix de la Demoiselle : un champ vaste, déclive, et si bien arrondi que, lorsque je m'allongeais en son milieu, je ne voyais plus que l'herbe rase et le ciel, avec l'impression (que je retrouverais intacte et aussi vive dès que je m'étendrais quelque part, à l'air libre) d'être allongé au centre d'un œil, ou encore d'avoir la joue sur un ventre de femme, là, dans ce paysage à perte de vue, dans le temps immobile et une solitude plus profonde encore que celle que j'avais connue dans les pacages de Siom, d'abord parce que la compagnie des vaches se rapproche, par certains côtés, de celle des humains, alors que les brebis constituent un ensemble anonyme qu'on envoie le chien manœuvrer de la voix ; ensuite parce que j'étais seul entre ciel et terre, et que rien de meilleur ne pouvait m'arriver, ni de plus juste, ni de plus simple, que ce sentiment d'être là (d'autres diraient être au monde, en se référant à un ensemble de données concrètes, alors que je vivais entre le visible et l'invisible), que je le méritais, que ça m'était accordé comme une grâce, plus que comme une évidence, pour avoir compris que l'ennui a son revers, qui est l'extase. Une extase qui ne naissait ni de la satisfaction d'être en vie ni de la jouissance donnée par la beauté du paysage, encore moins par mon propre corps sur lequel, faut-il le répéter, je n'avais pas plus l'idée de porter ma main que de laver ce membre qui se dressait en vain au bas de mon ventre ; nulle promesse de bonheur à venir ou d'éternité : je suis de ceux pour qui le fait d'exister ne va pas de soi, mais est toujours l'objet d'un étonnement, d'un dépit ou, déjà, de nostalgie ; un mélancolique, si on préfère, qui trouve dans l'idée qu'il va mourir un jour, non pas quelque chose de terrifiant, mais autant d'étonnement que de consolation, à quoi s'ajoute le sentiment que vivre n'est que le prolongement injustifiable et douloureux du songe éveillé de l'enfance.

Je reviens à ce pré. Je me trouvais au centre de ce que je contemplais et qui était situé aussi bien en moi qu'au-dehors. Je pourrais dire exactement son aspect, ses proportions, ce qui y poussait, quels arbres, taillis, essences, haies, quelles pierres le délimitaient, ce qu'on découvrait des divers endroits où je me tenais, dans quelle page de la grande prose du monde je me figurais, assis, couché, accroupi ou debout, les yeux ouverts, rassemblant dans une joie inquiète le fait d'être vivant comme celui de ne l'être pas tout à fait, étant celui qui était là et celui qui se regardait être, là et ailleurs tout à la fois ; et de même que, lisant, parfois on se voit lire, on est dans le livre et hors de lui, de même j'étais dans le pré et loin de là, je ne savais où, présent, passé ou futur, non pas dans un temps qui s'écoulerait autrement, mais dans la forme la plus proche de l'éternité, laquelle n'est, peut-être, que la conscience dépitée que nous avons du divin. L'éternité, si nous y accédions sous notre forme humaine, nous serait d'ailleurs insupportable : notre mémoire ne cesserait de s'accroître, et non seulement notre mémoire vive, mais sa partie inconsciente, la plus développée, la plus douloureuse aussi, de sorte qu'il y aurait un âge (mais serait-ce encore un âge, puisqu'on aurait dépassé celui des patriarches de la Bible ?) où on aurait soif d'oubli, comme aujourd'hui de jouvence, et que ne pas pouvoir mourir reviendrait à contenir la mémoire du monde, cherchant obstinément le moment où nous avons commencé d'être, comme celui où nous le cesserons — moment qui fait que nous ne sommes pas Dieu, moment dont on ne peut pas se souvenir et qui cependant n'existe que sous la forme d'un souvenir rapporté, mais que nous espérons cependant retrouver par l'appel à la fin du Temps ou par la grâce de l'éternel retour et les différences qu'il suscite dans la répétition : une autre dimension de la mémoire, mémoire de la mémoire, par quoi nous serions incessamment modifiés, de sorte qu'on ne pourrait plus parler vraiment de mémoire mais de quelque chose d'infiniment retrouvé pour être mieux perdu (autre définition de l'éternité) — une mémoire en abyme, au sein de laquelle nous serions à la fois sujet qui se souvient et objet de souvenir, comme je l'étais, dans ce haut pré de Neuvialle, où je me rappelais plus de choses que je n'en pouvais vraisemblablement connaître à mon âge et qui ne m'étaient pas seulement suggérées par mes lectures, mais par une anticipation quasi divinatoire ; c'est que j'étais entré dans le souvenir de ceux qui ne m'avaient pas connu, qui étaient morts depuis longtemps, et, pourquoi pas, dans le souvenir de ceux qui me succéderaient, me liraient, si j'écrivais les livres auxquels je commençais à rêver, ou qui m'imagineraient peut-être en lisant mon nom sur une plaque, au cimetière de Siom, lorsque je serais mort de ma belle mort, comme on dit pour ne pas penser à d'autres sortes de morts, par lesquelles nous ne sommes pas tout à fait morts mais errants dans un autre espace, dans cette oublieuse mémoire de la mémoire, dans le grand battement du temps.

Quelquefois Désirée montait me rejoindre. Elle parlait rarement, sans doute parce que la parole, en la faisant baver et rougir davantage, accentuait sa disgrâce, ou que ce qu'elle avait à dire — et qu'il lui semblait ne pouvoir être dit qu'à moi, un enfant — la terrifiait, comme cette scène à laquelle elle avait assisté, toute jeune, pendant la dernière guerre, et où, cachée derrière les persiennes du salon, elle avait vu un soldat allemand se mettre nu dans la cour et danser devant la grange avant d'être abattu par un officier. Elle n'était pas la seule à l'avoir vue : la fille Bourdigueix, à l'époque petite servante chez les Allagnac, y avait assisté, elle aussi, cachée entre les bottes de paille. Mais à ces récits Désirée préférait le silence — le silence bruissant des romans et des songes. Elle lisait à côté de moi des romans à l'eau de rose, pleurant ou souriant, la lecture la rendant presque jolie, le fait de lire, de s'absenter du monde, la délivrant de son idiotie pour la restituer à sa pleine innocence, comme si elle abordait des rivages mythologiques où elle était métamorphosée, ou, pour parler un autre langage, touchée par une sorte de grâce, et d'une nature autrement puissante que celle que j'avais pu observer sur le visage de mes auditrices, à Villevaleix, ces dernières étant plutôt reconduites en elles-mêmes, aux clairières d'autrefois au cœur desquelles elles rêvaient à une vie meilleure, ou au demi-sommeil qui leur permettait d'oublier combien elles avaient vieilli. C'était une autre Désirée qui se tenait près de moi, sous son large chapeau de paille ceint d'un ruban bleu marine, dans sa blouse entrebâillée qui laissait deviner ce que nul homme n'avait caressé et ne caresserait sans doute jamais, mais qui rêvait peut-être qu'on le fît, un homme qui ne surgirait pas d'une haie comme ces domestiques de ferme qui la regardaient avec un air qu'elle ne comprenait pas et dont sa mère lui avait appris à se méfier, particulièrement ceux de Trassoudaine dont on entendait aboyer les chiens, le soir, de l'autre côté de la combe, là où l'ombre semblait plus épaisse, plus froide, sans doute à cause des syllabes sourdes et funèbres du nom de Trassoudaine, lequel signifie tout simplement, je l'apprendrais plus tard, « au-delà de la Soudaine », un affluent de la Vézère qui me paraissait, vu de Neuvialle et de ce que j'entendais dans ce nom où se mêlaient les aboiements des chiens, le bruit du vent dans les sapins, la mine sombre des fermiers, aussi impossible à franchir que l'Achéron. Trassoudaine où Mme Allagnac m'avait expressément défendu d'aller, parce qu'une brouille immémoriale les opposait les uns aux autres, et où je me suis malgré tout aventuré, un soir, jusqu'à la grande ferme sans rien voir de plus inquiétant qu'à Siom, dans celle des frères Râlé, ou dans les maisons des Pythre. Il surgirait plutôt, cet homme, des romans de Georges Ohnet, de Gyp, d'Henry Bordeaux ou de Marcelle Tinayre qui étaient, au fond, la seule joie de Désirée, et le deviendraient davantage lorsqu'elle serait seule, quelques années plus tard, ses parents morts, la propriété mise en vente sans trouver d'acquéreur, les terres louées à bas prix à des fermiers du voisinage et la maison à des vacanciers peu aisés avant de l'être à des Turcs travaillant dans les bois puis, les Turcs partis, d'être abandonnée aux longs hivers où elle se dégradait irrémédiablement, tandis qu'elle, Désirée, était pensionnaire à l'hospice d'Eymoutiers où elle parlait peut-être avec Mme Rebeyrolle de ces héros de romans qu'elles confondaient ensemble avec des personnages réels, accréditant sans le savoir la thèse selon laquelle toute existence, même fictive, ou rêvée, n'est qu'un défaut de mémoire, si elle ne devient pas un non moins douteux récit, de la même façon que, surprenant un soir M. Allagnac dans l'entresol, assis au milieu de quelques meubles datant du second Empire, entre des murs tendus de ce reps autrefois vert et devenu d'une couleur indéfinissable, j'ai cru voir non pas le vieux fermier moustachu de Neuvialle, ou le mince combattant de l'Argonne, mais le dernier empereur lui-même, avec ses longues moustaches et son front pâle, et l'air de ceux qui voyaient déjà ce qu'il est donné à peu de contempler de leur vivant. C'était, la veille de mon départ, la dernière fois que je le voyais; et j'ai souvent songé par la suite que les très vieilles gens ont, peu avant leur mort, le même air de lassitude ou d'indifférence presque heureuse, comme s'il y avait un moment, à la fin d'une longue vie, où l'enfance et la vieillesse s'allient pour composer ce visage éphémère et ultime dans lequel les yeux semblent voir non plus ce qui est devant eux, le monde ou l'arrière-pays de l'enfance, mais ce qui n'a pas besoin de la vue ni des autres sens pour être appréhendé puisque ces vieillards ont atteint un point où les sens et l'intelligence ne sont plus le lieu ou le truchement, mais se confondent avec le fait même de ne plus exister; de sorte qu'être encore au monde c'est n'y être plus tout à fait, mais s'abandonner déjà au pur événement de lumière que d'aucuns appellent aussi Dieu.

3

Retrouver l'univers de Siom après neuf années d'absence était une épreuve à quoi ne m'avaient pas préparé les brèves visites que j'y faisais, avec ma mère ou avec Louise, mais le plus souvent seul, à vélo, et dont je rapportais invariablement un pot de terrine dont Jeanne me chargeait ainsi que d'un épais morceau de cantal ou de saint-nectaire, sachant quelle piètre cuisinière était sa sœur et imaginant qu'elle me laissait crever de faim. Jeanne fabriquait elle-même ce pâté pour lequel elle avait un « secret », comme elle disait en rougissant, et qu'elle gardait avec un orgueil de petite fille — la seule coquetterie que je lui aie connue, avec la poudre de riz qu'elle se mettait aux joues et le rouge qu'elle passait sur ses minces lèvres en y dessinant une sorte de cœur, comme les actrices du cinéma muet avec, certains matins, mal réveillée ou négligente, les cheveux relevés en un chignon imparfait, trop de cette poudre sur les joues et des lèvres frottées à l'excès de ce rouge qui lui donnaient l'air d'une vieille et terrifiante geisha.

Sans doute les frontières relèvent-elles plus du temps que de la géographie. Le jour où ma mère m'a ramené chez Jeanne, en septembre 1968, c'est moi-même que j'ai traversé, non seulement parce que le temps avait fait de moi un être différent, voire étranger à celui que j'étais en 1959, mais parce que Marie et Louise étaient mortes, et tant d'autres personnes, à Villevaleix comme à Siom. Une période de ma vie prenait fin. Je savais que je ne reviendrais plus à Villevaleix, que je passais une fois pour toutes la frontière entre les deux bourgades, tant de fois franchie, à vélo ou en voiture, et qui se matérialisait, à mi-chemin, dans la plaine des Goursolles, en un lieu appelé « Chez Serre », par cette maison bourgeoise isolée au bord de la route, où jamais je n'ai vu âme qui vive, ni dehors, sur le seuil ou dans le petit potager, ni à l'intérieur, comme si elle était non pas inhabitée mais en attente de l'être ou récemment désertée. Je ne suis jamais passé là sans regarder la grande panthère de bronze qui hurlait silencieusement devant un haut miroir, sur la cheminée du salon : coup d'œil relevant de ces petites superstitions intimes, de rites nés de l'accomplissement de trajets ou de tâches régulières et monotones, et qui (ce rite-ci) me faisait penser que si je ne saluais pas la panthère il ne manquerait pas de m'arriver malheur, comme en ce soir où, rentrant de Siom sous l'orage, je suis passé devant « Chez Serre » sans m'en rendre compte, tête baissée pour échapper aux gouttes de pluie qui m'aveuglaient, pédalant comme un insensé sous les hêtres, jusqu'au moment où j'ai vu la foudre fendre en deux un grand bouleau au milieu d'un pacage ; je me suis jeté dans le fossé, songeant que le destin m'adressait un coup de semonce moins à cause de mon imprudence que pour avoir négligé de saluer la panthère ; c'est pourquoi j'ai, moi, catholique à qui le paganisme a toujours fait horreur, extrait la terrine de son pot brisé et, à genoux, tête baissée, je l'ai offerte en tremblant au dieu du tonnerre qui avait grondé dans le corps de la panthère et venait de m'épargner ou de me pardonner, et sous la protection de qui j'ai achevé mon trajet.

Une frontière néanmoins plus convaincante que celle que les relevés d'arpenteurs avaient fixée un peu plus loin, vers l'étang des Goursolles, puisque c'était, pour moi, après tel tournant, soudain, ou telle butte, forêt, arbre, champ, ou dans un état singulier de la lumière, voire une odeur particulière de mousse, de houx, de genêts, de fougères, qu'on quittait le territoire de la commune voisine pour entrer vraiment au pays de Siom. Les modifications et les particularités géographiques qui le définissaient n'étaient pas non plus indépendantes de mon état d'esprit, joie ou tristesse, selon que j'arrivais ou repartais, et qui était, le jour où j'ai quitté définitivement Villevaleix, une sorte d'inquiet bonheur, un sentiment de délivrance. Je savais qu'on a beau fuir — un pays, une maison, une femme, une situation, une langue —, on ne saurait échapper à soi-même, condamné à vivre dans une compagnie que seul le temps (c'est-à-dire la modification perpétuelle qu'il inflige au corps comme à la perception mensongère, déformée, flatteuse ou négative qu'on a de cette douteuse réalité qu'on appelle soi) rend à peu près supportable par la propension de l'homme à s'habituer au pire. C'était donc en moi qu'elle se trouvait, cette frontière à laquelle mon inquiétude, ma joie, l'enfantine connaissance que j'avais de ce territoire donnaient quelque chose d'aussi frémissant et de mystérieux qu'un rempart de lumière ; et le moment où on entrait au pays de Siom était aussi heureux qu'était douloureux celui où on le quittait — ces deux sentiments naissant non pas, comme je le croyais, de la perception immédiate (et, par cela même qu'on peut lui donner un nom, réductrice et éphémère) du passage de la frontière mais d'un léger différé, de la conscience a posteriori du désir que j'avais de la franchir et qui me l'avait, au moment de la passer, rendue méconnaissable, non seulement parce que impalpable, immatérielle, mais parce que je suis de ceux qui ne peuvent jouir du présent (d'une lecture, d'une musique, d'un corps de femme) que dans la mesure où ils ne songent pas à ce qu'ils font, faute de quoi la conscience qu'ils ont de leur plaisir est plus crue qu'une lumière de flash : elle le surexpose à la conscience et ôte tout relief à ce dont il s'agit de jouir, ou bien la réservant, cette jouissance, au seul rêve qu'on s'en forme ou encore au souvenir qu'on gardera d'elle et où on la détaillera à loisir, vivre n'étant en fin de compte que l'anticipation ou la réitération interminable d'un insaisissable présent. De là l'importance des arts du temps, et leur supériorité sur ceux du visible. C'est pourquoi le temps, que nous redoutons comme la plus sournoise des maladies, est en vérité notre plus fidèle allié, dans le plaisir comme dans la consolation — le temps ne fût-il, là, que l'infime, le subtil décalage par lequel on se demande où on était, comme au sortir d'un lourd sommeil où il faut plusieurs secondes pour rassembler ses esprits, et être ramené à la joie ou aux peines sur lesquelles on s'était endormi et dont le sommeil, loin d'être un moment d'oubli, a été l'instrument d'amplification, ou la métamorphose ; de sorte que si on ne reconnaît pas sur-le-champ le lieu où on se trouve, ce n'est pas tant qu'on reste prisonnier du sommeil ou que notre esprit nous refuse ses frontières diurnes, que parce qu'on a cheminé en soi et, dirai-je, hors de soi, pour peu qu'on admette que le temps soit aussi un territoire qui ne recouvre pas exactement la géographie physique mais en constitue la doublure onirique : un territoire recoupant le pays réel de ce que la réalité suscite de fiction, de désir, d'indécision, de songes, de légendes composant l'infini méandre du temps ; sa géographie véritable, sa figure idéale, non seulement parce que c'est par lui, autant que par l'action des hommes, que tout paysage est appelé à être modifié, mais parce que cette modification rend la terre, un territoire, un pays tout entier, aussi éphémère qu'un visage, surtout lorsque ont disparu les figures qui nous y accueillaient, ces veilleurs des confins qu'était, non loin de « Chez Serre », au lieu-dit La Merdoire, le père Vedrenne aux longs cheveux lisses de poète, comme on disait à Siom (où on en était donc resté, en matière de figure de poète, ou à la crinière de Verlaine ou à la noble chevelure d'un Leconte de Lisle), invariablement assis sur le seuil de la grange qu'il squattait, et qui m'accueillait à chaque fois de son « Intê va ? », par lequel il ne me demandait pas où j'allais mais m'arrêtait pour me parler, en patois, d'une voix harmonieuse, presque raffinée, des femmes qu'il avait aimées et qui avaient disparu, elles aussi, comme ces fermes, plus loin, au bord de la route depuis que les Ponts et Chaussées ont modifié le virage de La Buffatière, faisant aujourd'hui de moi l'arpenteur des zones intermédiaires entre le souvenir et le présent, partout où se joue le passage du réel à une autre sorte de réel devenu un élément essentiel de notre vie, même quand une coupe de bois, une colline arasée pour supprimer un tournant de la route, l'installation d'une importante gare à bois dans les plaines de Plazaneix, entre Siom et Les Buiges, ou encore la construction de l'autoroute reliant Clermont-Ferrand à Bordeaux (et qui, passant près de Saint-Andiau, a détruit pour moi le charme de la promenade vers Saint-Pardoux-le-Vieux, dont le silence, l'absence de maisons et de toute trace humaine me donnaient le sentiment de m'enfoncer dans une Corrèze immémoriale, à présent aussi ruinée que dans ce rêve récurrent où — vision après tout nullement invraisemblable — je vois les rives du lac de Siom bâties d'immeubles de dix étages), ont modifié le paysage ou qu'il ne reste plus d'un lieu que des ruines ou un nom : Sermadiras, par exemple, qui n'a longtemps eu aucune résonance en moi mais qui, lorsque je saurais qu'il pouvait provenir du nom de ces Sarmates qui, originaires d'Asie centrale, se seraient installés là, au IIIe siècle avant notre ère, m'inciterait, moi qui ne me regardais jamais dans la glace et parlais le moins possible, à me chercher des traits indo-iraniens et dans les yeux un reflet de leur or fabuleux.

Frontière fluctuante, dont le tracé obéissait à une rétractabilité ou une expansion, un peu comme les lèvres de l'huître sous le jus de citron ou la vinaigrette, et qui pouvait dépendre de l'intérêt que je portais à telles jolies filles habitant le territoire de la commune, Sylvie de La Croix, Danielle de L'Ormeau, Nathalie de La Brunerie, Adeline de L'Oussine, dont la beauté matérialisait cette frontière que je mesurais aux pas exaltés que je faisais pour atteindre les fermes où je m'imaginais qu'elles m'attendaient, qu'elles allaient venir à moi, souriantes et douces, là-dessus aussi naïf, voire niais, que Désirée Allagnac, quoique plus résigné, ayant toujours su que ces filles, dont la beauté, malgré leurs vêtements à la mode, gardait quelque chose de fruste, de primitif, de campagnard, ces filles n'étaient pas pour moi, parce que j'étais un Bugeaud et que je n'avais pas de père. J'arpentais donc des confins auxquels elles donnaient un statut de paysage amoureux, et au-delà desquels tout n'était plus que lande déserte, brande désolée, forêts impénétrables : paysage que le temps a préservé au plus secret de la langue (là où la langue semble en appeler à elle-même, à se délivrer en un récit, dût-il rester secret, lui aussi), et ces filles devenues femmes et mères de famille, une fois leur beauté passée ; si bien que le chemin de l'amour qui s'ouvrait, près de La Merdoire, par celui de la ferme de La Croix — chemin au nom si chargé de symboles que j'en étais en quelque sorte aveuglé et que ce n'est qu'en notant ce nom, tant d'années plus tard, que se déploie l'ensemble de ses significations —, ce chemin, je ne l'ai jamais emprunté, étant toujours allé à La Croix, où Jeanne m'envoyait chercher du lait ou des œufs, en passant par Lestang, comme si je redoutais que ce sentier bordé de houx et de noisetiers ne me conduisît ailleurs, trop loin, là où je découvrirais que l'amour est réservé à d'autres — ce que je savais déjà, à ma façon, mais contre quoi je m'insurgeais avec la naïve ferveur de l'adolescence. C'est pourquoi le chemin de La Croix garde pour moi quelque chose de sa signification première, l'ombre du calvaire dont sans doute elle avait jadis été le lieu s'étendant à la beauté de la jeune Sylvie et me dissuadant de m'y aventurer davantage, n'ayant d'ailleurs pas d'illusions à ce sujet, la vie des femmes Bugeaud me faisant comprendre que l'amour, cet amour-là, mène non pas à la Jérusalem céleste mais au désert, ou au Golgotha, par une vallée de larmes, me dirait ma mère, mise au courant par Jeanne de ma façon nouvelle de regarder ce qu'elle appelait l'autre sexe et Jeanne, en bonne Siomoise, les « fumelles », quand ce n'était pas « ces garces de filles » dont elle prétendait qu'elles ne réussiraient qu'à me « faire malade », comme le chocolat ou les œufs — ma mère m'assurant savoir de quoi elle parlait et trouvant dans ce genre de contradiction de quoi faire tenir la vérité de l'être humain entre les faisceaux d'Éros et de Thanatos, autre figure de la croix, sa représentation la mieux adaptée à notre époque à qui répugne tant la vision du Fils de Dieu supplicié.

4

« Mais tu n'as pas tout à fait tort, Marina, de penser que j'étais à ce moment tout ce qu'il restait aux Bugeaud ; c'était du moins ce qu'ils voulaient croire, ma mère la première, qui, dès la fin du mois d'août, et sans s'expliquer davantage, m'avait écrit pour me dire que je n'entrerais pas au lycée, au moins pour l'année scolaire à venir, et qui est venue me chercher à Neuvialle pour me conduire à Siom, où Jeanne n'allait pas bien, incapable de tenir son commerce, ses jambes la lâchant, couvertes d'ulcères, épuisée par une vie de travail et par l'ablation de l'utérus qu'elle avait dû subir, l'automne précédent ; car elle avait failli mourir, maigrissant à vue d'œil et sans jamais parler de ce renard qui lui dévorait les entrailles, faisant comme si de rien n'était, pendant des mois, et souriant alors qu'elle n'avait pas de quoi payer un chirurgien, l'honneur des Bugeaud restant ce qu'il y avait de mieux en ce monde, la seule chose qui devait être sauvée, fût-ce au prix de la santé, voire de la vie. »

Jeanne continuait d'accueillir des vacanciers à l'Hôtel du Lac, en pension complète, toutes chambres louées, ainsi qu'une partie des prés et la cour de la vieille maison prêtés à des campeurs et caravaniers dont elle attendait la clientèle à l'épicerie mais apprenait avec tristesse, au fond de son lit, qu'ils allaient faire leurs courses au supermarché des Buiges. Berthe-Dieu et moi devions servir les plats qu'elle avait passé la matinée puis l'après-midi à préparer, ce qui la menait midi et soir au bord de l'évanouissement et la forçait d'aller s'allonger. Marthe Rivière descendait laver la vaisselle mais refusait de servir dans la salle, plus timide encore que Berthe-Dieu ou que moi qui accomplissions avec répugnance cette tâche que j'ai toujours trouvée humiliante, non pas en elle-même, mais parce qu'elle me mettait en présence de gens — des citadins, pour la plupart — qui me considéraient comme si je surgissais non pas de la cuisine mais des profondeurs de la cave, ou de l'ancien temps, comme on disait à Siom pour désigner le passé, le lointain, tout ce qui avait eu lieu avant la mémoire directe. J'étais un fils de la terre et des ténèbres, avec cette odeur d'étable, d'herbe et de bois que je traînais depuis Neuvialle, et des ongles et des oreilles sans doute pas nets. Le plus étrange est que je ne me sois pas révolté contre cet état de fait, mon corps n'existant pour ainsi dire pas, malgré mes quinze ans : résignation singulière et révélatrice de la misère morale qui était la mienne, en ce temps-là, puisque, à ma solitude, il fallait ajouter ma relégation dans la vieille maison où Berthe-Dieu avait nettoyé ma chambre natale pour que j'y dorme, dans le lit où j'étais né et qui puait l'humidité, seul au cœur de cette maison qui s'était délabrée avec les ans et où il n'y avait même plus l'eau courante, si bien que pour me débarbouiller je descendais dans la salle du bas, devenue une sorte de cave, pour prendre des bouteilles d'eau d'Évian ou de Contrexéville dont je me servais pour boire, me laver et, une fois vides, pisser dedans; immondice dont il m'arriva, sans grande répugnance d'ailleurs, depuis longtemps accoutumé aux déjections des bêtes et des hommes, de me servir, le matin, lorsqu'elle était tiède, pour me laver le visage, ayant entendu dire à Mme Allagnac, qui ne surveillait ni ses mots ni, si j'ose dire, ses pets (qu'elle accompagnait d'un « Peïtâ, peïtâ, quo té fera du beï ! » par lequel elle m'encourageait à l'imiter), que l'urine était efficace contre l'acné qui s'était mise à travailler ma figure : pratique que j'ai arrêtée un jour où, ayant mangé des asperges, je me suis retrouvé avec, sur la figure, non plus l'odeur de soupe au vin transformée, annihilée par l'alchimie urinaire, mais celle de ce légume avalé la veille au soir et qui, puissante, douceâtre, écœurante, me rappelait quel trajet l'urine avait accompli avant de me revenir, sur le visage, comme une mauvaise sueur.

Cette chambre dépourvue de volets et, depuis longtemps arraché par les vents de l'hiver, du store roulé en natte verte qui avait fourni un peu d'ombre à mes premiers sommeils, je l'ai habitée jusqu'à la fin de l'automne, tiré du lit dès sept heures du matin par Berthe-Dieu qui ouvrait la porte de la salle du haut et criait dans la nuit de l'escalier : « Queï l'ourâ ! », en patois, pour se faire mieux entendre, ou parce que, comme si j'étais un domestique, il ne me jugeait pas digne du français. De meilleure humeur, il ajoutait, pour adoucir l'ordre : « Dépêche-toi ! Tu vas te faire fâcher par la Jeanne... » C'était l'heure pour moi d'aller garder les vaches dans les prés de La Belote, dont j'ai déjà parlé, au bout du monde, là aussi, puisqu'on n'y entendait rien d'autre que de rares cris de buses ou de corneilles, et qu'on y demeurait longtemps dans le brouillard, surtout au fond de la combe où les vaches descendaient boire au ruisseau, vers midi, tandis que Berthe-Dieu venait klaxonner au loin, à l'entrée du chemin, sur la route de Lestang, pour que je rentre les bêtes, lentement, à cause de leurs sabots désormais dépourvus de fers puisque, Heurtebise malade, et bientôt mort, nul maréchal-ferrant n'était venu le remplacer. Les bêtes souffraient du gravillon répandu au bord des routes, ce qui les obligeait à marcher au milieu de la chaussée, suscitant l'agacement des automobilistes contre lesquels, plusieurs fois, j'ai eu à lever mon aiguillade lorsqu'ils en venaient à l'insulte, me traitant de sale vacher, de bon à rien, ou de fils de pute, pour peu qu'une bête eût fienté en éclaboussant l'automobile. J'étais du côté des vaches, par affection autant que par devoir ou mépris des hommes, et cette affection ne s'est jamais démentie, qui a toujours fait sourire ou ricaner lors des quelques dîners parisiens auxquels, plus tard, j'assisterais. « Vous qui avez une origine rurale, préférez-vous les chevaux ou les vaches ? » me demandait-on quelquefois ; à quoi je répondais que je n'aimais pas les chevaux et tout ce qui s'y rattache, et cette idée reçue qui veut qu'un cheval soit forcément beau, comme la Loire, comme l'île de Ré, comme la nudité, m'agace prodigieusement. « J'aime les vaches et la viande de cheval », ajoutais-je pour finir de me déconsidérer aux yeux de jeunes Parisiennes qui avaient à cœur de tout opposer, par esprit de simplification, les chevaux aux vaches, le roman au gothique, Picasso à Matisse, Mahler à Bruckner, Dickens à Balzac, pour les plus cultivées, car, pour les autres, c'étaient des oppositions, des préférences encore plus simplistes, la ville à la campagne, la marijuana à l'alcool, la bisexualité à l'hétérosexualité, la rêverie bouddhiste à la mystique chrétienne, avec, bien entendu, une préférence mondaine et conformiste pour les premières, et une haine toujours déclarée, ressassée, pour le christianisme dans lequel elles sont nées.

Le plus dur, le plus étrange, aussi, restait l'entrée

dans Siom quand, à la hauteur du lavoir ou de l'école, je croisais le grand troupeau des Billy, bien plus nombreux que le mien et qui remontait au pacage mené par un sombre vacher que je n'ai jamais entendu proférer que les « veï-là ! veï-là ! » qu'il lançait à ses bêtes pour les faire avancer entre les miennes dans un assourdissant piétinement de sabots, de cornes entrechoquées, de cuir frotté, de mugissements et d'odeurs mêlées, et sans que nous nous regardions, lui et moi, chacun persuadé de la supériorité, lui de ses laitières normandes, moi de mes trois limousines et de mes deux salers.

Une fois les bêtes attachées, je me lavais les mains pour servir les clients qui avaient bien raison, me dis-je aujourd'hui, de me considérer avec cette méfiance, ce dégoût, ce mépris qui me faisaient rougir et baisser la tête, m'empêtrant dans des gestes maladroits et des paroles confuses, humilié en même temps qu'heureux, d'une certaine façon, de paraître ce que je n'étais pas, et dont je tirais même une vanité que j'aurais toute ma vie, au cours de laquelle je me serai efforcé de n'avoir pas l'air d'un écrivain avec ses tics, sa morgue, son langage, ses mœurs, son orgueil. Heureux d'être considéré comme un moins-que-rien, un domestique, un grouillot, par ces petits-bourgeois qui ne savaient pas que j'avais déjà lu plus de livres qu'eux tous réunis n'en liraient dans leur vie tout entière. Et puis je m'en remettais à la sagesse populaire selon laquelle il n'est pas de sot métier, même quand je nettoyais l'étable avec la large fourche à dents rapprochées, avant de prendre celle à trois dents, plus légère, et d'épandre sur le sol où j'avais passé le balai de genêts du foin frais dont l'odeur me semblait aussi agréable que celle de la farine où Jeanne roulait les truites avant de les mettre à frire dans la poêle. Oserais-je dire que j'aimais nettoyer l'étable, que j'aurais nettoyé les écuries d'Augias plutôt que de m'approcher du corps d'un seul de mes semblables ? Il m'incombait aussi d'aller vider le seau des poules près du fumier, derrière l'église, à la hauteur du premier contrefort. Je les regardais trier ces restes de salade, de fromage, ces épluchures, ce pain dur, ces morceaux de gras dont les chiens n'avaient pas voulu, les mégots de Berthe-Dieu, les crachats de Jeanne et tout ce qu'avec le temps et la prolifération des produits manufacturés on n'avait pas l'habitude de trier, jetant dans le seau aux poules des emballages de plastique qu'on croyait encore putrescibles et que les poules dédaignaient généralement ; et je m'étonnais de ne pas sentir dans leurs œufs ni dans leur chair le goût de l'ordure qu'elles ingéraient, mais une excellence que je n'ai retrouvée nulle part ailleurs.

Humilié, rabaissé, offensé, je l'étais par ce qui me mettait en rapport avec les humains, par exemple avec cette vieille dame belge qui venait chez nous en vacances depuis plusieurs années et n'admettait pas qu'il n'y eût pas de toilettes à l'étage ; il me fallait donc monter chercher son seau hygiénique, le vider, le nettoyer à l'eau de Javel, et le lui remonter, avant de partir pour La Belote, entrant dans la chambre où elle dormait encore, le plus souvent, mais où il m'est arrivé de la surprendre sur le seau, me faisant face, sans qu'elle prît la peine de ramener sa chemise de nuit sur ses cuisses violacées, se délivrant avec bruit, les yeux mi-clos, avec sur les lèvres un sourire que je n'ai pas oublié et qui me fait penser que le plaisir qu'elle tirait de l'excrétion n'était pas plus éloigné du plaisir sexuel que la cruauté que j'ai trouvée, cet été-là, dans le regard d'un jeune garçon qui m'avait demandé de lui servir un Coca-Cola, et à qui j'avais apporté, n'ayant rien d'autre et ne pensant pas qu'il y eût de différence entre ces breuvages, du Pepsi-Cola : il l'avait refusé comme si je lui avais présenté un flacon de purin, protestant que le Pepsi-Cola ne valait pas, et de loin, le Coca-Cola, et forçant son père à me demander ce que j'en pensais, et moi, toute la salle suspendue à mes lèvres, obligé d'avaler ce soda au goût de médicament que nous jugions réservé aux citadins, pour dire que je ne le trouvais pas mauvais, et m'entendant répondre par le fils furieux que j'étais bien bon de le trouver tel, que le Pepsi-Cola était imbuvable par un être civilisé, et qu'il prendrait donc une orangeade.

On comprendra que j'aie continué de préférer la compagnie des bêtes à celle des humains, et la société des femmes à celle des hommes, que je trouvais pour la plupart brutaux, vulgaires, sans intérêt ; des femmes dont, aujourd'hui, la présence plus ou moins lointaine, comme les livres, la musique, quelques tableaux, certains films, me console de ne pas avoir rencontré les merveilles que j'attendais de l'âge adulte, même si j'ai compris que la merveille réside surtout dans notre capacité à n'attendre rien de ce qu'on appelle l'existence pour mieux accueillir ce qui vient. J'ai passé trop de temps dans des chambres oubliées, des bois écartés, sur le lac, dans la barque que le père Poirier avait fabriquée avec un des nombreux conteneurs oblongs parachutés au colonel Guingouin par les forteresses volantes américaines, en juin 1944, notamment à Domps, en Haute-Vienne, dans des prés étouffés de brouillard, la tête couverte d'une casquette militaire par grand soleil, ou sous un grand parapluie noir qui m'abritait de la pluie, pour ne pas m'en être très tôt remis à moi seul, entré dans un mode de pensée particulier où l'esprit chemine moins par la spéculation rigoureuse que par de secrets interstices ou par les sentiers perdus de la rêverie, au sein d'un monde où j'avais fini par trouver une sorte d'équilibre, même si je commençais à comprendre, pour considérer les fermes abandonnées les unes après les autres et les difficultés de la dernière des Bugeaud, que ce monde touchait à sa fin et que ceux qui le peuplaient étaient condamnés à mort, fussent-ils pleins de vanité, comme Berthe-Dieu dont la voix retentissait, le matin, à l'entrée du passage obscur, pour m'arracher au sommeil que je ne gagnais là encore, malgré la fatigue, que grâce à une gorgée d'alcool prise au goulot d'une bouteille de prune dénichée dans la cave de la vieille maison, où il me semblait être relégué comme un homme assigné à résidence, un fils naturel, ou un débile mental dont nul ne doit soupçonner l'existence.

Je la devançais quelquefois, cette voix qui faisait de moi une sorte de coupable, m'efforçant d'être debout avant l'heure afin de ne plus l'entendre, de n'être plus ce condamné qu'on tire de son mauvais sommeil, et me présentant tout habillé et débarbouillé dans la cuisine où Jeanne, en dépit de sa faiblesse, n'aurait laissé à personne le soin d'allumer le feu dans l'énorme cuisinière d'émail bleu ciel et où je la trouvais, avalant en compagnie de son mari cet éternel mauvais café au lait qu'ils ne digéraient ni l'un ni l'autre et qui les faisait se plaindre continuellement, surtout Berthe-Dieu que ça n'empêchait pas de prendre ses cinq repas quotidiens, servi avant tout le monde, lui qui jamais n'avait allumé le feu ni ouvert ni fermé les volets de la maison et qui assistait à la vaisselle planté sur sa chaise, fumant une cigarette de tabac gris où il restait des brins mal râpés qui déformaient de façon grotesque le mince cylindre de papier dans lequel il l'avait roulée : du papier de la marque Le Nil, dont la pochette bleu clair représentait un éléphant barrissant. Mais je veillais tard avec les romans de Powys, de Tolstoï, de Hamsun et de Steinbeck que j'achetais au bureau de tabac des Buiges avec les pourboires laissés par les clients, et j'étais, chaque matin, frappé au cœur par cette voix que j'avais commencé à entendre dans mon dernier moment de sommeil, enregistrée dès le premier jour, et redoutée à cause de l'espèce de mépris que j'y sentais, de sorte que ce qui m'éveillait ce n'était pas tant la voix de mon grand-oncle que le souvenir sans cesse réactualisé que me donnait la conscience rêveuse que j'avais d'elle et par quoi, sans le savoir (et probablement sans le vouloir), l'époux de Jeanne usurpait une autorité qu'il ne possédait pas, notamment en me faisant accomplir à sa place des tâches qui lui répugnaient, parmi lesquelles tout ce qui avait trait aux vaches, à l'étable, au bois, et surtout à l'élimination des portées de chats et de chiens sur quoi je reviendrai et dont il prétendit, lorsque, la première fois, je lui objectai que j'étais incapable de tuer, que je n'avais pas besoin de le savoir, que c'était comme l'amour : ça s'apprenait tout seul. Tuer ne s'apprend pas, ai-je pensé ; c'est un acte qu'on porte en soi sans forcément le commettre, me disais-je encore, avant qu'un des deux bouchers des Buiges ne m'apprenne que c'est bien un art, et que j'aille à la chasse, seul, tuer une biche que j'avais repérée, au bord du lac où elle venait boire, le soir, au bas du puy Gaillau, avec le fusil dérobé dans la chambre de Berthe-Dieu, non pas pour le plaisir de l'affût, encore moins pour la gloire du chasseur, mais, rentrant à Siom, à pied, avec sur les épaules, l'animal dont le sang me coulait sur le torse, pour en remontrer à ce grand-oncle qui, là encore, m'avait témoigné son mépris en ne m'emmenant pas à la chasse avec les hommes de Siom, bien qu'il me l'eût promis, la veille, lorsque je le lui avais demandé, me disant même de me préparer pour six heures du matin et me trouvant à cette heure-là encore en pyjama, sur le pas de ma porte, alors qu'il était déjà prêt, lui, que les hommes de Siom l'appelaient, dehors en compagnie de garçons de mon âge, leurs fils, et qu'il me disait de retourner me coucher, que je serais bien mieux au lit, avec un tel air de triomphe que j'ai compris qu'il ne m'emmènerait jamais à la chasse au renard ou au sanglier, ne voulant pas endosser l'habit d'un père aux yeux des autres, même pour faire plaisir à ma mère, se contentant, une ou deux fois, de me conduire un soir, du côté du Montheix, guetter le passage de bécasses qui ne parurent jamais.

On pourra s'étonner qu'au lieu de m'envoyer en pension dans un lycée d'Ussel, d'Égletons ou de Limoges, ma mère m'ait laissé pendant toute une année dans cette condition de quasi-domestique ; je ne me posais pas de questions ; au mieux supposais-je que, tout en voulant aider les Berthe-Dieu, elle m'imposait cette épreuve pour me montrer ce que c'était que la vie hors des livres. Elle ne pouvait imaginer que ce que je vivais finirait un jour dans un livre — eût-elle dit en usant du verbe « finir » comme si elle avait dit « finir dans le ruisseau » ; ou alors elle le sentait et, au contraire, entendait le favoriser, devinant qu'un garçon tel que moi était voué à vivre par l'écriture, à propos de quoi, après bien des années d'études et d'enseignement, elle gardait une méfiance qui m'a toujours étonné et qui explique qu'elle ne me lise pas ou, si elle le fait, que c'est avec la plus grande réserve, voire une sorte de dégoût. Et puis j'avais dans les adultes une foi obscure, primitive, mêlée de crainte et d'hostilité, à tout le moins de méfiance, qui, en un premier temps (ce temps s'étendît-il à mon adolescence tout entière), me faisait accepter leurs raisons, leurs avis et leurs décisions sans m'interroger davantage, ni tomber dans les vaines révoltes de mon âge, dès mes premières années habitué par les femmes à cette stricte séparation entre le monde des enfants et celui des grandes personnes qui, comme c'est le cas pour les races humaines, nous faisait coexister sans vraiment nous voir, ni peut-être nous aimer, tout en nous épiant les uns les autres, nous surveillant pour que nul n'empiétât sur un territoire qui n'était pas le sien et passant notre vie à faire reconnaître pour uniques les frêles frontières de ce qu'on appelle un individu.

Je ne veux pas juger ma mère, ni mettre au compte de je ne sais quel atavisme limousin (toujours plus puissant qu'on ne croit et qui, avec la vieillesse, reprend ses droits avec une vigueur inattendue) le sacrifice qu'elle semblait faire d'un avenir auquel j'étais d'ailleurs indifférent, ne me sentant de vocation pour aucun métier, garçon vacher, commis, ou hôtelier. Quant à l'enseignement, à quoi semblait me conduire mon goût pour la littérature, pour rien au monde ma mère n'aurait accepté de me voir devenir ce qu'elle était elle-même et que ma grand-mère appelait un « mauvais professeur », devinant, après les événements de mai 1968 qui marqueraient, on ne tarderait pas à le voir, la fin de l'ère humaniste, que ce métier était appelé à devenir un emploi de plus en plus féminin, donc socialement dévalorisé, le havre de ceux qui ne pouvaient rien faire de mieux, le refuge des esprits faibles de formation classique, selon Huxley, cité par ma mère, qui ajoutait que la société contemporaine n'avait de toute façon plus rien à transmettre, et surtout pas la langue qui avait été la clef de voûte d'une civilisation, non seulement parce qu'il est difficile, sinon impossible, de faire aimer ce qui est mort, par exemple la société rurale dont une personne comme ma mère avait tout fait pour sortir, mais parce que c'est l'Europe elle-même qui était entrée dans le temps de l'épilogue —

l'Europe blanche et chrétienne, précisait-elle sans porter là aucun jugement de valeur, lucide autant que fataliste, ayant compris qu'on ne saurait prendre l'Histoire à rebours, encore moins restaurer ou maintenir ce dont les peuples, par ignorance ou résignation, ne veulent plus.

5

À l'automne, il n'y avait plus, à l'Hôtel du Lac, que quelques chasseurs venus, en fin de semaine, de Limoges ou de Brive. On voyait le bois et l'acier des fusils briller sous les néons de la grand-salle qui sentait la forêt, le gibier, la sueur et, pensais-je, le sang; l'alcool, aussi, qui ne déliait cependant pas les langues et plongeait chacun dans sa fatigue et dans ses songes. Je ne parlais à personne, et on ne m'adressait la parole que pour les mots d'emblée oubliés qu'on lance à un garçon de café ou une fille de salle. Les neuf années passées hors de Siom avaient fait de moi quelqu'un d'autre : je n'étais plus le fils de ma mère ni même un vrai ou un demi-Bugeaud, mais le domestique de chez Bugeaud; et non seulement leur grouillot mais, parce que bien élevé, et pour obéir à Jeanne pour qui une certaine générosité ne pouvait que renforcer sa bonne image de commerçante, celui aussi des gens de Siom, les vieilles femmes surtout, qui me chargeaient de menues tâches, faire leurs courses aux Buiges, débiter du bois, repeindre une cuisine, retourner un carré de terre, débarrasser une chambre où le mari venait de mourir, en un mot disposé à tout sauf à descendre dans une fosse à merde, il n'y a pas d'autre mot, tel Jean Pythre dans celle de Mme Heurtebise, la postière à qui j'en voulais de ne m'avoir jamais laissé apposer le cachet de Siom sur ces timbres à l'effigie de Marianne dont je me souviens que l'un d'eux, le plus beau, avait été dessiné par Jean Cocteau. Je ne descendrais pas dans ces fosses, comme me le demandait cette femme qui vivait dans la montée de La Chapelle, avec sa sœur qui avait perdu l'esprit, et que nous appelions, je n'ai jamais su pourquoi, tante Yvonne et tante Berthe, bien qu'elles n'eussent aucun lien de parenté avec nous, originaires de Treignac, où (après quelques années comme « bistrotes », à Gentilly, dans la banlieue de Paris) elles tenaient l'Hôtel du Chêne vert et où elles avaient peut-être veillé sur ma mère quand celle-ci était pensionnaire au collège Lakanal, avant de se retirer à Siom, dans cette maison au rez-de-chaussée de laquelle elles avaient ouvert un bistrot, au grand dam de Jeanne qui voyait là une concurrence insupportable, de la part de celles qu'elle n'appelait plus les tantes, mais « les femmes Radès », de leur nom de famille, lequel évoquait pour moi non pas les palmeraies de Rhadamès dans le désert tunisien, mais, tant elles m'inquiétaient (le nom et le visage se conjuguant pour dessiner la vraie figure d'un être, selon une alchimie qui ne m'a jamais trompé, qui a en tout cas décidé de mes sympathies et de mes aversions envers les humains que je rencontrais et que j'étais appelé à fréquenter), l'Hadès et aussi Rhadamanthe, frère de Minos et d'Éaque, l'un des trois juges des Enfers. Je ne descendrais pas aux enfers, car c'est moi-même que j'y aurais sans doute trouvé, et non l'Eurydice que je m'étais forgée à partir d'Henriette de Mortsauf, d'Anna Karénine, d'Yvonne de Galais, et de quelques jeunes filles de Siom et des Buiges, dont la fille du pâtissier Vantals, petite brune hautaine pour qui je n'existais pas.

Je ne me retrouverais donc pas face à ce qu'on sera

un jour, merde ou cadavre, me disait Valentine Poirier qui, à quatre-vingt-treize ans, en avait plus qu'assez de vivre, quoiqu'elle ne souffrît de rien sinon d'être plus seule qu'au milieu des bois de Veix, avec le souvenir de ce prisonnier allemand qu'on lui avait attribué, en 1916, pendant le terrible hiver où Hans allait quand même dehors et rapportait à la maison de quoi nourrir le feu que l'époux ne ranimerait plus, tombé aux Éparges dès le début de la guerre, et qui, ce Hans, avait retourné le jardin, au printemps, et peut-être labouré des terres plus secrètes que les champs de Valentine Poirier. Quant à ceux avec qui j'aurais pu me lier, Michel Lagâche, Thomas Lauve ou Philippe Feuillie, ils ne me parlaient guère; ils étaient déjà ailleurs, loin de Siom, au moins en pensée, occupés à fuir leurs pères, des pères terribles ou indifférents que je leur enviais néanmoins, parce que c'étaient des pères, et qu'ils avaient la chance d'en avoir un ou de l'avoir connu, fût-ce pour le craindre ou le haïr. J'aurais ainsi donné un sens à ma vie, me disais-je en des termes grandiloquents, probablement venus de quelque lecture hâtive de romans de Sartre et de Camus, le soir, dans la petite chambre qu'on m'avait attribuée dans la partie neuve de l'hôtel : une de ces chambres longtemps désignées par une périphrase, comme cette chambre bleue où je couchais, du temps de Marie, ou encore la chambre du toit, celle du jardin, celle de Marie, la chambre aux deux fenêtres, celle des deux sœurs, ainsi appelée d'après la légende de deux sœurs, Julia et Yvonne, qui ne pouvaient dormir qu'ensemble et dont l'une mourut là, sans qu'on sût pourquoi, bien avant ma naissance, la chambre de bambou, à cause de son mobilier exotique, celle de l'église et enfin celle de la demoiselle, étroite, bâtie au-dessus de la cage d'escalier, et dont la première locataire avait été une infirmière. C'était dans cette chambre que je dormais, vu qu'il y avait à présent des chambres libres et qu'il y faisait moins froid que dans la vieille maison, ce qui n'empêchait pas qu'en plein hiver les vitres se couvrissent de givre à l'intérieur, comme à Villevaleix et à peu près partout sur ces hautes terres. Le sentiment du froid est inimaginable aujourd'hui, dans les villes surchauffées. Bien plus que d'un ventre de femme, je viens du froid, je peux le dire ainsi, du grand hiver qui martèle l'enclume de granit du haut plateau limousin ; et c'est dans le froid que j'aurai passé ma vie, ayant très tôt compris que la chaleur, la moiteur, le grand soleil, tout ce que recherche l'homme contemporain, est signe d'amollissement, de décadence. Le froid est un facteur moral considérable, et je suis tenté de confirmer ce dont j'avais eu l'intuition, enfant, à propos de la montagne et des villes : que plus le climat est rude, plus hautes sont la morale, l'exigence intérieure, les œuvres.

L'hiver venait. Je n'avais plus grand-chose à faire, les vaches ne sortant plus de l'étable que pour descendre à l'abreuvoir, au bas du pré de Chadiéras. Mon unique souci, le matin, dès que j'avais entendu Jeanne descendre à grand-peine l'escalier, et avant même d'avoir rien avalé de chaud, était de descendre dans la cour de la vieille maison pour préparer le bois de la journée, qu'elle ne supportait pas que je prépare la veille (je n'ai jamais su pourquoi, quelle superstition, maniaquerie, cruel besoin de me sentir à tout moment à sa disposition) : le petit bois d'abord, qui servait à allumer le feu et que je découpais dans des branches sèches ; et puis le gros bois, que je fendais sur un billot provenant du grand chêne de la place, et dont je portais la brassée en équilibre sur un bras, le menton servant de stabilisateur. Je le laissais choir sur le plancher de la cuisine, près de la cabine du téléphone, le bruit des bûches tombant sur le linoléum si étroitement associé à l'odeur de chêne et de café bouilli qu'il m'est impossible de croire que le bruit n'est pas aussi une odeur, et l'odeur une forme supérieure de vision. Il ne me restait plus qu'à les ranger sous une petite table servant à découper la viande et à préparer la salade. Opération à laquelle j'apportais un soin aussi grand qu'à Villevaleix, non seulement par souci de bien faire ce qui devait être fait, mais parce que le feu, pendant ces rudes hivers, avait une importance plus grande que partout ailleurs, m'avait dit, quelque temps avant de mourir, Heurtebise dont je venais de retrouver, enterrée dans un coin du jardin, près d'un massif de buis, et en vain cherchée pendant des années, la petite hache qu'il avait autrefois fabriquée pour moi dans sa forge, sous mes yeux, avec deux bouts de fer, la faisant jaillir du feu avec un rire qui rendait plus rouge encore sa large face aux cheveux coupés en brosse.

J'ai toujours eu le goût du travail bien fait, du classement, de l'ordre, étant moi-même un enfant du désordre et voyant la maison Bugeaud, après celle de ma grand-mère, aller à vau-l'eau, et que tout ce qui touche à l'organisation, à l'établissement de lignes parallèles, de masses, de contrepoints, me semblait relever déjà de l'écriture : le fait de casser du bois, de râler du foin dans un pré, comme celui de nettoyer à la bière, pour qu'elles brillent, les plantes vertes de la salle, ou de ranger les boîtes de conserve, les pots de confiture, les paquets de bonbons, de biscuits, de pâtes ou de riz, les tablettes de chocolat et les articles de mercerie sur les étagères du poussiéreux magasin de Jeanne dans lequel, vers la fin, on trouvait des produits remontant à l'immédiat après-guerre, des conserves de marques disparues côtoyant des articles hétéroclites fourgués par les représentants à une Jeanne qui ne savait plus très bien ce qu'elle faisait, ne s'y reconnaissant plus dans la multiplicité des marques et des étiquettes, envahie de noms nouveaux et pour la plupart trop étranges pour elle qui avait vécu avec l'idée qu'il n'y a que deux ou trois marques pour un produit, quand ce n'est pas une seule, comme pour l'huile Lesieur, la chicorée Leroux ou les pâtes Rivoire-et-Carret, même si Jean Pythre m'assurait qu'il en existait aussi, vendue autrefois par Marie, une marque dont le nom était La Lune.

Je devrais faire ici l'apologie du bois ; comme le langage, il a sa syntaxe, ses espèces, ses nœuds, ses impossibilités, ses fibres, ses variantes ; de sorte que le fendre, le débiter, le ranger, s'en servir pour la construction ou pour le feu, c'est manier un ensemble de signes dont le sens relève d'une herméneutique singulière et subjective ; ainsi, au grenier, ces parties de charpente en forme de 4 gigantesques sous lesquelles je ne me suis jamais avancé sans me dire que leur nombre (à Siom, pour me limiter aux greniers de Marie et de Jeanne) donnait celui de 16, soit quatre fois quatre, des chiffres pairs et donc peu favorables ; mais on pouvait aussi le décomposer en 1 + 6, ce qui donnait sept, le chiffre sacré, et donc propice. Il y avait enfin l'odeur et les bruits du bois, gémissements, plaintes et cris, le chêne ne se débitant pas comme le hêtre, le bouleau, le frêne ou le sapin, surtout à la scie circulaire que Berthe-Dieu entraînait par une longue courroie attachée à une petite poulie latérale de son tracteur Allis-Chalmers : je déposais avec précaution sur la table de fer les branches que mon grand-oncle poussait du bas-ventre (en un mouvement qui eût été obscène si Berthe-Dieu ne l'avait corrigé par l'air bonhomme qu'il savait prendre dans les moments où il était, comme on disait, à son affaire) vers la scie qui mordait le bois avec un gémissement vite mué en cri de triomphe ou de haine, et je ne sais quoi d'hystérique, dans ses aigus, qui suscitait en moi un surcroît de haine, une envie soudaine de me livrer à ce meurtre que tout être humain, même le plus doux, rêve de commettre un jour, à son insu, ou pour l'insensée beauté du geste ; ce qui suffirait à prouver, ai-je toujours pensé, l'existence et la permanence d'une faute originelle, une sorte de besoin terrible qui m'eût aussi bien poussé à mettre mon bras à couper qu'à précipiter Berthe-Dieu sur la scie : moments singuliers pendant lesquels je devais m'éloigner sur-le-champ de la scie, de la hache ou des couteaux à découper la viande, et qui étaient le corollaire de ma solitude et de l'absence d'amour où je vivais, comment l'expliquer autrement, moi qui me pensais le plus doux, le plus pur, le moins révolté des adolescents.

C'est pourquoi, au lieu de faire l'éloge du bois, il me faut confesser combien je devenais mauvais, malgré tout (ou en dépit de moi-même), dans ce Siom où je vivais au-delà des évidences premières que constitue l'ensemble des choses visibles, des sons et des odeurs : un monde que je connaissais si bien, mètre par mètre, que je pouvais m'y déplacer sans trébucher, par la plus noire des nuits, lentement, guidé par les sons, les odeurs, la plus ou moins grande tiédeur emmagasinée dans les murs ; un monde que j'ai encore aujourd'hui le plus grand plaisir à parcourir en pensée, les yeux clos, allongé sur mon lit, avec une précision dont nulle écriture n'est peut-être capable, l'art n'étant d'ailleurs pas au service d'un tel cadastre ni d'une obsession pareille. Je refais pas après pas tel trajet à l'intérieur de la maison Bugeaud qui n'existe plus telle que je l'ai connue, mais qui s'élève encore en moi, dans la nuit où je la parcourais et où le moindre bruit retentissait si fort que c'est à peine si j'osais rester lire dans la cuisine, les pieds dans un des fours de la cuisinière où le feu se mourait doucement et où je me trouvais si à mon aise, surtout quand il pleuvait (et qui n'a pas connu le bonheur de lire pendant des heures, la nuit, en entendant le crépitement de la pluie sur le toit dans le grand silence, n'a rien connu des rares plaisirs de ce monde), tandis que Jeanne et Berthe-Dieu étaient depuis longtemps couchés, comme tout Siom, à l'exception de Jean Pythre, qui rêvait debout devant son poêle, et de Chadiéras qui cuvait ses songes sous son ampoule nue. Un silence si parfait qu'on entendait son propre sang siffler aux oreilles, et que, si j'avais tourné le commutateur, le seul bruit de la minuterie réglant le temps de lumière aurait suffi à faire se retourner les dormeurs dans leur sommeil, réveillant la chienne qui dormait au pied du lit de Berthe-Dieu et se mettait à japper, m'obligeant, pour descendre aux toilettes, moi qui ne supportais pas la présence d'urine dans le seau hygiénique et qui ne m'étais pas encore résolu à pisser dans le lavabo, à me déplacer avec des précautions de chat, à devenir le troisième chat de la maison, et non plus le garçon de peine, le petit-neveu, l'héritier présomptif, ni même l'enfant que le couple Berthe-Dieu n'avait pas eu : un animal nocturne, méfiant, prêt à porter un coup de couteau à quiconque se trouverait sur mon passage, par peur autant que parce que (je le découvrais avec une horreur qui me poussait à retourner à mes livres et à envisager une vie solitaire, à l'écart, celle qui est à peu près la mienne aujourd'hui) c'était dans ma nature, cruelle et noire, et une façon de préserver mon innocence ; un animal proche des grands félins, se mouvant sans bruit, retenant son souffle, touchant à peine les objets, les murs, la rampe, ayant compris que, plus sûrement qu'en cherchant à y voir à tout prix, on se déplace dans le noir en avançant d'après la chaleur réfléchie par les obstacles ou par la différence thermique entre divers endroits autant que par la connaissance diurne des lieux, sachant en outre quelle marche, latte ou porte grinçait et comment l'éviter, et me sentant coupable, moi, d'être encore là, sans dormir, et plein de rancœur pour ceux qui m'empêchaient de vivre comme tout un chacun, me disais-je sans aller jusqu'à mesurer ce que cet agacement cachait de haine, y compris pour la chienne qui se mettait à japper dès que j'ouvrais la porte de ma chambre ; une épagneule à poil noir qui s'était réfugiée chez nous, un soir, terrifiée, quelqu'un s'en étant probablement débarrassé en la jetant d'une voiture, sur la départementale, et qui avait gardé de cette cruauté quelque chose de méfiant, de sauvage. J'entretenais avec elle des rapports privilégiés : s'ils n'étaient pas aussi étroits qu'avec le maigre chien de berger de Neuvialle, puisqu'elle ne s'aventurait guère au-dehors, par crainte d'être abandonnée de nouveau, ils étaient franchement affectueux. Envers elle, je me sentais des devoirs, comment le dire autrement : nous vivions dans un monde où, je le répète, hommes et bêtes coexistaient de façon plus intime que les habitants d'un immeuble aujourd'hui, et où on n'avait pas eu besoin de la loi de 1850 pour s'interdire toute cruauté envers les animaux, même les nuisibles ; celui qui s'y serait livré aurait aussitôt été mis au ban de la communauté, tel cet Adrien de La Vialloche, près de Lestang, qui vivait avec ses vaches dans une grange où il s'était aménagé un lit, ne quittant ses vêtements que lorsqu'ils pourrissaient sur lui, se nourrissant d'on ne sait quoi, sans doute de châtaignes, de pissenlits, de conserves et même des chats et des chiens de ses voisins, ceux-ci portant plainte contre le vieux fadard sans que les gendarmes se soient plus déplacés que le jour où il avait revêtu le seul habit convenable qu'il possédât et que gardait pour lui une autre voisine. Il débarqua donc à Siom, un soir, chez Berthe-Dieu, et demanda à Jeanne des nouvelles du petit qu'ils avaient eu ensemble, autrefois, et qui s'appelait Aldonce, avait-il eu le temps de dire encore (proférant ce prénom singulier qu'on ne rencontre que dans Proust, et si incroyable en lui-même, malgré sa proximité avec Alphonse et avec le prénom anglais Aldous, qu'on peut douter s'il ne l'a pas inventé, ce vieil homme des bois, illettré, à demi sauvage, habitué à ne parler qu'à ses vaches avant que le poing de Berthe-Dieu ne s'abattît sur sa figure, à plusieurs reprises, jusqu'à ce que le vieux fou s'écroulât au milieu de la place où il avait reculé, la figure en sang, dans la nuit froide de mars, renvoyé à ses vaches et à son animalité, un peu comme je l'étais, moi, lorsque je me déplaçais dans la maison obscure, après avoir renoncé à lire dans la cuisine, devant ce qui restait de feu, à cause de la chienne à qui je ne voulais pas donner l'occasion de réveiller les Berthe-Dieu qui se seraient alors mis en colère de me voir le nez encore fourré dans un de ces diables de livres, comme ils disaient l'un et l'autre, Jeanne avec plus d'acrimonie que son époux, tous deux haïssant ces livres pour lesquels ils éprouvaient la crainte qui avait été celle de leurs ancêtres et qui faisait dire à l'abbé Guerle, le curé des Buiges, que si on jetait un livre sur un chemin du plateau de Millevaches il n'y aurait que le vent pour le lire.

Un animal nocturne, voilà ce que j'étais devenu, à force de solitude ; à cause aussi du rapport que j'entretenais avec cette chienne dont, régulièrement, on m'envoyait débarrasser les portées : tâche dont j'ai appris à m'acquitter sans rechigner, pour ne pas perdre la face, comprenant que, comme celle des poulets, la mort de ces chiots à peine sortis du ventre de leur mère faisait, comment le dire autrement, partie de ma vie, et que je ne pourrais demeurer à Siom sans tuer ces chiots et ces chatons dont j'étais libre (une liberté à laquelle je n'ai jamais cessé de penser, obscurément ou avec effroi, comme si ces petites bêtes encore aveugles continuaient à gémir dans les ténèbres, à en appeler à je ne sais quelle justice qui dépassât le seul principe de vie et me rendait infiniment criminel), libre de choisir la mort, me refusant à les noyer dans le lac ou à les enterrer vivants, comme on le faisait d'ordinaire, préférant, puisque je ne disposais pas d'éther pour les asphyxier, les assommer à coups de bâton, sur une pierre plate, au milieu d'un ruisseau, faisant éclater ces crânes comme des bogues de châtaignes, le plus rapidement possible, avec la bénédiction de la vieille Roche qui, me voyant monter un jour vers la Croix des Rameaux avec ma besace gémissante, me demanda où j'allais et, sur ce que je lui répondis, me dit, d'un ton à la fois léger et lointain, comme si nous évoquions sa propre mort : « Il faut bien que quelqu'un le fasse… »

On savait que, comme le soleil, comme l'origine des origines, la mort ne se laisse regarder qu'au crépuscule, ou en songe. J'ai vu Berthe-Dieu rapporter les deux morceaux de son chien porcelaine coupé par le train et les enterrer dans un coin du jardin en prononçant quelques mots en patois. Je l'ai vu abattre d'un coup de fusil dans la nuque un vieux beagle malade qui souffrait trop. Tuer n'est pas difficile, lorsqu'on ne l'élève pas au rang d'un art : c'est même une tâche aisée, pourvu qu'on s'y prenne vite, et qu'on n'ait le temps de penser qu'au geste qu'on est en train d'accomplir, et à rien d'autre; l'acte à l'état pur, détaché de toute dimension psychologique, la compassion n'ayant lieu qu'après coup — une sorte de compassion froide, celle qui est nécessaire aux bourreaux bien plus qu'aux criminels, ou encore à ceux qui exercent banalement le mal, ses exécutants ordinaires chez qui cet exercice oscille entre le sentiment maniaque du devoir et la souveraineté donnée par des situations extrêmes : ainsi, ai-je parfois pensé, en lisant des récits de Primo Levi, d'Antelme, de Chalamov et de Soljenitsyne, ou en regardant *La Liste de Schindler* — notamment cette scène où le chef du camp tire depuis son balcon sur des prisonniers comme on effectue des mouvements de gymnastique matinale : ce n'est pas le bourreau qui est inhumain, à ce moment, mais la victime qui n'est plus humaine aux yeux du bourreau, ou qui n'a plus assez de dignité pour se montrer différente du bourreau, lequel ne reste humain que de façon négative, dans le mouvement même du mal, et sans qu'il y ait eu transfert d'humanité de ses victimes à lui, ni conversion ni simple inversion morale. Le bourreau est le technicien d'un non-savoir pratique, puisqu'il en sait moins sur la mort que ceux qu'il lui dépêche; il est exonéré par la société et non par la mort, dont le commerce ne lui apprend rien sur ses victimes : la mort des autres est un miroir obscur où nous avons besoin de nous voir vivants. Ainsi les petites bêtes que j'allais tuer et dont je choisissais la mort n'étaient-elles déjà plus vivantes pour moi, l'horreur de ce que j'avais à effectuer se réfugiant tout entière dans une antériorité ou une postériorité qui avait nom de devoir accompli, une forme d'oubli du temps humain et de la conscience, comme devant un film hollywoodien où le spectaculaire de la représentation évacue toute réflexion pour nous laisser face à la rhétorique de l'indicible; toute tentative pour représenter le mal ne pouvant qu'en amoindrir non pas l'horreur mais le mystère, parce que les moyens mis en œuvre pour le dire font appel aux contre-pouvoirs symboliques, esthétiques et analogiques de l'art, même si nous savons que chaque fois que l'humanité trouve à se nier elle-même, dans un génocide ou la mise à mort d'un seul être, c'est le sens qui s'abolit et le ciel qui s'enténèbre, et qu'il faut en appeler au sens comme au salut, fût-ce dans la mise en scène du mal (une théâtralisation magnifique, trouble, trompeuse et cependant soucieuse de vérité, comme le font Sade dans *Les Cent Vingt Journées de Sodome*, Malaparte dans *Kaputt*, ou Visconti dans *Les Damnés*). Comment oublier que le premier venu peut se retrouver dans la situation d'un soldat d'Hérode en Judée, des colonnes de Thureau en Vendée, de la division Das Reich en Limousin, ou de l'Armée rouge entrant à Berlin en 1945 : un homme, rien qu'un homme, moi ou un autre, moi, bourreau et victime tout à la fois, parce que j'aurais renoncé non pas à me sauver, mais à sauver l'espèce humaine en épargnant une vie, fût-ce la mienne ?

Ne tenant pas vraiment à la vie, m'attendant chaque jour à mourir d'une façon ou d'une autre, donnant la mort régulièrement, comment ne me serais-je pas dit que je finirais ainsi, un couteau dans le cœur, égorgé ou la tête fendue d'un coup de merlin ? Et encore n'avais-je pas abattu de grandes bêtes, taureaux ou vaches, par exemple, et ignorais-je par quels moyens techniques et massifs, si près de rappeler les abominations du XXe siècle, on met à mort les poulets élevés industriellement : je l'ignore toujours, et sans doute ne veux-je pas le savoir ; il me suffit de me rappeler l'air éperdu des bêtes entrant à l'abattoir de Villevaleix, humant le sang et la viande découpée, ou bien les tremblements du cochon qu'on s'apprêtait à tuer, ou encore l'agneau renâclant sous la main qui l'arrache au troupeau, pour être aujourd'hui pris d'une pitié à laquelle j'avais appris à ne pas céder, dans le monde de Siom, où on ne tuait que pour se nourrir ou parce qu'on ne pouvait garder en vie tous les animaux qui venaient au monde. À quelles extrémités, quelles abominations m'eût conduit cette absence de pitié, contrebalancée par nul amour, moi qui avais tant de fois donné la mort à des bêtes qu'on ne pouvait nourrir ? Aurais-je agi de même avec les humains ? Le bourreau qu'il y a en tout être (ce bourreau banal et simple, et d'autant plus efficace qu'il n'agit pas sous l'empire de la cruauté) l'aurait-il emporté sur la victime que j'étais ? Cette victime aurait-elle aimé son bourreau, et lui eût-elle demandé sa mort ? Il me semble que je dois d'en avoir été sauvé (le mot est sans doute trop fort, et il vaut sans doute mieux dire que j'en ai été éclairé, quoique cela revienne au même) à cette chienne qui m'aimait et qui me voyait revenir avec sur les mains l'odeur de ses petits et, sur mes chaussures, leur sang ou des morceaux de leur cervelle qu'elle léchait avec humilité, devinant qu'elle ne reverrait pas ses chiots, que je les avais tués, qu'entre ce sang et moi il y avait un rapport qu'elle ne pouvait discuter et qui faisait de moi (avec quelle noire ivresse) le maître, tandis qu'elle baissait la tête avec un regard dont je crois pouvoir dire, moi si peu enclin à prêter aux animaux des sentiments humains, qu'il exprimait une soumission et une tristesse infinies, quelque chose d'intolérable avec quoi il me fallait cependant vivre, malgré l'horreur que ce regard me dévoilait en me faisant comprendre que s'il y a une distance entre le geste et l'univers moral dans lequel il prend place, même s'il concerne un animal, cet écart finit par se réduire plus vite qu'on ne croit, parfois avec la rapidité d'une mâchoire se refermant sur le cœur, dans la douleur d'une signification enfin libérée de la pure technique. Il n'en reste pas moins qu'il y a dans la mort je ne sais quoi qui me laisse indifférent, moins par méchanceté, ou perversion, que parce que, redisons-le, je ne crois pas tout à fait à la vie — aux valeurs des vivants, veux-je dire, ayant été moralement plus seul que ne l'a jamais été un enfant, et depuis toujours veillé par ceux qu'il me faut bien appeler les morts autant que par les vivants. Je respectais néanmoins ces derniers ; j'avais même pour eux une curiosité salutaire. De là le rapport de mutuel respect qui s'était établi entre la chienne et moi, entre cette bête qui faisait de moi, la nuit, une sorte d'animal sur le qui-vive, tandis qu'elle accédait à une manière d'humanité qui relevait autant de la métamorphose mythologique que de l'échange qui existe de vivant à vivant, et qui m'a par exemple conduit, au lieu de lui frotter, comme me l'avait ordonné Jeanne, du persil sur les pis pour lui faire passer le lait, à téter ses mamelles noires et gonflées, m'efforçant de garder en moi ce lait trop sucré dont j'espérais tirer une force qui n'appartient qu'aux bêtes et qu'il ne me paraissait pas moins invraisemblable d'acquérir que le geste par lequel le vétérinaire enfile sur son bras nu un long gant de plastique transparent pour l'introduire dans la vulve de la vache où il dépose la semence : un geste qui le faisait se démener, souffler, geindre, se muer non pas en taureau mais en demi-dieu, la bête alors tournée vers lui avec ce beau regard chargé de reconnaissance, brun, doux et humide qu'ont les vaches limousines.

6

J'ai beaucoup écouté Jeanne, cet hiver-là et pendant le froid printemps qui a suivi et que Berthe-Dieu employait à remettre en état, dans l'ancienne salle à manger de la vieille maison, des voitures anciennes. Elle avait repris des forces, me parlait volontiers, tout en préparant des repas auxquels il était rare que nous fussions seuls à faire honneur, quelque gourle surgissant toujours sur le coup de midi ou de sept heures pour s'attabler devant un verre de vin puis une assiette de soupe, et finalement partager notre repas en apportant des nouvelles de ce dehors où Jeanne ne s'aventurait plus depuis la mort de Louise, et qu'elle ne connaissait d'ailleurs pas, le monde se réduisant pour elle aux murs de son commerce, au jardin où elle allait étendre le linge, et aux collines entourant Siom. Je la regardais préparer les plats pour lesquels elle avait la main, rôtis, gigots, gratins, pommes de terre, poule au pot, civet, potée aux choux, et, bien sûr, cette terrine dont je guettais en vain le « secret » qui la rendait incomparable et que je croyais trouver (en partie du moins) dans la rondelle de carotte et le bouquet de thym dont elle la couronnait. Elle coupait les tomates d'une façon que je n'ai vue qu'à elle, au moyen d'un antique instrument en forme de lyre qui donnait des tranches si fines que la tomate en ressortait comme intacte et que, comme pour certains mets savants, le plaisir venait autant du goût que de l'étonnement donné par la physionomie du plat. Le plus singulier était qu'elle ne réussissait jamais la sauce vinaigrette — la proportion d'huile étant toujours trop importante par rapport au vinaigre, l'un et l'autre de qualité médiocre ; mais elle la sauvait tantôt par des morceaux d'échalote (jamais d'ail, à ma demande) qui flottaient là comme des morceaux d'ambre non travaillé, tantôt par des fines herbes dont j'aimais le parfum, lorsque j'allais les cueillir au jardin, mais guère le goût, qui me « revenait » tout l'après-midi — ou, pour parler comme Jeanne, qui me « suivait », ou, aurait dit Louise, me « reprochait ». En revanche elle savait faire la sauce béchamel, dont elle tirait autant de fierté qu'un pianiste médiocre qui, cantonné dans la musique de salon, se montre capable de jouer (l'ayant autrefois appris pour quelque concours qui aurait dû lui ouvrir les portes de la gloire) les terribles traits de la *Deuxième Méphisto-Valse* de Liszt ou une étude de Scriabine, en protestant que ce n'est rien, qu'il suffit d'avoir la main, modestie destinée à dissimuler le fait qu'on n'est pas capable de grand-chose d'autre.

Elle travaillait, somnolait, rêvassait après le déjeuner, comme sa sœur Louise, sur une chaise de la cuisine, dans l'espoir qu'un client surgirait, les bras croisés, souriante, telle qu'elle devait être, petite fille, dans ce Siom où elle était née quatre ans avant la Grande Guerre et qu'elle n'avait quitté que pour le cours complémentaire de Meymac : deux années pendant lesquelles, malgré une intelligence médiocre, elle avait fini d'apprendre à lire, à écrire et à compter correctement, comme devait en être capable tout écolier sensé avant que ne soit consommée, dans les dernières années du XXe siècle, la rupture du lien entre la langue et le monde qui aura sans doute été une ultime forme de rapport au sacré, du moins à quelque chose qui nous dépasse infiniment sans que nous y soyons pourtant tout à fait étrangers.

Je vois une enfant en galoches et sarrau bleu clair à peine revenue du pensionnat de Meymac où elle avait connu la dure existence des internats de haute Corrèze, couchant dans un dortoir mal chauffé, près d'une fenêtre dont un des carreaux, brisé, n'avait pas été remplacé et dont nul ne songeait à demander la réparation, vu qu'il se trouvait près des latrines dont l'odeur était si éprouvante, même en hiver, qu'on aimait mieux grelotter plutôt que d'en respirer toute la nuit la puanteur.

Elle avait déjà le visage étroit, une bouche aux lèvres minces, le nez bourbonien des Bugeaud, des yeux bleu pâle : une figure qui la faisait ressembler à Anna de Noailles, la beauté en moins. Une ressemblance en outre suggérée par l'expression générale et quelque chose de très daté : la minceur des lèvres, les grands yeux, la forme rêveuse du visage, tout ce qui laissait augurer chez Jeanne, au premier abord, des qualités intellectuelles semblables à celles de la célèbre comtesse, mais qui ne tenait pas ses promesses ; au contraire, elle les laissait choir d'emblée pour révéler non seulement une absence de beauté proche par moments de la laideur (et qu'on lui pardonnait d'autant moins que ses sœurs étaient belles), mais aussi la médiocrité de son intelligence. À quoi il faut ajouter l'illusion créée par le nom de Noailles, l'un des mieux faits pour incarner le paysage français par ses sonorités évoquant l'émail, le vieil or et les profondes forêts patrimoniales, mais qui n'éveillait à Siom (et jusque dans l'incertaine mémoire de ma grand-tante, à la fin des années 70) que celui de Nouaille, assez répandu sur les hauteurs limousines, où, venu du latin populaire *novalia*, il désigne non plus des terres nouvellement défrichées mais des lieux-dits ou quelques gourles, parmi lesquelles je revois un gars de la Combeaujau si laid et tellement chauve qu'on l'appelait « quarante pia », c'est-à-dire quarante cheveux — de quoi il était le premier à rire et se fût vexé si on l'avait appelé autrement.

J'entends Jeanne, dont la mémoire, défaillante lorsqu'il était question d'événements récents, renouait avec le vivier de l'enfance dont elle avait gardé le goût des poésies, réciter pour moi un quatrain de la comtesse de Noailles, les bras croisés, la tête droite, les yeux tournés vers le grand crucifix de bois, de l'autre côté de la rue, dans le jardin d'Amédée Pythre, un vague sourire aux lèvres, les pommettes écarlates, exactement comme elle devait se tenir, autrefois, sur le banc de l'école, égrenant d'une voix candide, presque idiote, ces vers :

Je n'aurai pas d'orgueil, et je serai pareille,
Dans ma couleur nouvelle et ma simplicité,
À mon frère le pampre et ma sœur la groseille
Qui sont la jouissance aimable de l'été.

Des vers auxquels elle ne comprenait sans doute pas grand-chose, et qui la renvoyaient, elle, à une existence aussi pathétique que celle de ses sœurs, de la même façon que le nom de Nouaille semblait la dégénérescence de celui de Noailles, la glèbe où retourne tout nom, sa liquéfaction, sa réduction en bouillasse ou en nouille ; et par ce jeu de mots c'est non seulement son activité de cuisinière que j'évoque (et qui aura été une de ses qualités), mais le style nouille des années où régnait la poétesse du *Cœur innombrable*, dont le beau visage maniéré participe de l'art décoratif en vogue au début du siècle dernier. Et en écoutant Jeanne réciter cette poésie (celle-là ou d'autres, de Sully Prudhomme, d'Albert Samain ou de Gérard d'Houville, tous ces bouquets de vers fanés que l'école laïque proposait à ces enfants nés dans ce qui avait été la haute langue de Bernard de Ventadour), j'étais aussi touché, et exaspéré, que si je la voyais retomber en enfance au milieu des derniers écoliers que recevait l'école de Siom, qui fermerait l'année suivante, en 1970, et dont elle assurait le repas de midi : une demi-douzaine de bougres de tous âges, qui entraient dans la cuisine avec leurs blouses grises et leurs bouilles rougeaudes, leur fort accent à peine débarrassé du patois, les galoches et les pèlerines de leurs parents, appartenant à la fois à un monde révolu et à un futur qui les verrait pour la plupart s'exiler en ville. Ils regardaient en souriant la Jeanne de Siom surgir non pas du présent mais du passé, dans ces vers à quoi ils ne comprenaient sans doute rien, eux non plus, et que Jeanne ne pouvait s'empêcher de réciter avec des larmes dans les yeux. Je détournais la tête en rougissant, tandis que Berthe-Dieu relevait la sienne de son assiette pour se mettre à maugréer, clignant de l'œil à mon intention : « Sabâ-tê ! Ché pas fadarde ! »

Les écoliers riaient sous cape, et Jeanne s'arrêtait, comme il le lui ordonnait, se mettant à pleurer tout de bon, retournait à ses fourneaux en relevant la tête, en vraie fille Bugeaud dans l'adversité, et fourrageant bruyamment dans les entrailles de la cuisinière comme chaque fois qu'elle était rabrouée ou en colère ; puis elle se tournait vers la tablée d'écoliers qui plongeaient le menton dans leur assiette : « Et alors, vous autres, vous n'avez pas encore fini de manger ? Ce que je prépare n'est pas assez bon pour vous, peut-être, bande de turlots ! »

Elle en eût, à ce moment, remontré au monde

entier, incapable de rien entendre, même si je lui avais dit que c'était beau, ce qu'elle récitait, oui, bien beau ; mais je n'avais pas pour le dire l'autorité de ma mère, ni le courage de tenir tête à Berthe-Dieu, à présent aussi gêné que les autres, comme tout timide qui s'est laissé aller à un éclat, et qui baissait de nouveau la tête avec un sourire goguenard.

Goguenard, il ne l'avait pourtant pas toujours été ; il était même tout le contraire lorsqu'il s'était agi d'épouser la dernière fille Bugeaud (et en écrivant cela, je me rends compte que c'est aussi bien à la main de ma mère qu'il aurait pu prétendre, étant plutôt bel homme et n'ayant après tout que dix ans de plus qu'elle, dont je ne m'étonne plus qu'il l'ait regardée non comme une nièce mais comme une femme, et moi avec un mélange de respect et de mépris, selon les jours, se disant peut-être que j'aurais pu être son fils et que, si je l'eusse été, il aurait fait de moi autre chose que ce que j'étais). Très tôt il avait eu des vues sur Jeanne, presque au sortir de l'enfance, telle qu'elle était, à sept ou huit ans, sur une carte postale éditée par Marie et qui la montre, debout sur la place de Siom, en robe claire, chaussettes noires et sabots, les mains le long du corps, à côté de Louise en long sarrau bleu et galoches, l'une et l'autre devant l'église, avec à leur droite et à leur gauche, assis ou debout sur l'herbe rase de la place pentue, d'autres petits Siomois, garçons et filles posant pour cette photo qui, si elle n'avait pas été éditée (sans doute pendant la Grande Guerre, car on n'y voit pas encore le monument aux morts, et plusieurs garçons ont la tête couverte de calots empruntés à leur père ou leurs grands frères revenus en permission), ne m'autoriserait pas à imaginer comment était Jeanne, enfant, ni comment Louise et elle étaient l'une par rapport à l'autre : semblables à une mère avec sa fille, graves, regardant l'appareil habillé d'un long drap noir sous lequel le photographe se glissait comme sous une jupe de veuve, immobiles dans le soleil du milieu d'après-midi qui suscite à leur droite de courtes ombres. Et c'est à ces ombres, un autre jour, en 1921, que Jean Bugeaud, depuis Mayence, sur une carte postale représentant la grand-place de Wiesbaden, avec une fontaine en son milieu, de rares passants et une automobile solitaire, écrirait pour se plaindre d'effectuer son service militaire en Allemagne, dans l'armée d'occupation, regrettant de n'avoir pas pris femme pour y échapper, remerciant Louise d'un mandat postal et demandant à Marie de lui faire établir une attestation selon laquelle il est agriculteur, au cas où ces derniers seraient libérés avant les autres.

Ombres toutes deux aujourd'hui, ombres de l'ombre qu'elles produisaient sur la place, il y aura bientôt un siècle, et que ma mère, à qui j'ai montré la photo, l'été dernier, a renvoyées au royaume des ombres : « Ils sont tous morts. Je ne serais même pas sûre de pouvoir les identifier... »

Sans doute ne voulait-elle rien voir, ni sa mère et sa tante toutes jeunes, ni le temps qu'il faisait, ce jour-là, sur la place de Siom, encore moins le temps où elle n'était pas encore et qui lui rappelait qu'il y en aurait un, bientôt, toujours plus proche qu'on ne croit, où elle ne serait plus et où je contemplerais les photos prises pendant l'autre guerre, sur lesquelles elle pose en tailleur gris devant l'église.

« Oui, morts, ou vivant dans un passé qui est pire que la mort », murmura-t-elle, l'air si las que je ne lui ai plus rien demandé.

Un passé dont je ne saurai pas grand-chose, Jeanne étant là-dessus comme sa mère et ses tantes, et comme les penseurs du XVIIe siècle, avant l'invention de l'enfance, considérant qu'il n'y avait rien d'intéressant à raconter sur ses premières années et même sur son adolescence, ayant ce goût du silence qui était la vraie noblesse de ces gens, lesquels ne parlaient jamais mieux que lorsqu'il n'était pas question d'eux, s'avançant vers autrui sur ce fond de ténèbres où j'en suis réduit à inventer leurs premières années, Jeanne, surtout, pour qui je ne trouve presque rien, sans doute parce qu'elle n'avait rien de séduisant, jeune fille, au contraire de Marie et de Louise dont les visages nuptiaux, tels qu'en ont gardé trace les photos, ont presque fini par remplacer pour moi les traits que je leur ai connus. Et je regarde, prise en 1945, au studio Georges, à Tulle, une photo de Jeanne à côté d'Étienne Berthe-Dieu, quelques jours après leur mariage : ils sont vêtus lui d'un costume noir, elle d'une robe à fines rayures et à manches courtes ; tous deux tiennent à la main une paire de gants ; à peine s'ils sourient : le grand rideau moiré, derrière eux, semble, comme le voile du temple de Jérusalem prêt à se déchirer, le banal fond de néant qui n'a jamais cessé de les appeler.

Je peine à parler de Jeanne, peut-être parce qu'il n'y a que dix ans qu'elle est morte et que, je l'avoue, je l'ai moins aimée que ses sœurs alors que c'est elle qui, en fin de compte, et maladroitement, m'aura montré le plus d'affection, n'éprouvant pour elle qu'une sorte d'affectueux respect qui me dispensait de l'aimer, à supposer que je fusse capable d'aimer, ayant très tôt compris qu'il y a une solitude au sein de laquelle le cœur se tient en réserve, voire en deçà de la ligne affective ordinaire ; et comme les Bugeaud étaient rien moins que démonstratifs, sauf Jeanne qui avait la larme aisée autant que l'imprécation virulente, j'avais appris à me tenir loin des gestes par lesquels le corps d'autrui devient soudain plus proche qu'un précipice : le corps me faisait horreur, la nudité me semblait répugnante comme une mauvaise odeur, et, sachant que nul ne se lavait jamais entièrement le corps, à Siom, comme à peu près partout sur les hautes terres (le médecin qui venait soigner Jeanne me dirait que les bains étaient inconnus aux Buiges, en 1913, les écoliers ne se lavant qu'une fois par semaine, et leurs parents se contentant, eux, de se laver les mains pour aller à la messe, ou pour traire les vaches, moins par goût de la propreté que parce que cette ablution était censée protéger la santé du bétail), je me disais que la nudité ne pouvait qu'être un dévoilement d'odeurs repoussantes, tout comme la bouche d'autrui, malgré le souvenir que je gardais de celles de Désirée Allagnac ou de Frédérique, la petite-fille de Mme Malrieu, qui, c'est le moment de le dire, venait me retrouver à Neuvialle, dans le pré où je gardais les brebis, et avait tout fait pour que je l'embrasse. Je tendais des lèvres closes, moi qui n'avais jamais vu un homme et une femme s'embrasser sur la bouche mais qui savais que ça se faisait et le redoutais autant que d'assister à un accouchement. « Comme un amoureux », exigeait-elle, alors qu'embrasser une fille dont je n'étais pas amoureux, si jolie fût-elle, me paraissait (on voit si j'étais innocent) un acte contre nature, surtout lorsque je m'avançais les yeux grands ouverts vers cette bouche où je voyais palpiter la langue dont j'ai approché la mienne, assis à côté de Frédérique dans le grand pré du haut, aveuglé par le soleil qui se couchait dans les collines de l'ouest, l'approchant donc, cette langue, de celle que, les yeux clos, me tendait la jeune fille mais la rétractant au moment où elles allaient se toucher, et me levant avec un sentiment d'effroi qui m'a fait pousser un long cri, incapable de sauter le pas, de comprendre quel plaisir on pouvait trouver à ce qui relevait à mes yeux de la bave et du crachat, comme si j'avais eu sur la langue non pas le goût secret d'une jeune fille mais ce que le père Allagnac, Berthe-Dieu et tant d'autres allaient bruyamment chercher au fond de leur gorge avant de l'expectorer.

7

Marina m'a regardé de l'air moqueur avec lequel toute amoureuse entreprend de venger non pas celles qui l'ont précédée (lesquelles, au contraire, n'expieront jamais d'avoir précédé celle qui règne aujourd'hui sur notre cœur) mais le sexe féminin en tant que tel — pour en remontrer aux hommes sur leur lâcheté congénitale, ou par crainte d'un futur abandon, d'un « largage » prochain, avait-elle dit en usant, pour une fois, du langage de son âge, puisque c'est la jeunesse contemporaine tout entière qui se reconnaît comme telle dans ce français argotique dont la profération m'indispose, et me semble emblématique d'une époque où je n'ai plus d'existence mondaine. Je n'ai pas de visage social ; je ne suis pas un homme intéressant ; je ne dispose d'aucun pouvoir : ni protection ni alliance ni réseau franc-maçon — un homme seul, sans image publique dont il puisse faire son masque. J'avais beaucoup parlé, révélé des choses que je ne pensais jamais dire. Cette dernière confession m'avait conduit au bord des larmes ; je me serais volontiers laissé aller à pleurer dans les bras de cette si jeune femme. Je me suis ressaisi ; j'ai rarement pleuré ; et lorsqu'il m'arrivait de ne pouvoir retenir mes larmes, il se trouvait toujours quelqu'un, là-bas, pour me lancer : « Pleure, pleure : tu pisseras moins ! »

Je songeais au chemin qu'il m'avait fallu parcourir pour sortir de l'austère forteresse où j'avais passé mes premières années, même si c'est pour me retrouver aujourd'hui dans une autre forteresse, sentimentale, celle-là, puisque de semaine en semaine, et même de jour en jour, Marina m'est devenue plus nécessaire et que j'ai toujours plus de peine à la laisser redescendre dans la nuit de Paris — à la laisser en quelque sorte mourir, me disais-je, tant il est vrai que l'amour, même pour une brève séparation, nous ferait presque préférer la mort (celle d'autrui, et non la nôtre, même si sa disparition doit entraîner notre arrêt de mort et que notre propre mort puisse nous apparaître comme l'entrée dans une douce nuit, tant nous sommes fatigués de dresser contre elle d'illusoires paroles) à la liberté dans laquelle la personne aimée vit loin de nous, nous reniant peut-être, nous maudissant ou, pis, nous oubliant.

Je vivais un amour rétrospectif qui me faisait comprendre (compréhension relevant moins du savoir général que de l'inventivité métaphorique qu'on appelle aussi intuition et qui est loin d'être l'apanage des femmes) que le temps amoureux est bien plus important que celui que nous accordons théoriquement à la vie de l'amour et que nous avons tendance à calquer sur notre emploi du temps quotidien : on commence rarement d'aimer à l'instant où on rencontre quelqu'un, fût-ce par la terrible grâce d'un coup de foudre ; la foudre était dans les cieux avant de tomber, et l'orage un processus qui a pris du temps : on aime bien avant d'aimer, souvent sans avoir vu qui on va aimer, ni même se douter qu'on aime, soit que la rencontre amoureuse se révèle l'accomplissement d'une quête liée à un type de femme longtemps recherché et illusoirement trouvé de femme en femme (chacune étant non pas la totalité de son sexe, ni son essence, mais une fugitive facette qui nous montre que, d'une certaine façon, ce type, ou ce genre, n'est qu'un songe), soit que notre amour se porte sur le premier objet venu, parce que nous n'avons pas de type ni d'exigence précise, et que nous sommes tellement débordants de désir que cet être agit sur nous à la manière d'un paratonnerre : un récepteur d'intensité céleste, quelque chose que nous attendions depuis longtemps et qui nous attendait depuis toujours, ce qui fait de l'individu amoureux une simple vue de l'esprit dans la mesure où le couple est non seulement, à lui seul, une sorte d'individu impossible et cependant indéniable, mais encore une réfutation momentanée de la logique égotiste dans laquelle nous vivons le plus souvent en gémissant que rien ne puisse nous délivrer de nous, pas même la brève secousse de chair qui ne fait que nous renvoyer à nous-même, alors que nous pensions nous fondre en autrui, nous délivrer en lui de notre être social, adulte, maniaque et désespéré, et ainsi retrouver notre innocence.

Je m'étais mis à aimer Marina sans le savoir et non parce qu'on m'avait parlé d'elle, piquant ma curiosité, éveillant un désir endormi, et m'offrant une sorte de chance, d'espoir, ou de promesse, encore moins parce que j'aurais recherché, au seuil de la cinquantaine, l'amour d'une très jeune fille capable de me régénérer, me sauver, ou, plus simplement, lorsque je la pénètre, la sensation que c'est la première fois que je connais une femme, dans un silence si profond qu'il me donne à croire que j'entends le bruit de ma verge écartant doucement ses muqueuses : le plus secret des bruits, semblable au bruit de la soie qui se déplie ; capable aussi, Marina, de me faire oublier que ma jeunesse prend vraiment fin, ou plutôt qu'elle s'achèvera avec cet amour ; une fin que je commençais à redouter, c'est-à-dire à anticiper, voire à préparer, le pire appelant le pire, même si Marina est de ces femmes qui ne croient pas qu'on puisse aimer sans réciprocité, et qui refusent de calquer ce pur amour, comme l'appelle ma jeune maîtresse, sur le seul mode d'existence du désir physique, lequel a sa propre logique, qui entre souvent en contradiction avec l'amour, tout en le portant à son comble.

C'est à la préhistoire de son amour que Marina en appelle, à présent : à notre première rencontre, dans la grand-salle de chez Jeanne, revenant une fois encore sur cet épisode dont elle semblait n'avoir pas épuisé la force propitiatoire ni l'éblouissement, encore moins ce qu'elle s'était dit, à ce moment-là, et qui avait pour elle une puissance quasi divinatoire : « Je t'ai regardé, certaine que c'était ça que je voulais, à treize ans : un amour avec toi, une évidence de ce genre, cet homme qui était là, lisant assis à une table, dans le fond de la salle, près du petit poêle à bois, sous ce tableau peint par un peintre du dimanche et offert à Jeanne en remerciement de quelques largesses, et représentant Siom depuis la route de Limoges, avec l'église, l'ancien presbytère, quelques maisons en contrebas, le pont sans arches qui sépare le lac de l'étang du curé, et ce ciel chargé de nuages gris entre lesquels le soleil se glissait par moments et vers lequel tu levais les yeux. Je te voyais pour la première fois, mais j'avais déjà entendu parler de toi par mon père ou par un de mes oncles qui avait dit qu'il était étonnant que la famille Bugeaud s'achève avec un type qui écrit des livres, ne prononçant pas le mot "écrivain", comme s'il était réservé aux morts ; on a toujours eu cette impression, à l'école, que les écrivains sont morts, n'est-ce pas, et j'étais, à cet âge, d'accord avec lui, je l'avoue, ne concevant pas qu'un écrivain puisse vivre comme n'importe qui et qu'on puisse le voir, lui parler, le toucher, surtout à Siom, en veste de velours sombre ouverte sur une chemise blanche et un gilet anthracite, les yeux levés vers le ciel soudain trop bleu, comme tu dis si souvent dans tes livres. C'est du moins ce que je pouvais croire, moi qui fuyais alors le regard des hommes mûrs, des vieux, comme on les appelait au lycée, et qui ne comprenais cependant pas que tu fasses semblant de ne pas me voir, car je n'étais pas si mal que ça, à treize ans : tu ne pouvais pas ne pas me remarquer, avec mon jean serré, ces grands cheveux blonds qui me mangeaient la figure et ce chandail qui ne cachait pas tout à fait ma poitrine déjà lourde, comme tu dirais encore. Et moi, je ne pouvais pas ne pas savoir que je te choisissais, même si je ne comprenais pas tout à fait ce qui se passait en moi, et qui devait cependant être considérable puisque je n'en ai pas dormi de la nuit, à la fois ravie et révoltée, si bien que je me suis mise à te lire, d'abord choquée par certains de tes livres à quoi, je le reconnais, je ne comprenais pas grand-chose, et puis y renonçant, t'oubliant, toi et tes livres, pendant plusieurs années, ou plutôt laissant tout ça travailler en moi, à mon insu, jusqu'à ce que je te revoie, dans une librairie où tu signais tes livres, à Ussel, place de la République, où je passais par hasard, après mes cours, et où tant de monde — des femmes, évidemment — se pressait autour de toi que tu as pris le livre que je te tendais et l'as signé sans me regarder vraiment, y inscrivant mon prénom à la hâte, avec une formule toute faite, et me le rendant en me demandant (ce qui m'a confirmé que je t'aimais déjà) si j'étais d'Ussel, si je savais que d'illustres écrivains s'y étaient arrêtés, un jour : le délicat Joseph Joubert, dont tu me recommandais les *Pensées*, et l'extraordinaire Ezra Pound. Tu as alors voulu savoir, ces noms ne me disant rien, si j'avais lu la correspondance de Marina Tsvetaïeva avec Boris Pasternak et Rainer Maria Rilke, et, sur ma réponse négative, te tournant vers le libraire pour lui demander s'il l'avait en rayon. Il l'avait, il l'a apporté et tu m'as tendu le livre sans que je sache si tu me l'offrais ou me proposais de le feuilleter, si bien que je l'ai feuilleté sans l'acheter, trop cher pour moi, ou bien méfiante, et déçue que tu ne me l'offres pas, te trouvant même un peu radin, tandis que, repris par tes lectrices, tu ne semblais plus te soucier de la jeune fille de dix-huit ans qui se tenait non loin de toi et que tu n'avais pas reconnue, avec ses cheveux plus courts et sa poitrine qui s'était développée sans que ses cuisses ni sa taille épaississent, trop de gens se pressant autour de toi qui ne savais où donner de la tête, laquelle te tournait sans doute d'une autre façon, le succès, le vin que tu buvais et dont quelqu'un m'a proposé un verre, que j'ai bu avant de m'en aller en me promettant de lire cette correspondance et de te le faire savoir, un jour ; me disant aussi que j'étais heureuse de mes seins, sachant que tu les avais remarqués, que tu les aimerais, un jour, que c'était le plus beau cadeau que je pourrais te faire, si tu daignais t'intéresser à moi, lorsque j'aurais tout fait pour t'approcher de nouveau, ce qui n'était pas difficile, les écrivains sont si prévisibles, du moins en matière de femmes, et les femmes si souvent prêtes à se jeter à leur cou ; sauf que chez moi il n'y avait aucun calcul, aucune stratégie : je t'ai aimé dès le début, de cet amour entier, immense et désespéré propre aux toutes jeunes filles, un amour qui ne trouve jamais grâce aux yeux des adultes, mais qui est sans doute, pour nous, le seul qui compte vraiment... »

Et si mon expérience en matière amoureuse (formulation que je préfère à celle de « vie amoureuse », qui, j'y reviens encore, tend à faire penser que nous avons à notre disposition des vies indépendantes les unes des autres et dont la réunion en un faisceau tenu par une main absente constituerait la somme d'intensités et d'illusions que nous appelons l'existence) ne me permettait pas de croire à la réciprocité absolue de l'amour, laquelle se heurte à des réticences, des retards, des différences d'intensité, voire des incompatibilités sexuelles qui font de l'amour partagé la plus belle, la plus nécessaire mais aussi la plus grande des illusions, force m'était de reconnaître que certaines femmes (souvent les plus jeunes) ont une si bouleversante façon de se donner qu'elles suscitent en retour un amour dont la nature, la qualité, la durée même, nous délogent de l'indifférence où nous serions resté si elles n'avaient pas eu tant d'audace et par laquelle nous nous étonnons nous-même, comme dit la langue. L'amour ne naît ni ne s'éteint : il est toujours là, en nous, comme une idée en soi, quelque chose de massif, de compact, d'abstrait, un minéral promis à la fusion au contact d'un autre minéral par la vertu d'un feu partagé, ou bien à une combustion solitaire; et, dans quelque état qu'il se trouve en nous, qu'il brûle ou qu'il pèse, obéissant au temps tout en existant en lui-même, jouissant d'une liberté qui le rapproche de l'innocence pour peu qu'on accepte de renoncer à la chronologie simpliste qui régit la vie ordinaire, l'amour veut l'éternité, et la récente manie que nous avons de regarder l'heure à tout moment et partout est une des choses qui, ajoutées à l'oubli de Dieu, contribuent à rendre fragile le sentiment amoureux, de même que le sommeil demande la nuit obscure et le silence, toutes choses qui n'existent plus dans nos chambres où veille toujours la lueur rouge ou bleuâtre d'un appareil à quartz au sein d'un silence qui n'a pas la qualité quasi céleste de celui de Siom.

C'est pourquoi, s'agissant de Marina (de cet événement extraordinaire qu'est le surgissement de cette femme dans ma vie, pour moi qui avais cru régler une fois pour toutes ce qui me restait de temps sur celui que j'accordais à l'écriture, à la lecture, et à des amours éphémères dont je pensais qu'elles étaient les seules qui me fussent accordées), je devais admettre qu'une femme est avant tout l'autre figure du temps, sa dimension toujours nouvelle, et qu'il me fallait descendre dans ce temps comme Marina descendait dans mon passé et dans ce qu'elle appelait la préhistoire de notre amour (et que j'aimais parce que né au bord de la Vézère, qui, beaucoup plus bas, grossie d'autres rivières, coule au pied de falaises percées de grottes où s'est inventé l'art), sans se cacher de ce qu'elle éprouvait pour moi, n'hésitant plus à prononcer ce mot qui lui venait de son enfance limousine, de toutes ces années qu'elle avait dû traverser pour arriver jusqu'à moi et du bond dont j'étais capable, moi, chaussé de bottes d'ogre, pour être là, devant elle, plus nu dans ce que je disais que dans la nudité de mon corps, tandis qu'elle, Marina, n'était jamais aussi nue que lorsqu'elle se taisait après l'amour, les cuisses encore ouvertes et humides, et m'écoutant lui dire, à sa demande, ce que mes livres passaient sous silence. Elle supposait entre mes livres et moi assez de distance pour que se dessine une vérité que je ne livrerais qu'à elle et qui m'oblige à un retour sur moi-même, sur une journée dont je ne gardais en vérité qu'un souvenir vague. J'étais amené à la réinventer, encore une fois. Et ce ne serait pas la dernière : les amants n'aiment rien tant que de se raconter les débuts de leur histoire par crainte, peut-être, d'envisager que ce qui a commencé puisse un jour s'achever, essayant de conjurer l'inévitable par le ressassement du passé; ce qui me conduisait, moi, à me revoir, ce matin-là vers onze heures, un matin d'automne, à la Toussaint, dans les derniers temps de la vie de Jeanne, revenu à Siom autant pour saluer mes morts que parce que je devinais que ma grand-tante n'en avait plus pour très longtemps, mais ne pouvant dire à Marina que, dès que je me trouvais dans cette salle, je n'étais plus tout à fait moi-même, replié ou rentré en moi-même, comme dit la langue, même après tant d'années, et alors que Jeanne avait vendu son affaire à une petite-nièce de Berthe-Dieu qui voyait bien que ce n'était pas le Pérou, comme elle disait, mais qui aurait tout fait pour échapper à la ferme paternelle, perdue entre Millevaches et Saint-Merd-les-Oussines. J'étais repris des mêmes terreurs, répulsions, inhibitions qu'à seize ans, quand il me fallait faire le service du déjeuner et du dîner, et passer de longues heures, l'après-midi, debout derrière le comptoir du bistrot où je m'étonnais de pouvoir poser les coudes, comme un homme, moi qui, tout petit, considérais la surface de zinc comme aussi inaccessible que le toit de l'église, non seulement parce que je ne pouvais même pas l'atteindre en levant le bras mais parce que, la fois où Berthe-Dieu m'y avait posé, j'avais été pris d'un vertige qui avait fait dire à Heurtebise : « Eh bien, mon pauvre Étienne, toun nebou eï dézâ pintâ ! »

Je me revoyais là, non pas enfant, ni ivre, comme le prétendait Heurtebise, mais dix ans plus tard, adolescent, l'estomac serré, le gosier sec, redoutant le client plus que je ne l'attendais, régulièrement arraché à ma lecture par un de ces pèlerins, comme les appelait Jeanne qui les désignait aussi par les noms de pelés et de galeux, confondant l'expression « trois pelés et un tondu » avec « ce pelé, ce galeux », emprunté à La Fontaine et auquel elle eût, si elle s'en était souvenue, donné la suite du vers : « d'où venait tout le mal », tant il est vrai que ces clients la tuaient peu à peu, à la fois sa raison de vivre et celle de sa mort, les bénissant autant qu'elle les maudissait, dès qu'il en survenait un, par quelque : « Qu'est-ce qu'il vient nous emmerder tout à l'heure, quer bravë cournaio ! », imprécation proférée tout bas, entre les dents, et qui faisait aussitôt place à la plus joviale formule d'accueil : « Et alors, René de Plazaneix, coveï ? » qui ne manquait pas d'amener au visage de la gourle un large sourire qui se refermait si elle apercevait ma mère, parce que c'était une personne trop bien pour eux, ils le savaient, outre qu'elle était la « nièce Bugeaud », l'héritière présomptive, et qu'elle les regardait, elle, sans aménité, les obligeant à reculer, à passer dans la salle où j'allais les servir, tandis que ma mère, qui était là pour peu de temps et entendait bien qu'on ne lui gâchât pas les heures qu'elle daignait nous accorder, lâchait : « Quelle boutique ! » — le mot « boutique » ne s'adressant pas à la profession de Jeanne, malgré les circonstances, mais désignant quelque chose de plus général : un état méprisable, une situation déplaisante, bien plus qu'une allusion à un lieu de vente, et s'il nous arrivait de nous exclamer « Quelle boutique ! », ma mère et moi, plus tard, en dehors de Siom, c'était comme un signe de connivence, un des seuls que nous ayons échangés, et une des rares fois où j'ai vu rire ma mère aux éclats, dans une pharmacie où on refusait de lui vendre un produit qui ne figurait pas sur son ordonnance : « Quelle boutique ! » s'était-elle exclamée, moins parce qu'elle était irritée de se voir refuser un médicament que parce que, me dirait-elle en quittant l'officine, elle venait de se rappeler que ce mot venait du grec *apothèkè*, qui a donné apothicaire, pharmacien, ainsi qu'on le voit dans le vieux français et dans d'autres langues européennes.

Les gourles venaient tuer le temps aux heures creuses et il me fallait écouter leurs discours sans fin (et, comme tout monologue personnel, toujours le même) en échange de quelques pièces de pourboire péniblement cherchées au fond d'un porte-monnaie souvent semblable à une vieille blague à tabac, tandis que Berthe-Dieu faisait la sieste dans l'une de ses voitures et que Jeanne somnolait sur sa chaise, à la cuisine, les bras croisés sur son ventre, auquel pendait une sacoche de skaï blanc dont elle était harnachée dès le matin et où elle mettait l'argent de la journée pour n'avoir pas à faire des allées et venues entre les tables et la caisse, rêvant les yeux ouverts, exactement comme le chat obèse sur la table, devant elle, plongeant de temps à autre ses mains dans la sacoche et remuant longuement les doigts dans les pièces comme en une eau rafraîchissante, malgré mes remontrances sur la saleté de l'argent, mais aimant, elle, l'odeur de ces pièces, cuivrée comme celle du sang, non pas à la manière des avares, mais parce qu'elle s'en trouvait aussi bien que son mari du bracelet de cuivre porté au poignet droit pour lutter contre les rhumatismes, et qu'elle était rassurée par le bruit de l'argent, elle qui ne savait pas le gérer et qui avait, à cette époque, à peine de quoi subsister.

Et alors que je tente de réinventer la journée où Marina m'est apparue pour la première fois (lui mentant donc, lui disant, à partir du vague souvenir que je garde d'une adolescente un peu boulotte et mal à l'aise dans cette salle où il n'y avait que des hommes — des gourles, surtout, qui n'avaient pas l'habitude de voir des femmes et la dévisageaient sans retenue), c'est le souvenir de Jeanne qui s'interpose, dans cet Hôtel du Lac si peu fait pour l'amour que j'ai peine à imaginer que j'ai commencé d'y aimer Marina, même si, je le sais, l'amour s'avance souvent masqué, sinon dans son contraire, haine ou indifférence, et que ce n'était pas, me disais-je pour justifier le mensonge que je lui servais et que je peaufinais de version en version (et à quoi elle ne se trompait probablement pas, mais préférant ce mensonge, ou cette demi-vérité, à une absence de souvenir qui l'eût renvoyée à une sorte de néant et anticipe d'une certaine façon ce qui voue tout amour à n'être qu'un travail de deuil), ce n'était pas parce que je ne me souvenais pas d'avoir remarqué Marina à peine sortie de l'enfance, ce jour-là, que je ne l'avais pas vue ; il est au contraire probable que je l'ai non seulement vue, mais que j'ai admiré son visage et ce corps qui promettait tant, sans doute à cause de cette poitrine qui la gênait un peu, malgré le large pull de laine chinée qu'elle me disait porter alors ; mais c'est un souvenir qu'il me faut réinventer avec elle, opérant d'une façon totalement inverse de celle des archéologues qui reconstituent une statue à partir de quelques morceaux de pierre retrouvés dans les sables : il me fallait, moi, dépouiller Marina de ses traits et de ses formes parfaites d'adulte pour tenter de revoir l'adolescente d'autrefois en sa beauté imparfaite, ce qui n'est possible que dans l'amoureuse pénombre où son corps ne m'apparaît que de façon fragmentaire, lorsque le plaisir rend son visage à quelque chose d'infiniment jeune, de pur, d'innocent ; et je me revoyais, moi, dix ans plus tôt, dans les traits et l'allure que j'avais à l'époque, au fond de cette salle mal chauffée, allant à mon insu à la rencontre de cette quasi-enfant qui disait m'avoir aimé d'emblée et qui m'avait laissé le temps d'apprendre à l'aimer sans que je le sache, un peu comme ces graines retrouvées dans les tombes royales de l'ancienne Égypte et qu'on a pu faire germer trois mille ans plus tard ; ce qui m'incite à me demander si le plus beau, le plus fort de l'amour n'est pas dans l'ignorance où nous sommes souvent de ce que nous éprouvons et dans l'innocence que nous recevons de cette ignorance.

8

Jeanne surgissait donc derrière Marina ; c'est elle que je vois, et vers qui il me faut me tourner encore une fois, puisque je n'en ai pas encore fini avec elle et qu'on n'en finit d'ailleurs jamais avec ceux qui nous ont aimé avec cette sorte d'amour qui n'exige rien en échange.

« Et comment me voyais-tu ? » a demandé Marina avec l'exaspérante minauderie des femmes qui devinent que notre pensée ne va pas entièrement à elles au moment où nous parlons, mais à une autre, fût-ce une vieille femme de Corrèze morte il y a dix ans, ou bien elles-mêmes, telles qu'elles étaient naguère, plus jeunes, comprenant que notre désir peut s'adresser à une apparence qui n'est plus et nous donner à regretter de ne pas les avoir connues alors, se découvrant jalouses de celles qu'elles ont été, irritées de l'espèce de supériorité que confère l'âge, agacées de ce dans quoi on se drape avec le nom d'expérience et qui nous fait considérer les très jeunes gens avec une sorte de condescendance, alors que c'est souvent eux qui, par leur jeunesse et leur façon de voir le monde, sont à même de nous donner sinon des leçons, du moins de contribuer à notre expérience, ne serait-ce que par la façon dont ils nous renvoient à nous-même, nous rappelant, plus souvent que nous ne le voudrions, celui ou celle que nous ne sommes plus, et, plus encore, les essarts, les brandes désolées où nous allons errer.

Je l'ai donc inventée une nouvelle fois, adolescente en jean trop tendu sur des fesses fermes et une taille un peu courte, son pull de laine chiné assez large pour dépasser d'un vieux blouson de cuir entrouvert, les mains malhabiles, dissimulées dans les manches du chandail, comme tant de jeunes filles de cet âge. Marina riait de se voir surgir dans ma bouche non pas telle qu'elle était exactement ce jour-là, mais comme elle aurait voulu que je l'eusse vraiment regardée, selon une vraisemblance à quoi le désir que j'ai aujourd'hui d'elle la force à s'identifier, se voyant comme elle ne s'était jamais encore vue ni qu'elle aurait pensé qu'un homme pût la voir, dix ans plus tôt, et dont elle se fût probablement effrayée. Car le désir suppose un regard analytique autant qu'idéalisateur; et il est des amants qui, comme moi, trouvent le moyen (lequel est aussi une façon de se protéger des sortilèges amoureux ou d'inévitables déceptions) d'analyser le corps et les traits du caractère d'autrui pendant que le désir qu'ils ont de lui se porte à son plus vif degré de cristallisation; si bien que ce double mouvement d'aveuglement et de lucidité suscite une contradiction étrangement féconde, qui débouche pour moi sur un échec quasi heureux, quelle que soit la façon dont je suis aimé, fût-ce au plus fort d'une passion où je m'obstine bien que je sache qu'elle me rend malheureux, dans une sorte de retrait, de distance, de position qui peut faire croire à de l'indifférence ou à de l'égoïsme, ou encore à de la lâcheté, alors que c'est la seule façon qui me soit donnée d'aimer : une présence toujours happée par l'absence et, inversement, quelque chose qui m'empêche de vivre avec une femme, et me condamne à des liaisons singulières, secrètes, éphémères.

Marina riait encore de voir mon désir s'étendre au portrait imaginaire que je faisais d'elle, perchée pour boire un soda sur un des hauts tabourets de ce que Jeanne, que la modernité du mot séduisait, appelait le bar et non le comptoir, et de là m'observant à la dérobée, puis franchement, finissant par trouver mes yeux comme pour s'indigner d'être regardée, elle qui n'était qu'une adolescente, faisant mine, ce jour-là (tout comme lorsqu'elle m'écoute, aujourd'hui, avec l'ironie des femmes comblées), de me considérer comme un amateur de très jeunes filles, auxquelles je suis certes sensible, sans pour autant en faire un objet de prédilection.

Le désir invente son temps et sa géographie : il étend au passé comme au futur les lois de ses exigences, de sa souffrance, de ses superstitions, pour faire du présent une terre disgraciée où nous finissons par nous égarer. Marina n'y échappe pas ; elle s'inquiète, s'enquiert si je ne m'ennuie pas avec elle, se demande sans doute s'il peut y avoir quelque chose au-delà des râles que nous tirons l'un de l'autre : une construction imaginaire à quoi elle n'ose, pas plus que moi, donner le nom de couple et qui, pour cette raison, nous condamne, je le vois bien maintenant, à nous héler bientôt de part et d'autre d'un même fleuve ; car il me faut en appeler sans cesse à sa jeunesse pour ne pas avoir la nostalgie d'un passé qui ne nous est pas commun, à cause de ce qu'elle n'a pas vécu et qui la rend d'une certaine façon infirme, ramenant à mon esprit, encore une fois, cette pensée que je m'étais toujours jusque-là efforcé de chasser : que notre amour (comme elle dit) va bientôt souffrir de cette différence d'âge et d'expérience, que Marina retournera à son âge, elle qui aime par exemple danser au son des rythmes simplistes du rock et de la techno qui m'ont très tôt convaincu que je ne pouvais être « de mon temps », ni vivre dans la béatitude d'une dévoration par le présent, encore moins dans un perpétuel sacrifice aux divinités du néant.

« Je ne suis pas si jeune que ça, a murmuré Marina, comme si je la regardais de plus loin que de l'endroit où je me trouvais, des confins où l'amour ne peut exister que dans la nostalgie de ce qu'il n'a pas été.

— L'amour ne cesse d'annexer au présent des passés imaginaires : il nous grandit ou nous rapetisse, ne nous fait jamais voir l'un à l'autre tels que nous sommes », ai-je dit trop sentencieusement pour ne pas me mettre à rougir.

Marina a eu la bonté de ne pas s'arrêter à mes sophismes. Elle a repris, d'une voix plus claire : « Mes seins, par exemple, ces seins que tu aimes tant, eh bien si tu m'avais connue à seize ou dix-sept ans, ils ne tombaient pas comme ils commencent à le faire : ils étaient durs et si gonflés qu'ils me faisaient mal, oui, délicieusement mal lorsque je les touchais ; tes paumes auraient à peine suffi à les contenir...

— J'y ai pensé quand tu as été devant moi dans la librairie d'Ussel...

— Oui, et j'ai bien vu que tu les regardais, que tu étais de ces hommes capables de désirer une femme pour telle partie de son corps, c'est si banal, si décevant pour nous, et en même temps si merveilleux ; si banale aussi ma façon de t'aborder que je n'ai pas insisté, ne t'ai pas écrit après avoir lu la *Correspondance à trois* que tu m'as fait découvrir ; je ne voulais pas être celle qui se jette au cou d'un artiste, qui prétend le sauver de lui-même, de la solitude, de l'alcool, du désespoir, de je ne sais quoi, il y en a tant comme ça, jeunes égéries, les futures veuves, pauvres malheureuses ou femmes dévouées, je ne voulais pas leur ressembler, ni te rappeler que nous nous étions déjà vus cinq ans auparavant, à Siom :

tu en aurais profité pour me draguer, tu m'aurais attendrie et déçue, et je n'aurais pu continuer à te lire... »

Marina, Marina, je te regarde dans la nuit qui vient et qui ne sera jamais tout à fait la nuit tant que nous nous parlerons ; une nuit plus humide que le vent d'ouest, disait ma grand-tante Marie, humide comme seule peut l'être une femme heureuse. Je te regarde en songeant que les autres n'ont pas ça, la vision d'une femme dont le sexe paraît frémir avec le même bonheur qu'une bouche d'enfant, et qui s'est donnée sans retenue, dans une nudité dont je n'arrive pas à croire qu'elles l'ont connue, Marie, Louise, Jeanne, elles dont les figures surgissent de nouveau derrière la tienne, Marina, tandis que je ferme les yeux, épuisé par ce nouvel assaut amoureux qui nous laisse hébétés, sans voix, prêts à tomber dans le court sommeil d'après l'amour. Il me semble être encore bercé par elles, saintes femmes de Siom que je ne peux (à tort, peut-être) me représenter râlant, criant, expirant sous les coups de boutoir d'Antoine Foly, d'Albert Sarroux, d'Étienne Berthe-Dieu, alors qu'il ne m'est pas difficile de me représenter ma mère en de telles circonstances, renversée, ouverte, exultant, son tailleur gris jeté à terre à côté de ses bas et de ses sous-vêtements dans une chambre inconnue, aussi nocturne que la mienne et sentant la même odeur de sueur, de sperme, de parfum, de tabac de Virginie dont elle raffolait ; non, je n'ai pas de mal à l'imaginer, puisque je suis un enfant de l'amour, le fruit d'un cri d'exultation, ce souffle, ce râle qui cherche sans relâche sa plus profonde expiration, son impossible épuisement.

Je te regarde, Marina, et c'est toutes les femmes que je désire, même celles qui n'ont rien de désirable, puisque les hommes sont ainsi faits que leur désir ne peut s'assouvir par le sexe mais par ce qui ne cesse de le relancer ; et parmi toutes ces femmes, c'est Jeanne qui continue à m'apparaître, la seule qui n'avait rien de désirable avec ses hanches larges, sa poitrine plate et son visage éclairé d'un regard bleu limpide malheureusement gâté par ce nez des Bugeaud qu'elle avait non seulement hérité mais en outre cassé dans sa prime enfance lors d'une chute sur la marche qui marque l'entrée du jardin de Marie et où, bien des années plus tard, entré au jardin malgré l'interdiction lancée par Marie, je tomberais à mon tour, m'ouvrant le haut du front d'où glissa un voile de sang qui m'a fait penser que c'était la première fois que quelque chose qui n'était pas la nuit s'étendait entre le monde et moi, et devenu aveugle, aussitôt enveloppé d'une serviette, entre les bras de Marie, dans la voiture de Berthe-Dieu filant vers Les Buiges, chez le docteur Labarre, qui m'avait mis au monde et qui me dit que, décidément, il ne me voyait qu'ensanglanté.

9

J'en reviens encore à Jeanne. En vain chercherait-on dans sa vie l'épisode romanesque échu à Marie et à Louise, et, d'une certaine façon, à ma mère. La trentaine dépassée en 1942, n'ayant suscité aucun prétendant parmi les agents d'encadrement qui travaillaient alors à la construction du barrage sur la Vézère, au Montheix, et logeaient à l'auberge, elle épousa Étienne, fils unique de Léopold Berthe-Dieu, des Places, un fermier voisin, donc, qui s'était employé avec ardeur à ce mariage qu'on n'envisageait, du côté Bugeaud, qu'avec résignation, ayant déjà refusé plusieurs prétendants, dont le cadet des frères Rivière qu'on n'avait pas agréé parce que trop pauvre, quoique bien de sa personne, maçon de son état et habile à l'ouvrage. On se résigna à Berthe-Dieu pour ne pas faire, avait dit Louise, comme le héron de la fable et se retrouver le bec dans l'eau.

S'il apportait peu de choses, pas même une intelligence bien au-dessus de celle, médiocre, de Jeanne, il était bel homme, et peut-être avait-on compté sur lui pour régénérer le sang des Bugeaud ; mais il n'avait que sa belle prestance ; le mariage resta stérile — stérilité bien entendu imputée à Berthe-Dieu par les Bugeaud qui regrettaient ouvertement d'avoir pris en compte l'amour que Jeanne, depuis l'enfance, portait au bel Étienne revenu de guerre après une courte captivité en Bavière, dans une grande ferme dépendant d'un château dont il avait sauvé la baronne (« la baronnesse », disait-il, ne voulant pas voir d'exception à la règle qui féminisait en *esse* les titres nobiliaires) en sautant sur le tracteur que celle-ci conduisait et qui s'était emballé, exactement comme il se fût jeté, au siècle précédent, au cou d'un cheval qui aurait pris le mors aux dents. Épisode dont il tirait plus de gloire que de sa capture par les Allemands, en Lorraine, dans une cave où il se cachait en compagnie d'un type du Lonzac et d'un curé qui s'était mis à boire, « tant comme il avait peur », précisait Berthe-Dieu, qui n'aimait guère le clergé, et qui disait encore : « Jamais plus j'ai vu un homme avoir aussi peur, ni être soûl comme ça... » Il racontait volontiers le sauvetage de la baronnesse et son singulier retour en Limousin, la gloire tranquille qui s'en était ensuivie et l'avait fait respecter de tous, à Siom, sauf des Bugeaud, ses beaux-frères et belles-sœurs ne lui témoignant qu'une déférence ironique ou polie, ou bien (comme ma mère) une affection condescendante. Une sorte de mépris, même, une fois le mariage arrêté ; la plus active étant Marie qui, pourtant bonne personne mais incapable de montrer de l'estime à qui n'en méritait pas selon son code, et qui agissait peut-être ainsi parce que, Pierre Bugeaud étant mort et Eugénie s'abîmant dans l'âge, il fallait montrer à ce mâle qui était le vrai maître. Elle s'était mise à lui tenir la dragée haute. Était-ce de la jalousie, ou bien les deux aînées ne croyaient-elles pas qu'un nouvel homme fût nécessaire dans la famille, et que la benjamine dût être sacrifiée sur l'autel du devoir commercial ? Elles ne jugèrent pas bon de trop dépenser pour ces noces, confectionnant ensemble un gâteau à base de farine non passée et donnant à boire un vin blanc qui était de la piquette ; de quoi Léonce Bugeaud s'étonna pour s'entendre répondre que c'était bien assez pour un mariage aussi tardif et peu prestigieux. Jeanne n'en profita d'ailleurs pas, ayant abusé de la Suze, et s'en étant trouvée si mal qu'elle ne cessait de demander à Léonce de « faire quelque chose », lequel Léonce, debout à l'entrée de la chambre nuptiale, lui répondait invariablement, en 'efforçant de ne pas rire : « Et que veux-tu que je fasse, ma pauvre Jeanne, tu es pintée... », tandis que Berthe-Dieu passait le reste de la nuit à veiller celle qui n'était pas encore tout à fait son épouse, somnolant dans le fauteuil, parmi les odeurs de vomi et d'eau de Cologne.

Étienne Berthe-Dieu était né à Paris en 1912, soit deux ans après Jeanne — ce qui faisait penser à cette dernière que c'était un surcroît de chance et (plus tard, quand Jeanne aurait perdu cette fraîcheur qui, accordons-le-lui, avait pu émouvoir Berthe-Dieu autant que sa position sociale) dire à ses sœurs que c'était un rengrègement de guigne, selon les mots de Louise qui voyait déjà le bel époux enfui avec une beauté de passage. En quoi elle se trompait, car Berthe-Dieu n'était nullement porté sur les femmes, malgré sa belle mine ; et sans doute avait-il compris que sa position dans le clan Bugeaud exigeait une conduite irréprochable, au moins sur ce plan-là, surtout quand on sut qu'il n'y aurait pas de descendance ; car pour le reste il avait ses idées, élevé rue de la Convention, dans le 15ᵉ arrondissement de Paris, par sa grand-mère qui tenait là un de ces petits bistrots dont certains subsistent encore dans cette rue — pas encore remplacés par de sinistres traiteurs asiatiques ou des boutiques de téléphonie mobile, et où il m'est arrivé d'aller m'asseoir, ces derniers temps, pour retrouver dans les propos de vieux

Parisiens modestes le bruit des conversations d'autrefois. Un bistrot assez semblable à celui qu'avait ouvert, à Siom, au début du siècle, l'oncle d'Étienne, qui avait un instant tenté de rivaliser avec les Bugeaud avant de vendre son affaire à Chabrat, en attendant que son père, veuf d'une fille Barthou, de Coissac, fût revenu de la guerre, qu'il se fût remarié et eût acheté, au hameau des Places, la ferme qu'il guignait depuis longtemps et qui lui tomba dans les mains avec sa nouvelle épouse Virginie Maffre —, Étienne Berthe-Dieu avait un penchant irrésistible pour l'inactivité : non pas tant paresseux que répugnant à l'effort soutenu, ce qui lui donnait de l'aversion pour les travaux de la ferme dont il disait qu'elle lui venait des heures passées sous la pluie avec sa grand-mère dans ces petits « jardins de guerre » : jardins ouvriers dont les lopins s'étendaient dans les fossés des anciennes fortifications de Paris, de la porte de Bercy à celle de Vincennes, et où on cultivait des légumes pour tenter de remédier à la cherté de la vie entre 1914 et 1918.

Sa timidité en face d'inconnus le rendait inapte à travailler dans l'hôtellerie, même pour la gestion de l'affaire, sachant à peine écrire et lisant avec une lenteur qui, aux journaux, lui fit très tôt préférer la radio et, plus tard, la télévision. Il avait en revanche un goût véritable pour la mécanique et l'automobile, et il montra par la suite qu'à partir d'épaves pourrissant dans des granges perdues il était capable de reconstituer des voitures anciennes et de les vendre aux amateurs. Je l'accompagnais dans la recherche de voitures abandonnées, non parce qu'il voulait me faire plaisir (la notion de plaisir étant à peu près absente du monde de Siom, en tout cas suspecte, réprouvée comme telle, et, comme la sensiblerie, étrangère au caractère siomois), mais parce que je lui étais utile, la présence d'un enfant rassurant ces fermiers méfiants et ladres, dans ses négociations avec les gens chez qui il « savait » une épave, comme il disait, du côté de Davignac, de Féniers, de Nedde ou de Chamboulive, et qui nous réservaient un accueil prudent, se demandant combien ils allaient pouvoir tirer de ce qu'ils n'avaient jamais songé à vendre, ni pensé qu'on pût leur proposer d'acheter ce tas de ferraille gisant sous des planches, du vieux foin ou du bois de chauffe. Ils n'aimaient pas être pris au dépourvu.

« Vous comprenez, je suis en train à en remonter une, et ça me servirait bien pour les pièces manquantes », disait alors Berthe-Dieu, l'air matois, commettant un solécisme sur lequel je ne songeais pas à le reprendre, tellement j'étais impressionné par l'aplomb qu'il avait en proférant cette phrase, toujours la même ; et non seulement moi, mais les fermiers à qui elle s'adressait, ainsi peut-être qu'à lui-même, tant il se redressait pour la dire, conscient de l'importance et du mystère octroyés par cette phrase qui promettait de rendre une épave à une vie nouvelle ; si bien que cette phrase, eût-elle fait florès et outrepassé l'immanente et locale gloire de Berthe-Dieu mécanicien pour se propager à la France entière, on aurait pu y voir l'origine de ces glissements syntaxiques par lesquels un solécisme devient la règle, sans qu'on en connaisse jamais la cause précise, ni même la subjective logique, mais seulement le temps de son apparition.

Les fermiers nous entraînaient à la cuisine où ils se sentaient mieux pour réfléchir et discuter dans un silence seulement troublé par l'agonie de mouches sur le ruban de papier gluant qui pendait du plafond et le lent balancier de l'horloge, avant de lâcher un prix à l'énoncé duquel Berthe-Dieu se récriait, feignant l'indignation, allant jusqu'à lancer : « Ché pas fadard ! », passant brusquement au tutoiement et au patois tout en se levant, rappelant son chien, m'ordonnant de lever le camp sans avoir touché au verre de gnole qu'on nous avait servi. Il remontait en voiture sans se presser, certain que le fermier le rappellerait avant qu'il eût démarré, ne se trompant jamais sur ce point, redescendant de voiture pour une négociation qui durait longtemps encore, pour la forme, le temps, cette fois, de boire le verre de gnole et d'en reprendre un ou deux, que je vomirais dans les tournants du plateau. Le marché conclu, il déposait sur la table l'argent que les fermiers regardaient, un peu hébétés, tandis qu'il me lançait un clin d'œil satisfait et se levait pour aller prélever sur l'épave une pièce importante en murmurant : « Des fois qu'ils se raviseraient... » Mais ils ne se ravisaient pas, et nous revenions chercher l'épave, l'après-midi ou le lendemain matin avec le camion à quatre roues motrices de l'armée américaine emprunté à Amélie Piale et dont, en échange, Berthe-Dieu assurait l'entretien. L'épave ressortait de ses mains comme neuve, deux ou trois hivers plus tard, et il la promenait sur les routes du canton, plus fier, plus impénétrable qu'un chauffeur de maître, ayant troqué son éternel béret basque contre une plate casquette de marin oubliée chez nous par un client de Lorient, surtout dans les foires où il faisait semblant de ne voir personne, et où on finissait par l'arrêter pour lui demander si la voiture était à vendre. Elle l'était, le plus souvent ; et avec le temps sa réputation avait dépassé les limites de la région pour s'étendre jusqu'à Paris, en Belgique, et en Hollande, d'où on venait pour lui acheter ses voitures. Il en était presque aussi fier que d'avoir réussi à devenir un gendre Bugeaud et, pour preuve de sa réussite, montrait ce cabriolet Panhard assez rare, dans lequel il paradait, l'été, la figure au vent, « comme un jeune homme », disait Jeanne avec une admiration qui ne l'empêchait pas de « porter peine » pour lui, et attaché à sa Panhard au point d'avoir refusé, racontait-il, de la vendre à Françoise Sagan, qui était venue passer quelques jours à l'Hôtel du Lac, l'été où j'avais séjourné à Vichy avec ma mère, et qui avait montré de l'intérêt pour la voiture, dont les performances étaient loin de valoir celles de son Aston-Martin, mais qui avait de l'allure avec sa robe grise et son puissant ronflement.

Françoise Sagan, dont j'avais lu quelques livres à Mme Arvers et que je regrette de n'avoir pas vue alors, car dans ce lieu si perdu la présence d'un écrivain célèbre me paraissait aussi extraordinaire que si j'avais vu venir à moi, descendant la route de la Croix des Rameaux, Don Quichotte, Julien Sorel, ou le chevalier des Touches. Peut-être cette rencontre eût-elle été pour moi féconde, m'eût-elle permis d'ouvrir les yeux plus tôt sur ce que je n'osais pas concevoir comme un destin d'écrivain, encore que le rêve ou le regret de ce qui n'a pas eu lieu puisse acquérir la force et le rayonnement d'un événement véritable, un peu comme, autrefois, après les exactions des maquisards, le colonel Berger avait donné sa protection à ma grand-mère et à ma mère, sans qu'elles l'aient jamais rencontré ; une protection qui, pour moi, ne pouvait qu'avoir des conséquences littéraires, me confirmant a posteriori dans ma décision, encore obscure et alors formulée comme un souhait ou une chance mais qui me travaillait à la façon d'un songe dans lequel on aime passionnément une femme qu'on ne voit jamais, ma décision d'être écrivain, un jour, à supposer qu'il s'agisse bien d'une décision et non pas d'une sorte d'incapacité à rien être d'autre et à propos de quoi je convaincrais ma mère, qui s'était mis en tête de me faire suivre des études de droit, de m'envoyer à l'université de Clermont-Ferrand.

Il y aurait aussi, l'été suivant, dans la même salle de l'Hôtel du Lac, Jeanne Moreau, assise à une grande tablée en compagnie d'autres acteurs et de techniciens du film *Mademoiselle*, que Tony Richardson tournait à Tarnac, non loin de Siom, d'après un scénario de Jean Genet, et dont le sujet, lorsque, bien des années plus tard, je verrais le film, ne me semblerait pas sans rapport avec la part ténébreuse de la vie de ma mère ; non pas, bien sûr, que le secret de sa vie eût la dimension noire, criminelle, de l'institutrice jouée par Jeanne Moreau dans cette histoire où le bien et le mal s'affrontent exemplairement à travers un homme et une femme, comme en un ballet nocturne, et où le mal triomphe pour mieux affirmer la fragilité de l'innocence, mais parce que ma mère avait, en son visage, quelque chose de l'actrice lorsque celle-ci apparaît fardée, en habits de ville, et non plus en institutrice de village ; de sorte que, voyant le film, aujourd'hui, c'est ma mère qu'il me semble découvrir avec les yeux du fils du bûcheron italien : ceux d'un adolescent qui apprend la vérité sur les incendies présents et à venir, ceux des granges comme ceux des cœurs, et, si j'ose dire, le grand incendie des sens qu'est la révélation de la sexualité, ce feu-là pouvant seul effacer l'humiliation ou la douleur d'être né, transformer une faute en gloire et la suie en poussière d'or.

Je m'étais réfugié derrière le bar ; je regardais Jeanne Moreau, alors au sommet de sa beauté et de sa gloire, houspillée par ma grand-tante parce qu'elle ne faisait pas honneur à ce qu'elle lui servait, l'actrice aux traits tirés lui répondant qu'elle n'était pas bien, qu'elle rentrait du Mexique, où elle avait tourné avec Brigitte Bardot dans un film de Louis Malle. Elle y avait attrapé une cochonnerie qui lui dérangeait les intestins et demandait à Jeanne de lui faire cuire du riz à l'eau, ce qui était bien la dernière chose à lui demander, puisque, pas plus qu'aucune autre cuisinière des hautes terres, elle ne savait préparer le riz, alors peu répandu chez nous et obtenu à partir d'un riz de qualité médiocre qui avait toujours l'aspect, une fois cuit, d'un mastic dont on ne prenait qu'une cuillerée ou deux, pour ne pas désobliger. Je regardais l'actrice plonger une fourchette lasse dans son riz, qu'elle arrosait de jus de viande, les traits un peu lourds, la bouche presque dédaigneuse, les yeux cernés de noir, l'ensemble laissant deviner qu'elle vieillirait mal, et me faisant penser qu'une actrice n'a pas le droit de vieillir publiquement, car une beauté qui a atteint au mythe et en déchoit nous renvoie au temps aussi douloureusement que si notre propre mère nous amenait devant un miroir pour nous dire : « Vois comme tu es laid... »

Ce n'était pas ce que se disait Geneviève Billy, la fille des fermiers normands, à qui sa mère avait répété tout le contraire, et non seulement elle mais un technicien travaillant sur le tournage de *Mademoiselle* qui, non content d'obtenir les faveurs de cette grande fille blonde qui faisait un peu peur aux mâles siomois, lui déroba ses économies en lui promettant un destin de vedette de cinéma, l'emmenant même à Paris, d'où elle revint, quelques mois plus tard, sans gloire ni argent, pour reprendre sa place aux pieds des vaches qu'elle trayait deux fois par jour, après leur avoir attaché la queue à une patte pour n'en être pas giflée, plus hautaine que jamais, et comme si de rien n'était, bien qu'elle entendît ricaner les frères Lontrade qui allaient répétant qu'elle avait déjà manié plus de queues que de tétines, tandis qu'on pouvait voir, à la télévision, le technicien devenu acteur jouer le rôle d'un pilote de chasse dans une série tirée d'une bande dessinée.

Je regardais Jeanne Moreau comme si nous n'appartenions pas tout à fait à la même espèce, comme si une frontière me séparait de cette table dont je ne me serais approché pour rien au monde, puisqu'il y avait les dieux et les hommes, pensais-je, et que j'appartenais au monde des hommes, fussent-ils les gourles de Siom : je savais déjà que tous les hommes n'existent pas de la même façon vu qu'ils ne vivent pas dans le même temps et que ces différences sont aussi irréductibles que ce qui, à une autre échelle, oppose les hommes et les femmes. J'avais compris qu'ils ont besoin des races, des frontières, des langues, des classes sociales, de la laideur autant que de la beauté, de tout ce qui les voue à la haine et à l'envie, autant qu'à la curiosité, au désir et à l'amour, pour être capables de se supporter dans cette grande songerie funèbre qu'est une vie. Cette actrice avait beau porter le prénom alors si commun de ma grand-tante et le patronyme d'une des pires gourles avec qui, on s'en souvient, j'aie eu à garder les bêtes, elle n'en était pas moins d'une beauté relevant d'un autre ordre que celui du monde où je vivais, et où une beauté de ce genre était inconcevable ; non que toutes les femmes y fussent laides, le visage de ma mère (à ne considérer qu'elle) suffisait à me le prouver, mais il semblait que ce qu'elles avaient de beau n'avait jamais été révélé vraiment, que leur beauté demeurait cachée, grossière, ou maladroite, incapable d'accéder au maintien qui l'eût confirmée avec éclat, sans doute parce que leur jeunesse y était plus brève qu'ailleurs et que l'apparence comptait moins qu'en ville, par exemple. Je contemplais Jeanne Moreau de loin, sans que son regard me désignât à elle autrement que comme un garçon de salle, le grouillot, le commis, le fils de la maison ébloui par tant de beauté, encore que ce fût sa voix, surtout, qui me paraissait belle, qui la distinguait des autres visages, particulièrement pour moi qui ne l'avais jamais vue jouer, mais qui l'ai regardée se lever, s'approcher de moi et me demander, avec un bref, un merveilleux sourire : « Jeune homme, pouvez-vous me dire où sont les toilettes ? »

Elle avait parlé avec une grâce que je n'avais vue à nulle femme, ici, pas même chez ma mère qui ne me montrait que sa face lointaine ou lasse : j'ai indiqué à l'actrice ce qu'elle cherchait sans parler ni sourire, du doigt, en rougissant, refusant de mettre ma voix éraillée par la mue sur le même plan que celle de cette femme, moi, le demeuré, le simple d'esprit, l'enfant qui marchait autrefois, à cinq ans, derrière les tables réunies en un vaste carré, comme ce jour-là, au centre de la salle, avec le grand chien porcelaine en compagnie de qui je piétinais la traîne de la mariée comme si le fait de passer dessus dût me porter bonheur, tout en me donnant l'impression de traverser un champ de neige, tandis que sur les tréteaux, au fond de la salle, l'accordéon de Jean Ségurel ou de François Martini commençait à faire remuer ces pieds qui bientôt s'animeraient de mouvements si étranges, à la hauteur de mon visage, que la danse me paraîtrait toujours quelque chose de saugrenu, de déplacé, et que j'ai beaucoup de mal à regarder une femme, même jolie, en train de plier son corps à des rythmes proches de la transe et par là même plus obscène que si elle se montrait nue, s'adonnant au plaisir solitaire.

Ma mère m'avait d'ailleurs si bien persuadé que la danse était l'affaire des basses classes et des peuples arriérés, et non de ceux qui ont accédé au calme du vrai savoir, que je partageais sans peine ce jugement excessif et que, s'il m'arrivait d'accompagner

Jean Pythre dans les bals d'Ussel, d'Égletons ou d'Uzerche, pas plus que lui je ne dansais, me contentant de boire à côté de lui, aussi innocent que lui, en regardant les autres s'agiter sur la piste comme sur un théâtre et sans doute afin de saisir la parcelle de peau nue qui me ferait rêver et souffrir pendant des semaines, comme ce serait le cas toute ma vie, considérant le monde non pas comme une scène mais comme si j'en étais à peu près absent et que ce qui s'y passait ne me concernât pas tout à fait, étant donné que je mourrais un jour et que toute entreprise me semblait déjà vaine en regard de cette œuvre de destruction dont il m'était difficile d'ignorer les progrès chez les autres comme en moi. Non que le corps n'eût aucune importance pour moi, à seize ans ; bien au contraire, il en avait trop pour que je ne me sois pas soucié de lui mieux que je ne l'avais fait jusque-là, parce que de santé délicate, ayant très tôt senti, puisque je pouvais me servir à ma guise en friandises dans les magasins de Marie, de Louise et de Jeanne, à quelle sage mesure devait obéir le plaisir pour n'être pas tué par l'habitude et l'excès ; je ne m'autorisais donc (à la suite d'une crise de foie, une vraie, et non de celles dont s'imaginait souffrir ma mère, provoquée par une quantité sans doute excessive de lait en tube avalée dans la matinée, j'ignore pourquoi, vu que je n'aimais le lait sous aucune de ses formes, sauf le fromage) qu'un fort modeste prélèvement de friandises, ou bien m'en abstenais, trouvant même dans l'abstention un plaisir autrement intéressant, ou qui correspondait mieux à mon innocence, étant donné que je continuais à ignorer tout du plaisir sexuel, moins par volonté que par un étrange hasard, ou parce que le souvenir du plaisir éprouvé lors de rarissimes pollutions nocturnes me paraissait bien dérisoire en regard de ce que j'espérais voir surgir un jour devant moi : ma mère enfin digne de ce nom que je persistais à lui attribuer alors qu'il y avait près d'un an que je ne l'avais vue, depuis qu'elle avait été mutée dans un lycée de Paris, où elle était, m'avait-elle écrit, surchargée de travail ; ce qui me semblait devoir l'éloigner définitivement, Paris, où je n'étais jamais allé, étant encore non seulement la capitale de la France et d'un empire perdu, mais un lieu où on se perdait de toutes les façons possibles et imaginables, et où on reniait jusqu'à son origine et son identité, quitte à s'en forger une nouvelle, plus intéressante, ou glorieuse, puisque c'était là que vivaient les écrivains et leurs éditeurs, me disais-je en songeant vaguement que cette grandeur, cette gloire, cette parisianité n'allaient pas sans un changement de l'aspect physique auquel la formule familière « Parisien, tête de chien, Parigot, tête de veau » accordait un crédit qui le disputait dans mon jeune esprit au « chic » de Paris et à la gloire universelle qu'on y rencontrait grâce à l'art, fût-ce au prix des plus singulières métamorphoses. Voilà pourquoi (et sans les considérer comme des hybrides de bêtes et d'hommes) je trouvais si étrangement inquiétants ceux qu'on appelait les cousins Bugeaud : des sortes de spectres qui venaient en vacances à Siom, dans une minuscule maison sise à gauche, en descendant vers la terrasse aux acacias, au fond d'un jardinet orné d'une pierre tombale dont j'ai longtemps cru qu'elle abritait un ancêtre inconnu, alors qu'elle provenait du premier cimetière, et dont le portail s'ornait d'une plaque de fer-blanc ajouré sur laquelle on lisait, en lettres modern style, QUEÏ BEÏ PROU, équivalent patois de « Ça m'suffit » ; une des rares inscriptions que j'aie vues écrites dans cette langue, et plutôt étonnante de la part de ces Parisiens, un homme maigre et sec, éternellement vêtu d'un costume bleu pétrole, d'une écharpe de soie et d'une casquette plate, et deux femmes de semblable apparence, au visage effacé, insignifiant. Tous trois polis, souriants, point bavards, ne parlant guère qu'entre eux, à voix basse, si bien que quand on adressait la parole à l'un d'eux (et ils ne se déplaçaient jamais qu'à trois, comme un banc de poissons), c'était toujours Marcel qui répondait et non Rolande ou Édith, d'une brève et frêle voix de revenant dans laquelle on entendait la même et très siomoise formule conclusive, que n'avaient pas effacée quarante années passées dans la capitale : « Tant vous m'en direz... » Ces Bugeaud-là, qu'on me donnait pour des parents éloignés, n'avaient peut-être avec nous qu'une homonymie, relevant plus de l'étrangeté des apparences que du sang ou de la connivence, puisqu'on ne savait rien d'eux, et que nul n'avait jamais pénétré chez eux, de sorte qu'ils n'appartenaient à Siom que par un nom qui ne suffisait pourtant pas à les désigner pour autre chose que des estivants, et le fait qu'ils prenaient leur déjeuner chez Jeanne, s'alimentant donc de bonne et solide chère, ne leur offrait pas davantage une figure humaine.

10

Je me suis souvent assis à la table qui avait été celle de Françoise Sagan, pendant les quelques jours qu'elle avait passés à Siom. Jeanne m'avait montré cette place, au fond de la salle, là où, Marina, tu as dû me voir le jour où tu es venue à Siom avec ton père. Une place où je me suis senti d'emblée à mon aise, où j'avais la prémonition tout à la fois imprécise et lumineuse de ce que je serais, la venue chez nous d'un écrivain pour qui je n'avais cependant nulle estime m'aidant à contester mon douteux état de bâtard et de commis auquel, tout Bugeaud que j'étais, je m'imaginais condamné, comme tant d'enfants de l'Assistance publique, tel René Nifle, le petit domestique de chez Arbiouloux qu'on voyait arriver, le dimanche, sur son vélomoteur bleu ciel, pour déjeuner et dîner chez Jeanne, dans la cuisine, trop humble pour prendre ses repas dans la grand-salle, ayant trouvé ce qu'il appelait « la bouna meïjou », cette bonne maison où il se soûlait sans esclandre midi et soir, avant de reprendre, tête basse mais heureux, le chemin de la ferme, avec l'impression d'avoir une famille ; comme Mireille Denoy, encore, cette jeune bonne dont je me rappelle qu'elle était quasi amoureuse, non pas d'un mauvais acteur de télévision, ni d'un de ces chanteurs de variétés aux noms américains qui faisaient alors fureur (et dont ma mère me disait qu'elle serait chagrine que je me misse à les aimer, car il n'était rien de plus dégradant que de voir des Français singer les Américains et les Anglais, en m'expliquant que ce qui est déjà médiocre en anglais devient grotesque ou pathétique en français : jugement que je trouvais bien sévère, mais qui, à voir aujourd'hui la façon dont ces vieux rockers sont élevés au rang de monuments nationaux, ne peut que lui donner raison, et entériner l'idée que la France est culturellement morte), mais, et alors qu'elle aurait pu jeter son dévolu sur l'éternel second qu'était Raymond Poulidor, l'enfant du pays, ou plus sûrement, leur gloire touchant davantage au symbole sexuel, sur Jacques Anquetil ou sur Eddy Merckx, était amoureuse du cycliste Jan Janssen, qui gagna le Tour de France, cet été-là, et dont les petites lunettes noires semblaient tout ce qu'il y a de plus à la page à cette fille boulotte, rêveuse et cruelle, qui paraissait tirer de ces dispositions contradictoires une force qui les annihilait et la laissait comme brisée, voire épuisée, apparemment paresseuse, en tout cas impropre au travail, et à la merci des hommes, qu'elle tentait sans le vouloir ou peut-être le savoir, et que, pour cette raison, Jeanne ne garda pas.

Je me suis d'abord tenu à cette table sans rien oser faire, comme si je m'étais trouvé à la table de Hemingway, à La Closerie des Lilas, à Paris, cette table que Jeanne montrait à ses pensionnaires, tout comme celle de Jeanne Moreau, l'année suivante, avec une fierté qui semblait, au même titre que sa réputation de bonne cuisinière, l'aboutissement, la justification d'une vie de travail. C'est à cette table que je m'assiérais, désormais, et non plus à celle de la cuisine où j'étais sans cesse importuné par les gourles qui entraient et qu'on ne voulait pas servir dans la salle, pour n'avoir pas à se déranger, même lorsque les jambes de Jeanne parurent avoir retrouvé quelque force, et aussi parce que la salle était en quelque sorte réservée aux clients d'une autre catégorie. Je m'attablais là pour lire, pour écrire à ma mère des lettres que je n'envoyais pas toujours, persuadé qu'elle n'aurait pris aucun plaisir à les recevoir, et pour recopier soigneusement, sur le papier réglé destiné à cet usage, bien que mon écriture fût moins belle que celle de Jeanne, les nouvelles d'intérêt local qu'elle envoyait, une fois par semaine, à *La Montagne*, au *Populaire* et à *L'Auvergnat de Paris*, trois journaux dont elle était la correspondante pour Siom et qu'elle n'avait plus la patience de rédiger; mises bout à bout sur une quarantaine d'années, ces brèves nouvelles d'intérêt local, que je regrette de n'avoir pas gardées, auraient constitué, apparentée à celle, tellement moquée, des « chiens écrasés », une irremplaçable chronique de la vie siomoise : ce propre et cet ordinaire, cet impalpable, ce filigrane à la fois prodigieux et fastidieux du quotidien dont, lui aussi dans *La Montagne*, mais sur un autre plan, universel celui-là, et donc moral, quand il ne traduisait pas Kafka, Nietzsche ou Hofmannsthal, Alexandre Vialatte a donné, chaque semaine, courant la porter au conducteur du dernier train quittant la gare de Lyon pour Clermont-Ferrand, la version ironique et merveilleuse.

C'était cela, une chronique scrupuleuse, que j'écrivais, d'abord sous la dictée de Jeanne, puis de mon propre chef, dans un français à la fois vieillot et concis, à la place où s'était tenue l'auteur de *Bonjour tristesse*, les yeux dans le vague, pénétré de l'importance que me procurait le fait de retrouver mon anonyme texte imprimé, avec quelques variantes, dans les trois journaux que nous recevions gratuitement en échange de cette prose minimaliste à laquelle s'était aussi essayé Jean Pythre, pour *L'Écho du Centre*, mais à quoi on l'avait vite fait renoncer, sa prose à lui relevant moins du journalisme rural que d'une fantaisie déroutante, voire incongrue qui l'apparentait bizarrement aux cyniques et cocasses « nouvelles en trois lignes » de Félix Fénéon.

Une prose (la mienne) quelquefois remaniée, ou abrégée, s'il se peut, par les rédacteurs de Clermont-Ferrand et de Limoges ; mais, malgré le ridicule qu'il y avait à me penser déjà l'écrivain que je songeais à devenir, moi qui avais vu le jour non loin des lieux où étaient nés Bernard de Ventadour, Guy d'Ussel, et Jean-François Marmontel, qui travaillais à une table où s'était assise Françoise Sagan et dont la famille avait été protégée par André Malraux, je veux croire aujourd'hui que cet exercice d'écriture n'a pas été aussi vain qu'il paraît : j'y ai appris, à quinze ans, alors que je ne fréquentais plus l'école et que j'étais laissé à moi-même comme un petit bohémien, une rigueur d'écriture bien plus efficace pour ce que j'avais en vue que les dissertations que je serais amené à composer, non sans répugnance, l'année suivante, une fois retourné au système scolaire ; cette chronique fabuleuse et morne m'avait montré la différence entre ce qu'on appelle la vie et ce qu'en peut l'écriture restituer, non pas telle qu'elle pouvait s'entendre dans les bouches siomoises qui en faisaient le commentaire ininterrompu (tout en en taisant continûment certains aspects qui entraient dès lors dans la légende silencieuse de Siom, ce qui revient d'une certaine façon au même, la voix vive ayant autant besoin du silence que la lumière de l'ombre et la vie de la mort), mais dans un texte quasi poétique qui faisait obéir cette matière à une forme aussi stricte que celles d'un sonnet ou d'une ballade, et à quoi je m'entendis si bien que Jeanne me retira cette fonction de scribe, jalouse que j'aille chercher ou vérifier les nouvelles à leur source, et refusant de me céder ce qu'elle devinait être, bien que ces notules ne fussent pas signées, un pouvoir symbolique, surtout depuis qu'elle était malade et que le pouvoir économique des Bugeaud déclinait à vue d'œil, avec, il est vrai, la complicité de Berthe-Dieu qui la poussait à y renoncer, trouvant chaque année des raisons d'en faire le moins possible. Je dois cependant à la mémoire de Jeanne, avant d'en revenir à Berthe-Dieu, de passer sur cette jalousie et sur l'aigreur des derniers temps, et de citer ici, de mémoire, la chronique qu'elle écrivit, bien des années plus tard, lorsque parut mon premier livre : « Noël au balcon, Pâques aux tisons, prédisions-nous cet hiver ; et voilà qu'en ce froid printemps, endeuillé avant-hier par le décès, à l'âge de quatre-vingt-neuf ans, de Mme Marcelle Bessette, de la Goutaille, nous nous réjouissons de voir paraître à Paris le premier livre d'un écrivain originaire de Siom. »

Au temps de son entrée dans la famille Bugeaud, lui qui ne gardait de ses années parisiennes presque aucun souvenir mais une sorte de tournure d'esprit, prétendait-il, bien qu'il en fût parti trop jeune, Berthe-Dieu avait donc dû travailler la terre et soigner les bêtes et aussi, de loin en loin, transporter quelque voisin dans le canton, étant un des seuls, à Siom, qui sût se débrouiller aussi bien avec les automobiles, la gloire d'avoir sauvé la « baronnesse » bavaroise constituant, sinon pour les Bugeaud, du moins pour la plupart des Siomois, un adoubement que le seul fait d'épouser Jeanne n'aurait pu lui assurer. C'est dire si la terre lui pesait, et combien il encouragea son épouse à bâtir l'Hôtel du Lac, non seulement à cause du barrage qui, créant un beau lac artificiel au pied du village, procurerait, pensait-on, un regain d'intérêt pour Siom, mais parce que en 1946, las des privations de la guerre, les citadins se ruaient vers les auberges de campagne où ils pouvaient se rassasier à bon compte. La vieille auberge Bugeaud connut alors des temps presque prospères où l'on refusait du monde; on comprit ce que la construction du barrage avait fait pressentir : la vieille maison, exiguë et sans confort, ne répondait plus aux exigences de l'heure, et s'éleva bientôt, sur l'emplacement de l'écurie qui faisait l'angle entre l'auberge et la maison de Marie, une salle de café-restaurant avec des chambres à l'étage.

J'ai déjà évoqué tout cela, mais il me faut y revenir à cet endroit de mon récit où les choses, comme en musique, sont réexposées et s'entendent autrement, recevant une nouvelle lumière de ce qui précède et de ce qui va suivre, toute répétition suscitant ces différences infimes mais fécondes par lesquelles une sonate ou un récit trouve sa vérité, tout ce qui a trait à Siom et à la famille Bugeaud ayant dès l'origine été pris dans le ressassement de leur légende, la famille s'accroissant en même temps que les bâtiments, les arbres, les terres, la réputation, avant de se mettre à décliner, mais les uns et les autres ayant compris d'emblée que le verbe sert à édifier des bâtiments autrement orgueilleux et durables.

Le plan du nouveau bâtiment fut confié à un vague dessinateur qui s'en tira honnêtement, mais sans résoudre les difficultés du raccordement aux constructions préexistantes, notamment avec la cuisine, qui continuait de se préparer en bas, dans la vieille maison : d'où le terrible escalier où Jeanne laissa ses jambes et épuisa son cœur, puisque ce n'est qu'au bout de treize ans, à la mort de Marie, qu'on installa la cuisine au niveau de la salle, à la place de l'épicerie tenue par sa sœur; laquelle épicerie fut repoussée là où se trouvaient la cuisine et le petit salon de Marie, de sorte que je ne me suis jamais tout à fait habitué à cette modification et que ce transfert, bouleversant la géographie affective liée aux lieux où j'avais été heureux, enfant, en compagnie de cette vieille femme qui me tenait lieu de père ou de mère, m'aura jusqu'à la fin interdit de me sentir là tout à fait chez moi, surtout quand les époux Berthe-Dieu eurent, à la fin des années 80, renoncé à dormir à l'étage, déplaçant leur chambre à coucher (redevenue commune par la force des choses) dans ce qui avait été leur épicerie, et avant le salon où Marie avait pris l'habitude de dormir, sur ses vieux jours, pour profiter de la chaleur de la cuisine, tout comme ses parents l'avaient fait et les parents de ses parents, qui couchaient dans la salle où on faisait le feu et à propos de quoi ma mère m'a dit qu'ils dormaient là, ensemble, pour cette autre raison que, très vieux, et craignant de mourir dans leur sommeil, ils répugnaient à l'idée de leur cadavre descendant par l'escalier ou par la poulie servant à monter le grain au grenier.

De sa mère — illettrée, ayant passé sa vie entre la terre et le feu, les enfants et la crainte de Dieu, et par ailleurs excellente cuisinière et femme d'autorité — Jeanne n'avait reçu que ce qu'il fallait de conseils et d'exemples pour tenir une auberge de campagne à la clientèle modeste et connue, avec le concours de la seule famille, et s'appuyant sur une petite ferme, avec potager, basse-cour, quelques cochons nourris des reliefs de la table, quelques veaux aussi. Mais l'Hôtel du Lac existait désormais et, tout incommode qu'il était, il s'ouvrait à une clientèle plus large, plus exigeante. Berthe-Dieu — qui savait couper ses indolences de bouderies qui l'amenaient à monter coucher dans la grange où pénétrait parfois quelque soûlot venu cuver son vin, tel Saturnin Orlianges, que j'ai vu s'exclamer devant la mine excédée de mon grand-oncle surgi au haut de la barge : « Tiens, voilà le comte Berthe-Dieu de Siom, à sa haute fenêtre » ; puis, se tournant vers moi : « Ça ne vaut pas cher... » — Berthe-Dieu ne parvenait pas à maintenir le volet rural de l'affaire : les cochons disparurent très vite, dans les années 50, Berthe-Dieu ne faisant d'ailleurs que suivre l'évolution du temps qui voyait abandonner le cochon gras, élevé si intensivement que je me souviens de foires où la place Lachaud de Treignac et celle de Villevaleix étaient recouvertes d'une houle rosâtre et grognante ; disparition due à de nouvelles habitudes alimentaires et à l'exode rural qui a entraîné l'abandon de la culture de la pomme de terre dont on nourrissait ces bêtes, l'accroissement des bovins et des plantations de sapins. Au début des années 70, disparurent nos vaches et avec elles les fenaisons harassantes, bien qu'on fût passé aux motofaucheuses pour lesquelles j'aimais ouvrir à la faux dans les champs des passages qui me semblaient devoir déboucher non sur la tonte du pré mais sur un autre univers, féerique celui-là, puisque le mouvement de l'outil à quoi je pliais mon corps avait pour moi quelque chose d'un rite incantatoire, surtout quand on m'eut laissé le soin d'en marteler et d'en affûter la lame, me donnant un coffin de corne rempli d'eau où trempait la pierre qui avait la forme et le poli d'une hache en jadéite du néolithique ; j'aimais par-dessus tout les moments où je relevais le dos et, posant l'extrémité de la faux sur le dessus de mon pied gauche, je passais deux doigts sur le fil de la lame pour la débarrasser de l'herbe humide avant d'y porter la pierre, en un geste d'abord lent, puis rapide et sûr, musical, que j'étais capable, tant je connaissais la faux et la pierre, d'accomplir les yeux fermés ; ce qui ne m'empêchait pas de redouter le jugement des hommes de Siom venus nous aider un jour où la motofaucheuse était en révision aux Buiges et l'Allis-Chalmers en panne : on avait annoncé de l'orage et il fallait couper l'herbe du pré en pente qui s'étendait entre l'église et la route de la vallée. Je n'avais jamais encore fauché avec les autres ; je craignais de ne pas m'y montrer sous mon meilleur jour. Je me rappelle le signal lancé en patois comme un motif grégorien par Berthe-Dieu, les répons des autres, chacun ayant trouvé ses marques sur le terrain, au bas du pré, et puis cette aspiration et cette expiration collective qui, d'ahan, devint litanie rythmique, et dans quoi réside peut-être une des origines de la musique. Je me suis fondu dans ce souffle, ce rythme, ce chant, ce balancement millénaire par lequel je coupais puis couchais l'herbe avec un bruit sec et profond au sein de l'odeur fraîche et forte qui me faisait non seulement aller vers le haut du pré mais rejoindre la lignée de ceux qui avaient fauché l'herbe sur cette terre ingrate avant d'être fauchés eux-mêmes. Et des grandes charrettes bleues où on chargeait l'herbe séchée et auxquelles on attelait les bêtes avec un art dont, aujourd'hui encore, j'aime me remémorer les opérations (et particulièrement la forme, le poli et le poids du joug dont je ne fus pas peu fier de lier le licol aux cornes des vaches, comme si je devenais un homme), on était aussi passé aux tracteurs américains, tandis que le père Chave achetait le premier motoculteur qu'on ait vu à Siom, un appareil japonais de la marque Iseki, dont le nom prêtait à sourire, tout comme celui des tronçonneuses Husqvarna ou des pick-up Toyota, mais dont la présence sur ces hautes terres gardait, bien qu'on en vît l'utilité, quelque chose d'aussi incongru que la mosquée qui s'élève au-dessus du jardin des Plantes de Paris, ou que, offerts par ce prince de l'empire du Soleil-Levant qui avait visité le Limousin en 1864, les ginkgos qui se dressent toujours en bordure de la gare de Saint-Sulpice-Laurière.

Bientôt dépassée par les événements, Jeanne recourut, l'été, au service de personnes rémunérées, non seulement les gourles dont j'ai parlé, mais aussi des cuisiniers comme Jules Madesclaire, des bouchées à la reine de qui je garde un souvenir émerveillé, homme imposant, ancien pâtissier aux Buiges, qui comptait dans sa tribu de fort belles femmes, et notamment une nièce dont s'éprit l'écrivain Henri Troyat, lequel en délaissa un temps sa Russie natale pour écrire sur la haute Corrèze. On embauchait aussi des bonnes qui ne tenaient pas longtemps, moins à cause du travail que de la jalousie de Jeanne qui craignait que ces jeunesses ne tournent la tête à Berthe-Dieu, et de ce fait montrait qu'elle était incapable de commander, donnant des ordres contradictoires, et sur un ton aigre qui voulait dissimuler sa panique. En dépit de son courage, elle maîtrisait mal son affaire, ne sachant par exemple pas travailler la viande en quartiers et l'achetant donc au détail et au prix fort. Même chose pour la pâtisserie, pour laquelle elle ne savait faire que la traditionnelle floniarde aux cerises, généralement trop épaisse ou trop cuite, les crêpes et galettes au sarrasin paraissant alors à tout le monde quelque chose de trop rustique, voire d'offensant, de sorte que j'ai attendu d'être adulte, c'est-à-dire qu'il soit trop tard, pour enfin (dans la ferme de L'Oussine-des-Bois, tenue par de vaillantes et accortes femmes qui se sont toujours montrées bonnes pour moi en des temps où les jeunes Siomois étaient prêts à faire de moi leur tête de Turc) goûter à ces excellents tourtous servis avec des pommes de terre et du lard. Elle s'en sortait mieux avec l'épicerie, qui lui venait de sa sœur et qu'il faut présumer qu'elle oubliait souvent de payer, n'ayant aucune idée de ses coûts de revient, et ajustant le prix de ses prestations sur ceux de ses confrères qui, voyant peu à peu la clientèle baisser, pratiquaient la sous-enchère et, l'un après l'autre, en mouraient : une mort lente, une agonie presque imperceptible dont Jeanne suivait les progrès tout en demeurant aveugle pour elle-même, m'envoyant régulièrement, à l'heure de midi, acheter en face — à l'hôtel-restaurant Chabrat qui faisait aussi bureau de tabac et au fronton duquel la civette rouge, tout comme, près de l'entrée, la pompe municipale de même couleur, me semblaient les emblèmes de mystérieuses fonctions — quelques paquets de cigarettes en me recommandant de bien noter le nombre de couverts et ce que contenaient les assiettes. Je m'exécutais et revenais en minorant le nombre, non pour la conforter dans ses illusions, mais (devinant que son propre commerce ne valait pas mieux) pour l'apaiser, lui rendre moins pénibles ces journées où son cœur et ses jambes la faisaient tant souffrir.

Et non seulement elle ne savait pas commander, non seulement elle prévoyait mal (m'envoyant aux Buiges à tout moment, et à pied, le plus souvent, pour acheter ce que nécessitaient son impéritie et des clients de dernière minute), mais elle ne savait pas tirer parti des restes ni s'adapter aux exigences de l'heure, y voyant de moins en moins et refusant de porter des lunettes pour préparer la cuisine ou servir en salle (« On n'a jamais vu un cuisinier à lunettes : de quoi j'aurais l'air ! » répondait-elle à mes remontrances sur la propreté des plats qu'elle portait en salle), laissant au garde-manger, au lieu de les placer au réfrigérateur, où le froid les eût « tués », des fromages qu'elle proposait parfois alors que les asticots s'y étaient mis, ce qui n'offusquait pas les gourles mais eût indigné les clients d'un autre rang ; ainsi cette poétesse mondaine en vacances chez nous en compagnie d'un monsieur qui mangeait comme il parlait : du bout des lèvres, vouant à son épouse une adoration dont je comprends à présent que c'était une façon d'avoir la paix avec cette poétesse dont je me rappelle le nom, Éliane Azaïs, et aussi l'animosité qu'elle nourrissait à l'égard de Violette Leduc et d'Albertine Sarrazin : « La bâtarde et la fille de joie : voilà sur quoi les gens se précipitent, aujourd'hui, au lieu d'aimer les beaux vers », disait-elle sans savoir qu'elle m'ouvrait non pas à l'insipide poésie dont elle se vantait d'être la nouvelle Desbordes-Valmore, mais, avec Violette Leduc dont j'ai aussitôt lu *La Bâtarde*, à une sorte d'espoir : celui d'être sinon sauvé, du moins réhabilité par la littérature, puisque quelqu'un, une bâtarde, comme moi, avait été capable de transformer en style l'obscurité honteuse de son origine, et que, je le savais, le style est la morale de ceux à qui on a refusé l'absolution sociale. Apprenant que je lisais (ainsi qu'on disait encore avec ce bel emploi intransitif du verbe « lire » qui équivaut à la révélation d'un amour ou d'un vice tout-puissant), Éliane Azaïs avait tenu à m'avoir à sa table, un soir, pour me parler de poésie ; en fait de vers, elle en aurait découvert dans le saint-nectaire apporté par Jeanne si je ne m'étais précipité pour me servir le premier, aimant mieux passer pour un rustre plutôt que de laisser se déshonorer la famille, me mettant à mâcher ce morceau où s'agitaient quelques asticots, avec un héroïsme dont je manquai de m'étrangler, et que je soutins de plusieurs verres de vin avant d'aller rendre le tout derrière l'église.

Jeanne n'était plus gouvernée que par son goût du secret, pour ses affaires comme pour elle qui, à partir de 1966, s'était mise à maigrir, refusant de voir un chirurgien, ainsi que l'en pressait le docteur Labarre, ne mangeant presque plus, ayant atteint le stade de l'ascite, quotidiennement ponctionnée, bref se laissant mourir plutôt que d'avouer, même à Louise ou à Léonce, encore moins à ma mère — qu'une bonne âme avertit de ce qui se passait —, qu'elle n'avait pas de quoi payer une opération, n'ayant que des dettes auprès de ses fournisseurs et un découvert que la banque avait laissé grossir sans s'alarmer, sachant qu'il y avait des biens et que la famille était honorable, Jeanne ne se rendant pas compte qu'avec Marie avait disparu un fournisseur incomparablement accommodant et, sans doute, un prêteur discret avec lequel les problèmes d'intérêt, voire de remboursement, se résolvaient sans drame, sinon par miracle, laissant sa sœur se bercer de l'illusion que le nom et la fortune sont plus durablement liés que les doigts de la main.

11

Il fallut vendre des terres, les dix hectares de La Belote où j'allais garder les bêtes, achetés en grand secret par ma mère qui les fit planter de sapins et entretenir par un pépiniériste des Buiges dont le nom, Barbaroux, loin de la faire sourire, la fit presque hésiter lorsqu'elle vit à quel point sa trogne rougeaude honorait son patronyme. Que ma mère ait acheté ce terrain m'étonne moins que sa décision de planter ; gageons qu'elle l'a fait pour moi, plus que pour elle, ou pour Jeanne — étant quitte envers cette dernière de ce qu'elle l'avait en partie élevée et qu'elle considérait non comme sa mère, ayant eu dans ce rôle Louise et Marie, mais comme une grande sœur un peu maladroite et agaçante ; agacée par ma mère, indignée, même, Jeanne, qui avait pourtant la langue plus prompte que l'esprit, n'en laissa jamais rien paraître : jamais je ne l'ai entendue se permettre, surtout en son absence, la moindre remarque sur sa nièce ni sur ce qu'elle faisait de moi et qui, on peut le croire, n'allait pas sans heurter des convictions simples mais profondes. La seule fois où elle parla d'elle en des termes un peu critiques, ce fut pendant sa maladie, alors que les affaires allaient mal et qu'elle en voulait au monde entier, surtout à ceux qui se portaient bien, jouissaient d'une retraite méritée, et dont elle enviait la jeunesse, la beauté et, qui sait, la liberté.

« Neï touzour in l'air ! » s'écria-t-elle, une fois, en réponse à une question de Colette Lagane qui demandait où était Solange, en ce beau mois d'août, et ce qu'elle pouvait bien faire, penser, rêver, elle qu'on avait toujours connue si sérieuse, ajoutait Colette Lagane devant une Jeanne prise de court et qui, comme si elle avait décidé de dire à cette amie d'enfance de ma mère ce qu'elle avait sur le cœur mais sans y parvenir, du moins en ma présence, moi qui ignorais tout de ce qu'elle appelait la vie, elle répéta cette phrase dans laquelle se concentraient sa tristesse et son ire, en français, cette fois : « Elle est toujours en l'air ! »

Et, comme si elle se trouvait bien d'avoir au moins dit ça, et qu'elle jugeât que ça sonnait moins bien en français que l'expression équivalente « par monts et par vaux », elle eut, par pur plaisir, cette variante : « Elle passe son temps à n'être pas chez elle... »

Ma mère n'alla jamais voir ses pins, ni quand on lui proposa, au bout de trente ans, de les couper, ni quand la plantation fut en partie ravagée par la tempête de décembre 1999 qui plongea les hautes terres dans le froid et la nuit. Passant non loin de là, il y a peu, pendant mes amours avec une jeune Limougeaude, j'ai fait un détour par Siom, où je ne m'arrêtais plus depuis longtemps, pour revoir les pins ; je me suis promené entre ces très hauts arbres âgés de plus de trente-cinq ans comme dans une basilique abandonnée et reprise par la forêt, avec ses piliers inclinés, ses voûtes effondrées, ses pans de murs obscurs et moussus ; j'étais, dans cette étrange demi-nuit, un voyageur errant retrouvant par hasard les lieux où il est né, et qui en appelle à l'enfant qu'il a été, l'enfant qui dans ces solitudes autrefois rases soufflait non dans un os de tibia ou un roseau percé mais sur une herbe coincée entre la paume et le pouce, pour susciter les nymphes des grands bois et la femme future. Je suis toujours en chemin ; je ne cesse de siffler, de chanter, d'évoquer celui que je fus et celle qui viendrait à moi dans ces bois ravagés où on n'entend plus qu'une sorte d'orgue et, au loin, le chant monotone de la hulotte. Je suis en route vers toute femme, autant dire vers toi, Marina, et vers ce qui te nie, puisque toute femme me ramène à moi et à cette enfance à présent si lointaine, et sur laquelle Jeanne fut la dernière à veiller.

Jeanne qu'il fallut donc opérer et délivrer de l'habitude qu'elle avait prise de boire, afin de se soutenir, reconnaîtrait-elle, à l'aide du plus douceâtre des quinquinas, le Saint-Raphaël. Elle en prenait plusieurs verres, à midi, et surtout le soir, sur la petite terrasse de ciment avec sa balustrade à croisillons redoublée d'une haie de troènes, en compagnie de vieilles pensionnaires au premier rang desquelles se trouvait Mlle Sazerat, ancienne institutrice limougeaude aussi maigre et pâle que Jeanne, mais douce, souriante, discrète, et que j'aimais bien parce qu'elle me prêtait des livres de Balzac à qui elle vouait une passion quasi exclusive de vieille fille. Elle tirait un secret orgueil de porter un nom aux sonorités tout à fait limousines mais qu'on retrouve dans Proust, où il désigne une dame de Combray que le narrateur rencontre également à Paris, et dont je ne puis, moi, lire le nom sans que se superpose à ce personnage, jusqu'à le supplanter, la frêle silhouette de Mlle Sazerat dont nul n'a jamais su (comme pour celle de Proust) le prénom ni l'âge et qui vint à Siom jusqu'à la fin — jusqu'à ce qu'elle eût cessé de donner de ses nouvelles et qu'on eût compris qu'elle n'était plus de ce monde, reposant on ne savait où, probablement au cimetière de Limoges, la plus vaste nécropole d'Europe. Elle est aujourd'hui oubliée de tous, sauf de moi qui la revois, assise à côté de Jeanne, sur la terrasse aux troènes : le soleil décline, il fait déjà frais, après l'Ascension, les oiseaux se rassemblent à grand bruit, les chiens du soir commencent à donner de la voix, et elles sont là toutes deux, les épaules serrées dans des plaids écossais, les jambes couvertes de fins bas de laine et, pour Mlle Sazerat, unique concession aux vacances et à l'été, les pieds chaussés d'espadrilles à lacets montant sur les chevilles. Elles boivent de ce quinquina à propos de quoi Mlle Sazerat rappelle, tournant la tête vers moi, que La Fontaine a écrit là-dessus un intéressant poème didactique.

« L'avez-vous lu, Pascal ? Non ? Vous le devriez », me dit-elle avec un mince sourire qui découvre de grandes dents étonnamment blanches pour son âge et dans une personne chez qui tout est jaune et fané, la peau, les cheveux, l'haleine même…

Je vois la nuit envahir peu à peu leur visage, leurs mains, leur ventre, non seulement l'obscurité qui monte des profondeurs de la terre siomoise, mais celle qui est en chacun de nous, la vieille institutrice aussi pâle que la figurine ornant le petit camée qu'elle portait au cou et qui la faisait paraître issue de l'époque où Proust avait fait vivre sa Mme Sazerat plutôt que de la fin des années 60, et Jeanne, non moins pâle et maigre avant l'opération qui allait lui sauver la vie alors qu'elle eût sans doute préféré, pour l'honneur autant que par lassitude, se laisser couler dans des eaux plus noires que celles du lac, les joues trop poudrées, les lèvres maladroitement passées au rouge et, comme sa commensale sur la personne de qui on n'osait imaginer le moindre maquillage ni d'autre parfum que cette eau de Cologne de la marque Saint-Michel alors si répandue qu'on avait l'impression que ces petites gens avaient tous la même odeur ambrée, un peu écœurante, semblant l'inquiétante et parfaite incarnation de ces êtres dont on ne sait plus très bien à quel monde, des vivants ou des morts, ils appartiennent.

« Aux deux, peut-être », a murmuré Marina que cette évocation faisait frissonner malgré elle au cœur de la nuit parisienne, bien décidée cependant à rester avec moi jusqu'au matin, devinant sans doute que j'en aurais bientôt fini avec ces disparus parmi lesquels j'étais près de me compter, moi aussi, elle le savait, bien qu'elle ne fût pas encore assez éloignée de son adolescence pour comprendre que cette époque-là était comme une chevelure coupée et gardée au fond d'un tiroir. Et, pour conjurer l'obscurité, il lui fallait non pas réveiller mon désir et les puissances de la vie, comme elle disait, avec la naïve emphase de son âge, mais rester là en silence, les yeux mi-clos, comme moi, dans cette tour d'Italie, à près de quarante ans des événements que j'évoque, tout à la fois lointains et proches, puisque nous appartenons nous aussi à l'interrègne où les voix des vivants se mêlent à celles des défunts.

« Oui, peut-être aux deux », ai-je répondu tout en continuant de les voir sur la terrasse aux troènes, non seulement ce soir-là, mais à d'autres moments, Mlle Sazerat et Jeanne Berthe-Dieu, frémissant entre deux règnes, Jeanne parce qu'elle était malade, et Mlle Sazerat parce qu'elle avait je ne sais quoi de ces religieuses si âgées et si frêles qu'elles semblent ne plus habiter tout à fait leur enveloppe charnelle : expression qui lui convenait à merveille, elle dont le langage était aussi délicat que le corps, et l'appétit si mince que Jeanne s'en agaçait, prétendant que ça lui « savait mal », idiolecte siomois équivalant à « faire du tort », ou à « faire honte » ; et il lui arrivait de se précipiter dans la salle à manger où, malgré sa fatigue, ses jambes entourées de pansements comme des bandes molletières, et des pieds qui ne toléraient plus que d'énormes et disgracieuses charentaises, l'été qui suivit son opération, elle continuait d'accueillir des clients et de préparer des repas composés de hors-d'œuvre, d'une entrée, d'un plat de résistance, d'une salade, de fromages, et d'un dessert, le tout pour une somme défiant toute concurrence, et à quoi tout le monde faisait honneur, sauf la pauvre Mlle Sazerat sur qui Jeanne finissait par fondre en lui disant, très haut, avec une véhémence semblable à celle qu'elle mettait à chasser un barraquin de sa cuisine : « Eh bien, mademoiselle Sazerat, on ne mange rien aujourd'hui, tant comme je me suis donné du mal pour ce rosbif et ces pommes de terre aux fines herbes ! Vous allez me faire le plaisir de finir votre assiette ! Je ne bougerai pas d'ici... »

La pauvre demoiselle se servait en rougissant, la tête baissée dans le soudain silence de la salle que Jeanne prenait à témoin, portant à sa bouche quelques fourchetées de viande et de légumes qu'elle mâchait lentement sous le regard féroce de la patronne qui s'éloignait enfin pour faire un tour de salle et voir si les autres clients ne manquaient de rien, ce qui me valait généralement d'être à mon tour l'objet de son ire : « Tout va bien, monsieur Biou ? Et vous, madame Mockel ? Vous de même, monsieur et madame Duclot ? Pascal, M. Remeniéras de Chantegrolle n'a plus de vin : à quoi penses-tu donc, bougre de turlot ! » me lançait-elle sans que je me presse davantage, sachant combien était débonnaire le Parisien qu'elle nommait si solennellement, et qui, entre nous, devenait Remeniéras, voire Chantegrolle tout court, lieu-dit d'où il était originaire, sur la route de Toy-Siom, Jeanne retrouvant sans le savoir l'immémorial processus qui faisait désigner telle personne par le lieu où elle vivait ou dont elle était native.

Ces coups de gueule ne me rabaissaient pas plus que je n'étais humilié par ma condition de grouillot sur qui se posaient des regards méprisants ou compatissants, surtout quand on se rappelait qui j'étais et qu'on feignait de croire que je n'étais là que pour aider une grand-tante malade qui aurait bien voulu au moins tenir sa place à la cuisine, mais qui, n'en pouvant plus, venait, avant de monter s'allonger jusqu'au soir, humer l'encens de la pauvre gloire qui la tuait peu à peu, trouvant encore la force de me dire, entre ses dents, à propos d'une tablée particulièrement animée : « Vois les Orluc, là-bas : ils ont la crête rouge ; c'est le moment de leur proposer du vin bouché, à ces bêtes-là ; ils ne verront pas la différence, mais ils seront flattés. Et puis tu en proposeras par la même occasion aux Korenfeld et à leurs amis ; ils ont beau être juifs, ils desserreront bien les cordons de leur bourse... »

Les Korenfeld, qui refusaient de boire autre chose que du vin ordinaire, même quand ils avaient reçu leur cousin Presles (dont le nom était la francisation de Pressler, qu'il avait pris pendant la dernière guerre en hommage à l'actrice Micheline Presle, tant admirée dans *Le Diable au corps*, le film d'Autant-Lara, et dont le visage, comme celui de son partenaire Gérard Philipe, lui semblait le parangon de la beauté française ; il avait aussi pensé à s'appeler Philipe, mais craignait que ce nom en forme de prénom, comme les noms de villes, ne révélât sa condition d'Israélite, m'expliqua l'intéressé avec une sorte de tristesse que je ne m'expliquais pas, moi qui n'avais alors pas de patronyme définitif), étaient les premiers juifs que je voyais. Pour moi qui n'avais d'eux, mêlée à celles données par la Bible, que l'image caricaturale du Juif errant rencontré dans certains romans, ou celles, plus douteuses encore, qui se transmettaient dans les propos d'écoliers campagnards, je trouvais les Korenfeld plus « français » que nature, étonné même que leur nom ne le fût pas, ou qu'il ne le fût pas davantage : des citadins peu aisés, petits fonctionnaires dans quelque ministère, comme la plupart des gens qui venaient en vacances chez nous. Des gens qui ressemblaient, lui à Benjamin Britten, en tout petit, elle à personne, si bien que je ne me rappelle pas sa tête ; des personnes aimables mais peu généreuses, qui ne me donnaient jamais de pourboire, qui offraient à Jeanne des fleurs des champs cueillies pendant leurs promenades, et que ma grand-tante acceptait avec de grandes démonstrations de joie, pour les jeter, une fois qu'ils avaient le dos tourné, au feu ou dans le seau aux poules en maugréant : « Je t'en foutrai, des fleurs ! », ou quelque chose de ce genre ; mais jamais, bien qu'elle les sût juifs et qu'elle ne nourrît pas à l'endroit de ce couple une affection particulière, jamais je ne l'ai entendue les traiter de sales juifs, soit qu'elle sût quel avait été leur sort pendant la Seconde Guerre mondiale, soit, c'est plus probable, qu'elle ne voulût pas déroger à la règle qui faisait que le client était roi, n'étant au fond nullement raciste, comme on dit aujourd'hui à tout bout de champ, malgré l'hostilité qu'elle affichait à l'égard des Gitans et des Arabes, et qui lui venait surtout de la crainte irraisonnée qu'ils lui inspiraient, les Gitans depuis toujours, les Arabes depuis la guerre du Rif et celle d'Algérie et parce qu'ils n'étaient pas chrétiens, encore qu'elle ne connût d'eux que les « sidis » qui faisaient du porte-à-porte pour vendre de mauvais tapis manufacturés, qui lui inspiraient une crainte prompte à verser dans la haine, surtout après le désastreux mariage de la fille Poirier avec un Kabyle, et le meurtre, par un Marocain, de la sœur du dentiste des Buiges, dans une maison isolée, à l'entrée du bourg, dans le virage qui débouche sur les plaines de Plazaneix, sous de hauts et noirs sapins : un endroit où, disait-on, il ne pouvait que se commettre un suicide ou un crime, tant il était sinistre. Ce fut un meurtre — d'ailleurs bien étrange, puisqu'il semble que cette femme, âgée d'une cinquantaine d'années, ait reçu plusieurs fois chez elle le jeune ouvrier marocain, qu'elle l'ait même accueilli ailleurs que dans sa cuisine et que ce fût là un crime passionnel, ce qu'on se refusa d'abord à admettre, en tentant d'en faire un crime de rôdeur ; mais quel crime n'est pas, peu ou prou, passionnel, surtout quand on trouve la victime en petite tenue, attachée à son lit avec des sangles de cuir, morte d'étranglement mais souriante, et apparemment heureuse ou satisfaite, tandis que le meurtrier arborait un sourire de même nature ?

Jeanne quittait la salle en demandant à Berthe-Dieu de l'aider à gravir les marches menant à l'étage, tandis que, enfin délivrée de Mme Jeanne, comme tout le monde l'appelait (quand ce n'était pas la Jeanne de Siom, appellation d'ailleurs point dépourvue d'allure), Mlle Sazerat cessait de manger et se tournait vers moi comme pour me demander l'autorisation de quitter la table. J'étais, je l'avoue, tenté de prendre le relais de ma grand-tante, de forcer d'avaler salade, fromage et dessert, cette pauvre femme qui n'avait que le tort d'être vieille, frêle et pâle, timide aussi, ce qui suffisait à susciter sur sa tête cette cruauté que les meilleures gens se surprennent à trouver en eux-mêmes à l'encontre d'un être faible dont la seule vue agace sans qu'on sache pourquoi, sinon que sa singularité ou sa solitude paraît trop déplacée, voire extravagante, en un lieu et à un moment donnés, pour qu'ils n'en souhaitent pas l'exclusion, l'élimination. Un regard plus appuyé, presque suppliant, me dissuadait d'en rien faire ; et peut-être, plus bassement, songeais-je à ce roman de

Balzac, *Le Lys dans la vallée*, qu'elle avait promis, ce matin-là, de me prêter le soir même, lorsqu'elle aurait fini de le relire, après sa sieste et la promenade qui, quel que fût le temps, la conduisait invariablement à la Croix des Rameaux puis sur la route de Lestang, là où il passait le moins de voitures, rebroussant chemin à l'entrée de la lande, les yeux humides, le teint plus pâle, la main serrant davantage le plaid autour des épaules et, contre elle, le parapluie qui lui servait d'ombrelle et dont elle était assez fière pour l'ouvrir devant moi et m'en décrire la taffette silésienne, le bord en faille, la monture paragon, le manche couteau imitant l'ivoire sur lequel étaient gravés des sujets japonais. Elle frissonnait comme si elle avait peur et qu'elle sentît qu'il fallait s'en retourner et dire, comme Mme de Mortsauf, que jamais elle n'irait attendre quelqu'un sur la lande, le soir, non, qu'elle n'en verrait jamais surgir personne, nul ne pouvant plus survenir là, à cette époque, pas même les fantômes des héros auxquels elle rêvait et qui étaient ses morts, à elle, ou qui se confondaient avec les êtres qu'elle avait aimés : son père et sa mère, probablement, et l'inévitable figure absente d'un fiancé disparu, ou qu'elle s'était inventé pour supporter l'ennui et dont les romans lui renvoyaient l'image démultipliée, changeante, insaisissable, Mlle Sazerat vivant non pas la vie de ces personnages, ne se laissant prendre à nul mirage romanesque, mais ayant trouvé là une communauté d'élection bien différente de celle de Siom où elle passait l'été, un monde de toute façon plus humain que celui de la ville où elle vivait et où elle n'avait sans doute pas d'amis, sauf cette femme qui la rejoignit à Siom, cet été-là. Une femme peintre dont le nom, si je me souviens bien, était Larissa Klein : un nom d'artiste — ou, pour parler comme Berthe-Dieu, son nom de « peinteresse ». C'était une grande et assez forte femme coiffée d'une sorte de turban à fleurs, qui portait d'épaisses lunettes d'écaille et fumait des cigarettes Camel dont elle me proposait en assurant à Jeanne que ça ne pouvait pas me faire de mal. Elle s'était débrouillée, j'ignore comment, pour exposer une trentaine de toiles dans une salle de la mairie des Buiges, poussiéreuse et grise, dont on n'avait même pas nettoyé les vitres pour l'occasion. Je fus sommé d'aller visiter l'exposition, Jeanne, sans avoir vu les tableaux, en faisant une question de principe, tout comme Berthe-Dieu qui trouvait Larissa Klein à son goût et qui l'emmenait aux Buiges tous les après-midi, avec moi pour lui servir de chaperon, si j'ose dire. Nous allions de croûte en croûte, patiemment, l'air pénétré, jusqu'à une grande toile représentant une Négresse en fichu de madras et au buste nu, dont la splendide poitrine faisait invariablement s'exclamer mon grand-oncle, en me poussant du coude : « Mon vieux, elle t'a de ces poumons ! » Négresse dont les fruits, comme celle de l'affiche qui émerveilla les adolescents d'Alexandre Vialatte, dans une petite ville d'Auvergne, valurent à Larissa Klein bien plus de visiteurs que l'ensemble de ses toiles — paysages, fleurs, natures mortes, le savoir-faire médiocre et intemporel d'une pauvre peinture suscitée par l'éternel dimanche de la province. Je m'efforçais d'admirer, surtout pour ne pas désobliger Mlle Sazerat, bien plus que son amie peintre, personne plutôt antipathique qui avait d'elle-même une très haute idée, et voyait dans cette exposition à la mairie d'un chef-lieu de canton l'antichambre du Salon d'automne à Paris, pour lequel, une fois (cette unique fois, devenue mythique, où il est donné, par un hasard dont les détours mériteraient un roman, à n'importe qui de se croire au seuil de la gloire), une de ses toiles avait été sélectionnée, Larissa Klein montrant à l'appui de ses dires un article consacré à ce Salon par Jean-Jacques Gautier, critique au *Figaro* et académicien français, avait précisé l'artiste qui avait souligné les deux lignes concernant son tableau et s'indignait que je ne connusse pas ce nom ; un nom que j'ignorerais encore (quoique je ne sache rien de plus au sujet de cet académicien) s'il ne s'était rencontré dans cette anecdote dont les conséquences ne seraient pas, on va le voir, sans importance pour moi. Ma mère, qui se trouvait à Siom, ce jour-là, avait été avec moi invitée par Jeanne à déjeuner à la table de l'artiste et de Mlle Sazerat ; on s'étonnera moins qu'elle l'ait accepté, elle qui avait depuis longtemps décidé de n'obéir qu'à son bon plaisir, si je dis qu'elle appréciait Mlle Sazerat. « Et comment est la peinture de Mme Klein ? » me demanda-t-elle pour dire quelque chose et ne point trop montrer combien la « peinteresse » lui déplaisait. Je me suis mis à rougir. Je ne pouvais que mentir. À m'en croire, cela valait la peinture de Berthe Morisot ou de Suzanne Valadon. Je savais que ma mère aimait ces deux peintres. Cela l'a-t-il convaincue d'aller voir les tableaux, l'après-midi même, en compagnie de Mlle Sazerat qui, me dirait-elle, se pâmait à chaque pas ? Voulait-elle s'amuser et donner une leçon à tout le monde ? Le soir, en dînant tous deux à notre table habituelle en compagnie de Berthe-Dieu qui, parfois, l'été, surtout quand ma mère venait à Siom, ne dédaignait pas de manger avec nous, pour se faire servir et jouir de la position avantageuse que toute sa vie il avait recherchée, ma mère me lança, assez fort pour être entendue de la table voisine : « Je suis allée voir les tableaux, puisque tableaux il y a : ils sont atroces. Je ne sais comment tu peux trouver ça beau et me faire perdre mon temps... »

Gifle qui me fit rougir et plonger le nez dans mon

assiette, tandis que Berthe-Dieu ouvrait toute grande la bouche pour défendre la Négresse au madras, que Mlle Sazerat souriait distraitement et que Larissa Klein allumait une Camel. Je rougissais d'autant plus que j'avais, il faut l'avouer (l'ennui aidant et peut-être aussi le désir de m'attirer les bonnes grâces d'une personne que je pensais être une véritable artiste, puisqu'elle se présentait comme telle et que je n'étais pas encore à même de comprendre que la plus grande part de ceux qui se disent tels sont des imposteurs ou de simples amateurs tentant de faire passer leur fausse monnaie pour de l'or), j'avais fini par me convaincre que cette peinture était bonne. Larissa Klein se tourna vers ma mère et nous invita à prendre le café à sa table, d'un air hautain qui, plus encore que son prénom et sa peinture, déplut à ma mère.

« Non merci, madame, le café m'indispose, comme la mauvaise littérature. »

Sans doute Larissa Klein était-elle assez fine pour deviner ce qu'il fallait entendre par « mauvaise littérature », et peut-être ma mère, avec ce sens de l'excès dont j'ai hérité et qui est notre pente suicidaire, avait-elle dit « mauvaise peinture » et était-ce moi qui, marri, couvert de honte, et coupable, avais eu envie d'entendre « littérature » à la place de « peinture ». Les deux femmes se levèrent, ensemble, Larissa Klein lançant à ma mère que l'avis de Jean-Jacques Gautier — Gautier sans *h*, précisa-t-elle étrangement — valait mieux que celui de n'importe qui ; à quoi ma mère répondit qu'elle ne connaissait qu'un Gautier, sans *h*, Théophile Gautier, écrivain non négligeable et, par ailleurs, assez fin critique d'art. Ma mère regagna sa chambre pour lire. Larissa Klein se rassit auprès de Mlle Sazerat, qu'elle regarda férocement comme si la pauvre femme était responsable de l'affront fait à l'artiste :

elle n'avait pas entendu, ou pas compris, ce qui venait de se dire, mais, assez fine pour en deviner la gravité, elle blêmissait encore, semblait sur le point de sangloter et de s'évanouir, surtout quand Larissa Klein lui eut fait part de sa décision de quitter, dès le lendemain matin, l'Hôtel du Lac pour aller loger aux Buiges, à l'Hôtel Urbain, où Mlle Sazerat demanda à Berthe-Dieu de la conduire, chaque après-midi, et où je l'accompagnai, dépêché par Jeanne, afin de sauver, si possible, la réputation de l'Hôtel du Lac, en tentant de faire oublier l'éclat de ma mère et ramener à Siom la « peinteresse » qui se montra inflexible, consentant seulement à m'écouter m'accuser d'avoir mal parlé de sa peinture, d'en avoir donné une idée inexacte et propre à induire en erreur ma mère que je décrivais comme une adepte de l'art moderne.

« Elle aime donc Yves Klein, et ces sortes de choses ! » s'écria Larissa, qui répugnait visiblement à se savoir un illustre homonyme et, davantage, à le considérer comme un peintre.

Je me suis lancé dans la théorie, me souvenant d'une discussion avec ma mère, l'hiver précédent, à propos de Magritte et de Tanguy, deux peintres qu'elle prisait et dont elle m'avait offert, à Noël, des albums de reproductions.

« Plus que Magritte ou que Dalí, j'aime Tanguy parce qu'il ne se sert pas d'éléments du réel pour produire une réalité sensible », ai-je dit en m'étonnant moi-même d'un tel discours, me trouvant même, pour la première fois de ma jeune vie, intelligent et non plus prisonnier de la bêtise crasse où j'avais végété et où je m'étais sans doute complu.

Larissa Klein et Mlle Sazerat m'écoutèrent en silence, la « peinteresse » en me jetant des regards aussi noirs qu'un ciel d'orage, et Mlle Sazerat, la larme à l'œil, disant, comme si je n'étais pas là (et d'une certaine façon je n'y étais plus, au moins en pensée, découvrant que j'en avais fini avec Siom, et avec certaines de mes inhibitions) : « Mon Dieu, Larissa, comme il s'exprime bien, ce Pascal ! »

Phrase qui me fit plaisir mais dont je vis sur-le-champ les terribles conséquences qu'elle aurait pour elle, qui dut regagner Siom, peu après moi, conduite par le garagiste Malagnoux, en larmes, pour s'enfermer dans sa chambre et dire à Jeanne qui était montée toquer à sa porte, lorsqu'elle ne parut pas au dîner, que Larissa Klein l'avait reniée, ou quelque chose de cet ordre, ce dont elle prétendait ne pouvoir se remettre et dont elle ne se remit en effet pas, puisque ce fut le dernier été que nous vîmes Mlle Sazerat, soit qu'elle fût morte, soit que la « peinteresse » eût repris les choses en main, lui interdisant de remettre les pieds chez nous.

Nulle tolérance, nulle loi n'empêchera jamais la mise à mort, réelle ou symbolique, du faible par le puissant pour apaiser d'ancestrales fureurs ou, tout simplement, pour étancher son goût du sang. La salle du restaurant de Jeanne permettait la constitution d'un de ces groupes provisoires, fluctuants mais cohérents, à qui il fallait, le temps du déjeuner, sa victime, comme si la dévoration des mets devait s'accompagner de celle d'un être humain. J'avais souvent été cette victime, quand je faisais le service ; à présent c'était au tour de la Sazerat, ainsi qu'on l'appelait, en cuisine, dans ces moments-là, et qui, un autre jour, faillit accéder au rang de victime vraiment immolée lorsqu'elle eut à table un malaise qui devait moins, reconnaissons-le, aux remontrances de Jeanne ou aux sourires moqueurs d'autres pensionnaires, qu'à sa santé déclinante. Mlle Sazerat s'était évanouie ; elle s'était trouvée mal, ai-je pensé en jugeant que cette expression désuète convenait mieux à la vieille demoiselle dont j'ai dû prendre dans mes bras le frêle corps après avoir regardé si elle n'avait pas chié ou pissé sous elle, comme me l'avait demandé Jeanne, avec une grossièreté qui montrait l'étendue de sa cruauté — une cruauté momentanée, due au seul fait que la Sazerat aurait pu, disait-elle, choisir un autre moment que la grand-messe du déjeuner, qui était le couronnement de ses journées, le moment où son esprit, fût-elle clouée au lit, pouvait s'élever et jubiler, jouissant d'une foi retrouvée dans le commerce et dans l'espèce humaine tandis que, transformés par la double vertu de la hauteur et du devoir accompli qui prenait là des allures de sacrifice, les bruits de la cuisine et de la salle, sous le plancher, lui en apportaient les effluves. J'ai remarqué un peu d'urine sur la chaise de la vieille demoiselle et, pour n'en rien laisser paraître, j'ai dû l'emporter avec sa chaise, étonné que malgré ça elle ne pesât guère plus que la brassée de bois que je montais chaque matin pour la cuisine ; mais elle n'en avait pas l'odeur : elle sentait au contraire je ne sais quoi de fade et de cireux que j'ai toujours imaginé aux religieuses âgées, persuadé qu'il en est de leurs corps comme de chambres secrètes ou de vieux livres qu'on ouvre après un siècle pendant lequel ils sont demeurés dans une armoire ou un coffre, de sorte que c'est non seulement la pièce, le papier, la couleur des murs, les objets, mais le style de l'auteur qui dégagent ce parfum singulier, hésitant entre le renfermé et l'odeur de sainteté, et aussi la langue elle-même qui sent, qui a pris cet aspect poli et parfumé, me suis-je souvent dit en ouvrant une édition ancienne de La Rochefoucauld, de La Bruyère ou de Chamfort.

Mlle Sazerat évanouie, c'était un personnage de

roman que je portais dans mes bras jusqu'à sa chambre, l'héroïne d'un livre qu'il me serait peut-être donné d'écrire un jour, ai-je pensé en entrant dans sa chambre et en la déposant sur son lit dont Jeanne écarta l'édredon en me demandant de sortir pour qu'elle pût la dévêtir un peu et la laisser respirer mieux, tandis que je descendais téléphoner, le docteur Labarre étant mort, au nouveau médecin des Buiges. Je repris le service, tout en continuant à penser à ce qui se faisait jour en moi : j'étais peut-être appelé à devenir le porte-parole, le scribe, plutôt, de ces vies sans éclat, silencieuses, banales, invisibles, souvent tragiques. Oui, me suis-je dit, cet été-là, en serrant contre moi le corps inanimé de Mlle Sazerat, tout comme en regardant vivre Jean Pythre, Désirée Allagnac, Amélie Piale, les gens de Siom, de Villevaleix, de Neuvialle, des Buiges, tant d'autres encore qui peuplaient le haut plateau limousin, à la fin des années 60, oui, j'attendrais qu'il me soit donné, à moi, la grâce d'écrire ces vies, toutes les vies, à commencer par celles de Marie Foly, de Louise Sarroux, de Jeanne Berthe-Dieu, que j'ai vue redescendre de la chambre de la vieille demoiselle, ce jour-là, pour se rendre aussitôt dans la salle en disant à la cantonade : « Elle va mieux ; mais ça ne mange rien : comment voulez-vous que ça ne s'ébouille pas comme un vieux mur !

— Y a pas guère de viande après elle, c'est vrai, commenta le vieux Nuzejoux en ajoutant à l'attention de ma grand-tante que cet incident et la montée des marches avaient visiblement chagrinée : Mais toi aussi, ma pauvre Jeanne, tu en as tombé du lard !

— Veux-tu bien te taire, vieux gagnou ! » lui lança-t-elle, trop fort, en plissant les lèvres et fronçant les sourcils d'une manière qui n'avait rien à envier aux actrices du cinéma muet passées au parlant et qui ne savaient pas assurer leur voix ni l'accorder à leurs mimiques exagérées, saccadées, poupées désarticulées entre les héroïnes qu'elles incarnaient et les rêves des spectateurs, Jeanne elle-même au sein du grand songe où je la retrouve et crois l'entendre me chanter, en battant la mesure, une très vieille chanson dont je cherche en vain le rythme à la fois bancal et enfantin, et qui parle d'amours enfuies, de ciel trop bleu, de temps qui ne reviendront plus.

12

La situation pécuniaire ne s'améliorait pas, une fois réussie l'intervention chirurgicale qui devait guérir ma grand-tante et rendre Berthe-Dieu à la quiétude de ses cinq repas quotidiens et à ses siestes, les vaches vendues l'hiver suivant, l'épicerie abandonnée environ dans le même temps et peu à peu vidée de son stock, qui n'avait rien à envier au magasin de Louise, sous le rapport du capharnaüm et de l'obsolescence, et qui fut consommé par l'hôtel et, pour le reste, monté pour partie au grenier, pour l'autre jeté à la décharge publique. Je n'en ai sauvé que des cartes postales invendues, des lots de petits carnets d'écoliers à couverture rose ou bleu pâle, la balance à plateaux de cuivre et le mètre en bois de section carrée et taché d'encre et de gras, à bouts de fer-blanc qui servait, du temps où Marie faisait la mercerie, à mesurer le tissu, et auquel je tiens comme un amateur d'art antique s'attache à tel objet apparemment sans intérêt d'un culte disparu mais sur la signification duquel il se perd en rêveuses conjectures. Ce mètre se trouve toujours sur ma table de travail et je le manie de temps à autre comme une sorte de sceptre avec lequel je bats la mesure des phrases par lesquelles je suscite mes morts, les accompagnant à ma façon au cours de ce voyage auquel il est bon que nous nous préparions de notre vivant, puisqu'il n'est pas certain que notre esprit retourne au néant comme le corps à la terre et que nous devions accepter comme une conquête des temps modernes, une fois les religions reléguées au rang de phénomènes sociologiques, la confusion entre le néant et l'immatérialité. Je n'ai pas le culte étroit et nationaliste des morts, et la sorcellerie, la nécromancie, l'occultisme me semblent des activités risibles ; mais l'écrivain se doit à ce qui a disparu, l'écriture étant, plus encore que l'art du cinéaste, le seul lieu où donner la parole aux disparus, c'est-à-dire leur rendre justice.

On continua à vendre des parcelles de la propriété, par exemple à Yvonne Piale qui voulait étendre le terrain que lui avait cédé Chadiéras au bas du pré situé entre le jardin et le lavoir municipal (qu'un maire imbécile, quelques années plus tard, transformerait en bureau de mairie, et le bâtiment de la mairie et de l'école en appartements qui ne trouveraient pas preneur, Siom continuant à s'enfoncer dans le temps, malgré l'ouverture d'un terrain de camping au bord du lac, et l'installation d'une colonie de vacances, en face, sur l'autre rive, sur la colline d'Arbiouloux). On vendit ensuite le bas du pré Saint-Martin, sous la route de Limoges, où s'élevèrent bientôt, bâties par les frères Rivière pour une de leurs sœurs et pour un Lyonnais aux lointaines origines corréziennes, deux maisons semblables à celles qu'on voit dans tous les faubourgs des villes, sans style, sans grâce, à toits de tuiles mécaniques qui non seulement juraient dans un ensemble de maisons exclusivement couvertes d'ardoise, mais me faisaient penser que Siom, comme Villevaleix ou Les Buiges où on venait d'édifier un immeuble de quatre étages, était pris dans un phénomène de dégénerescence urbanistique qui me forçait à réviser l'idée selon laquelle le hameau, le village, le bourg et la ville avaient leurs caractéristiques propres et définitives, de la même façon que l'empire colonial nous avait appris à reconnaître chaque race, chaque ethnie, chaque peuple dans son milieu naturel, celui-ci fût-il amélioré par l'action civilisatrice de la France ; leçons de l'école républicaine, apprises avec ferveur, et dont j'étais pénétré comme d'une vérité théologique, de la même façon qu'on nous avait enseigné qu'il y avait un esprit, des caractéristiques, un type, un génie français, même, dont le déclin allait devenir pour moi l'amplification démesurée, injustifiable, insoutenable, de celui des Bugeaud. « Que saint Blaise nous garde des Barbares ! » répétait Jeanne à tout bout de champ, lorsqu'elle eut compris que la France n'avait plus d'empire, comme si elle voyait déjà, selon une vision cyclique et vengeresse de l'Histoire, les tribus de Huns, de Sarrazins ou d'Anglais camper sur la place de Siom, faute de nouveaux Charles Martel, sainte Geneviève ou Jeanne d'Arc ; image venue du fond des âges et jamais entièrement sortie de notre esprit, non seulement à cause de l'école, mais des traces que les Barbares avaient laissées sur certains visages aux yeux bridés, aux pommettes saillantes, au teint mat, à la chevelure de suie, ou à la prunelle claire, et dont on se rappelait en frissonnant, de mère en fille, que les ventres se forcent plus aisément que la terre et que la pureté du sang doit être à tout prix préservée. Et voilà que non seulement cet empire était perdu, la France défaite en Indochine, à Suez, et obligée d'abandonner l'Algérie, et les ex-colonisés appelés peu à peu à venir travailler en France, mais que le monde dont j'avais pu penser qu'il était, lui aussi, éternel, et immortels les hommes et les femmes qui le peuplaient (et s'ils mouraient, remplacés par leurs descendants dont la lignée promettait d'être aussi nombreuse que celle d'Abraham), ce monde-là était en train de mourir sous mes yeux, je le comprenais à voir le territoire des Bugeaud mité d'abord discrètement, puis ostensiblement bradé, au cours de ventes successives, tandis que ce qui restait de terres était laissé à l'abandon, puisqu'il n'y eut bientôt plus une seule ferme, dans Siom, une fois que Chadiéras eut bu l'argent de ses bêtes, puis celui du viager versé par un sien cousin qui briguait la propriété, tandis que les derniers paysans se recyclaient dans l'élevage intensif de bovins en stabulation libre et qu'on plantait un peu partout de ces sapins dont le noir manteau allait bientôt occuper près du tiers de la superficie de la commune et stériliser les terres contiguës.

On continuait à parler de l'honneur des Bugeaud alors qu'ils n'étaient plus rien, et que nul, à Siom ni ailleurs, ne portait plus leur nom. On les croyait encore riches et puissants ; pourtant leurs revenus étaient plus bas que ceux des garçons à qui Pierre Bugeaud avait autrefois refusé la main de ses filles, particulièrement celle de Jeanne. Berthe-Dieu finit par décider sa femme à abandonner l'hôtel puis la restauration, à la fin des années 70, pour ne garder que le café mais sans s'interdire de donner à manger à quelques gourles qui, le Café-Restaurant Chabrat ayant lui aussi fermé, comme l'école et la poste, ne savaient où aller, étaient véritablement perdus, buvant plus que d'ordinaire et, incapables de s'en retourner à pied ou sur leurs vélomoteurs, finissaient par s'aventurer dans le couloir en demandant s'il ne restait pas un peu de soupe, que Jeanne n'avait pas le cœur de leur refuser. Alors on voyait s'avancer sans bruit, dans la lumière sombre de la cuisine, de pauvres gars qui avaient ôté leurs bottes ou leurs galoches à l'entrée du couloir et se tenaient debout près de la grosse cuisinière bleue contre laquelle somnolait, sur deux chaises, la chienne noire, lasse et repue, nourrie de gigot, de rosbif ou des saucisses dont les clients n'avaient pas tout mangé et qui menaçaient de se gâter, plus grasse que les gourles qui se tournaient respectueusement vers elle comme vers la fille de la maison, laquelle les regardait en montrant les dents, ou d'un air souverainement indifférent, tout comme, sur le buffet, les chats devenus aussi gros que des chiens, pour les mêmes raisons, et que les gourles contemplaient en disant à Berthe-Dieu : « Per moun arme, ils ne se portent pas mal... »

Façon de rappeler qu'eux ne se portaient pas aussi bien, surtout sur le chapitre de la faim, et qui leur faisait ajouter quelquefois, trop ivres pour mesurer pleinement leurs paroles : « J'aimerais finir aussi gras que ça, moi !

— Et de quoi tu serais gras, toi qui ne fais que boire ! lançait Berthe-Dieu, agacé qu'on critique ses bêtes, à la gourle qui baissait alors les yeux puis les relevait vers Jeanne pour chercher de l'aide.

— Que veux-tu, mon pauvre Isidore, il ne fait pas bon venir vieux », disait-elle en le faisant asseoir au fond, près d'un autre chien qui dormait lui aussi sur deux chaises et à qui la gourle devrait disputer quelquefois sa viande en essayant de ne pas se faire mal voir des époux Berthe-Dieu qui, à cette époque, ne mangeaient plus que le visage dirigé vers un téléviseur braillant sur un buffet, au fond de la cuisine, Berthe-Dieu ayant posé son dentier près de son assiette, parce qu'il mâchait mieux ainsi prétendait-il, ce qui le vieillissait de vingt ans, le temps du repas ; après quoi il remettait ses dents, comme il disait, et retrouvait son âge, son sourire, sa mélancolie, tout ce qui constituait sa belle mine, tandis que

Jeanne se perdait dans ses pensées, et que j'étais seul à écouter la gourle dire des chiens et des chats qu'ils étaient vraiment les enfants de la maison, pour se faire bien voir, me reléguant, moi, au même niveau que lui, c'est-à-dire plus bas que ces bêtes repues et obèses, à ce niveau où on n'existe que de façon aléatoire ou abstraite, Berthe-Dieu s'étant tourné vers nous pour nous lancer un « Dites rien ! » indigné, de sorte que le plus souvent nous mangions en silence, comme des vaincus, sous l'œil bleuté du téléviseur.

Mais, en 1969, on n'en était pas encore là. Jeanne souffrait de ses jambes et bougeait le moins possible. Berthe-Dieu s'occupait à remettre en état une Citroën à traction avant dont il espérait tirer un bon prix auprès d'un client hollandais qui lui téléphonait régulièrement d'Utrecht pour savoir où en était le travail et qui est venu le voir, un jour de septembre, accompagné d'une grande femme blonde, arrivant tard, le soir, alors que nous étions attablés avec Saturnin Orlianges et René Nifle. Nul ne quittait des yeux la belle Hollandaise qui, elle, nous contemplait en souriant, mais non sans étonnement, comme si elle eût traversé le temps pour se retrouver non pas chez les plus arriérés paysans de la Frise orientale, mais, plus loin encore, à l'époque où les frères Le Nain, Hobbema et Ruysdael peignaient leurs scènes rurales, et commençant à se sentir mal à l'aise, ne comprenant pas ce qui se disait entre son mari et Berthe-Dieu qui leur expliquait qu'il ne faisait plus hôtel et qu'ils trouveraient à coucher aux Buiges, qu'il se chargeait de leur montrer le chemin, au grand dam de Jeanne qui, elle aussi, ne voyait que la blonde créature, à propos de qui le petit René se pencha vers moi pour me dire, en patois pour plus de prudence : « Tu vois, mon pauvre Pascal, cette fille-là c'est exactement ce que ni toi ni moi n'aurons jamais… »

Phrase qui me frappa autant que la beauté de la jeune femme, laquelle me révélait soudain le sens violent, douloureux, inacceptable même, de l'adjectif « désirable », et me faisait toucher du doigt l'idée que la beauté est la splendeur inaccessible, et donc tragique pour nous, du divin.

J'étais, ce printemps-là, plus que jamais livré à moi-même ; et, une fois achevées mes tâches matinales, j'allais errer sur les hauteurs de Siom, du côté du Montheix ou de la gare, dans l'espoir d'y retrouver Lam, ou plutôt que celui-ci surgirait comme il le faisait autrefois, lorsque je gardais les vaches dans le pré Saint-Martin, à La Belote, et dans tous les champs qu'on nous prêtait depuis qu'il n'y avait presque plus de bêtes à Siom. J'avais d'autant plus de raisons d'espérer le revoir qu'il s'était, on s'en souvient, montré souvent à moi, le soir, l'année précédente, quand je rentrais des Buiges par l'autorail et qu'il se dressait à un endroit toujours nouveau du talus, bien plus comme une figure animale de la forêt que comme un être humain, et particulièrement comme un de ces hommes pervers à propos de qui ma mère m'avait dit, un jour, que j'avais atteint un âge auquel il me fallait me méfier, surtout s'ils me proposaient de les suivre, sans préciser ce qu'il y avait au bout de ce chemin. J'en avais une vague idée pour avoir lu dans le journal le récit de faits divers, ou me rappeler l'histoire de Mouchette, celle de Suzanne Pythre martyrisée par les frères Lontrade, celle du petit Michel Lagâche dont on raillait la laideur, ou celle de la jeune Christine Râlé, de Peyre Nude, près de Lestang, probablement violée et assassinée par le fils Lavolps. Mise en garde dont on peut s'étonner que ma mère ne me l'eût pas donnée plus tôt, comme si nul danger ne guettait l'enfant que j'avais été et que, d'une certaine façon, je continuais d'être, plus seul que jamais, redouté de beaucoup, finissant d'accéder au rang d'innocent — à quoi je me faisais puisqu'il m'offrait la paix nécessaire pour lire, rêver, observer, écouter les derniers vieillards dans les fermes reculées me parler comme si j'étais le descendant du frère qu'ils avaient perdu à la guerre, ou du fiancé qui n'avait pas été agréé et dont on garde toute sa vie la nostalgie. Sans doute ma mère ne voulait-elle pas attirer trop tôt l'attention de l'adolescent que j'étais devenu sur la chair dont elle pensait que j'étais déjà tourmenté, alors que, je le répète, celle-ci ne me pesait pas, ou alors à mon insu, dans des songes dont je gardais rarement, au réveil, le souvenir, tout cela me semblant appartenir à un monde de qualité bien inférieure à celui auquel m'ouvrait la lecture, et qui me faisait penser que je ne connaîtrais les choses de la chair, ainsi qu'on disait encore, qu'au moment où je me serais mis à écrire, une fois que je saurais mieux le français, comme je m'imaginais qu'il fallait le savoir avant d'en faire une sorte de langue inconnue, et inouïe, qu'on appelle un style, avais-je lu en quelque part, comme je l'ai dit à ma mère qui voyait dans ce « siomisme » le signe que j'avais encore bien des progrès à faire, et à qui je ne pouvais révéler que ce mot de « style » avait pour moi quelque chose d'aussi prestigieux et, me semblait-il, inaccessible et scandaleux que celui de « sexe ».

Et puis, tout d'un coup, Lam a été devant moi, dans le grand pré appartenant à Orluc et qui s'étend sous le réservoir, non loin du cimetière, extraordinairement vieilli, non pas ridé ni les cheveux blanchis, mais le teint plus jaune, presque verdâtre, les traits plus accusés, plus typés, la part indochinoise de sa personne l'emportant sur l'européenne, selon un mouvement qui n'est pas tout à fait une loi mais qui appartient au temps et voit généralement s'accuser dans un individu (fût-il un métis qui paraît être ainsi amené à choisir charnellement, sinon spirituellement, sa race d'élection, et parfois jusqu'à la caricature) les caractéristiques ethniques ou simplement héréditaires qui faisaient, par exemple, que Jeanne était happée par ce que les Bugeaud avaient de moins beau et, peut-être, de moins bon : ensemble de défauts qui semblaient non seulement se résumer en elle, comme une fin de race, mais s'y développer avec les années et les souffrances dues à son métier et à sa maladie, alors que ses sœurs, malgré leurs revers, avaient maintenu très haut la beauté de la lignée maternelle ; tandis qu'un Berthe-Dieu, sur ses vieux jours, achevait de se conformer à un type de visage qu'on pourrait dire limousin par sa ressemblance avec Marcel Jouhandeau, de plus en plus étonnante, à mesure qu'il maigrissait, l'œil vif, l'air gourmand ou dédaigneux, lui qui n'avait probablement pas écrit une ligne de sa vie, avec un goût prononcé pour l'ironie, mais sans le bec-de-lièvre de l'auteur de *Chaminadour*, et sans qu'il soit permis de penser qu'ils eussent quelque parenté, même s'il se trouve des Blanchet (nom de jeune fille de Mme Jouhandeau mère) du côté de La Voûte, près de La Moratille, et qu'il n'est pas impossible que le boucher de Guéret, père de l'écrivain, soit allé autrefois jusqu'à Siom, ou inversement qu'un type de Siom ait fréquenté la foire de Guéret, à la fin du XIXe siècle. Une ironie et un air faraud que lui donnait sans doute la liberté qu'il croirait avoir retrouvée à la mort de Jeanne, en 1993, et qui lui ferait passer des annonces dans les journaux et écumer les bals de ce qu'on appelait déjà le « troisième âge » en compagnie du pâtissier Vantals dans l'espoir de consoler ses vieux jours, comme il disait, mais en découvrant que la consolation est une forme de souffrance pire que la solitude, à commencer par la jalousie qu'il éprouvait pour tous ceux qui approchaient ses nièces, ma mère, bien sûr, mais surtout Monique Bugeaud, se prenant à aimer celle-ci, ou à croire qu'il était amoureux, et à se montrer jaloux de moi, lorsque je viendrais passer quelques jours de vacances chez elle, dans les années 90, nous invitant à déjeuner à l'Auberge des Touristes, à Pérols, afin de me surveiller, me laissant boire presque seul la bouteille de cahors qu'il avait commandée, si bien que je somnolerais à l'arrière de l'énorme Citroën CX qu'il avait achetée pour épater les femmes, tandis qu'il roulerait vers le lac de Vassivière, où il entendait faire du pédalo avec sa nièce à qui je l'ai entendu dire, parlant de moi sans ménagement : « Il dort, ce turlot. Quand même, il faut bien que vous en ayez fait de belles, cette nuit, pour qu'il soit crevé comme ça... »

Lam presque méconnaissable, happé par son sang asiatique, et maintenant abandonné par son père adoptif ou biologique, il ne le saurait pas, celui-ci étant mort quelques mois plus tôt sans lui avoir révélé le secret de sa naissance ni rien lui laisser en héritage, non pas qu'il le reniât, mais ayant tout vendu de son vivant pour subvenir à leurs besoins, et l'abandonnant donc à la charge de la commune de Toy-Siom, qui trouva à l'abriter dans une insalubre remise du château des Theix, sur la route de Tarnac, où Lam vivait dans le cantou, près de la cendre et des braises, comme un renard, en échange de quoi il surveillait le manoir que les Theix n'habitaient que l'été et pour l'ouverture de la chasse.

Lam à qui je n'ai pas plus adressé la parole qu'autrefois mais qui me parlait, lui, sans que j'eusse davantage l'impression qu'il s'adressait à moi ni que je comprisse d'emblée ce qu'il évoquait en décrivant les collines d'en face, les pitons boisés, les explosions sourdes, quasi souterraines, le napalm qui s'enflamme, les obus de 105, les cris de cinq cents types surgissant par vagues dans la lueur des fusées éclairantes, en casque de liège et gilet molletonné bleu-gris, tenant devant eux des perches munies de plastic ou des échelles de bambou, avec lesquelles ils grimpaient, la nuit, Gabrielle, Éliane, Huguette, Béatrice, Isabelle, Dominique tombant l'une après l'autre; c'étaient les positions françaises de la bataille de Diên Biên Phu qu'il évoquait ainsi, passant ensuite à autre chose, à l'avarice de la famille Theix, à l'argent qu'il gagnait, l'été, sur la route de Limoges, en posant sous le panneau indiquant la direction de Toy-Siom, sa présence près du panneau suffisant à arrêter des automobilistes qui, la guerre du Vietnam faisant alors rage, trouvaient amusant de photographier cet Asiatique vêtu d'un vieux treillis devant un nom qui sonnait comme un de ceux qu'on entendait chaque jour à la radio ou à la télévision, bien qu'il se prononçât « Toi-Sion » et signifiât le haut Siom, ce village dont le nom garde trace de la place forte qu'il fut, et réuni à Siom jusqu'en 1845, raison pour laquelle nous disions la plupart du temps non pas Toy-Siom mais, selon sa signification première, avec un article qui s'est perdu au cours des siècles, « Le Toy ».

Lam, enfin, qui mourut dans l'opprobre, quelques mois plus tard, la gorge tranchée : un crime de rôdeur, avait-on murmuré dans le canton, sans que le nom d'aucun coupable fût avancé, puisque beaucoup, sinon tous, étaient coupables, dans cette affaire, là-bas, du côté du Toy; tous ceux qui avaient laissé ce pauvre bougre à l'allure de prince déchu vivre dans la misère et la honte, et qui, s'ils n'avaient pas à proprement parler tenu le couteau, y avaient contribué en fermant les yeux sur la façon dont Lam se débrouillait à la fin pour vivre, et qui ne consistait pas seulement, je ne tarderais pas à l'apprendre, à vendre son exotique image aux touristes, mais aussi son corps, certains automobilistes s'arrêtant pour le photographier avant de lui proposer autre chose, pour plus d'argent, et de s'enfoncer sous bois avec lui, le faisant devenir semblable à un supplicié, me dirait plus tard Alain Nespoux, qui les avait une fois surpris, de loin, sous une feuillée de hêtres, vers le puy de Vena : l'Indochinois bras et jambes écartés entre les branches des arbres, le pantalon tombé, la tête renversée en arrière, fixant on ne savait quoi par-delà les frondaisons ténébreuses, tandis qu'un type chauve et bedonnant le besognait en soufflant plus fort qu'une vache sous le bras de l'inséminateur.

« Jamais plus j'aurais imaginé une chose pareille, avait continué le petit Nespoux en échange de deux paquets de bonbons que j'avais dérobés dans l'épicerie de Jeanne. On aurait dit qu'il souffrait comme si c'était le diable qui le barattait, qui voulait l'envoyer à coups de reins en enfer, t'aurais vu ça, paobré, pire qu'un verrat à qui on enfonce le couteau dans le cou, sauf qu'il ne criait pas, et que le couteau qui le fouillait ne faisait rien sortir, ni sang, ni cri, ni larme ; et il n'était même pas en colère… »

J'avais écouté sans tout à fait comprendre, et je gageais que je ne serais pas le seul, même chez ceux qui naguère n'avaient pas dédaigné de forniquer avec leurs bêtes ou forcer de vieilles femmes, un soir d'ivresse. Je voulais préserver la mémoire de Lam ; j'ai proposé à Nespoux trois autres paquets de bonbons en échange de son silence ; mais ce qu'il avait vu était si extraordinaire, et si révoltant, qu'il ne pouvait le garder pour lui : tout Siom l'apprit, et puis Les Buiges, Toy-Siom, Lestards, Gourdon, Tarnac, Saint-Hilaire-les-Courbes, ailleurs encore, partout où le petit Nespoux allait tirer gloire de son récit ; de sorte que, lorsque Lam a été tué, dans le bois qui borde la route de Limoges, au-dessus de Siom, c'est lui que les gendarmes sont venus interroger ; et c'est sur sa foi qu'ils ont conclu à un crime de sadique, terme que nous ignorions, à Siom, et que le brigadier des Buiges entreprit d'expliquer par ces autres mots : « Un désaxé sexuel », qui ne signifiaient pas davantage pour nous qui, tout en ayant déjà tué plus de bêtes que nous ne l'imaginions, étions plus innocents, aussi ignares et prudes que des vieilles filles, et qui en tout cas ne voulions, jeunes et vieux, pas entendre parler de ce qui poussait un homme à en désirer un autre au point de non seulement s'introduire en lui par une voie dont on n'imaginait pas qu'elle dût servir à autre chose qu'à l'évacuation des matières fécales mais de le mettre à mort. Lam avait la face écrasée à coups de pierre, comme si on n'avait pas voulu qu'on puisse le reconnaître, l'abandonnant ainsi, défiguré, semblable à un légionnaire au visage brûlé évacué à l'hôpital Lanessan de Hanoi, ou aux gueules cassées de la Grande Guerre dont le père Allagnac me disait que même leur mère ne pouvait les regarder en face, qu'ils n'avaient plus que leurs noms et leur voix pour qu'on acceptât qu'ils fussent encore de ce monde, eux qui avaient si souvent oublié qui ils étaient, ayant laissé en Argonne, à Charleroi, à Ypres ou au Chemin des Dames ce qui faisait qu'ils avaient été des hommes pour revenir chez eux s'asseoir dans la pénombre d'une cuisine et y vivre sans bruit, retombés en enfance, comme dit la langue, ayant accompli cet étrange trajet, auraient pu ajouter leurs mères, qui consiste à réunir en un seul individu l'homme et l'enfant sans qu'il fût cependant plus l'un que l'autre, n'étant plus que cette colonne de chair semblable à une horloge qui ne sonnerait plus les heures.

13

Nous ne rendons rien à la terre. Ce n'est pas nos mères, nos pères, nos enfants que nous lui livrons, encore moins nos amis ou ceux qui nous ont aimés : ce sont des souvenirs qu'il est impossible d'enterrer. Les corps continuent à vivre en nous aussi bien que les âmes pour cette raison que nul ne peut se représenter, jour après jour, la décomposition, par le travail conjugué de la terre et du temps, d'un corps qu'on a aimé ou simplement connu ; c'est pourquoi les gens qui avaient un peu de bien répugnaient à livrer leur dépouille à la terre ; ils faisaient bâtir ces caveaux où les morts semblent attendre plus dignement la Résurrection sur des étagères de béton, dans des cercueils qu'on pouvait revoir chaque fois qu'on ouvrait le caveau pour y glisser un nouvel occupant, comme on avait fini par dire avec l'idée qu'il ne s'agissait pas de vrais morts, ou que ceux-ci ne l'étaient pas tout à fait, selon ce mouvement d'édulcoration, d'euphémisation de la langue qui se rencontre surtout en période de décadence, et qui n'est que le signe de notre peur de la réalité — c'est-à-dire la peur de mourir. J'avais bien tenté d'en savoir davantage avec Monteil, le nouveau cantonnier, qui faisait aussi office de fossoyeur et qui avait plusieurs fois ouvert devant moi des cercueils dont la famille voulait faire « réduire » le contenu : au moment de soulever le couvercle, il se passait une écharpe ou un mouchoir autour du visage en me disant de m'éloigner car on ne savait jamais ce qu'on allait trouver là-dedans, un corps entièrement desséché ou à peine abîmé, parfois un cadavre ayant gardé toutes ses odeurs, préservé en quelque sorte par ses émanations méphitiques qui nous sauteraient à la gueule dès l'ouverture de la bière et nous forceraient à fuir jusqu'au milieu du cimetière, au croisement des deux allées principales, là où il devait se passer quelque chose qui ne relevait pas de l'ordre des vivants puisque je m'y suis senti renié avec une violence extraordinaire, par une force qui dépassait tout ce qui, dans le domaine des sentiments et des émotions, pouvait se rapporter à quelque chose de connu ou de simplement humain, à Pâques, où nous étions montés, ma mère et moi, fleurir les morts, bien plus que par la vue des corps séchés et atrocement grimaçants que Monteil mettait au jour pour les débarrasser de leurs haillons et les replier du mieux qu'il pouvait dans de petites boîtes de sapin, les squelettes retrouvant en quelque sorte une dimension fœtale : j'étais renié par les morts, je ne puis expliquer autrement ce froid épouvantable qui s'est abattu sur moi, au centre de la croix formée par les deux allées principales, et qui m'a fait soudain claquer des dents sous un ciel d'un bleu parfait et alors qu'il faisait doux partout ailleurs, dans les allées comme sur la route et dans les champs, comme si j'allais me trouver mal ou que je fusse la proie de quelque chose qui ne relevait pas de l'humain, ou qui réduisait en moi l'humain pour me confronter dès à présent à ma propre inhumanité, à mon absence de pitié pour le genre humain, à l'insensé, à l'impie défaut d'amour où je vivais depuis toujours, ai-je pensé ensuite, tandis que ma mère, qui avait décidé de faire ôter du caveau familial la guérite de verre et de fer qui le recouvrait à la façon d'une serre, la mode, en ces années 80, étant au retour à la pierre nue, dans l'art funéraire comme dans l'architecture, me regardait d'un air exaspéré et me lançait : « Tu ne vas quand même pas tourner de l'œil comme une fillasse qui a ses sangs ! »

Je ne tournerais pas de l'œil, non, mais j'étais chassé du cimetière par la froide colère des morts, moi qui étais pourtant, avec le fossoyeur et le curé des Buiges, celui qui pensait le plus à eux, quoique d'une autre manière, persuadé que les morts gisent en nous, dans ce for intérieur qui est leur vraie forteresse, tant que nous nous souvenons d'eux et qu'ils se rappellent à nous en attendant la Résurrection, comme en ce jour de printemps, où ils me faisaient peut-être comprendre que ma place était ailleurs. Les gens, pour la plupart, s'arrêtent au cadavre, même ceux qui n'en ont jamais vu ou qui n'ont jamais tué ni regardé mettre à mort des animaux, comme presque tous mes contemporains pour qui le cadavre n'est acceptable que de loin, sur l'écran d'un téléviseur, dans une version fugace et douteuse du réel, pas même sur une photographie, celle-ci continuant de faire peur parce qu'on peut la contempler à loisir : ainsi Marina ne supportant pas cette photographie de Proust sur son lit de mort, avec sa barbe et ses paupières bistre, presque noires, semblable, dirait-on, à une sorte d'enfant extraordinairement vieux, et me demandant de l'ôter de la bibliothèque qui se dresse face à mon lit, la première fois qu'elle est venue chez moi ; comment ne pas s'expliquer ainsi le déclin du christianisme qui exhibe et offre à notre dévotion cela même que l'on ne supporte plus de voir : un cadavre.

J'appartiens à l'ordre des vaincus, semblaient me signifier les morts, au centre du cimetière, me rappelant à moi-même, à ce que m'avaient enseigné ceux avec qui j'avais grandi et qui avaient su rester humbles, c'est-à-dire proches de la terre, et sans illusions, tout en continuant à lutter parce qu'ils ne se sentaient, pour beaucoup, pas la force de renier la terre pour laquelle leurs ancêtres s'étaient échinés, soit par atavisme, soit au contraire par ce qu'on peut trouver de digne en toute condition, fût-elle dure, et vivant donc dans l'inconfort, les odeurs puissantes et la présence des défunts, fût-elle abominable, comme quand le grand Pythre était mort ou quand Berthe-Dieu était revenu, en ce mois d'août, de la chambre mortuaire du père Philippeau et dont — aussi frappé que Victor Hugo par le corps de Balzac se décomposant si vite qu'on ne put mouler son masque mortuaire — il dirait, renonçant à l'un de ses cinq repas quotidiens, qu'il digérait avec de plus en plus de peine, et qui le conduisaient à se frotter la poitrine en maugréant que ça le dévorait de l'intérieur : « Il fond à vue d'œil... »

C'était donc en moi que gisaient Marie et Louise; j'étais la tombe de ces femmes qui m'avaient aimé, élevé, protégé; et c'était en moi que gisait Lam, à l'enterrement de qui, lorsque son corps fut ramené de la morgue à Toy-Siom, nul n'assista. Jeanne ne m'aurait d'ailleurs pas permis d'y aller, jusqu'au bout soucieuse, comme ses sœurs, ses frères et ma mère, de ce que nous nous devions à nous-mêmes, m'interdisant de courir les bois en compagnie des filles de Siom ou des Buiges sous prétexte que c'étaient des « chiffons », comme elle disait en souriant, sans comprendre que les temps avaient changé, que ces filles-là vivaient bien mieux que moi, que certaines d'entre elles poursuivaient leurs études jusqu'au baccalauréat et parfois au-delà, qu'elles n'étaient plus les misérables qu'avaient été leurs parents ou leurs grands-parents, et que l'échelle de valeurs sur laquelle cette communauté avait vécu ne se dressait plus dans les esprits aussi puissamment que l'échelle de Jacob entre la terre et le ciel. Les plus jeunes n'avaient plus ces préjugés, sachant que leur vie ne se déroulerait ni de la même façon ni sur la terre siomoise, et ne se souciant plus des haines qui avaient opposé leurs ancêtres. Moi-même je sortais quelquefois de ma forteresse, pour aller déjeuner avec Jean Pythre qui aimait partager avec moi son repas d'ascète invariablement composé de sardines à l'huile, d'une maigre côtelette d'agneau et de quelques pommes de terre revenues dans du saindoux, et tout aussi volontiers chez les Chave, où on m'invitait sans arrière-pensée, Denise étant fiancée à un gars de Sornac : Clémence Chave, en bonne Toulonnaise, aimait les gens et la bonne chère, et ces repas étaient une sorte de fête où on entendait pour la dernière fois des histoires qui avaient eu lieu à Siom, « dans le temps », comme on disait déjà — un temps révolu auquel nous appartenions néanmoins, n'eussions-nous que seize ans. J'aimais ces graillous, comme on les appelait, ces grandes tablées où paraissaient des mets qui m'étaient inconnus et qui arrivaient enfin sur les hautes terres, fricassées de rougets, tapenade, ragoûts de mouton, ratatouille, bouillabaisse, dont je faisais ensuite l'éloge, au grand dam de Jeanne qui redoutait qu'on puisse croire que, ne me nourrissant pas à ma faim, j'étais obligé d'aller me sustenter chez les autres, d'où elle tentait de me déloger, feignant d'avoir oublié que je ne déjeunerais pas avec elle, et m'appelant à la soupe, à grands cris, puisque nous vivions encore en un monde où rien ni personne n'était hors de portée de voix, l'appel se faisant le plus souvent en patois, où la voix portait davantage.

Et c'est en moi qu'elle allait gésir, elle aussi, lorsqu'elle mourrait, en mars 1993, d'une embolie, à l'hôpital d'Ussel, âgée de quatre-vingt-trois ans. De tous les enfants Bugeaud, c'est elle qui aura vécu le plus longtemps, et la dernière. Elle aurait même pu voir cet an 2000 qui lui paraissait, à elle comme à tant de Siomois, aussi fabuleux que la terre de Chanaan, un autre temps, peut-être un autre monde où se régénérer, où retrouver non pas ses jeunes années mais une nouvelle jeunesse, celle qu'elle n'avait pas eue. Un nouveau millénaire dont je me demande ce qu'elle aurait pensé, tout en me disant que ni elle ni ses sœurs n'auraient aimé vivre dans un monde où elles eussent été des sortes d'étrangères avec leurs principes, leurs traditions, leur religion, leur langage, et qu'elles sont mieux là où elles sont, ainsi qu'elles l'auraient dit elles-mêmes, sur les étagères du caveau de famille, les unes au-dessus des autres, c'était la coutume, comme si on voulait que Dieu s'y retrouve sur-le-champ, les femmes d'un côté, les hommes de l'autre, bientôt rejointes par Berthe-Dieu qu'on aurait, par la volonté de Jeanne, la bonté d'accepter dans la tombe qu'on ouvrirait donc pour la dernière fois en 1996, quand il mourrait, seul, dans la maison de Marie, sur son lit, étouffé par le repas qu'il avait pris, à midi, dans la pièce voisine, un beau jour de mai, ce qui était mieux que de mourir le soir ou en pleine nuit, avait dit la jeune doctoresse des Buiges ; appelée par une voisine qui l'avait trouvé gisant dans son vomi, elle n'avait pu que constater le décès de celui qui, selon sa nièce de Saint-Andiau, Monique Bugeaud, aurait décidément passé une belle république, traversant le siècle en époux fidèle et en mécanicien désabusé.

Au cimetière, Monique Bugeaud lirait dans saint Luc, d'une voix claire et haute, la parabole du grain de moutarde et du levain, écoutée par tout ce qui restait de Siomois immobiles devant le caveau, et qui n'entendaient peut-être pas les mots de l'Évangile mais songeaient, par cette tiède matinée de mai, à celui qu'ils accompagnaient à sa dernière demeure, comme avait dit l'abbé Bonnesaignes, le nouveau curé des Buiges, conformément à ce qu'ils désiraient entendre, et se demandant sans doute à qui ce serait le tour, souhaitant peut-être que ça vienne vite, d'un coup, comme pour André Rivière ou pour Étienne Berthe-Dieu, ou mieux encore : quittant dans leur sommeil ce monde où on était inutile et qu'on ne comprenait plus, où on se sentait de trop, presque coupable d'être venu si vieux, de survivre à tant de gens bien qui étaient morts et qui donnaient envie d'accorder crédit au dicton selon lequel ce sont les meilleurs qui s'en vont les premiers vers le royaume de Dieu, semblable à un grain de moutarde qu'un homme a pris et jeté dans son jardin, qui pousse, devient un arbre, et dans les branches duquel habitent les oiseaux du ciel.

Mais la mort de Jeanne et celle de Berthe-Dieu sont encore loin. Le temps passerait et je resterais plusieurs années, dans la décennie de 1980, avant de retourner à Siom, ma mère, au printemps de 1969, ayant manifesté son intention de reprendre les choses en main, disait-elle dans une lettre à Jeanne. Celle-ci était de nouveau malade : son cœur donnait des signes de faiblesse et ses jambes ne la portaient plus, crevées d'ulcères variqueux. Le médecin venait chaque jour, à l'heure de midi, refaire les pansements. Berthe-Dieu étant occupé au service ou à la plonge, c'était à moi que l'homme de l'art demandait de tenir au-dessus d'une cuvette d'émail la jambe de Jeanne dont il incisait la hernie de la taille d'un œuf, le coup de bistouri faisait frissonner la malade aux yeux clos et aux lèvres frémissantes, tandis que le sang tombait avec un bruit mat dans l'émail où il dessinait sombrement une fleur rouge qui croissait avec la rapidité d'images passées en accéléré, bien plus inquiétante que le trou de la jambe où le médecin glissait une mèche de gaze sur laquelle il repliait une bande Velpeau que je l'aidais à fermer au moyen d'une épingle de nourrice, afin de faire remonter l'incompétence veineuse, m'expliqua-t-il dans ce langage mystérieux des médecins que Jeanne n'entendait sans doute pas, elle qui refusait, tant que ce n'était pas fini, d'ouvrir les yeux et de lâcher le chapelet de nacre qu'elle tenait dans la main droite, persuadée qu'il portait malheur de le tenir dans la gauche.

Je la regardais avec l'impression de découvrir (ou d'anticiper sur une découverte qui n'a vraiment lieu qu'aujourd'hui, grâce au fait de l'écrire, seule l'écriture pouvant établir des connexions qui sont autant de chemins dessinés d'astre en astre à travers une nuit plus vaste encore que celle de Siom) le visage qu'elle aurait, vingt ans plus tard, à sa mort à l'hôpital d'Ussel. J'allais malgré moi de ce visage au pubis que dénudait le médecin pour la soigner : un sexe aux poils clairsemés, grisâtres, aux lèvres presque inexistantes, aussi minces que celles de sa bouche ; un sexe qui n'avait pas enfanté, me suis-je dit, alors que c'était la première fois que je voyais de près un sexe de femme, les revues érotiques qu'ouvraient sous le manteau mes condisciples du collège des Buiges ne montrant pas le pubis féminin, du moins pas son système pileux, et ce que disaient les hommes de Siom à propos de l'« oignon », du « barbu » ou du « tablier de forgeron » propre aux femmes ne m'ayant pas permis d'imaginer ce que j'avais sous les yeux, et qui rappelait le menton d'un vieux lettré japonais. Rien de commun avec ce que j'avais un jour vu, pendant mes premières années à

Siom, en me penchant avec Denise Chave sous les cabinets dressés au-dessus d'une rigole, au milieu de notre jardin, et où les Bugeaud continuaient d'aller se délivrer, comme s'ils répugnaient à confier leurs fèces aux modernes toilettes de l'hôtel pour cette seule raison que tout le monde posait son cul sur ce trône et qu'on y sentait trop l'odeur de sa propre merde, fût-elle combattue par ces parfums d'intérieur qui ne font que renforcer le contraste extrême qu'ils suscitent entre la puanteur et la fragrance, alors que, dans cette sorte de guérite aux planches disjointes, au milieu du jardin, elle s'accordait aux odeurs de la terre, de l'herbe et de l'eau. J'avais donc aperçu l'entrejambe de la vieille Boudoux fientant au-dessus de l'eau : quelque chose comme la gueule effroyablement distendue d'un serpent en train de recracher un mulot, et je m'étais retourné, scandalisé, vers Denise Chave, en lui criant : « Tu n'es pas comme ça, toi, n'est-ce pas, toutes les femmes ne sont pas comme ça, dis-le-moi, dis-le-moi ! »

Et je m'étais mis à pleurer, pensant que c'était par un trou de ce genre que j'étais venu au monde, comme un étron, tandis que Denise Chave, qui aurait peut-être fini par soulever sa jupe pour m'apaiser en me montrant ses lèvres imberbes, s'enfuyait comme si j'étais pris du haut mal, me laissant seul avec mes terreurs, et le souvenir de la mère Boudoux accroupie dans les cabinets du jardin, le visage rouge, l'œil vif, comme quand elle racontait qu'elle avait soigné son mari jusqu'au bout — la maladie de Parkinson l'obligeant à le faire sortir, le soir, en même temps que le chien, sauf que le chien pissait tout seul et qu'il fallait à Mme Boudoux tirer la besogne des brages de son Adrien et la tenir pour qu'il ne se répande pas partout, tant comme ses mains lui tremblaient, racontait-elle non sans mélancolie, la compagnie de ce vieillard déchu étant préférable à la solitude où elle vivait depuis sa mort.

Un sexe (celui de Jeanne) auquel je songe encore aujourd'hui, retrouvant l'impression de dégoût et de pitié qu'il m'inspirait, comme si, mieux que ses jambes malades ou que la cicatrice verticale que lui avait laissée, au bas du ventre, l'opération de l'utérus, et tout autant que ce blême visage qui en appelait, au moment où elle était ainsi dévêtue, à Jésus, à Marie, à Joseph, à saint Antoine de Padoue, à sainte Thérèse de Lisieux, il était, ce sexe, le lieu de sa vraie misère, désolation de terre nue, brande rouie par le gel.

C'est cette image qui me revient malgré moi, bien plus que la tendresse rude, ostentatoire et maladroite qu'elle me témoignait. « Veux-tu bien oublier ça ! » me semble-t-il l'entendre me dire, la nuit, chaque fois que je lui rappelais que je l'avais soignée, moi aussi, et qu'il était fait allusion aux choses sexuelles, particulièrement le jour où, rabroué par elle à propos de je ne sais plus quelle grivoiserie qu'il avait proférée publiquement et craignant qu'on ne crût que la poule chantait plus haut que le coq (c'est-à-dire que c'était Jeanne qui en réalité « commandait » dans leur couple), Berthe-Dieu lui avait lancé : « Pourtant il a bien fallu que tu la montres, ta paillasse, là-haut, à l'hôpital d'Ussel ! », faisant allusion à l'intervention chirurgicale qu'elle avait subie, trois ans plus tôt, tout en lui rappelant qu'elle lui interdisait son lit depuis trop longtemps et que ce cancer de l'utérus avait sonné la fin de leur couple — au moins sur ce plan-là, car pour le reste ils s'aimaient comme des tourtereaux, disait Monique Bugeaud, du moins ne pouvaient se passer l'un de l'autre, comme ces chevaux ou ces bœufs qu'on a attelés ensemble toute leur vie et qui ne survivent pas à la mort de l'autre. C'est pourquoi, comme pour ses sœurs, je veux rendre Jeanne à quelque chose de meilleur, me la remémorer telle que je ne l'ai pas connue, non plus sur la photo prise sur la place de Siom, à côté de Louise, et où elle aurait été presque jolie s'il n'y avait pas eu sur elle l'ombre de ce qu'elle serait et que ma mémoire est incapable de dissiper tout à fait, mais quelque temps plus tard, reine de la fête donnée le 23 décembre 1924, à l'occasion de la rénovation du clocher de l'église, cérémonie présidée par l'évêque de Tulle qui prononça une allocution, bénit le clocher, tandis que les deux cloches étaient mises en branle par deux enfants de la commune, et que Jeanne, vêtue comme au jour de sa confirmation d'une robe d'organdi blanc par-dessus un jupon de linon, la taille bien serrée par une ceinture de moire, les mains gantées, mais sans l'aumônière ni le chapelet, apportait à l'évêque, sur un coussin de velours cramoisi, la clef du porche, et que l'abbé Trouche commençait à distribuer les souvenirs de la fête, avant de relâcher ses ouailles sous la neige tombant à gros flocons, ce jour-là, et que certains, comme le leur demandait *La Voix de nos cloches*, le bulletin paroissial, n'avaient pas hésité à braver le mauvais temps pour venir à Siom où ils reviendraient le lendemain, pour la messe de minuit.

Quelque chose d'heureux, dans cette jeunesse qui ne le fut guère, entre le fourneau maternel et des songes où Étienne Berthe-Dieu se promenait déjà en cavalier désabusé, alors qu'elle écoutait un représentant de commerce à moustache, faux col et feutre mou, faire l'article dans l'épicerie-mercerie de Marie avant de descendre se restaurer à l'auberge ; l'écoutant par exemple parler de la parfumerie Ydrol, sise au 27, quai de la Tournelle, à Paris, « tout près de Notre-Dame », précisait-il en regardant autant la jeune sœur que la mercière, vantant les mérites du nouveau produit de la maison, *Melitta*, « un parfum troublant, dont les anciens Grecs parfumaient leur corps et leur chevelure, un parfum tenace, que la brise de la Méditerranée portait jusqu'à nos côtes par les beaux soirs d'été; un parfum mystérieux, que les sens les plus raffinés ne peuvent exactement définir et dont après de longues recherches nous avons pu retrouver la formule et nous assurer la concession. Il est présenté en lotions à 70 degrés, à quatorze francs le litre, et en lotions à 45 degrés à dix francs, l'un et l'autre existant en demi-litres et en flacons de luxe, le triple extrait valant quarante-huit francs la douzaine, ces prix s'entendant verre compris. Je ne doute pas que les rares qualités de pénétration, de persistance et de finesse de ce nouveau parfum ne gagnent tous les suffrages des connaisseurs, dont vous êtes, mesdames. Tenez, à titre de réclame et malgré les lourds sacrifices que la maison s'impose, je vous laisse gratuitement, si votre commande dépasse cent francs, un demi-litre de lotion *Melitta*, et, pour toute commande de plus de cent cinquante francs, je joindrai en outre un flacon de luxe de triple extrait», continuait-il, sortant le grand jeu, récitant le prospectus en barytonnant à outrance, sans faire illusion à Marie mais voyant bien que Jeanne accueillait ces paroles comme si la brise antique et parfumée lui entourait le visage, et se mettant alors, tant que le fer était chaud, à vanter les variantes de la lotion : Violette, Fougère, Quinine, Portugal, Lilas, Trèfle, et aussi la Cologne russe, le Pétrole Henner, le Glacial pour vaporisateur, le shampooing Rose, la brillantine liquide, le savon à barbe, la poudre de riz parfumée, le blanc alun, et bien d'autres articles qui faisaient rêver, n'en doutons pas, la toute jeune Jeanne, et par lesquels elle se voyait muée en jolie fille, elle qui savait déjà son peu de beauté et avait compris qu'un visage comme le sien ne saurait se présenter nu, qu'il y fallait des artifices, sans pour autant admettre que ceux-ci résidaient plus dans la richesse qu'on supposait aux Bugeaud que dans les produits de la maison Ydrol.

Et c'est parfumée avec *Melitta* que je l'imagine encore, elle dont je n'ai jamais vu le visage sans fard ni rouge à lèvres — pas même lorsqu'elle recevait le médecin, bien des années plus tard —, servant les clients de sa mère et luttant ainsi contre les odeurs de graillon et de corps mal lavés, et aussi quand elle se promenait, le soir, après l'ouvrage, sur la rive de la Vézère, ou vers la Croix des Rameaux, en compagnie de filles de son âge, comme ça se faisait à l'époque où les jeunes filles n'étaient ni des adolescentes ni des préadultes, mais où elles vivaient dans le mystère de ce nom, « jeunes filles », qui les donnait à désirer d'une façon moins immédiate et plus ample qu'aujourd'hui ; de blanches jeunes filles qui allaient ensemble à la promenade et la rendaient énigmatique et belle, cette promenade, à la façon d'une cérémonie antique dans un bois sacré, fussent-elles aussi dépourvues de grâce que l'était Jeanne, laquelle inspirait néanmoins du respect et même un certain désir, à cause de sa fraîcheur, de ses robes, du parfum, de ses éclats de rire au milieu d'Amélie Nuzejoux, de Léa Chabrat, de Jeanne Lagarde, d'Yvonne Orluc, de Léonie Nespoux, d'Anna Zirphile ; la moins belle de toutes, mais un parti intéressant, ce qui ne l'empêchait pas d'espérer que son mariage se ferait par inclination et non par intérêt, une alliance, au moins, où la raison, l'affection et l'estime lui donneraient ce que l'amour lui refusait : quelqu'un qui l'écoutât, qu'elle aurait plaisir à voir, à entendre, à servir, une conversation sans fin et qui se passe des mots, un épithalame secret où le temps semble se délivrer de lui-même.

14

Me voilà, Marina, parvenu dans ce récit un peu au-delà de l'âge que tu avais quand tu m'as vu pour la première fois. Je t'ai rejointe en accomplissant un trajet inverse de celui qui t'a amenée jusqu'ici, dans cette tour du quartier d'Italie. La nuit est loin d'être achevée. La nuit est dans nos bouches. Tout récit est un cheminement vers une aube qui ne viendra pas : les vivants et les morts ne peuvent apparaître que sur fond de ténèbres, tu le sais, maintenant, toi qui es aussi, d'une certaine façon, un fantôme, un être de la nuit, si tu préfères, puisque la Marina qui avait treize ans quand elle a rêvé de m'aimer n'est pas celle qui m'a abordé dans la librairie d'Ussel, ni celle qui est venue à moi à la Sorbonne, ni même la jeune femme qui a décidé de traverser avec moi la nuit de mon récit ; de la même façon que je ne suis plus tout à fait celui que tu as vu à treize ans, ni celui que j'étais au commencement de cette nuit : le même et un autre, la somme et la soustraction de ce que j'ai été, suis et serai sans doute, et, dans ce mouvement de mort et de résurrection perpétuelles à quoi nous soumet le temps, je veux souffler un peu, me tourner de nouveau vers l'ombre, réfléchir à ce que nous sommes devenus l'un pour l'autre, à quel moment de nos deux trajectoires nos vies se sont rencontrées vraiment, selon cette section d'or à laquelle obéit tout amour.

Qu'est-ce que je sais de toi, tout compte fait, sinon ce beau chiffre de chair qui me restera toujours obscur ? Tu n'es pas la fille que je n'ai pas engendrée, pas plus que je ne suis l'espèce de père idéal que semblent rechercher tant de jeunes femmes débutant dans la carrière amoureuse, comme aurait dit Mme Malrieu qui mourrait en 1973, dans sa maison de Villevaleix, sans que je me sois donné la peine de lui rendre visite, l'ingratitude (l'abandon, le reniement, la trahison) étant au fond la chose du monde la mieux partagée, et notre seule façon de remercier (toujours trop tard, ou alors dans une autre temporalité où la reconnaissance n'est plus de mise) ceux à qui nous devons quelque chose de considérable.

Nous sommes ici, ensemble, au cœur de cette nuit d'hiver, plus nus que nous ne l'avons jamais été, et que nous ne pourrons jamais l'être, si tant est qu'un homme puisse être aussi nu qu'une femme qui s'abandonne. Ton histoire, Marina, est celle du chemin que tu as fait vers moi : une trajectoire dont je ne connais que les moments essentiels et que tu continues à passer sous silence, me forçant à imaginer le reste, à t'inventer au-delà de ta nudité, dans cette enfance et cette adolescence dont j'ai pu découvrir çà et là certaines choses, comme des bouts de peau qui demeurent cachés, même à l'amant le plus audacieux, et qui me font aimer tes jeunes années : l'ennui chez tes parents, sur les hauteurs du Jassonneix, à Meymac, dans cette famille où tu dis qu'il ne se passait rien à cause du métier de tes parents, ton père ingénieur des Eaux et Forêts, ta mère professeur de français dans un établissement d'Égletons, et nul frère ou sœur avec qui entrer en rivalité, nulle révolte contre l'ordre social, ta génération ne trouvant d'ailleurs pas grand-chose contre quoi s'insurger, car il n'y a pas à se révolter contre une juste bonté, la Sécurité sociale ou l'État-providence, n'est-ce pas, sinon à faire semblant, vers quatorze ou quinze ans, pour donner le change, faire comme si on devait passer par les signes ostentatoires de l'affirmation de soi, alors qu'on n'est jamais soi-même qu'en se dépouillant de tout ce qu'il y a d'ancien et de mort en soi ; ayant donc compris ça, à l'âge où tes semblables sont encore niais et plus maladroits que des vêles lâchées pour la première fois dans un pré, tu devinais que le salut vient toujours de ce qu'on n'est pas de son temps, un contemporain exemplaire, ni de près ni de loin ; tu l'as su tout en t'appliquant à devenir une jeune femme d'aujourd'hui, pour mieux te fondre dans la grande fadeur de l'époque et y demeurer libre, c'est-à-dire secrète, sentant que la révolte n'est qu'une forme d'acquiescement à un ordre que tu apprendrais à ne pas heurter de front, non seulement parce que tu t'étais mise à m'aimer, à ta manière, avec ce fol espoir de n'appartenir qu'à toi-même, mais surtout grâce à la lecture. Tu découvrais que le secret, le silence, la pénombre, l'ironie, l'incommunicabilité, la solitude sont les derniers ermitages contemporains ; l'amour aussi, du moins celui que tu me voues et dont je m'aperçois qu'il est la version lumineuse du mien, autrement dit qu'il ne nous est pas plus donné de nous aimer simplement que de ne pas nous aimer, à cause du temps qui fait couler nos vies dans des lits différents et pour lesquels nous cherchons des méandres communs qui sont, tu le sais, la chose la plus difficile à atteindre : il y faut des siècles, voire des millénaires, même si nous savons que nous les avons à notre disposition, ces millénaires, tout dépend de ce que nous faisons de l'éternité qui nous est octroyée. Éternité qui n'est, bien sûr, qu'une hypothèse ironique et cependant essentielle, comme le fait d'entrer, toi aussi, dans l'ombre de celle que tu as été et de ce que tu seras, dans ce décalage qui fait la singularité d'un être tout en le renvoyant à la multiplicité de l'espèce, solaire et ténébreuse, précaire, intolérable. L'amour, donc, le plus loin possible, m'as-tu dit un jour, de ce que tu avais connu, à dix-sept ans, avec ce garçon de ta classe, à Ussel, à qui tu étais allée demander de te dépuceler, parce que ça faisait partie d'un ordre de choses à quoi tu ne pouvais te dérober, et qu'il était, ce garçon, plutôt beau et intelligent, et qu'il paraissait avoir quelque expérience, même si tu devinais que celle-ci ne consiste pas dans les performances érotiques prônées par les magazines féminins, mais dans la mise en perspective du plaisir et de la mort, as-tu peut-être songé ce jour-là en te rhabillant et en disant au garçon qui avait échoué à te ravir ta virginité, trop ému sans doute par la façon si libre et presque indifférente dont tu lui avais demandé de le faire, que ça n'était pas grave, que si ça ne s'était pas fait c'était que ça ne devait pas se faire, trop jeunes l'un et l'autre, malgré les avis qui te donnaient déjà en retard pour ton âge, sur ce plan-là — la morale s'étant depuis longtemps réfugiée dans la statistique, comme la vertu dans le droit civil. Tu savais ça, aussi, et tu as décidé d'attendre, d'être une exception, à la grande inquiétude de tes parents qui ne trouvaient pas ça normal, eux non plus, et songeaient à te faire consulter un psychologue. Mais tu as tenu bon ; tu as encore attendu pour perdre une virginité qui ne te pesait pas outre mesure, puisque tu t'étais mise à m'attendre, dès l'âge de treize ans, sans le savoir vraiment, ou sans te le dire ainsi, mais persuadée que ça valait la peine d'attendre quelque chose de cet ordre, parce qu'il est le battement secret du monde dont l'amour est la clef, songeais-tu peut-être en regardant tes parents s'embrasser, se caresser, s'isoler, jeunes encore, toujours beaux, et amoureux, du moins le croyant, puisque l'amour — tu le sauras bientôt, tu le sais peut-être à présent — est une construction de l'esprit indépendante du plaisir ou de la beauté physique, mais qui, comme toute construction intellectuelle, se nourrit des illusions, des artifices contre lesquels il s'élève et où il trouve sa vérité.

C'est ce qui t'est apparu, dans la haute maison de Meymac où il te semblait que tu serais morte non d'ennui mais de froid s'il n'y avait eu les livres, d'abord lus par devoir, ensuite parce qu'ils sont une façon de te détourner d'un monde que tu n'aimais guère, lisant non pour te cultiver, comme on ne disait déjà plus, ni pour connaître la vie (à quoi ton père, ta mère, les professeurs te répétaient que servent les livres), mais au contraire pour le sentir se refermer, ce monde, tandis que la nuit tombait sur les hauteurs de Meymac, et que tu retrouvais cette solitude qui reste une des rares libertés dont il nous soit permis de jouir, et dans laquelle te conforterait bientôt une tout autre idée de la littérature, laquelle n'est pas une façon de fuir, de rêver, d'oublier, comme le croient les imbéciles, mais, au contraire, d'affronter le monde, de le renvoyer aux mensonges dans lesquels il est pris, et de le rendre à sa vérité, tout comme tu rendais chaque jour à sa beauté le paysage que tu découvrais de la fenêtre de ta chambre : les collines couvertes de bruyère, de bois de hêtres et de sapins, avec des fermes isolées au fond des combes d'où des fumées montent dans le calme du soir, et cette ouverture, au sud-ouest, à l'infini sur les collines plus basses du pays d'Égletons, et plus loin, d'ouest en est, les bosses des Monédières, la Xaintrie, les monts du Cantal, tout ça d'une indéniable beauté, surtout au crépuscule, quand tu levais les yeux de ton livre en pensant que le même paysage décrit par un romancier ne serait ni plus beau ni moins saisissant, mais d'une beauté moins évidente, ou plus nécessaire que celle que tu avais sous les yeux, puisque ce paysage décrit ne s'embrasserait pas d'un coup d'œil, lui, mais se dévoilerait à la fin d'un processus de décomposition syntaxique et métaphorique par lequel ce paysage te serait d'abord méconnaissable, puis transfiguré, donné à voir de façon erronée, fragmentaire, incomplète, avant de t'apparaître dans la fraîcheur de sa vérité ; ainsi ne jouit-on jamais d'un corps dans son ensemble mais des morceaux successifs auxquels s'attachent nos mains, nos lèvres, notre sexe, et que seule la mémoire nous permet ensuite de recomposer ; ce qui ferait du paysage écrit non pas le double de celui que tu contemples depuis ta naissance, mais sa dimension quasi musicale dont tu ne saurais te passer désormais, toi qui es, comme moi, de ceux pour qui le réel n'existe que dans la mesure où il nous livre sa trame invisible, odorante et vibratoire. Car la lecture est une forme à la fois primordiale et ultime de civilisation — et, avec la musique et les ordres religieux, sans doute la plus élevée — et, si tu aimais sacrifier le monde à la lecture, tu comprenais aussi que l'Occident est entré dans le temps d'après les livres et, sans doute, des langues littéraires ou sacrées. Tu l'as deviné assez tôt pour ne pas poursuivre au-delà de la licence des études de lettres qui ne t'auraient conduite nulle part. Tu as vu qu'on entrait dans une ère de juridisme général et outrancier, et tu as commencé des études de droit, avec raison, pour savoir te défendre et continuer à déchiffrer le grand mensonge dont s'obscurcit sans cesse le monde et que la littérature ne sait plus dévoiler inenseignable, écartée des études secondaires, appelée à descendre dans les catacombes où d'étranges personnages appelés lecteurs se réuniront pour jouir de la splendeur des langues, comme les premiers chrétiens, la littérature — au moins le roman — étant d'ailleurs une invention chrétienne. Le lecteur de romans est un chrétien qui s'ignore, et l'histoire de la littérature, telle que nous l'avons connue et telle qu'elle a été possible, s'achève avec la chrétienté, puisque nous sommes de moins en moins capables de déchiffrer les grands textes comme nos ancêtres se sont peu à peu trouvés démunis devant ces livres de pierre et de lumière que sont les vitraux, les chapiteaux et les porches des églises.

Nous sommes d'un autre temps, ou d'une autre espèce, nous qui passons notre vie face au papier imprimé, à l'écart, solitaires, éberlués, méprisés du plus grand nombre, et bénissant ceux qui disent détester lire, oui, les bénissant de n'être pas comme eux qui ne savent pas ce qu'ils font ni qui ils sont. Heureux, nous, de lire comme d'être là, ensemble, aujourd'hui, dans cette nuit d'avril où je continue de t'inventer à la façon d'un personnage qui m'échapperait sans cesse, arrivée jusqu'à moi après neuf ans de route, depuis le jour où, dans ce qui était devenu le Café-Restaurant du Lac, je m'en souviens maintenant, ton père s'est penché vers toi pour murmurer contre ta joue que j'étais cet écrivain dont ta mère aimait les livres et que tu pourrais lire, toi aussi, un jour, tandis qu'un des buveurs accoudés au bar et qui avait entendu disait à voix haute : « Un écrivain, oui, une espèce de fadard... »

Nous avons tous ri, sauf toi, indignée qu'on puisse assimiler l'écrivain à un fou ou à un idiot, ce qu'il est pourtant d'une certaine façon, n'est-ce pas ; plus indignée, encore, de me voir partager de bon cœur ces rires comme si j'avais plaisir à me discréditer publiquement, mais ignorant que c'était fait depuis belle lurette, depuis toujours, même, non seulement à cause de ma situation de bâtard, de commis, ou de fils d'archevêque relégué à la campagne, disait la vieille Roche, mais parce que je ne cachais plus mon désir d'être écrivain depuis que ma mère m'avait fait comprendre que, pour espérer vivre ailleurs qu'à Siom, il me faudrait me défaire de mon accent et du patois qui infestait mon français comme un champ de méteil, non pas, selon son vœu, pour paraître autre que je n'étais, mais au contraire pour être moi, c'est-à-dire écrivain, me disais-je en pensant à ce dont m'avait parlé, pendant les vacances de Pâques, une jeune institutrice venue d'Argentat passer quelques jours à l'Hôtel du Lac, dans le calme du plateau de Millevaches. J'ai oublié son nom mais je revois son agréable visage dépourvu de maquillage, ses lèvres pleines, un peu humides, ses cheveux frisés, clairs, ses yeux marron, le doux sourire avec lequel elle m'invita, un midi, à prendre le café en sa compagnie, après que Jeanne lui eut appris que j'aimais lire, et même que je lisais « de reste », « comme s'il n'y avait rien d'autre à faire dans un commerce » : pas fâchée, ma grand-tante, moins de me faire paraître à mon avantage, que de satisfaire le client, en l'occurrence cette jeune femme qui m'a demandé quel métier je souhaitais exercer, plus tard.

« Écrivain », ai-je répondu, les yeux perdus, rien d'autre ne me venant à l'esprit et rougissant comme si je tenais là le premier mensonge venu ou que je me fusse dévêtu devant elle, attendant un rire qui ne vint pas ; bien au contraire, elle me regardait avec le plus grand sérieux et finit par dire, très doucement : « Vous avez raison, il faut toujours se fixer un but de cette sorte et y travailler avec humilité et opiniâtreté.

— Oui, un but à poursuivre, ai-je cru bon d'ajouter.

— Un but ne court pas, ne s'enfuit pas ; aussi ne

saurait-on le poursuivre mais s'y attacher. J'ai l'air, je sais, de vous donner une leçon, de jouer à l'institutrice ; mais après tout c'est ce que je suis ; je veux seulement vous faire comprendre qu'une langue se respecte, et qu'on ne la respecte jamais mieux qu'en apprenant ses règles, son fonctionnement, son histoire, en visitant ses monuments, avant de la plier à sa guise. Les gens, la plupart du temps, ignorent ce qu'ils disent, beaucoup d'écrivains aussi. Un autre exemple, tenez : Émile Littré, vous savez qui c'est, n'est-ce pas ? Eh bien, sa femme l'a trouvé une fois en train de lutiner leur bonne, et lui a dit : "Monsieur, je suis surprise !" Littré lui a répondu, transformant l'adultère en leçon de langue française : "Non, madame, c'est nous qui sommes surpris ; vous, vous êtes étonnée..." »

L'institutrice avait près de son assiette *La Condition humaine*, dans une édition de poche. J'ai vu là un signe favorable. Elle m'a demandé si j'avais lu Malraux. Je lui ai dit quel rôle il avait joué dans notre famille, parlant de lui avec une telle ferveur qu'elle pouvait croire que je m'inventais un père autant qu'une généalogie littéraire.

« N'avez-vous rien à me montrer ? »

Je n'avais encore rien écrit, pas même des plagiats d'auteurs que je lisais ; je ne m'en sentais pas digne ; j'étais encore trop près de mon enfance, et je ne pouvais compter pour des œuvres les textes que les journaux faisaient paraître anonymement. Elle m'a dit que c'est en forgeant qu'on devient forgeron, que la formule avait beau être éculée, elle n'en était pas moins juste, et qu'il fallait m'y mettre sans attendre, dussé-je jeter au feu ce qui sortirait de ma plume pendant des années. Je l'ai regardée sans rien dire. J'aurais voulu me mettre à barbouiller des pages devant elle, m'ouvrir ces veines qui ne demandaient qu'à couler, passer la nuit sur un poème ou un récit qui l'eût confirmée dans la confiance qu'elle plaçait en moi. Mais rien n'est venu ; et elle est partie, quelques jours plus tard (pendant lesquels, presque honteux de moi et sans doute sur le point de tomber amoureux d'elle, je l'ai évitée), en me recommandant de ne jamais blesser la langue, que c'était la seule morale que j'eusse à suivre.

Tu n'as pas attendu, Marina, d'être plus âgée pour me lire ; tu t'es jetée à l'eau sur-le-champ, avec courage et patience, commençant par mes récits les plus courts, qui t'ont d'abord révoltée par leur violence, leur noirceur, l'image dégradée, jugeais-tu, qu'ils donnent des êtres et de l'auteur, puis aimant la souffrance que tu supposais avoir été la mienne pour que j'eusse été capable d'écrire de telles choses ; entrant ensuite dans mes essais et mes romans où tu te perdais, décidément trop jeune, mais refusant de t'en laisser dégoûter, les abandonnant pour les reprendre deux ans plus tard, devinant que la lecture est une affaire de temps, de respiration, de rythme, et que tu n'avais pas encore le souffle assez large, qu'à cette lecture rien ne te forçait sinon le souci d'accorder à mes livres l'image que tu gardais de moi, dans la pénombre de cette salle de café, avec mon carnet ouvert sur la table qui avait été celle de Françoise Sagan, près d'un verre de pastis dont je ne bois que là-bas, pour me plier à un rite et m'imprégner des vertus opératoires de ce breuvage qui aura joué dans mon enfance un rôle aussi considérable que le tilleul et les alcools blancs, la tête me tournant un peu, la petite-nièce de Berthe-Dieu me considérant d'un air aussi agacé que Jeanne, qui finissait par me lancer, dans les derniers temps de mon second séjour à Siom, lorsque je m'asseyais dans la salle avec un cahier, une bouteille d'encre et un porte-plume pour noter les propos des gens de Siom, des Buiges et de Villevaleix, comme si j'entrevoyais qu'ils n'étaient pas éternels et que personne ne les remplacerait : « N'a pas inquère sabâ d'eïcrire ! »

Non, je n'avais pas fini d'écrire. Je devinais même que c'était une tâche sans fin. J'ai regardé Jeanne bien droit dans les yeux ; nous nous sommes toisés pour la première fois, comprenant, elle, en rougissant et baissant les yeux ainsi qu'elle l'avait toujours fait devant les hommes, qu'elle ne pourrait plus me parler comme elle venait de le faire, car je n'étais plus un enfant mais cette sorte d'étranger que devient tout enfant en grandissant, et moi songeant que je ne resterais plus à Siom bien longtemps, que j'étais en quelque sorte banni du territoire siomois, et que c'était surtout pour cette raison que ma mère avait décidé de venir me reprendre, mes « écritures », comme les appelait Jeanne, n'étant pas compatibles avec mon statut de commis, surtout depuis qu'elle avait découvert le beau cahier à couverture bleu marine que j'avais acheté aux Buiges, après ma conversation avec l'institutrice, au lieu de lui en prendre un, dans l'épicerie : un de ces vieux cahiers qui lui resteraient sur les bras lorsque l'école aurait fermé et dont elle finirait par se servir pour allumer le feu ; ce même feu dans lequel j'ai moi-même jeté le cahier bleu marine où il me semblait que je n'avais rien noté de bon et que je ne jugeais plus digne de renfermer mon écriture depuis que ma grand-tante y avait laissé la trace de ses doigts tachés d'huile, comme une main sur la paroi d'une grotte de la préhistoire ; ce que je lui avais reproché avec colère, la première dont j'éclatais devant elle qui me regardait effarée, se mettant soudain à pleurer comme elle avait dû le faire, jadis, devant sa mère ou ses sœurs, le visage soudain délivré de ses traits d'adulte, fragile, pitoyable, ridicule.

15

Il te faudrait encore des années pour arriver jusqu'à moi, Marina, grâce à mes livres dont tu m'as dit un jour qu'ils sont comme une houle qui te portait vers moi, et qui par conséquent va te remporter bientôt, comment n'y ai-je pas pensé plus tôt, c'est pourtant dans l'ordre des choses, non pas parce que je suis trop vieux ou que l'homme que tu as trouvé sous l'écrivain ne t'intéresse pas, mais parce que notre histoire s'arrête là, pourrais-tu me dire, que l'amour que tu me voues n'est, d'une certaine façon, que l'histoire d'une lecture, celle que tu as faite de mes livres, doutant si tu es pour moi autre chose qu'un personnage de roman, une femme bien trop jeune et de trop peu de poids, une lectrice qui se donne à l'écrivain dans l'espoir de prolonger ses impressions de lecture, de les muer en sensations plus vives encore, tentant d'accorder la fiction et la vie en un même geste, et bien entendu déçue, la chair finissant toujours par se dresser contre les songes, n'est-ce pas ?

Et pourtant ce n'est pas tout à fait ça, tu le sais, nous l'avons su l'un comme l'autre lorsque tu as été devant moi dans cette salle de la Sorbonne. J'ignorais tout de toi ; je n'en sais guère plus aujourd'hui, et je voudrais tout connaître, non pas comme Jules Michelet qui, après avoir bu pendant un demi-siècle le sang noir des morts, se penchait quotidiennement sur les selles de sa jeune femme pour y lire les signes de son bonheur de vieillard, mais ton enfance, ce que tu dresses devant moi, ce miroir incomparable qu'est toute enfance, car c'est par là que tu m'échappes et non par cette différence d'âge qui n'est qu'une hypothèse sociale, nous l'avons su dès que tu m'as demandé, à la Sorbonne, si l'écrivain a une patrie et que je t'ai répondu qu'il n'en a pas, non pour reprendre la vulgate contemporaine qui ferait de l'écrivain un nomade, un errant, un arpenteur des confins linguistiques, et je ne sais quelles autres fadaises de ce genre, mais parce que l'idée même de patrie n'existe plus, morte avec les formes de langue, de musique, d'art, de goût, de civilisation, dont je pensais, à Siom, qu'elles étaient éternelles et qu'elles pourraient me consoler de la disparition du monde siomois, sans comprendre que ce n'était pas seulement les conceptions esthétiques qui changeaient, mais la civilisation européenne qui s'achevait, elle aussi, et l'homme qui était oublié de Dieu.

« Pas de patrie, donc, pas même l'enfance ? » m'as-tu demandé en me regardant avec une ironie qui me semblait déplacée dans ton visage si calme, si contemporain, mais que paraissait souligner ta poitrine. C'est ça qui m'a séduit, cette secrète correspondance entre tes seins et ton ironie, je ne puis l'expliquer autrement : j'y voyais une sorte de promesse, comme si quelque chose se nouait là, entre nous, dont je ne pouvais mesurer l'ampleur et que venait confirmer l'extraordinaire connaissance que tu montrais de mes écrits et de ma vie, ayant lu non seulement tout ce que j'avais publié, mais sachant même les métiers que j'avais exercés avant de vivre de ma plume, pour reprendre l'expression consacrée dont tu n'usais pas, là encore, sans avoir l'air de te moquer, quoique sans méchanceté, un écrivain parlant publiquement de ses livres étant, je te l'accorde, toujours un peu dérisoire ; je l'ai d'ailleurs reconnu sur-le-champ, et nous en avons ri ensemble, surtout lorsque j'ai dit que de toutes les professions que j'ai exercées (celle d'écrivain n'en étant pas vraiment une) c'est celle de jardinier que j'ai préférée, dans ce château de Sologne, non loin de Nançay, ayant toujours considéré que seul un métier manuel pouvait s'accorder avec le travail de l'écrivain, un métier qui fasse travailler le corps, au grand air...

« L'enfance ? Oui, peut-être, comme tout ce qui est définitivement perdu... Si je devais revendiquer un territoire, ce ne serait pas ma nationalité, mais mon nom, ou plus exactement mon enfance, à Siom, sur cette colline qui n'existe aujourd'hui plus que dans la langue, une langue qui elle-même se perd, de sorte que lire, vivre, aimer, pour des êtres comme nous, ce n'est rien d'autre que courir derrière ces petits papillons jaunes d'avril qu'on n'attrapera jamais, oubliant après quoi on court pour s'effondrer, riant ou pleurant, au plus haut d'un pré. »

Et tu as poursuivi ce dialogue, ce questionnement, plutôt, ce jour-là, et dans les semaines qui ont suivi, en songeant comme moi qu'il nous faisait entrer non pas dans un espace romanesque, mais dans la dimension secrète de l'amour, sans bien le savoir, ni peut-être le vouloir, mais y pensant comme moi, sans y voir que du feu, même quand, déjà, dans cette salle de la Sorbonne, tu avais cherché à savoir si telle scène récurrente de mes livres (celle du supplicié, ainsi l'appelais-tu) n'était pas une façon pour moi d'exorciser quelque chose de traumatique. « Question évidemment réductrice », as-tu ajouté, mais à laquelle tu tenais, et à quoi j'ai répondu que les textes parlent d'eux-mêmes, me dérobant non seulement à ta question mais à la lecture que tu souhaitais que je fasse, à haute voix, d'un passage de tel de mes romans dans lequel on voit un jeune Siomois se rendre dans la carrière des frères Rivière, là où des éléments de la division Das Reich en retraite avaient fusillé l'instituteur de Siom. J'ai refusé, arguant que je suis un fort mauvais lecteur, et que je risquais de me laisser aller au pathos inhérent à toute lecture publique. Tu croyais à une coquetterie d'artiste ; tu ne savais pas que lire à voix haute est une manière d'être nu. « Lisez-le, vous », t'ai-je dit doucement, comme si déjà je m'en remettais à toi. Et de ta voix un peu rauque (et rendue, ce jour-là, un peu plus sourde par ta propre audace, toi qui d'ordinaire parles peu et n'aimes pas exposer ton visage à une trop vive lumière), tu as lu ce passage sur quoi je ne m'expliquerais pas, ni lorsque tu aurais lu, ni après cette rencontre, lorsque tu t'approcherais de moi pour que je signe l'exemplaire du roman dont tu avais lu l'extrait qui t'avait bouleversée et après lequel tu avais reconnu qu'en effet il n'y avait rien à ajouter. Un passage dans lequel Jean Pythre avait montré au narrateur âgé de dix-sept ans l'endroit exact où l'instituteur s'était tenu devant les fusils des Allemands, et où le narrateur reviendrait se déshabiller, un soir, nu dans le soleil couchant, les bras le long du corps, la verge dressée, la tête bien droite, puis vacillant un instant avant de s'effondrer dans les ronces qui avaient envahi la carrière, avec un sourire dont nul n'aurait pu savoir s'il était de joie ou de dégoût, et moi incapable, même quand nous avons été seuls, toi et moi, dans un café du boulevard Saint-Michel, de t'en dire davantage sur cette scène ni ce à quoi elle renvoyait chez moi, sauf que j'avais été, à Villevaleix, vivement impressionné par l'histoire du fils Sarrazin, lui aussi tué, peut-être le même jour que l'instituteur de Siom, par des soldats de la division Das Reich qui descendait vers

Oradour-sur-Glane, emmené à l'orée du bois qui s'étend derrière chez ma grand-mère pour y être fusillé sans autre forme de procès, à dix-huit ans, devant sa mère, à l'endroit où s'élève à présent une stèle en granit contre laquelle, une nuit, je suis allé me placer, bouleversé de me tenir là où plus de vingt ans auparavant était tombé un jeune homme sous les balles de soldats rendus furieux par leur déroute et qui semblaient décidés à tuer un homme dans chaque village qu'ils traversaient. Je m'étais mis à trembler comme si j'étais le supplicié à l'instant où il allait recevoir les balles qui lui déchireraient la poitrine, oui, comme si je me trouvais à l'instant de ma mort, sur le point de tomber sous une balle qui aurait traversé le temps pour me faire ressembler au jeune Sarrazin, éprouvant là non pas la malsaine curiosité du narrateur de mon roman, mais essayant de sortir de moi-même, d'accéder à la souffrance d'autrui, moi qui avais jusque-là vécu dans un univers de femmes comme en une forteresse heureuse, seul, loin de tout, ne sachant presque rien des autres, et me rendant compte qu'il fallait désormais en passer par eux, faire l'épreuve d'autrui, non plus me contenter de voir vivre et mourir les autres, mais les aimer, souffrir, vivre et mourir avec eux.

« Mais on ne peut pas souffrir à la place des autres, quelle que soit notre aptitude à la compassion », m'as-tu répondu, un autre jour, place Daumesnil, me laissant stupéfait de cette phrase un peu solennelle, comme nos premières conversations, et si inattendue dans la bouche d'une aussi jeune personne, t'ai-je dit pour t'entendre répondre : « Je ne suis pas aussi jeune que vous pensez. On est toujours plus vieux qu'on ne croit, puisque nous venons au monde longtemps avant notre naissance, pourriez-vous dire…

— Oui, je pourrais dire ça, et aussi qu'à notre âge s'ajoute celui de la lignée dont nous sommes issus.

— Les morts...

— Les morts que nous avons été et que nous allons devenir », ai-je encore dit en pensant que vivre n'est peut-être qu'une façon particulièrement lumineuse d'être mort, l'envers d'un songe interminable.

Un songe : ainsi m'es-tu apparue, la première fois que tu es venue chez moi, dans cette tour d'Italie, émue de pénétrer dans un appartement d'homme solitaire, as-tu murmuré en te tenant le plus loin possible de moi pendant que, dans la cuisine si étroite qu'on ne peut s'y mouvoir sans se frôler, je préparais ce thé lapsang souchong que tu aimes tant et dont tu venais de m'apporter une boîte achetée dans un supermarché chinois de l'avenue de Choisy. Nous l'avons bu dans mon bureau, toi assise à ma table de travail comme si tu prenais possession des lieux et moi dans l'un des deux fauteuils de cette pièce où je ne reçois jamais personne, gardant là aussi nos distances, sachant qu'il suffirait d'un geste, d'un silence, d'un effleurement maladroit pour que nous soyons soudain l'un contre l'autre; mais c'était trop tôt, les corps ne pouvant, sauf extraordinaire, précéder la parole, ni aller plus loin, comme dit pudiquement la langue, avec toutefois moins d'élégance qu'autrefois où elle eût dit « aller plus avant », comme si la connaissance des corps était une affaire morale autant que de lieu, de circonstances ou de chair, pensais-je en respirant ce thé fumé que je ne bois jamais sans que se lève en moi une de ces odeurs qui se mesure à l'aune d'un autre sens, le goût, par exemple, qui est un arbitre véritable, exigeant, impérieux, et qui a fait resurgir l'odeur de vieux feu qu'on respirait dans les maisons où j'ai passé mon enfance, et partout ailleurs dans ce monde à présent si lointain que je n'ai plus à ma disposition pour m'y retrouver que ces synesthésies ; lesquelles sont, avec l'irrésistible présence des morts, des auxiliaires de la mémoire autrement puissants que les photographies, les objets et les mots que j'ai pu en sauver, et qui m'apportent la preuve que le passé que j'évoque n'est pas une pure réinvention, qu'il subsiste dans l'écriture quelque chose de sa fraîcheur, et que le mort que je serai bientôt n'est guère différent de celui que je fus et que je suis entre deux rires, tant il est vrai que c'est non dans l'instant mais dans la dévotion au passé, fût-il immédiat, ou antérieur, que nous nous efforçons de trouver une vraisemblance à ce qu'on appelait jadis l'art de vivre. Car vivre doit bien être un art si nous voulons être certain d'appartenir à l'espèce humaine ; un art, c'est-à-dire un style, puisqu'on dit aussi bien style que genre de vie — ce qui laisse entendre que toute existence est une construction, une élaboration autant qu'un destin subi, même si on peut penser que le style de certaines vies se confond avec la fatalité de l'autodestruction, comme pour mon grand-père ou pour tant d'autres personnages qui m'ont accompagné dans mes premières années. Un style : quelque chose d'unique, d'individuel, de scandaleux même, qui ne se réduit pas à un artifice ni à un simple ensemble de codes, encore moins à quelque chose d'artisanal, mais qui serait le propre de l'homme infiniment séparé de lui-même, abandonné, nié en tant que tel.

Nous ne sommes pas restés chez moi, ce jour-là. Il faisait beau et tu as voulu te promener sur les berges de la Seine, jusqu'au nouveau pont Charles-de-Gaulle, dont tu as admiré l'élégance simple mais à propos duquel tu es convenue avec moi que son revêtement de matière plastique lui ôte de sa noblesse, matériau blanc et déjà sale, mal jointif, et qui m'a toujours semblé provisoire, jetable, comme tant de choses aujourd'hui, comme la plupart des livres qui se publient et qui donnent le sentiment d'être écrits dans une langue non pas étrangère, comme les grands livres, mais dans un langage lui aussi jetable, sans avenir, et si oublieux de lui-même qu'on ne saurait plus parler de littérature, mais d'art anonyme, qui rejoint, dans l'épilogue de la civilisation occidentale, l'anonymat où l'art a trouvé son origine, la vocalité en moins, la langue étant incapable de produire aujourd'hui un Homère, un Virgile, un Dante, un Balzac, pas même les grands ironistes et annonciateurs prodigieux de la fin de la littérature que sont Rabelais, Cervantès, Proust, Kafka, Joyce, Pessoa, Borges, Nabokov, Blanchot.

Ce pont, nous l'avons franchi, passant sur l'autre rive pour rejoindre le quai de la Rapée, et retraversant la Seine afin d'aller ensemble à la gare d'Austerlitz, où tu devais prendre le train pour la Corrèze, puisque c'étaient les vacances de Noël, et que tu ne voulais pas laisser ton père seul dans la grande maison de Meymac. Je t'ai accompagnée sur le quai, comme un timide fiancé, craignant déjà de ne pas te revoir, étant de ces êtres qui ne voient jamais partir quelqu'un sans se dire qu'il va aborder à un autre rivage, et qui se seront vus morts avant d'avoir vécu, ai-je pensé en regardant s'éloigner le train, et toi, à la fenêtre, qui me regardais sans paraître me voir, à cause du reflet sur la vitre, tandis que je respirais dans mes paumes l'odeur de ton visage que j'avais tenu un instant avant de déposer un baiser dans ton cou, dans le petit square qui s'étend devant l'Institut médico-légal où tu m'as dit, avec un petit rire : « Drôle d'endroit pour un baiser... »

Un songe encore, ce jour de janvier où nous étions assis sur un banc du jardin des Plantes, mon bras passé autour de tes épaules tandis que nous regardions en silence les frondaisons nues et que, avec l'audace des très jeunes femmes, tu as soulevé mon blouson, ma chemise, mon tricot de peau, et passé longuement sur mon dos ta main étroite et douce en me demandant si tu ne me faisais pas froid, comme on dit chez nous, et puis te relevant, me disant que tu avais froid, toi, que tu souhaitais aller chez moi, sur-le-champ, avec ce petit rire par lequel tu mettais entre toi et les choses une saine distance, jusqu'à ce que nous soyons nus dans ma chambre, et que je découvre sur ma verge et sur mon ventre un peu de ce sang qui n'aura coulé que pour moi, m'as-tu dit. Car tu étais vierge, ton bref amant d'Ussel n'ayant pas bien fait les choses, et me laissant donc goûter ce sang léger, parfumé, qui n'a rien à voir avec celui, plus lourd, plus épais, des menstrues ; et je me suis mis à sourire, incrédule, ému, et pas peu fier d'être ton premier amant, dans cette haute tour d'Italie dont j'ai fini par oublier l'aspect et le quartier où elle s'élève pour n'en retenir, tu le sais, que le nom et habiter en quelque sorte une Italie heureuse, comme s'il y avait une dimension italienne du bonheur, une façon d'habiter les mots et les noms autant que les corps, les lieux, le temps, les étages de la mémoire ; si bien que l'Italie serait, autant que le Limousin, la condition musicale de notre amour, Marina, non pas la langue italienne ou le voyage en Italie, ni même l'Italie rêvée que porte en soi tout amateur de Gesualdo, de Mantegna, de Casanova, de Stendhal, de Pavese, de Nono, d'Antonioni, mais la couleur imaginaire d'un ciel sur quoi on rouvre les yeux, après l'étreinte, lorsqu'on revient à soi sans être tout à fait le même que ce qu'on était auparavant, puisqu'on a plongé dans le sans-âge, l'amour n'étant rien d'autre que ce violent reniement du temps qui nous fait soupirer, râler, crier aux portes de l'enfance ; et certaines femmes, certaines situations ou formes de plaisir ayant ceci d'extraordinaire qu'elles nous rendent meilleurs, c'est-à-dire plus nus, et plus désabusés, et donc mieux à même de nous abandonner à ce qui nous dépasse.

L'Italie où jamais je ne suis allé et où je n'irai peut-être pas, et qui est l'autre nom du pays perdu, l'enfance, l'arrière-pays de Siom, son versant lumineux qu'il a bien fallu que je m'invente, à la fin de l'été 1969, lorsque ma mère est arrivée, un après-midi, arrivée non pas en voiture mais à pied de la gare comme tous ceux qui ont eu un grand rôle à jouer chez nous, ou qui ont quitté Siom pour toujours, à la façon des réprouvés ou des orgueilleux, des misérables, fièrement, au vu et au su de tout le monde, en souriant, ayant toujours fait reposer les moments importants de sa vie sur l'effet de surprise, l'air plus pète-sec que d'ordinaire, comme ferait mine de le lui reprocher Berthe-Dieu en lui montrant la nouvelle DS noire dans laquelle il eût été si heureux d'aller chercher cette femme qu'il admirait et dont Jeanne n'était jamais loin de se montrer jalouse. Elle s'irrita de ne pas me voir là, et plus encore de savoir que j'étais à la Croix des Rameaux, dans le ruisseau qui coulait le long de la route et où Berthe-Dieu m'avait envoyé prélever de l'argile qui servirait à colmater le jour qui s'était creusé autour du tuyau de la cuisinière.

« C'est la dernière fois que tu touches de la terre, me dit-elle dès que j'apparus, avant même de me tendre sa joue et de me sourire, ajoutant qu'elle était venue me chercher.

— Pour aller où ? »

Cette fois, je n'ai pas baissé les yeux ; je regardais ma mère s'étonner de trouver devant elle, sinon face à elle, un garçon si grand, si étrange, une sorte d'inconnu à demi sauvage dont l'accent l'indignait tant il sentait l'étable, la sueur, le bois, le feu, le froid, la misère ancestrale.

« Où ? Mais à Paris, bien sûr, où nous pourrons enfin vivre normalement ; je t'ai laissé, comme ce Chateaubriand que tu aimes tant, vivre une année de délire pour que tu te rendes compte que la vie est bien autre chose qu'une poignée de songes, et tu en as assez profité », a-t-elle dit, plus bas, en effleurant ma joue de ses doigts parfumés, pour la première fois, et sans que je cherche à me dérober, ne comprenant pas très bien ce qui se passait en moi mais l'acceptant, devinant que c'en était fini de Siom (une fin que viendrait confirmer, l'année suivante, la mort du général de Gaulle, même s'il peut paraître outrancier de placer sur le même plan cet événement qui attrista tant ce qui restait de la *gens* Bugeaud et celui que je vais raconter, encore que toute existence se lise dans ce registre-là qui mêle l'Histoire et l'intime, comme cela aurait encore lieu pour moi, six ans plus tard, à la mort de Malraux, et puis vingt ans après, en novembre 1996, lors du transfert des cendres de l'écrivain au Panthéon, qui ferait dire à Monique Bugeaud, dans une lettre, qu'on a beau avoir connu la gloire et l'assurance de l'immortalité, on ne fait jamais que comme le commun des mortels, avec ce corps qu'on n'en finit pas d'enterrer et de déterrer, tels nos morts à nous, trimballés du cimetière de la place à celui qui surplombait la Vézère, pour finir sur la colline, au bord de la départementale), l'ayant su depuis quelque temps, à cause de la lettre envoyée par ma mère au début de l'été, et surtout quand je m'étais retrouvé au grenier, non pas celui de Marie, au fond duquel se dressait toujours ce mannequin recouvert de toile grisâtre et coiffé d'un vieux chapeau de paille noire vernie qui me semblait, depuis la mort de ma grand-tante, son effigie mortuaire, sa relique, sa forme visible et temporelle, mais dans celui de Jeanne, qui, lorsqu'il pleuvait, m'y faisait monter pour étendre le linge, tâche trop pénible pour elle et que Berthe-Dieu eût jugée indigne de lui.

Il faisait, cet après-midi-là, une chaleur si lourde que je me suis entièrement dévêtu, afin de me rafraîchir au contact des draps qui gardaient la température du lavoir d'où Clémence Chave les avait rapportés dans sa brouette ; car bien qu'à peu près sans le sou (n'ayant, Berthe-Dieu et elle, qu'une insignifiante retraite de petits commerçants), Jeanne tenait, à la fois par fatigue et pour continuer à faire croire (ou croire elle-même) que les Bugeaud étaient encore ce qu'ils avaient été, à faire laver ses draps par cette personne qui, elle, épouse de l'ancien cantonnier, n'en avait pas besoin pour vivre mais le faisait parce qu'elle ne se supportait pas à se tourner les pouces et qu'elle regrettait le métier de blanchisseuse qu'elle avait exercé, à Toulon, avant de venir vivre à Siom. J'entends encore la roue cerclée de fer crisser sur le gravier avec un bruit qui, ajouté à celui des deux pieds de bois retombant sur le béton du trottoir, fait se lever en moi la fraîcheur des deux bassins, et qui est, avec le son du battoir sur l'étoffe, de l'eau coulant dans le bassin où on rinçait le linge, du vent dans les branches des grands thuyas, et des voix des femmes réunies dans ce sonore caquetoir, une des musiques perdues de Siom — celle de ce haut lieu de la justice féminine où se mêlaient les langues et les accents, et des femmes de toutes générations et de tous rangs, puisqu'on y voyait, l'été, des Parisiennes y laver leurs effets : la lessive frottée, battue, tordue, rincée, les langues aussi vives que les battoirs et les mains, surtout contre les hommes ; la parole et l'eau ; la voix et la purification ; savon et absolution ; et cette fontaine qui coulait au milieu et où j'allais plus volontiers boire qu'à la pompe, devant chez Chabrat, mais jamais quand les femmes y étaient en train de laver : elles m'auraient fait courir, ou peut-être mis à mort comme les poules un serpent entré dans le poulailler. J'avançais entre les draps, les chemises, les mouchoirs, et j'ai senti ma verge se dresser comme elle ne l'avait jamais encore fait, avec une dureté et un entêtement qui, je le devinais, ne me laisseraient pas en paix. J'ai continué à marcher entre ces murs d'une exquise fraîcheur, gêné non pas que mon membre se dressât ainsi, sans raison apparente, mais de ne savoir qu'en faire, à seize ans, ce qui rendait ma progression un peu ridicule, et impossible l'immobilité, alors qu'une Bernadette Brun, naguère, qu'elle marchât ou se tînt sans bouger, avait l'air d'une déesse. Je pressentais que je ne m'en tirerais pas, cette fois, en me rhabillant comme si de rien n'était, même si, faut-il le répéter, jamais je n'avais porté la main à mon sexe en érection pour le caresser et que l'idée ne m'en venait pas davantage, ce jour-là, alors que j'errais entre les draps et les chemises pendus autour de moi, songeant pour la première fois que j'étais vierge, vierge comme on n'imagine pas de l'être aujourd'hui, à seize ans, ignorant tout du plaisir, et le découvrant brusquement, d'une manière inattendue, sans y être pour rien — sans me toucher, veux-je dire, déniaisé par la grâce d'une culotte de soie suspendue à un cintre accroché à une poutre et qui, ayant glissé au moment où je passais dessous, heurté par un mouvement de ma tête, s'enroula à mon sexe avant de choir, dénudant mon gland pour la première fois, faisant apparaître l'anneau de smegma, et déclenchant un jet de semence qui me tira un cri tout en me faisant tomber à genoux, les yeux clos, le cœur battant si fort que je me suis cru sur le point de défaillir, frissonnant entre les colonnes de poussière dorée et les immenses chiffres 4 dessinés par la charpente, puis rouvrant les yeux pour contempler avec un étonnement mêlé de tristesse ce qui continuait à s'écouler de moi et dont le plaisir que j'en avais tiré était une épée de lumière partageant désormais ma vie en deux, comme le glaive du soldat Martin qui, venu de Pannonie avec les légions romaines jusque sous les portes d'Amiens, un jour d'hiver, découpa son manteau pour en donner la moitié à un misérable, ainsi qu'on peut le voir, à Siom, sur le modeste vitrail qui rend à la nef de notre église les couleurs chaudes dont elle était autrefois peinte ; un vitrail offert au début du XXe siècle par cette famille Nony depuis longtemps éteinte, du moins à Siom, et dont tout le monde peut lire le nom, au bas du vitrail, sans le rapporter à personne ni chercher à en savoir davantage sur ces donateurs qui avaient fait suivre leur patronyme de celui d'Orchies, dans le nord de la France, où ils s'étaient exilés au début du XXe siècle, faisant fortune dans la chaudronnerie, la faïence ou la chicorée ; un patronyme qui, à cause des couleurs jaunes et rouges du vitrail, plus que par sa proximité avec le mot « orties », me faisait songer qu'ils excrétaient de l'or, non sans que je m'étonnasse de voir associé notre saint patron à une aussi basse besogne, et qu'il était devenu, ce nom, un élément constitutif du vitrail, au même titre que le verre, le plomb et les personnages du pauvre et de saint Martin partageant, sur son cheval blanc, son manteau avec son glaive, et la preuve, ce nom, que le langage et le visible sont voués à s'échanger leurs qualités pour accéder à cet ordre supérieur appelé art et dont ce modeste vitrail m'offrait un avant-goût esthétique aussi bien que moral, puisque l'exemple de saint Martin m'aura hanté toute ma vie et que je voue un amour qui ne se dément pas à l'art du vitrail et à sa transposition musicale.

16

L'aube est là, une de ces aubes dont on s'étonne toujours qu'elles puissent paraître si pures au-dessus d'une grande ville ; une aube qui me donnerait envie de tout quitter, si je croyais encore aux départs, aux recommencements, et si je n'étais pas depuis longtemps persuadé, comme le dit un proverbe limousin, qu'il n'y a pas de muraille entre le jour et la nuit, c'est-à-dire entre la vie et la mort, ou entre les époques où nous avons vécu, même si notre passé n'est, comme l'ancienne ville de Troie, qu'une accumulation de cités mortes. C'est pourquoi il m'arrive encore de composer le numéro de téléphone de l'Hôtel du Lac ; il ne m'est pas sorti de l'esprit ; la même voix enregistrée, polie, privée de chair, me répond invariablement que le numéro que j'ai composé n'est plus attribué et qu'il me faut consulter l'annuaire (qu'à Siom on n'appelait jamais autrement qu'« annulaire », me donnant longtemps à penser qu'on ne devait tourner les pages de ce livre si particulier qu'avec le quatrième doigt). « C'est chez les morts que tu téléphones », me dit Marina. Je rêve non pas qu'on me réponde, mais que les hasards d'une nouvelle numérotation fassent que quelqu'un décroche, me parle avec l'accent de haute Corrèze, et que je puisse croire que c'est Jeanne ou Berthe-

Dieu, essoufflé d'avoir couru vers l'appareil en criant : « Voilà, voilà ! », comme si la sonnerie impliquait une présence non pas lointaine et purement vocale, mais l'apparition du correspondant en chair et en os, dans la cabine obscure qui sentait la lessive avec laquelle ces pauvres Berthe-Dieu lavaient leur vaisselle, perdus devant la multiplicité des produits de nettoyage, eux qui toute leur vie auraient eu foi, pour le corps comme pour la vaisselle et le linge, dans l'eau chaude et dans le savon de Marseille.

J'en ai presque fini. Ce qui me reste à dire est aussi ténu et fabuleux que cette boule de feu qui se lève là-bas, à l'horizon, du côté de Montreuil et de Villemomble et fait étinceler, sur la droite, les mille vitres de la Bibliothèque nationale de France dont je m'étonne, encore une fois, ce matin, qu'on ajoute à « Bibliothèque nationale » ce génitif « de France » en forme de pléonasme, comme si on pouvait s'attendre à trouver dans ces quatre tours figurant des livres ouverts au bord de la Seine la Bibliothèque nationale d'Italie ou celle du Portugal, ai-je dit à Marina qui m'a répondu, un peu agacée, que j'étais bien une sorte de puriste insupportable, comme tant d'écrivains vieillissants, et que je préférais la grammaire à ses fesses, et la littérature à l'amour. « Nous y voilà ! » ai-je pensé avec un serrement de cœur — le cœur, à ce moment-là, semblant tomber dans les entrailles ou remonter dans la gorge. « Voilà le commencement de la fin, la lézarde qui se fait jour, l'air glacé pénétrant dans l'amour ou dans ce que je prenais pour tel, l'amour joué contre sa seule rivale que toute femme, sauf si elle se pose en future veuve, ressent comme le vrai danger en le déguisant du nom d'égoïsme, de nombrilisme, de refus d'autrui, voire de lâcheté. » Ont-elles d'ailleurs tout à fait tort, ces saintes femmes ? La littérature n'est rien d'autre que le sacrifice que nous faisons, d'entrée de jeu, de toutes les femmes, mères, épouses, filles, maîtresses, servantes au grand cœur, lectrices même, puisqu'il vient un moment où il nous faut nous couper d'elles, aussi, nous révolter contre elles qui sont pourtant le seul lien que nous gardons avec l'ordre social, renonçant, nous amputant vivants de toute femme, en effet, non par égoïsme, mais pour qu'elles puissent mieux nous aimer et dévorer nos livres, c'est-à-dire nous — s'appropriant l'écrivain en chair et en esprit, ai-je eu envie de répondre à Marina ; mais je me suis rattrapé, bien que je sentisse que tout était perdu, non par la faute d'aucun, mais parce que j'en avais presque fini avec mon récit et qu'avec lui allait s'achever autre chose qui ne pouvait qu'être ce qui nous unissait, cette jeune femme et moi.

J'en reviens donc à ma mère. Avant que nous quittions Siom, elle me conduisit chez Me Chabrol, notaire à Treignac : un petit homme sec et presque chauve qui reboutonna sa veste pour lire un document d'une voix solennelle, et qui me regarda, indigné, lorsque je me suis mis à rire, d'abord en tentant de masquer mon rire par une toux forcée, puis sans me retenir, malgré la main de ma mère qui menaçait mon visage et que j'ai évitée en sautant sur mes pieds et m'approchant de la fenêtre par laquelle, de l'autre côté du ravin où coulait la Vézère, on voyait au milieu d'un parc ce qu'il reste du château bâti par Richard Cœur de Lion. Je me suis retourné : je riais franchement ; je n'avais plus peur de ma mère : je comprenais qu'elle n'aurait pas osé me gifler, ou, si elle l'avait fait, qu'elle eût réveillé en moi quelque chose de sauvage, d'aussi violent que lors de mon combat avec Brigouleix. Je me suis éloigné vers la porte en murmurant que je ne me sentais pas bien, qu'il me fallait aller aux toilettes. Le notaire était debout, lui aussi, plus scandalisé encore que ma mère, mais bien obligé d'attendre que je me fusse calmé puisqu'il devait lire le document en ma présence. Ce qu'il lisait me concernait au premier chef, sinon moi seul : un testament, d'après ce que j'avais cru comprendre, dès les premières phrases, et qui faisait de moi l'héritier de Jean-Charles Meilhards, qui venait de décéder.

« Si près, si près ! ai-je dit lorsque je suis rentré dans l'étude.

— Que voulez-vous dire ? » me demanda le notaire.

Je n'ai rien répondu. Je n'en savais rien moi-même. J'ai repris place dans le fauteuil, ma mère aussi, et Me Chabrol a recommencé la lecture du testament qui me donnait encore envie de rire, quoique d'une autre façon : j'étais au bord des larmes. C'était la première fois que j'entendais la voix de mon père, me semblait-il, dans celle de ce notaire en train de lire d'un ton absent, exactement comme si c'était quelqu'un d'autre qui parlait par sa bouche : un mort, il me fallait bien me rendre à l'évidence, mon père mort et qui me léguait ses biens, à quoi je ne pourrais cependant toucher avant ma majorité.

« Jeune homme, vous voilà riche », me dit le notaire en se levant pour me féliciter, tandis que ma mère ajoutait : « Oui, mon petit Pascal, ton père a pour une fois bien fait les choses. J'espère que tu sauras en faire bon usage. Me Chabrol est là pour te conseiller. »

Je me suis tourné vers elle, me demandant si on comptait sur moi pour renflouer l'affaire de Jeanne, mais ne me souciant pas de cela, lui criant que ce que j'avais si longtemps espéré, ce n'était ni la fortune ni même un père, puisque je n'en avais jamais eu jusque-là, mais une mère, tout simplement, ou plus exactement elle, Solange Sarroux, et que celle-ci fût enfin ma mère.

« Je ne souhaite rien d'autre, ai-je encore murmuré en sanglotant.

— Mais je suis ta mère, voyons...

— Alors sois-le vraiment ! Je n'ai rien à faire de cet argent. Je te le donne. Aime-moi, dis-moi que tu m'aimes... »

Elle a reculé avec effroi ou dégoût, me laissant comprendre que je serais, quoi que je fasse, à jamais seul avec l'ombre de cette voix inconnue que je venais d'entendre pour la première fois et qui vivait enfin de cette douce vie des morts qui est ici-bas notre vraie, notre unique consolation, un homme étant la somme de ses ancêtres et de ses descendants autant que de ses actes — et des ancêtres dont il se souvient et qui ne cessent de grandir en lui, tout comme de ses descendants, réels ou rêvés ; de sorte que le temps ne se limite pas à la conscience de ce qu'il nous est donné de vivre ni aux songes qui redoublent ou multiplient notre existence, mais à celle des autres, proches ou lointains, femmes aimées ou perdues, ou simplement espérées : tout ce qui continue à vivre en nous et dans la mémoire de ceux qui se souviendront de nous quand nous aurons cessé de bruire dans le présent, vivre n'étant en fin de compte qu'un phénomène de mémoire, une mémoire qui en appelle à d'autres mémoires pour devenir ombres musiciennes, dans un royaume où je retrouverais ma mère, où j'apprendrais enfin la vérité sur elle, puisqu'elle se refuse toujours à me parler d'elle, à s'apitoyer sur son enfance, comme elle dit, et que longtemps je n'ai pu me la représenter telle qu'elle pouvait être, enfant, n'ayant d'elle que la photo sur laquelle Louise la tient dans ses bras et où elle est âgée de quelques mois, et ces autres clichés et cartes postales où elle a une vingtaine d'années ; il m'a fallu attendre l'année dernière, un ennuyeux débat sur le Limousin au Centre Georges-Pompidou, à Paris, pour voir s'approcher de moi une dame inconnue qui m'a remis de la part de gens de Toy-Siom une photographie immortalisant le mariage d'un homme de Siom avec une fille du Toy, dans les années 30. « Regardez bien la petite fille, sur la droite ; c'est votre mère », m'a encore dit la dame avant de s'en aller. La voilà donc, ma mère, à dix ans, telle que je ne pouvais me la représenter, les cheveux courts, en robe claire, sandales de toile et chaussettes hautes, malgré l'été, et l'air de n'être pas de la noce, sans doute parce que celle-ci a lieu à Siom, chez les Bugeaud, et qu'on lui a demandé de figurer là, parce que jolie et présentant bien, même si elle n'est pas endimanchée comme les autres fillettes. Ma mère au visage calme et intelligent, déjà un peu ironique, comme si elle ne croyait pas à ça : le mariage, l'amour, la perpétuation, et tout ce à quoi on se raccroche pour échapper à son destin et gémir et se faire plaindre... Pour rien au monde elle ne m'aurait parlé (ce que je tenais de Jeanne) des oranges ou des poupées bourrées de son qu'elle recevait à Noël, ne voulant pas se laisser rattraper par l'enfant qu'elle a été, ni avoir l'air de se plaindre, de trembler à l'évocation d'une jeunesse qu'il me faudra sans doute attendre sa mort, à supposer que je ne m'en aille pas avant elle, pour la connaître ; oui, être capable de l'écrire, cette vie, ma mère et moi sachant que tout être humain est peu ou prou un objet de langage, sinon de roman, du moins de récit, et qu'une fois disparu on ne peut plus exister que dans cette dignité-là. Écrire est ma seule façon d'aimer. N'étant pas libre d'aimer ma mère, puisque je ne savais presque rien d'elle, et que celle-ci, m'étais-je persuadé, ne m'aimait pas, j'étais en quelque sorte dispensé d'aimer qui que ce fût, me réservant pour des amours futures, lesquelles ne surviennent jamais, on le sait, sous la forme qu'on attend ou qu'on a rêvée, mais dans la déception, dans ce mouvement d'incessante mais féconde désillusion qu'on appelle la vie. Je passerais mon temps à attendre le seul amour que je pensais m'être dû et que bien des femmes chercheraient à me donner, à leur façon, et que je croirais trouver, soit individuellement, soit dans la somme de leurs amours, pour peu que ce manque, cet échec, ce recommencement, cet espoir perpétuellement déçu ne soient pas constitutifs de l'amour même, une de ses dispositions ou de ses lois les plus singulières voulant qu'on n'aime jamais mieux que lorsqu'on croit ne pas aimer ou, encore, que l'amour que nous pensons porter à une personne est (d'une façon obscure, surhumaine, décourageante) toujours adressé à une autre, celle dont on a tout attendu et qui, avec la vie, nous aura donné le désir de mourir, dussions-nous passer toute une vie à le reconnaître pour tel et à tenter de muer en or le plomb de notre fin.

« Je me suis juré de ne jamais parler de lui, jamais, pas même à toi », m'a dit ma mère sur la place Lachaud déserte, près de la statue de Me Lachaud, célèbre défenseur de l'empoisonneuse Marie Lafarge, et dont je contemplais à ce moment le visage de pierre en songeant que mon père ressemblait peut-être à cela, avec le même air grave et solennel. Il me fallait un père, le premier venu, j'y étais prêt, et disposé à tout entendre, tandis que ma mère poursuivait en m'assurant qu'elle avait tout fait pour ne plus y penser, que c'était possible, qu'il y a des gens qu'on enterre ailleurs et bien mieux qu'en une tombe.

Qu'aurais-je pu répondre ? J'étais habitué à ne rien savoir ; mon père n'était que la somme de mes songes, un trou noir, le chant d'une étoile morte. J'ignorais tout et ne saurais jamais rien, du moins pas de ma mère. Je me suis mis à pleurer doucement. Elle a fini par me dire ce que j'aurais appris du notaire, quelques années plus tard, à ma majorité, que si je voulais voir les lieux où mon père avait vécu il nous faudrait aller à Bellac, berceau de sa famille maternelle, là où le Limousin s'abaisse et s'ouvre au soleil des Charentes, comme il s'incline vers le Causse après Turenne, vers la Marche, Genouillac ou Jarnages. Voyage décevant. Ma mère ne desserra pas les dents. J'attendais tout, et je n'ai rien vu, rien appris dans cette Haute-Vienne si différente de la montagne limousine. Il faisait chaud, sur ces basses terres. Ma mère m'a montré, à la sortie de Bellac, une maison sans caractère, haute, à chaînages de pierre blanche, crépi grisâtre, et toit de tuiles à pans coupés. Elle a garé la voiture un peu plus loin, dans une rue bordée de prunus poussiéreux. Des chiens ont clabaudé.

« Je t'attends ici ; mais ne tarde pas trop : ces chiens me portent sur les nerfs. »

Les volets étaient clos. J'ai quand même sonné au portail. Une voisine est sortie sur le pas de sa porte pour dire qu'il n'y avait personne, que la maison était en vente depuis longtemps mais que, comme elle se trouvait sur la route de Confolens, si passante, n'est-ce pas, et qu'il n'y avait pas de jardin, personne n'en voulait. J'ai demandé si on pouvait la visiter.

« Visiter ? Vous ? a demandé la voisine, sans doute mise en garde par mon jeune âge et par le fait que ma mère n'avait pas l'air de vouloir sortir de la voiture, affectant même d'ignorer ce qui se passait.

— C'était la maison de mon père. Il y a passé son enfance », ai-je répondu en regardant le ciel, heureux de trouver quelque chose à dire, comme si j'allais faire surgir, là, devant nous, l'inconnu qui m'avait donné la vie.

La femme m'a dit qu'à l'heure qu'il était l'agence était fermée, mais qu'elle avait la clef. Nous avons déambulé en silence dans des pièces sentant le renfermé, pleines d'abeilles et de mouches mortes ; des pièces sans âme, au mobilier composite, insignifiant — j'allais dire décevant, puisqu'il ne m'apprenait rien sur ceux qui avaient vécu là. J'allais d'une pièce à l'autre, tenant à tout voir, la voisine soufflant sur mes talons, se demandant probablement quelle espèce de fadard elle avait introduit là et s'il n'y avait pas lieu de se méfier. Mais je n'ai rien découvert, rien qui pût me révéler l'âme du lieu ; rien de mémorable, non plus, objet, meuble, couleur grâce à quoi, plus tard, à la faveur d'un mouvement involontaire de la mémoire, on se dira qu'on tient quelque chose, une clef, une formule propitiatoire par laquelle susciter une voix, une forme, un visage. Cette maison était morte, et je n'étais pas loin de penser qu'elle n'avait jamais été habitée, qu'elle restait en attente, au fil du temps.

« Les avez-vous connus ? » ai-je fini par bredouiller.

La femme n'était pas depuis assez longtemps à Bellac ; elle avait passé sa vie à Limoges, comme employée des Postes, mais la ville était devenue trop bruyante pour elle ; et puis elle avait toujours rêvé de la campagne, si on pouvait appeler ça la campagne, mais elle vivait en retrait de la route, et les champs et les bois n'étaient pas loin. Je l'ai remerciée. J'ai rejoint ma mère. Tout autour, de maigres mains tremblantes soulevaient des rideaux. Nul visage aux fenêtres, pourtant. Peut-être aurais-je dû sonner chez ces vieillards ; mais ils étaient morts, eux aussi, ai-je pensé à surprendre aux fenêtres des faces pâles et fuyantes derrière le tulle qui avait tout d'un voile mortuaire.

De cette visite, je n'ai rien dit à ma mère. Sans doute savait-elle que je n'apprendrais rien, et que c'était aussi bien ainsi. Le même jour, cependant, devinant ma détresse, elle m'a emmené du côté du Massoutre, près des Buiges, devant une belle maison ancienne et isolée, appuyée à un épais bois de sapins, en granit de Pérols ; un ancien logis de maître, avec un étage d'habitation et un comble à surcroît, éclairé en façade par de hautes fenêtres ; la porte était close, envahie de mousse et d'orties ; le linteau portait les monogrammes du Christ et de la Vierge entourés de rosaces, de cœurs, de fleurs de lys. C'était là qu'était né mon père, m'a dit ma mère en s'éloignant pour fumer une cigarette. J'ai toqué à la porte, bien qu'à l'évidence, là aussi, il n'y eût personne depuis longtemps. Le soleil frappait la pierre, faisait briller les brins de mica, et pourtant hésitait à pénétrer, eût-on dit, dans les interstices du bois, à travers lesquels je pouvais apercevoir les dalles d'un couloir. Quelque chose la défendait, cette entrée, l'interdisait du moins à la lumière vive, car le bruit de mes heurts sur le bois, et puis le cri que j'ai poussé par un jour qui s'était fait entre deux lattes, ces sons étaient accueillis, réverbérés, approfondis non seulement par l'espace vide de la demeure, mais par quelque chose qui ne relevait pas d'un phénomène acoustique : ce qu'il faut bien appeler un fantôme, même si le mot prête à sourire ; mais en de tels lieux, à l'écart de tout, cernés par un silence dont on n'a plus idée, avec l'obscurité qui montait et qui était encore la nuit noire d'autrefois. Quelque chose, ou quelqu'un, défendait donc l'entrée tout en accueillant ma voix : mon père, ai-je pensé, plus que le froid, la ténèbre, l'immémorial ; le père absent de tout père, le père impossible, inconnu, incréé, et cependant là, dans cette grotte ou ce tombeau à l'entrée duquel je l'appelais par ce seul mot de « père » et qui me renvoyait ma voix, étrangement altérée, comme si elle avait fait un détour, non seulement par le vide, mais par quelque chose qui semblait le vide et qui était une ruse des ténèbres pour me faire croire que je rêvais, que je délirais à la porte d'une vieille bâtisse inhabitée depuis des lustres et dont personne, là encore, ne voulait, pour d'autres raisons qu'à Bellac, mais plus proches de celles qui avaient fait tomber en ruine le château du Montheix, près de Siom, après la mort des Barbatte et le départ des sœurs Piale, et qui relevaient de la mort d'un pays et d'une civilisation bien plus que de phénomènes locaux. Et ce n'était plus seulement moi, adolescent, qui suppliais à la porte des ténèbres, c'était l'enfant que j'avais été et le jeune homme que j'allais devenir, le père que je ne serais pas et le fils que je n'avais jamais été, tout et rien à la fois, dans cet écho démultiplié, ce retour de voix qui avait soudain le sens d'une réponse, l'altération à laquelle ce n'était pas le lieu qui avait donné sa froideur, sa matité sinistre, mais le temps, le trajet accompli par ma voix à travers un espace extraordinairement vaste et complexe, démesuré même, mêlant le passé et le futur en un point où l'ensemble des contradictions semblait non pas résolu mais sur le point de l'être : un vertige, une illusion, et cependant une impression bouleversante, violente, assez vive pour qu'il nous soit possible, bien des années plus tard, de lui donner le nom de vérité, ou celui, plus modeste, et sans qu'on puisse s'expliquer là-dessus davantage, de révélation. Car il faut bien qu'il y ait eu un père et une mère, eux-mêmes issus de père et de mère, et non seulement eux mais qu'en deçà de la lignée, de l'ascendance, de l'immémorial même, il y ait eu ce temps — à supposer que cela eût un rapport avec ce que nous appelons, faute de le percevoir autrement et d'y échapper, le temps —, ce moment, donc, où, sans avoir eu ni père ni mère, on puisse en appeler malgré tout au Père, quelque autre nom qu'on lui donne, sensible ou abscons, métaphore ou consolation, ce Père à qui en appeler lorsque notre corps est sur le point de nous faire défaut et de rompre son alliance avec l'âme.

Il m'arrive rarement d'évoquer Siom, aujourd'hui ; même si mes livres ne parlent pas d'autre chose, je veux me taire, moi, ne rien ajouter à ce que j'ai écrit et qui est, je l'espère, une forme de réparation. Mes livres sont indépendants de la parole vive, et d'une certaine façon ne m'appartiennent plus ; ce que je pourrais en dire reviendrait un peu à danser sur des tombes. Telle est du moins la règle que je me suis fixée, et à laquelle je ne déroge qu'exceptionnellement, sinon pour en lire des passages en public, et les commenter, comme à Berlin, il y a trois ans, lisant le texte français après l'allemand de ma traductrice, dans une maison de Wannsee, où la lecture avait été présentée par Vincent von Wroblewsky, traducteur de Sartre, dont la famille avait en 1933 quitté Berlin, où il était devenu impossible de vivre pour des juifs communistes, et qui m'a dit connaître ma région natale pour être né à Clermont-Ferrand en 1939, quatre ans avant son frère, né, lui, à Aubusson, et ayant vécu dans la Creuse, de 1942 à 1948, à Moutier-Rozeille, où la vie ne devait guère différer de celle de Siom et de Villevaleix, Vincent von Wroblewsky se rappelant fort bien les collines boisées, la gare, l'école, les prés, le petit cimetière où repose son père, et une enfance si singulière au sein de ce monde condamné par l'Histoire et par l'économie qu'il lui a sans doute fallu entrer dans le domaine de la philosophie pour retrouver la respiration de l'universel.

On me reproche de renier ma terre natale en en donnant une vision trop noire, en trahissant les miens. Siomois je le suis pourtant jusqu'au bout des ongles, comme dit simplement la langue. Je le suis par mes origines, par l'absence de père et par la vertu de ce palindrome, « siomois », dans lequel je peux voir le signe de mon destin, cet adjectif, ce nom propre se lisant dans les deux sens : manière de me signaler que je n'échapperai pas plus à mon sort qu'à ce qui m'a fait tel que je suis, enfermé dans l'évidente énigme du palindrome comme dans le chiffre de mon âge ou le signe de la croix.

Je ne suis pas retourné à Siom pour la mort de Jeanne ni pour celle de Berthe-Dieu, pas plus que pour l'enterrement d'Alice Bugeaud, de Jean Pythre, d'Amélie Piale, de Céline Soudeils, de Clémence Chave, et de tant d'autres personnages qui m'étaient chers ou dont j'avais aimé la compagnie. Je refusais que leur cadavre se dresse dans ma mémoire. Peut-être aussi (et d'une façon apparemment moins noble, mais où l'affection n'entrait en ligne de compte que par un singulier méandre) attendais-je qu'ils soient tous morts, oui, tous les Siomois, pour être capable d'écrire enfin sur eux en mon âme et conscience, et non sous le regard que tel d'entre eux, survivant et sévère vigile, aurait pu porter sur ce que je dirais ; c'est pourquoi mes premiers livres parlent de tout autre chose. Mais ce n'est pas là la seule raison de mon refus d'accompagner ces défunts à leur dernière demeure, comme eût dit Mme Malrieu. Lorsque ces gens sont morts, dans la dernière décennie du siècle précédent, il y avait près de dix ans que je n'étais pas retourné à Siom. Entre 1970 et 1980, j'y suis allé pour toutes les vacances, tantôt seul, le plus souvent avec ma mère qui craignait de me voir repris par ce qu'elle appelait la « sauvagerie des hautes terres », et qui était en réalité par le goût de la mort propre non seulement aux Bugeaud mais à tous ceux qui étaient nés là-bas et subissaient l'influence du climat, du granit, du ciel et du froid aussi sûrement qu'en d'autres lieux du Limousin les effets délétères de l'uranium qui se trouve dans le sol. Les jours que nous y passions, ma mère et moi, nous les consacrions en général à la lecture, jamais dans nos chambres ni ensemble, mais dehors, dans la mesure du possible, et nous cachant l'un de l'autre comme de ceux qui auraient pu nous apercevoir et qui n'auraient pas manqué de dire, à qui voulait les entendre, ainsi que j'ai surpris le fils Orluc en train de le faire, dans un café des Buiges, à propos de ma mère qu'il avait vue lisant allongée dans un champ, au bord du lac, au pied de la colline de Couignoux : « Elle te lisait, paobré, qu'on aurait dit qu'elle n'était pas seule mais avec quelqu'un plus, un gars, tant comme elle avait l'air de se plaire, là. Pourtant il n'y avait rien que le vent, son livre, et elle qui souriait aux anges, les jambes nues… »

À quoi le fils Arbiouloux, qui buvait en sa compagnie, avait ajouté qu'elle était bien comme son fils, qu'il fallait n'avoir pas grand-chose à faire pour rester comme ça plongé pendant des heures dans un bouquin et les fesses à l'air. Reproches que j'avais déjà essuyés de la part de Jeanne et de Berthe-Dieu et qui m'avaient conduit à me cacher pour lire, soit dans la grange, comme pour une cérémonie secrète ou sentimentale (et notant cela je me rends compte que la lecture m'aura pendant mes seize premières années tenu lieu d'expérience amoureuse), soit dans des endroits plus écartés, telle l'île située du côté du barrage et où je me rendais à pied, quand le lac était bas, ou bien dans la barque du père Poirier, ou encore dans le canoë que me prêtait parfois le fils Bazier, l'été, et qui, avec les sombres forêts de sapins se reflétant dans l'eau parmi les éboulis de la rive, n'est pas peu responsable, avec *Maria Chapdelaine* et d'autres récits du Canada français, de l'amour que j'ai très tôt porté à la Belle Province, à telle enseigne que la visitant pour la première fois, en 1990, j'ai eu l'impression, non de la découvrir, mais de me retrouver en pays de connaissance, c'est-à-dire dans ce territoire délimité par le savoir historique autant que par la fiction et le songe que seule la lecture, ou l'amour d'une indigène, peut nous donner et qui rend en quelque sorte vains les explorations et les voyages.

Je lis mal dans le métro, le train, l'avion, ou sur un banc public : autant se montrer nu. D'ailleurs on y est constamment dérangé par le bruit, les odeurs, la vue d'autrui. Obligé de voyager, je préfère regarder le paysage ou les gens — encore que leur compagnie me soit, la plupart du temps, importune lorsqu'il s'agit de jouir d'un concert, d'un film, d'une pièce de théâtre : toutes choses à quoi j'ai depuis longtemps renoncé, très exactement depuis le jour où ma mère, un été, sachant mon goût pour le Québec, m'avait emmené aux Buiges écouter Félix Leclerc qui donnait un récital à la salle du Foyer rural, seul sur scène avec sa guitare sèche, son beau visage frémissant, sa voix un peu frêle et ses chansons qu'il fallait écouter en silence au lieu de les souligner de gras commentaires en patois, « N'ia prou, tira-té d'ati, bougre de barraquin ! », que lui lançaient quelques gourles avinées, debout au fond de la salle, et que nul n'osait faire taire de peur de déclencher une bagarre qui, disait d'un air gêné le président du Comité des fêtes, « aurait fini de nous faire honte devant le chansonnier ». Mais la honte était bel et bien sur nous autres, Siomois ; et Félix

Leclerc, s'il termina son récital, refusa de saluer ce public qui se tenait plus mal que les pires bûcherons du Saguenay, sortant de scène avec un air de mépris qui fut plus important pour moi, d'une certaine façon, que ce qu'il avait chanté ce soir-là, en ceci que je découvrais dans ces yeux clairs le dégoût de ce que j'aurais moi aussi à affronter, un jour, avec mes livres : l'incompréhension, la bêtise, l'envie, la haine. Félix Leclerc eut néanmoins plus de chance que *Fellini-Roma*, projeté le même été, dans le même lieu, et qui, parce que ce film ne « racontait pas d'histoire et emmerdait tout le monde », ainsi que ne cessaient de le crier les gourles, donna lieu à un chahut qui obligea les gendarmes à faire cesser la projection ; ce qui me fit considérer que c'est en solitaire qu'on peut jouir de l'art — expérience hélas renouvelée dans des lieux autrement chics que cette salle de province et avec des gens dont on pourrait attendre le plus grand silence mais qui se comportent en public comme s'ils étaient chez eux, c'est-à-dire de la plus vulgaire façon —, le sans-gêne étant d'ailleurs devenu, au propre comme au figuré, la seule forme de consommation de la culture, ou plutôt du culturel.

On naît, on jouit, on crée, on meurt toujours seul, me répétaisje chaque fois que disparaissait un de ceux que, dans mon exil, je n'hésitais pourtant pas à appeler « les miens ». Termes sans doute excessifs. Peut-être serait-il plus simple de dire que je n'avais ni le temps ni le goût de retourner à Siom, mes amours, mes occupations, de nouveaux préjugés m'en tenant plus éloigné, pendant une dizaine d'années, que si je m'étais trouvé dans le désert de Gobi ou aux Nouvelles-Hébrides. J'avais voyagé, publié des livres, connu quelques femmes, épousé l'une d'elles sur un coup de tête, puis avais été quitté par cette épouse sur un sien coup de tête. J'avais non pas oublié Siom, mais été renié par les miens, voire oublié d'eux, croyais-je. En vérité, je ne pensais qu'à y retourner, à y vivre, même ; mais il s'était écoulé tellement de temps que je doutais si j'étais encore le même, ayant perdu l'accent limousin, ne parlant plus patois que dans mes songes ou pour jurer, ou encore m'entretenir avec moi-même, le patois restant bel et bien une langue du secret et du silence, certaines choses ne pouvant se dire qu'en patois limousin parce que c'est une langue — telle du moins qu'on la parlait à Siom — qui ne s'écrivait pas. Je n'étais rien, lorsque j'étais parti, à la fin de l'été 1969 ; sans doute me fallait-il être quelque chose pour y revenir, non pas en fils prodigue ou éternellement blessé comme Thomas Lauve devant son terrible père, ni pour y mourir comme Céline Soudeils, ni comme Philippe Feuillie, qui s'est fait construire un chalet dans la partie haute du pré Saint-Martin achetée à Jeanne par son père. J'étais passé au-dessus de Siom, sur la route départementale, à plusieurs reprises, pour aller à Saint-Andiau, chez Monique Bugeaud, mais sans jamais m'arrêter, parfois sans donner un coup d'œil à mon village natal, parce qu'il n'y avait plus personne pour m'accueillir et que je me répétais, comme à quinze ans, que j'en avais fini avec Siom. Néanmoins j'attendais. On n'en finit pas avec ce qui a fait de nous ce que nous sommes. Il me fallait un signe. J'ai toujours fait dépendre certains de mes actes (et non des moindres) de signes quasi magiques ou merveilleux — ou qui le sont pour moi. Ce signe, je l'ai trouvé récemment dans la mort d'une petite Siomoise, fille d'une amie d'enfance, décédée cet hiver d'un cancer généralisé, à l'âge de vingt-deux ans, soit celui de Marina. Une jeune fille, donc, si frêle, si douce, que j'ose à peine l'appeler femme, trop jeune morte dont le décès m'a persuadé, encore une fois, et avec une douleur que l'âge rend de plus en plus insupportable, que notre royaume n'est vraiment pas de ce monde. Je la connaissais peu, l'ayant vue au berceau, puis à l'âge de douze ans, avant de la rencontrer une fois, à Limoges, où je signais mes livres dans une librairie, et où elle est venue vers moi en souriant, avec toute la beauté de sa mère au même âge mais aussi je ne sais quoi de réservé, de doucement lumineux qu'on voit par exemple au visage de John Keats, d'Évariste Galois, de Lautréamont, de Guillaume Lekeu, et de ceux qui vont mourir très jeunes. Une mort bouleversante, comme si avec cette jeune Julie mourait la fille que jamais je n'aurais mais que je rêverais d'engendrer jusqu'à la fin de mes jours et dont le poids est bien plus considérable que le livre rêvé que porte en soi tout écrivain et dont il doute s'il l'écrira un jour. L'enterrement de Julie Granier a eu lieu en janvier à Siom, après une cérémonie dans l'église glaciale, où on ne put faire tenir tout le monde, pendant une tempête de neige qui se poursuivit au cimetière, et qui était une sorte de bénédiction du ciel, comme si les éléments participaient à la peine générale, a dit l'abbé Bonnesaignes d'une voix qui, bien que forte mais étouffée par la neige, ne portait pas au-delà du cercle des proches ; de sorte qu'on a fini par placer devant le curé un micro et un haut-parleur afin que tous puissent entendre, malgré le vent, le grésil, et la rumeur de la route passant au-dessus du cimetière : beaucoup d'inconnus, bien sûr, des amis venus de Limoges, où Julie faisait ses études et où elle était soignée, mais aussi tout Siom — et par Siom je n'entends pas seulement ceux qui, peu nombreux, y vivaient encore, y compris ces grands vieillards dont on avait oublié qu'ils étaient en vie et qui, avec leurs chapeaux de feutre et leurs longues moustaches, étaient l'ultime surgeon du XIXᵉ siècle dans le nouveau millénaire, mais aussi ceux qui restaient de la génération des Bugeaud et de celle de ma mère, et que je revoyais pour la première fois depuis des lustres, à peine changés, un peu plus fatigués par les ans, et me souriant, malgré leur tristesse et le froid, comme pour m'approuver d'être de nouveau là, parmi eux, et attendant de pouvoir me parler et me reprocher, non pas de m'être absenté si longtemps, mais de ne pas revenir plus souvent, le temps ne passant pas, je le comprenais, et mon remords s'en dissipait aussitôt, pour eux comme il l'avait fait pour moi, hors de Siom, alors que je devais avoir bien changé, moi, depuis tant d'années; non seulement les Siomois proprement dits, mais aussi ceux qui ne vivaient plus à Siom, mais aux Buiges, à Égletons, Treignac, Ussel, Brive ou Limoges, comme Colette Lagane, Marie-Claire Issandou, Michel Bazier, Odette Theillet, Jeanne Lagarde ou Michèle Rivière, Jacques Orluc, les fils Nuzejoux, Orlianges, et notamment Henrion qui, à propos de la mort du petit Piale, emporté par la maladie, à six ans, avait eu cette parole mémorable, et dont l'absurdité me revenait du moins à ce moment : « S'il est mort, c'est qu'il avait besoin de mourir »; et avec eux il y avait les natifs des villes et des bourgades où la mort de Julie Granier avait frappé les esprits, comme autrefois celle de la petite Christine Râlé, et parmi lesquels je reconnaissais beaucoup de figures de mon enfance, certaines terriblement abîmées comme si on les eût tirées de la terre même du cimetière, d'autres séchées sur pied, ou grossies, rougies, déformées par un goitre, une maladie de peau, ou simplement enlaidies, méconnaissables; les plus terribles n'étaient pourtant pas celles-là, mais celles des gens de mon âge que je retrouvais là après toutes ces années, Françoise Chadiéras, Denise Chave, Yves Philippeau, Frédérique Malrieu, Alain Nespoux, tant d'autres encore, que le temps avait bouleversées, des filles surtout dont les noms me revenaient en même temps que leurs anciens visages, Agnès La Boulaye, Sophie Delvallée, Martine Treich, Marianne Lapleau, Claudine Monteil, et que je regardais en me disant que c'était ainsi qu'ils devaient me voir, moi, puisqu'il n'y avait nulle raison pour que j'y eusse échappé, Danielle de L'Ormeau, particulièrement, à côté de son mari et de sa fille, cette dernière aussi belle que l'avait été sa mère, sinon davantage, de sorte que la beauté ne passe pas, me suis-je dit, mais acquiert avec le temps une manière d'immatérialité bienfaisante qui nous empêche de mourir tout à fait, même si on ne se voit jamais vieillir et qu'on se découvre vieux, d'un coup, comme devant une apparition, un revenant ; ils étaient là, et non seulement les survivants ou les vivants, mais les morts, force m'était de le constater, tous ceux que je croyais morts depuis longtemps et qui se trouvaient là, non pas hideusement sortis de leurs tombes, mais dans la fraîcheur de leurs plus belles années, tels que je les avais connus ou qu'on me les avait décrits ; c'étaient, je les reconnaissais les uns après les autres avec une sorte d'ivresse qui m'incitait à penser que j'avais eu raison de revenir à Siom, ce jour-là, et que le temps me faisait cette insigne faveur de me laisser accéder un peu à son mystère comme à un corps radieux, c'étaient les enfants de ces morts, ou les enfants de leurs enfants, et qui, malgré le mélange des sangs, une autre hygiène, et une vie sans doute meilleure dans les villes, semblaient — entièrement ou par fragments, par le regard, la qualité de la peau, l'expression, le menton, la chevelure, les oreilles et même la voix — la résurgence extraordinaire de ceux qu'on pensait définitivement disparus en tant que « race », comme nous disions à Siom (et, peut-être, le frère de la jeune morte qu'on ensevelissait ce jour-là se marierait, engendrant des filles qui ne ressembleraient qu'à leur mère mais qui, mères à leur tour, verraient surgir dans les traits de leurs filles ou de leurs petites-filles, à l'aube du XXIIe siècle, la figure de cette aïeule trop tôt disparue et retrouvant là son innocence et sa grâce).

« On ne rend rien à la terre, pas même ses rêves, n'est-ce pas ? » me dit Frédérique Malrieu, que je retrouvai près de moi, après la cérémonie, dans ce qui était devenu l'Auberge du Lac, non pas avec ses traits de quinquagénaire, mais dans ceux de sa fille de quinze ans, blonde comme l'était sa mère quand elle venait me rejoindre dans le grand pré de Neuvialle, la seule des filles Malrieu à être restée au pays, et vivant à Mauriac où elle exerçait le métier d'institutrice, comme autrefois sa grand-mère.

Nous n'avons pas pu ne pas évoquer cette haute figure de notre enfance, sans doute pour n'avoir pas à parler de nous. Frédérique m'a demandé si je me souvenais des séances de lecture.

« Comment les oublier ! ai-je répondu, en ajoutant qu'il me semblait n'avoir rien connu de meilleur.

— Et ceci, tu t'en souviens : "Mon ami, je souffre, je vous aime, et je vous attends" ?

— Julie de Lespinasse, oui, une lettre datée "de tous les instants de ma vie"...

— La plus belle phrase de la langue française, disait grand-mère.

— Elle n'avait pas tort. Ces femmes-là savaient écrire... », ai-je dit en reprenant à mon compte une phrase prononcée par Mme Malrieu, et aussi pour ne pas lui dire que, pour moi, la plus belle phrase de la langue française, et même de toute langue, hors toute littérature, une de ces phrases que je ne puis me répéter sans être au bord des larmes, tout en étant aussitôt consolé, trouvant d'emblée cette chose si rare qu'est la consolation, cette phrase est prononcée par Jésus, à la fin de l'Évangile selon saint Matthieu : « Je suis avec vous tous les jours, jusqu'à la fin du monde. »

« Tu es le commencement et la fin, mon amour, en cela semblable à toute femme, et dès le début de notre histoire, lorsque tu m'es apparue dans la gloire de ton jeune âge, à Siom, ton père penché vers toi pour te dire qui j'étais, et toi l'écoutant en rougissant, je vous revois, maintenant, aussi précisément que ce soleil qui grandit du côté de Vincennes et sur les rails d'Austerlitz comme sur le delta d'un fleuve tropical.

— Mais non, Pascal, tu ne sais rien, tu ne vois rien, tu inventes encore et toujours, tu ignores tout de ce que m'a dit mon père, ce matin-là, puisque tu n'étais pas un écrivain dont il aimait les livres, je t'ai menti, mais le contraire : il haïssait les types comme toi, les écrivains, les inutiles, les prédateurs, les bons à rien, les déchets sociaux, soutenant en outre que tu étais illisible. Il y a des choses qu'il faut que tu saches enfin : non seulement mon père m'a mise en garde contre toi, mais je me suis juré ce jour-là de le contredire, à ma façon, en te lisant, en t'aimant, tu avais l'air si seul, au fond de cette salle, comme jamais je n'avais pensé qu'on pouvait l'être, et avec une dignité qui faisait de toi un être à part tout en te rapprochant de ces gourles qui auront connu elles aussi la pire des solitudes, mais encore je ne suis pas tout à fait celle que tu crois que je suis et que tu crois aimer, m'étant toujours avancée masquée, même dans cette chambre où tu m'as donné ce que tu pouvais me donner de plus beau mais qui ne sera jamais plus beau que tes livres, l'écriture primant sur tout dès lors que deux amants commencent à se connaître, comme tu l'as écrit, même dans ta propre existence, n'est-ce pas ? Il a pour toi toujours été trop tard, trop tard pour une histoire d'amour dans un monde qui n'a jamais voulu de toi, celui de Siom comme celui où nous vivons aujourd'hui. Et malgré tout, je suis venue à toi, bien sûr pour aller jusqu'au bout de ce chemin que j'avais entrepris neuf ans plus tôt, à Siom, mais avant tout pour accomplir une promesse faite à ma mère avant sa mort, lorsqu'elle me révélerait qu'elle t'avait aimé, autrefois, sans oser te le dire, étant ta petite condisciple au collège des Buiges, une de ces filles qu'on ne regarde pas parce qu'elles ne seront jolies que beaucoup plus tard, ou seulement jolies pour qui saura les regarder : Geneviève Broussas, de Barsanges, comme elle s'appelait alors, rappelle-toi, cette enfant réservée qui a longtemps porté une longue tresse d'or dans le dos et à qui tu avais dit, un jour, qu'elle ressemblait à la princesse d'un conte russe que tu aimais tant, Vassilissa, la Princesse Cygne, ou Hélène la Belle, et qu'elle a cru incarner, trop vite, et très sérieusement ; il ne faut jamais dire de telles choses à des petites filles qui n'ont pas la beauté de leurs condisciples et qui croient la trouver, cette beauté, dans le regard d'un garçon. Elle t'a envoyé une lettre, en 1969, souviens-toi, souviens-toi, un poème d'Apollinaire et quelques mots de son cru, sans doute maladroits, s'inquiétant de ne pas te revoir au collège alors qu'elle te savait à Siom ; mais tu ne lui as pas répondu, n'ayant peut-être pas reçu sa lettre ; c'est ce qu'elle a pensé, sans pouvoir imaginer qu'elle avait été probablement subtilisée par Jeanne, qui ne supportait pas de voir une fille s'approcher de toi, sans oser dissiper le doute en t'écrivant de nouveau, préférant l'incertitude silencieuse, le songe, les années qu'elle passerait à t'aimer, même quand tu serais parti pour Paris, et qu'elle se dirait que tu avais bien lu sa lettre mais qu'il n'y avait pas de réponse, car à cette époque tu ne regardais qu'à l'intérieur de toi, m'a-t-elle dit lorsqu'elle a su que je m'intéressais à tes livres, mais pas que je t'avais rencontré dans la librairie d'Ussel, en me chargeant de te dire ça, simplement, si je te rencontrais de nouveau et que, comme elle l'espérait ou le redoutait, nous étions amenés à nous lier d'amitié : que tu avais été aimé d'elle secrètement, et longuement. Elle faisait de moi la messagère d'un amour qui ne m'appartenait pas mais qui venait se confondre avec le mien jusqu'à le dévorer et prendre sa place, si bien que ce n'est plus seulement moi qui ai cheminé vers toi, qui ai traversé cette nuit avec toi, mais aussi ma mère, elle qui t'a tant aimé et qui continue à t'aimer maintenant, je veux le croire, aujourd'hui qu'elle est morte de ce cancer du sein qui l'a tant fait souffrir, et qu'elle te dit qu'elle t'aime, non seulement à travers moi mais jusque dans notre absence, une fois que je serai partie, descendue dans l'aube de Paris, pour toujours, puisque je vais te quitter, tu l'as compris ; je ne peux faire autrement : tu cesserais de m'estimer tout en croyant m'aimer alors que je vivrais déjà, moi, dans le souvenir que tu vas garder de moi et pour lequel il te faudra sans doute des années afin que l'adolescente qu'a été ma mère devienne en quelque sorte ma fille et dépose son visage dans le mien, ou que mon visage cesse de l'occulter, cède la place au sien, et que ce soit le temps qui te fasse aimer les mères dans le corps et l'apparence des filles, pour le meilleur et pour le pire, nos deux visages confondus, réconciliés en un miroir où tu ne verras plus que ta figure absente, ce que tant d'hommes cherchent à contempler et qu'il n'est donné à personne de voir, l'instant de notre mort avant l'heure, le rêve de n'avoir pas existé afin de ne pas mourir, oui, c'est ça que t'aura donné la femme que je serai et que ma mère n'est plus mais que nous sommes elle et moi, ensemble, en ce moment, et à qui tu ne cesseras de songer, comme moi dans celui que je vois déjà se déployer, merveilleux, éblouissant, et que je veux garder tel, puisque, c'est toi qui me l'as enseigné, les amants ne sont l'un pour l'autre que des morts qui se sourient de chaque côté de la vie, et qu'on ne peut aimer que dans le songe, le lointain, l'espoir de ce qui a eu lieu comme la nostalgie de ce qui aurait pu se passer, pourrais-tu dire, n'est-ce pas, le gage d'une vie future, dans d'autres siècles que ceux de l'amour humain, l'amour délivré du temps, le temps devenu amour. »

DU MÊME AUTEUR

Aux Éditions Gallimard

LA VOIX D'ALTO, 2001 (Folio n° 3905).
LE RENARD DANS LE NOM, 2003 (Folio n° 4114).
MA VIE PARMI LES OMBRES, 2003 (Folio n° 4225).
MUSIQUE SECRÈTE, 2004.
HARCÈLEMENT LITTÉRAIRE, 2005.
LE GOÛT DES FEMMES LAIDES, 2005.

Aux Éditions Champ Vallon

LE SENTIMENT DE LA LANGUE I & II, 1986-1990.
BEYROUTH, 1987.

Aux Éditions Dar Ani Nahar, Beyrouth

L'ACCENT IMPUR, 2001.

Aux Éditions Fata Morgana

LE PLUS HAUT MIROIR, 1986.
CITÉ PERDUE, 1998.
LE DERNIER ÉCRIVAIN, 2005.

Aux Éditions François Janaud

AUTRES JEUNES FILLES, avec des dessins d'Ernest Pignon-Ernest, 1998.

Aux Éditions P.O.L

L'INVENTION DU CORPS DE SAINT-MARC, 1983.
L'INNOCENCE, 1984.

SEPT PASSIONS SINGULIÈRES, 1985.

L'ANGÉLUS, 1988 (Folio nº 3506).

LA CHAMBRE D'IVOIRE, 1989 (Folio nº 3506).

LAURA MENDOZA, 1991.

ACCOMPAGNEMENT, 1991.

L'ÉCRIVAIN SIRIEIX, 1992 (Folio nº 3506).

LE CHANT DES ADOLESCENTES, 1993.

CŒUR BLANC, 1994.

LA GLOIRE DES PYTHRE, 1995 (Folio nº 3018).

L'AMOUR MENDIANT, 1996.

L'AMOUR DES TROIS SŒURS PIALE, 1997 (Folio nº 3199).

LAUVE LE PUR, 2000 (Folio nº 3588).

Aux Éditions de La Table Ronde

LE SENTIMENT DE LA LANGUE I, II, III, 1993. Prix de l'Essai de l'Académie française, 1994.

UN BALCON À BEYROUTH, 1994 (repris en « Petite Vermillon », 2005).

LE CAVALIER SIOMOIS, 2004.

FENÊTRE AU CRÉPUSCULE, 2004.

Aux Éditions Fayard

POUR LA MUSIQUE CONTEMPORAINE, 2004.

Composition et impression Bussière
à Saint-Amand (Cher), le 16 janvier 2006.
Dépôt légal : janvier 2006.
Premier dépôt légal dans la collection : juin 2005.
Numéro d'imprimeur : 060106/1.
ISBN 2-07-030917-7./Imprimé en France.